后浪电影学院 176

中国电影编剧史

张巍 等编著

 北京联合出版公司

撰稿者简介

（按姓氏音序排列）

洪帆，北京电影学院文学系副教授、博士，硕士生导师。意大利罗马大学访问学者，美国佛罗里达州立大学高级访问学者。编著有《法国新浪潮》《马与歌剧——意大利通心粉西部片史学研究》等。

林畅，中央戏剧学院电影电视系毕业，现为自由电影研究者。主要作品有《湮没的悲欢——中联华影电影初探》（中华书局出版）。

唐佳琳，浙江传媒学院文学院戏剧影视文学系副教授，博士，硕士生导师，上海电影评论学会与中国高校影视学会会员，《电视导论》《影视艺术导论》作者之一。

吴菁，北京电影学院电影学硕士，现为CAA签约编剧，编剧作品：电影《被害人》《梦境玩家》等。

燕俊，北京电影学院电影学硕士，河南大学文学院副教授，编著有《在声光魅影中穿行——电影佳作鉴赏四十例》《外国电影史》等书。

张巍，北京电影学院文学系副教授、博士，硕士生导师，著名编剧。

张文燕，中国电影艺术研究中心《当代电影》杂志社副主编、编审，硕士生导师。

目 录
Contents

撰稿者简介 1

第一章 中国电影的奠基时期（1913—1931）

 1.1 萌芽时期（1913—1921）...3
  1.1.1 短故事片催生编剧和剧本..3
   《难夫难妻》 4
   《庄子试妻》 6
  1.1.2 张石川的滑稽短片..7
  1.1.3 从短故事片向长片过渡：《黑籍冤魂》..............................10
  1.1.4 "商务"的"新剧（短）片".......................................11
  1.1.5 三部长故事片出现..13
   《阎瑞生》 14
   《海誓》 15
   《红粉骷髅》 16
 1.2 探索时期（1922—1926）...18
  1.2.1 短故事片压卷之作：《劳工之爱情》................................18
  1.2.2 走向多元化的长故事片..20
   侦探片 21
   爱情片 22

　　　　社会片 26

　　　　"商务"长片创作 30

　　1.2.3 鸳鸯蝴蝶派与市民电影 33

　　1.2.4 早期电影编剧理论 35

1.3 发展时期（1927—1931）

　　1.3.1 古装片 38

　　　　邵醉翁"天一"引发古装片浪潮 38

　　　　古装片剧作类型与历史评价 40

　　1.3.2 武侠神怪片 42

　　1.3.3 "联华"初期作品 45

　　　　"国片复兴"与《故都春梦》《野草闲花》 45

　　　　朱石麟与《恋爱与义务》 46

　　　　蔡楚生的《南国之春》 47

　　1.3.4 田汉早期电影剧本创作 47

　　1.3.5 有声电影出现 49

第二章　左翼电影创作观的确立（1932—1937）

2.1 左翼电影创作观对电影剧作的影响

　　2.1.1 时代背景 59

　　2.1.2 明星公司编剧委员会的设立与"明星"众编剧的代表作品...65

　　　　夏衍及《狂流》《春蚕》《上海二十四小时》 66

　　　　郑正秋的后期代表作《姊妹花》 70

　　　　阳翰笙、沈西苓、洪深、欧阳予倩等人的电影剧作 73

　　2.1.3 联华公司众编剧及其代表作品 77

　　　　蔡楚生及革命通俗剧类型的奠定 78

　　　　"影坛诗人"孙瑜 82

　　　　费穆、吴永刚、朱石麟、沈浮等人的剧作 85

　　2.1.4 "电通""艺华"等公司的成立与左翼电影剧作观的确立..93

　　2.1.5 左翼电影剧作观中的好莱坞模式倾向 99

  2.2 "软性电影"及20世纪30年代的商业电影创作 101

第三章 在泥泞中作战，在荆棘中潜行（1937—1945）

  3.1 国统区的电影剧本创作 112
    3.1.1 国统区的抗战电影运动 112
      抗战爆发初期的空白　112
      武汉时期　113
      重庆时期　115
    3.1.2 国统区电影剧本创作的特点 119
      正面表现抗战　119
      取材广泛、视角多元　120
      现实主义创作方法　120
      编导一身的创作方式　121
    3.1.3 代表性电影剧作家及其作品 121
      史东山及其"抗战三部曲"：《保卫我们的土地》《好丈夫》
      《还我故乡》　121
      何非光及其《保家乡》《东亚之光》《气壮山河》《血溅樱花》　123
      阳翰笙及其《八百壮士》《青年中国》《塞上风云》《日本间
      谍》　125
      孙瑜及其《火的洗礼》《长空万里》　127
      其他电影剧作家及其作品　128
  3.2 "孤岛"的电影剧本创作 131
    3.2.1 孤岛时期电影剧本创作概况 131
      孤岛电影创作的恢复　131
      纷繁芜杂的电影剧本创作　132
    3.2.2 进步电影剧本的创作 133
      借古喻今的历史题材古装电影　133
      进步的现实题材电影剧本　140
    3.2.3 商业电影剧本的创作风潮 141

5

　　　　古装电影剧本创作风潮　141
　　　　时装电影剧本创作风潮　144
　　　　几位代表性的时装电影剧作者及其作品　147
　3.3　香港的抗战电影剧本创作......................................150
　　3.3.1　粤语电影剧本的创作..................................150
　　　　华南电影赈灾会的成立和第一次抗战电影剧本创作小高潮　150
　　　　抗战电影剧本的创作在斗争中前进　152
　　3.3.2　国语电影剧本的创作..................................153
　3.4　沦陷区的电影剧本创作..155
　　3.4.1　日寇利用电影为其侵略服务的历史......................155
　　3.4.2　上海电影事业的状况及日寇的制片方针..................156

第四章　风云际会现峥嵘（1945—1949）

　4.1　进步电影的创作..164
　　4.1.1　进步电影剧作的创作观念..............................165
　　　　坚持现实主义传统，为大众而创作，努力反映战后现实生活
　　　　和民众意愿，具有意识形态的鲜明指向性　165
　　　　力求平易化、人文化，追求艺术观念上的创新　166
　　4.1.2　进步电影剧作的创作特色..............................167
　　　　"社会批判派"的创作　168
　　　　"人文派"的创作　171
　4.2　官办正统电影的创作..174
　　　　层层把关，严格审查　174
　　　　配合时局，进行意识形态的正面宣传、直接导入　175
　4.3　商业化电影的创作..176
　　　　固守旧有的类型模式，创作观众熟悉并喜闻乐见的类型片　177
　　　　改进固有类型，打破类型的单一化　178
　　　　粗制滥造，放任自流　180

4.4 代表人物及其代表作 181

史东山及其代表作　181

蔡楚生与《一江春水向东流》　184

阳翰笙与沈浮　185

张骏祥及其代表作　187

陈白尘等和《乌鸦与麻雀》　187

欧阳予倩及其代表作　189

田汉及其代表作　189

李天济与费穆的合作　190

张爱玲与桑弧的合作　191

佐临与柯灵的合作　193

曹禺与《艳阳天》　194

《清宫秘史》　194

《忠义之家》与《圣城记》　195

屠光启与《天字第一号》等　196

附录：1949年之前电影歌曲的创作 201

第五章　激情燃烧的岁月（1949—1965）

意识形态主导　217

题材规划　218

电影剧作发展成为一种独立的、新型的文学形式　219

5.1 气势恢宏的开场篇章（1949—1952） 220

5.1.1 宽松的电影创作指导政策 220

对国营电影制片厂创作的指导政策　220

对私营电影公司创作的指导政策　221

5.1.2 大力培养编剧队伍 222

5.1.3 电影编剧成绩斐然 223

国营电影制片厂："一鸣惊人"　223

　　　　　私营电影公司："老树新花" 225
　　5.1.4 发展中的不和谐音符：政治批判运动初露端倪 227
　　　　　文化部电影指导委员会的成立 227
　　　　　《武训传》风波 227
　　　　　文艺界第一次整风运动 229
　　5.1.5 具有代表性的编剧及作品 230
　　　　　于敏及其《桥》《赵一曼》 230
　　　　　颜一烟及其《中华女儿》《一贯害人道》 232
　　　　　王震之及其《内蒙人民的胜利》 232
　　　　　《白毛女》 234
　　5.1.6 编剧理论的探讨 235
　　　　　如何理解"为工农兵服务" 235
　　　　　革命现实主义的创作方法 236

5.2 鼓舞人心的进行曲（1953—1956）..237
　　5.2.1 相对宽松的创作环境 237
　　　　　正确的电影事业领导政策 237
　　　　　"双百"方针的提出和中共八大对国内形势的正确阐述 238
　　　　　电影体制改革："拿来主义" 238
　　5.2.2 推进电影编剧工作的具体措施 239
　　　　　举办剧作讲习活动 239
　　　　　喜剧研究室的建立 240
　　　　　开展电影剧本征集活动 240
　　　　　电影剧本的出版工作 241
　　5.2.3 具有代表性的编剧及作品 241
　　　　　老编剧的新成就 242
　　　　　新生力量成果辉煌 245
　　5.2.4 电影编剧理论探讨 252
　　　　　大力提倡"社会主义现实主义"创作方法 252
　　　　　媒体关于电影创作的讨论 253
　　　　　讽刺喜剧的兴起 253

5.3 辉煌的华彩乐章（1957—1959）...255
5.3.1 艰难中跋涉...255
5.3.2 具有代表性的编剧及作品...256
海默及其《洞箫横吹》 256
丛深及其《徐秋影案件》 257
李准及其《老兵新传》 258
马烽及其《我们村里的年轻人》 259
5.3.3 关于电影编剧的理论探讨...260
革命的现实主义与革命的浪漫主义相结合 260
特殊的样式：纪录性艺术片 261

5.4 回旋与无可奈何的低调（1960—1965）...263
5.4.1 艰难中的新成就...263
电影环境的调整 263
萌动的发展高潮 265
5.4.2 文艺界第二次整风...273

第六章 风雨十年（1966—1976）

6.1 文化专制主义者的"破旧"和"立新"...279
6.1.1 "破旧"...279
6.1.2 "立新"...279

6.2 样板戏电影的拍摄...280
6.2.1 样板戏电影的拍摄...280
失败的尝试：《奇袭白虎团》与《南海长城》 280
第一批"样板戏影片"的出炉：《智取威虎山》《红色娘子军》《红灯记》 281
样板戏影片的大量拍摄 282
6.2.2 "重要任务论"与"三突出"原则...285

6.3 故事片的创作（1972—1976）...285
按照样板戏影片创作经验重拍故事片 285

第七章　从新时期迈向新时代的不断求索（1977—2017）

7.1 百花争艳　艺术为重（1977—1990）..................291

7.1.1 奔放的序曲（1979—1980）..................292
人的解放和觉醒　292
触动电影改革的理论先声　293
觉醒的三部先声之作　295
序曲奏响的主题　297

7.1.2 激越的主体乐章（1980—1987）..................299
电影本体论兴起　299
剧作队伍建设和理论建设　301
与文学并行不悖的剧作历程　303
多元的剧作形态　313

7.1.3 尾声的变奏（1987—1990）..................318
几种主要的类型趋势　319
美术片（动画片）剧作幼弱　320
"王朔电影年"和"主旋律"概念的提出　321

7.2 三分格局　市场主导（1990—2017）..................322

7.2.1 从被动到主动的市场选择..................324
在历史潮流的裹挟下　324
在自立生存的逼迫下　328
在半开放市场竞争的压力下　330
无往不胜的市民化　333

7.2.2 从筑墙到搭桥的策略变化..................336
7.2.3 从陷落到突围的国际化..................341
7.2.4 从做大到做强的向往..................346

第八章　别样芬芳：香港、台湾、海外华人电影编剧史（1913—2017）

8.1 独树一帜：香港电影编剧史（1913—2017）..................358

类　　型　359

　　地　　域　360

　　官能快感　361

　　香港电影编剧史的时间线索　362

8.1.1 萌芽（1946—1970）..................362

　　粤剧影片的兴盛期　363

　　左派制片路线与"长凤新"剧作　365

　　电懋的中产阶级创作路线的形成　367

　　黄梅调创作风潮兴起　370

　　张彻开创新武侠时代　371

8.1.2 过渡（1971—1978）..................373

　　李翰祥集锦剧作的成功　373

　　楚原看重古龙式人性　374

　　许氏电影催生市民喜剧　375

8.1.3 鼎盛（1979—1989）..................376

　　新浪潮运动激发创作活力　377

　　新艺城带动商业创作空前繁荣　381

　　黄金期群雄逐鹿百家争鸣　383

8.1.4 兴衰（1990—2003）..................389

　　自我身份的寻根之旅　389

　　影坛的江湖传奇　392

　　中产阶级的都市品味　395

　　无厘头的时空渐变　398

　　文艺电影的生存空间　400

　　银河映像的无常宿命　403

　　新世纪的尴尬实录　404

8.1.5 新生（2003—2017）..................406

　　CEPA协议后的转变之路　406

　　香港味道渐成创作共识　407

　　极端的趣味回归　408

8.2 坚守人文精神的家园：台湾电影编剧史（1925—2017）......409

8.2.1 日据时期电影业的时代背景（1895—1945）......410
台湾第一部故事片 410

电影剧本创作的状况 410

有成就的剧作家 411

8.2.2 光复后反共浪潮的兴起（1945—1960）......411

8.2.3 台湾电影进入黄金时代（1960—1980）......413
健康写实主义成为主流路线 413

古装片和爱情类型片的流行 414

武侠与战争风起云涌 419

8.2.4 新电影运动的作者意识（1981—1990）......421
新电影促使作家编剧融合 421

新电影编导合一的主将 424

业内对另一种电影的渴望 428

8.2.5 商业题材依然占据主流市场......431
朱延平的商业追求 431

8.2.6 艺术和商业的自觉融合（1990—2000）......432
轻松幽默——陈玉勋 433

禁忌之旅——林正盛 433

百变商业——陈国富 434

文化碰撞——苏照彬 435

8.2.7 新世纪的衰落与复苏（2000—2017）......436
暴力宿命——张作骥 436

突围之路——魏德圣 437

东西融合——王蕙玲 438

情怀至上——杨雅喆 440

青春群像盛行不衰 440

8.3 漂泊的灵魂，诗意地栖居：海外华人电影编剧史......441

8.3.1 知青情结与青春记忆......442

　　　　戴思杰　442
　8.3.2 海外华人经历和东西文化碰撞 443
　　　　李　安　443
　　　　张　旗　443
　　　　李　岗　444
　8.3.3 旧中国文化奇观的展示和对西方主流的进入 444
　　　　罗　燕　445
　　　　尹祺、黄毅瑜　445

后　记 449
出版后记 451

第一章

中国电影的奠基时期

（1913—1931）

1895年12月28日，法国的卢米埃尔兄弟（Auguste & Louis Lumière）在巴黎卡普辛路14号大咖啡馆地下室里第一次公开售票，放映了《火车进站》(*L'arrivée d'un train à La Ciotat*)、《工厂大门》(*La sortie de l'usine Lumière à Lyon*)等一系列短片，这标志着电影的诞生。不到一年时间，这个被中国人称作"西洋影戏"的新鲜玩意儿就传入国内，于上海、香港等地率先亮相。经过了差不多十年的西片放映，中国才在1905年上映了第一部自己制作的电影。和几乎世界上所有的国家和地区一样，中国电影的起步也是从纪录片开始的。又经过了近十年，中国才算摄制出第一部完全意义上的故事片。于是从1913年起到1931年《歌女红牡丹》出现前，作为无声电影时期主干的这一阶段也恰好成为中国电影故事片创作的重要奠基期。

1.1 萌芽时期（1913—1921）

1.1.1 短故事片催生编剧和剧本

1905年丰泰照相馆把谭鑫培先生的《定军山》拍摄成京剧纪录片，宣告了中国电影的诞生。此后在很长一段时间里，呈现在观众面前的中国电影大都是非剧情类影片。"从亚细亚影戏公司拍摄《西太后》算起，到1921年的十来年里，拍摄各种纪录片共计四十部左右，其中包括新闻片、纪录片、风景片以及教育片等。"[1]直到1913年，《难夫难妻》（编剧：郑正秋；导演：张石川、郑正秋）和《庄子试妻》（编剧：黎民伟；导演：黎北海）两部影片出现，才标志着中国电影开始从简单纪录迈入以虚构叙事的手法再现生活的新阶段，编剧和剧本由此诞生。这一事件在中国电影史尤其是中国电影编剧史上具有里程碑意义。

《难夫难妻》

《难夫难妻》又名《洞房花烛》，长四本，是中国早期电影史上最重要的两位人物——郑正秋和张石川的首次成功合作。影片讲述了郑正秋家乡潮州包办婚姻的故事，"从媒人撮合起，经过种种繁文缛节，到把面不相识的一对男女送入洞房为止。"[2] "这部影片虽然也是一部短片，但它毕竟有了故事情节。可以说，这部影片是我国摄制故事片的开端。"[3] 而且它"已经有了专为拍摄而编写的电影剧本，尽管它还比较简略，是'幕表'式的，但中国电影剧作正由此发轫"[4]。

所谓"幕表"，是早期中国电影编导模仿戏剧创作中流行的"幕表法"，它将电影故事梗概分为四项：一、幕数（即场数）；二、场景（内外景）；三、登场人物；四、主要情节。对这四项进行细化加工形成电影剧本形式。程步高导演曾回忆说："幕表写法不难，究属简单粗糙。不过这四项式的幕表，在早期中国电影界里，沿用颇久。十多年后，我进了明星公司，还见郑先生、张先生拍无声片，所用台本，依旧是四项式的幕表，最多在第四项后，加些主要动作、表情及主要对白。"[5] 由此看来，虽然比起今天的"规范"剧本还显得粗糙幼稚，但《难夫难妻》毕竟催生了中国电影史上最早的剧本，郑正秋也因此成为中国电影编剧第一人。

郑正秋（1889—1935）原名伯常，别号药风，籍贯广东汕头，是上海潮州籍巨商郑洽记土栈老板的儿子。"以不善经商，改入仕途"[6]，后"又以清政窳败，且性之所近在艺术"[7]，回到上海。1910 年 11 月起，他开始用"正秋"的笔名在《民立》《民呼》《民吁》等报发表"丽丽所戏言""丽丽所伶评"等，主张改革旧剧（京剧等传统戏曲）、提倡新剧（文明戏等）。于右任曾惊其为奇才，请他来主持《民言报》戏剧笔政。后来郑正秋又主办《民立画报》和《民权画报》，进一步宣传他的新思想。他提出："戏剧者，社会教育之实验场也；优伶者，社会教育之良导师也；可以左右风俗，可以左右民情。"电影《难夫难妻》的剧作正好实践了这种批判现实主义的教化功能，以辛辣的笔触讽刺了抹杀人性的封建婚姻制度，具有当时相当"超前"的民主主义思想和现实主义倾向。这部电影剧本"比胡适1919年在《新青年》发表著名的独幕剧《终身大事》还早了六年，内容也比后者有深度"[8]。洪深评价郑正秋在编剧方面"有三种特长是旁人所不容易及得到的。第一，他对于人生有丰富的知识……所谓人情世故，他能明了得很透彻的。第二，他对于观众有深切的同情，他能完全了解观众的心理……所以他编的戏，从来不会没有趣味的。第三，他对于演员有精确的鉴别……在他的戏里，决不至于有好的角儿投置闲散，无戏可做，或者是用非所长的"[9]。

从剧作角度来看，《难夫难妻》塑造了鲜活的主人公人物形象，并以情节因果顺序关系把这一由媒人撮合到洞房花烛的包办婚姻全过程通过"讲故事"的方式展现出来。在这里，预先设计好的情节起承转合、全部角色都由文明戏演员扮演等特征无疑表现出这部影片与中国早期戏曲纪录片等非剧情类影片的本质区别，中国电影开始"不是单纯地纪录演出或复制生活，而是尝试着向人们讲述一个虚构的故事"[10]。

当然，这部短片在剧情片的大框架之下依然保留了不少纪录性影片的色彩，这是有具体原因的。其一，该片"不是通过直接展示人物的悲惨结局来表达主题，而是描写'种种繁文缛节'对人的任意摆布和摧残，来暗示人物的悲剧命运……影片的这种结构特点，使其叙述重点不在故事的编造、性格的刻画，而在过程的记述、场面的铺排"[11]。因此，该片可以看作用纪实手法表现剧情内容的那一类影片。其二涉及拍摄技术的历史局限性，影片"如同早期戏曲片、纪录片一样，也是使用照相式的纪录方法……""张石川后来回忆当时的拍摄情况说：'摄影机的地位摆好了，就吩咐演员在镜头前面做戏，各种的表情和动作，连续不断地表演下来，直到二百尺一盒的胶片拍完为止。'"[12]这种"纪录式"拍摄方法，必然影响到最后影片呈现在观众面前的风格。

从文化学的意义上来说，《难夫难妻》剧本的诞生具有另外的重大启示：只有充分利用本土文化与观众具有的深刻亲缘关系，才能拍出受观众欢迎的影片。《难夫难妻》这部影片是张石川邀请郑正秋成立的新民电影公司以承制的方式由外国人经营的亚细亚影戏公司出品的。作为中国最早的一家制片公司，亚细亚影戏公司曾在1909年前后尝试拍摄过几部短故事片，如《不幸儿》《偷烧鸭》《瓦盆伸冤》等，这些故事虽然也多取材于中国，但由于导演（也即公司老板）美国人本杰明·布拉斯基（Benjamin Brodsky）对中国文化不可能有感同身受的深刻体会，所以影片并未受到中国观众普遍的欢迎与喜爱。也正因为这个原因，布拉斯基这次才决定请中国人独自创作一部讲述中国人故事的影片。"这就要求《难夫难妻》这部作品在它的内涵上，也应是中国化的；从形式到内容的所有优劣品格，都可为独特而完整的中国文化系统所接纳。从整体上说，这一点也是中国电影在以后的漫长历史道路中存在与发展的前提和基础。"[13]

《庄子试妻》

和《难夫难妻》差不多同时创作的《庄子试妻》也是一部短故事片，长两本，由黎民伟编剧并反串庄周的妻子田氏，导演黎北海兼饰庄周，而黎民伟的妻子、扮演田氏婢女的严珊珊则由此成为中国第一位电影女演员。与《难夫难妻》一样，本片也是由美国人布拉斯基投资拍摄的。

影片故事取材于粤剧《庄周蝴蝶梦》中"扇坟"一折，描写庄子诈死，其妻立即"红杏出墙"结交楚国王孙，楚王孙提出待庄子坟上土干了以后方可交好，于是庄妻迫不及待地以扇子扇丈夫的坟墓来取悦新欢。没想到新情人正是试探妻子是否守节的庄周所扮！影片脱胎于宣扬封建男权与妇女贞操观念的旧剧，却以讽刺喜剧的形式反映出黎民伟的进步思想——"批判了庄妻的薄情，也嘲笑了庄周的虚情，强调真情深情之可贵"[14]。

《庄子试妻》的编剧黎民伟原籍广东新会，随父在香港经商。入同盟会后，追随孙中山先生积极参加推翻清政府的革命活动，曾在港以"平了清朝，才有安乐的日子"为寓意成立"清平乐话剧社"，排演革命戏，"然为英政府所忌，禁演拘人，诸方压制。继思宣传力不能普及国内，民二（1913）的时候，就想从电影方面入手。"[15]遂与二哥黎北海成立华美公司，以承制的方式利用布拉斯基的资金和设备拍摄电影。

虽然从剧作创新的角度来说，《庄子试妻》显然不如《难夫难妻》的原创性高，但"较之《难夫难妻》，《庄子试妻》更具故事片特点。作为故事核心，'试妻'极富戏剧性，试与被试的矛盾，贯穿始终。在这场测试中，人物之间展开尖锐的冲突，表现出不同的思想和性格。扇坟是全剧高潮，前有铺垫，后有结果，最后庄周复现，真相大白。情节比较曲折，故事比较完整，并注意到人物性格的刻画。影片初步具备了故事片的重要构成元素"[16]。此外，有电影史学家认为《难夫难妻》的教化目的大于商业目的，并体现出现实主义艺术风格，因此优于受通俗喜剧影响而洋溢着浪漫主义色彩的《庄子试妻》[17]，这恐怕是一种偏见。

《难夫难妻》和《庄子试妻》两部影片作为中国最早的故事片，在剧作等方面不可避免地存在着粗糙和幼稚的缺点，但毕竟为中国叙事电影的发展开辟了道路，为今后的影片创作积累了宝贵经验。

1.1.2 张石川的滑稽短片

因为艺术创作上的分歧，拍完《难夫难妻》后，郑正秋一度离开电影界，与张石川分道扬镳。与一心埋头（舞台）新剧创作的郑正秋不同的是，张石川继续为亚细亚影戏公司拍片，成为中国电影史上探索短故事片创作的开拓者。

张石川（1889—1953）原名张伟通，字蚀川，浙江宁波小商人家庭出身。从十几岁起就开始在上海滩洋行混事，见多识广。1913 年美国商人依什尔（A Yiesel）在上海接办亚细亚影戏公司，请张石川当顾问。当时可以说对电影完全是门外汉的张石川却有胆量将此事应承下来，并邀约郑正秋合作组织新民公司以承包亚细亚公司的制片业务。继《难夫难妻》后，从 1913 年到 1914 年短短两年间，他就拍出了十几部通俗短片（后因第一次世界大战爆发，欧洲的电影胶片来源断绝，才不得不停止制片），为中国叙事电影进步立下不朽功勋。

这批短片有一个相对固定的主创班底——导演：张石川；故事：王瘦月、陆子青等；摄影：依什尔。之所以把王瘦月、陆子青等人的工作说成是"故事提供"而不是"编剧"，一个重要原因就是统辖全局、指导编剧创作的灵魂人物其实是张石川；另一个缘由是"这些影片的故事，都是人们所习闻习见的，张石川及其创作者不过稍加编排，使之符合拍电影的需要而已"[18]。

比如《庄子劈棺》、《长坂坡》、《杀子报》（又名《家庭血》）、《祭长江》、《风流和尚》（又名《五福临门》，脱胎于京剧《打面缸》）等改编自传统戏曲曲目；《新茶花》、《打城隍》（又名《三贼案》）、《猛回头》等取材于新编文明戏；《活无常》（又名《新娘花轿遇白无常》）、《呆婿祝寿》、《赌徒装死》（又名《死人偷洋钱》）、《老少易妻》、《二百五白相城隍庙》、《一夜不安》、《店伙失票》（又名：《横发财》）、《憨大捉贼》等来源于民间笑话故事；《车中盗》改编自畅销小说；而《横冲直撞》（又名：《脚踏车闯祸》）、《滑稽爱情》、《店伙失票》等则直接取材于市民生活。

从影片剧本来看，这些短片的故事几乎全都来源于传统剧目、文明戏和民间故事。张石川巧妙地利用了这些易为人知、贴近平民生活和需求的传统戏曲和通俗文艺，拉近了与观众的距离。这不能不说是对中国最早的两部短故事片《难夫难妻》（取材于现实）和《庄子试妻》（旧剧新编）宝贵经验的成功发扬与利用。尤其是后者体现出的通俗喜剧性对于张石川以及随后出现的一系列"商务"公司出品的滑稽短片（陈春生编剧，任彭年导演）有着重要启示作用。

张石川创作的这些以喜剧内容和夸张动作为特征的滑稽短片"大多通过易为人知的故事，表达善恶有报的传统主题。许多滑稽片，于其中设置误会巧合，穿插噱头笑料，使观众由于意外而惊喜不已，或感到滑稽而忍俊不禁。在浓郁的喜剧气氛中，扬善惩恶，劝人向善，以期达到既可以娱人性情，又能够警世醒人的作用"[19]。比如《老少易妻》写荒年间许多人卖身求食，一个老头和一个少年各买了一个装在麻袋里的女子，结果没想到老头买的是少女，少年买的反而是老太婆！一场闹剧之后，两人协商互换老婆。《风流和尚》写五个花和尚不守清规，勾引良家妇女，结果在和一个恶棍老婆鬼混的时候撞上恶棍回来。仓促间，恶棍老婆把五个和尚装在一只大木箱中，最后被恶棍发现，一个个拖出来暴打。《活无常》描写一个无赖得知邻居新娘要回娘家，便假扮无常埋伏在半路芦苇深处，等轿子经过时正好刮起一阵大风，无常出现吓得轿夫四散而逃……最后恶人终于被警察抓获。《打城隍》写三个无赖躲债到城隍庙里，分别扮成城隍、判官和小鬼，闹出许多笑话。最后骗局被揭穿，三人遭到一顿痛打。从剧作上看，这些影片"故事平常，情节简单，有的甚至滑稽可笑、荒诞不经，然而所表达的主题是严肃的，有一定积极意义。它们反复强调，善有善报，恶有恶果，期望有情人终成眷属，美与丑，善与恶，极为分明。这些影片的大团圆结局，体现了传统的道德评价和道德理想，而且也是为了适应广大观众的欣赏习惯，满足他们的心理要求。它们在一定程度上反映了普通市民的生存状态和处世哲学，表现了他们的机智幽默的人格力量"[20]。

不难看出，这些影片呈现在观众面前的风貌以及隐藏其后的创作动机、创作方法，与郑正秋占主导创作的影片《难夫难妻》有着明显的区别。这也许正体现出张石川与郑正秋两人在电影创作上的某些观念差异。张石川作为电影企业的经营者，关注的绝不仅仅是作为文人的郑正秋一贯秉持的社会理想与艺术文化抱负，他首先考虑的是经济效益及如何博得观众欢迎。在这一指导思想下，张石川这一时期的短片"一个剧本，四五天便成，摄成了便由小戏院放映"[21]。虽然小本经营，但资金运作周期短，相当高效；同时影片剧本容量力求简短单纯，情节通俗易懂，人物关系与动作多富喜剧感，这便直接投合了"中国市民观众长期以来形成的重'机趣'和'热闹'的喜剧观赏心理"[22]。

从观众欣赏的角度来看，张石川创作的这一系列短片又是颇为"时髦"的。一方面，当时多取材于日常笑料琐事的文明戏（早期文明戏多表现资产阶级民主革命思想，后转向家庭剧与市井逸事）盛行，吸引了上海等大城市里的大量戏迷，张石川便"投机取巧"地实行"拿来主义"。另一方面，其时恰逢美国"启斯东"（Keystone）喜剧以及巴斯特·基顿（Buster Keaton）、查理·卓别林（Charlie Chaplin）、哈罗德·劳埃德（Harold Lloyd）、哈莱·朗东（Harry Langdon）、麦克斯·林戴（Max Linder）等美、法喜剧片大明星的滑稽片大量输入中国，"'美国笑片在上海很吃香'，张石川从中受到启发，便'照猫画虎'，拍起滑稽短片来"[23]。

事实证明，张石川的这一套电影创作方法在当时特定的历史条件下是比较有效的，也是符合世界电影发展潮流与规律的。然而长期以来，这批短片在电影史学界一直评价不高，主要原因便是其原创性不高以及格调俗浅。但是，这样的批评也许过于苛刻。事实上，"初生的电影以承袭着戏剧的遗产而开始发展，同时，一方面从滑稽的题材里慢慢产生电影之低级的形式，这在各国影史上是相同的"[24]。因此，客观地说，以张石川为主创作的这批短片，虽然存在种种不足和缺陷，但为初始阶段的中国故事片创作起到了奠基作用，意义是重大的。

1.1.3 从短故事片向长片过渡：《黑籍冤魂》

1914年第一次世界大战爆发，德国胶片来源断绝，亚细亚影戏公司宣布歇业。刚刚在文明戏与外国影片的双重夹击下艰难生长起来的中国短故事片创作也因此而暂告中止。两年后的1916年，随着美国胶片输入中国，国内电影制作活动再次兴起。引领风潮的人物依旧是张石川，他和管海峰等人成立幻仙影片公司，并拍摄出一部意义重大的故事片《黑籍冤魂》。该片"在我国故事片由短片过渡到长片（一般故事片）的过程中，具有桥梁式的中介价值。它在艺术表现上的种种探索也为以后长故事片的摄制提供了可资借鉴的经验"[25]。

《黑籍冤魂》长四本，放映时间不到一个小时，仍属于短片范畴，并不像有人误以为的七本长度。影片由张石川导演，改编自当时红极一时、盛演不衰的时事文明戏《黑籍冤魂》（编剧许复民，新舞台演出），而文学原作更可以追溯到清末谴责小说家吴趼人在1907年发表的同名小说。

因此，影片的剧作成功首先来自原作。故事讲述了封建大家庭的少爷曾伯稼（取"真败家"谐音）因乐善好施，被吝啬糊涂的父亲曾和度（"真糊涂"）困在家里，"闭门守业，长保家业"。为了达到永远拴住儿子的目的，父亲甚至不惜怂恿他吸食鸦片。曾伯稼从此沉湎毒品，愈陷愈深。悔之晚矣的曾父因此恼恨而死。曾家一步步走向败落，悲剧不断：先是伯稼之子误食鸦片，中毒身亡；尔后母亲病疚交加，撒手人寰；其间，又有歹心店伙侵盗家产；苦劝丈夫不果的曾妻愤而投江自尽；其女也因无依无靠，被骗卖沦为娼妓。最后，流落街头靠拉洋车糊口的曾伯稼偶遇出堂差的女儿，悲喜交加，却被鸨母强行拉开。曾伯稼意冷心灰，倒毙街头。

据程步高回忆，这部电影的情节结构、人物关系、场次安排几乎同舞台原作一样。所谓"照舞台戏逐幕演出，电影就逐幕照拍如仪"[26]。不过，电影毕竟不同于文明戏，即使是在"照搬"的过程中也必然存在许多为适应电影形式而做的改造与变化。因此，客观来说，《黑籍冤魂》至少是一部成功的改编电影，而绝不仅仅是小说或舞台剧的翻版或附庸。特别是叙事上，该片做出了不少有意义的探索。首先是篇幅，"影片片长四本，是部短故事片。而原舞台剧较长，拍摄时，必然要加以压缩，删去某些交代性场面和纯属逗趣的噱头笑料，特别是人物对话更需简单明了，以适应无声电影创作的特点和要求。"[27]其次，"在故事的构成和形态上，它已不像《难夫难妻》那样只是一个故事片断，而具有了一个由情节带动其发展的较为完整的故事……影片还在剧情的发展中展示了众多的人物关系……特别刻画了曾伯稼的发展变化中的性格"[28]。很显然，与早期或同时期的中国短故事片相比较，《黑籍冤魂》已不仅仅局限于表现一个生活片段，而是有意识地开始探索在有限的篇幅内讲述一个具有时间纵深感的人物命运故事。写人物也"很不同于这之前的那些短片中人物只是作者讲故事或揭示某种情趣和笑料的简单符号，而是注重把情节的进程与人物性格的发展联系起来，并使人物性格的形成和确立作为情节发展的基础"[29]。因此，从片长来看，《黑籍冤魂》固然与《难夫难妻》等片同为四本长度的短片，但由剧作开始已经出现了长故事片的雏形。最后，影片《黑籍冤魂》还继承了《难夫难妻》开创的现实主义精神，以主人公家庭的衰败过程控诉了吸食鸦片破家亡国的危害，具有警世作用。可以看出，导演张石川"把它搬上银幕，除了看到可能带来的商业利润外，也考虑到其思想批判的社会作用"[30]。这与当年美国人依什尔完全出于赚钱目的欲改编此剧有着很大的不同。

总之，《黑籍冤魂》首先是一次真正意义上的电影对舞台剧的成功改编，更重要的是，从电影创作尤其是剧作的意义上，它已经具备了一般故事片的基本形态，并为今后中国长故事片的创作做出了最早的也是有益的成功探索。

1.1.4 "商务"的"新剧（短）片"

《黑籍冤魂》在由短片向长片发展的道路上迈出关键一步之后，中国电影创作并没有立即沿着这条路走下去，反而重新回到了主要由张石川开创的短片创作模式。在20世纪一二十年代之交，商务印书馆活动影戏部、中国影片制造公司和明星公司这三家主力电影制作机构拍摄的全部是这样的影片。这其中，数量和影响力上最具强势的是1919年至1921年间"商务"影戏部出品的《死好赌》（1919）、《两难》（1919）、《李大少》（1920）、《车中盗》（1920）、《猛回头》（1920）、《得头彩》（1921）、《呆婿祝寿》（1921）、

《憨大捉贼》(1921)、《柴房女》(1921)等九部"新剧片"。

这批影片可以说是1913年张石川导演的滑稽短片的继续——人物关系一目了然，情节简单，故事通俗，追求打闹的动作喜剧效果，不过更注重从日常市井生活中撷取笑料和噱头。同时，这些影片依然受到美国启斯东喜剧的影响。

商务"新剧片"的主创也是一个固定组合，因此保持了相对稳定的创作风格，他们是编剧陈春生、导演任彭年和摄影廖恩寿。陈春生主持商务活动影戏部时，任彭年因与其有同乡关系，又懂得戏，被调来做助手，从此开始电影生涯。任彭年曾于1919年下半年随美国《龙巢》(*The Dragon Nest*)摄制组学习，后成为早期中国电影最重要的导演之一。

陈春生、任彭年创作的"新剧片"按剧作内容大致可分为三类："一类是为制造笑料而编织的，没有多少思想含义的滑稽故事。包括《死好赌》《得头彩》《呆婿祝寿》和《憨大捉贼》。《呆婿祝寿》源出民间笑话，描写笨女婿在岳父寿筵上表现出的种种愚蠢行为；《憨大捉贼》则渲染了傻小子在捉贼过程中闹出的笑话；至于《死好赌》《得头彩》几乎与张石川以前导演的《赌徒装死》和《店伙失票》雷同。第二类是所谓'警世趣片'。尽管'商务'当局要求在故事片创作中也体现其为教育服务的方针，符合教育目的，影片的创作者也想这样去做，但是由于他们固有的思想观念的局限，使他们在这些影片中所体现的教育内容不是民主主义思想，而是封建主义。如《猛回头》描写平日虐待母亲的木匠阿勤，在外出饮酒途中遇到孝子王二，经王二的劝说和感化，特别是向他讲了自己当年因奉养老母负米仆跌于雪地里，被一富翁发现，赞其孝行并解囊资助的情形之后，使木匠大为感动，立即表示悔过，由此成为孝子。从内涵到表现形态，都和宣传封建道德的《二十四孝图》差不多。再如《李大少》，情节为富家子李大少，娶一妓女梅亦仙为妻，表面俩人感情甚笃，而实际上妓女还别有所欢，以致演成种种离奇怪事。被宣称'足为娶妓者戒'。站在封建道德立场劝人向'善'；退一步，也不过是一种人情世态的简单描摹，说不上有什么人文价值。即使像《柴房女》这部以劳苦女子的求学生活为表现对象的影片，作者也没有能深入开掘题材本身所具有的启蒙，而是把主要的兴趣放在对见钱眼开的义学校长的嘲弄上，从而冲淡了影片内涵，而流于庸俗、无聊的玩笑。第三类，是以神怪和武打为特点的片子。如《清虚梦》和《车中盗》，前者取材自《聊斋志异》中的《崂山道士》一篇，开了我国电影改编古典小说的先例；后者改编于林琴南、陈家麟翻译的美国侦探小说《焦头烂额》中的《火车行动》，受美国连集片影响，以犯罪和侦探破案为题材，宣传了超人英雄的神武。任彭年以后走专拍武侠打斗片的路子，可以说从《车中盗》中已露端倪。"[31]

作为中国电影史上真正中国人创办的最早、最正规的电影机构，商务印书馆活动影戏部（相比而言，亚细亚影戏公司、新民公司、幻仙公司等因拥有外国资本而具有买办性或昙花一现的投机性）曾创造出"风景"、"时事"、"教育"、"古剧"（戏曲片）、"新剧"五大类电影。前四类基本是非叙事类的纪录性影片，得到史学家们的普遍肯定，而唯独这最后一类"新剧"短故事片，因"完全模仿了当时已经趋向没落的文明戏或西方资产阶级无聊打闹的东西"[32]而多受责难。显然，这种批评严重脱离了当时的具体文化环境及电影业的发展状况。"电影史家不讲电影经济学，不将电影业当成一种现代文化工业，因而也不从电影工业经济的角度去研究商务印书馆活动影戏部及其早期中国电影的发展现实极其艰难历程，甚至也不从电影的科技基础的角度去看电影的发展，当然就更不会从电影作为一种娱乐事业的角度去看待电影的创作，自然难免要将复杂的对象和事实简单化。"[33]事实上，这一时期中国电影之所以维持在短片拍摄的范畴，很大程度是受到民族资本不够雄厚的局限。因此，先要生存才能谈得上发展，况且电影的受众主要是普通市民，从这个意义上讲，投合小市民观众的趣味和心理也许并不比投合知识分子的趣味更无聊。

总之，"商务"的这批"新剧片"虽然少有独创性，思想上也常常"落后"，但它毕竟维持了中国叙事电影的生命，并在反复操练中实践和积累了许多宝贵经验，尤其是其中一些影片"蕴含着一般无法翻身的小市民之参透世情的哲学"[34]，恐怕也并非毫无艺术与社会学价值，只是"严肃"学者们对此不愿意也无法理解，更谈不上感动罢了。

1.1.5　三部长故事片出现

1921年到1922年，在上海出现了中国最早的三部长故事片，即中国影戏研究社的《阎瑞生》、上海影戏公司的《海誓》，以及新亚影片公司的《红粉骷髅》。中国电影剧作也因此而进入一个新纪元。

《阎瑞生》

中国第一部长故事片《阎瑞生》取材于当时轰动上海的一起风流命案。案件本身就具有极强的传奇性与戏剧性。1920年，嗜赌成性的上海洋行职员阎瑞生因向友人借了钻戒抵押买跑马彩票未中，心生歹念，遂纠结吴、方二友假邀妓女王莲英外出郊游，于无人处勒毙王氏，抢去其身上所有贵重物品后弃尸荒野。案发后，阎瑞生畏罪潜逃，同年8月在徐州火车站被缉获，与同案犯一起处决。

借着自案发之日起沪上各大报纸对它连篇累牍的报道，以及《莲英被害记》《莲英惨史》《阎瑞生秘史》等应时书的火爆炒作，新舞台、笑舞台、大舞台、共舞台在第一时间相继将此案编成文明戏或时装京戏上演，连演不衰。正是在此情形下，《阎瑞生》被搬上了银幕。

陈寿之等人组建的中国影戏研究社邀请当时任职于商务印书馆机要科的杨小仲来改编剧本并撰写字幕说明。不过，"实际上，影片剧本是由影戏研究社的一帮人——顾肯夫、陆洁、陈寿芝、施彬元、邵鹏、徐欣夫以及杨小仲和担任这部影片导演的任彭年集体创作的。"[35] 特别是陈寿芝、施彬元、邵鹏等人都与阎瑞生相识，甚至是挚友，所以很多鲜为人知的生活细节便成为影片创作的宝贵素材。这样看来，《阎瑞生》虽然也是有舞台剧在先，但与《黑籍冤魂》不同的是，这部影片并没有"照搬"已经大受欢迎的文明戏，而是以此为蓝本大胆创作，增强和突出了与现实生活的比照。

剧本按照发案前、发案、缉捕及处决大致可以分成三个部分。在十本长度的电影篇幅内，情节编排相当紧张曲折却又脉络清晰，起承转合环环相扣却又张弛有度。故事的发展、人物的性格都是随着情节的展开才一步步凸显出来，导演任彭年也因此获得了"情节剧导演"的赞誉。值得说明的是，开中国长故事片先河的《阎瑞生》也受到了当时输入中国影院的美国情节剧（drama）和一系列侦探片（detective movies）的启蒙影响。"阎瑞生在审讯时，供认谋杀情况，都从美国侦探片看来的。案件的本身，的确就是一部外国侦探片的翻版。"[36] 从故事本身讲，影片又带有很强的纪实性；同时，为了迎合市民观众的口味，《阎瑞生》从剧本创作到非职业演员扮演、实景现场拍摄都竭力追求真实效果，给观众带来了很强的视觉冲击力与心理感染力。这也是本片的特色，是中国短片时代罕有的创造。

影片《阎瑞生》上映后获得极大的商业成功，并成为第一部在外国人办的豪华影院上映的中国电影。不过对于该片的艺术价值和社会效益，则毁誉不一。赞者称"国人自摄影片，竟能臻此境界，殊出意料之外"[37]，不屑者则大骂"这类半写妓家猥亵的琐屑，半写强盗杀人的写真，惟有海淫海盗四个大字足以当之"[38]。

《阎瑞生》的电影"本事"和"字幕说明"是中国长故事片的第一部剧本。后来发表在1921年11月的《电影周刊》上，又成了最早印刷在纸媒上的电影创作文字。

《海誓》

1920年秋，以绘月份牌和杂志封面美女出名的但杜宇集合朱瘦菊、周国骥等人创办上海影戏公司，开始拍摄影片《海誓》。但杜宇包揽了全片的编剧、导演、摄影、洗印以及美工、布景等工作，其中剧本部分由冯小隐执笔。

这是一部所谓的"新派电影"。它虚构了一个理想主义的爱情罗曼史：富家女殷福珠在海滨邂逅正在此写生的穷画家周选青。两人意外发现彼此竟是旧时同窗，言谈甚为投机。另一天，福珠在路上遭到强盗打劫，幸得周选青解衣相救，两人遂私订终身，并海誓山盟：若有负约当蹈海而死。不久，福珠回到家中，经不住表兄的重金下聘和殷勤献媚，答应了他的求婚。但在教堂举行婚礼时，福珠幡然悔悟，急奔至周选青家中，却被怒斥变心，不为所纳。福珠羞愧不已，赴海边预备践誓。而周选青从报纸上看到福珠与表兄悔婚的消息，及时赶到，两人尽释前嫌，终成佳偶。

从情节来看，这是一个十分欧化的自由恋爱的故事，与传统中国叙事文艺中塑造的典型人物、情节大不相同。在剧作处理上，本片也多依赖浪漫戏剧性的偶然因素来人为制造曲折跌宕的情节，却相对降低了人物与事件发展的真实可信度。"开爱情片先河的《海誓》不仅在思想观念模仿好莱坞爱情电影，迎合了上海等大都市崇尚西化的新潮观念，在情节内容上也提供了爱情剧的模式，婉转跌宕，动人心魄，甚至在布景、服装、生活方式等方面也都极力洋化。"[39] 不过，影片也因此体现出创作者崇尚西方文明、渴望人性的解放与自由的进步意义，并"用反衬、比较的方法，启发人们的联想，达到揭露封建婚姻制度扼杀人性的罪恶的目的。从这一点上来说，《海誓》与《难夫难妻》具有同等重要的意义"[40]。此外，影片在追求西化唯美的整体气氛下，字幕却都采用了文言文，男女主人公的誓言更是四言韵文。这种不古不今、非中非西的"杂烩"形式，倒也折射出当时半封建半殖民地社会文化的时代特点。

《海誓》是中国第一部不依赖文学、戏剧原作，也并非取材于当时真实事件，却是为影片拍摄而专门创作的长故事片剧作。这本身就具有了里程碑的意义。同时，它也是中国第一部真正意义的爱情片（romantic film）剧本。由此片上映后轰动而引发的爱情片拍摄热潮，可看作是沿着这部影片开创的电影类型（film genre）道路之进一步发展。

《海誓》让我们看到："从模仿好莱坞电影起步的中国类型电影，迎合了观众观赏民族电影的需求，产生了较高的商业价值。借助这个优势，草创时期的中国电影才得以在被西方电影垄断的中国电影市场站稳了脚跟。"[41]

《红粉骷髅》

《红粉骷髅》是由从事过新剧活动的殷显辅兄弟与管海峰共同创立的新亚影片公司出品的唯一一部影片，片长十二本。与《海誓》一样，《红粉骷髅》也是委托商务印书馆活动影戏部代为摄制、洗印的。这部影片开启了中国影片"仿拍"外国畅销（侦探）片的先例。此方法作为一种商业片创作模式在以后很长时间里流传下去。"中国影片抄袭美国侦探长片《秘密电光》里的黑布头套和制服，以骷髅白骨为党记，自此剧始；中国警察，穿了制服，拿了真刀真枪，沿路和盗党大打对子，为后来武侠影片张本，也是这个剧本开头的。"[42]

影片的编剧兼导演管海峰是宁波人，曾与著名京剧老生孙菊仙的儿子创办过上海第一家京剧票房"盛世元音"，后又热心于新剧演出，并以将美国侦探片《黑衣盗》（*The Phantom Bandit*）改编搬上新剧舞台而著称。管海峰对新兴的电影也很感兴趣，曾与张石川合作参与拍摄电影《黑籍冤魂》。

《红粉骷髅》问世前，正值《七新牌》《半文钱》《珍珠案》等美国连集侦探片横扫上海租界影院的时候。管海峰敏锐地抓住了这个商业契机，精心设计出中国式的"侦探武侠片"《红粉骷髅》。谈到这部影片的剧本，管海峰回忆道："剧本的好坏直接影响到投资和利润。根据上海人的心理、口味，当时最受欢迎的，也就是剧院最卖座的一些武侠情节的戏剧。因此，我决定从这方面来选择剧情，但又要别致新奇。"[43] 于是，管海峰从众多的中外侦探小说中挑选出一部故事精彩的法国侦探小说《保险党十姊妹》，以此为蓝本并按照美国侦探片的模式改写而成。为了提高影片的商业号召力，管海峰还特意邀请了当时的著名文人、袁世凯的二儿子袁寒云挂名编剧。接受了袁寒云的提议，影片又改名为更具色情恐怖噱头的《红粉骷髅》。

影片讲述了一个离奇悬疑的侦探故事，但剧本依然保持了传统的戏剧结构模式，因此很适合当时市民观众的欣赏口味和习惯。按照起因、发展、高潮、结局的剧作结构，影片故事大致可分为四部分。起因：女学生黄菊英不慎被汽车撞伤，就诊于医院时与青年医生鲍宗瀛相识相恋。发展：骷髅保险党分子娟娘外出以色行骗，适逢鲍宗瀛在花园等候黄菊英约会；鲍宗瀛禁不住娟娘媚术勾引，身陷其老巢；菊英兄黄谦找到线索，与菊英双双化装深入匪穴，历尽危险，终于查明鲍医生下落。高潮：大批侦探和警察包围匪穴，展开激烈搏斗；后又几番陆争水斗追捕逃匪，终将其一网打尽。结局：获救的鲍宗瀛经过菊英的细心照料康复，有情人终成眷属。

正如新亚公司在广告中宣称的那样，这部影片"有侦探，有武术，有言情，有滑稽"，可以说调动了一切可为其用的剧作元素来刺激和吸引观众。它一方面利用外国侦探小说的故事，模仿美国连集侦探片的情节与人物设置；另一方面又杂糅进了中国观众感到亲切熟悉的武打和言情剧元素。"于是影片既出现了才子佳人的谈情说爱的大团圆场面，又描写了洋律师破案的情节；既充满了用黑布包头，以骷髅白骨为党记，以白壁石梯为巢穴的保险党活动的恐怖，又呈现出文明戏里的那套大打出手的热闹。"[44] 这样的热闹或混乱可想而知，不过这种完全按照商业片规律运作，极尽讨好观众之能事的创作方法，客观上也为此后的中国商业片剧作从正反两方面积累了宝贵经验。

1.2 探索时期（1922—1926）

1.2.1 短故事片压卷之作：《劳工之爱情》

从20世纪20年代初起，中国电影就进入了长故事片的创作阶段，不过短片拍摄并未立刻终止，到20年代中期还出现了近三十部作品，超过故事片总产量的十分之一。这批短故事片包括：商务印书馆活动影戏部的《拾遗记》《清虚梦》《面包梦》（均由陈春生编剧、任彭年导演）；上海影戏公司的《顽童》（但杜宇编导）、《天书》、《顽仆戏主》、《侦探捉骗》、《国王选妃》、《大力仙丹》；中国影片制造公司的《饭桶》；香港光亚影片公司的《做贼不成》《两医生》；雷玛斯影片公司的《糊涂警察》；英美烟草公司影片部的《一块钱》《神僧》《慢慢的跑》《心病专家》《名利两难》；开心影片公司的《临时公馆》《爱神之肥料》《隐身衣》《活招牌》《活动银箱》《怪医生》等。这些影片良莠不齐，但大都沿用张石川开创的滑稽片路数，并受益于中国滑稽文明戏与美国启斯东喜剧。

在短片时代即将结束之际，张石川联合郑正秋、周剑云、郑鹧鸪、任矜萍等组建的明星影片公司推出了三部滑稽短片（均由郑正秋编剧、张石川导演），又成为其中的佼佼者。第一部《滑稽大王游华记》和第三部《大闹怪剧场》都利用了卓别林的形象大造笑料，充分体现出张石川"处处惟兴趣是尚，以冀博人一粲，尚无主义之足云"[45]的制片方针；而第二部《劳工之爱情》（又名《掷果缘》，片长三本，1922）更成为中国早期短故事片创作的压卷之作。

《劳工之爱情》的剧本发表于1922年9月28日和29日的《申报》，署名"秋"，当为郑正秋。这是最早发表的电影"本事"之一（早期中国电影剧本被称为"本事"，是一种电影故事性质的原始电影文学形式。它大致可分为两类：一类是在影片摄制前专为导演提供剧情基础而写的，如这部《劳工之爱情》；另一类则是影片拍摄完毕后复述梗概而成，类似今天的影视改编小说）。由郑正秋写作的这篇"本事"，很像中国文言小说，但又具有较强的场面性、动作性和视觉效果。在此剧本基础上，张石川又于影片拍摄前编写了工作台本。据张石川后来回忆，在明星公司成立不久，"有一位美国科仑比亚大学的电影教授格雷格雷先生在中国旅行，他的游踪竟光临了明星公司……当时，拍电影的剧本，我们苦于没有前例可寻，便自己杜撰了一种格式。趁机会也请教了格雷格雷先生，却出乎意外，他说好莱坞所用的剧本格式也和我们差不多。"[46]程步高也证实："张石川早年所用的导演镜头本，根据幕表，每场情节，分成若干镜头，每个镜头，另起一行，包括号码、人物、动作、表情、对白，写在活页纸上。"[47]这说明中国当时已经出现分镜头剧本了。

《劳工之爱情》的剧本是一则从市井生活中提炼出来的爱情喜剧：改行卖水果的郑木匠，爱慕对门祝医生的女儿，常以墨斗递送水果给她，两人遂结下掷果之缘。郑木匠登门向祝医生求婚，祝医生正困窘于无人问诊又被催迫房租，便许诺：倘使我生意发达，便可娶我女儿。木匠巧动脑筋，在一赌博俱乐部的楼梯上安装机关，使得许多赌徒跌伤，祝医生的病人因此剧增。医生也不食言，最后将女儿嫁给了郑木匠。

剧本的最大成就在于它源于生活却噱头百出的喜剧构思。中国早期的滑稽短片往往都带有为搞笑而搞笑，不惜过分夸张、生造误会的缺点，而《劳工之爱情》在这方面却做出了不同的有益尝试，经得起推敲。比如对于郑木匠这个角色，原来的职业设计就起到了至关重要的作用：他改行卖水果后会用墨线量西瓜、用斧头破西瓜、用刨子修甘蔗、用墨线盒传送水果给自己的心上人（"掷果缘"的由来），行为看似古怪滑稽却又情有可原，让观众在充满生活气息的荒诞中捧腹大笑；后来他为讨好准岳父而在楼梯上做手脚"制造伤病员"，也是因为他出身木匠的缘故。又比如写祝医生要郑木匠为他找来大量病人才肯把女儿许配给他，前面就做了诸多铺垫：小诊所门可罗雀，好不容易等来一个，却不是向他兜售古瓶，就是寻找育婴堂，这时又遭房东催交房租。在这种"屋漏偏逢连夜雨"的窘迫状况下，祝医生再提出看似荒唐的嫁女条件就不会让观众太感突兀了。此外一些细节处理，如祝女把放在墨斗里医生的老花镜荡给郑木匠就突出了一个"巧"字：女儿怕父亲看见，边藏水果边用手绢把墨斗盖上；祝医生却因看历书而摘下眼镜，顺手就搁到手绢上；放好水果的女儿转身顺势把墨斗荡回等等，都不显牵强而又逗人发笑。而郑木匠抓住偷水果的小孩，打完屁股后又送其水果；祝医生误诊卖古董的人后不但买不起古董反而要卖古董；以及"全夜俱乐部"弄得楼下房客睡不着觉等喜剧性细节无不来源于生活，而且能够刻画出人物性格，交代出人物的现实处境，又为人物行为的下一步发展做了剧情上的铺垫。

从思想意义上来说，这个剧本体现出的主要是张石川的趣味主义。但编剧郑正秋又通过表现郑木匠勇敢、智慧地追求爱情的过程，显示出创作者对男女主人公大胆追求爱情的肯定和赞美，宣扬了劳动自立、婚姻自由的民主思想，也嘲讽了流氓无赖等社会不良现象。因此可以认为，这个为影片成功摄制奠定了良好基础的剧本，正是郑正秋和张石川两种创作思想的集合。

《劳工之爱情》是中国短故事片艺术经验的集大成者，在中国电影艺术发展道路上具有重要意义。可以看到"中国的短故事片创作，从《难夫难妻》到《劳工之爱情》，整整经历了十个年头，这中间是时断时续的。郑正秋和张石川的合作——张石川短片——任彭年短片——郑正秋、张石川再度合作，这就是中国短故事片发展的轨迹。如果说，《难夫难妻》等短片仅仅是试验，这批初始作品的意义，在于开创了中国的故事片创作从无到有的历史；如果说，1916年《黑籍冤魂》在电影叙事方面做了尝试；那么，由任彭年等人拍摄的短故事片，则在喜剧样式方面有了明显进步；张石川、郑正秋等人拍摄的《劳工之爱情》等片，则标志着中国无声短故事片创作趋于熟练。"[48]

1.2.2　走向多元化的长故事片

1921年开始的中国长故事片的迅速发展首先是由商业驱动的。彼时在短片方面，中国电影受到卓别林、劳埃德等外国喜剧明星主演之滑稽短片的"排挤"；另一方面国外长故事片的引入又让看惯了只会耍噱头之滑稽短片与文明戏般社会伦理剧的观众大开眼界。在这样的状况下，中国电影要想生存发展就只有一条出路——那就是拍摄自己的、受观众欢迎的长故事片。

在短故事片向长故事片过渡的摸索过程中，中国电影人逐渐积累了宝贵经验，初步掌握了长篇叙事能力。尤其是1921年到1922年，《阎瑞生》《海誓》和《红粉骷髅》三部长片出现后，中国长故事片开始以剧本为基础向多元化方向探索。

侦探片

1923年，由郑正秋编剧、张石川导演、明星公司摄制的《张欣生》（又名《报应昭彰》）上映，成为继《阎瑞生》《红粉骷髅》之后中国早期侦探片又一部重要代表作。

与《阎瑞生》相似，《张欣生》的剧本也是根据1921年轰动上海的张欣生弑父案改编而成的。在电影摄制之前，以此为题材的改编新剧就已经热演于上海的大世界大剧场、共舞台、笑舞台乃至汉口的新市场、怡园等剧场。

该片的剧本按真实案件发展过程顺序展开情节：张欣生沉湎烟赌，挥霍无度，因不满悭吝刻薄的父亲，遂与密友朱健臣合谋，每日以微量砒霜混于食物中将其父毒毙。事成后，朱健臣因没拿到张欣生先前许诺的"封口费"，不平而鸣，被茶馆老板朱潮生得知。朱潮生借调停两人之机，以此要挟张欣生索还曾抵押给其父的田单。张坚拒。朱潮生遂怀恨在心，起告发之意。同时，张欣生之弟张烽生也风闻其兄毒父之事，急忙回家找母亲商量，不想却被张欣生之妻偷听到。为安抚住弟弟，张欣生大办宴席为其娶妻。没想到节外生枝的是宴席大厨因受不了张欣生的苛刻而投河自尽。张欣生焦头烂额，再闻朱潮生欲告发他的噩耗，惊恐万分，仓皇出逃。那边，县公署接到朱潮生状纸，开棺验尸，终将张欣生等一一追捕归案。法网恢恢，张欣生、朱健臣、朱潮生三人均被处以死刑。

与《红粉骷髅》完全脱离现实生活，一味追求情节离奇曲折、场面夸张惊悚不同，《张欣生》与《阎瑞生》走的都是记录发生在当下社会中犯案实情的路数。这类被标榜为"实事影片"的电影，在创作模式上已呈现出某些规律性特征，体现在剧本上主要有以下两点：一是"注重题材的实事性，以具有轰动效应的社会新闻作为表现内容，讲究主要人物与生活原型的吻合和对应；当然也不排除在保持基本事实前提下进行局部细节的虚构。"[49] 二是"在表现影片内容时，往往体现出二元对立的价值观念：一方面以极大的兴趣展览和渲染与现有伦理道德相悖的主人公的行为方式和动作过程，暗合一般观众反文化、反秩序的宣泄心理；另一方面，则又趋同于传统的文化秩序和道德规范，以惩恶扬善来劝人向善。但往往前者是实在的、潜藏的，而后者是表层的、概念的，表现出两种价值矛盾中的失衡；它们的传恶的一面总是大于劝善的一面，不怪社会秩序的维护者不欢迎它们了。"[50] 这种创作方法对此后的中国故事片创作产生了长远影响。比如1928年的《黄陆之爱》(编剧：郑正秋；导演：郑正秋、程步高）就是用这种方法对一起轰动当时的恋爱事件的搬演。

除了竭力模仿实情以凸显电影情节的逼真性与震撼力，善于编故事的郑正秋还充分发挥想象力虚构出一些源于生活的生动抓人的细节场面，更增强了剧作表现力。比如张欣生夜盗账房被父亲发觉，两人摸黑周旋；查出真相后，母亲又护着儿子，与父亲争闹不休；弑父真相败露后母亲的矛盾心情，两兄弟的各自盘算；张欣生逃跑时，母亲、妻子、儿子全家的悲戚无助等，都为案件故事增添了生活气氛和人情色彩。这是《阎瑞生》剧作较之不及的地方。

总之，"《阎瑞生》《红粉骷髅》《张欣生》这三部故事片的拍摄，在选材上投合了当时以上海为主的大城市的市民观众的观赏趣味和社会心理"[51]（事实上，从现实生活中的犯罪案件或畅销侦探小说中取材也是好莱坞侦探片采用最多的方法）；创作上又借鉴了好莱坞"情节剧"，尤其是当时在上海影院大量放映的《秘密电光》《旅客黑幕》《怪盗窿》《鹰面人》等侦探、神怪片的剧作与导演技巧；再糅合进中国市民观众喜闻乐见的惩恶扬善的道德意味，创造出中国第一批深受市民观众喜欢的"奇情"侦探片。

爱情片

上海影戏公司的《海誓》和《古井重生记》的诞生，标志着爱情片这种类型电影在中国的出现。爱情片的创作发展十分迅速，到1926年产量就已超过国产电影总数的一半以上。这类影片受到欧美电影尤其是美国爱情片的重要启蒙影响（如格里菲斯［D.W. Griffith］的一系列影片：《残花泪》［Broken Blossomsor The Yellow Man and the Girl］、《孝女沉舟》［The Love Flower］、《赖婚》［Way Down East］、《乱世孤雏》［Orphans of the Storm］等）；同时又与畅销言情小说有着密切关系，甚至直接取材于后者，"但两者又有很大区别，主要表现在从才子佳人转向小市民，由父母之命变为一见倾心，把大家庭改成小家庭，反映了当时中国半封建半殖民地社会生活的某些变化。"[52]

虽然爱情片不及后来出现的社会片那样针砭时弊、宣扬主义，但这些影片中的绝大多数也并非完全脱离社会现实的风花雪月、空中楼阁，它们或多或少受到"五四"运动思想解放的影响,于男欢女爱的情感纠葛故事中提倡自由恋爱和女性解放,反对金钱和封建礼教下扭曲的爱情。

(1)哀情片《古井重波记》

如果说《海誓》开中国电影爱情片之先河,那么但杜宇在1923年导演的《古井重波记》(编剧:朱瘦菊)则将这一类型电影继续发展下去。不过与《海誓》不同的是,在《古井重波记》中再也看不到女主人公幡然悔悟、男主人公顿释前嫌、两人兜兜转转后终于破镜重圆的理想主义结局套路,而是把女主人公的身世和感情历程编织成一出哀艳感人的悲剧。《古井重波记》因此在中国开创了爱情电影的一种亚类型——哀情片。

在剧作上,这部影片"情节的丰富、曲折,大大超过了《海誓》;特别是人物关系的描绘和人物性格的刻画,都更加细致、合理。影片着力塑造了女主人公的优美形象;她出于对前夫的爱情忠贞,矢志不嫁;后来由于青年律师闯入她的生活,重新激起情爱的波澜;最后手刃杀害她情人的恶棍,表现出一个集柔美与刚烈、传统与现代的多色调人物性格。在人物刻画上,它已经注意到了对人物内心层次的开掘和把握。……影片对陆娇娜与李克希的若即若离的复杂情感和陆娇娜在李克希墓前的悲楚心态,则做了较为细致、合理的摹写。影片在第6本中通过一个较长的闪回段落,回溯七年前陆娇娜与丈夫婚前的私奔生活,就给女主人公在封建道德与精神追求之间的痛苦矛盾提供了必要的心理逻辑"[53]。

在中国最早的几部长故事片中,与"商业挂帅"的《阎瑞生》《红粉骷髅》和《张欣生》等奇情侦探片相比,《古井重波记》和《海誓》都属于较多追求艺术格调的电影。因此从剧本架构、人物塑造到拍摄技巧上,本片在艺术层面都显得优于同时期的其他电影,并带有浪漫主义唯美倾向。但杜宇在影片中体现出的"影戏,动的美术也"[54]观念也影响了后来的史东山。该片上映后得到很高的评价,被认为是"中国第一部受到舆论界认真、严肃评论的影片"[55]。《申报》1923年5月22日载文报道《〈古井重波记〉不日重映》:"上海影戏公司所制之哀情影片《古井重波记》,前在沪开映,备受观众欢迎,各界赞美批评之文,散见各大日报,不下数十篇,为中国影戏从来所未有。"由此可见一斑。

（2）洪深及其早期爱情片

洪深在中国电影史尤其是电影编剧史上占有极为重要的地位，他至少创造了两个里程碑式的"第一"——中国第一部真正意义上的电影剧本《申屠氏》（也作《申徒氏》）和中国第一部有声电影《歌女红牡丹》的剧本。

洪深，字浅哉，1894年生于江苏常州。1916年，洪深从清华大学毕业后赴美学习陶器工艺，后转入哈佛大学攻读戏剧文学，又于波士顿表演学校、考柏莱剧院附设学校进修表演、导演课程，并参加美国职业剧团巡回演出。1922年，洪深回国，继续进行戏剧活动并任职于中国影片制造公司。正是在此期间的1924年，洪深创作出讲述北宋女子申屠希光报杀夫之仇故事的电影剧本《申屠氏》，成为中国电影史上第一部完全意义的电影剧本。

"之所以说《申徒氏》是中国第一个真正的电影剧本，是因为该剧本严格地按照电影的艺术规律，第一次对电影剧本进行了'分镜头'组合；而且还将电影中的'换影之法'如渐隐、渐现、化入，'著重之法'如加圈、放大、特写，以及'表示目中所见、口中所说、心中所思、念中所幻'之法如闪景（即闪回）、幻景、化入（与前同）等等具体运用于电影剧本之中。"[56]该剧本发表于《东方杂志》1925年第22卷第1—3期上，为后来的中国电影剧本写作树立了严格的技术规范。不过遗憾的是，随着中国影片制造公司的夭折，这部剧本也被搁置，最终没有能够搬上银幕。

1925年5月，明星电影公司聘请这时已在复旦大学执教的洪深为其编导电影。包天笑曾回忆道："那时候，洪深回国到上海来了，明星公司便邀请了洪深为编剧。他是在外国学习过戏剧的，研究有素，不像我们是个半吊子。自从洪深来了，明星公司似乎方始踏上了轨道，他是编导合一的，只可惜所编的剧，有些曲高和寡，北方人所谓'叫好不叫座'，那就是上海观众的程度问题了。"[57]的确，洪深最先创作的《冯大少爷》（自编自导）、《早生贵子》（又名《老伉俪》。编剧：郑正秋；导演：洪深）反应平平，直到1926年，两部爱情片《四月里底蔷薇处处开》和《爱情与黄金》才让他在电影界声名大振。《四月里底蔷薇处处开》由郑正秋编剧，用爱情讽刺喜剧的形式辛辣鞭挞了一个好色的银行经理的丑陋行径。《爱情与黄金》却是一出悲剧，洪深借剧中角色之口点出题旨："爱情与黄金，你以何者为重要？"这部带有"心理剧"色彩的影片更多地体现出洪深的艺术风格与思想理念，被评论界盛赞不已："近年来各公司所出之影片，无不偏于恋爱方面，然恋爱问题之影片中，《爱情与黄金》当推巨擘矣。"[58]

洪深的戏剧理论功底相当深厚，尤其在编剧方面成绩尤为突出。他的剧本特别擅长塑造各式各样的人物形象，尤其是角色性格与心理的刻画细致入微、活灵活现。因此当时有人评论说，洪深一连创作五部影片、描写三十七个人物，却"能够个性完全独立，各不相混""五部片子的情节，又各有各的结构"，完全没有"人云亦云的熟套"[59]。此外，"他的作品要比郑正秋、张石川'现代'一点；而又有一致性，适应大众娱乐形式。题材多是都市生活的，有平民情趣"[60]。

（3）《玉洁冰清》与欧阳予倩

欧阳予倩，1889年生于湖南浏阳，祖父欧阳中鹄是谭嗣同和唐才常的老师，而唐才常又是欧阳予倩的老师，因此他从小就受到维新进步思想影响。15岁留学日本，先后就读于日本成城大学、明治大学（商科）、早稻田大学（文科），又接受西方现代思想熏陶。回国后，欧阳予倩同时致力于京剧、话剧、电影三界，皆有非凡成就——在京剧界与梅兰芳齐名，号称"北梅南欧"；在话剧界作为南国社核心人物，奠基开拓中国话剧；在电影界成为早期中国电影最重要的编剧和导演之一。

1926年，民新公司摄制爱情片《玉洁冰清》，这是欧阳予倩编写的第一部电影剧本。影片讲述了一个两女一男的三角爱情故事：账房先生之子伯坚与高利贷主钱维德之女孟琪青梅竹马。伯坚大学毕业后，钱维德见其年轻有为便有意将女儿许配给他，孟琪也心甘情愿。没想到接受新思想教育的伯坚却深恶钱维德压榨穷人的卑劣行径并恶及孟琪，坚拒婚事。又一日，伯坚仗义援助债户老渔翁时与其女素仙相识相爱，遭到伯坚父与钱维德的重重阻挠，两人被迫断绝往来。伯坚更被逼出走上海，写书维生，却有孟琪不断暗中帮助。最后，还是孟琪成人之美，使伯坚与素仙一对恋人终成眷属。欧阳予倩在剧本中表达了憎恶高利贷剥削者与同情穷苦百姓的民主主义思想，但在人物刻画上却没有流于简单化、概念化，而是较丰富地揭示出不同人物之间情感关系的复杂性、多变性。欧阳予倩说："人类是矛盾的动物，因为矛盾的缘故，变化非常的繁复。同时有抵抗，也有退让；有强，也有弱；有美,有丑;有自尊,有牺牲;种种色色的性格,造出种种色色的环境。而且性格的分量是不能平均,心理状态有常有变;因此人与物,人与人相互的关系瞬息万变。"[61]

欧阳予倩所谓的"女性电影"也是从这部《玉洁冰清》开始的,包括他在这一时期编导的另两部电影《三年以后》(1926)和《天涯歌女》(1927),这成为今后他的电影创作生涯中最多关注与表现的题材。在这些影片中,大多非常自觉而明确地采用"女性的观点",关注女性命运,注重女性尊严,以她们的遭遇来表现社会环境的压抑及"人的苦闷"。这在中国早期电影中是不多见的。他在20世纪20年代曾创作京剧《黛玉葬花》《宝蟾送酒》《黛玉焚稿》《人面桃花》《潘金莲》《梁红玉》《桃花扇》《木兰从军》《孔雀东南飞》等。可以说,欧阳予倩的电影成就与他在舞台生涯中对女性形象的塑造和对女性心理及其命运的深刻体验不无关系。

社会片

20世纪20年代初,以关注社会现实、提出并讨论具有普遍意义的社会性议题为特征的社会片出现在中国电影中。这些影片"一方面,受'文以载道''经世致用'传统文化思想的影响,重视电影的教育功能,强调艺术家的社会责任,把电影作为启迪思想改造社会的手段;另一方面,受西方近代剧的影响……易卜生、奥尼尔等具有批判精神的'问题剧',如《娜拉》《琼士王》等,被搬上中国舞台。新剧家从中接受了新的思想,学习了新的剧作手法,将其影响带到电影创作中来。"[62]

(1)《孤儿救祖记》

1923年,明星公司拍摄《孤儿救祖记》,由郑正秋编剧,郑正秋、周剑云撰写字幕说明,张石川导演。此片开中国电影社会片之先河,同时也是明星公司制片方向由"兴趣是尚"向"感化人心"转变的开始。它证明了,张石川的"时尚"没有胜过郑正秋的"传统";外国的"滑稽大王"也没能胜过中国的"孤儿寡母";插科打诨的"短片"没能胜过曲折跌宕的"长剧";纯粹的"娱乐遣兴"没能胜过"善恶教化"。这一中国电影史上的"中国特色"值得后人认真研究和分析。

《孤儿救祖记》的故事情节是：富翁杨寿昌的儿子道生不幸堕马而死，富翁之侄道培乘机大进谗言，致使杨寿昌以为儿媳余蔚如不贞，遂将已怀孕的她逐出家门。十几年后，道生和蔚如的儿子余璞长大，又在杨寿昌所办的学校里读书。寿昌很喜欢余璞，但不知道这就是他的孙子。此时他已觉察道培的种种不端之处，对其已失去希望和信任。道培怀恨在心，意图杀叔夺财。在危急时刻，恰好余璞来访，机智勇敢地救了老人。杨寿昌才知救他之人原来正是自己的孙子，也明白了儿媳当年蒙受了不白之冤，于是一家团圆。蔚如感到自己的沉冤昭雪得力于学校，于是拿出一半家财兴办义学，广收贫寒子弟入学。

从以上剧情不难看出，郑正秋把教育、遗产、人伦等严肃社会问题成功地融入一部家庭伦理剧的叙事框架之中，既满足了普通市民观众对于家庭悲欢离合以及人物跌宕命运的心理关注，又热切呼应了当时要求取缔封建遗产制度、提倡平民义务教育等时事热点，因此不但票房极高，还受到舆论界广泛赞誉。

《孤儿救祖记》的剧作成就尤为突出。首先是悬念设计与铺陈的叙事技巧。影片开始先渲染了杨家其乐融融的生活气氛，忽然杨道生意外堕马而死，情节突变。紧接着，杨道培设计陷害蔚如、独占财产的情节构成了影片的大悬念——道培诡计能否得逞？遗产最后将落入谁手？之后的剧情呈两条线索交替：道培激怒叔父逐媳阴谋得逞，一步步侵吞家产；蔚如无奈离家，抚育遗孤。及至祖、孙在学校里相遇相交，两条线索终于交汇并激起新的悬念。未几，道培行凶，孤儿救祖，翁媳相见，把剧情推向了高潮。"它显然较多地借鉴了中国传统叙事艺术中章回小说和通俗戏曲的传奇写法；讲究情节的曲折和戏剧性，构成因素的奇和巧，使影片产生一种曲折宛达、波澜万千的艺术效果。"[63] 其次是通过对比和反衬来展示人物。如描写余蔚如这个代表着中国理想女性模式的人物时，郑正秋把她与杨道培进行对比：杨道培嫖娼宿妓、无恶不作，余蔚如吊唁亡夫归来，遭陆守敬调戏，便怒斥他"何物狂奴，取肆轻薄"；杨道培阴谋得逞，猖狂一时，余蔚如却含冤被逐又遭丧父，凄凉万分；杨道培侵吞巨款、挥霍无度，余蔚如含辛茹苦，独自抚孤。"影片正是通过上述一系列有序、鲜明、强烈的对比和反衬，使观众在对女主人公的赞许、同情甚至认同的基础上，取得与创作者一致的观点，有效地引导和控制了观众的情感投入。"[64]对场面细节的精心设计是剧本的另一大特色，使影片显得不但生动有趣，而且合情合理。比如杨寿昌与孙子相识，缘起余璞破缸救人，引得杨寿昌称赞"难得这孩子会学习司马温公来救人"，又引出工头"什么死马瘟公，死牛瘟公，我只晓得要赔钱"这样逗人发笑的答话。再如孤儿救祖一场，余璞年幼乏力，本来不可能对敌道培等人，但剧情设计为当他奋力将祖父推开时陆守敬的利刃恰好误中道培，这样处理就巧妙而又令人信服地构建出高潮中的尖锐冲突。

　　总之，郑正秋的《孤儿救祖记》剧作充分发挥了他擅长编写家庭伦理戏的特点，吸收传统叙事艺术的养料，注重从民族欣赏习惯出发，因此这部影片的票房与好评为岌岌可危的明星公司挣回了巨大声誉，而影片的商业化与社会效益结合的方式也为明星公司此后的创作路线奠定了基础，并影响到整个中国国产片的创作潮流。史学家认为这部片"展开了国产电影的局面，建立了国产电影的基础"[65]，"中国'默片时代'的黄金岁月，可以说是由《孤儿救祖记》开始的，在这之前，民族电影尽管已经有了近20年的时断时续的历史，基本完成了从短片到长片的过渡，并且开始在市场上寻找自己的一席之地，但从总体上来说还远不能与外来影片相颉颃。而只有到了《孤儿救祖记》的问世，国产片才获得了足够的市场和舆论的信誉。"[66]

（2）郑正秋与张石川比较

　　张石川与郑正秋在电影创作观念及明星公司的创作路线上的确各有主张。郑正秋要求"明星出品，初与国人相见于银幕上，自以正剧为宜，盖破题儿第一遭事，不可无正当之主义揭示于社会"[67]；而张石川从电影企业家的角度提出"处处惟兴趣是尚，以冀博人一粲，尚无主义之足云"[68]。于是有些电影评论家与电影史学家就以此定出张石川与郑正秋的高下，这是相当不客观不公正的。

　　从观念上来说，郑正秋大张旗鼓地宣扬电影之教化功能，以影片为笔书写他一以贯之的人道主义思想和社会批判精神。在他看来，"一位对于社会有极大贡献的好导演，他要抵得到数十百位学校的教师，抵得到数十百位治病的医生……不过，你要是一个坏导演的话，那你的罪过就比穷兵黩武的炮手，还要厉害到千百倍，比杀人放火的强盗，还要厉害到千百倍。所以，我做导演，往往喜欢在戏里面把感化人心的善意穿插进去……电影不单是娱乐，电影应该有教育意义。"[69] 张石川是中国电影事业的开拓者，也是早期中国电影技艺的探索者。作为明星公司的老板，他自然多从实际的经济利益及电影的商业效应方面去考虑问题。他清醒地认识到："目前的中国电影，主要是要抓住观众，有了观众才能灌输。就是有了好的意识，也得有人来看。如不来看，仍是无益……"[70] 事实上，相对于郑正秋多见于笔端的"主义"，张石川更富有实干精神，他创作了大量具有一定思想深度和社会批判意义同时又为一般观众喜闻乐见的电影作品。

从剧作技巧来说，郑正秋由舞台而电影，较多受到戏剧影响，并从他所熟悉的中国古典小说和传统中获得宝贵经验，以善于构置情节、刻画人物著称；张石川却一直浸淫于电影，在剧本创作时就具有相当的电影画面思维，且对导演艺术更为擅长。另外，由于两人都从事过新剧活动，所以皆能熟悉观众口味，力求剧作通俗易懂。

此外，与郑正秋相比，张石川的创作题材、风格、观念要更丰富宽广。他既开滑稽短片的先河，又是长篇正剧的导演；既是武侠神怪电影的始作俑者，又是左翼新潮的拥护者；后来甚至将明星公司分为两厂，一边拍摄进步电影，一边拍摄鸳鸯蝴蝶派影片。同时需要特别指出的是，张石川与郑正秋的分歧从未在明星公司的制片史上形成南辕北辙的局面，恰恰相反，两人和谐的互补关系形成了"营业主义加上一点良心"[71] 的通俗社会片的正确制片方针。

（3）侯曜的"问题剧"与"长城派"

侯曜，1903 年出生，广西人。深受易卜生戏剧影响，力主"为人生的艺术"。他认为："影戏是戏剧之一种，凡戏剧所有的价值它都具备。它不但具有表现，批评，调和，美化人生的四种功用。而且比其他各种戏剧之影响，更来的大。"[72] 正是他在 1924 年到 1926 年间编导的《弃妇》（1924）、《摘星之女》（1925）、《春闺梦里人》（1925）、《爱神的玩偶》（1925）、《一串珍珠》（1925）、《伪君子》（1926）等一系列"问题剧"为"长城派电影"打下一片天地。其中尤其值得注意的是，他创作的《弃妇》是最早发表的较为完整的文学剧本之一，几乎与洪深的《申屠氏》出现于同时期。另外，改编自莫泊桑小说《项链》的《一串珍珠》被完全改写成发生在中国社会之故事。"这也是中国电影改编外国作品的一个特点，一直延续到中华人民共和国成立前都是这样。"[73]

侯曜所谓的"问题剧"，即每一剧提出一种"人生问题"。如《弃妇》中的妇女职业问题、《摘星之女》中的恋爱问题、《春闺梦里人》中的非战问题、《爱神的玩偶》中的婚姻问题、《一串珍珠》中的家庭与道德问题、《伪君子》中的社会问题等。受到侯曜这种电影艺术观念影响，长城公司确立了"移风易俗、针砭社会"的制片方针，被批评界冠以"长城派"之称。这种"问题电影"的创作同时受到当时中国文学界流行的"问题小说"影响，而更深刻的源头当然还是"文以载道"的传统及现代"改造社会"功利观念的直接影响与要求，让文艺为社会进步服务。然而，尽管得到了部分进步知识分子的肯定，但一般市民观众却对"长城派电影"反应冷淡。其主要症结在于"问题"大于"艺术"，说教多过剧情。这种"问题"实际上从侯曜编导的《弃妇》开始就已经很明显了，许多细节的处理太过简单，甚至有悖惯常情理。事实上，对作为编剧的侯曜的批评一直就没有停止过，比如他后来在民新影片公司拍摄的"问题剧"《复活的玫瑰》就有人尖锐批评道："假使民新的出品，都像《复活的玫瑰》这般恶劣，那我可以说民新的失败也完全是受了制片者的影响。因为那《复活的玫瑰》的制作者，仍旧走着他从前编演《弃妇》和《春闺梦里人》的差路，简直找不到一些进步的特征。关于他编剧手段的幼稚、谬误，我曾在《影戏世界》第4期《评〈春闺梦里人〉》一文里详细的说过。据说这位挂着戏剧专家头衔的戏剧专家，还做过一部《影戏剧本作法》。这部大作，我虽是不曾拜读，然而在这部《复活的玫瑰》里面更可以使我坚决地相信这位著作《影戏剧本作法》的戏剧专家，简直是不懂影戏是个什么玩意儿。"[74]

上述批评也许过于苛刻。但"问题"影响了艺术，更影响了电影的商业化性质却正是很多国产电影的弊端所在。侯曜在这时期的电影作品以及"长城派电影"最终不被市场接受，无疑为我们提供了一个值得深思的教训。

"商务"长片创作

（1）编剧杨小仲

商务印书馆的活动影戏部无疑是中国早期电影的重镇，其中核心人物一是任彭年，一是杨小仲。任彭年是中国最早的电影导演之一，杨小仲则是中国最早的电影编剧之一。中国电影史上的第一部长故事片《阎瑞生》就是由杨小仲编剧、任彭年导演的。其后，商务印书馆活动影戏部的有影响的作品《好兄弟》（1922）、《松柏缘》（1923）等也都是由杨小仲编剧、任彭年导演的。

杨小仲生于1899年，17岁考入商务印书馆半工半读，两年后正式进入商务馆机要科任职。出于对电影的热爱，他的业余时间全都用来看电影、写影评，进而发展至做编剧。杨小仲自编自导的第一部影片是《醉乡遗恨》，讲述一个沉湎醉乡的职员因醉酒逼死妻子，从此潦倒并后悔终身的故事。电影的内容及主题虽是平平，但能切合实际，打动观众，具有商务印书馆所追求的教育意义。《时报》《申报》《时事新报》等各大报纸连篇登载评论文章，誉之为"不可多得的影片"。郑正秋也评价道："这部戏是与中国电影前途大有关系的。"[75] 事实上，这部影片的成功促成了商务印书馆创办独立的国立影业公司，并聘请杨小仲以编剧身份正式加入电影业。

杨小仲在《忆商务印书馆影戏部》一文中追述他在1923年前后创作《好兄弟》剧本的情形时说："这剧本在编译所审定时，被评为甚有教育意义，以50元购买了不满3000字的故事梗概，写成对白、分幕本又得到200元酬劳。"[76] 可以推知，当时的摄影台本已有比较具体的分镜头处理，它是在"本事"提供的故事梗概基础上写成的，包括镜头、场景、情节、对话等内容。

杨小仲后来先后加入长城、昌明（由杨小仲与陈趾青合作创办）、联华、新华、中联、华影、国泰等制片公司，先后导演过《不如归》（1926）、《火焰山》（1928）、《大侠甘凤池》（1928）、《白蛇传》（1939）、《隋宫春色》（1940）、《女鬼》（1940）、《三教娘子》（1940）、《626间谍网》（1948）等影片90多部（截至1949年）。不仅数目庞大，而且形式多样，包括社会片、言情片、武侠片、神话片、侦探片、喜剧片、戏曲片、历史片、恐怖片、间谍片、文艺片等十多种类型。不过"在通常的电影史书中，对杨小仲在1949年之前的电影创作评价不高，原因是他所创作的影片，大多数不符合'思想主题第一'的进步电影潮流，更没有为中国革命宣传做出过什么贡献。然而，若是换一种电影史观，那就是另外一回事了：杨小仲是一位出色的商业电影导演，他的电影创作总是紧紧跟随电影市场及观众兴趣的潮流变化，不断开拓新领域、新类型、新形式、新技术及新方法，为早期中国商业类型电影的奠基和发展做出了重要的贡献。在商业电影方面，杨小仲这位'百部大导演'的电影创作，堪称一个'富矿'"[77]。

（2）传统小说改编电影

从1922年下半年到1923年底，商务以较快的速度相继拍成了《孝妇羹》《荒山得金》和《莲花落》三部长片（均由陈春生编剧、任彭年导演）。这三部故事片都改编自传统小说或戏曲，都强调电影的教育作用。

《孝妇羹》取材于《聊斋志异》中《珊瑚》一篇。电影剧本主要选取了原小说的前半部分的情节，突出了婆恶媳孝、戒恶向善的主题，被宣传为"描摹孝媳恶婆循环果报""实为中国家庭中警世、劝善劝孝、感化人心之第一影片"[78]。《荒山得金》改编自明末抱瓮老人所辑《今古奇观》中的《宋金郎团圆破毡笠》一篇，讲述小康人家突遭强盗抢劫、家破人亡，只剩下少年宋金郎一人被船户刘有泉收留并成为其女婿，没想到婚后不久，金郎为妻子宜春寒夜求医，劳累致疾，刘有泉遂起嫌弃之意，设计将他弃之荒山。金郎落魄，栖身岩下，却偶得当年他家被劫财产。在曾相助过的船主的帮助下，金郎与盗匪殊死恶斗，携金而归并与宜春团圆。"改编者陈春生也对原著作了较大的删改，剔除了原著中病和尚死后投胎、'圣僧显化相救'等大量佛教因缘成分，而把主要笔墨用之于人情世事的描写，突出了宋金郎和刘有泉不同行为的义利对比，强调劝人向善的宗旨……由于有原小说的基础，剧作内容显得丰厚。所以评论认为它'较《孝妇羹》一片为佳'。"[79]《莲花落》以绍剧、秦腔中剧目《郑元和落难唱道情》和《刺目劝学》为蓝本改编而成，描写郑元和与同乡乐道德结伴来上海读大学，却被妓女李亚仙吸引，流连忘返。郑元和挥霍一空后流落街头，被羞恼交加的父亲施以老拳，弃于荒郊。郑元和跟随乞丐张三，卖唱《莲花落》行乞度日。而亚仙为了元和出私蓄赎身，出资并以自毁双目相逼，让元和上学。元和从此洗心革面，归入正途。

《孝妇羹》《荒山得金》《莲花落》三片的剧作内容，开了中国传统小说和戏曲改编为电影的先例，体现出强烈的宣扬伦理教化和传统文化的倾向。在改编中，它们一方面借鉴了中国古典小说和民间文艺的叙事技巧，另一方面也承袭了中国传统的道德精神。影片的创作者正是在这两点上找到了对原著进行改编的契合点。从艺术探索来说,这三部影片都以服从观众的审美习惯为前提,它们所叙述的故事有头有尾,其间颇多起伏和曲折,但又避免过大的情节跳跃,娓娓道来,很合中国观众尤其是普通市民观众的口味。然而同时它们也没有多少创新,显得一般化。从思想内涵说,这三部影片对于原著所承载的传统思想意识缺乏应有的分析、选择,特别是在"五四"新文化运动后,这三部影片所宣传的具体教化内容如《孝妇羹》的"教孝教慈"、《荒山得金》的"循环果报"、《莲花落》的"讽世劝善",其实际的社会价值和意义都因游离于时代潮流之外而显得陈旧了些。[80]

1.2.3 鸳鸯蝴蝶派与市民电影

鸳鸯蝴蝶派是一种由小说到电影的市民文艺流派,虽然广受读者、观众欢迎并对中国商业叙事电影产生很大影响,但在相当长时期里都没有得到评论界与史学界的公正评价。保守主流评论认为"所谓'鸳鸯蝴蝶派',就其思想倾向来看,代表了封建阶级和买办势力在文学上的要求;就其成员来看,也是封建的遗老遗少和买办性的洋场才子的结合……从清末到民国初年,随着中国社会的进一步半殖民地化,具有庸俗趣味的小市民阶层日渐增多,为这派作品的流行提供了社会基础""在鸳鸯蝴蝶派这个总的名目下,也包含着由原来具有一定社会批判意义的谴责小说蜕化而成的所谓黑幕小说,由原来在一定程度上反映了封建社会中人民正义要求的侠义小说堕入末流的武侠神怪小说,加上帝国主义国家输入的侦探小说等等,构成了一股极为有害的反动文学的逆流;其中虽然也有极少部分以比较通俗的形式多少反映了一些当时社会的现实,但总的说来,它对当时广大的小市民和知识青年起了极坏的麻醉腐蚀作用""在中国电影事业被投机家们竞相投资而畸形繁荣的情况下,鸳鸯蝴蝶派文人以他们与封建势力和买办阶级的血缘关系,于1921年前后,便大批地渗入到电影创作部门中来"[81]。

鸳鸯蝴蝶派文学产生于20世纪初的上海,后来渐及北京、天津等其他城市,"五四"前后达到鼎盛时期,并一直延续到新中国成立才随着政治上的变革而结束,前后持续约四十年。"鸳鸯蝴蝶",顾名思义,即以形象化的名称来指谓民初的才子佳人言情小说,但是这一流派的作家创作并不仅仅局限于此,武侠小说、侦探小说、揭秘猎奇的社会小说也都是他们擅长表现的题材。用"鸳鸯蝴蝶派"已无法概括全部,因此也有人用该派最有代表性的刊物《礼拜六》名之,称其为"礼拜六派"或民国旧文学派。

1912年,鸳鸯蝴蝶派早期重要人物徐枕亚的小说《玉梨魂》出版,成为这一流派的代表作。这也是第一部被搬上银幕的鸳鸯蝴蝶派小说。同名电影的剧本由郑正秋创作,影片由张石川执导。该片的成功促使明星公司于1925年又根据鸳鸯蝴蝶派另一代表人物包天笑的翻译小说《苦儿流浪记》改编拍摄了影片《小朋友》。影片讲述了一个欺嫂害侄、弟夺兄产的故事,揭露了拜金主义与封建遗产制度的危害,是一部将外国故事完全中国本土化的电影。同年,公司干脆把包天笑请进公司担当编剧,先后创作出《可怜的闺女》(1925)、《多情的女伶》(1926)、《好男儿》(1926)等电影剧本,并根据日本畅销小说《野之花》改编成轰动一时的影片《空谷兰》(1925)。包天笑回忆当年郑正秋请他做编剧的情形时写道,"我说:'你们真问道于盲了,我又不懂得怎样写电影剧本,看都没有看见,何从下笔?'正秋说:'这事简单得很的,只要想好一个故事,把故事中的情节写出来,当然这情节最好是要离奇曲折一点,但也不脱离合悲欢之旨罢了。'我笑说:'这只是写一段故事,怎么可以算做剧本呢?'正秋说:'我们就是这样办法……'"[82]

明星公司的这一批鸳鸯蝴蝶派电影受到普通市民观众的热烈欢迎,引得其他公司竞相效仿,纷纷把鸳鸯蝴蝶派的文人请进公司担纲编剧。如朱瘦菊加入"百合",创作《采茶女》(1924),"百合"与"大中华"合并后,又编导《风雨之夜》等;周瘦鹃参加"大中华",创作《马介甫》(1926)等;徐卓呆与汪伏游创办开心影片公司,创作《隐身衣》(1925)、《雄媳妇》(1926)等;周鹃红为"华剧"创作《奇峰突出》(1926),为"快活林"创作《移花接木》(1926)、《四大金刚》(1927)等。其他如张碧梧、徐碧波、程小青、陆澹盦、严独鹤、江红蕉、施济群、郑逸梅、姚苏凤、王纯根、张秋虫等人也先后加入了电影界。鸳鸯蝴蝶派的名作如《空谷兰》(1925)、《侠凤奇缘》(1927)、《梅花落》(1927)和《火烧红莲寺》(1928)等在20世纪20年代中后期陆续被拍成电影。从1921年到1931年,国内各影片公司拍摄的共约650部故事片中绝大多数都有鸳鸯蝴蝶派文人参与制作，影片的内容也多为鸳鸯蝴蝶派文学的翻版，一时盛况空前。进入30年代，这一势头也并未迅速消退，小说《荒江女侠》《啼笑因缘》《满江红》《落霞孤鹜》《美人恩》《银汉双星》《似水流年》《现代青年》《欢喜冤家》《红羊豪侠传》继续被拍成电影。40年代还有《金粉世家》《夜深沉》《秦淮世家》《大江东去》《魍魉世界》《秋海棠》以及《红杏出墙记》《春风回梦记》《粉墨筝琶》被搬上银幕。尤以张恨水的小说拍得最多，《啼笑因缘》更是一拍再拍。另外需要指出的是，在那个时代包括京剧、沪剧、苏州评弹在内的许多艺术形式，都和鸳鸯蝴蝶派结下了不解之缘，纷纷改编或模仿鸳鸯蝴蝶派的作品。至于流行音乐方面，鸳鸯蝴蝶派的影响更非新文学可比。

对于这一现象，我们需要客观分析。"在当时中国的主要电影市场上海，电影观众包括两个部分。一些文化程度较高的知识分子和中上层市民是外国影片的主要观众。这时的外国影片基本没有翻译，文化程度较低的中下层市民观众看外国影片存在较大的语言和文化的障碍。而这些人大多是文明戏和鸳鸯蝴蝶派小说的老观众和读者。中国电影和文明戏及鸳鸯蝴蝶派文学的结合拉近了它们与中下层市民观众的距离。"[83] 所谓的"市民电影"就是指在这种特定历史条件下形成的、以都市平民为对象、以营利为主要目的（甚至是唯一目的）的商业电影，它们是中国商品经济一步步发展的产物。

事实证明，以文明戏为代表的市民戏剧和以鸳鸯蝴蝶派为代表的市民文学分别在短故事片和长故事片探索期为中国电影提供了最为重要的创作源泉，并证明了中国电影必须扎根于市民电影的历史真相。

1.2.4 早期电影编剧理论

与欧美一些电影理论发达的国家相比较，中国电影理论（包括编剧理论）出现较晚。关于电影的文字最早只是以广告和资讯的形式刊登在报纸上，之后才出现的影评观感也少有真正的理论性质。中国最早的电影刊物是1921年2月创刊的《影戏丛报》，此外还有《电影周报》《影戏杂志》《晨星》《电影杂志》《影戏春秋》《银幕评论》《戏剧电影》《银星》等。电影著作方面比较重要的有徐卓呆的《影戏学》《昌明电影函授学校讲义》，孙毓修的《活动影戏》，徐应昶的《活动影戏》，侯曜的《影戏剧本作法》以及郑心南的《电影艺术》等。

中国电影先驱者大多是戏剧出身，因此习惯将戏剧观念乃至创作方法引入电影创作，所谓的"影戏"说成为中国电影自诞生起最重要的理论。顾肯夫在发表于1921年《影戏杂志》创刊号上的《〈影戏杂志〉发刊词》中把电影称为戏剧之一种的"哑口剧"，并说"戏剧中最能'逼真'的，只有影戏"。[84] 他同时谈到电影剧作与文学的关系——"影戏的编制法，都是含有小说的意味的；他的脚本，一大半是出自著名文学家的手笔；一节一节的说明，都用极简单、极经济的文字来说明；这都是文学上不可多得的价值。"[85] 郑正秋在《明星公司发行月刊底必要》中也指出电影之"戏"的要义："戏就是一种娱乐品；假使用解剖的方法分析开来说：戏实在是下列几种原质混合而成的东西。（一）有系统的事节；（二）有组织的语言；（三）精美的声调；（四）相当的副景；（五）有艺术的动作；（六）极深刻的表情；（七）人生真理的发挥；（八）人类精神的表现。"[86] 不难看出，顾肯夫与郑正秋的文章都是以戏剧为参照，强调电影与之的从属关系，从而开中国电影戏剧观之先河。正是由于这种以戏剧为核心的电影观念，"戏"即剧本文学自然成为电影之本。

1924年徐卓呆编译的《影戏学》出版，成为中国第一部电影（编剧）理论著作。全书共分八章，约六万字。关于电影剧作的理论主要集中在前四章：第一章"影片剧的要素"分析电影艺术的本质与基本特征；第二章是"影片剧的形式及分类"；第三章"造意与原作者"举例详解电影取材、构思直到故事梗概的写作技巧；第四章"编著法及编著者"具体分析电影剧本的要素、结构形式与创作方法。徐卓呆也是通过比较电影与戏剧的关系来认识电影，进而指导电影创作的。不同的是，他侧重于研究两者之间的差别，从而得出结论：描写形象与动作是活动影戏本质所在。徐卓呆十分重视电影的特性，要求编剧与导演在"作活动影片剧时，要十分发挥它的价值，非十分了解活动影戏的本性不可……活动影戏价值上的要点，只有一个，就是能在活动影片剧的范围内发挥它的特征，便是最有价值的作品"[87]。

1924年，留法学生汪煦昌、徐琥在上海成立昌明电影函授学校，并于此后一年间编写包括《影戏概论》《导演学》《编剧学》和《摄影学》在内共计九万字的教材。其中《编剧学》由周剑云、程步高合著，共分五章。第一章"绪言"阐明"剧本是一出戏剧的本源,也是一出戏剧的根据,无本不能生,无根据不能成立,戏剧之需要剧本,就是这个意思"[88],进而指出电影剧本与小说、舞台剧本之不同,并特别强调在写作剧本时要符合并体现出电影以镜头画面为叙事形式的特点,同时需要反映社会现实、符合时代精神。第二章"电影上的创作"具体指出剧本来源:"(一)是创作,乃个人思想的结晶;但创作不是容易的事,好的创作更加难得……(二)是改译,就是把文艺界著名的作品,改为本事,依此本事,然后写成剧本。"[89]著者认为只有"含有影戏的意味及摄成影戏的可能性"的作品才适合改编,并提醒说改编要体现作品原意,不能"取貌遗神",而且文学是"静的描写",电影是"动的表现";"舞台重对白","电影重表演"。第三章"幕表分写法"提出一个好的电影剧本开头叙述宜简明,中间变化要曲折,最后结局完美。第四章"影戏的内容"概括电影剧本四部分构成:简单说明、剧情幕表、剧中人表和背景表。第五章"剧本的本来面目"摘译美国影片《北地名花》剧本,做个案分析。[90]

侯曜在1926年编著的《影戏剧本作法》共十一章,除了最后一章为《弃妇》剧本外,正文共两万余字。侯曜在书中强调了要求电影与戏剧一样表现人生、批评人生、调和人生和美化人生的观点。其中第三章"影戏材料的搜集和选择"中指出"影戏材料当包括的要素:1. 危机(Crisis)——剧中人性命有危险的情节,如坠崖、覆车;2. 冲突(Conflict)——剧中人内心的一种冲突,思想与行为冲突;3. 障碍(Obstacle)——如刀、兵、水、火、饥荒、疾病等"[91];第四章"剧情的结构"详细列举出影戏适合表现的"问题"(如宗教问题、婚姻问题、教育问题等等)、不宜取做影戏的材料(如使少女饮酒、对于妇女的残忍与苦刑、虐待儿童)等诸多项目。第四章"剧情的结构"详细分析了电影剧本的开篇、剧情发展、高潮形成乃至结局的设计与写作技巧。这本书里,侯曜主要是引用了西方戏剧的剧作观念与方法,对电影本身的特性研究和思考较少。

1926年由里斯加波拉(Austin G. Lesgarboura)和川添利基(Kawasoi)原著、郑心南译述的《电影艺术》(*The Study about Movie Art*)出版。全书三万余字,共分八章。第一章"电影戏的本质"指出"舞台剧重视对话,它的原则,是由语言以表现剧的情节。而电影戏则与此相反,它的原则,是由动作以表现剧的情节，完全没有语言……电影戏和舞台剧，各是独立的艺术"[92]。第二章"电影剧本"要求"电影剧本和舞台剧本，旨趣完全不同……（电影剧本）要能够将事实写得明白……将演员的动作、场景写得明白……表现在画面上能够动人"。

总之，中国早期电影剧作理论受到了民族传统文化和西方戏剧、电影文化的双重影响，具有中西合璧的意味。其中，电影与戏剧的关系、电影与社会的关系是讨论最多的；而编剧方法上除了沿袭戏剧的写作结构与技巧外，也开始有意识地考虑到电影以画面叙事的特点。

1.3　发展时期（1927—1931）

1927年北伐战争后，中国国内军阀割据的混乱局面基本结束，民族经济得到缓慢而平稳的发展，加上外国资本大量涌入中国东南沿海地区，带来了上海等城市的经济繁荣。在这种环境之下，民族电影企业家开始以扩充兼并等手段进行竞争，逐渐形成了少数几家最具实力的制片公司瓜分天下的局面。商业竞争带来的直接结果就是商业电影的繁荣。因此，"如果说之前的中国电影业较多地关注电影的教化作用的话，那么本时期各新老电影公司都越来越注重把电影业作为一种实业来兴办，其作品也就更多地具有符合市场规律的商品属性。正是在这样的意义上，中国电影进入了一个新的发展阶段。"[93]

相对于这一时期的社会片、爱情片、伦理片等片种的继续发展，1927到1928年间出现的古装片和随后兴起的武侠神怪片热潮横扫整个电影市场，构成了中国商业类型电影的第一次创作高峰。

1.3.1　古装片

邵醉翁"天一"引发古装片浪潮

据不完全统计，1927年到1928年间，中国影坛先后出现了七十五部古装片（不含古装武侠片），超过了国产影片总产量的三分之一。当时重要的十七家制片公司几乎全都投入到这一类型电影的拍摄中。而引领这场风潮的正是邵醉翁领导下的天一公司。从《梁祝痛史》（编剧：董血血；导演：邵醉翁）起，"天一"陆续拍摄了《珍珠塔》（1926，两集）、《白蛇传》（1926，两集）、《孟姜女》（1926）、《唐伯虎点秋香》（1926，两集）、《木兰从军》（1927）等11部古装片。这些影片大多根据民间传说故事及古典小说改编而成，公映后观者如潮。天一公司也由此在中国影坛崛起，形成与明星公司、大中华百合公司三分天下的格局。关于这批传统故事新编的古装片出现的原因，有史料记载："那时中国新文坛上正提倡民间文学，邵（醉翁）先生也以为民间文学是中国真正的平民文艺，那些记载在史册上的大文章，都是御用文人对当时朝廷的一些歌功颂德之词。真正能代表平民说话，能呐喊出平民心底里的血与泪来的，惟一只有这些生长在民间流传在民间的通俗故事"[94]。

显然，这样的古装片选材很有特点，像梁山伯与祝英台、杨乃武与小白菜这样的故事不仅家喻户晓，而且带有悲剧色彩，自然能抓住观众。影片同时也注意故事性，故事的叙述很清楚、很曲折。喜欢传奇的中国观众自然就爱看，有较高的市场性。然而当时就有"保守人士"质问："这白蛇传，除了与人以卑下的娱乐外，还有什么好的影响……况且在这卑下的娱乐里，又包含着提倡迷信的意思呢……而摄制这种贻害人生、毫无利益的影片，同一个贩卖鸦片毒药的私店，有什么差别呢？"[95] 后来也有电影史家附和"质问得很有道理，的确已是没有什么差别了"[96]。这样的评价恐怕有失公允，并且显示出评论者在特殊历史背景下狭隘的政治与文化艺术观。事实上，"在中国电影史上，《梁祝痛史》《白蛇传》《三笑姻缘》等影片率先开发中国民间资源，创造电影题材经典（这些题材在后来的港台电影史上一拍再拍，绵延半世纪以上，至今流风不绝），将外来的电影艺术与本民族的文化传统自觉结合，功不可没。"[97]

邵醉翁，毕业于上海神州大学法科，改行经商，当过中法振兴银行行长，并在各地开下商号三十多家。后"觉悟到单是经营商业，不足以发展抱负"，又"认定舞台事业是社会教育的一种，要感化人心，移风易俗，舞台剧是最通俗最有力量了"[98]，而与张石川、郑正秋等合办笑舞台。再后来见张石川、郑正秋二人创办明星影片公司，觉悟"凡舞台上所做不到的，以及人世间所有的一切事事物物，统统可以搬到银幕上来"[99]，便毫不犹豫地放弃舞台剧，于1925年6月筹资创办天一影片公司，自任总经理兼导演。邵醉翁导演第一部影片《立地成佛》，就确立了天一公司"注重旧道德，旧伦理，发扬中华文明，力避欧化"[100]的制片方针。

总的来说，"天一"的创作主张接近"五四"后的"复古派"，但它只关注市民化的一般意识，并没有从思想的高度和新文化发生直接冲突。此外，"天一"的电影普遍重视娱乐性和市民观众的接受性。"当时'天一'特刊上，发表过一篇《卖钱的影片》的文章，是对'艺术的片子'不卖钱的言论的反驳。它以实例证明，'艺术的片子'有的不卖钱，有的就卖钱。所以原因不在这里。作者认为，'影片的本质应该建设在民众艺术上'，应是'十足的民众化的艺术'；有'上等阶级同下等阶级'都能看得进、都能接受的共同点。并举了'几条要素'，如片名、明星、感染力、悬念等等。可以说，它给予电影艺术以一个经验性的市场定位。某种程度上代表'天一'的经营和拍片观点。今天看，这是一个挺高明的见解。"[101]

古装片剧作类型与历史评价

"天一"的古装片繁荣引得其他公司跟风而起。上海影戏公司的但杜宇拍了《杨贵妃》（编剧：姚苏凤，1927）；明星公司的张石川、郑正秋拍了《车迟国唐僧斗法》（1927）；民新公司的侯曜拍了《西厢记》（1927）、《木兰从军》（1927）；神州公司的万籁天拍了《卖油郎独占花魁女》（1927）；大中华百合公司的朱瘦菊、王元龙等拍了《美人计》（1927）、《大破高唐州》（1927）；大中国公司的顾无为拍了《牛郎织女》（1927）；长城画片公司的杨小仲拍了《石秀杀嫂》（1927）、《武松血溅鸳鸯楼》（1927）等。

按题材来源，这一时期的古装片可以分为四种类型[102]：

（1）改编自民间传说、弹词、演义小说。这类古装片的数量最多，因为故事框架和情节走向基本是现成的，所以这部分影片的剧作特点是忠于原作，以观众耳熟能详的优势争取受众。代表作是朱瘦菊编剧，陆洁、史东山、朱瘦菊、王元龙合导的《美人计》。影片取材于《三国演义》第五十四、五十五回，自吕范荆州说亲起，直到孔明三气周瑜。剧中人物众多，情节跌宕复杂，场面宏大。在同时期所有的古装影片制作中，《美人计》被认为是编剧、导演等创作态度最为严肃、艺术成就最高、成本最高的一部，并成为整个古装片运动的一面帅旗。此类型下的其他影片还包括天一公司的《大破黄巾》，大中国公司的《曹操逼宫》《三国志貂蝉救国》《七擒孟获》《八宝公主招亲》（又名《五虎平西》），大中华百合公司的《大破高唐州》《二度梅》，大东公司的《武松杀嫂》，长城画片公司的《武松血溅鸳鸯楼》，复旦公司的《豹子头林冲》，香港公司的《左慈戏曹》等。

（2）根据神怪小说、神话传说改编。这类影片虽然也以古装历史为背景，但因主要讲述的是无从考证的神怪故事，所以编剧的创作较为自由，只需具有一定的剧作结构和背景交代，情节追求愈离奇古怪愈有"可看性"与票房号召力。这类影片常常因过于"天马行空的粗制滥造"和宣扬封建迷信而遭到舆论批评最多。不过上海影戏公司在1927年摄制的《盘丝洞》（编剧：管际安；导演：但杜宇）是这类影片中的佼佼者。剧本取材自《西游记》中唐僧被困盘丝洞，孙悟空大战七大蜘蛛精的故事。值得说明的是，《西游记》也是被改编成古装片次数最多的传统文学母本。如天一公司的《西游记·女儿国》（1927）、《铁扇公主》（1927）、《莲花洞》（1928），大中国影片公司的《孙悟空大闹天宫》（1927）、《哪吒闹海》（1927）、《姜子牙火烧琵琶精》（1927）、《车迟国唐僧斗法》（1927）、《孙行者大闹黑风山》（1928）、《西游记之无底洞》（1928）、《红孩儿》（1928）、《西游记闹天宫》（1928）、《收伏黄袍怪》（1928）、《乌鸡国还魂记》（1928）、《小英雄劈山救母》（1928），合群公司的《猪八戒大闹流沙河》（1927），长城画片公司的《哪吒》（1927）、《火焰山》（1928）、《真假孙悟空》（1928），大中华百合公司的《古宫魔影》（1928）和元元公司的《西游记十殿阎王》（1928）等。

（3）改编自小说、戏曲、诗歌等纯文学作品。这类古装片因为文学原作多为诗歌，所以对剧本改编的技术要求也相当高，既要保持原著的文学艺术之意境，又必须有符合电影化思维的情节设计。1928年侯曜在民新公司编导的《木兰从军》和《西厢记》这两部影片堪为代表。以《西厢记》为例，创作者在基本忠于原著的基础上，大胆创造了一系列电影化的场面，如张生做梦一场：他见莺莺被孙飞虎掠走，情急之下骑上手中变粗变长的毛笔……梦醒时却发现自己手中的毛笔已把摇晃自己的仆人画了个大花脸。这部影片也是最早在西方公映的中国电影（1928年夏于巴黎，1929年于伦敦）。此类影片还有神州公司的《卖油郎独占花魁》（1927）、孔雀公司的《红楼梦》

（1927）和上海影戏公司的《杨贵妃》（1927）等。

（4）根据史实改编的正史剧。由于制作难度大，这类古装片数量最少。代表作有天一公司的《明太祖朱洪武》（1927）和海峰公司的《昭君出塞》（1928）。

总的来说，古装片虽然自诞生之日起遭到的批评就不绝于耳，但"古装片运动"作为中国早期电影史上重要的一页还是有着特殊的历史意义。它在客观上抵制了当时中国电影创作中严重的欧化倾向，为中国电影业带来了激烈的商业竞争，并为许多电影人提供了锻炼学习的机会。仅以天一公司为例，从这里走出来的、日后成为中国电影创作重要人物的就有蔡楚生、沈西苓、史东山、许幸之、胡蝶、苏怡、高占非、孙敏等。

1.3.2　武侠神怪片

武侠神怪片是继古装片之后又一类广泛流行的故事片亚类型。在1926年古装片高潮过后，1927年下半年起武侠片开始盛行。到1928年明星公司的《火烧红莲寺》第一集问世，武侠神怪片的竞相投拍达到了高峰，并一直持续到1931年，历时四年之久。

其实，武侠片与神怪片本是两个不同的概念。武侠片是表现武术故事与侠客精神的电影；而神怪片"描写的对象，是超然的，其进展不受自然法则与因果关系的限制，一任故事作者的想象无拘无束地发挥，而把这种想象托之于神怪"[103]。早在古装片时期，神怪片就已经出现并在其中占有不小的比例。不过到了武侠片盛行尤其是由盛转衰的时候，神怪片才依附于武侠片，并因备受观众欢迎而大行其道。

1927年，中国影坛出现的武侠片中较重要的有《无名英雄》《四大金刚》《乱世英雄》《王氏四侠》《儿女英雄》《水上英雄》《大侠白毛腿》《双剑侠》等。这批影片的共同特点是故事大多具有现实主义意味，表现与污吏恶霸的斗争，而甚少出现超现实主义的神怪元素。史东山创作的《王氏四侠》最有影响。影片讲述王家寨寨主欺压百姓，激起侠肝义胆的王大哥的愤慨，终于联合其他三位侠士为民除害。剧作结构上，本片并没有脱离当时武侠片中善恶分明、因果有报的简单叙事模式，但却因暗喻北伐军如侠客一般救民于水火的现实而具有较高的社会意义。

1928年5月13日，上海中央大戏院首映了郑正秋编剧、张石川导演的《火烧红莲寺》，开中国武侠神怪片先河。此后的短短四年中，各家电影公司共摄制了近250部武侠神怪片，占国产电影总数的百分之六十！远远超过了古装片曾经创下的辉煌。

影片《火烧红莲寺》改编自平江不肖生（向恺然）的流行武侠小说《江湖奇侠传》，该书在1928年就曾风靡一时。电影剧本继承了原作用夸张笔调描写神怪侠客间恩怨争斗的特点，讲述了红莲寺恶僧与众侠客大斗其法，最后红莲寺被付诸一炬的传奇故事。从剧作角度来说，《火烧红莲寺》纠正了以往武侠片往往流于人物单调、情节简单、并仅以武侠为幌子的弊端，更讲究情节的起伏跌宕、峰回路转，并较好地刻画了主人公形象。当时便有评论："现在的观众——尤其是中国的观众——大半爱看复杂的影片，《火烧红莲寺》正是适合所需要的。"[104] 不过，影片在大受观众欢迎的同时，也遭到了一些舆论的大力抨击，意见主要集中在影片脱离实际"胡编乱造"，以及表现了"以暴治暴"等不健康内容对广大人民尤其是青少年的毒化腐蚀作用。其实客观来说，这部《火烧红莲寺》虽然比不上那些"思想进步"的社会片，但就思想性而言也并非一无是处，至少算不上是反动有害的，如"影片中出现了一个私访民间疾苦的贤明官吏，多少有些现实意义"[105]。

《火烧红莲寺》上映后引起巨大轰动，电影市场出现了前所未有的火爆情景。精于商业运作的张石川一下子就捕捉到时机，立即续拍该片的第二、三集，还让明星公司的头号明星胡蝶加盟，当年就投放市场。《火烧红莲寺》及其续集系列片的出现标志着明星公司制片方针的重大转变——商业性成为影片拍摄的首要前提。郑正秋也因此与张石川再次产生分歧而退出明星公司。1929年，《火烧红莲寺》第四、五、六、七、八、九集顺势推出，持续热卖；1930年，应观众强烈要求而一直拍到第十六集的《火烧红莲寺》依然大受欢迎。当时曾有评论盛赞："每集开映时，到处都是万人空巷，争先恐后……观众对于此片的欢迎程度，一集胜一集……各戏院开映此片时，都能突破以前最佳的卖座纪录"，该片是"誉满东方，人人欢迎"[106]。1931年，第十七、十八集公映后，正当明星公司准备大干一场，计划将《火烧红莲寺》一直拍到三十六集时，国内形势发生了急剧变化，进步舆论对此"邪火"极度不满,国民党政府终于下令禁演、禁拍,人为地扼杀了这股如火如荼的武侠神怪电影浪潮。

其实,在《火烧红莲寺》大火特火之际,其他电影公司也都闻风而动。友联公司改编自文康小说《儿女英雄传》的《儿女英雄》(又名《十三妹大破能仁寺》。编剧:徐碧波;导演:陈铿然、文逸民)摄制于1927年,因大受欢迎也连拍十三集;还请武侠小说家顾明道本人将他的小说《荒江女侠》改编成电影,又是连拍十三集。月明公司的《山东响马》亦是热销十三集;原班人马拍摄的《女镖师》先后拍出六集。暨南影片公司摄制《江湖二十四侠》七集……此外,在《火烧红莲寺》的带动下,银幕上下一时"火烧"成风:如昌明公司的《火烧平阳城》(共七集),复旦公司的《火烧七星楼》(共六集),暨南公司的《火烧青龙寺》《火烧白雀寺》,锡藩公司的《火烧剑峰寨》《火烧刁家庄》,天一公司的《火烧百花台》(上下集),大中华百合公司的《火烧九龙山》等。

武侠神怪片的出现及繁荣是有广泛社会现实基础的,这样的影片虽然看起来天马行空,其实暗合了当下的观众心理:是时社会动乱,人心叵测,黑幕重重,民众普遍有一种压抑而又无力抗争的心态。这样,武侠神怪片中反对强权、主持正义、打抱不平的情节与精神正好满足了他们的心理需要。另外,武侠片神怪片也是有民族传统文化渊源的。"中国自古有崇侠尚义传统。《史记》就专为'游侠'设传……至于神怪片,则和《西游记》《封神榜》有最直接关系。"[107]从剧本取材来说,这类影片大致可以分成如下三类:

(1)改编自中国古典小说《西游记》《封神榜》。这一类与古装片有不少重合。

(2)改编自武侠、公案小说。这一类数量最多。明星公司除《火烧红莲寺》外,还拍了《大侠复仇记》(1928)、《黑衣女侠》(1928)等;长城画片公司拍了《一箭仇》(1927)、《大侠甘凤池》(1928)、《妖光侠影》(1928)、《江南女侠》(1928)等;天一公司拍了《唐皇游地府》(1927)、《火烧百花台》(1927)、《乾隆游江南》(共十九集,1927年至1931年)、《施公案》(共三集,1930)。

(3)根据外国恐怖、侦探故事改编。这一类数量不多,而且大多改编成了发生在中国的本土故事。如大中华百合公司拍摄了《古宫魔影》(1928)、

《荒唐剑客》（1928）、《骆驼王》（1929）、《黑猫》（1929）、《55号侦探》（1929）等。华剧公司设置了《白芙蓉》（两集，1927）、《夜明珠》（1927）、《海外奇缘》（1928）、《航空大侠》（1928）、《白玫瑰》（1929）等。

对于这股武侠神怪片狂潮，传统主流评论几乎都是不假思索地全面否定，指责其逃避现实、宣扬迷信、麻痹人心、蛊惑观众，并将其归结为"封建的小市民文艺"[108]。郑君里也称这段时期为"土著电影中落期"，"明星公司出版的《火烧红莲寺》成为武侠片退入迷信与邪说的界石（即神怪的武侠片）"[109]。因此，在新中国成立后的三十年间，大陆没有武侠电影，然而香港、台湾等地却创造出二十世纪六七十年代武侠片的繁荣时代，李小龙、胡金铨更凭武侠电影获得世界声誉。事实上直到今天，武侠片依然是中国电影屈指可数能够打入国际主流电影市场的片种之一。因此，20世纪20年代末到30年代初的武侠神怪电影应该在中国电影史上占据多么重要的地位便不言而喻了。

1.3.3 "联华"初期作品

"国片复兴"与《故都春梦》《野草闲花》

在"联华"成立的1930年前后，罗明佑写了《编制〈故都春梦〉宣言》和《为国片复兴问题敬告同业书》两篇文章，提出了"国片复兴"的口号。要求电影担负起"普及社会教育""提高艺术及道德""拒绝文化侵略""发挥国光，促进艺术"的责任。[110] 应时而出的《故都春梦》和《野草闲花》成为联华成立之初最重要的两部作品。

《故都春梦》由朱石麟、罗明佑编剧，讲述军阀统治时期潦倒的塾师朱家杰借交际花燕燕之力当上税务局长，从此生活糜烂。不久，家庭便分崩离析，政治形势突变又使他锒铛入狱。影片最后，朱家杰重回故里，恍若大梦一场，于大雪纷飞中向妻子长跪请罪。本片"所选择的题材是以前的国产片创作所未曾涉足的，它既揭露了官场之黑暗，'写军阀之权威，以喻我国距文治之途尚远'，又对投身宦海与统治者同流合污的士大夫形象作了入木三分的刻画"[111]。《故都春梦》是联华的创业作，也是导演孙瑜的处女作，更被誉为罗明佑编剧的影片中最为成功的一部。

《野草闲花》由孙瑜自编自导,剧中因不满父母包办婚姻而离家自立的富家少爷黄云爱上了街头卖花女丽莲,并帮助她表演歌剧驰名上海。两人很快就私订终身,却遭到了黄家的竭力反对。丽莲自知出身卑微,为了不连累爱人前程,佯装狂荡以绝其情……几番误会波折,两人最终冲破封建门第阻碍而完满结合。孙瑜自称写作剧本时受到了小仲马的《茶花女》以及美国影片《七重天》(Seventh Heaven)的影响,但本片不同于《茶花女》的悲剧结局,反而让男主人公坚决地走出封建家庭,回到因失去歌喉而失业的爱人身边。整个剧作的调子也不是沉湎于悲观情绪的,而是在悲伤中一直保有一种轻快的、略带浪漫主义的色彩。同时也正是因为这种浪漫主义,尤其是表现上海这一大都会时显露出来的情调,招致了某些评论认为其"太过欧化"的批评。孙瑜对此解释:"《野草闲花》描写现代大城市中一个女伶……背景是号称东方纽约或东方巴黎的上海,因为上海太欧化了,所以片中的人物、布景、动作,只要有受欧化熏染可能的,我都让他欧化去,但是此片并非宣传欧化,也非批评欧化,不过描述现实大城市生活的几幕戏而已。"[112]

在武侠神怪片风潮依旧的时候,《故都春梦》与《野草闲花》两部电影高举"复兴国片"之大旗,以清新动人的特点让观众耳目一新,尤其受到青年观众及知识分子阶层的欢迎。

朱石麟与《恋爱与义务》

朱石麟是当时联华的重要编剧。他善于编织家庭伦理故事,写得细腻、生动、有生活气息,而伦理思想比较持中。他的编剧代表作是《恋爱与义务》,由卜万苍导演搬上银幕。剧本改编自原籍波兰、留学巴黎后又定居中国的罗琛女士的一部描写中国家庭与社会病态的同名小说。朱石麟对原著的评价是"它决不仅仅是一部嬉笑怒骂的好小说,实在是一篇经世济略的大文章""伊以另一眼光,批评吾国社会……有为吾国人所不能见到者"[113]。

影片讲述一对旧式家庭的少年男女李祖义、杨乃凡情投意合,却被双方父母拆散。李祖义留学国外,杨乃凡则嫁给了毫无感情的富家子弟黄大任并诞下一双儿女。五年后李祖义回国,两人旧情复燃,双双私奔并生下女儿平儿。但在拮据生活的重压下,祖义劳累而亡。乃凡含辛茹苦抚养女儿,将她托付给前夫后投江自尽。剧作不同于同类爱情片的简单说教或二元善恶对立，它生动揭露了封建礼教的虚伪与毒害，又真实展现出新式浪漫生活可能带来的不幸，写人物也少有绝对的好、坏之分。如黄大任与杨乃凡结婚后在外养有情妇，却在杨私奔后幡然悔悟，承担起父亲的责任。正是由于影片不对其人物作简单的道德评判，因此主题更显得自然多义。影片《恋爱与义务》分上下集，共十五本，篇幅较长，描写相当细腻，只是叙事稍显烦琐。

蔡楚生的《南国之春》

蔡楚生的作品《南国之春》《粉红色的梦》等也构成联华新派内容的一部分，只是不久"左翼"影评展开，蔡楚生的作品受到批评，才促成了他的转变。

《南国之春》是蔡楚生的成名之作，描写江南大学生与广东少女相恋，但遵父母之命娶了交际花。大学生婚后留学法国，取道南国与少女旧梦重温。再次别离后，大学生终于和妻子离婚，但当他再见到爱人时，却是最后一面。影片剧本充满了小资产阶级知识分子的感伤情调，赢得了许多观众的感动和赞誉。甚至有人称"蔡楚生在《南国之春》之后没有了更优美的作品"[114]。

1.3.4 田汉早期电影剧本创作

田汉，字寿昌，1898年出生于湖南长沙东乡一个农民家庭。在长沙师范学校毕业后留学日本，在此期间观摩了大量电影并创作了独幕剧。田汉自己回忆道："我在东京读书的时候正是欧美电影发达的初期，当时日本正在努力学步。我有许多时间是在神田、浅草一带电影馆里消磨的。"[115]1921年回国后，田汉曾在上海书局编辑所新文化部任职，并从事舞台剧本写作。1926年，他自组南国电影剧社，在发轫启事中写道："酒、音乐与电影为人类三大杰作，电影年最稚，魅力也最大，以能白昼造梦也。梦者，心之自由活动，现实世界被压榨的苦闷，至梦境而宣泄无余，惟梦不可以作伪……吾国电影事业发达未久，以受种种限制，至梦相率不敢作欲作之梦。梦犹如此，人何以堪！同人等有慨于此，乃有斯社之组织，将群策群力，以纯真之态度，借胶片以宣泄吾民深切之苦闷，努力不懈，期于大成。略述所怀，以召同志。"[116]

这时的田汉还是一个艺术至上的唯美主义者。田汉最早的电影观念，可以从他发表于1927年的《银色的梦》一文中看到。他十分欣赏日本作家谷崎润一郎的观点，视电影为"Day Dream"（白日梦），认为"无论何种庸俗不堪，荒唐无稽的故事，一演成了电影便使人感到一种奇妙的幻想"，电影是"人类用机械造出来的梦"；还引用了佐藤春夫的"没有比电影再便于实现空想世界"和小池坚的"梦的世界比我们的觉醒状态'更近真理'"等观点，指出电影应该表现"情与理的凄惨斗争"，"情节"应该"凄艳神奇"，演员应该"凄艳无双"[117]。

早在1925年，田汉就曾应新少年影片公司之约，为其创作电影剧本《翠艳亲王》（未拍摄）。创办南国电影剧社后又自编自导影片《到民间去》，但由于资金不足，未能如愿完成。1927年，田汉担任上海艺术大学文学科主任（后任校长），又发动学生一起搞电影创作实验，自编自导《断笛余音》，结果还是因为资金不足而没有最后完成该片，甚至连已拍摄的电影胶片都被摄影师拿走。虽在电影创作上一再受挫，田汉仍不灰心，更未放弃。1927年，他为明星公司创作的电影剧本《湖边春梦》终于由卜万苍导演搬上了银幕，这也是田汉第一个被搬上银幕的电影作品。《湖边春梦》充分体现了他的唯美艺术观念。在这部影片中，田汉的诗人气质、浪漫情怀、唯美旨趣和创作才华都表现得淋漓尽致，再加上导演卜万苍的精心再造，这部影片的艺术成就十分突出。就电影艺术而言，《湖边春梦》堪称田汉电影创作的一个经典。

影片讲述一个叫孙辟疆的青年因其恋人女伶费翠仙成名之后整日游宴作乐、无心艺术而深感失望，心病渐深，他与女友分手后搭火车到杭州疗养。在火车上碰到一对名为黎绮波、彭飞熊的年轻夫妇，女美男丑，孙辟疆大为黎绮波惋惜。到杭州养病期间，梦入红楼，救黎绮波脱险，又充当她的保护人。且历经黎绮波为了"考验"他的爱心深浅，每日都要将他鞭打一次，然后又柔情满怀地吻其伤处等奇异之境。进而还梦见"强盗"彭飞熊将黎绮波抢去，孙辟疆奋力相救，人虽救下，但他自己却因此负伤，幸而黎绮波深情相慰……孙辟疆一乐而醒，发现所有的"好事"都是南柯一梦。身体恢复后，他真的去探查湖边红楼，应门而出者却是一位白发老妪。在回上海的火车上，不料再一次碰到黎绮波，只是她与梦中全然两样，对孙辟疆的满腔情感报以白眼，其夫彭飞熊也骂他是"神经病"，孙辟疆无限怅然地遥看天际白云……当时有评论言："谁都知道戏剧是艺术，谁也知道电影是综合的艺术。可是看看国产的影片，要想找一本够得上艺术界线上的影片，实在不可多得。现在总算有了，是什么？是明星最近出品的《湖边春梦》。""田汉把许多很平常的事情，描写出来……随手拈来，可谓都成妙谛。"[118]

其实，这部影片的意义远远不止于此。"这是中国电影史上最早的一部现代派电影，是弗洛伊德心理学说及唯美主义文艺观念在中国电影创作中的最早的一个成功尝试，也是中国电影史上的一种真正的奇观和异数。影片中对于人物（艺术家主体）内心的深刻挖掘，梦境的幻化与营造，变态的行为及其潜意识的表现，十分奇特而又十分深刻。而影片之中的具有象征意味的环境描写（火车与人生旅程、悬崖与人物关系险境、红楼与太虚幻境的隐喻等），俱有出人意料的精彩……遗憾的是，后来的电影史家及其电影史书对田汉的这部作品要么是毫不留情地批评，要么干脆就不提及。甚至田汉本人在后来的《影视追怀录》中也对此避而不谈，再后来写了一篇《关于〈湖边春梦〉》，也是自我批判为主。1983年由中国电影出版社出版的《田汉电影剧本选集》，当然就只收了《三个摩登女性》等七个1933年以后创作的'进步的'电影剧本，自没有《湖边春梦》的一席之地。"[119]

1.3.5 有声电影出现

1931年3月15日，明星公司摄制的《歌女红牡丹》（编剧：洪深；导演：张石川）公映，标志着中国第一部有声影片诞生。影片讲述了一个艺名"红牡丹"的歌女嫁了一个无赖丈夫，丈夫挥霍无度，妻子忍气吞声。到红牡丹沦为三四等配角，生活潦倒不堪时，丈夫变本加厉虐待妻子，而妻子仍旧委曲求全。最后丈夫卖掉亲生女儿，又失手杀人，被捕入狱，妻子还到狱中探望，并托人营救。影片的最后，有个一直追求红牡丹并多次帮助过她的人对红牡丹的行为做出解释说"真是拿她没有办法——只怪她没有受过教育，老戏唱得太多了"。编剧的原意是要揭露封建旧礼教对妇女心灵的毒害和摧残，而颇有意味的是在许多观众眼中，"歌女红牡丹"反而成了美好人格的化身——她的故事催人泪下。

由于技术及经济的原因,《歌女红牡丹》只采用蜡盘发音法录制了十八张蜡盘与电影画面同步放映。而影片的编导都缺乏有声片的经验,还是用无声片的技巧创作,所以影片存在不少缺陷。但这毕竟是中国的第一部有声电影,是当红大明星胡蝶第一次在银幕上开口说话,且电影中还穿插了《穆柯寨》《四郎探母》《玉堂春》《拿高登》等京剧片段,大受观众欢迎。

紧接着,友联公司用一鸣电影公司的名义出品了蜡盘发音的有声电影《虞美人》,由徐碧波编剧,陈铿然导演,以讲述虞姬、项羽故事的戏剧《虞美人》为中心,穿插了剧中男女演员的后台生活和恋爱纠葛,是典型的戏中戏。1931年,中国开始了片上发音有声电影的试制。最早出现的《雨过天青》和《歌场春色》都是同外国人"合作"完成的,剧情上也多与戏剧歌舞相关,以最大程度地体现出电影中新奇的声音元素。这倒是和有声片初期的好莱坞别无二致。

有声电影的到来,从电影观念到创作手段上都对电影人提出了新的挑战。中国电影剧本的创作也由此进入了一个全新阶段。

(洪　帆)

注　释:

1　郦苏元、胡菊彬:《中国无声电影史》,中国电影出版社1996年12月第1版,第40页。
2　钱化佛:《亚细亚影戏公司的成立始末》,载《感慨话当年》,中国电影出版社1984年第2版,第3—4页。
3　程季华主编:《中国电影发展史》(第一卷),中国电影出版社1981年10月第2版,第18页。
4　李少白:《影史榷略——电影历史及理论续集》,文化艺术出版社2003年6月第1版,第280页。
5　程步高:《中国开始拍影戏》,转引自陈墨《影坛旧踪》,江西教育出版社2000年1月第1版,第37页。
6　《郑正秋先生小传》,载《明星半月刊》第2卷第2期,1935年出版。转引自李少白《影史榷略——电影历史及理论续集》,第277页。
7　同上。
8　柯灵:《从郑正秋、蔡楚生看中国电影美学》,载《电影故事》1984年第4期。转引自郦苏元、胡菊彬《中国无声电影史》，第 45 页。
9　洪深：《〈何必情死〉小序》，转引自陈墨《影坛旧踪》，第 37 页、第 8 页。
10　郦苏元、胡菊彬：《中国无声电影史》，第 47 页。
11　同上。
12　同上。
13　李少白：《影史榷略——电影历史及理论续集》，第 277 页。
14　郦苏元、胡菊彬：《中国无声电影史》，第 48 页。
15　黎民伟：《在民新影戏专门学校开学典礼上的讲话》，引自张其琛《风雨之夕（夜）?》，《民新公司特刊》第 2 期，1926 年上海出版。转引自李少白《影史榷略——电影历史及理论续集》，第 240 页。
16　郦苏元、胡菊彬：《中国无声电影史》，第 49 页。
17　参见程季华《中国电影发展史》（第 19 页）："作为我国第一部故事短片的《难夫难妻》的意义，还在于它接触了社会现实生活的内容，提出了社会的主题。这在普遍把电影当作赚钱的工具和消遣的玩意的当时，是可贵的。尤其是在旧民主主义革命时期，郑正秋能从当时来说是具有进步意义的资产阶级民主主义思想出发，通过一对青年男女在封建买卖婚姻制度下的不幸，以讽嘲的笔触抨击了封建婚姻制度的不合理，就更值得珍视了。"和李少白《影史榷略——电影历史及理论续集》（第 280 页）："从中国最早的两部故事短片的创作过程中，我们可以看到，郑正秋、张石川的实践，比起黎民伟来，有着更为重要的意义。这不仅因为它脱出了许多国家所走过的照搬舞台演出的路子，属于独立的电影创作，而且和现实生活联系起来，具有一种社会批判意义。这和中国文化艺术传统中的'文以载道'的观念是相通的。"
18　李少白：《影史榷略——电影历史及理论续集》，第 283 页。
19　郦苏元、胡菊彬：《中国无声电影史》，第 51 页。
20　同上书，第 52 页。
21　钱化佛：《亚细亚影戏公司的成立始末》，载《感慨话当年》第 2 页。转引自李少白《影史榷略——电影历史及理论续集》，第 283 页。
22　李少白：《影史榷略——电影历史及理论续集》，第 283 页。
23　何秀君：《张石川和明星影片公司》，载《文史资料选辑》第 67 辑，中华书局 1980 年出版。转引自郦苏元、胡菊彬《中国无声电影史》，第 56 页。
24　郑君里：《中国现代电影史略》，第 16 页。转引自马军骧《中国电影倾斜的起跑线》，载《电影艺术》1990 年第 1 期，第 46 页。
25　李少白：《影史榷略——电影历史及理论续集》，第 288 页。
26　程步高：《影坛忆旧》，中国电影出版社 1983 年版，第 104 页。
27　郦苏元、胡菊彬：《中国无声电影史》，第 60 页。
28　李少白：《影史榷略——电影历史及理论续集》，第 287 页。
29　同上。
30　郦苏元、胡菊彬：《中国无声电影史》，第 59 页。
31　李少白：《影史榷略——电影历史及理论续集》，第 290—291 页。
32　程季华主编：《中国电影发展史》（第一卷），第 35 页。

33　陈墨：《影坛旧踪》，江西教育出版社，2000年1月第1版，第19页。
34　郑君里：《现代中国电影史略》，载《近代中国艺术发展史》，上海良友图书印刷公司1936年版。引自《电影创作》1989年第4期。转引自李少白《影史榷略——电影历史及理论续集》，第293页。
35　李少白：《影史榷略——电影历史及理论续集》，第307页。
36　程步高：《影坛忆旧》，中国电影出版社1983年版，第41页。
37　严芙荪：《我之"阎谈戏"》（下），载《申报》1921年7月26日。转引自李少白《影史榷略——电影历史及理论续集》，第309页。
38　木公：《顾影闲评》，载《申报》1921年7月11日、12日。转引自李少白《影史榷略——电影历史及理论续集》，第309页。
39　颜纯钧主编：《文化的交响——中国电影比较研究》，中国电影出版社2000年1月第1版，第123页。
40　郦苏元、胡菊彬著：《中国无声电影史》，第72页。
41　颜纯钧主编：《文化的交响——中国电影比较研究》，第123页。
42　《申报》1923年5月7日广告栏。转引自李少白《影史榷略——电影历史及理论续集》，第316页。
43　管海峰：《我拍摄〈红粉骷髅〉的经过》，载《感慨话当年》，中国电影出版社1962年版，第19—20页。
44　程季华主编：《中国电影发展史》（第一卷），中国电影出版社1981年12月第2版，第48页。
45　张石川：《敬告读者》，载《晨星》创刊号，1922年上海晨社出版。转引自程季华主编《中国电影发展史》（第一卷），第58页。
46　张石川：《自我导演以来》，载《明星半月刊》第1卷第4期，1935年6月出版。转引自李少白《影史榷略——电影历史及理论续集》，文化艺术出版社2003年6月第1版，第300页。
47　程步高：《影坛忆旧》，中国电影出版社1983年版，第141页。
48　李少白：《影史榷略——电影历史及理论续集》，文化艺术出版社2003年6月第1版，第301页。
49　同上书，第313页。
50　同上书，第314页。
51　同上书，第317页。
52　郦苏元、胡菊彬：《中国无声电影史》，第162页。
53　李少白：《影史榷略——电影历史及理论续集》，第323页。
54　任矜萍：《导演但杜宇》，载《晨星》第4期，1924年上海出版。转引自颜纯钧主编《文化的交响——中国电影比较研究》，第144页。
55　李少白：《影史榷略——电影历史及理论续集》，第326页。
56　陈墨：《影坛旧踪》，第37页。
57　包天笑：《钏影楼回忆录续编》，转引自陈墨《影坛旧踪》，第38页。
58　转陶：《电影小评》，载《时报》1926年12月2日。转引自郦苏元、胡菊彬《中国无声电影史》，第159页。
59 宋痴萍：《谈谈洪深先生的编剧手段》，载《电影月报》1928年6月1日第3期。转引自程季华主编《中国电影发展史》（第一卷），第75页。
60 李少白：《影史榷略——电影历史及理论续集》，第17页。
61 《导演〈三年之后〉感言》，载《民新特刊》"三年以后"号，1926年民新影片公司出版，转引自郦苏元、胡菊彬《中国无声电影史》，第161页。
62 郦苏元、胡菊彬：《中国无声电影史》，第121—122页。
63 李少白：《影史榷略——电影历史及理论续集》，第336页。
64 同上书，第337—338页。
65 谷剑尘：《中国电影发达史》，转引自陈墨《影坛旧踪》，第32页。
66 弘石：《无声的存在》，转引自陈墨《影坛旧踪》，第32页。
67 郑正秋：《明星未来之长片正剧》，转引自陈墨《影坛旧踪》，第5页。
68 张石川：《敬告读者》，转引自陈墨《影坛旧踪》，第5页。
69 郑正秋：《自我导演以来》，载《明星半月刊》第1卷第4期，1935年出版。转引自李少白《影史榷略——电影历史及理论续集》，第333页。
70 沙基：《〈残春〉导演张石川》，转引自陈墨《影坛旧踪》，第5—6页。
71 郑正秋：《中国影戏的取材问题》，载《明星特刊》第2期"小朋友"号，明星影片公司1925年6月出版。转引自郦苏元、胡菊彬著《中国无声电影史》，第138页。
72 侯曜：《影戏剧本作法》，转引自陈墨《影坛旧踪》，第42页。
73 李少白：《影史榷略——电影历史及理论续集》，第21页。
74 怀麟：《国产影片为什么老是没有进步？》，转引自陈墨《影坛旧踪》，第43页。
75 参见《忆商务印书馆电影部》，转引自陈墨《影坛旧踪》，第26页。
76 参见李少白《影史榷略——电影历史及理论续集》，第300页。
77 陈墨：《影坛旧踪》，江西教育出版社，2000年1月第1版，第26页。
78 闸北影院映演《孝妇羹》广告，载《申报》1923年4月30日。转引自李少白《影史榷略——电影历史及理论续集》，第327页。
79 《记试映之〈荒山得金〉电影》，载《申报》1923年5月25日。参见李少白《影史榷略——电影历史及理论续集》，第328页。
80 参见李少白《影史榷略——电影历史及理论续集》，第331页。
81 程季华主编：《中国电影发展史》（第一卷），第54—55页。
82 包天笑：《钏影楼回忆录续编》，转引自陈墨《影坛旧踪》，第36页。
83 钟大丰：《中国无声电影剧作的发展和演变》，转引自《中国无声电影剧本》，中国电影出版社1996年9月第1版，第11页。
84 顾肯夫：《〈影戏杂志〉发刊词》，转引自丁亚平主编《1897—2001百年中国电影理论文选》（上册），第6页。
85 同上书，第9页。
86 郑正秋：《明星公司发行月刊底必要》，载《影戏杂志》第1卷第3期（1922年5月25日出版）。转引自丁亚平主编《1897—2001百年中国电影理论文选》（上册），第14页。
87 徐卓呆：《影戏学》，转引自郦苏元、胡菊彬《中国无声电影史》，第182页。

88　周剑云、程步高:《编剧学》,转引自郦苏元、胡菊彬《中国无声电影史》,第186页。
89　周剑云、程步高:《编剧学》,转引自丁亚平主编《1897—2001百年中国电影理论文选》(上册),文化艺术出版社2002年第2版,第37页。
90　参见郦苏元、胡菊彬《中国无声电影史》,第187页。
91　侯曜:《影戏剧本作法》,转引自丁亚平主编《1897—2001百年中国电影理论文选》(上册),第59页。
92　里斯加波拉和川添利基著、郑心南译:《电影艺术》,转引自郦苏元、胡菊彬《中国无声电影史》,第189页。
93　郦苏元、胡菊彬,《中国无声电影史》,第192—193页。
94　《天一公司十年经历史》,载1934年《中国电影年鉴》。转引自郦苏元、胡菊彬《中国无声电影史》,第213页。
95　红侠:《追评〈白蛇传〉》,转引自陈墨《影坛旧踪》,第49页。
96　程季华主编:《中国电影发展史》(第一卷),第87页。
97　陈墨:《影坛旧踪》,第50页。
98　《天一公司十年经历史》,载1934年《中国电影年鉴》。转引自陈墨《影坛旧踪》,第48页。
99　同上。
100　《〈立地成佛〉特刊》,转引自陈墨《影坛旧踪》,第49页。
101　李少白:《影史榷略——电影历史及理论续集》,第29页。
102　参见郦苏元、胡菊彬《中国无声电影史》,第214页。
103　《谈神怪影片》,载《联华画报》第7卷第1期,1936年2月出版。转引自郦苏元、胡菊彬《中国无声电影史》,第222页。
104　蕙陶:《火烧红莲寺人人欢迎的几种原由》,载《新银星》第11期,1929年6月出版。转引自郦苏元、胡菊彬《中国无声电影史》,第228页。
105　郦苏元、胡菊彬:《中国无声电影史》,第226页。
106　参见蕙陶《火烧红莲寺人人欢迎的几种原由》,转引自陈墨《影坛旧踪》,第58页。
107　李少白:《影史榷略——电影历史及理论续集》,第40页。
108　茅盾:《封建的小市民文艺》,参见陈墨《影坛旧踪》,第58页。
109　郑君里:《现代中国电影史略》,参见陈墨《影坛旧踪》,第58页。
110　参见李少白《影史榷略——电影历史及理论续集》,第44页。
111　郦苏元、胡菊彬:《中国无声电影史》,第261页。
112　孙瑜:《导演〈野草闲花〉的感想》,载《影戏杂志》第1卷第9期,1930年1月出版。转引自郦苏元、胡菊彬《中国无声电影史》,第263页。
113　朱石麟:《〈恋爱与义务〉作者罗琛女士之著述及其抱负》,载《影戏杂志》第1卷第11、12期合刊,1930年11月出版。转引自郦苏元、胡菊彬《中国无声电影史》,第265、264页。
114　凌鹤:《蔡楚生论》,载《中华图画杂志》,第44期,1936年7月出版。转引自郦苏元、胡菊彬《中国无声电影史》,第267页。
115　田汉:《影史追怀录》,载《中国电影》杂志1958年第6期。转引自程季华主编《中国电影发展史》(第一卷)，第 111 页。
116 参见程季华主编《中国电影发展史》(第一卷)，第 112—113 页。
117 以上引文均见田汉：《银色的梦》，载 1927 年《银星》杂志第 5 期至第 13 期。转引自程季华主编《中国电影发展史》(第一卷)，第 113 页。
118 乾白：《观明星的〈湖边春梦〉后》，转引自陈墨《影坛旧踪》，第 91—92 页。
119 陈墨：《影坛旧踪》，第 92 页。

第二章
左翼电影创作观的确立
（1932—1937）

2.1 左翼电影创作观对电影剧作的影响

2.1.1 时代背景

中国电影发展到 20 世纪 30 年代,已经进入到一个新的时期。从题材的选择、导演的艺术、演员的表现,到摄影、音乐、美工等领域,都展示了它的新姿。它追随时代前进步伐,贴近社会生活,普及民众教育,提高艺术质量,重视电影声誉。

1930 年,联华影业公司公映了揭露官场黑暗的《故都春梦》和批判封建门第观念、提倡自由恋爱的《野草闲花》。这两部影片摆脱了当时一些国产影片低级趣味的倾向,以一种清新脱俗的艺术风格,为廓清影坛风气开了个好头,受到广大观众的关注与喜爱。1931 年后,早期的一些苏联影片如《生路》《金山》《夏伯阳》等陆续介绍到中国,这几部完全新型的影片不仅在上海青年和知识分子中起了很大的影响,而且很卖座。这一现象无形中也直接影响到对利润非常敏感的电影公司老板在其后的作品中对政治气候的把握和体现。

1927 年大革命失败后,以鲁迅、郭沫若、茅盾为首的大批进步文化工作者汇集到上海。从 1930 年开始,中国共产党以新的姿态直接参与并领导了中国的文化和电影运动。1930 年初,在中国共产党的领导下,由鲁迅、田汉、沈端先(夏衍)、郁达夫、郑伯奇等发起成立了中国自由大同盟。同年 3 月,鲁迅、郭沫若、茅盾、郁达夫、沈端先、钱杏邨、蒋光慈、冯乃超、田汉、洪灵菲、郑伯奇、华汉（阳翰笙）、沈叶沉（沈西苓）、柔石等五十余人又成立了由中国共产党领导的中国左翼作家联盟。鲁迅发表了题为《对左翼作家联盟的意见》的演说，大会通过了理论纲领，提出了"站在无产阶级的解放战争的阵线上"的文学主张。1931年11月，"左联"执行委员会又进一步通过了《中国无产阶级革命文学的新任务》的决议，提出在文学领域内，加紧反帝国主义，反豪绅地主资产阶级国民党政权，宣传无产阶级革命，普及工农群众文化，反对一切反革命的思想和文学的"新的任务"，阐明了"大众化问题的意义"，"创作问题——题材方法及形式"，"理论斗争和批评，""组织和纪律"[1]等一系列的问题。

继"左联"后，1930年8月，以艺术剧社和南国剧社为中心，以"辛酉""大夏""摩登""戏剧协社""光明"等戏剧团体为成员，组成了中国左翼剧团联盟。1931年1月，由于南国剧社和艺术剧社先后被封，又改组为个人参加的中国左翼戏剧家联盟（简称"剧联"或"左翼剧联"）。在"左联""剧联"成立前后，还组成了中国社会科学家联盟、中国左翼新闻记者联盟、中国左翼美术家联盟、中国左翼音乐工作者联盟、青年世界语者联盟，又共同组成了中国左翼文化界总同盟（简称"文总"），并在"文总"统一领导下展开工作。到1930年底，每个联盟都拥有数百或千余盟员，并先后在北平、广州、青岛等处设立了分盟。

"左联"和"文总"的成立，标志着文艺革命运动在中国共产党的领导下进入了一个有组织、有计划的新阶段。在1933年，正式成立了由夏衍、阿英、王尘无、石凌鹤、司徒慧敏五人组成的党的电影小组，负责人是夏衍。从此，在中国历史上确立了党对电影工作的领导。

1932年7月8日，左翼电影工作者创办了自己的理论批评刊物《电影艺术》，旗帜鲜明地进行宣传和斗争。本着"剪除恶草，灌溉佳花"的原则，引导和提高观众的审美趣味，宣传和教育广大人民。左翼电影理论和批评工作的成绩，真好比是"新思潮里伸出一只时代的大手掌，把向后转的中国电影抓回头，再推向前去"[2]。接着，在党的领导下，左翼电影评论工作者又开展了对美国商人旨在独占中国电影制片业的所谓筹组"美国注册中国第一有声影片有限公司"的斗争，对他们进行了猛烈的攻击。这次斗争被看作左翼电影运动在理论批评战线上的一个光辉胜利。与此同时，左翼影评界热情宣传和介绍苏联的优秀革命影片，夏衍还用"丁谦平"的笔名，发表了他翻译的《生路》的摄制台本。这是我国公开发表的第一个苏联电影剧本。介绍和传播苏联电影成为我国革命的进步电影理论的一项极为重要的基本建设。

与此同时，国民党也开始了对共产党的文化"围剿"。为了防止电影"赤化"，采取了一系列措施：1929年春，上海设立了"戏曲电影审查会"；同年7月，由国民党"内政部"和"教育部"颁布"检查电影片规则"；8月又在上海由国民党"公安""社会"和"教育"三局会同组织了"电影检查委员会"；1930年7月，南京也成立了目的在于"防止违反党义及国体"的"电影戏剧审查委员会"；同年11月，国民党"行政院"正式公布"电影检查法"；两个月后又公布了"电影检查法施行细则"和"电影检查委员会组织章程"。

"左联"成立后，对于"左联"决议中提出的"大众化问题"又展开了进一步讨论。在整个左翼文艺的大众化运动开展的同时，党的地下组织更进一步地注意到了电影，开始提出领导电影的纲领和措施，这就是1931年9月"左翼剧联"通过的《最近行动纲领——在现阶段对白色区域戏剧运动的领导纲领》中关于电影的部分。

当时，鲁迅、瞿秋白和"左联""剧联"的其他领导人员对电影问题是格外关心和重视的。早在1930年1月，鲁迅就翻译了日本左翼电影评论家岩崎昶的《电影和资本主义》一书中的《作为宣传、煽动手段的电影》部分，并在"译者附记"里表示了他对当时电影的意见。与此同时，瞿秋白也在《普罗大众文艺的现实问题》里激烈抨击当时的《火烧红莲寺》之类的"影戏"，说它的"意识形态"里"充满着乌烟瘴气的封建妖魔和'小菜场上的道德'——资产阶级的'有钱买货无钱挨饿'的意识"[3]。

在"剧联"于1931年9月通过的《最近行动纲领》里，六条纲领中不但有三条涉及电影，指出它的基本精神、原则、方法和策略，而且清楚地规定了左翼戏剧和左翼电影应当"面向工人、农民和城市小资产阶级"的基本方针；提出左翼戏剧和左翼电影应当"暴露帝国主义的侵略，以及国民党反动派的压迫，描写无产阶级、农民群众的阶级斗争，以及小资产阶级的出路；提出了理论战线的建设和对各种反动戏剧电影理论及其作品的斗争的任务；并根据这些方针和任务，提出了许多具体的斗争和工作的策略和方法，以及干部的培养与壮大"[4]。《最近行动纲领》一经提出就成为之后的左翼电影运动发展的基础。

1931年"九一八"事变爆发，日本帝国主义侵略东北激起了全国人民的愤怒，在上海很快掀起了一个抗日救亡的热潮，把抗日爱国的内容加进影片之中，也成为观众对电影的需求。1932年在中国电影工业基地上海又爆发了"一·二八"事件。这几起事件的发生对上海当地的民众产生了重大的影响，激发了当地民众的民族意识和爱国意识。"九一八"事变改变的不仅是国内的政治形势，更是人们的心理状态。这是对创作者和观众的全面影响，它不再局限于思想内容，而是涉及整个电影思维方式。群众纷纷强烈要求拍摄反映爱国意识的电影。因此，在整个20世纪20年代大行其道的"鸳鸯蝴蝶派"或武侠神怪等类型的电影卖座率大受影响。上海当时是中国电影主要的生产基地，观众对电影喜好的改变促使电影制作者必须改变拍摄电影的风格。"一·二八"淞沪战斗前夕，联华影业公司拍摄了上海第一部以反对日本帝国主义侵略为内容的故事片《共赴国难》，让电影呐喊民族革命的呼声，点燃大众抗日救亡的火焰。这部电影引起了社会各界的普遍关注，观众赞誉它为一部不可多得的佳作。而当时明星公司投巨资拍摄的《啼笑因缘》却在"一·二八"事件后意外地遭遇票房的惨败，辉煌一时的明星公司竟陷入了经济上的危机。

在内外交困的境地中，明星公司几位主事人张石川、周剑云和郑正秋很快意识到，"九一八"和"一·二八"事件爆发之后，很多电影观众的民族意识苏醒了，电影界也提出了"猛醒救国"的口号。客观形势和观众需要的变化，电影市场的萧条，使明星公司面临不转换拍片方向、不靠近时代和人民大众便无法维持下去的严峻形势。1932年5月下旬，在已经加入"左联"的明星公司导演洪深的引荐下，由洪深亲自出面，邀请夏衍、阿英和郑伯奇三人进入明星公司，担任编剧顾问。明星公司更创立了中国电影史上第一个"编剧委员会"，由洪深、夏衍、阿英和郑伯奇四人共同主持，明星公司开始了历史性的转变。其后"联华"和"天一"等公司亦邀请阳翰笙、田汉、孙师毅、聂耳等共产党人加入，而田汉还帮助筹组了艺华公司。

在这些左翼编剧和进步文艺工作者的领导和影响下，上海电影界不但兴起了20世纪30年代著名的"左翼电影运动"，而且使得中国共产党意识到电影是一种强大的宣传手段，也开始有计划地影响电影的创作。1932年7月，"左翼剧联"成立了影评小组，并先后在上海各主要报纸的副刊上刊登影评。1933年2月9日，一个以爱国、进步为宗旨的电影界各阶层人士的联合组织——"中国电影文化协会"成立。这个协会包括了上海电影界的创作、生产、经营等方面人士，具有广泛的代表性。著名的电影史家李少白认为"中国电影文化协会的成立标志着电影文化运动的正式开始"。[5]1933年3月，中共中央文委成立以沈端先（夏衍）为组长，阿英、王尘无、石凌鹤、司徒慧敏等为成员的电影小组。这一系列行动之后，左翼电影工作者开始在电影制作和观影意识上影响中国电影的发展。他们计划将此项工作分为四个部分完成：首先从编剧着手去影响和改造电影，文艺工作者以编剧的身份来加入电影的创作；其次，通过各种组织的努力，改造电影创作的工作团队，加强左翼创作的力量；再次，有目的地、大力地介绍以苏联为主的外国电影的经验；最后，积极开展电影理论和批评的工作，通过电影的评论来影响和指导电影的创作和欣赏。[6]

在整个中国电影史当中，左翼电影运动最特殊的一点是：左翼艺术家首先是从参与编剧入手来影响电影创作面貌的。左翼影人介入编剧创作，带来的不仅是新的题材和生活内容，也有新的艺术观和叙事风格[7]。1933年，各电影公司总共制作的七十余部电影中，具有左翼思想和进步倾向的约占了三分之二。所以这一年又被称为"左翼电影年"。其中明星影片公司拍摄了《狂流》《女性的呐喊》《脂粉市场》《前程》等。由夏衍编剧、程步高导演的《狂流》是左翼电影的发轫之作，被认为是"中国电影新路线的开始"[8]。联华影业公司拍摄了《三个摩登女性》《都会的早晨》《母性之光》《小玩意》，艺华影业公司也拍摄了《民族生存》《中国海的怒潮》等，此外，各大小影片公司的创作都发生了不同程度的变化，从而汇成了左翼电影的洪流，1933年也因而被称为"电影年"。这些影片在数量和质量上与以前任何时期的电影相比都有明显的进步，题材也大大开阔。描写农村阶级斗争和城市工人斗争生活的作品开始进入到电影领域里来。它们以新的思想、新的艺术、新的内容、新的风格使上海电影面貌为之一新。

1935年12月9日，北平发生了震惊中外的"一二·九"爱国学生运动。1936年1月27日，由欧阳予倩、蔡楚生、周剑云、孙瑜、费穆、袁牧之、李萍倩、陈波儿、孙师毅等人发起成立了上海电影界救国会，发表宣言，主张"组织救国的统一战线，参加民族解放运动"，"摄制鼓吹民族解放的影片"等。1936年2月，上海电影界在新的形势下勇敢地提出了"国防电影"的口号，认为在当前民族生死存亡的紧要关头，中国电影工作者应该以电影为武器，为抗击日本帝国主义服务，表示了上海电影人团结一致、共同抗日的决心。第一批国防电影有联华影业公司的《狼山喋血记》《王老五》《青年进行曲》，新华影业公司的《壮志凌云》，明星影片公司的《压岁钱》《生死同心》《夜奔》《十字街头》《马路天使》等。其中以1936年11月联华出品的《狼山喋血记》、新华于1936年底出品的《壮志凌云》最为突出。由阳翰笙编剧的《夜奔》和田汉编剧的《青年进行曲》也比较真实地反映了民众的抗日精神和力量。荡气回肠的国防电影出色地发挥了催人奋起、鼓舞士气的激励作用。而像《渔光曲》(1934)、《桃李劫》(1934)、《神女》(1934)、《生之哀歌》(1935)、《狼山喋血记》(1936)、《十字街头》(1937)、《马路天使》(1937)、《夜半歌声》(1937)等影片的摄制，更是在艺术上和思想上将20世纪20年代以来一直处于对好莱坞叙事和本土观众逐渐成形的观影经验进行双重摸索的中国电影推向了第一个黄金时代。

诚然，作为世界范围内电影新潮的一个构成部分，中国左翼电影自然有着它与世界各国新倾向电影相一致的社会时代背景，那就是世界范围内经济危机的影响，以及由此带来的社会意识、民族意识的普遍高涨。这决定了中国左翼电影在总的趋向上与世界各国进步电影的同一性；但是，另一方面，中国左翼电影又是在中国特定的社会历史基础和现实环境中发生的，必然又带有这种特定生成条件所赋予的种种特异性。

从电影发展史上看，中国左翼电影兼得发端早、持续时间长、声势大和影响深远等诸多特点。[9] 1935年，中国电影界出现了一次关于"软性电影"的大规模论战。在1934年以前，艺华公司出产的多是针砭时弊的硬性电影，如《中国海的怒潮》，并在短短两年内亏损了60万美金之巨。1935年下半年，艺华老板严春堂改变了制片策略，转而摄制娱乐性强的"软性电影"。改变方针后艺华公司开始扭亏为盈[10]，现在看来，与其硬性将"软性电影"定位为"淫乱、猥亵、神秘、荒诞、浪费、败坏、幻梦、狂乱"[11]的低级下流影片，倒不如将之视为新感觉派文人糅合了20世纪20年代鸳鸯蝴蝶派文人与西方感伤文学的叙事方式，对本土化的商业电影进行的一次尝试。虽然在艺术手法和思想性上与同时期的一部分左翼影片不可同日而语，但作为同样是由文人／编剧主导的电影类型，"软性电影"的存在虽然是左翼电影运动中的一个小小的不和谐音，却也同样表现了20世纪30年代中国电影剧作的部分风貌。在今日看来，"软性电影"在商业上的成功，很大程度上是剧作的成功。

从这一时期的电影创作来看，1934到1935年可谓是"在泥泞中作战、在荆棘里潜行"，属于创作的低落期。到1936年以后，由于全国日益高涨的抗日形势，爱国进步力量逐步兴起，涌现了一批优秀影片如《生死同心》《压岁钱》《十字街头》《马路天使》《迷途的羔羊》等，这些影片从不同的角度来揭露国民党反动统治的黑暗，反映民众的抗日激情，具有鲜明的思想性和较高的艺术性。

纵观20世纪30年代电影，它开拓了崭新的民族审美领域，开辟了一个新的电影时代，产生了一批中国电影经典之作，如《渔光曲》《神女》《十字街头》《马路天使》等，这些震撼人心的杰作在中国电影史上闪耀着特殊的光芒。

2.1.2 明星公司编剧委员会的设立与"明星"众编剧的代表作品

如上所述，1932年夏，夏衍等根据中国共产党地下组织的指示，受聘加入明星公司，担任编剧顾问。明星公司则很快组织了以黄子布（夏衍）、郑君平（郑伯奇）、钱谦吾（阿英）、郑正秋、洪深等人为主的编剧委员会，负责电影剧本、分场和分镜头剧本的创作、改编与修改工作[12]。严格地说，明星这一措施在当时不可谓不大胆，因为编剧委员会中的大多数新编剧虽然都是著名左翼文人，但他们"没有资本，在官场和洋场没有一点势力，对电影事业还不算内行。但公司看中的究竟是他们对普通观众、大众文化的了如指掌"[13]。从这点来说，明星公司的几个负责人早在20世纪30年代，就难能可贵地一直将"切合时宜"作为影片制作的大前提。无论是无声片时期的鸳鸯蝴蝶、武侠神怪片，还是进入20世纪30年代以后的左翼电影、女性通俗剧，他们始终力求让价值观念、道德准则与美感需求切合社会的习俗和惯例，同时又力使作品切合电影消费市场的商业利益。这样，才能够创造出在社会文化心理背景和商业利益的天平上获得双效益的作品。

在编剧委员会的影响和推动下，明星公司制定了新的制片路线。公司一改过去那种"闭门造车"的拍摄方法，摄制组一个接一个地走向了江浙农村、东海海滨和遥远的西北，初步接触了底层百姓的生活。排山倒海的革命力量、澎湃奔腾的反帝运动和鲁豫鄂皖等省空前大水灾后五千万灾民的痛苦流离，都成为编导们的素材[14]。同时，五四新文艺、左翼文艺这种新的审美趋向，也随着新文艺运动与左翼文学运动这两种文化的合流而适时地反映到左翼电影创作群的艺术实践中来——他们以现代中国农民、农村为首选描写对象，拉开了左翼现实主义电影的序幕，以富有阶级意识、社会批评精神的主题，创造了"左翼农村电影"[15]。而由夏衍编剧的影片《狂流》（1933年出品）则可被视为整个左翼农村电影甚至是整个左翼电影的奠基之作。

夏衍及《狂流》《春蚕》《上海二十四小时》

夏衍原名沈乃熙，字端先，浙江杭县（今余杭）人。1920年留学日本，先后在明治专门学校电机科和九州帝国大学学习。1929年与郑伯奇、冯乃超、陶晶孙等人组织上海艺术剧社，主编左翼艺术刊物《艺术》。同年，他参加筹备左翼作家联盟，次年当选"左联"执行委员，并与郑伯奇、阿英、沈西苓等人创办在中国共产党直接领导下的第一个戏剧团体——上海艺术剧社，推动了革命戏剧运动的发展。1930年他发起组织中国戏剧家联盟，1932年任明星影片公司编剧，创作了电影剧本《狂流》《春蚕》《上海二十四小时》《脂粉市场》等，翻译发表了普多夫金的《电影导演论》。先后创作了《赛金花》、《自由魂》（即《秋瑾传》）、《上海屋檐下》等话剧剧本，以及报告文学《包身工》。1933年以后，他担任中共上海文委成员、电影组组长，成为我国进步电影的开拓者、领导者。

夏衍的第一部电影剧作是以1931年波及长江流域十六省的大水灾为背景、尖锐揭示农村阶级矛盾和斗争的《狂流》。这是左翼电影运动的第一部影片，这部影片不仅以新的思想、题材和新的内容、形式反映了时代的真实，渗透着强烈的创作激情，在艺术上的新颖的创作观念也颇具特色。作者将水灾现场的大量新闻片素材有机地穿插于电影叙事之中，使肆虐的洪水成了影片极富表现力的一个重要因素。剧作真实地再现了洪水洗劫中的城镇和乡村：汉口水深没膝的街市小景；村野屋脊树梢上的难民；有钱人为一饱"眼福""登楼观水"，仍憾"远望总不真切"；幸存者随浮尸漂流，或饿得不成人形。作者用笔，不专于描写天灾，更重于揭露人祸：乡绅付柏仁在江水猛涨之先，忙于巴结权贵，张罗婚筵，拒不拨付修堤赈金。当堤上险情加剧，出现缺口，农民为抢险而动用付家用修堤赈金买来的水泥、木材时，付柏仁又和县衙勾结，以保安队弹压群众，竟致贻误堵决，堤毁成灾……作者是从当时社会发生的真实惨景中，摄取了这一浸满灾民血泪和控诉的现实题材，以浓烈的社会意识加以处理，使当时五千万浮沉于狂流之中的灾民的命运如在眼前，从而雄辩地证明了："这惨祸不是天给他们的，也不是水给他们的，而是人给他们的！"[16]

由于《狂流》产生了重大影响，中共上海文委电影小组更是牢牢地掌握住剧本创作权。影坛上立即集束似的涌现出《春蚕》《都会的早晨》《上海二十四小时》《三个摩登女性》《铁板红泪录》《盐潮》等四十多部产生较大社会反响的进步影片。四十年后，夏衍本人曾经回顾道："我们在明星只有三年，无论是自己编剧本还是帮忙修改别人的剧本，都千方百计将进步的爱国的思想渗进去，在影片中加进一些革命的话（无声片就加上这类内容的字幕），以区别过去的影片。讲到教条主义的根源就在这里，并影响到别人也这样做。"[17] 尽管如此，后来的一些研究者还是认为比起郑正秋、张石川等人，夏衍的视野要宽广得多，对他的电影剧本处女作也给予了极高的艺术评价："他的《狂流》将农民的苦难置于水灾的背景下，比洪深等人塑造的人物更具有普遍性。郑正秋、洪深等人将他们苦难的主人公的性格定位为'软弱'，其塑造中心落在'苦难'上而没有大发展；夏衍却竭力在苦难的前提下刻画'反抗型主人公'，这在更大程度上呼应了社会思潮。以往影片以夫妻情、家庭情为核心来展开故事情节，其效果自然是抒情有余而理性反思力度不足；夏衍致力于营造农村富户与下层农民之间的尖锐对立和反抗，以简单的对比法将主题铺垫出来。"[18] "虽然影片的核心故事相当明显地带有以往的情节剧色彩，并且也在某种程度上存在着为强调戏剧性冲突而影响了情节和人物的完整的现象。但是在这部影片中，夏衍的电影剧作创作的那种质朴、严谨、简洁而视觉感鲜明，特别是对环境的视觉表现在剧作中地位的重视等特点已经开始显露出来。"[19]

　　同时，夏衍等左翼编剧在进入明星公司之后，在编剧方法和编剧技巧上也较之前的中国电影有所丰富与提高。夏衍不仅为明星公司引进了新的美学意识，也带来了新的剧本写作方式。在此之前，洪深曾将郑正秋那一代编剧惯用的"故事梗概十字幕"的样式进行了改写，他将梗概与字幕合为一体，打破话剧剧本"幕场"结构，而以"景"为单元，同时还标出一些镜头技巧。到了夏衍笔下，剧本则更为电影化也更为文学化，他以场景为大的单元，再以景别和字幕标出镜头画面及其人物的表情动作和对话，从而更符合完成片的结构形态。在回忆文章《左翼十年》里，夏衍自己这样写道："……据我们所知，在明星公司，不论张石川或郑正秋拍戏时用的还只是'幕表'，而没有正式的电影剧本，所以我们参加了明星公司，参观了他们的拍戏现场之后，对于他们用这种办法居然能拍出像《孤儿救祖记》那样的影片，真有点感到吃惊。他们拍戏之前，先由导演向摄制组（当时也还没有这个名词）全体讲了一遍故事，所谓'幕表'只不过是'相逢''定情''离别'……之类的简单说明，开拍之前，导演对演员提出简单的表演要求，就可以开灯、动机器，而且很少 N.G.（no good），我真佩服他们的本事实在太大了。由于这种情况，作为'编剧顾问'，我们和导演们交换了意见之后，我觉得应该和可以帮助他们的，首先是根据他们已有的故事情节，给他们提一些意见，和写一个成文的提纲乃至分场的梗概。程步高的《狂流》，就是通过这种程序拍出来的，我听他讲预定的故事，记录下来，然后我们三个人（有时洪深也来参加）仔细研究，尽可能保留他们的情节和结构，给他写出一个有分场、有表演说明和字幕（当时还是无声的所谓'默片'）的'电影文学剧本'，经导演看后再听取他们的意见，做进一步的加工，最后在编剧会议上讨论通过或者重新修改。我和程步高最初合作的'剧本'如《狂流》等，都是这样定稿的。这样做有许多好处，首先是解除了刚认识不久的导演们对我们的戒心，觉得我们尊重他们的原作，不强加于人，目的是为了提高电影质量，在意识形态上我们也可以'渗入'一点新意，他们不仅不觉得可怕，而且还认为拍这样的片子可以得到观众和影评人的赞许（当时的国产电影观众主要是青年学生、店员、职员和小资产阶级，所谓'高级华人'是不大看得起国产片而迷信美国片的）。这样，经过几部片子的合作，一方面，他们就很自然地成了我们的朋友,同时,我们这些外行人在合作中也逐渐学会了一些写电影剧本的技术。"[20]

以夏衍为代表的这种带有比较明显的写实倾向的革命现实主义创作风格在他1933年根据茅盾的小说改编的《春蚕》中得到了更好的体现。作为至今公认的"中国无声电影艺术的经典之一"的《春蚕》的成功,并不仅在于它是新文学作品的成功改编,也不仅在于它以银幕方式再现了中国20世纪30年代经济萧条下江南蚕农的苦难生活,并由此折射出一种高文化意蕴,而在于它在"电影艺术形态的创新方面,做了大胆的独辟蹊径的尝试。那散文化的剧作结构,人物关系的多层面开掘,具有新文学特征的字幕语言,都有别于当时的流行默片,使其银幕形象焕然一新"[21]。影片成功地塑造了蚕农老通宝一家的人物形象。人物形象是通过他们注入了全部生活理想的劳动过程细致地展现出来的。特别值得注意的是这部影片通过把视觉化的细节和环境处理与蒙太奇电影思维结合在一起,通过富于表现力的电影语言体现深刻的现实主义精神。影片公映后,《晨报》"每日电影"组织了关于《春蚕》的座谈会,而当时导演沈西苓就指出了《春蚕》"剧的成分太少"。"而它的climax是在'蚕'而不是'人'身上,所以觉得难以引起'剧的紧张的空气了'。"[22]当时有的电影评论认为影片"没有高潮,只有平平的进展。因此观众也同样注意影片的全部而没有特别注意影片的某一部分"。在改编过程中就有人建议夏衍"应当加强悲剧的情调,如老通宝失败之后,桑叶借款,逼紧归还等"[23]。但是夏衍没有按人们期望的那样做,而是努力地严格遵循着原作提供的情节发展方向和人物的行为逻辑进行改编,使改编的创造和原著提供的素材融合成一个统一的整体。《春蚕》在改编中准确地把握和保持了原作那种娓娓而谈、平易亲切的叙述风格。这正是改编最成功的地方。[24]

在《上海二十四小时》中,他把蒙太奇的方法运用到电影剧作的整体构思上,有力地揭示了尖锐的阶级压迫和阶级矛盾的社会现实。被后来的影史学者称为"是中国电影剧作发展中具有划时代意义的一部作品"[25]。"《春蚕》和《上海二十四小时》的意义不仅在于作品本身。它们反映了中国电影艺术家们电影剧作观念的发展和进步。《上海二十四小时》在中国电影的历史上第一次采用了电影文学剧本的形式。这也迈出了电影剧作艺术发展的重要一步。电影文学剧本这一形式的问世，标志着电影编剧在中国电影生产中已发展成一个独立的创作过程。而且创作经验的积累使电影工作者的艺术视野不断开阔，他们开始尝试突破早期中国电影所习用的情节剧的叙事模式。"[26]

另外夏衍除了独立编剧以外，还要参与公司其他编导的创作，形成了一种类似好莱坞的流水作业。老板和导演提出一个故事，在编辑会上讨论，然后写成梗概，再由导演和夏衍等人商量，替他出点子，增改一些情节，然后由夏衍写出一个类似电影文学剧本的草稿。这种创作模式延续了很久，并且成为夏衍退出明星公司后参与创作的主要方式。同时，夏衍的剧作并没有只顾及革命，而忽略了电影的商业目的——赚钱。为了赚钱，在创作时他总是"想方设法使一部影片最大限度地适应尽可能多的观众的口味"[27]。最为明显的例子就是 1934 年明星公司以夏衍领衔编剧的集锦片《女儿经》。这部影片以明星公司全体男女明星和大腕导演为包装，又选在"双十节"放映，首先要求的就是它的商业效应。

郑正秋的后期代表作《姊妹花》

作为中国电影界旧民主主义思想代表人物的郑正秋，在 20 世纪 30 年代初，其思想发生了明显变化。1933 年，他参与了中国电影文化协会的工作，并在《明星月报》上发表了一篇非常重要的文章——《如何走上前进之路》。在文章中，他热情地写道："……中国正在存亡绝续之交的时期，摆在我们面前的只有两条路：一条是越走越光明的生路，一条是越走越狭窄的死路。走生路是向时代前进的，走死路是背时代后退的。电影负着时代前驱的责任，当然不该再开倒车。我希望中国电影界叫出'三反主义'的口号来，做一个共同前进的目标，替中国电影开辟一条生路，也就是替大众开辟一条生路。什么叫做'三反主义'呢？就是——反帝——反资——反封建。"[28]

在 1932 和 1933 两年里，郑正秋又编导了三部影片：《自由之花》《春水情波》和《姊妹花》。其中《自由之花》是影射袁世凯称帝后，蔡锷设计逃出北京到云南起义推翻帝制的史实的。影片"有一定的反帝反军阀的意义，但是，就整部影片的思想内容而言，仍然没有超出郑正秋以往创作的水平"[29]。《春水情波》是一部女性影片，它通过一个婢女（胡蝶饰）的不幸遭遇和抗争，抨击了农村封建势力和宗法社会的余毒，斥责了那些从美国镀金回来的少爷的儿戏爱情，同时还在一定程度上揭露了中国官场卖官鬻爵的黑幕。但本片"也和郑正秋过去的作品一样，在这部影片里他也没有能为妇女指出争取解放的正确出路"[30]。

但是，与这两部作品相比，创作于1933年的《姊妹花》则被认为是郑正秋的创作路线有明显变化的一部作品（可称是郑正秋最具"左倾"色彩的作品），同时也是他后期作品的代表作。

《姊妹花》是郑正秋根据自己的五幕舞台剧《贵人与犯人》改编而成的，影片讲述了一对孪生姊妹，妹妹二宝自幼跟随私贩洋枪的父亲逃往城市，长大以后被父亲送给了军阀钱督办做姨太太；姐姐大宝则和母亲一起住在乡下，后来嫁给一个穷苦的木匠桃哥，父母姊妹不通音讯，彼此不知下落。十多年后，大宝夫妇和母亲从乡下流落到城市。桃哥去做工，大宝抛下未满月的孩子，到钱督办的公馆去当奶妈，她带的正好是二宝的孩子。二宝作为主妇，对大宝非常冷淡，甚至因为大宝外貌酷似自己而感到反感；大宝为了保住饭碗，只好尽心服侍小主人。一天，桃哥干活时摔伤，无钱医治，大宝便恳求二宝预支一点工钱，二宝非但不肯，反而打了大宝一记耳光。大宝为了救治丈夫，便窃取了小主人的金锁片，不巧又被钱督办的妹妹撞见，大宝失手碰倒花瓶，致使钱督办之妹遭误伤而亡，大宝即以杀人罪入狱。大宝入狱后，母亲前来探监，才发现主办大宝一案的军法处长正是遗弃自己多年的丈夫。丈夫在妻子的愤怒斥责和要求下，安排妻子和大宝、二宝会面。真相大白后，二宝终于为母亲和姐姐的苦难遭遇所触动，不顾父亲劝阻，带领她们驱车前往钱督办处求情。《姊妹花》片上标明的时代是1924年，实际上反映的是20世纪30年代的现实生活。影片通过双胞胎姊妹大宝和二宝的不同人生轨迹及一家人悲欢离合的曲折命运，抨击了阶级社会的不合理，谴责了依附于外国侵略者的封建军阀势力，反映了社会中的贫富对立和矛盾。郑正秋借这个姊妹间的曲折故事，触及了一个较有普遍意义的社会问题，寄寓了"本是亲骨肉，主仆两处分"的思想主题。除了积极的思想内容外，《姊妹花》还在艺术手法上进一步发挥了郑正秋的风格和特长：朴素细腻，生动明畅，具有引人入胜的魅力和感染作用。《姊妹花》是中国早期有声片的代表作之一。影片上映后引起轰动，受到广大观众的热烈欢迎，连映六十天，创造了当时中国票房的最高纪录。1934年，《姊妹花》被评为最佳有声片；1935年，《姊妹花》和《渔光曲》等影片一起被推荐参加莫斯科电影节展映，同样受到热烈欢迎。

但是，影片公映后不久，当时的左翼评论界就对影片的编剧手法尤其是结尾的处理方式给予了并不完全一致的评价。在1934年2月24日《晨报》的"每日电影"副刊中，亚夫曾写道："我们差不多可以肯定地说，他的作品完全是凭着他戏剧的经验而获得情感上的成功。假使就学理上来说，那末，显明的完全是旧的手法纯主观的运用。这故事是两条直线的展开，（也不是平行线）一为较长的大宝的一生，一为较短的二宝自嫁了军阀之后，直至与大宝见面为止。在这中间没有明显的联系，有如'话分两头，暂且按下不表，且说……'当大宝到了山东以后，突然提及二宝的一家儿女，假使这里没字幕，那么这突出其来的情节，是不会给观众理解的了。当然更高明的是编剧者，决不肯以字幕代替画面。更何况有声片如此运用，更会失了他的独特性。"而在同一天的"每日电影"上，署名为寒邨的作者则不客气地指出："在最后一个场面告诉观众的是一套旧小说式的、传奇体裁的'认亲''认母'式的结论，将这'一家的悲剧'变成了一幕自相矛盾的滑稽戏。"著名左翼影评家唐纳更是在1934年6月号的《时代电影》中，发表了题为《目前中国电影的几个倾向》的文章，并在其中写道："《姊妹花》一方面是暴露社会不平的写实主义，另一方面是落后小市民幻想的协调主义毒质的说教。"[31]

而郑正秋本人，也在影片公映的一年后，撰写了名为《〈姊妹花〉的自我批判》的文章。虽然名为"自我批判"，但实则为一篇非常全面的作者本人对《姊妹花》一片的编剧阐述。郑正秋在文中对《姊妹花》的题材、主题、台词、细节设计等做了非常详尽的解释，并针对当时的批评巧妙地回应道："有人说：《姊妹花》故事的构成，未免太巧。我说：故事不怕巧合怎样多，只怕你没有本事把它表演得真实化……我有十多年的舞台经验，我有十多年做字幕的经验，我能在对话里写得事事逼真，处处充满了情感。"[32]

《姊妹花》之后，1934年，郑正秋又勉力完成了《再生花》和集锦片《女儿经》里的一个片段以及《热血忠魂》的部分工作，于1935年7月16日病逝于上海。他一生共编导影片四十余部，对中国早期电影事业的发展有着重要影响。

作为早期中国电影票房及艺术双赢的卓越典范,《姊妹花》的成功,可以看作是第一代中国电影人对中国传统观影习惯的尊重,对于将家庭伦理与社会内容紧密结合的剧情设置,对于剧作冲突的发展的悲剧性贯穿以及普遍的、易引起共鸣的情致和通俗易懂的艺术风格合理把握的结果。这些由我国第一代电影人总结创造出来的具有普遍性和同一性的艺术经验,即使对今天的中国电影、特别是电影剧作的发展,也是很有借鉴意义的。

阳翰笙、沈西苓、洪深、欧阳予倩等人的电影剧作

阳翰笙原名欧阳本义,曾名欧阳继修,四川高县人。1924年就读于上海大学社会学系。1925年加入中国共产党,1927年参加南昌起义,11月赴上海参加创造社,后参与发起成立中国左翼作家联盟。先后任左联和左翼文化总同盟党团书记、中共上海局文委书记。同时以"华汉"为笔名发表长篇小说《地泉》三部曲,中篇小说《两个女性》《义勇军》,短篇小说集《十姑的悲愁》和《最后一天》等作品。

1933年,阳翰笙以自己熟悉的川南家乡农村生活为题材,创作了电影剧本《铁板红泪录》。本片不但是第一次运用电影形式正面表现农民抗租抗债的武装斗争,同时也展现了内地农村中严重的封建压迫、剥削和反封建的斗争。影片描写四川某地的老农刘正兴,有个女儿小珠,长得活泼可爱。同村有两个雇农周老七和二蛮子都看上了她,但小珠爱的却是周老七。二蛮子一气之下投靠了当地的恶霸孙团总,周老七则因为反抗孙团总的"枪捐"而亡命他乡。孙团总也看上了小珠,就和二蛮子一起把小珠抢走。最后,由于孙团总强行征收"铁板租",引发了全村农民的抗租斗争,小珠被孙团总鞭打致死,二蛮子醒悟过来,枪杀了孙团总,自己也被杀害。

可以看出整个剧情是围绕着两条线索来展开的:一是土豪孙团总勒索"枪捐"、强逼"铁板租",二是农民的女儿小珠同两个青年雇农周老七、二蛮子之间的爱情纠葛。在"铁板""红泪"两条线索交错发展的过程中,小珠、周老七和二蛮子三个年轻人的性格得到了很好的展现和刻画,而剧情发展到最后,当"铁板"与"红泪"两条线索合二为一、纠结到一起时,剧作冲突也发展到了高潮。"应该说,在当时的历史情况下,能够把农民的痛苦、觉醒和反抗表现得如此鲜明尖锐,这在当时的剧作中是富有现实主义勇气的。"[33]

这一时期，阳翰笙也为艺华公司编写了电影剧本《中国海的怒潮》。影片描写沿海某海村，渔民们一贫如洗，难以生存。渔民焦大为了向劣绅张荣泰借高利贷，不得不将女儿阿菊押给张家做丫头。阿菊在张家受尽虐待，被迫投河自尽，幸亏被青年渔民阿福救起并带回家去。不久这事被张荣泰得知，又用暴力将阿菊抢了回去。张荣泰由于勾结日本渔船侵入中国领海捕鱼遭到渔民们的抵抗，于是勾结官府密谋逮捕为首的阿福和阿德兄弟俩。这事让阿菊得知后，她逃出张家告诉了阿福和阿德。于是三人逃离渔村，在海上过着艰辛的流浪生活，不久阿福被日本兵舰冲撞惨死。秋汛过后，渔民们被渔债渔税所困，日本的渔船又变本加厉地加紧侵扰；阿德忍无可忍和阿菊一起回到渔村，团结全村渔民驾着小船向侵略者举起了土枪，在中国的领海上掀起了反抗的怒潮。然而，正如当时一些评论所指出的那样，这几个反映当时阶级矛盾和民族矛盾的电影剧本，都存在着"有了新的内容，而没有新的形式"[34]的问题。这也是当时左翼电影剧作的通病。

1935年，阳翰笙为"艺华"创作的《生之哀歌》则描述了20世纪30年代知识分子在失业的痛苦和贫困的际遇之下，也不稍减爱国之心的高尚情操。影片中由郭沫若创作的主题歌紧密地配合了剧作的内容，为影片增色不少。

沈西苓原名沈学诚，笔名叶沉，原籍浙江德清，生于杭州。杭州甲种工业学校毕业后留学日本，就读于东京美术专门学校，曾加入村山知义等进步戏剧家组织的戏剧研究所。1928年回国后加入创造社，执教于上海美术专科学校和中华艺术大学。1929年与夏衍、冯乃超等组织上海"艺术剧社"。1930年2月又与许幸之、王一榴等发起组织时代美术社，同年参与组织中国左翼作家联盟，并与他人合办电影理论刊物《电影艺术》。1931年入天一影片公司，担任美工设计。"一·二八"之后，他写出了电影剧本《女性的呐喊》，1933年，转入明星公司，导演该影片。影片讲述的是一对少女因军阀混战而家破人亡，被包工头骗到上海做了包身工。姐姐叶莲是一名工人，她一直怀着"自立、奋斗"的理想，祈望在城市有尊严地立足，但她所得到的只是压迫和罪恶，是非人的工厂奴役生活，是眼睁睁看着妹妹被恶少老板凌辱致死而无能为力。通过刻画以女主角叶莲为中心的几个女性的不同命运，在我国银幕上第一次表现了中国工人的生活，描写了包身工的遭遇与觉醒。在这部影片的剧作中，沈西苓尝试将苏联电影蒙太奇手法的经验与好莱坞技巧相结合，以大量包身工的真实材料来构思整个故事，但由于题材过于尖锐，送审时还是被剪掉了一千多英尺，导致公映时支离破碎。在导演了由夏衍编剧的《上海二十四小时》以及联合编导了集锦影片《女儿经》后，沈西苓又接连编导了两部影片：《乡愁》和《船家女》。《乡愁》以抗日为题材，影片公映后立即得到了左翼影评人"剧作者在剧本编制上是很紧凑的"[35]好评。在《乡愁》公映后五个月，1935年11月，沈西苓又根据他十年前于学生时代见闻的船家生活编导完成了影片《船家女》。影片通过杭州西湖畔一个摇船姑娘的悲剧，真实地描写了旧中国贫苦妇女的悲惨命运，"揭露了绅士、流氓、阔少、警察互为一体，压迫劳动人民的罪行，从一个侧面反映了当时人民的痛苦和灾难"[36]。不仅如此，《船家女》也戳穿了当时国民党所谓"废娼运动"的虚伪性："正如《船家女》所表现的那样，不管'废娼运动'在高贵的人们口中喊得何等起劲，而这牺牲于吃人的社会中的姑娘们，在新天新地没有造成之前，她们终于是在呻吟着，挣扎着……"[37]

1936年，沈西苓离开上海，到南宁任教。同年7月回到明星影片公司二厂，编导了影片《十字街头》。《十字街头》通过讲述四个失业的大学生老赵、阿唐、刘大哥和小徐在面临生活的严峻考验时的不同遭遇和不同选择，生动地描写了处于民族矛盾和阶级矛盾日益尖锐化的20世纪30年代的青年知识分子所面临的种种困境、苦闷以及他们最后觉醒、最终走向抗敌斗争的时代要求。刘大哥刚毅坚强，在民族存亡关头，回到北方老家投身抗战；小徐消沉懦弱，找不到生活出路，企图自杀，后返回家乡；阿唐性格乐观，随遇而安，替商店布置橱窗广告糊口；老赵对生活充满信心，当了报馆校对，并租了工厂区一个前楼房间栖身。不久，老赵家旁边搬来一位新邻居——绸厂女教员杨芝瑛，两人在种种误会中建立起感情。但很快老赵被报馆辞退，杨芝瑛的工厂也倒闭了……《十字街头》的剧本是沈西苓从东北流亡学生和学校里出来的失业朋友闲谈的国事与家乡故事中得到启发，结合自己的生活体验写成的，试图"归纳成一个整个的社会问题"。可贵的是，比起之前动辄说标语、喊口号、讲民族阶级大道理的左翼电影来，《十字街头》的故事发生在民族危机深重、社会矛盾尖锐的20世纪30年代的上海，但却巧妙地将悲剧性因素和喜剧性因素相结合，影片被称为"爱情喜剧"，喜剧的噱头也是该片吸引人的一大看点。影片在表现情爱方面也颇为大胆。其中有一段非常好莱坞化的"做梦"场景，这在当时的左翼电影中是别出心裁和非常少见的。

1937年，沈西苓拍摄自己的代表作《十字街头》后不久，全面抗战即爆发，他转而奔赴前线拍摄纪录片，1939年他的最后一部电影《中华儿女》问世。1940年12月，沈西苓因伤寒病逝于重庆，年仅36岁。

作为写出过我国第一部完全意义上的电影剧本的"老"编剧，洪深在整个20世纪30年代的创作成果都是非常丰硕的。"明星"最早的两部有声片《歌女红牡丹》和《旧时京华》都出自他的笔下，而其他数十个剧本也均由明星、联华、新华、艺华等公司搬上银幕。其中，《劫后桃花》《时势英雄》《梦里乾坤》《镀金的城》等几部影片都十分出色。可以说，洪深是本时期创作最丰、题材面最宽广的都市电影剧作家。无论是刚向左转之后的两部作品《香草美人》（1933年明星出品）[38]、《压迫》，还是后期出色的刻画小市民情态的《新旧上海》（1936年明星出品），具有某些荒诞派艺术因素但仍夸张诙谐地写尽市民阶层世态人情和人心的《梦里乾坤》（1937年明星出品），抑或者是与以上两剧这种揶揄热嘲形成对比、表现出悲剧性格调的另一部描写市民生活的作品《社会之花》（1937年明星出品），在当时的电影创作中都是引人注目的。

欧阳予倩原名立袁，号南杰，生于湖南浏阳县的一个书香世家，15岁即东渡日本留学。时值中国辛亥革命前夜，欧阳予倩深感唤起民众觉悟之迫切，于是选择了艺术为自己的事业。1906年，欧阳予倩在日本加入戏剧团体"春柳社"。1911年回国后先后加入许多戏剧团体，为中国话剧事业的创始和发展做出了卓越贡献。1926年，欧阳予倩由卜万苍介绍，加入民新公司。

1933年，欧阳予倩曾参加十九路军的反蒋运动，失败后，"到日本去避了半年风，在东京参观过一些大大小小的摄影场，当时也颇想尝试一下拍声片的滋味"[39]。第二年秋天，欧阳予倩回到上海，为新华公司编导了他的第一部有声片《新桃花扇》。1936年，明星公司再次改组，重新恢复了编剧委员会，由欧阳予倩主持。这一时期，他共为明星公司编导了三部影片：《清明时节》《小玲子》及《海棠红》。其中《海棠红》是欧阳予倩专门为当时著名的评剧女演员白玉霜创作的，影片第一次把评剧的片段搬上了银幕。接着，他又为联华编导了讽刺喜剧片《如此繁华》，就喜剧片的拍摄做了可贵的探索。

综观欧阳予倩的影片，基本上有两个共同的特点：一是主题明确，选择题材大多首先考虑反映人民痛苦和教化社会；其次注重电影表现手法的探索，努力从中国传统戏剧艺术中汲取营养，移植到电影中来。因此，欧阳予倩的影片是民族风格的，同时也是戏剧化的。

在这一时期，阿英、郑伯奇也是明星公司著名的左翼编剧。阿英先后编写了著名的左翼影片《丰年》和《女儿经》的一个片段，并与郑伯奇合编了《盐潮》，与夏衍、郑伯奇合编了《时代的儿女》，与李萍倩改编了《三姊妹》等左翼电影。在明星期间，郑伯奇除合作编写《盐潮》《时代的儿女》之外，还独立编写了《到西北去》及《女儿经》的一个片段。这些影片皆是左翼电影的名作。在电影创作之余，郑伯奇和与夏衍合译了苏联著名导演普多夫金的名作《电影脚本论》，独自翻译了苏联狄莫辛科的《电影结构论》，这些译作对当时的中国电影人认识和学习电影剧本的写作方法帮助是非常巨大的。

2.1.3　联华公司众编剧及其代表作品

1929年11月初，罗明佑同民新公司的黎民伟取得了合作协议，12月，就以华北公司名义，与民新公司合作拍摄了《故都春梦》，开始打起了"复兴国片，改造国片"的旗帜。接着又拍摄了《野草闲花》《义雁情鸳》和《恋爱的义务》三部影片。1930年8月，罗明佑以"民新""华北"两家公司为基础，再加上合并后的大中华百合影片公司，正式组成了联华影业制片印刷有限公司，进一步提出了"提倡艺术、宣扬文化、启发民智、挽救影业"的制片口号。在以后的六年里，尽管联华公司内部经常在分化、变革和改组，但在对外时，"联华公司"这一名称一直沿袭到1937年抗日战争爆发为止。由于创立初期，"联华公司的创作人员绝大多数都是受了资产阶级教育的资产阶级或小资产阶级的知识分子（大学生、留学生、话剧演员等），因此在电影创作上不仅完全没有被卷入当时武侠神怪片的潮流，而且在电影艺术的创作上，完全摆脱了文明戏的影响，突破了中国电影长期因袭的连环图画式地、流水账式地交代故事的成规旧套，"更多地注意了对电影艺术特性的运用和掌握，因而给人耳目一新的感觉"[40]。联华的影片受到了当时观众的欢迎，很快形成了与明星、天一三足鼎立的局面。

蔡楚生及革命通俗剧类型的奠定

蔡楚生，广东潮阳人，1906年1月12日出生在上海，后随家人返回原籍，从小家境贫寒。1918年，12岁的蔡楚生离家到汕头一家小钱庄当学徒，自学了绘画。大革命时代，他投身革命，并开始对戏剧产生了浓厚的兴趣。19岁在汕头参加工会，担任工会戏剧演出的编剧、导演、演员，曾与人合写滑稽短片《呆运》。1927年大革命失败后，他来到上海，曾在华剧、民新、汉伦等影片公司拍摄的《海外奇缘》《热血男儿》《女伶复仇记》等片中扮演角色，并为天一影片公司编写剧本《无敌英雄》。

1929年，蔡楚生进入当时规模最大的明星影片公司，担任郑正秋导演的助理，在两年的时间里，他协助郑正秋拍摄了《战地小同胞》《红泪影》等六部影片。1931年，蔡楚生加入联华公司，编导了处女作《南国之春》，在电影界崭露头角。1932年他投入左翼电影运动，与史东山、王次龙、孙瑜等人在短短两个月的时间里编写并拍摄了反映日本帝国主义在上海发动侵略战争，中国军民奋起抵抗的影片《共赴国难》。1933年2月，蔡楚生加入中国电影文化协会，任执行委员。在左翼电影评论家尘无、聂耳等人的影响下，蔡楚生创作的视角开始转向社会现实和贫苦人民，下层人民的苦难成为他创作的主要题材，并且力图以阶级观点来指导自己的创作，处理题材，刻画人物。这一年，他完成了著名的电影剧本《都会的早晨》。

该片以鲜明的阶级观点和对比的艺术手法，揭示了20世纪初中国都市社会尖锐的阶级对立，批判了剥削阶级的丑恶灵魂和虚伪面目，歌颂了劳动人民的斗争精神。影片讲述了车夫许阿大在一座楼房的墙角捡回一个被遗弃的男婴，依所附字条取名奇龄。奇龄稍懂事就帮着阿大拉车，与阿大的女儿兰儿一起长大，情同兄妹。24年后，奇龄成为建筑工人，一日公司老板黄梦华视察工地，发现奇龄就是他当年丢弃的私生子。梦华欲认奇龄，又恐有损脸面，不敢明说，只在暗地资助财物，无奈奇龄秉性正直，一再拒收非分之财。不久梦华患病，奇龄同父异母的兄弟惠龄代父视事，在工地发现前来看望哥哥的兰儿后惊其美貌，勾引不成遂生歹念，诬陷奇龄入狱，设计将兰儿诱入黄家软禁。数日后奇龄无罪获释，归家见老父已死，妹妹被抢，愤怒之下前往黄家索妹。梦华已病入膏肓，忏悔以往过错，乞求奇龄认其为父，并愿以财产之半归奇龄继承。奇龄不为所动，扶着兰儿离开罪恶之地迎着朝阳走去。

《都会的早晨》在上海首映时，连映18天，轰动一时。本片既标志着中国第一代导演与第二代导演的代际界限，又体现了"影戏传统"的传承与接力，同时还象征了"中国电影史另一章的开头"[41]。尤其是剧本中所塑造的青年建筑工人许奇龄及其妹妹兰儿、资本家黄梦华及其儿子惠龄等形象，揭示了20世纪初中国都市社会生活中尖锐的阶级对立，热情地赞扬了劳动人民的纯洁品质和斗争骨气。在编剧的艺术处理上，《都会的早晨》具有故事内容感人、情节复杂曲折、结构完整、层次分明等特点和悲喜交织、情趣盎然的风格，具有强烈的观赏性和艺术感染力。由于蔡楚生出身于劳动人民家庭，自己有过艰辛的生活经历，因此，当他表现下层人民的思想感情时，就分外深厚与真切。他在影片中成功地刻画了许奇龄这个具有强烈的阶级意识、日益觉醒的工人形象，对劳动人民的正直、质朴的品质进行了热情的歌颂。尽管从影片的某些情节，如对亲兄弟之间的尖锐矛盾的处理上，还可以看出受郑正秋的《姊妹花》的影响，但在思想上、艺术手法上却有了新的突破。他一面吸收了郑正秋那种巧妙编排情节，善于叙述故事的民族化风格，同时又从伦常关系入手，融进了鲜明的阶级观点，更深一层地揭示了无产者与有产者在思想、性格、道德乃至阶级利益诸方面所呈现的尖锐的对立，以及这种对立的不可调和。从这个角度来说，本片的剧作是"三十年代左翼现实主义具有暴露批判性质，且富有肯定歌颂因素的又一例证"[42]。因此影片上映后，立即受到了进步舆论的热情赞扬，和《狂流》《三个摩登女性》《天明》等左翼影片一起，被称为"冲破了初春的雪霜""具有伟大未来性的萌芽"，是"对观众们投掷了几颗强烈的炸弹"[43]。

1934年，蔡楚生又编导了以东海渔民悲惨生活为题材的《渔光曲》一片。影片通过东海一户穷苦、勤劳、善良的渔民家庭的破产、流浪直至破碎的悲惨故事，描绘了在经济恐慌、民生凋敝的社会状况下渔民灾难重重的生活，表现了作者对穷苦渔民的无限同情。二十年前的寒冬，东海渔民徐福交不起渔主何仁斋的船租，被迫在恶劣天气出海，不幸葬身海上，其子女小猴和小猫在渔业资本家和帝国主义的经济掠夺下，家庭破产，不得不扶母投奔在上海卖艺为生的舅舅。后母亲与舅舅丧身火场，两人受雇于何仁斋的儿子何子英，在轮船上开始了更为辛苦的捕鱼生活。体弱多病的小猴终于在繁重劳动中倒下，临终前他央求小猫再唱一遍《渔光曲》，在歌声中悄然离开人世。

可以看出，《渔光曲》的故事情节的确是"一切悲惨事件的大集成"[44]，继承自旧小说里"无巧不成书"的情节剧观念，观众熟悉的"市井故事"题材，好莱坞式的情节展现以及使观众感觉很亲切的种种下层人物的设置，带有"低级趣味"的滑稽戏的桥段多处使用等等，都使《渔光曲》在当时左翼评论家眼中成了一部虽倾向进步但却充满过分的浪漫气息的"典型的小市民电影"[45]。但是，正是这样一部被著名左翼电影人郑伯奇看作"比起《都会的早晨》似乎有点逊色"的作品，却创造了比《都会的早晨》更为骄人的票房神话。影片于1934年4月14日在上海开始首映，虽然当时正值上海少有的盛夏酷暑，仍连映84天，创下20世纪30年代中国影片卖座最高纪录。次年，在有三十多个国家参加的莫斯科国际电影节上，《渔光曲》获得"荣誉奖"，开创了中国电影剧情片首次获得国际电影节大奖的纪录。莫斯科国际电影节为本片颁奖时称《渔光曲》"以其勇敢的现实主义精神，生动深刻地反映了中国的现实生活"。

与当时动辄加入宣传口号的很多左翼电影相比，《渔光曲》的成功很大部分是来自剧作。蔡楚生历来倡导研究观众的审美情趣和观赏习惯，他曾表示，自己的电影就是要"向大众走，把每个社会、每个集团的痛苦，表现出来"[46]。直接承继了第一代电影编导郑正秋"影戏观"的蔡楚生敏锐地认识到，在当时的社会文化情况下，反映现实的"苦情片"最能引发一般市民的共鸣。

早在20世纪20年代初期，第一代影人郑正秋、张石川等人就因确立了"唯以剧情见胜"的制片主张而使得自己创办的明星公司事业蒸蒸日上。应该说，这一主张在当时是符合国情的，也是非常科学的。对早期中国电影的制作者来说，他们面对的主要观众一部分来自由中国传统戏剧培养出来的大量的戏迷，另一部分则来自受到曲折离奇的好莱坞情节剧吸引的新型都会男女。"在相当长的一个时期里,中国的电影故事片基本上是按照好莱坞电影的情节剧模式来拍摄的。"[47]进入20世纪30年代之后,第一批以编剧身份介入,对中国电影进行改造的左翼电影人,也纷纷体现出以叙事为核心的电影本体观念。作为第二代电影人的集大成者,蔡楚生在三四十年代的电影剧作一直表现出他试图将左翼的进步思想与商业化和艺术性进行协调,并在继承郑正秋传统的"影戏观"的叙事观念基础上,做出了很大突破。蔡楚生曾经说过:"在电影的制作上,假如只提供一些'平淡无奇'的东西,无论如何是不能引起广大的注意。"针对中国观众的这种审美习惯、审美趣味、心理,他确立了自己的"个人的制作方式",即"将每一个制作的材料,尽可能地增加得丰富些——当然,是在不违背主题的范围之内""在描写手法上加强每一件事态的刺激成分,和采取一些中国特点的刺激素材"[48]。套用一个现成而并不严谨的称谓,笔者暂时将这种"个人的制作方式"称为"革命通俗剧"。

《渔光曲》便是蔡楚生采用这种"个人的制作方式"制作的一出"革命通俗剧"的实例。整个影片有三条动作线,而情节的突发性、曲折性和进展速度都是十分惊人的;另一方面,他又"怀着深切的人道主义同情、阶级同情,渲染了剧中人在一系列的生活事态中所蕴积或爆发的悲剧性感情。由此,造成了一个接一个的情节和感情波澜,达到了作者所追求的那种丰富性、感人性和刺激力"[49]。

《渔光曲》可以被看作蔡楚生个人的分水岭,自本片之后,他完全形成了自己鲜明的独特风格:故事感人、情节曲折、悲喜交织、观赏性强、真实细腻。这一切都显示着他的艺术技巧的成熟,以及个人风格的进一步形成。

1935年春,蔡楚生导演了另一部轰动影坛的影片《新女性》。本片的剧本是由孙师毅根据20世纪30年代女星艾霞的生平改编完成的,从立意到构思都与田汉的名作《三个摩登女性》有异曲同工之妙。1936年8月,蔡楚生完成了我国第一部以流浪儿童为题材的影片《迷途的羔羊》。著名电影评论家尘无称其是"高尔基式的《在人间》的作品"[50]。面对当时左翼电影被"围剿"的恶劣环境,蔡楚生巧妙地利用电影艺术手法,把反动当局严禁在影片里出现的内容曲折而又含义深长地表现出来。他坚持从现实生活出发,满怀深切的同情,反映了在冷酷无情的社会中妇女、儿童、穷苦人的命运,以及他们要求变革社会的愿望。这些特点都集中地体现在他导演的《新女性》和由他编导的《迷途的羔羊》《王老五》等影片里。这些影片在当时都成了对不合理社会的强烈的控诉书,起到了很好的社会作用,并深为广大观众所喜爱。1937年11月,上海沦为"孤岛",蔡楚生离开上海转赴香港。在香港的四年时间里,蔡楚生和司徒慧敏合作,创作了粤语电影剧本《血溅宝山城》和《游击进行曲》。这是两个较早出现的描写抗战生活的电影剧本。此后,他独立编导了两部较有影响的国语片《孤岛天堂》和《前程万里》。

综观蔡楚生在20世纪30年代的剧本创作,依然可以清晰地看见郑正秋的影子。他的编导理念,诸如"把社会真实的情形不夸张也不蒙蔽地暴露出来""最低限度要做到反映下层社会的痛苦"[51],依然是从脱胎自文明戏的"社会问题剧"的基础上发展而来的。在电影的民族风格方面,他的"作品的内容总是富于民族生活特色的,人物总是富于民族的思想感情气质和文化心理的,表现形式总是中国的广大观众所喜闻乐见的"[52]。同时,由于左翼电影评论的引导,蔡楚生的作品中又加入了左翼电影那种开阔的政治视野、清醒的理性内容,以及伟大的社会批判精神和人道主义同情心。蔡楚生把这些特点与郑正秋式深谙中国观众心理、善于驾驭情节和情感的才能协调统一为一个整体,形成了蔡楚生自己的个人特色浓郁的剧作风格。

"影坛诗人"孙瑜

孙瑜原名孙成玙,曾在留学美国期间先后于威斯康星大学、哥伦比亚大学、纽约电影摄影学校和美国戏剧家大卫·比拉斯戈创办的戏剧学院学习电影编剧与导演等课程,是中国在西方系统学习过戏剧和电影艺术、技术的第一人。1927年回国后,他先后为长城和民新公司编导了《渔叉怪侠》和《风流剑客》两部电影,在当时属于少有的能够编写较完整的分镜头剧本的导演。但由于影片的题材和内容上未能突破俗套,因此并未引起较大的注意。

联华成立后,孙瑜开始展现非凡的编导才华,使联华最初一鸣惊人的几部影片之一《野草闲花》就是他1929年在民新公司期间编写的剧本,影片通过一个有钱人家的少爷和一个曾当过卖花姑娘的歌女之间的恋爱故事,表现了作者对封建等级观念的抗议和对下层社会的同情。据孙瑜自己后来说,这部影片的剧本是在小仲马的《茶花女》和美国电影《七重天》的影响下完成的。本片也是这一时期最能代表孙瑜创作思想和艺术风格的影片，影片的反封建思想内容和清新的艺术手法立即引起了知识界和广大观众的注目。

之后，孙瑜又以辛亥三月二十九日广州起义的事迹为背景编写了电影剧本《自由魂》，此后，孙瑜走上了艰难的现实主义电影的探索之路。从他1931到1932年编导的《自由魂》《野玫瑰》《火山情血》等片可以看出，他选择的均是勇敢地面对现实的题材。同《野草闲花》一样，《野玫瑰》写的也是富家公子爱上了穷苦姑娘的故事，但影片公映后却受到了左翼影评的批评，特别是对剧本方面的诟病："《野玫瑰》是满含着毒素的：个人主义的崇拜；唯美主义的提倡；伤感的人道主义的情调。"[53]继《野玫瑰》之后的《火山情血》则有一个非常尖锐的反封建的故事：地主豪强看上了年轻貌美的农民姑娘，强行将之劫走，姑娘的全家为了保护她而家破人亡。只有姑娘的哥哥——一个农村青年逃到了海外。三年后，他起而复仇，在火山边手刃了当年的仇人。如同孙瑜之前的电影一样，他依然在这两部影片中提倡融浪漫风格于左翼意识的"青春的朝气，生命的活力，健全的身体，向上的精神"[54]。但同样因为剧本中对"个人英雄主义"的过度宣扬而使得当时的左翼评论家对该片评价不高。事实上，孙瑜的这几部作品以及之后相继拍摄的《天明》《小玩意》《体育皇后》和《大路》，与田汉的某些作品相似，"都有将理想与现实，浪漫、热情与严肃协调糅合为一个整体的美学兴趣。所不同者，田汉致力于描写民族危难中，人民的民族意识的觉醒过程；而孙瑜则更着力赞颂正视危难，不向恶势力屈服的固有民族精神"[55]。

创作于1933年的《天明》描写了一名来自农村的纱厂女工，因协助北伐革命而被捕，微笑着英勇就义的故事。由于各片中诗情画意的处理，以及在"社会主义的写实主义"之后永远跟着"革命的罗曼蒂克"[56]的意识，孙瑜不但被评论界一致归总为"空想"，而且在日后得到了一个很难说是褒还是贬的称号——"诗人"[57]。同年的《小玩意》通过一个玩具手艺人的苦难一生，反映了劳动人民强烈的反帝情绪和"敌人来了，枪口对外"的深刻主题。在太湖边的桃叶村里，擅长于做各种小玩意的叶大嫂和丈夫带着一儿一女过着快乐平静的生活。然而灾祸接踵而来，丈夫中暑死在街上，战乱中儿子被拐，房屋被火烧光，叶大嫂只好带着女儿珠儿流落到上海。可珠儿又惨死在"一·二八"的炮火之中。一年以后，在风雨交加的静安路上，两鬓成霜的叶大嫂叫卖她精心制作的小玩意,突然,一阵爆竹声使叶大嫂惊恐万分,她拼命叫喊着:"敌人来了……快救!快救中国!"她被人当成疯子抓走了。在这部被看作是表现"意识"更为准确的影片里,孙瑜的诗人气质和浪漫手法更为明显地凸显着对剧作的独特作用,正如柯灵所说的:"从《野玫瑰》《火山情血》《天明》到《小玩意》,题材不同,主题不同,却有着一贯的情调,那就是渗透画面的浪漫气息。这些影片里出现的人物,多少都带点童话色彩。"[58]

这种"童话色彩",在20世纪30年代的中国电影剧作者中间是非常罕见的。尤其是在政治上倾向进步的左翼电影作者中。孙瑜以写实与写意相间的笔法,一方面正视现实、描写丑恶,另一方面却又充满理想和真善美,"以浓重的黑暗为衬底,投现出民族性格和民族精神的闪光"。[59]在谈到自己的创作理念时,孙瑜曾这样说过:"我是一个写实主义者,我以为描写人生的丑恶,固然很有必要,可是一种高超的理想,亦有他的真价。人生原有光明和黑暗两面,有丑恶,也有伟大的美,我们不必专素描写丑恶,教人灰心,不相信自己。"[60]正是在这样的创作思想的指导下,孙瑜又接着创作了《大路》。

《大路》描写了一群乐观向上、富有青春朝气的筑路青年在乡村修筑一条重要的军事运输线,敌人阴谋阻挠工人们筑路,利用汉奸威胁和利诱工人,又把工人领袖金哥等人抓起来私刑毒打。但是工人们没有屈服,他们与土豪抗争,救出金哥,在金哥的带领下,路工们紧紧团结在一起,同汉奸进行坚决的斗争,直到把公路筑完。在敌机的轰炸下,金哥等人壮烈地牺牲了,但抗敌的军用卡车却通过公路一辆辆驶向前方。幸存的人们仿佛看见金哥他们还在同心协力地拉着大铁碾,信心百倍地欢笑着,高唱着《大路歌》向着自由的大路前进。

与孙瑜前期作品的不同之处在于,《大路》是一部主要人物较多的"群戏",但剧作结构仍然严谨有致,人物性格也都十分鲜明。当然,面面俱到地展现每个人物的性格特征是不可能的,因此,孙瑜匠心独具地用反帝反封建的主题思想把这些人物的行动统一起来,使斗争、乐观、必胜成为他们共同的精神信念。然后通过人物间的矛盾、冲突,采用对比、衬托等手段,分别展示每个人物的个性。孙瑜说:"《大路》的意识:我们要活!"而这六位筑路工人和周围人物即是"我们要活"——不畏任何艰难困苦,顽强求生的伟大民族精神——的化身。在《大路》的剧本中，人物性格上的对比是孙瑜最常用的手段之一，他以金哥的乐观衬托着老张的沉默，郑君的细心对比着章大的粗犷，丁香的温柔反衬着茉莉的豪放，韩小六子有趣，小罗爱幻想——他们相辅相成，相映生辉。正是这些人物的设置，彰显了孙瑜"美的、力的、光明的"理想，充满了民族乐观主义和民族英雄主义的精神。柯灵曾经说过："孙瑜以他丰富的想象塑造人物，编织故事，这些可爱的人物和故事，对观众是这样的陌生，又是这样的熟悉，因为他所表现的是诗化的人生，理想化的现实……他最喜爱的人物是劳苦大众，特别是其中的少男少女，孩子，老人。写他们的纯朴，青春，生气蓬勃和天真无邪，制造笑料和幽默的情趣。他十分注意有趣的细节，在细微处用力……惯用夸张的手法。"[61] 正是这些看似并不"真实"，甚至现实生活里未必会有的事，却使得观众能够愉快地接受这种描写。也正因为如此，孙瑜成为20世纪30年代唯一的"诗人导演"和"诗人编剧"。

费穆、吴永刚、朱石麟、沈浮等人的剧作

费穆字敬庐，号辑止，原籍江苏苏州，生于上海，10岁随家迁居北平。1924年自法文高等学堂毕业后到临城矿务局担任会计，同时利用业余时间撰写了大量影评文字，并曾与人合办了一份电影刊物。1930年起，费穆放弃了原有的工作，担任了华北电影公司编译部主任，主要负责为电影公司翻译英文字幕和编写说明书。1932年在上海正式成为联华影业公司的导演，翌年执导了第一部影片《城市之夜》（原著：钟石根；编剧：贺孟斧、冯紫墀）即引起关注。

严格说来，费穆主要是因为他在导演艺术上的卓越成就而光耀整个早期中国电影史册的，但是，由于他个人的独特特点和作者风格，他执导的影片总是"另成一派，与众不同"。

继思想倾向"左倾"、表现城市贫民住房问题的《城市之夜》之后，费穆接连为联华导演了三部影片：《人生》、《香雪海》和《天伦》。《人生》由钟石根编剧，描写了一个失去父母、没有教养的孤女经过二十年的漫长时间，从拾垃圾的野孩子、婢女、女工以至沦落为妓女的故事。而导致这女子不幸一生的，并不是同时期大量左翼电影剧作家在自己的作品中激烈抨击的

封建势力、外国买办、地主资本家，她的对手，只是人生本身。《人生》拍摄完成之后，费穆曾这样说过，"所谓人生……只是一种麻痹的恐怖……是不知、不觉、无益和无用的生存。"[62] 这样灰暗的故事，显然与当时正如火如荼开展着的左翼电影运动方向大相径庭，再加上费穆"错误"地拥有"在艺术上善于渲染气氛和刻画女主人公的内心世界的艺术感染力量"[63]，影片一经上映，立即引起了左翼影评的大举批评，其中不乏诸如"比《城市之夜》退后一步"[64] 之类的评价。

1934年的《香雪海》由费穆自己编剧，影片描写了一个农村妇女两次出家和两次还俗的故事。女主角第一次出家，是为了想和自己心爱的人结合，反抗舅父把她许配给一个富户的儿子，愤而做了尼姑，后来还俗，实现了和心上人结合的夙愿。婚后两人育有一子，生活幸福，可不久丈夫从军北伐，音信皆无，儿子又生了重病，于是她在神前许愿，倘若孩子病好，丈夫归来，她将重做尼姑。愿望果然实现了，她只好又入山修行。影片"在一定程度上表达了反对迷信神权、反对超凡出世的主题，肯定了生活的意义"[65]。但是，虽然当时的左翼评论也对费穆的编剧手法给予了热情的赞扬，认为剧作者"对剧中人心情描写之细腻，以及叙述故事的清顺，显示出了相当的成功"[66]。但是，他依然被指责"过分致力于""剧的情调"而"削弱了他所有的反宗教迷信的企图"[67]。

1935年的《天伦》是费穆的第四部作品，也是目前所能看到的费穆最早期的作品。影片的编剧仍是钟石根。影片描写一个浪迹天涯的游子，于老父弥留之际回到家乡，老父告诉他要将天伦之爱推己及人。几十年后，游子成了老太爷，回忆起老父临终遗言，决定携全家回乡，并筹办慈善机构，但其儿女先后离去。若干年后祖父患病，孙儿成家立业，携妻回到祖父处，一家团聚。老太爷临终时，又将其父遗言告诫子孙，要他们把对个人的爱推及于他人。

影片由"老吾老以及人之老，幼吾幼以及人之幼"的博爱精神为出发点，一方面描写了新旧交替的三代父母子女的伦理关系，却又不局限于一家一室，而是将孝悌之道推及于广义的人类之爱。由于罗明佑的影响，《天伦》的道德教育意味的确是十分浓厚的，并且在题旨上仍与《人生》一脉相承。影片主要是宣扬儒家的仁孝及恕道，费穆希望以切合孔子精神的大同理想去感化道德败坏的现代社会，影片集中歌颂伟大的父亲与祖父的形象，儿子和孙子都有不孝之处。这样的观点出现在20世纪30年代那样反封建反旧礼教家长制的时代，难免会受到抨击。其中最盖棺定论的说法，莫过于《中国电影发展史》中写到的："从《人生》《香雪海》到《天伦》，我们看到了一个小资产阶级艺术家在革命和反革命斗争特别尖锐的时期里所表现出来的懦弱动摇的阶级性格！"[68]但今天看来，这样的指责显然有过激之处。《天伦》的内容虽然着意歌颂祖宗之德，教化意味浓厚，但在形式和技巧方面却建立了上乘的艺术风格，即使只留下了残缺不全的欧美版本，在《天伦》中仍然可以清楚地看到费穆那种诗意的风格，这与后来的《小城之春》实在是一脉相承的。

1936年，由于政治形势的变化，费穆与欧阳予倩、蔡楚生、孙瑜等人一起发起组织了上海电影界救国会。同年，费穆导演了影片《狼山喋血记》，被视为当时"国防电影"的优秀之作，得到了三十三名影评人的联合推荐。《狼山喋血记》是根据沈浮、费穆合作的电影故事拍摄而成的，故事看来具有某种寓言性质。某山村经常闹狼患：小玉的哥哥被狼咬死了，赵二的儿子被狼咬伤了，李老爹被狼咬死了，刘三夫妇的儿子也被狼咬死了……猎户老张和刘三常常在晚上出来打狼。但茶馆老板赵二认为狼是山神管的，是打不完的，只能靠画符驱狼，还要大家到土地庙去求神许愿。最后狼群竟然在光天化日之下，横行街头。全村的人忍无可忍，在小玉、刘三和老张的带领下团结一致起来打狼。原来最怕狼的刘三的妻子也参加了打狼的行列。大家举起了火把，在《打狼歌》的歌声中投入了战斗……很明显，编剧是以消灭狼群来隐喻消灭日本帝国主义。尽管编剧之一的费穆再三声称自己的"初意"是企图写实，即写一个"两句话可以说完的""猎人打狼"的"寻常故事"，但是，只要细心体会一下剧情，人们便可以感到：说该剧"别有象征"，绝非观众自己"别有会心"[69]。编剧别出心裁地以狼群来犯影射日本帝国主义的侵略；以剧中各类人物比附当时中国颇具代表性的不同社会态度和心理，通过具有双重意义的基本情节和大量富有象征性的场面和细节，谴责日寇的血腥侵略和国内不抵抗主义的危害和可耻。本片与李法西的《恶邻》、吴永刚的《壮志凌云》等影片一样，都是当时采用曲折隐晦的暗示和象征手法来编织故事的作品，但是，在其中走得最远的，莫过于1937年出品的集锦短片《联华交响曲》中费穆编导的《春闺断梦》一片了。

《春闺断梦》以两个少女的三个相互关联的梦境结构全篇，同时把现实与梦幻融合在了一起，象征性地表现了恶魔的狰狞面目和它对美好事物的损毁。虽然全片只有 18 分钟，剧作却仍然十分完整而富有比兴意义，堪称 20 世纪 30 年代中国电影中一部十分罕见的实验作品。

吴永刚同样是 20 世纪 30 年代极有艺术个性的电影编导。他于 1907 年出生在上海，少时曾随在铁路供职的父亲遍历中原、江南等地，1925 年，因为参加学潮而被中学开除的吴永刚毅然违背家庭希望他经商的意愿，进入上海百合影业公司，成为一名美工练习生，立下了"终我身于电影事业"的誓言。当时，他只有 18 岁。

在百合公司，吴永刚除美工本职外，化妆、服装、道具、场记乃至布景制作、群众演员等门类都曾涉及，这段生活经历为他以后的创作生涯打下了坚实的基础。1931 年，他加入联华影业公司，并曾参加《三个摩登女性》和《母性之光》的拍摄工作。在田汉等左翼电影人的影响下，思想上开始"左倾"，并萌生了要编导一部"倾诉广大妇女的不幸和被迫害"的影片的意愿。1934 年，他根据自己多年的生活积累，在田汉的支持和帮助下，编导了处女作《神女》。影片揭示了社会底层妇女的悲惨命运，对生活在社会底层的被侮辱、被损害的女性寄予了无限的同情，对吃人的旧社会提出了强烈的控诉。《神女》是一部典型的现实主义影片，编剧以近乎白描的手法讲述了一个为了生活、为了抚养孩子而被迫出卖肉体的妓女在被流氓霸占后的悲惨遭遇。她遭受欺凌和剥削，几次想逃出魔掌都没成功。几年后孩子长大上学，在学校虽受到校长同情庇护，但因受母亲牵累，常遭同学的欺侮和社会的歧视，终被学校除名。为了儿子的前途，她暗地积攒钱财准备远避他乡，不料被流氓偷窃得精光。她忍无可忍失手将流氓砸死，被判处 12 年徒刑，关进了监狱。

《神女》把中国的无声电影艺术提高到了高峰。《神女》从不同于以往中国电影的另一个角度探索着电影与民族文化传统结合的途径。它把中国传统文化中那种宁静、幽远、恬淡的审美意境渗入到影片中来。这比初期电影只着重于借鉴戏曲和说唱艺术的通俗文化传统就深入了一步，开始涉及对电影的民族文化意蕴的表现尝试。无论是题材、人物的心理状态还是形式的表现方面，《神女》都透露着浓郁的民族情趣，形成一种委婉、含蓄的艺术风格。能创造出这种不同于侧重传奇性的传统电影的民族审美意境，在于其善于适当地淡化外部冲突,对于一些影戏中常一笔带过的地方,却用非常细腻的描写和刻画强化出来,把较强烈的思想和情绪起伏通过较平易的地方叙述出来,于平易处见波澜。《神女》在真实朴素的叙事风格的基础上,追求再现与抒情的统一,使影片充满诗情。

1936年,吴永刚又编导了联华的第一部有声对白片《浪淘沙》,影片的剧情并不复杂:水手阿龙带着送给女儿的小皮鞋回到家里,发现妻子与另一男子私通,阿龙怒杀那男子后潜逃;一夜,阿龙偷偷回家探望女儿,被警探老章察觉,跟踪追捕,从此阿龙随身携带那双小皮鞋到处流浪;几年后阿龙改名换姓在一艘远洋轮上当了伙夫,一次航行途中又被老章盯上,老章正欲逮捕阿龙,轮船因雾触礁沉没,两人漂到荒岛,靠着仅有的食物和淡水苟延残喘,互相提防对方报复;在死神威胁下二人渐消敌意,共同盼望救援,当剩下最后一点淡水时发现远处海面有艘轮船驶来,二人同时狂呼求救,此时老章突然发觉自己是有权逮捕罪犯的侦探,冷不防将阿龙上了铐,直至那艘轮船驶出二人的视线;希望破灭后二人重又面对面伏在地上;海风吹起轻沙,渐渐覆盖着两具戴手铐的骷髅。

作为罗明佑为挽回自己在联华的失势局面而策划拍摄的影片,《浪淘沙》的剧本绝不可能是一部随随便便的作品,相反,无论是剧情还是人物的设置,都能看出与《狼山喋血记》相似的象征与暗示手法的运用。正如编剧吴永刚本人在《关于〈浪淘沙〉的话》中写到的那样,"人类的历史是用血写成的,但人与人之间原无所谓仇恨,只因为要求生存,彼此掠夺着,仇杀着,以至于民族与民族间战争着……眼看着大规模的屠杀就要开始了。"很明显,《浪淘沙》剧本的产生,与当时中国的政治局势有着莫大的关系。片中大海与荒岛的自然景观,主人公硬汉的品格,充满象征意义的手铐和水桶,自然、生命、人的交织,构成了一首韵律奇特的交响诗。不可否认,《浪淘沙》不但富于哲理思考,同时还表现出了剧作者对人生的探索和对人生的感喟,对当时社会中人与人的关系、冲突做出了概括的说明,在艺术上可谓别开生面。但是,由于基本政治观点模糊不明,该片公映后立即受到了左翼影评的一致批判。

1936年底,在左翼电影工作者的帮助下,吴永刚成功编导了国防电影《壮志凌云》,体现了举国一致、团结抗敌的时代精神。吴永刚以20世纪20

年代作为整部影片剧情发展的大背景,很明显是在影射时局。影片讲述一群在天灾人祸的逼迫下背井离乡的难民们来到一块荒凉的土地上垦荒耕地,凿井伐木,经过十多年的辛勤劳动建起了太平村。不久他们的太平生活遭到一群匪贼的侵犯。太平村的村民同仇敌忾,推举顺儿为领袖,决心抵抗匪贼。青年农民田德厚曾因恋慕村里的姑娘黑妞而与顺儿产生隔阂,这时也尽释前嫌团结起来抗敌。村子被匪贼包围,邻村的村民也赶来支援太平村的战斗。最后田德厚和黑妞都在抗击敌人的战斗中英勇牺牲,太平村成为一片灰烬,但众人满怀怒火,决心要抗战到底。炮声终于又响了,大家高举武器向着前方冲去。从剧作结构来说,编剧者将剧本大致分为两半,剧本的前半部分,吴永刚以悲凉写实的笔调描写了农民主人公们的流亡史、创业史,而后半部分则全力描写"一群被某种恶势力侵入而作抗战的农民的血泪史"。而且由于前半部分做足了铺垫,当后半部分的高潮来临时,对观众的情感刺激就格外强烈和真切。这在编剧手法上不能不说是一个极大的成功。

同样,在艺术手法上,吴永刚虽仍然采用了影射、暗示的手法来编写《壮志凌云》一片,而且"尽量要写得隐晦一点",但全剧意旨所在、矛头所向是非常明显的:它以边省冰天雪地或一望无边的高粱、麦穗等北地风光暗指东北;以"强盗""土匪""红枪会"影射日寇,较为直接地表现出"要生存唯有战"[70]的主题。《壮志凌云》这种由暗示、象征而趋向写实,由隐晦、沉郁而趋向明朗、昂扬的新变化,"反映了全面抗战爆发前民族意识、情绪的新高涨,也预示着全面抗战爆发后,新的抗战电影的新的风貌和基调"[71]。

朱石麟1899年7月出生于江苏太仓,1923年加入华北电影公司任编译部主任,27岁时,因关节炎导致双腿残疾。这对他以后的创作题材不无影响。

1930年,朱石麟与罗明佑合作编写了电影剧本《故都春梦》,影片在一定程度上反映了社会现实生活,使看腻了当时充斥影坛的武侠神怪片的观众有了耳目一新之感,并打破了当时的卖座纪录,朱石麟由此在电影界声名鹊起。

1932年朱石麟到上海加入联华影业公司,正式投身电影界。联华公司成立初期的不少电影剧本都出自他的笔下,如孙瑜执导的滑稽短片《自杀合同》以及由卜万苍执导的影片《恋爱与义务》。

《恋爱与义务》的剧本是根据波兰女作家华罗琛同名小说改编而成的,它描写了一有夫之妇和另一男人同居,但两人不见容于旧社会,后男人潦倒而死，留下女人处在感情和金钱矛盾之中的故事。同年，朱石麟还根据《聊斋志异》中的一个故事改编了电影剧本《恒娘》，但他把故事的背景放到了现代。而同样由史东山导演的《银汉双星》则根据张恨水的同名小说改编，故事讲述了一家名叫"银汉"的影片公司在郊外拍片，忽从杨柳深处飘来歌声，导演循声找到歌者。歌者李月英年轻美丽，导演当即约她主演影片。月英初上镜头，颇感羞涩。饰演男主角的杨传之诚恳相助。影片上映后，月英与杨传之双双堕入情网。但杨传之早已由父母包办娶妻，现在眷恋月英，痛苦日深，在导演的规劝下醒悟，托病辞职。月英深感失望，也返回故乡。但传之毕竟不能忘情，扶杖前去寻访月英，但他终于不愿使她再度陷入痛苦之中，悄悄地离去了。可以看出，1931年的张恨水尚未脱离鸳鸯蝴蝶派小说的窠臼，而史东山也仍然被划归"唯美主义导演"，因此影片拍成后未能享有好的口碑。但今天看来，朱石麟的改编显然使从前那个略显拖沓冗长的故事更为紧凑集中了。

1934年，朱石麟编写了具有写实、批判倾向的妇女题材的电影《良宵》，影片通过描写两个牺牲在封建礼教下的寡妇的悲剧，痛切地揭露了封建礼教对妇女的惨痛压迫和深重折磨。在创作《良宵》前后，朱石麟还编导了《归来》和《青春》，但由于都不脱恋爱纠葛的老套，被认为"就思想内容而言，比起《良宵》来要逊色得多"[72]。同年"联华"三厂成立，朱石麟任厂长并开始导演影片，之后的《国风》虽署名罗明佑编剧、朱石麟导演，但也仍然可以被看作朱石麟的作品，影片通过讲述朴县女子中学的女校长张洁的两个女儿张兰与张桃恋爱纠纷的故事，鼓吹了"新生活运动"[73]的重要性与成效。但因为"新生活运动"本身在政治上与中国共产党的主张相悖，因此影片一经公映即遭到了左翼影人的抨击。创作于1937年的《慈母曲》是本时期朱石麟编导的最重要的一部影片，这可以说是中国电影题材中涉及老人问题的第一部，半个世纪过去了，仍有很大的感染力和现实意义，被赞为"无论在历史和艺术价值上均是一部可以与《马路天使》媲美的（20世纪）30年代经典作"[74]。本片的叙事结构颇为特别，头一本片描述儿女童年上学和家庭生活，接着第二本片就打出字幕"二十年后"，接着是一连串的家庭悲剧，终于导致不孝儿媳迫使婆母离家出走，使全剧的冲突达到高潮。朱石麟本片的编剧手法并非只是简单地将儿女成长的前后部分进行对比，而是在前半部分安排伏线和衬托，朱石麟以对现实的倾情关注，对中国传统人情的周密体察以及朴素细腻的电影格局成就了独具特色的新现实主义电影学派，"在中国的古典电影之中已达到一个高度成熟的浪漫现实主义风格"[75]。同年的《新旧时代》在艺术上与《慈母曲》互相辉映，不过《慈母曲》是描绘一个破碎家庭的复合，而《新旧时代》则反映了一个封建大家庭的崩溃。集锦片《联华交响曲》中的《鬼》是以黑暗的封建势力做题材的，但仍然保持了朱石麟最为擅长的家庭伦理片的格局。

沈浮原名沈哀鹃，又名百宁。他出生于天津一个贫寒的工人家庭，早年失学，曾做过小贩、照相馆徒工，后来又在军队中当过军乐队员，这段经历使得他得以广泛了解下层社会，对他以后的创作产生了重要影响。1924年，沈浮考入天津渤海影片公司任演员，自编自导自演了一部无声喜剧短片《大皮包》。1933年，沈浮在上海加入联华影业公司，担任《联华画报》的编辑，很快成为公司正式的编导，第一部作品是剧作《出路》，由郑基铎导演。

这一时期，沈浮作品的主要成就体现在他编导的喜剧片《无愁君子》与《天作之合》等影片上。《无愁君子》创作于1934年，描写两个无家可归的穷人，尽管已经被社会逼到了死亡线上，但他们仍然自命为"无愁君子"，到处帮助别的穷人的故事。剧作以含泪的笑揭示了旧社会的不公平和穷苦市民的苦痛与悲哀。而创作于1937年的《天作之合》则描写了一个失业工人的辛酸生活。20世纪30年代正值卓别林喜剧风靡全球，沈浮也受到了他的影响，在剧作中运用了某些夸张手法，取得了一定成就。这两部作品与那些专以低级噱头迎合小市民趣味的喜剧片表现出了明显的差别，同时也表现出他在创作上善于从现实生活中取材，运用现实主义的方法，将假、恶、丑揭露得淋漓尽致，歌颂了真、善、美。

除了这两部影片之外，前文曾提到过的《狼山喋血记》也是本时期沈浮的重要代表作品。《狼山喋血记》根据沈浮编写的电影故事《冷月狼烟录》改编而成，被认为是较优秀的国防电影作品。沈浮创作态度严谨，富有探索精神；风格朴实沉厚，抒情意味浓郁；结构布局和节奏处理尤见功力。而创作于1937年的集锦片《联华交响曲·三人行》虽遭到一些左翼影评的诟病，但仍贯彻了他带有朴素现实主义色彩的创作方法，反映了他的进步倾向。

2.1.4 "电通""艺华"等公司的成立与左翼电影剧作观的确立

艺华影业公司于 1932 年 10 月由严春堂（又名：严春棠）创办于上海。初名"艺华影片公司"，1933 年扩大规模并于当年 9 月改组为艺华影业有限公司。"艺华"创立初期基本上可算是左翼电影运动开辟的另一重要阵地，公司效法明星，也邀请了著名左翼编剧田汉主持影片创作并领导编剧委员会，同时邀请阳翰笙、沈端先（夏衍）等左翼电影人参加剧本创作，并于 1933 年一年内先后完成了具有鲜明的抗日反帝色彩的《民族生存》《肉搏》《中国海的怒潮》和《烈焰》四部影片。

同年 11 月 12 日，特务组织捣毁艺华公司，并散发署名"中国电影界铲共同志会"的传单。这一事件不仅震惊全国，也激起了海外爱国华侨的义愤。在此后的两年里，通过田汉、阳翰笙的努力，公司摄制了《女人》《黄金时代》《生之哀歌》《逃亡》《凯歌》等十一部影片，其中左翼影片仍占多数。

可以说，田汉在艺华公司的几年[76]，是促使田汉在 20 世纪 30 年代电影观念转变的重大外因之一，而他在这一时期的电影剧作，又是具有非常鲜明的时代特征与个人特点的。

进入 20 世纪 30 年代之后，田汉的创作思想发生了巨大的转变。1930 年，他相继发表了《我们自己的批判》和《从银色之梦里醒转来》，批判自己以前是"热情多于卓识，浪漫的倾向强于理性"，认识到"梦幻与陶醉是和明显的目的立于相反的地位的"[77]。同年，田汉加入左翼作家联盟和左翼戏剧家联盟，成为"左联"的重要成员。此后的一段时间是田汉电影剧本创作的高峰期，不但数量丰富，而且由于艺术观的转变而呈现出新的创作气象。据统计，从 1931 年到 1937 年的 7 年时间里，他一共写了 18 部电影剧本（有的是故事大纲）。其中除了他于 1931 年前后创作的《马占山》《春蚕破茧记》《中国的怒吼》《四小时》和 1933 年前后创作的《前夜》《病虎之啸》《棉花》《东北风云》等由于剧本中所表现的斗争意识过于强烈和鲜明，电影公司不敢接受，或因艺华公司被捣毁等事件而未能拍成影片外，共有九个剧本拍成影片。其中包括了反映阶级矛盾的《母性之光》《三个摩登女性》《黄金时代》和《凯歌》，表现民众奋起反抗日本帝国主义侵略的《民族生存》《肉搏》《烈焰》以及国防电影《风云儿女》和《青年进行曲》。这些作品不但体现了转变后的田汉的社会政治思想、艺术主张和创作风格,更展现出田汉"对中国电影20世纪20年代所形成的美学成果的继承、对《战舰波将金号》为代表的苏俄电影的借鉴、对中国传统戏曲的融合","也都使得20世纪30年代田汉的电影剧作有了比20世纪20年代更为丰富的内涵"[78]。

概括来说,田汉本时期的电影剧本创作共有两大主题:一是表现在阶级矛盾冲击下知识分子、社会青年的成长、分化;二是发出激越的抗日反帝呼声。在前一主题中,《母性之光》是他这时期创作的第一个电影剧本。影片讲述革命青年邹家瑚遭到封建军阀的追捕,亡命去南洋做矿工,临走的时候嘱咐妻子慧英好好教育褓襁中的女儿小梅。家瑚走后,慧英由于生活困难,改嫁音乐家林寄梅。小梅在寄梅的熏陶下变成了一个资产阶级小姐,慧英深以为忧。纨绔子弟黄书麟极力追求小梅,他们结婚后一起去了南洋,不久,黄书麟又另觅新欢,抛弃了小梅。小梅终于幡然醒悟,抱着初生的女儿回到上海,与母亲一起协助家瑚开办托儿所,收养一群穷苦的儿童。影片批判了资产阶级的生活观念对青年的腐蚀危害,强调了正确教育的重要。正如影片的主题歌《母性之光》里唱到的:"孩子,你也别怨你的爸,别恨你的娘!你要恨那吃人不见血的大魔王!大家来打倒那大魔王!让黑暗中的孩子们看见阳光,让贫穷的孩子得到教养!"

在谈到创作这个剧本的原因时,田汉说:"一九三一年,正是我参加革命的前夜。除一般的反帝热情之外,我已经具备一定的阶级觉悟。"[79] 正因为有了这种觉悟,田汉在剧本中表现了矿山工人的生活及其与矿主的斗争,并为影片创作了另一首脍炙人口的插曲《开矿歌》。

比起主题稍显模糊不清的《母性之光》,《三个摩登女性》则是本时期田汉剧作前一主题的代表作品。本片以"九一八"后的上海为背景,通过讲述三个年轻女性周淑贞、陈若英、虞玉与由金焰饰演的电影明星张榆的感情纠葛,以"一个个具有血肉的30年代特有的人物","鲜明地描写了三个范畴的女性,和一个从动摇到转变的青年电影从业员的典型","辛辣地放射了对于现存体制之下的文学、美术和电影的讽刺。"[80] 影片中表现的三个女性都具有各自的特性:南国姑娘虞玉只顾享受眼前的富贵,最后成为有钱人的玩物;纯真少女陈若英陷入感伤的爱情之梦不能自拔,甚至为了张榆拒绝她的爱情而自杀殉情；只有从沦陷的故乡来到上海的电话接线员周淑贞深明民族大义，具有阶级的自觉，从事着社会的斗争，把握着积极的人生，她是张榆"逃婚的"未婚妻，同时是作者肯定的一个正面女性的形象。剧本以周淑贞的生活道路为叙述主线，做出了什么是真正的"摩登女性"的回答。用片中男主角张榆的话说就是："今天我才知道，只有真正能自食其力，最理智、最勇敢、最关心大众利益的才是当代最摩登的女性！"作者田汉这样概括了这个剧本的主题："这样，可知《三个摩登女性》不是平列的，而是有所突出的。我们批判了追求官能享受的资产阶级女性虞玉和伤感的殉情的小资产阶级女性陈若英，而肯定了、歌颂了热爱劳动，为大众利益英勇奋斗的女接线生周淑贞。在阶级分析上，应该说比《母性之光》进了一步。"[81]

与田汉之前的剧本相比，本片的故事线索较为复杂，同时表现了非常开阔的社会生活画面：有帝国主义的侵略战火和战地救护，有资产阶级的糜烂生活，有工人区和贫民窟，有电话局工人反对减薪和开除工人的罢工斗争。影片上映后立即获得了极大的社会反响，得到了左翼影评的热烈支持。洪深曾指出，《三个摩登女性》等这个时期几部以女性问题为题材的影片"已经不单将妇女当作作品的题材，而严肃地接触到妇女解放问题与整个社会问题之解决的关系"[82]。而当年的《晨报》"每日电影"专栏则给予《三个摩登女性》"社会问题剧"的极高评价。[83]

相比较这两部田汉为联华公司创作的电影剧本，他为艺华公司创作的作品则大多是以抗日救亡为题材的。其中创作于1933年的《民族生存》是田汉为艺华拍摄的第一部影片，也是他正面描写抗日斗争的头一部电影剧本。故事讲的是背井离乡的东北同胞逃亡到上海，受到帝国主义者和特务的压榨和迫害，就在他们好不容易找到一个稳定的住所时，日本帝国主义的炮弹又落在他们身边。在被逼得走投无路的情况下，他们奋起反抗，投入了支援十九路军抗敌战斗的行列。《民族生存》通过对破产后的农民、关外逃亡的难民以及城市贫困化的小市民这一群流落上海的无家可归者的描绘，反映了"九一八"后中国人民的深重灾难，表现了中国人民在"一·二八"事变中为保卫民族生存而奋起的战斗精神。本片是田汉寻找新的内容与形式的摸索之作，"不但在题材主题上表现了时代的内容，关键在于形式上与爱森斯坦《战舰波将金号》的关系"[84]。同年，田汉还创作了根据他自己的舞台剧《火之跳舞》改编的《烈焰》，同样以隐晦的方式反映了"一·二八"之夜日本帝国主义轰炸闸北的罪恶，并发出了"必须奋起自救"的抗日呼喊。剧本中大量使用了象征的手法，表现出了与同一时期其他左翼剧作家的不同。

之后，田汉又创作了一系列着重刻画小资产阶级和青年学生在民族矛盾上升、尖锐时期的思想转变的剧作，如《肉搏》《色》《青年进行曲》等，《肉搏》讲述一对生活在南方的青年学生史震球与冯飞鹏本是很好的朋友，因为同恋学校国术教师的女儿而反目，在这位教师的反复激励下，这二人从迷茫的生活中惊醒，消除了个人恩怨，共同投入抗敌战斗。而出于种种原因没有被搬上银幕的《色》则具有20世纪30年代田汉剧作中少见的浪漫主义的表现方式。从这些剧本的问世可以看出，田汉这时已很自觉地把自己融入了时代和民族解放的大潮中。

如果说青年的成长分化与民族抗日救亡事业是整个20世纪30年代中田汉电影剧本创作一直贯彻的两大主题，那么1934年底田汉为电通影片公司编写的《风云儿女》剧本则不但将这两大主题交织融合为一体，而且又将之提升到了一个新的高度。《风云儿女》讲述了两个东北青年的故事：诗人辛白华和大学生梁质甫流亡到上海，他俩虽清贫，却热情帮助二楼贫苦少女阿凤和她的母亲。对门住户是刚离婚的富裕少妇施夫人，她爱好文艺，对白华具有异常的好感。不久，白华被施夫人携往青岛，过上了衣食无忧的日子，阿凤则参加歌舞班谋生。梁质甫因为受从事革命的友人牵连，被捕入狱，出狱后北上抗日。阿凤所在的歌舞团到青岛演出，与白华重遇。看了阿凤演的《铁蹄下的歌女》后，辛白华受到了很大的震动，但还是没有摆脱开爱情的束缚，直至获悉好友梁质甫在古北口英勇牺牲的消息，他才毅然离开施夫人，参加了抗日军队。在长城边上，当他与阿凤重遇时，进军号角奏响，他俩与士兵、群众一起，向着敌人冲去。据田汉后来回忆，剧本本来的主旨是要表现青年知识分子"在深重的政治压迫和民族危机前面，从苦闷、彷徨奔向民族民主革命的明确过程"[85]。但由于导演许幸之对剧本的理解只停留在表现"风云变幻中的儿女常情"[86]，以至于影片中梁质甫这条线索未能充分展开，但影片仍然在一定程度上体现了抗日救国的主题。片中由袁牧之扮演的诗人辛白华所作的长诗《万里长城》，其中最后一节被选作电影主题歌，即由田汉作词、聂耳作曲的主题歌《义勇军进行曲》，它无疑点明了剧本的主题，甚至超出了主题，成了民族斗争的号角。

此后，田汉又接连为艺华公司创作了描写农民打破封建迷信、引水抗旱的"生产电影"《凯歌》（1935）以及描写一个青年知识分子怎样从一个怯懦的学生通过现实斗争最后成为坚强斗士的《青年进行曲》（1936）。其中《凯歌》的剧本以1934年的江南大旱灾为背景，更直接地把两个阶级的对立和科学与封建迷信的冲突联系起来，揭示出阶级斗争的深层文化内涵，有相当的深度。而《青年进行曲》的剧本则细致地表现了人物的成长过程和思想发展，反汉奸斗争的主题也有很强的现实性，成为"国防电影"的代表作之一。[87]

比起艺华公司，电通影片公司则可谓是直接在中国共产党的电影小组领导下成立的。从1933年底的艺华公司事件开始，新兴电影受到的政治压力越来越大，左翼电影人迫切地想找到一块新的电影阵地。这个新阵地就是成立于1934年春天的电通公司。

"电通"本来是一家电影器材制造公司，于1933年创立，主要经营人为在美国学习过无线电机工程的司徒逸民、龚毓珂和马德建三人。很快，司徒逸民的堂弟司徒慧敏也参加了进来，并在"电通电影器材制造公司"的基础上将公司改组为制片公司。

1934年12月，电通完成了它自己拍摄的第一部影片《桃李劫》，一炮打响。本片是当时著名的舞台剧演员袁牧之担任编剧的第一部电影剧本。袁牧之原名袁家莱，中学时曾参加洪深等人组织的戏剧协社。1927年，他加入辛酉剧社，扮演了多部话剧中的主要角色，并曾出版两本独幕剧集。1930年后，袁牧之成为专业演员，并在舞台上获得了"千面人"的称誉。

在今天看来，《桃李劫》依然是一部具有冲击力的作品。故事是通过一个名叫陶建平的杀人犯在被执行枪决的前夕，向学生时代的老校长讲述事情的经过，用倒叙的方法表现出来的。陶建平与黎丽琳是一对青梅竹马的恋人，从学校毕业后便结为夫妻，过上了平静安逸的生活。但由于陶建平生性正直，看不惯职场上老板们的欺诈手段，愤然辞职，然后便一直失业在家，很快黎丽琳也因不堪公司经理的骚扰而失去工作。为了养家糊口，陶建平只好到工厂里当苦工，刚刚生产的黎丽琳又因无人照料而发生意外，身受重伤。陶建平为了能给妻子看病，迫不得已从工厂偷出工钱，结果黎丽琳还是不治而亡。万念俱灰的陶建平将刚出生的儿子送到育婴院，回到家中又遭遇工头与警察的缉捕，最终被判处死刑。

影片中的陶建平是一个写得相当成功的富有正义感的小资产阶级青年，从学校毕业时满怀服务社会的幻想，起初抱着"有本领不怕没饭吃"的自负，因为不满资产阶级商人罪孽行为而愤然辞职，幻想破灭后失望灰心，最后为生存而进行了痛苦挣扎。"生动地刻画了他的阶级性格，刻画了他的为当时黑暗社会所不容的境遇，也指出了他的个人反抗必然将和他的小资产阶级幻想一起破灭的结局。这里，编剧没有对小资产阶级性格做任何的美化，而是以严格的真实再现了它，既写出了它的正直、反抗的一面，也写出了它的失败、灰心的一面，从而就具有了更为深刻一层的意义。"[88] 同时，围绕着陶建平的遭遇，编剧还相当广泛地再现了当时社会的种种现实，从而使影片交织为一幅当时社会的真实图画。

1934年出品的《桃李劫》是中国最早以有声电影手法创作的影片，音响第一次成为中国电影的一种艺术元素。而田汉作词、聂耳作曲的插曲《毕业歌》则较好地起到了把握影片情绪、提示影片主旨的作用。

1935年，袁牧之又编导了中国第一部音乐喜剧片《都市风光》。剧本的开端设计得十分巧妙：在一个乡间的小车站，几个候车的乡人偷闲来观看西洋镜《都市风光》，而整个电影的故事则通过这个看似荒诞不经的开头牵引出来，出现在西洋镜中的人物也是五光十色、各具特色的：有无聊的知识分子李梦华，好色的投机商人王俊三，爱慕虚荣的小押店主之女张小云等。影片结尾与开头相照应，同样也是匠心独运的：受骗待看西洋镜的乡人闻声惊觉，火车已远去，众人面面相觑，无所适从。

可以说，《都市风光》是当时社会黑暗现象的一幅漫画，是当时落后小市民群的一首讽刺诗。由于《都市风光》采用了喜剧的表现方式，所以在艺术处理上也有自己的特色，编导者根据内容的需要，采用了各种不同的喜剧手法，有尖锐的抨击，有小小的讽刺，有真实的描绘，也有大胆的夸张。它是中国有声片创作的一个新的发展。

1937年，转入明星公司的袁牧之编导了被誉为"中国影坛上开放的一朵奇葩"的《马路天使》。在这部影片中，袁牧之通过讲述吹鼓手陈少平和卖唱少女小红之间的爱情遭遇，对生活在当时社会底层的妓女、小歌女、吹鼓手、报贩、失业者、剃头司务、小贩等形形色色的人物形象及其悲惨命运做出了准确出色的描绘，尖锐地抨击了半殖民地半封建社会的黑暗。可以说，无论是从剧作内容，还是从影片上映后的社会反响来看，《马路天使》都可算是本时期描写都市下层市民生活时兼采众家之长而显示新意的最成功的作品。"它既有《新旧上海》《天作之合》这种以喜写悲，生动真实描绘下层市民阴暗生活和可悲命运的悲喜剧风格，又具有《梦里乾坤》《都市风光》和《摇钱树》那样对都市各类人物性格心理详细剖析的艺术长处。同时，它还克服了上述各剧不同程度存在的某些缺陷或不足。"[89] 以对人物活动、人物性格生成的时代、社会、政治环境的展示，以对下层市民善良心地、美好品质和反抗精神的揭示，较完整地反映了都市下层劳动人民的生活命运，塑造出几个生动感人的人物形象。

虽然电通只出品了四部影片《桃李劫》《风云儿女》《自由神》《都市风光》就被迫在1935年底结束了业务，但这家只存在了一年的公司实际上至少在两个方向上影响了其后中国电影的发展。一方面，电通的前身是制造有声电影设备的公司，在当时有声片、无声片并处的年代里，电通与当时别的电影公司不同，它的所有出品都是有声片。而对于电影剧作来说，有声片的出现，无疑在对白等方面对剧作家提出了更高的要求。另一方面，它是第一家完全由左翼影人主持的制片公司，在实际出品中也实践了左翼电影理论的主张。因此，可以说电通的创作最彻底地贯彻了左翼电影创作观所秉持的一种富有中国特色的"影戏本体观"，因此，他们对电影的剧作性因素给予了特别突出的重视，在这种"影戏本体观"的指导下，新兴电影创作者顺理成章地将思想内容（大部分可以通过剧作来体现）放在第一位考虑，而相对忽视电影的媒介属性和电影形式特征，这也导致了对电影审美属性、娱乐属性的忽视。

2.1.5 左翼电影剧作观中的好莱坞模式倾向

在今天看来，20世纪30年代的左翼电影运动对中国电影的面貌的改写无疑是巨大的。在20年代或更早的时间里，中国电影观众的欣赏口味和习惯在更大程度上受了戏曲（及承袭戏曲叙事传统的文明戏）、出版文化（尤其是流行小说）的影响，形成了独具特色的"影戏观"。同时，除了本土文化的决定因素，好莱坞电影的盛行对中国的电影观众和制片人都有极大冲击。"在中国，美国电影比任何国家的电影都受中国人的欢迎。除了美国电影的奢华铺张、高妙的导演和技术，中国人也喜欢我们绝大多数电影结尾的'永恒幸福'和'邪不压正'，这和许多欧洲电影的悲剧性结尾恰成对照。"[90] 20 世纪 30 年代，更是中国电影界对外国电影经验第一次大规模学习和借鉴的时期。虽然这些学习和借鉴主要表现在苏联电影的革命思想和蒙太奇的电影思维方法和艺术表现技巧方面，但另一方面，其他外国电影理论（例如好莱坞的技巧理论等）也被大规模地介绍进中国。

不可否认的是，中国电影的艺术质量和制作水准在 20 世纪 30 年代之后确实得到了很大的提高，由于左翼电影人首先是以编剧身份进入电影界，因此这些提高当然更多地表现在剧作方面。然而是否能将之全部归功于左翼文化运动的影响？好莱坞的感伤通俗剧模式是否曾经跟苏联的蒙太奇理论共同作用于 20 世纪 30 年代的中国电影，使之在"意识正确"的前提下，争取到了更多的城市观众，并且也更能和西方电影一较高下？这的确是一个敏感而又饶有兴味的话题。

根据皮克威兹的说法，20 世纪 30 年代的左翼电影与 20 年代的流行通俗剧之间是有紧密联系的，事实上，他（重新）定义左翼电影为"经典通俗剧和初级马克思主义的联姻"。[91] 而所谓"初级马克思主义"指的就是"劳动大众和同情劳动大众的新主题"，但感伤的力量之源却是"经典通俗剧"，因此，他认为，"现代中国电影体现着一个通俗剧传统，这可以从'修辞的过度，夸张的表演和道德上的强调'等方面看出来，它的目的'不是为了针砭单调的日常生活。相反，它试图把一群多是非的观众带入善恶的基本冲突中去，这冲突就发生在日常生活的表层之下'。因此，'通俗剧……向难缠的问题提供了清晰的答案，对于趣味不高非知识分子的城市流行文化消费者来说特别有吸引力'。"[92]

在夏衍等左翼剧作家最初进入电影界的时候，他们撰写的剧本更像是一个"剧情说明书"或短篇小说的雏形，然后导演再据此创作出一幕幕具体的脚本。因此，我们"有理由认为左翼剧作家对中国观众的思想影响不是通过直截了当地向他们灌输明显的政治意识形态（因为审片制度），而是在故事层面带给观众一种新的叙事模式——描写那些活在有限的城市空间中的小市民，以此来折射社会等级，并用善、恶世界之间的比较来隐喻城市和乡村。在这种新的叙事结构中，城市——影射上海——越来越染上灰暗的色调，成为反面形象；而同时乡村则日益成为电影自我指涉的城市模式的理想'他者'。简言之，电影开始表现乡村出身或乡村的小人物，讲述他们的经历，讲他们如何不断成为城市环境的牺牲品"[93]。而恰恰在这一点上，左翼电影剧作表现出了与经典时期的好莱坞通俗剧在思想倾向上惊人的一致性。无论是早期格里菲斯的感伤情节剧，还是其后的《七重天》《一个陌生女人的来信》，甚至20世纪50年代中晚期的道格拉斯·西尔克及文森特·米奈利的情节剧影片中，城市或城市代表的罪恶价值观总是主人公需要面对的最大敌人，而乡村和小城镇则永恒地被用来指代善良、坚贞的传统美德。

如果对比根据美国电影《七重天》创作的《野草闲花》，或者是根据同名美国电影创作的《马路天使》，以及参照了好莱坞电影《歌剧魅影》创作的《夜半歌声》，我们也许可以得出一个结论，这些影片在票房上的成功也许并不在于它们那些外加的爱国主义和革命性的政治寓意，而是好莱坞类型片中固有的戏剧冲突以及源自中国本土戏曲传统的一波三折式的情节结构。蔡楚生曾经在《渔光曲》上映之后说过，"一部好的影片最主要的前提，是使观众发生兴趣……所以，在正确的意识外面，不得不包上一层糖衣……"蔡楚生所谓的糖衣，即是"戏剧性"和一般观众都喜欢的"多一些的情节"。

因此，我们也许可以做进一步的推测：那些在20世纪30年代最为广大观众所熟知并喜爱的左翼电影作品，在剧作模式上曾大大方方地借鉴过好莱坞情节剧的模式，并且在不同的程度上使之"中国化"了——"通过'误读'叙事上的亲缘性（像通俗剧的程式），到由出版操纵的'重写'剧情简介和影迷杂志的文章，用中式的价值观来重评外国电影。没有这样一个背景，本土的中国电影永无可能真正建立起来。"[94]

2.2 "软性电影"及20世纪30年代的商业电影创作

1933年3月，当时几位著名的现代派作家刘呐鸥、黄嘉谟等人创办了一家《现代电影》月刊。孙瑜、蔡楚声、史东山等著名导演均为该刊物当时的主要撰稿人。《现代电影》创刊时以介绍中外电影知识、动态和理论为宗旨，并提出了"研究影艺，促进中国影业"以及"决不带什么色彩"的口号。[95]

杂志创办后，接连发表了《中国电影描写的深度问题》《电影之色素与毒素》等影评文章，提出了对左翼电影创作的一系列批评。其中最多的批评集中在剧本创作和电影批评方面。刘呐鸥指责左翼电影最大的毛病是"内容偏重主义"，"内容重，描写过浅，于是形式便全部被压倒了……给你想象他内容的丰富，而不把丰富的内容纯用电影的手法描写出来给人看"，结果便成了"头重脚轻的畸形儿"[96]。江兼霞则指责左翼影评往往"用着赝造的从西伯利亚贩来的标准尺"来检查每一部新片内容是否空虚，正面提出"影片制造，电影批评，必须先从它的艺术成就、技术问题入手，其内容是其次的"，"如果离开了电影艺术，纵使能达到教育的使命，那也不过是枯涩的教材，拙劣的幻灯影片而已。"[97]

同年11月，上海发生了震惊影坛的艺华公司被捣毁事件，一时间，左翼电影人纷纷发声谴责国民党对左翼电影运动的迫害行径，但就在"艺华"事件之后仅二十天的12月1日，《现代电影》出版了自己的第六期杂志，并在该期杂志上发表了由黄嘉谟撰稿的《硬性影片与软性影片》一文，正式提出"软性电影论"。黄嘉谟认为："电影是戏剧，是现代新兴的戏剧……它的表现法虽然是异于各种旧的方式，但是它的原质应该还是永远保存着，那便是戏剧对于人生原由的趣味性的吸引力。"因此，"电影是给眼睛吃的冰淇淋，是给心灵坐的沙发椅"，在文章的结尾，他甚至高呼："我们的座右铭是：'电影是软片，所以应当是软性的！'"从此，这一"生不逢时"的"软性电影论"就被永远地扣上了"反动"的帽子，也引起了20世纪30年代规模最大的一场电影理论之争——"软性电影论争"。在这场论争中，黄嘉谟、刘呐鸥、江兼霞、穆时英等人均发表了大量的为"软性电影"正名的论文，在今天看来，"软硬电影"论者争论的核心是电影的内容与形式之争，并不能说是完全没有道理的。

在"软性电影"思想的指导下，黄嘉谟在1936年创作了电影剧本《化身姑娘》。故事讲述了回国定居的新加坡华侨张菊翁由于过分重男轻女，逼得自己的儿子元伦明明生了个女儿，却不得不谎称自己生了个儿子。十八年后，为了讨爷爷的欢心，元伦的女儿莉英剪发乔装男子回国，结果因为身份错乱，惹出了一系列的恋爱纠葛。在一系列的巧合、误会的情节和阴错阳差的噱头之间，编剧还混杂了侦探片、惊险片的若干元素，使得本片一经上映就成了"软性电影"的代表作。

今天看来，《化身姑娘》如果单纯作为一部商业影片，其剧作的确是调动了"初夏上市，给一般电影观众作为眼睛的食料"的各种元素的，而且从艺华公司置当时压倒性的进步舆论于不顾，接着又拍摄了《化身姑娘》续集，当上海沦为"孤岛"后，又继续推出第三集和第四集的情况来看，《化身姑娘》这个送给观众的"眼睛的冰淇淋"至少是部分地达到了"软性电影"论者争取观众的目的。而当时的左翼影评虽然众口一词地指责影片"内容无聊""和当前实在的生活全然无关……剧作者……还有意无意地叫观众忘记现实，忘记我们民族之英勇的浴血斗争，要他们来迷醉于男化女、女化男的各种胡调的顽意"[98]，但也还是指出本片的剧作者是"十足效法了故郑正秋的文明戏手法"，只是"减少了郑正秋那种难得的感情"而失败的。[99]这就引出了另一个有趣的话题，为什么这些受到法国作家保尔·穆杭和日本"新感觉派"著名作家横光利一影响的现代派作家，一经投入影坛，在剧本创作中竟没有变成"先锋派"或"唯美派"，反而重拾起了一二十年代旧文明戏的牙慧？这是否说明了这些口口声声宣称要保持"戏剧对于人生原由的趣味性的吸引力"的编导，已经在自觉不自觉之间，发现了商业片创作的基本规律，即尊重长期在文明戏、鸳鸯蝴蝶派小说和好莱坞情节剧熏陶下培养出的大多数中国普通电影观众的"期待视野"了呢？而"化身姑娘"以及根据叶浅予漫画创作的系列影片中"王先生"及其后"孤岛"时期创作出来的"李阿毛"等系列喜剧形象，则纷纷以其身上的浓厚市民气息为小市民所熟悉和喜爱。自1934年天一影片公司拍摄第一部《王先生》起，到1940年的短短六年里，"王先生"系列仅在上海就一共拍摄了十一部，而"化身姑娘"和"李阿毛"系列也先后拍摄了四集。"这些系列喜剧大都反映都市小市民的生存状态和尴尬人生，对社会不良风气进行讽刺和揶揄，王先生、李阿毛、化身姑娘所具有的都市平民的喜剧性格，从总体上提供了回应严酷的社会环境的基本生存态度，所以受到了观众的欢迎。他们首先是以一个定型的、在不断重复中被强化的喜剧形象，使得观众在日常生活中被压抑了的情感得到宣泄；同时又有助于观众游离这个形象，以一种自豪优越的眼光来审视王先生们的命运。"[100] 事隔多年，我们可以清楚地看到，这支诞生于20世纪30年代的小市民喜剧的创作源流，在七八十年代的香港电影中发扬光大而被左翼影评批评为"具备了吸引落后观众的条件"的剧作元素，则恰恰成为这些影片在商业上制胜的法宝。

客观地说，在今天看来，也许《化身姑娘》和由刘呐鸥本人编剧的《永远的微笑》《初恋》等影片，在大敌当前、民族危机空前严重的情况下，确实是不合时宜且在艺术性和思想性等方面根本无法与左翼影片中的杰作相媲美的，但是从电影艺术本身的角度看，"软性电影"作为当时商业电影的一支，其编剧手法也不能说毫无可取之处。而在20世纪30年代，虽然商业电影已经不是制片的主流，但喜剧片、侦探片和爱情片却取代了20年代风靡一时的古装片、武侠片和神怪片，在新的社会情境和电影情境中发生了演变。"正如约翰·福特（John Ford）之于西部片、阿尔弗莱德·希区柯克（Alfred Hitchcock）之于悬念片一样，中国早期电影编导也深知个人素质与类型选择之间的关系，马徐维邦的恐怖片（《夜半歌声》《冷月诗魂》《寒山夜雨》）、徐欣夫的侦探片（《翡翠马》《播音台大血案》《陈查礼大破隐身术》）以至吴村的社会片（《新地狱》《黑天堂》《天涯歌女》）、李萍倩的爱情片（《茶花女》《生死恨》《蝴蝶夫人》）等，已然形成中国早期电影的独特景观。"[101]

（张　巍）

注　释：

1　程季华主编：《中国电影发展史》（第一卷），中国电影出版社1963年2月第1版，第173页。
2　郑正秋：《如何走上前进之路》，转引自《1897—2001百年中国电影理论文选》上册，文化艺术出版社2001年版，第35页。
3　程季华主编：《中国电影发展史》（第一卷），第177页。
4　程季华主编：《中国电影发展史》（第一卷），第179页。
5　李少白：《影心探赜——电影历史及理论》，中国电影出版社2000年5月第1版，第114页。（关于本引文中出现的"电影文化运动"一词说明如下：由于"左翼电影"一词，除在1931年9月《中国戏剧家联盟最近行动纲领》中使用过一次外，在当时再没有出现过；当时通常采用的是"新的电影运动""中国电影文化运动""新生电影""新兴电影"等提法,而尤以"新兴电影"最为常用,同时,参与30年代这场波及整个影坛的电影革新运动,尤其是参加"中国电影文化协会"的人员不仅包括共产党人在内的左翼文化人士,而且还有相当数量的社会各阶层进步人士,因此,近来有越来越多的学者倾向于将"左翼电影运动"更名为更为贴切的"新兴电影运动"。但本文为与上下文统一,仍称之为"左翼电影运动"。)

6　林巧玲、吴宇然:《我理解的左翼电影》。
7　钟大丰:《中国无声电影剧作的发展演变》,引自中国电影资料馆编辑《中国无声电影剧本》,第11页。
8　见芜村《关于〈狂流〉》,载《晨报》1933年3月7日。转引自程季华主编《中国电影发展史》(第一卷),第203页。
9　周晓明:《中国现代电影文学史》(上册),高等教育出版社1985年3月第1版,第150页。
10　余慕云:《香港电影史话》。
11　程季华主编:《中国电影发展史》(第一卷),第403页。
12　程季华主编:《中国电影发展史》(第一卷),第201页。
13　孙蕾:《明星影片公司:1922—1937》,见陆弘石主编《中国电影:描述与阐释》,中国电影出版社2002年3月第1版,第164页。
14　同上。
15　周晓明:《中国现代电影文学史》(上册),第179页。
16　毅群:《"狂流"》,见《每日电影》1933年3月7日。转引自周晓明著《中国现代电影文学史》上册,第179页。
17　李亦中、吕晓明主编:《电影一百年名作精选丛书——中国电影卷》,华东师范大学出版社,1993年10月第1版,第7页。
18　孙蕾:《明星影片公司:1922—1937》,见陆弘石主编《中国电影:描述与阐释》,第164页。
19　钟大丰:《作为艺术运动的30年代电影》,见陆弘石主编《中国电影:描述与阐释》,第182页。
20　夏衍:《左翼十年》,转引自广播电影电视部电影局党史资料征集工作领导小组、中国电影艺术研究中心编《中国左翼电影运动》,中国电影出版社1993年9月第1版,第775页。
21　李少白:《影史榷略——电影历史及理论续集》,第407页。
22　陈播主编、伊明编选:《三十年代中国电影评论文选》,中国电影出版社1993年12月第1版,第254页。
23　《评〈春蚕〉》,原载上海《申报·本埠增刊》,转引自中国电影资料馆编辑《中国无声电影剧本》,第14页。
24　钟大丰:《中国无声电影剧作的发展演变》,引自中国电影资料馆编辑《中国无声电影剧本》,第14—15页。
25　同上书,第15页。
26　同上书,第16页。
27　李少白:《影史榷略——电影历史及理论续集》,第435页。
28　原载《明星月报》1933年5月第1卷第1期。转引自陈播主编、伊明编选《三十年代中国电影评论文选》,。
29 程季华主编:《中国电影发展史》(第一卷),第236页。
30 同上书,第237页。
31 转引自程季华主编《中国电影发展史》(第一卷),第239页。
32 原载《社会月报》创刊号(1934年6月15日),转引自陈播主编、伊明编选《三十年代中国电影评论文选》,第39页。
33 周晓明:《中国现代电影文学史》(上册),第181页。
34 凌鹤:《评〈铁板红泪录〉》,载《晨报》1933年11月13日《每日电影》栏。
35 流冰:《乡愁》,载《晨报》1936年6月《每日电影》栏。
36 程季华主编《中国电影发展史》(第一卷),第322页。
37 凌鹤:《船家女之话》,见《明星半月刊》第3卷第4期。转引自周晓明著《中国现代电影文学史》(上册),第218页。
38 本剧原作者为年轻的大学生马文源,由洪深改编。
39 欧阳予倩:《电影半路出家记》,转引自朱剑、汪朝光编著《民国影坛》,江苏古籍出版社1997年1月第1版,第210页。
40 程季华主编:《中国电影发展史》(第一卷),第155页。
41 柯灵:《中国电影的分水岭——郑正秋和蔡楚生的接力站》,《电影艺术》1984年第5期,第45—50页。原文为:"郑正秋的逝世表示结束了电影史的一章,而蔡楚生的崛起象征另一章的开头。"
42 周晓明:《中国现代电影文学史》(上册),第199页。
43 洪深:《一九三三年的中国电影》,转引自陈播主编、伊明编选《三十年代中国电影评论文选》,中国电影出版社,1993年12月第1版,第620页。
44 郑伯奇:《渔光曲》,转引自陈播主编、伊明编选《三十年代中国电影评论文选》,第336页。
45 郑伯奇:《渔光曲》,转引自陈播主编、伊明编选《三十年代中国电影评论文选》,第334页。
46 蔡楚生:《会客室中》,原载《电影·戏剧》杂志1936年12月10日第1卷第3期。转引自周晓明《中国现代电影文学史》(上册),第191页。
47 颜纯钧:《文化的交响——中国电影比较研究》,第87页。
48 蔡楚生:《会客室中》,原载《电影·戏剧》杂志1936年12月10日第1卷第3期。转引自周晓明《中国现代电影文学史》(上册),第191页。
49 周晓明:《中国现代电影文学史》(上册),第191页。
50 尘无:《〈迷途的羔羊〉试评》。
51 蔡楚生:《〈迷途的羔羊〉杂谈》,载《联华画报》第8卷第1期。
52 少舟:《蔡楚生电影艺术成就初探》,《电影艺术》1988年第1期。
53 席耐芳、黄子布:《〈火山情血〉(评一)》,转引自陈播主编、伊明编选《三十年代中国电影评论文选》,第133页。
54 孙瑜:《导演〈火山情血〉记》,转引自陈播主编、伊明编选《三十年代中国电影评论文选》,第131页。
55 周晓明:《中国现代电影文学史》(上册),第244页。

56 凌鹤：《孙瑜论》，转引自陈播主编、伊明编选《三十年代中国电影评论文选》，第 187 页。
57 "诗人孙瑜"一文最早见于沈西苓在 1933 年 10 月 10 日《申报·本埠增刊电影专刊》的影评文章。
58 柯灵：《孙瑜和他的〈小玩意〉》，原载《晨报》1933 年 10 月 "每日电影" 栏，转引自陈播主编、伊明编选《三十年代中国电影评论文选》，第 154 页。
59 周晓明著：《中国现代电影文学史》（上册），第 245 页。
60 尘无：《在诗人桂冠下的孙瑜的悲哀》。引自周晓明《中国现代电影文学史》，高等教育出版社，1985 年 3 月第 1 版，第 244 页。
61 柯灵：《孙瑜和他的〈小玩意〉》，原载《晨报》1933 年 10 月 "每日电影" 栏，转引自陈播主编、伊明编选《三十年代中国电影评论文选》，第 155 页。
62 费穆：《〈人生〉的导演者言》，原载《联华画报》1934 年 1 月 21 日第 3 卷第 4 期。转引自程季华主编《中国电影发展史》（第一卷），第 318 页。
63 程季华主编：《中国电影发展史》（第一卷），第 348 页。
64 凌鹤：《评〈人生〉》，转引自陈播主编、伊明编选《三十年代中国电影评论文选》，第 155 页。
65 程季华主编：《中国电影发展史》（第一卷），第 349 页。
66 缪淼：《香雪海》，原载《晨报》1934 年 9 月 "每日电影" 栏，转引自陈播主编、伊明编选《三十年代中国电影评论文选》，第 412 页。
67 同上书，第 411 页。
68 程季华主编：《中国电影发展史》（第一卷），第 351 页。
69 费穆：《关于 "狼山喋血记"》，《联华画报》第 8 卷第 2 期。转引自周晓明《中国现代电影文学史》（上册），第 191 页。
70 李一：《评〈壮志凌云〉》，转引自广播电影电视部电影局党史资料征集工作领导小组、中国电影艺术研究中心编《中国左翼电影运动》，中国电影出版社 1993 年 9 月第一版，第 614 页。
71 周晓明著：《中国现代电影文学史》（上册），第 264 页。
72 程季华主编：《中国电影发展史》（第一卷），第 346 页。
73 1934 年 2 月 19 日，蒋介石发表《新生活运动之要义》讲话，发起新生活运动，提出要以孔孟的 "四维"（礼、义、廉、耻）"八德"（忠、孝、仁、爱、信、义、和、平）为道德标准，统一人们的思想。
74 刘成汉：《电影赋比兴集》（上册），台湾远流出版社 1992 年 9 月第 1 版，第 191 页。
75 同上书，第 194 页。
76 在这一时期，田汉除了为联华公司编写了《三个摩登女性》以及《母性之光》两部剧作之外，他的主要创作活动都在艺华公司。
77 转引自朱剑、汪朝光编著《民国影坛》，第 192 页。
78 谭晓明：《田汉 20 世纪 30 年代电影剧作的特征》，转引自王海洲主编《中国电影：观念与轨迹》，中国电影出版社 2004 年 3 月第 1 版，第 106 页。
79 田汉：《初步接触阶级矛盾的母性之光》，转引自《田汉论剧作》，上海文艺出版社 1983 年 5 月第 1 版，第 209 页。

80 洪深：《一九三三年的中国电影》，转引自陈播主编、伊明编选《三十年代中国电影评论文选》，中国电影出版社 1993 年 12 月第 1 版，第 623 页。
81 田汉：《三个摩登女性和阮玲玉》，转引自《田汉论创作》，第 216 页。
82 洪深：《一九三三年的中国电影》，转引自陈播主编、伊明编选《三十年代中国电影评论文选》，第 623 页。
83 苏凤、鲁思：《〈三个摩登女性〉我们的批判》，《晨报》1932 年 12 月 31 日 "每日电影" 栏，转引自陈播主编、伊明编选《三十年代中国电影评论文选》，第 623 页。
84 谭晓明：《田汉 20 世纪 30 年代电影剧作的特征》，转引自王海洲主编《中国电影：观念与轨迹》，第 107 页。
85 田汉：《〈风云儿女〉和〈义勇军进行曲〉》，转引自《田汉论创作》，第 232 页。
86 同上。
87 高小健：《田汉的电影创作及艺术特点》。
88 程季华主编：《中国电影发展史》（第一卷），第 382 页。
89 周晓明著：《中国现代电影文学史》（上册），第 211 页。
90 诺斯：《中国的电影市场》，转引自 [美] 李欧梵著、毛尖译《上海摩登——一种新都市文化在中国 1930—1945》，北京大学出版社 2001 年 12 月第 1 版，第 113 页。
91 诺斯：《中国的电影市场》，转引自 [美] 李欧梵著、毛尖译《上海摩登——一种新都市文化在中国 1930—1945》，第 117 页。
92 彼得·布鲁克：《通俗剧象征》，转引自 [美] 李欧梵著、毛尖译《上海摩登——一种新都市文化在中国 1930—1945》，第 117 页。
93 [美] 李欧梵著、毛尖译：《上海摩登——一种新都市文化在中国 1930—1945》，第 118—119 页。
94 同上书，第 134—135 页。
95 嘉谟：《〈现代电影〉与中国电影界》，转引自程季华主编《中国电影发展史》（第一卷），第 396 页。
96 呐鸥：《中国电影描写的深度问题》，转引自陈播主编、伊明编选《三十年代中国电影评论文选》，第 837 页。
97 江兼霞：《关于影评人》，转引自陈播主编、伊明编选《三十年代中国电影评论文选》，第 853 页。
98 穆维芳：《化身姑娘》，转引自陈播主编、伊明编选《三十年代中国电影评论文选》，第 832 页。
99 高凤：《〈化身姑娘〉及其他》，转引自陈播主编、伊明编选《三十年代中国电影评论文选》，第 834 页。
100 颜纯钧：《文化的交响——中国电影比较研究》，第 127—128 页。
101 李道新：《中国电影的史学建构》，中国广播电视出版社 2004 年 8 月第 1 版，第 30—31 页。

第三章

在泥泞中作战,在荆棘中潜行
(1937—1945)

1937年7月7日,"七七事变"爆发,中国人民就此开始了全面抗战。在这场充满腥风血雨的正义之战中,中国电影也和其他文艺类型一样,成为抗日救亡的宣传工具和斗争武器,向全国人民发出抗战的号召。璀璨的中国电影之花,在勇士和人民的鲜血中盛放。

特殊的历史造就特殊的艺术形态,在抗日战争的大背景下,电影剧本的创作也呈现出与战前不同的特点,比如与戏剧运动发生更加紧密的联系、受到国民党当局战争政策和审查政策更加严重的干扰等。而其最核心的标志是:20世纪30年代初由左翼电影运动开创的现实主义创作传统,在新的历史条件下得到继承和发展,形成"抗战电影流"。所谓抗战电影流,是指"现代中国电影艺术—文学的主流,随着中国社会、政治、现实生活和文化思潮发生同步性运动,而在抗日战争这一新的历史阶段,进一步激扬其'彻底的民族主义'——或说是'民族革命主义'精神,所呈现出的一种新的表现形态"[1]。抗战电影流的构成包括了抗战期间所有直接或间接表现抗战题材、致力于激发中华民族抗战热情的电影剧作。

由于战事的发展和战局的变化,抗战期间的电影剧本创作鲜明地分为几个区域:"国统区"、上海"孤岛"区域和香港区域。其中国统区又由于战事的发展变化而纵向划分为三个阶段:抗战爆发初期、武汉时期、重庆时期。每个区域、每个时期的电影剧本创作都呈现出不同的特点。当然,与抗战电影流的核心相比,其中很多电影剧作(如孤岛的古装片风潮和时装片风潮)都属于抗战时期电影剧作的支流。现在看来,这些支流都或多或少地脱离了当时的时代背景,没能对抗战起到积极的作用,有的甚至起了反面的作用

（比如孤岛时期的商业电影创作潮流在当时就转移了观众对于战事的注意，麻痹了人们的民族危机感）。但是，从电影编剧艺术发展的角度来看，如果没有它们的存在，抗战时期的中国电影剧作也将显得格外单调和苍白。

3.1 国统区的电影剧本创作

抗战爆发后，国民党当局奉行消极抗日的政策，在战场上节节败退。作为文化事业一部分的电影，也随之颠沛流离。从抗战初期的空白到武汉时期的第一批成果，再到重庆时期的起起伏伏，怀抱拳拳爱国心和民族使命感的电影艺术家们"在泥泞中作战，在荆棘中潜行"，为中国电影史写下了特殊的、令人难忘的光辉篇章。

3.1.1 国统区的抗战电影运动

抗战爆发初期的空白

从"七七事变"爆发，经过"八一三"事变，直到 1937 年 11 月上海沦陷，这是战争爆发的初期。敌人的入侵强烈地唤起了所有有良知中国人的民族危机感，进步的文艺界知识分子开始展开抗日救亡运动。抗日救亡运动以上海为中心，迅速蔓延到全国。包括文学、戏剧、新闻等在内的各个文艺领域相继提出"国防文艺"的口号，用文艺的武器向全国人民吹响抗战的号角。

电影界也毫不落后。1937 年 7 月 30 日，"电影界工作人协会"和下属的"中国电影界救亡协会"同时成立，一致号召电影工作者以实际行动为抗战服务；8 月 4 日，又成立了以夏衍、阳翰笙、欧阳予倩、蔡楚生、史东山、孙瑜、费穆等九人为理事的"上海电影编剧导演人协会"，规定其"主要任务是配合电影界工作人协会，自动审查、批判、供应剧本，督促国防电影大量生产"[2]。这一口号，标志着国统区"抗战电影运动"的开始——这是"抗战电影流"中最重要的一支力量。

与此同时，中国共产党的领袖毛泽东也发出"新闻报纸、出版事业、电影、戏剧、文艺，一切使合于国防的利益"的号召，这一号召通过地下工作者在国统区的进步电影工作者中间传播，也对抗战电影运动起到了积极的影响。

然而，由于战乱对摄影场的破坏和国民党当局对抗战电影运动的消极政策，这一时期的抗战电影运动仅仅停留在剧本创作阶段：夏衍、阿英、于伶、宋之的、郑伯奇、孙师毅会同蔡楚生把国防戏剧剧本《保卫卢沟桥》和电影剧本《为自由而战》综合编写成的电影剧本《华北的黎明》，田汉创作的描写南京秦淮河畔一个打桨卖笑姑娘走上国防前线的电影剧本《船娘曲》，阳翰笙创作的电影剧本《塞上风云》等都未能投入拍摄。

在无法进行电影创作的情况下，大部分的电影创作者把战场转移到戏剧舞台，创作、演出国防戏剧，其主要成果就是 1937 年 8 月 7 日至 13 日在上海公演的三幕话剧《保卫卢沟桥》。这部话剧由"中国剧作者协会"集体创作（包括阿英、于伶、宋之的、崔嵬、袁文殊、夏衍、张庚等），上海各影片公司、各剧团的编导和演员近百人参加了排演工作。他们还先后成立了十三支"救亡演剧队"，除第十队和第十二队留在上海坚持活动外，其余各队相继奔赴内地进行抗日演剧宣传活动，为抗战服务。

武汉时期

从 1937 年 11 月上海沦陷，到 12 月 13 日南京沦陷、国民党政府从南京迁到重庆，再到 1938 年 10 月武汉沦陷，这一时期的政治、军事和文化重心在武汉，所以被称为"武汉时期"。

这一时期，日本帝国主义的侵略行为更加猖狂，大片国土沦为侵略者的战利品，中华民族面临更加严峻的危机。在侵略者的铁蹄面前，中华民族的抗战热情空前高涨，抗日救亡的呼声响彻全中国乃至全世界。共产党一贯奉行的全面抗战政策日益得到广泛的承认和接受。在这样的大形势下，国民党也对抗战表现出一定的积极性和配合性。这种积极性、配合性及其对于抗战形势的良性影响不仅在战场上体现出来，也在抗战文艺运动中体现出来。

1938 年 1 月 29 日，具有广泛统一战线性质的电影界全国性组织"中华全国电影界抗敌协会"在武汉宣告成立，这个协会的成员各自抱有不同的政治态度，但对待抗战的态度是高度一致的。当选的七十一名理事中，包括了共产党的电影工作者（如阳翰笙、司徒慧敏、阿英、陈波儿等）、进步电影工作者（蔡楚生、洪深、沈西苓、史东山、袁牧之、孙瑜、赵丹等）、香港电影界的投资者（罗明佑、邵醉翁等），还有国民党的电影文化官僚（张道藩、方治、罗学濂、郑用之等）。成立宣言中宣称："我们要每一个电影从业人员锻炼成民族革命战争中的勇敢的斗士，将自己献给祖国，将自己的工作献给神圣的抗战"；"要使每一张影片成为抗战底有力的武器，使它深入到军队、工厂和农村中去"；"要建立一个新的电影底战场，集中了我们底人材，一方面以学习的精神来提高自身底教育，又一面以集体的行动来服务抗战宣传。对准着敌人底无耻的说教，我们愿以电影底话语向我们底同胞和我们底国际间的友人陈诉新中国底现实！"[3]协会的成立和宣言的发表极大地鼓舞了国统区电影创作者的工作士气和创作热情。

1938年2月初，国民党"军事委员会"的"政训处"改组为政治部，周恩来代表共产党担任了副部长。政治部三厅下设的第六处由田汉领导，所属三科中第二科负责电影制作和放映，由中国电影制片厂（简称"中制"）厂长郑用之负责。"中制"由原来的"汉口摄影场"改组扩充而成，组成人员除了"八一三"后参加的史东山、舒绣文、魏鹤龄、黎莉莉等人之外，又新加入了许多救亡演剧队的电影工作者，比如袁牧之、陈波儿、应云卫、郑君里、周伯勋等。稍后，阳翰笙又兼任了"中制"编导委员会主任委员，从而使三厅更直接地领导了"中制"的创作，共产党积极的抗战政策加上国民党表现出来的配合性就成为催生第一批三部抗战电影的主要动力。

1938年3月底，中华全国电影界抗敌协会的会刊《抗战电影》展开了"关于国防电影之建立"的讨论，阳翰笙、史东山、袁牧之、应云卫、费穆、姚苏凤、袁丛美等撰文发表意见。其中关于抗战电影的剧作，提出了一些很好的意见。如唐瑜主张把抗战电影的选材定位于"发动农村的自卫战游击战"，因为他认为："将来胜负的决战是在乡村展开，而不是在都市。"王瑞麟则批判了脱离现实、庸俗腐朽的市民电影，强调真实感，他在文章里说："不要欺骗……把现在的话，事，动作，毫不润色地托出来。"[4]

同年，商务印书馆出版了"电影小丛书"[5]中与编剧有关的两本：《电影编剧法》（曹雪松著）和《电影文学论》（王平陵著）。前者是一部可操作性极强的电影编剧应用教材，阐述了电影剧本的构成、情节的要素、分镜头剧本的写法等等，具有很强的实用性；后者则更侧重于电影编剧的理论探讨，比如电影文学的特性、电影改编理论等。

这一系列的措施为武汉时期国防电影的创作营造了良好的政治环境和艺术氛围，使第一批三部抗战电影剧本的创作和拍摄顺利完成，有力地配合了抗战形势。这三个国防电影剧本是：《保卫我们的土地》《八百壮士》《热血忠魂》。

重庆时期

1938年10月，武汉沦陷，国统区的政治、军事和文化中心转移到重庆。从这时直到1945年抗战胜利，都被称为"重庆时期"。这个时期的电影剧本创作，又随着国民党对共产党政策的变化而呈现出不同的特点，可以划分为三个阶段：

（1）创作高峰期：1938年10月—1940年

这一时期，抗战进入第二个阶段：相持阶段。日本帝国主义改变了战争策略：停止对国统区的战略性进攻，以政治诱降为主、军事打击为辅；同时，集中力量对付共产党领导的抗日根据地。这样，国共合作很快出现了裂痕。1938年12月，汪精卫逃出重庆，在越南河内发表"艳电"，公开当了汉奸；以蒋介石为首的国民党亲欧美顽固派也日益将政策重点转移到反共方面，实行消极抗日、积极反共的总政策。共产党及其领导的抗日根据地陷入内外交困的局面。

与此同时，国统区的形势却处于相对稳定的状态，在三厅工作的进步电影工作者们有效地利用了这短暂的平静时期，创作、拍摄完成一大批国防电影剧本，形成抗战爆发以来第一个国防电影创作高潮。

① "中制"及其国防电影剧本的创作

1938年9月底，"中制"全部迁移到重庆。在武汉时期的创作基础上，进步的电影工作者，为"中制"做了新的、有利于开展国防电影工作的部署。首先是加强编导委员会的力量，史东山、司徒慧敏、应云卫、陈鲤庭、孙瑜等担任了编导委员；夏衍、蔡楚生、沈西苓、章泯、宋之的、陈白尘等被聘为特约编导委员。强大的创作力量在重庆的最初两年时间里就为"中制"创作并拍摄完成了八个抗日电影剧本：《保家乡》《好丈夫》《东亚之光》《胜利进行曲》《火的洗礼》《青年中国》《塞上风云》《日本间谍》。

②"中电"及其国防电影剧本的创作

"中电"是国民党"中央宣传部"直属电影机构，为了加强创作力量，他们邀请了原属上海业余实验剧团的一些电影工作者，如沈西苓、赵丹、施超、顾而已、孙瑜、白杨等参加"中电"的创作工作。这些进步的电影工作者为"中电"创作并拍摄完成了三个国防电影剧本：《孤城喋血》《中华儿女》《长空万里》。

③西北影业公司的成立及其创作

1935年5月，大军阀阎锡山在山西省太原市投资开办了西北影业公司。他最初的目的是利用电影这个强大的宣传工具塑造自己的形象，所以公司成立初期的创作（包括新闻片、教育短片和第一部故事片《千秋万岁》）都是为他本人歌功颂德、涂脂抹粉的。后来，上海的一批进步电影工作者加入该公司，创作并拍摄完成了一部比较好的影片《无限生涯》。

从1936年4月到1938年5月，西北影业公司由于经济、战事等各种原因停停拍拍，除拍摄一些战争素材之外，没有拍摄一部故事片。1938年5月重新开始创作活动之后，公司内倾向进步的人士通过阳翰笙的介绍邀请了进步电影工作者瞿白音、沈浮、贺孟斧等参加创作，大大加强了公司的进步力量和创作力量，创作并完成了抗战电影剧本《风雪太行山》，另一个抗战电影剧本《老百姓万岁》未能拍摄完成。

（2）创作空白期：1941年—1943年

相持阶段初期抗战电影运动的成就，引起了持消极抗战态度的国民党的重视，他们开始采取一系列的措施，对抗战电影运动实施压制：

1940年夏，阎锡山下令停办西北影业公司；

1940年9月，国民党以改组政治部为名，公然撤销了三厅；

1940年10月，国民党解除阳翰笙"中制"编导委员会主任委员的职务，改任他为"顾问"，企图借此削弱"中制"里的进步力量；11月1日，政治部另下设"文化工作委员会"，把原三厅的工作人员全部包罗进去，而且还把原属三厅的十个抗敌演剧队打散，分归各战区政治部领导，以加强对这些进步文艺工作者的限制和监视。此时，作为电影界统一战线组织的中华全国电影界抗敌协会也在实际上失去了它的作用；

1941 年 1 月，皖南事变爆发之后，国民党借口电影器材来源匮乏，取消了一系列抗战电影剧本的拍摄计划，如孙师毅编剧的《娘子军》、孙瑜编剧的《少年先锋》、史东山编剧的《中国万岁》、应云卫编剧的《三勇士》、沈西苓编剧的《大时代中的小人物》等。"中央宣传部"还公布了所谓"为指示战时戏剧电影取材与作风"的三项办法，限制抗战题材电影的创作；

1943 年 10 月，国民党"中央图书杂志社审查委员会"发表"取缔剧本一览表"，内列不准出版或上演的剧本共计一百一十六种；

……

这些压制政策使"中制""中电"的创作陷于瘫痪状态，在 1941 年到 1943 年之间没有完成一部故事片。

在严峻的形势下，进步的电影工作者们只好转变斗争方式，再次投身戏剧战线，以重庆为据点，展开大规模的抗战戏剧运动，创作出一批借古讽今的历史题材剧本（如阳翰笙的《天国春秋》《草莽英雄》，欧阳予倩的《忠王李秀成》，陈白尘的《大渡河》）和一些进步的现实题材戏剧剧本（如夏衍的《法西斯细菌》，阳翰笙的《两面人》，田汉的《秋声赋》，陈白尘的《结婚进行曲》《岁寒图》，沈浮的《重庆二十四小时》《金玉满堂》和《小人物狂想曲》，于伶的《长夜行》《杏花春雨江南》，宋之的《春寒》《雾重庆》，张骏祥的《万世师表》等）。

此外，他们还大力开展对外国进步电影的评论工作，向观众推介外国进步电影，批判反动电影。当时，重庆的《新华日报》副刊及其他进步报纸的副刊对苏联进步电影《列宁在一九一八》、《马门教授》、《虹》、《忠勇巾帼》（即《她在保卫祖国》）、《大地怒吼》、《钢铁是怎样炼成的》以及大型纪录片《保卫斯大林格勒》等，美国进步电影《大独裁者》等进行热烈的赞扬。为了迎接苏联十月革命胜利二十五周年，《新华日报》于 1942 年 10 月 26 日起连载苏联电影《列宁在十月》的剧本（戈宝权节译）。这些评论和连载，密切地配合了进步文艺工作者的斗争，具有重要的意义。

1941 年 1 月，中国电影出版社出版了《中国电影》创刊号，刊登了郑用之的文章《抗战电影制作纲领》，阐述抗战电影制作的方向。同时，该刊还刊登了陈鲤庭借鉴英国电影美学家 R. 史保替斯乌特所著《电影文法》等书写就的《电影规范》，并于 1941 年 10 月出单行本——这是战时唯一一本系统介绍电影美学和表现技巧的书，虽然它侧重于电影本体，并没有阐述电影编剧的部分，但是在作者列举的一些实例中，大量引用了外国优秀电影剧本的内容，比如《巴黎屋檐下》《下层社会》《化身博士》等，为战乱中的中国电影工作者借鉴、学习外国电影创作经验提供了一个开眼看世界的机会，具有一定的参考价值。

（3）创作恢复期：1943 年年底—1945 年抗战胜利

针对蓬勃开展的进步戏剧运动和进步电影评论工作，国民党颁布了一系列的文化规章进行压制：1944 年 7 月，国民党修正公布了"中央图书杂志审查委员会条例"，规定在该委员会下专设"中央戏剧电影审查所"；8 月 18 日，该委员会颁发了"修正图书杂志剧本送审须知"，规定"电影剧本暨出版之戏剧剧本，均应送审原稿"，"经审查机关指示删改后再送复核之原稿，送审人于遵照删改后，必须再行送审，并应另填申请表，注明遵删情形"；1944 年 9 月 5 日，国民党"行政院"又公布了"中央图书杂志审查委员会戏剧电影审议委员会组织规程"八条及"电影片送审须知"十五条……

此时的"中制"和"中电"，已经成为四大家族的私有财产。为了加强控制，四大家族对两个电影厂的组织、人事进行了彻底改组，清除了共产党的电影工作者和大批进步电影工作者。1943 年年底起，两个电影厂恢复了电影生产。"中制"创作并拍摄完成了三部电影剧本：《气壮山河》《血溅樱花》《警魂歌》；"中电"则准备出品由吴永刚编导的描写黔桂铁路修筑过程的电影剧本《建国之路》，后因赶上湘桂大撤退而未能完成。

曾经有电影史学家指出，此时"中制"已经完全脱离了抗战的创作路线，变成为四大家族的反动统治和垄断利益服务的工具。现在看来，这样的判断似乎是有点以偏概全了。因为从三部影片的剧作看来，影片内容的重心依然是抗战，基本保持了国防电影的面貌，只是把国民党作为抗战的主要力量来描写而彻底抹杀了共产党在抗战中所起的作用。从剧作艺术角度来看，三部影片在故事结构、叙述方法、剧作技巧等方面都相当成熟，而叙事部分和抒情部分的结合也相得益彰，具有比较强的感染力。

其中,《警魂歌》是由寇嘉弼根据国民党中央警官学校教育长李士珍创作的故事《大同之路》改编,汤晓丹导演。这个剧本的创作要追溯到当时流行的"警察文学"——国民党为了压迫人民、镇压人民民主运动,进一步加强了它的警察统治,提倡建立"现代国家的警察"。为了塑造警察的高大形象,国民党提出了所谓"警察文学"的说法,要求"有血有肉地广泛报道"出抗战以来"广大警察人员为社会为国家,不计荣辱,牺牲奋斗,犯强权,拒贿赂等情形"[6],以破除人们对警察的"误解"和"成见"。剧本描写的是一个从中央警官学校毕业、受了"新教育"洗礼的新警官周梦礼,被派到某城警察局工作,运用过人的聪明才智破获了国民兵团军用电台被破坏及副团长王定一遇刺的案件。剧本采取了观众喜闻乐见的"刑侦片"叙事模式,设置了紧张刺激的情节来吸引观众,最终实现刻画国民党警察"智勇双全的英雄形象"的目的。影片1945年12月在重庆首映,后又改名为《敢死警备队》在上海等地放映。

3.1.2 国统区电影剧本创作的特点

国统区是抗战电影运动的中心,在战争的不同阶段,国统区的抗战电影运动取得了不同的成果。这些成果是抗战期间"抗战电影流"的最重要的组成部分,在总体上呈现出以下的特点:

正面表现抗战

与战前国防电影迫于环境压力采取隐喻、象征、暗示、影射方式不同,抗战电影都正面描写了抗日战争:"抗战八年,由于制片环境的不安定,资金、器材来源困难,国统区三家电影厂仅摄制了二十部故事片。出品之少,远非战前影界所能想象;与同期香港、孤岛影坛相比,也相差甚远。但在另一方面,这些产品全都是反映战时现实生活,宣传抗战的影片——这一点,也是战前乃至同期香港、孤岛电影所不能相比的。"[7] "彻底的民族主义"成为抗战电影运动的主旋律:一方面,揭露和批判日本侵略者在中国的罪行;另一方面,鼓舞全国人民参加抗战。

当时,重庆的《时事新报》曾发表一篇题为《战时戏剧与电影的题材》

的文章，文章中说："我们庆幸这次伟大的抗战，使娱乐变成了教育，使闲散悠逸变成了勇敢进取，现在流传在国内的戏剧同电影都是慷慨激昂的抗战故事，我们再也不要看那些风花雪月浅薄无聊的作品了。"[8]

取材广泛、视角多元

抗战中可资选取的素材是异常丰富和广阔的："……几乎无时无地没有可资宣传与教育的资料，单是前线将士英勇的事迹，以及战区民众遭受敌人的残杀，已经是抗战电影最生动、最现实的题材……其他如灌输防空防毒的智识，训练后方民众的组织力量等等，也都是抗战电影之主要素材。"[9] 在这纷繁复杂的生活、斗争素材中，电影剧作家们选取了"全方位、立体式"的观察视角：既有农民视角（如《保卫我们的土地》《保家乡》等），也有军人视角（如《热血忠魂》《八百壮士》《孤城喋血》《长空万里》等），还有少数民族的视角（如《塞上风云》）乃至敌人视角（如《东亚之光》《火的洗礼》《日本间谍》等）。不同的视角呈现出战争的不同方面，交织在一起，构成了对战争的真实记录。

现实主义创作方法

正因为战争生活本身已经足够丰富广阔，给电影剧作家们提供了取之不尽的创作源泉，所以他们无须挖空心思凭空虚构，只要从现实的战争生活中进行提炼和加工就可以了。再加上战时新闻纪录片高度发达，所以电影剧作家们的创作都倾向于直接从战争事件或新闻报道中取材，如《八百壮士》（阳翰笙编剧）、《孤城喋血》（徐苏灵编导）、《中华儿女》（沈西苓编导）、《胜利进行曲》（田汉编剧）、《东亚之光》（何非光编导）以及未完成的《老百姓万岁》（沈浮编导）等等，有研究者称之为"报告文学式"电影。

其他一些并非取材自真实事件或新闻报道的电影剧本，也都继承了自左翼电影运动以降的现实主义创作方法：采用简洁流畅的叙事方式，力求线索单纯明了、剧情交代清清楚楚，易为农民观众理解和接受。这样的创作方法真实地再现了战争的方方面面，在批判侵略者罪行、歌颂各界抗战英雄、激发民众抗战热情等方面发挥了巨大的作用。

编导一身的创作方式

由于战事的影响，正常的"分工合作式"电影创作方式显得不合时宜，电影工作者们没有时间等待电影编剧写好剧本，再请导演分镜头，最后投入拍摄，他们必须在最短的时间内完成电影的筹备和拍摄，然后拿到各个放映点去放映，以起到鼓舞士气、激发民众的作用。为了创作的高效率，大部分情况下都是由同一人操刀，完成从构思到电影剧本再到分镜头、导演的过程，也就是"编导一身"。如史东山的《保卫我们的土地》《好丈夫》，何非光的《保家乡》《东亚之光》，孙瑜的《火的洗礼》《长空万里》等，都是由他们自己编写的电影剧本。

3.1.3 代表性电影剧作家及其作品

史东山及其"抗战三部曲"：《保卫我们的土地》《好丈夫》《还我故乡》

史东山，原名史匡韶，杭州人，1902年10月出生在一个艺术氛围浓厚的知识分子家庭，20岁进入上海影戏公司担任美工师，还协助别人做过置景、剪接、洗印和表演等工作。他早期编导的影片具有唯美主义倾向（如《杨花恨》《同居之爱》《银汉双星》等），抗战爆发后，他心里蕴藏的爱国主义激情和民族主义责任感被点燃，投入到抗战电影的创作和拍摄之中，除了自编自导的"抗战三部曲"，还导演了由田汉编剧的《胜利进行曲》。

（1）《保卫我们的土地》

《保卫我们的土地》完成于1938年1月。

这是抗战爆发后拍摄完成的第一个抗战电影剧本。剧本通过中国东北一个普通的农民家庭在"九一八"和"七七事变"之间的遭遇，控诉了日本帝国主义侵略中国的罪行，并通过主人公刘山夫妇的觉醒教育人们在敌人的侵略面前选择逃亡不是办法，必须团结起来一致抗日。这部电影表达了当时的中国人民要求一致抗日的民族愿望和爱国主义的庄严主题。

史东山曾说：这是一部"为动员农民抗战而制作"[10]的电影，为了适应农民观众文化水平低的特点，他在编剧、导演方面都下了很大功夫，力求做到"剧情要简单而有力,内心表现不能太复杂""不能穿插无味的笑料,使农民当作玩意儿看""叙述剧情务须周详,表演的速度务须稍慢"[11]。

刘山这一形象是史东山对"九一八"事变后中国农民阶层的苦难遭遇及觉醒反抗过程的形象概括。由于他对农民生活还不够熟悉,创造的这个人物还缺少农民的真实性和"这一个"的独特性,但在当时而言,仍旧是一个富有典型意义、教育意义和鼓动力量的正面形象。影片的上映及时地配合了抗战宣传,在老百姓中影响很大。1938年2月3日的《新华日报》曾经刊登过一篇题为《〈保卫我们的土地〉观后记》的评论文章,对影片给予了热情的肯定:"每一句话都深深地刺入我们的心坎,像这样奔放的感情,嘶叫,是中国影坛所初创的,我们极诚恳地把它推荐给每一个中国人!"[12]

(2)《好丈夫》

《好丈夫》完成于1939年。

与《保卫我们的土地》相同,这也是一部向农民宣传抗战的影片。由于上部影片积累了丰富而宝贵的创作经验,所以这部《好丈夫》在剧作方面有了很大的提高。

剧本描写的是四川某县在抗战爆发以后,因为抽壮丁而引发的乡绅与普通农民之间的矛盾、斗争,在一定程度上揭示了日本帝国主义侵略中国的罪恶,表现了中国人民反抗侵略、保卫家乡的大无畏精神和战斗决心。剧本所选取的题材视角是一个见识不多、个性鲜明的农村妇女王二嫂的视角,把她由愤慨于乡绅的舞弊、赌气劝丈夫回乡,到误会消除、全力支持丈夫奔赴前线的思想转变过程表现得相当真实可信,具有说服力,这在当时的电影剧本创作中是别开生面的。

剧本还生动地刻画了两个国民党政权基层代表人物的形象:潘乡绅和坏保长,并且通过他们批判了国民党当局消极片面的抗战路线和对广大人民群众抗日热情的严重抑制。在当时抗战文艺作品大多充满民族主义热情而较少触及民主问题的情况下,这种描写是相当可贵的。

在创作方法上,《好丈夫》也秉承了《保卫我们的土地》的观众定位和创作风格:从最广大的农民观众的角度出发,线索单纯,风格朴实,叙事简洁流畅,交代清清楚楚,具有纪录片般的真实感,容易为广大农民观众理解和接受。尤其值得一提的是，史东山有意利用了默片的形式，从而克服了各地的农民观众因方言不同而造成的语言接受障碍，得到各地观众包括少数民族观众的普遍欢迎。

（3）《还我故乡》

《还我故乡》又名《祖国之恋》，完成于1945年10月。

影片选材非常独特：它选取了一个特殊的群体——民族资产阶级和中上市民阶层——在沦陷区的特殊环境中、在侵略与反侵略两种势力互为消长的过程中所经历的思想状况及其由妥协到觉醒的转变过程。三条叙事主线（以神尾、张延勋、苗寿山为代表的日伪势力，以唐经纶、李永为代表的抗日进步力量，以及以王相庭为代表的民族资产阶级和中上市民阶层）条理分明，交织出一幅全面、立体的时代图景，充分说明了一个真理——只有各阶层爱国人民都团结起来，才能收复我们沦陷的故乡。

特别值得关注的是剧本着力刻画的人物形象王相庭。在史东山自己以前的作品乃至整个抗战电影的创作中，人物形象大多都有单一化、平面化、图谱化的缺陷，好人便一切都好，坏人便一切皆坏。而王相庭这个人物形象体现出人的复杂性：这个县绅兼商人先是当了"顺民"，后又转向抗日，其思想性格充满了复杂因素和变化特征。这一人物形象的塑造不仅对于史东山是一个巨大的成功，对于当时整个抗战电影创作也是一个很有意义的突破。可惜的是，在当时特殊的历史条件下，这样一个带有强烈"中间"色彩的人物，却引起了人们各式各样的误解，甚至批判。

何非光及其《保家乡》《东亚之光》《气壮山河》《血溅樱花》

何非光，1913年出生于台湾，曾被就读的学校开除，家人只好把他送到日本留学。1929年，他从日本回到上海，开始电影生涯，先是在电影里跑跑龙套（曾出演过卜万苍的《母性之光》和史东山的《保卫我们的土地》等），后转向编导，《保家乡》是他的成名作品。他是抗战时期创作电影最多的编导之一，其主要作品包括《保家乡》《东亚之光》《气壮山河》《血溅樱花》等。

（1）《保家乡》

《保家乡》完成于 1936 年 6 月。

剧本用大量篇幅揭露了日本侵略者在中国沦陷区的种种暴行，并通过沦陷区军民坚持斗争的举动表现了中华民族大无畏的斗争精神以及反抗侵略、保卫家乡的决心和信心。曾有电影史学家认为，影片过分强调了敌人势力的强大，渲染了战争的恐怖，不利于号召人民群众参加到抗日战争中来。其实，按照当时的抗战形势来看，影片中对侵略者罪行的表现完全是以揭露其罪行、激发中国观众的抗日热情为出发点的，所以是合情合理的，"战争的恐怖"是历史的真实，它只会激起中国人民更大的愤慨，并不是不可表现和不被接受的。

（2）《东亚之光》

《东亚之光》完成于 1940 年初。

影片的最初构思来自某次招待日本俘虏的茶话会。在这次茶话会后，电影工作者刘犁说了一番话："倘若可能，将那一群俘虏口里所吐出来的故事，摄成电影：他们那些各自不同的性格，在日本军阀的欺骗和压迫之下怎样地来华屠杀我无辜的同胞的经过；终至于后来，怎样为我前方英勇战士所俘虏，而在要求和平反对战争的陶冶之下，怎样由极残忍、极顽固的日本侵略者刽子手，突变为正义的信徒、反侵略的战士。那些可歌可泣的事实，合拢编制成一部电影；而同时，又可以聘请这些俘虏本人现身说法，来扮演本人的角色——这部电影的完成，对抗日战争定有贡献！"[13] 这番话启发了何非光，他很快便写出了电影剧本《东亚之光》，审查通过后投入拍摄。

剧本从一个特别的角度来反映抗战，即：日本被俘士兵的觉醒。参加演出的是政治部所属第二日本俘虏收容所的三十多名觉悟了的日本士兵。虽然结构略显凌乱，但因为是根据真实的经历改编，所以仍然比较真实、客观地反映了政治部三厅正确执行战俘政策所取得的成就，揭示出日本帝国主义侵华战争是对中国人民和日本人民的双重伤害，是必然要失败的。由于曾在日本留学，所以何非光剧本中的日本士兵形象都非常形象、生动，人物性格鲜明，具有强烈的真实感。

(3)《气壮山河》

《气壮山河》完成于1944年4月。

剧本描写的是一个国民党远征军青年军官如何破获日本间谍的故事，中间还穿插了青年军官与一个缅甸华侨少女的爱情生活。影片采用了"间谍片"的类型模式，穿插观众喜欢看的爱情元素，具有较强的观赏性。而在观赏性的背后，是对日寇入侵缅甸之罪行的暴露和控诉，对缅甸爱国华侨的褒扬。影片用了很大的篇幅来渲染国民党缅甸远征军的英勇，在一定程度上揭示了正义战争必胜的客观规律性。

(4)《血溅樱花》

《血溅樱花》完成于1945年2月，由何非光编导。

剧本表现的是一对中国空军夫妇和一对日本空军夫妇在抗战期间的不同遭遇，试图阐明一个主题：日本帝国主义所发动的侵华战争是非正义的，它不仅给中国人民带来巨大的灾难，也给日本人民带来了巨大的灾难，使他们陷入水深火热之中。剧本采用了直观简洁的对比手法，把中、日人民因为战争所遭受的苦难同时呈现出来，引发观众的思考，从而达到控诉战争的目的。这种对比手法在叙事结构上也具有一种对称的美。影片以国民党军队为表现对象、塑造国民党士兵正面形象以及对日本军人人性化一面的描写，具有抗战时期国统区电影的特色。

阳翰笙及其《八百壮士》《青年中国》《塞上风云》《日本间谍》

阳翰笙，原名欧阳本义，1902年出生，四川高县人，1923年进入上海大学读书。他是优秀的马克思主义文艺战士、新文化运动的先驱者之一、卓越的文艺界领导人，曾参与过"创造社"和"左联"的创建，为我国进步的电影事业做出了巨大的贡献。抗战时期，他参与组织了"中华剧艺社"，领导抗战戏剧运动，还创作出四个优秀的抗战电影剧本：《八百壮士》《青年中国》《塞上风云》《日本间谍》。

(1)《八百壮士》

《八百壮士》完成于1938年7月，由应云卫导演。

剧本取材于一个真实事件：1937年11月下旬，上海沦陷后，驻守四行仓库的中国士兵近八百人，在团长谢晋元、营长杨瑞符的率领下，不惧敌人的炮火，坚守阵地，决不投降。他们的壮举感动了各界人士，爱国女童子军杨惠敏冒着生命危险送来代表人民群众敬意的国旗。虽然八百名士兵终因弹尽粮绝而撤退，但是他们坚持抗战到最后一秒钟的崇高民族精神深深感动了广大人民群众，激发了人民的抗日热情，也赢得了国际友人的尊敬。

阳翰笙以这个真实事件为基础，创作了电影剧本《八百壮士》。剧本除了着力刻画两位主角（团长和营长）的英勇形象之外，还用大量情节、场面表现普通士兵的爱国深情和昂扬斗志，以及上海各界人士广泛动员起来，募捐支援八百壮士的义举，从而营造了全民抗战的动人氛围，具有强烈的艺术感染力。

（2）《青年中国》

《青年中国》完成于1940年，由苏怡导演。

正如毛泽东在《论持久战》一书中所指出的那样，"这场伟大的民族革命战争，如果没有普遍和深入的政治动员，是不可能取得胜利的；必须依靠一切可能的办法和力量：口说、传单、布告、书报、戏剧、电影、学校、民众团体、干部人员……"武汉时期，政治部三厅领导成立了四支宣传鼓动队，主要由当时进步救亡团体的优秀成员组成，他们在武汉撤守后活跃在战地、乡镇和农村，进行了艰苦的、卓有成效的抗日宣传工作。阳翰笙创作的电影剧本《青年中国》即取材于此。

剧本通过描写这些宣传队员的日常生活和工作情景，生动地展示了宣传队和人民群众的亲密关系，揭示了"只有军民合作才能抗击敌人"的主题。其中，"农村漫画展览"一场戏，穿插了讽刺汪精卫卖国投降的漫画，是对当时全国范围内反汪宣传活动的呼应。

（3）《塞上风云》

《塞上风云》完成于1940年，由应云卫导演。

电影剧本最早完成于"八一三"上海抗战爆发时，并且交给新华投拍，后由于战局发展，拍摄中止。武汉时期，阳翰笙把电影剧本改写为同名舞台剧本，在汉口演出，非常成功，于是又把舞台剧本改编为电影剧本。影片拍摄完成后，于1942年2月公映。

这是抗战时期第一个表现各民族团结抗日的电影剧本，作者通过蒙古族青年迪鲁瓦、汉族青年丁世雄与蒙古族少女金花儿之间的爱情纠葛，浓墨重彩地表现了抗战爆发之后草原上各势力之间错综复杂的关系以及敌我之间险恶的斗争，可以说是对 1937 年 8 月中国共产党提出的"动员蒙民、回民及其他少数民族，在民族自决和自治的原则下，共同抗日"[14]倡议的呼应。

影片中塑造的几个年轻人形象真实、生动，充满青春活力和爱国主义激情，在中国电影史上留下了精彩的一笔，也获得了人民群众的喜爱。同年，上海的新华影业公司拍摄了由周贻白创作的电影剧本《秦良玉》，用秦良玉与马千乘苗汉结亲、抵御外侮的故事来暗喻抗日，与《塞上风云》异曲同工、遥相呼应。

（4）《日本间谍》

《日本间谍》完成于 1940 年，1943 年 4 月公映，由袁丛美导演。

该电影剧本主要取材自意大利职业间谍范斯伯的原著《神明的子孙在中国》（中译本名字《日本间谍》，由罗吟圃翻译），通过意大利人范斯伯从张作霖幕僚到日本特务，再到援助抗日义勇军的义士这一系列传奇经历，暴露了日本帝国主义在中国犯下的滔天罪行（如日本特务机关和宪兵队的敲诈勒索、贩毒、营妓、烧杀掳掠等），也在一定程度上揭露了日本帝国主义想要称霸世界的疯狂野心及其内部为了私利而进行的钩心斗角。

剧本想要阐明的是：日本帝国主义不仅危害中国人民，还将危害日本人民和在华的外国侨民，其侵略战争是不得人心的罪恶战争。

孙瑜及其《火的洗礼》《长空万里》

孙瑜在这一时期编导并拍摄完成两个电影剧本：《火的洗礼》《长空万里》。

（1）《火的洗礼》

《火的洗礼》完成于 1940 年。

本片是孙瑜利用拍摄《长空万里》过程中的闲余时间编导完成的，是他在抗战时期的第一部作品。他自己曾说："《火的洗礼》是一个虚构的故事，比其他很多的作品还更显得荒诞无稽……我的企图——也就是此片的重心——是在描述一个背景，一种精神，一股烈火。这烈火正燃烧在大后方每一个无名英雄的胸中，燃烧在每一个抗战工作的领导者的心头。"[15]

影片选取了一个独特的角度,即被骗参加敌伪特务组织的女特务方茵,她受命打入重庆兵工厂进行间谍活动。在与工人的交往中,她逐渐被工人们为了祖国忘我工作的精神所感染,同时还爱上了工人老魏,后来又目睹自己提供给敌人的情报导致了无数群众的伤亡,她深感痛悔,向老魏坦白了自己的身份。最后,方茵在协助破获间谍组织的过程中重伤而死。影片一方面通过老魏等工人形象的塑造比较真实地反映了当时后方人民支援抗战的情景,另一方面还通过对方茵最初活动的"上流社会"的描写,对国民党某些党政要员不顾国家危难,依然过着奢侈腐败的生活做了一定程度的批判。

特别值得一提的是,该片把时代背景融于个人情感体验,并通过个人情感体验来实现其政治上的觉醒,这种情节设计比直接的政治说教更加真实可信,也更具有感染力、更容易被观众所接受。电影编剧的历史和理论早已经证明,这种创作方法是观众欢迎的,也是十分有效的。可惜在很长时间里,由于政治环境的影响,这种创作方法却一直被视为"宏大叙事"的对立面而遭到指责。

(2)《长空万里》

《长空万里》完成于1940年。

这是抗战时期第一部描写空军作战的电影剧本。剧本以"九一八"到"八一三"这一历史时期为背景,通过一群青年投考空军,英勇抗战,并在战争里得到成长的故事,较好地反映了中国青年空军战士的爱国热情和抗日斗争精神,在一定程度上折射出作者的抗日爱国激情。其中青年空军牺牲的场面是以阎海文、沈崇晦烈士牺牲的真实事件为依据的,因此具有特别感人的力量。

其他电影剧作家及其作品

(1)袁丛美及其《热血忠魂》

《热血忠魂》完成于1938年4月,由袁丛美编导。

剧本描写了一个国民党的军官高旅长为了消灭敌人毅然下令轰毁自家宅院的故事,表现出爱国军人在国家利益面前牺牲小家利益的精神。同时,剧本还揭露和批判了日本帝国主义的侵华罪行,具有进步的意义。剧本中有很多反映群众高涨的抗日情绪的台词,具有强烈的感染力,比如:"你杀吧,你就杀到最后一个中国人也不会服的!""为了民族的解放,国家的利益,什么都要牺牲的!""怕什么……就剩一个兵一颗子弹,也要抗战到底的!"放映时引起了广大观众的强烈共鸣。

与同时代其他抗战电影一味鼓动抗战情绪不同,这部电影还从一个比较深刻的角度把握了抗战主题,即:一部分国人缺乏民族意识,一心只想保全个人利益,甚至向侵略者屈膝求饶,这种带有强烈"小农意识"色彩的利己主义是中华民族在战争危机之中越陷越深的内在原因。影片对这部分人进行了批判式的描写,但却被某些研究者认为是对老百姓形象的丑化,致使剧本和作者都受到了不公正的批判。

(2)徐苏灵及其《孤城喋血》

《孤城喋血》完成于1939年4月。

影片取材于"八一三"上海抗战中姚子清营爱国官兵誓死守卫宝山城的英勇事迹。虽然影片有这样那样的缺点和不足,但是从整体上来看,影片在宣传抗日、表现抗战初期中国军队下级官兵和人民群众的爱国热情和战斗精神等方面还是有一定的可取之处的。

(3)沈西苓及其《中华儿女》

《中华儿女》完成于1939年9月。

本片是沈西苓在抗战时期编导的第一部也是唯一一部作品,也是他个人的最后一部作品,1940年12月17日沈西苓病逝。这部作品由四个小故事组成,分别是:《一个农民的觉醒》《老公务员之死》《抗战中的恋爱》《游击女战士》。影片表现了农民、普通公务员、小资产阶级知识青年以及女兵等不同阶层的中国人是如何一步步走上抗日道路的,体现了"全面抗战"这一主题,具有一定的号召意义。

在创作手法上,剧本采取的依然是《十字街头》那种撷取生活横断面、精雕细琢的方式,具有浓郁的生活气息,很受普通老百姓的欢迎。当然,由于作者对抗战生活缺乏深入透彻的了解,所以还有一些从概念出发的地方。

（4）田汉及其《胜利进行曲》

《胜利进行曲》完成于1940年初，由史东山导演。

剧本以1939年长沙会战（亦称"湘北大捷"）为背景，采用纪录片的样式，把几个动人的故事串联起来。前半部分着重描写中国军队中下级官兵作战的英勇气概，后半部分着重描写湘北人民在侵略者面前宁死不屈的民族气节。作为导演的史东山对这部影片的观众有着清晰的定位："这一部影片最适宜于军队与侨胞及接近前线的民众观看，即给一般乡镇军民看起来，也还有亲切之感，而可望收获教育宣传上的效果。但于后方都市观众，恐不适宜，特别是在目前这一阶段中。"[16]

受史东山邀请参加剧本创作工作的田汉进行了大量的实地调查和采访，收集到很多珍贵的第一手资料，并将其作为创作的依据。但在国民党政府的"修改"下，田汉所作剧本的故事结构不再完整，情节发展的逻辑性也受到损害，唯一保留完整的是剧本的主题："歌颂了下级军官和士兵的英勇，歌颂了人民群众的坚贞，很好地表现了中国人民的爱国主义精神和临难不苟、杀身成仁的伟大民族气节……"[17]正是这样正确而鲜明的主题以及清新的"纪录影片"样式，使影片放映后获得了比较好的反响。

当时的评论指出："《胜利进行曲》作为记录影片的首创，乃是值得我们重视的。"这里面没有一点庸俗的低级趣味的噱头，有的是真的"人"和真的"事"。

（5）贺孟斧及其《风雪太行山》

《风雪太行山》完成于1940年，由贺孟斧编导。

剧本描写的是太行山区矿工和农民从饱受压迫一步步走向联合抗日的故事，不仅暴露和控诉了日本帝国主义在中国犯下的滔天罪行，而且还充分有力地表现了西北工农一致抗日的爱国主义激情。

（6）沈浮及其《老百姓万岁》

《老百姓万岁》由沈浮编导，未完成。

《风雪太行山》完成不久，沈浮就着手编导根据通讯报道改编的电影《老百姓万岁》（原名《大地烽烟》）。故事原型是山西省一个叫井疙瘩村的抗日根据地的人民，他们与日本侵略者殊死搏斗的事迹被重庆的《新华日报》

以《井疙瘩村的血》为题加以报道，在群众中引起巨大的震撼和反响，电影剧本《老百姓万岁》就是根据这一报道改编的。改编后的剧本基本反映了事件的真实进程，并且塑造了青年农民及其妻子、母亲等鲜明生动的人物形象，具有打动人心的艺术力量。这是抗战时期唯一一部正面描写抗日民主根据地人民抗日斗争的电影剧本，可惜在完成了百分之八十的拍摄之后，西北影业公司被阎锡山勒令停办，影片也未能完成，成为永远的遗憾。

3.2 "孤岛"的电影剧本创作

1941年8月号的《文艺月刊》上刊登了一篇题为《抗战四年来的电影》的文章，里面有这样一段话："抗战的巨浪已不啻把中国的电影界划分为两道主流，一条是原有的曾盛极一时的而现在正在'投机'的路上挣扎着日下的江河；另一条则是新兴的在艰苦奋斗中已日趋坚强的抗战部队的奔流。"[18]在国统区，后一条是电影创作的主流，而在上海孤岛，前一条却占据了绝对的主流。

3.2.1 孤岛时期电影剧本创作概况

1937年11月底，日本侵略者侵占了上海周围地区以及市内的原国民党行政区，但由于上海的英、法租界和公共租界尚控制在以中立自居的英、美、法等国手中，所以直到1941年12月太平洋战争爆发之前，日军暂未进入。这块被沦陷区围住的租界地区，就被称为"孤岛"。

孤岛电影创作的恢复

孤岛时期，进步的电影力量大部分撤离，明星、艺华等主要的电影公司都迁至英法租界内，拍摄活动陷入停顿状态，联华的后身华安于1938年6月即宣告结束。到1938年上半年，只有新华一家公司继续拍片。继续留沪的电影工作者，有的失业，有的参加了话剧团体，还有一部分加入了新华公司。

新华公司的老板张善琨是个典型的投机商人，他利用当时上海电影界一片凋零的大好时机，在1938年制作了十八部影片。在这十八部作品中，除了根据舞台剧改编的《雷雨》《日出》以及根据历史故事改编的古装片《貂蝉》等少数几部影片创作态度较为严肃、制作水平较高之外，其他如《古屋行尸记》《地狱探艳记》《四潘金莲》等都是迎合市民阶层的欣赏趣味，以描写恐怖、暴力、色情场面为主，在艺术上乏善可陈的商业电影。这些脱离现实的商业电影，满足了当时的主要观众（从江南沦陷区的中小城市逃到孤岛来的大、中地主及其家属）逃避现实的心理需要，获得了相当可观的商业利润，直接引发了随后蜂起的商业电影拍摄风潮。

张善琨的投机成功，惹红了其他电影公司老板的眼，大大小小的电影公司相继恢复拍摄。到1938年下半年，严春棠、严幼祥父子恢复了艺华公司的拍摄；明星公司的老板张石川一边重新放映早年的神怪武侠片《火烧红莲寺》，一边建立大同摄影场，专门替一些投机性的"一片公司"代拍影片；柳中浩、柳中亮兄弟1938年8月成立国华影片公司；吴性栽集团1938年10月成立华联摄影场，专营摄影场出租的业务。

据不完全统计，孤岛时期的上海约有大小电影公司二十多家，共出品故事片二百五十部左右，是抗战时期出品影片最多的地方。

纷繁芜杂的电影剧本创作

在孤岛时期，电影创作的环境和状况异常复杂，"它一方面受孤岛政治环境、影业性质影响，显示它畸形的繁荣和种种不健康的倾向；另一方面又因爱国文艺运动的推动和进步文艺工作者、电影从业员的努力而产生出一些优秀的作品"[19]。这样，孤岛时期的电影剧本创作就包括了两个大的部分：

（1）商业电影剧作创作风潮

在孤岛，短短三年多的时间里，先后掀起了两次商业电影拍摄风潮：古装片风潮和时装片风潮。其中大部分的作品都是为满足孤岛观众逃避现实的心理需要和通俗的欣赏趣味而创作的，内容以怪力乱神、稗官野史或男欢女爱为主，在为电影投机商赚取高额利润的同时，也麻痹了孤岛人民的抗战神经，在一定程度上对抗战产生了负面的影响。

周晓明曾总结说："像这样毫无顾忌地打出'金钱'与'趣味'的旗号，正反映了孤岛时期特定的社会状况和政治低气压的影响，反映了因种种原因所造成的革命的、进步的文化力量的减弱；更反映了制片商因战局未定，前途未卜而产生的疯狂的投机心理。所有这些，促成了孤岛影坛特别严重的趣味主义倾向和特别猖獗的粗制滥造之风。"[20]

（2）进步电影剧本的创作

有良知的电影艺术家们，在孤岛艰难的政治氛围和创作环境下，依然孜孜地探索如何用种种曲折的方式在影片中隐蔽地宣传抗战思想。其中一个最有效的方法就是"借尸还魂"：借古代爱国故事还抗日救亡之"灵魂"。他们用这种借古喻今的方法创作并拍摄完成了多部优秀的历史题材古装电影，如《貂蝉》《木兰从军》等等，曲折地表达抗日救亡的思想。除了进步的历史题材古装电影，电影剧作家们还创作并拍摄完成了多部进步的现实题材电影剧本，如《乱世风光》和《花溅泪》等，隐晦地传达抗日救亡的主题。

由这两部分构成的孤岛进步电影，也是抗战电影流的重要组成部分，为抗战电影运动做出了不可磨灭的贡献。

3.2.2 进步电影剧本的创作

孤岛时期的上海，进步的电影剧作主要包括以下两部分：

借古喻今的历史题材古装电影

抗战的爆发，促使人们进行深刻的历史反思，渴望能从本民族自身的发展历史中寻求战胜现实危机的力量与信心。这种反思心理进而发展成为一种"潜在的群体性的创作意识和契机"，再加上"孤岛"的创作环境非常险恶，不允许正面表现抗战的电影出现，所以坚守"孤岛"的革命文艺战士和进步的电影戏剧工作者们"……不约而同地趋向历史题材的创作，并在这种创作中以各自的方式将历史与现实相勾连"[21]。他们创作了一批借古喻今、以古代故事表现现代意识的历史题材电影剧本，如：欧阳予倩编剧的《木兰从军》，阿英编剧的《葛嫩娘》《红线盗盒》，周贻白编剧的《苏武牧羊》《李香君》《秦良玉》《梁红玉》，吴永刚编剧的《林冲雪夜歼仇记》《岳武穆精忠报国》，李萍倩编剧的《费贞娥刺虎》《英烈传》，柯灵编剧的《武则天》，陈大悲编剧的《西施》等等。虽然这些作品在艺术水平上参差不齐，但作者的创作目的是积极的，创作态度是严肃的。

（1）卜万苍的《貂蝉》

《貂蝉》完成于1938年，由卜万苍编导，新华公司出品。

剧本讲述的是东汉末年，太师董卓以义子吕布为臂膀，独揽朝政，骄奢淫逸，有吞没汉家天下之意，司徒王允决心为国除患，遂与家伎貂蝉定下连环计：王允先邀请吕布赴宴，将貂蝉作为义女许给吕布，约期完婚，而后又把貂蝉作为家伎献给董卓，以此造成董、吕之间的仇隙。吕布中计，伏杀董卓，王允与貂蝉的连环计获得了成功。

卜万苍成功地塑造了貂蝉这个为了国家利益牺牲个人的女性形象，揭示出了她虽身为婢女却能忧国忧民甚至以身殉国的崇高精神品质。影片营造的汉室危机，正映照了当时日本帝国主义铁蹄下中华民族的生死危机引起了广大爱国人士及普通市民的强烈共鸣和热烈欢迎。

（2）欧阳予倩的《木兰从军》

《木兰从军》完成上映于1939年2月，由欧阳予倩编剧，卜万苍导演，华成公司出品。

这是欧阳予倩在抗战时期唯一一部拍摄完成的电影剧本。"木兰从军"的故事在中国源远流长，最早可追溯到南朝陈智匠所著《古今乐录》，后收录于北朝《乐府诗集·梁鼓角横吹曲辞》。每当民族命运出现危机的时候，人们总是会重新演绎花木兰这位巾帼英雄的传奇故事，抒发爱国情怀和英勇斗志，欧阳予倩本人早年就曾编演过京剧《木兰从军》。

在电影剧本的创作中，欧阳予倩"更为注重历史故事与抗战现实的联系，它不仅以花木兰在边关危急时挺身而出的深明大义和'扫灭狼烟'的抗战气概，给处于民族危急关头的中国人民以正面的启示，而且还在剧中的其他一些细节和人物身上，寄寓了作者对现实的观察和讽喻"。比如，当花木兰女扮男装奔赴边关抗敌时,同行的刘、韩二人见她貌美便加以调戏,木兰正言道:"如今边关紧急,大家前去投军,无非是为国效劳,决没有自己人还欺负自己人的道理……"这正是对抗战爆发后国民党消极抗日、积极反共政策的影射和批判;又如边军军师接受番邦可汗的万两黄金,竟引狼入室、通敌卖国,这正是剧作者对出卖民族利益的汉奸罪行的批判。当年的《新华画报》第四卷第三期刊登的一篇影评说:《木兰从军》正是借助这样一个古代的故事,"透过那些宽袍阔带的古装,而看到还生存在现代的心脏"[22]。

与以前的木兰故事改编作品相比,欧阳予倩最有突破性的一点是:他笔下的木兰不再仅仅是一个平面的、令人高山仰止的女英雄,而且还是一个丰满立体的、可信可亲的"人"。"……它敏锐地抓住了木兰从军需女扮男装这一'戏眼'。紧扣住由此必然产生的名与实,貌与质,娇弱与勇力诸矛盾来添枝加叶,以刻画人物及心理,使这一传奇性情节和人物获得了真实可感的艺术生命。"如木兰练习男性的嗓音、从军时不肯当众洗尘、与将士同住等等,都植根于"女扮男装"的戏眼,从多个侧面富有情致地表现了木兰从军前后的心理、性格。"由于剧作者依照情理和生活逻辑,来设置、展开和解决这些矛盾,这样,入情入理的生活逻辑,细致入微的人物情感,便大大缩小了诗与现实,传奇性与生活化之间的距离,而使诗的真实,化为让观众可以信服的生活画面和人物情感的真实。这对于富有浓厚诗意特别是传奇色彩的历史题材的生活化、平易化,无疑是一个贡献。"

此外,电影剧本还正面展现了花木兰的戎马生涯。"在欧阳予倩笔下,'万里赴戎机,关山度若飞。朔气传金柝,寒光照铁衣。将军百战死,壮士十年归'的过渡和概括,化为扣人心弦的情节和鲜明的艺术画面……剧作者就这样把花木兰置于边关风云变幻的特定环境中,在敌与我,忠与奸,危与安,公与私诸矛盾交错发展中,刻画了花木兰的智、勇、忠、谋,以及以民族事业为重的自我牺牲精神,使一个抒情意味浓厚的民间传说具有了强烈的戏剧性和动作性。"[23]欧阳予倩一向善于刻画人物心理,描写"儿女之私",在《木兰从军》的电影剧本中,他继续发挥这一特长。淋漓尽致地表现了花木兰在"女扮男装"这一特定情境下复杂而微妙的心理状态。比如木兰与元度商议改装刺探敌情的一场戏,就蕴涵了非常丰富的潜台词,把元度和木兰的内心世界展露无遗,具有强烈的戏剧张力。下面是这场戏的剧本[24]:

50S.L.Pan.木兰走进房来，元度说：

元度："我们这样前去打探，人家不会疑心吗？"

木兰："我想我们要改扮一下。"

元度："改扮什么呢？"

51C．木兰说：

木兰："你来改扮一个番邦打猎的。"

元度："你呢？"O.S.

木兰："我……"

52C．元度接他的话说："对了，你最好扮一个番邦女子。"

53S．C 元度背影，木兰说：

木兰："胡说，我怎么好扮女人！"

元度："你瞧，扮回把女人算什么事！"

55S．C（平摄）木兰说：

木兰："只怕扮不像啦！"

元度："你呀，不扮都……"

木兰："什么？"

元度："对不起，别生气……"（Pan.他走出去）

元度："……回头见，我去改扮改扮。"（划）

56S．L（跟）刘、兰改扮后，行动在近沙漠的地方。

木兰："你扮得真不错。"

元度："到底不如你扮得好。"

（木兰走着一歪，刘去搀着她）

元度："喂，留神。"

57S．C 木兰多少有点撒娇的神气说：

木兰："得了，拉拉扯扯不像个样子。"

元度："我们这样倒有点儿像什么？"

58C．木兰说：

木兰："像朋友。"

59C．元度说：

元度："不像朋友。"

60C．木兰说：

木兰："像兄妹？"

61S．C（平摄）元度说：

元度："唉……不过人家一定当我们是夫妻。"

木兰："什么？"（站住）

元度："没有什么。"

62C．木兰微怒说：

木兰："一路上没有听见你说一句正经事，尽是说笑话瞎扯。我问你，到底是办公事要紧，还是说笑话要紧。"

…………

65S．C．木兰望着他走远，叹一口气，终于鼓着勇气向另一方面走去。（划）

影片公映后受到了观众和评论家的热烈支持，《文献》丛刊刊出了它的分镜头剧本，进步的电影工作者联名加以推荐。在孤岛时期严峻的政治形势下，正面宣传抗日几乎是不可能的，所以《木兰从军》所采用的这种旁敲侧击、借古讽今，通过历史故事来抒发爱国热情、颂扬民族气节以教育群众的曲折宣传方式成为爱国的戏剧电影工作者广泛采用的方法。

（3）周贻白创作的历史题材电影剧本

周贻白原名夷白，湖南长沙人，自幼喜爱戏剧，先后在文明戏班、湘剧班、京剧班和杂技团当过演员。北伐战争期间，参加了田汉领导的南国剧社。抗战爆发后，他加入了上海戏剧界救亡协会，在创作进步戏剧的同时，也积极从事电影编剧工作，是孤岛时期出品最多的电影剧作家。

在抗战时期，他的电影剧本可以分为两类：一类是现实生活题材，比如《家》（改编自巴金同名小说）、《野蔷薇》、《白兰花》、《风流世家》、《标准夫人》、《潇湘秋雨》、《逃婚》等；另一类是根据历史故事和民间传说改编的电影剧本，如《明末遗恨》（与阿英合作）、《苏武牧羊》、《李香君》、《秦良玉》、《万世流芳》等。

《苏武牧羊》：根据汉代苏武的事迹所改编。苏武受汉武帝派遣，出使匈奴，被单于扣留，遭遇种种威逼利诱而毫不动摇，19年后才回到汉朝，须发皆白。与《明末遗恨》一样，这部影片也是巧妙地引用历史上光荣和忠贞的故事，采取潜移默化的方法来反映现实，起到影射现实的作用。

《李香君》：1940年据清代孔尚任的《桃花扇》改编而成。剧本讲述了明末名妓李香君与复社成员侯方域的恋爱故事，后清兵入关，奸臣马士英在南京拥戴福王即位，阮大铖等参与朝政，设计陷害侯方域等人。李香君不以儿女私情为重，毅然劝侯方域出走避难，自己也闭门谢客。在反抗权贵田仰的占有时，她血溅侯方域所赠诗扇。杨文骢赶来救起香君，并在溅血的诗扇上画桃花一枝。清兵南下，香君逃至栖霞山一道观中。侯方域闻讯寻至，当香君得知侯方域已屈膝求荣、投降清朝后，义愤填膺，昏倒在地，醒来后与侯绝交。周贻白浓墨重彩地渲染了主人公李香君"宁为玉碎，不作瓦全"、决不失节于敌人的秀慧之气和刚强之志，导演吴村把她比喻成孤岛黑夜中的一盏明灯，告诉观众国可破、家可亡，但人心不可死、灵魂不可出卖。该剧本是周贻白在抗战时期的巅峰之作。

《秦良玉》：剧本描写的是明末书生马千乘流荡至蜀，与苗女秦良玉邂逅相识，产生感情，最后喜结良缘的故事。剧本中既谴责了樊龙之为实现自己的野心而刻意制造民族分裂的行径，也把汉苗两族的文化特点、生活习俗和民族性格做了相当全面的对比，针砭了汉族重男轻女的传统观念和重文轻武的社会风尚，宣传了民族团结、互相学习和取长补短对于富国强民的重要性。这种对于民族危机中暴露出来的民族自身弱点和痼疾的检讨与反省，在当时的电影剧作中是比较新颖和特别的。

《万世流芳》：在周贻白当时的电影剧本创作中，最有争议的就是他于1943年创作的电影剧本《万世流芳》。这部电影是以林则徐禁烟以及平英团抗英的事迹为主要内容，讲述了中国人抵御外侮的故事。电影放映之时正值英美反法西斯战事如火如荼，而此片的内容及主要思想也流于模棱两可、不够明确，所以后来有电影史学家评价为："利用中国人民爱国主义的崇高感情，打着所谓'清算英美侵略主义之罪恶'的幌子，歪曲林则徐这个爱国历史人物的形象，歪曲鸦片战争的历史，充满了反历史主义的观点，并且是大肆渲染三角恋爱。"[25] 客观地说，从艺术创作的角度上看，这个电影剧本打破了传统的传记片及历史片的创作模式，对历史人物进行了形象化、个性化而不是概念化的处理，是有很多可取之处的。剧本用相当的篇幅描写了虚构的情感关系（与《苏武牧羊》中情感关系的处理十分相似），主要是从电影市场的需要方面进行考虑的，而且也是为了使人物形象有血有肉、更加鲜活生动。

（4）阿英的《红线盗盒》《明末遗恨》《洪宣娇》

阿英在战时创作了十多个话剧剧本和电影剧本，是战时继郭沫若之后产量最丰的剧作家。"风雨如晦，鸡鸣不已"是他战斗生活的生动写照，所以于伶代他在送审的剧本上题上"如晦"的笔名，表现了对他的敬佩之情。他在孤岛时期所创作的电影剧本有《红线盗盒》、《明末遗恨》（与周贻白合作）、《洪宣娇》、《复活》等。

《红线盗盒》：取材于唐传奇《红线》，讲述的是侠女红线身怀绝技，协助节度使薛嵩深入敌营，盗得机密文件盒，使敌军覆灭的故事。《青青电影》评论此片"剪去神奇的色彩，而加浓了现实的成分"，红线"成为一位爱护家邦的奋斗女郎"，深入人心，与《木兰从军》有异曲同工之妙。

《明末遗恨》：又名《葛嫩娘》，改编自阿英的话剧剧本《碧血花》——这是阿英在抗战时期最早也是最成功的剧本。《碧血花》取材于余怀《板桥杂记》，初以《明末遗恨》之名由上海剧艺社演出。后阿英以"魏如晦"的笔名与周贻白联合把话剧剧本改编为电影剧本，基本保存了原剧的主要情节结构和主要人物对话，是一部具有浓厚话剧风格的电影作品。与战争爆发初期的《木兰从军》所表现出的乐观和热情不同，这部作品"郁结了战争过程中的艰苦和沉重，带上了孤岛和沦陷后特定环境的特定精神状态和烙印"[26]。剧中，作者借古喻今，刻意表现了民族危亡关头几类不同人物的不同选择：无耻的叛变投降者，麻木的偷安苟活者，挺身而出的正义者……引起了处于同样历史格局中的孤岛人民的自省和反思。片中葛嫩娘的形象具有深刻的历史鉴照意义：她本是秦淮妓女，却在国家危难之际抗清殉国，而南明权贵马士英、军事要员郑芝龙等人却泯灭民族良知、认贼作父。这种对比强烈地暗示出这样的真理："每逢历史危亡的关头，最先妥协投降丧失民族气节的，往往是上层统治者，而民众，则始终是抵抗侵略，为民族生存而抗争的真正脊柱。在他们身上凝聚了中华民族的一切崇高美德。这无疑也是对抗战现实一针见血的喻示。"[27]剧本把人物置于集中的戏剧冲突和重大危机中去塑造，有力地突出了葛嫩娘忠贞不屈的崇高品格和民族气节，为孤岛时期的上海影坛留下一个带有强烈悲壮色彩的艺术典型。

《洪宣娇》：根据作者同名舞台剧改编，着重表现反对分裂、号召团结御辱的主题。这与当时的政治形势、战争状况是分不开的。1941年1月"皖南事变"爆发，国民党倒行逆施，做出了令亲者痛、仇者快的事，加紧对共产党的迫害，破坏了民族团结和抗战大局。在这样的危机时刻，欧阳予倩创作了历史剧《洪宣娇》，以太平天国在定鼎天京后不思进取、派系相斗、自相残杀，最终覆灭的历史悲剧，指出"只有一德一心，和衷共济，我们的民族才能有望"的真理。

（5）吴永刚的《林冲雪夜歼仇记》

根据古典文学名著《水浒传》有关章节改编，在忠实于原本的基础上，进行了一定的加工和改编，突出了外患内忧日益严重的故事背景，着重描写林冲在封建正统思想与环境的矛盾冲突中一步步改变，最终走上复仇道路的过程，对其苟且偷安、忍气吞声的"隐忍"性格进行了批判，同时也对鲁智深的嫉恶如仇和贞娘以死明志的反抗精神进行了大力的肯定和颂扬。

（6）费穆的《孔夫子》

具有严肃的制作态度和强烈的历史传记色彩，以《史记·孔子世家》为本，参照孔子及其生活年代的史书和记载，较为忠实地再现了鲁定公至鲁哀公十六年间孔子的主要活动，表现了对抗战现实忧国伤时的情怀和对乱臣贼子的谴责。剧中的孔夫子是作为一个与昏庸的统治者和乱臣贼子相对立的形象进行塑造的，突出了他"无求生以害仁，有杀身以成仁"的浩然正气，以及"勇者不惧""匹夫不可夺志"的人格的伟大，成为一个在孤岛环境中激发民族精神的艺术典型。

进步的现实题材电影剧本

（1）柯灵的《乱世风光》

柯灵在这个时期写了《武则天》《乱世风光》《浪子行》三个电影剧本。其中较有影响的是《乱世风光》。影片的故事架构与后来的史诗巨作《一江春水向东流》颇为相似，都是通过一对离散夫妻的不同遭遇来表现抗战主题，生动地描绘了孤岛生活截然不同的两面：一面是大发国难财的奸商们荒淫无耻、穷奢极欲的"天堂"，另一面是普通老百姓饥寒交迫、痛苦不堪的"地狱"。故事的结局是充满希望的，表达了作者对抗战前景的乐观和信心，具有激发观众斗志和必胜信念的力量。影片完成之后，日军已经进入租界，因此公映不久就遭到禁映。

（2）于伶的《花溅泪》

金星公司是前明星公司的老板之一周剑云和南洋的影院商人于1940年6月合资开设的，第一部作品《李香君》就已经显示出认真严肃的创作态度。第二部作品是由于伶改编自自己同名舞台剧的《花溅泪》，由张石川导演。影片以"八一三"前夜的上海为舞台，描写了一群舞女在国家内外交困状况下的悲惨生活，并表现了她们从承受到觉醒的过程，发人深省。

由于日寇和租界当局的破坏，原剧本中虽然薄弱但是依然清晰的抗日线索到了电影剧本中已经难觅踪迹了。即使这样，在当时一片混乱的"孤岛"电影界，这部影片依然具有相当的社会意义，至少它在一定程度上揭露了当时十里洋场的淫靡和黑暗，抨击了买办恶少们侮辱女性的丑恶行为，也写出了舞女在乱世中的不幸遭遇和悲惨生活，同时还通过金石音、丁香、米米等人物形象的觉醒，隐晦地传达出作者忧国忧民、抵抗侵略的爱国思想。

3.2.3 商业电影剧本的创作风潮

古装电影剧本创作风潮

复映的《火烧红莲寺》和新创作的《貂蝉》《木兰从军》在商业上的成功，大大地刺激了唯利是图的孤岛电影商人，他们大肆跟风，制作了很多古装电影。主要分为以下两类：

（1）古装神怪武侠片

在《火烧红莲寺》重映获得巨大商业成功的刺激下，从1938年下半年开始，各电影公司纷纷投拍神怪武侠片。正如柯灵在1939年春的一篇文章里所说的："上海沦陷一年多了，有一个时期，乌烟瘴气几乎淹没了银幕，古装，武侠，神怪，使人目迷五色。"[28]

"神怪武侠片……可分为神怪与武侠两大类，神怪片多取材鬼怪、荒诞小说或民间传说、迷信故事，其内容荒诞不经，纯以恐怖为刺激。新华公司系统（新华、华新、华成、中联）为神怪片制作大本营，而马徐维邦、杨小仲等皆为其中最尽力者。"[29] 其代表作品是 1938 年由马徐维邦编导的《冷月诗魂》。这部电影描写的是书生秦秋帆与少女华红玉的人鬼之恋，剧本虽然在一定程度上揭露了封建社会的黑暗与残酷，赞扬了主人公勇于反抗的精神，但作者表现的重心明显在渲染人鬼相遇的恐怖情形，正面意义不大。杨小仲编导的《地狱探艳记》，以民间流传的地狱情形为题材，在恐怖之中融入滑稽的因素，也是这一时期神怪武侠片创作热潮中的代表性作品。其他还有《鬼恋》（何兆璋编剧）、《艳尸》（徐卓呆编剧）、《返魂香》（屠光启编剧）等等。

剑侠片"多取材旧通俗小说或民间故事，夹以情节的曲折惊险和剧中人的武艺打斗来吸引观众"[30]。代表性作品有新华公司系统的《黄海大盗》（吴永刚编导）、《儿女英雄传》（岳枫编导）、《江南小侠》（陈翼青编导）、《女盗白兰花》（方沛霖编导）、《银枪盗》（方沛霖编导）等，以及其他电影公司的《王氏四侠》（王次龙编导）、《隐身女侠》（吴文超编导）等等。

（2）古装历史片

《木兰从军》的成功也使得古装历史片成为影片大卖的保障，一时之间，孤岛掀起了古装片的拍摄热潮。在 1939 年一年之间，这类影片就达到二十部之多。到了 1940 年，孤岛政治形势更加恶化，观众迫切需要能够帮助他们摆脱现实困扰的精神鸦片，于是，古装历史片的创作风潮更加汹涌和激烈。张善琨的"新华""华成""华新"，严春棠父子的"艺华"，柳氏兄弟的"国华"，以及吴性栽的"合众""春明"等电影公司，都摄制了大量的古装历史片。而成立于 1939 年、由日寇出资的"中华电影股份有限公司"，控制了孤岛各公司的影片在沦陷区和伪满的发行权，完全限制了电影剧本中爱国主义情绪的表现。

1940 年，孤岛共上映了六十七部影片，其中取材自稗官野史、民间传说、评弹故事、章回小说的古装片就占到五十四部之多。除了极少数在制作水平上略为讲究之外，大部分的影片都是从商业利益出发，其重点不在重述历史、也不在重写人物，而在迎合中国市民观众的"传奇"情结，用刺激生理的视听元素重新包装他们熟知和喜爱的故事，给他们营造一个完全脱离现实的虚幻世界，麻痹他们的精神。

在这些所谓古装历史片中，既有以男欢女爱为噱头的《胭脂泪》(吴永刚编导)、《情天血泪》(卜万苍编导)、《潘巧云》(陈大悲编剧)、《风流天子》(徐卓呆编剧)、《刁刘氏》(马徐维邦编导)、《王宝钏》(吴村编导)等，又有肆意篡改历史典故、古典名著和优秀民间故事的庸俗之作，如吴村编导的《武松与潘金莲》，吴永刚编导的《四潘金莲》，陈大悲编剧的《琵琶记》(又名《赵五娘琵琶记》)、《王熙凤大闹宁国府》、《西施》，胡春水编剧的《打渔杀家》，杨小仲编导的《卓文君》《白蛇传》，叶逸芳编剧的《阎惜姣》《千里送京娘》《秦香莲》，卜万苍编导的《碧玉簪》，岳枫编导的《梁山伯与祝英台》，叶恭、叶逸芳编剧的《观世音》，徐卓呆编剧的《济公活佛》等等。

在这股竞相拍摄古装电影的风潮中，投机的电影商人被利益驱动，争相拍摄一些具有商业潜力的题材，不可避免地上演了多出"双包案""打对台"的丑剧，如艺华的《三笑》与国华的《三笑》；新华的《碧玉簪》与国华的《碧玉簪》，春明的《孟丽君》与国华的《孟丽君》等。到了1940年底，古装片题材资源几近枯竭，在不得已的情况下，艺华便走上了翻拍20世纪20年代《火烧红莲寺》《新盘丝洞》等武侠神怪片的道路，可谓"黔驴技穷"。这些商业电影一方面暴露出电影投机商唯利是图、置民族安危和国家存亡于不顾的丑陋面目，另一方面则显示出在孤岛中的中国电影艰难的处境。

1940年12月中旬，费穆为民华公司编导的《孔夫子》一片公映。相对于当时其他的古装历史题材影片来说，这部影片在宣扬所谓"正心、诚意"等哲理之外，更塑造了孔子"勇者不惧""匹夫不可夺志""无求生以害仁，有杀身以成仁"的浩然正气，并且发出了警惕乱臣贼子的警告。其中颜回在孔子"诛尽奸乱兮逐豺狼"的鼓舞下折箭的细节也具有发人深省的力量。这时，古装片风潮已经走向消歇，观众已经厌倦了那些内容雷同、人物苍白、制作粗糙的古装片，要求更加严肃认真的电影作品，费穆的《孔夫子》正回应了这一普遍的呼声，他的这部古装历史题材影片创作态度严肃，制作也相当精良，标志着孤岛时期古装片风潮的结束。在这股风潮中扮演主要角色的是与旧文艺（尤其是"鸳鸯蝴蝶派"）有着血脉联系的剧作者们，如杨小仲、叶逸芳、徐卓呆、范烟桥、王次龙、王元龙等；还有少数是从进步的电影编剧队伍中脱离出来的，如吴永刚、陈大悲等。他们创作的这些古装历史题材电影剧本无论是创作态度还是艺术水平，都无法与前文那些进步的，以借古喻今、服务抗战为目的的古装历史题材电影相提并论。在当时的历史条件下，这些脱离现实的影片在一定程度上转移了人们对抗战的关注，削弱了孤岛人民的抗战热情和爱国主义精神，在一定程度上可以说是做了帝国主义侵略中国的帮凶，所以在当时和后来都受到了进步的电影评论家们的强烈批判。

随着历史车轮的滚滚前行，我们或许可以尝试从不同的角度来审视这股风潮——从电影的观赏性和商业性角度来看，这股电影风潮还是有一些值得后世电影创作者思考和借鉴的地方，对其创作技巧和营销模式的研究势必对当今的商业电影创作起到一定的启发作用。

时装电影剧本创作风潮

1941年，世界法西斯势力猖獗一时，孤岛的形势也随之变得更加严峻，文艺界所面临的创作压力也就更大了，在电影中隐晦地传达爱国主义思想变得越来越困难。当观众厌倦了古装片时，张善琨等电影投机商早已经准备好了发动另一股风潮——时装片拍摄风潮。

早在1939年和1940年古装片泛滥期间，有些影片公司已经拍摄过一些所谓现代题材的影片，比如华新公司的"王先生"系列，国华公司的"李阿毛"系列，艺华公司的"化身姑娘"系列等喜剧片、科幻片；此外就是一些翻拍美国类型片的作品，如《中国白雪公主》（吴永刚编导）、《中国泰山历险记》（王次龙编导）、《中国三剑客》（陈翼青编导）等等。到1941年，这些时装片便取代古装片，成为孤岛商业电影的主流。

1941年，新华、华成、华新、艺华、国华等十多家电影公司，一共出品了八十多部影片，时装片占了六十部左右。主要包括以下几种类型：

（1）描写孤岛时期上海市民众生相的喜剧片

汤杰编导的"王先生"系列：《王先生吃饭难》《王先生与二房东》《王

先生与三房客》《王先生做寿》等,以喜剧性人物王先生为贯穿人物,表现孤岛人民的生活状态。虽然编剧的主要目的是为了追求喜剧效果,但剧本中有相当的篇幅涉及孤岛的普通老百姓所面临的现实问题,如失业、住房困难等。

徐卓呆编剧的"李阿毛"系列:《李阿毛与唐小姐》《李阿毛与东方朔》《李阿毛与僵尸》等,以一个体宽心慈的胖子为主角,比起"王先生"系列多了很多粗俗的噱头,却少了许多对现实生活的表现和批判。

其他还有杨小仲编导的《六十年后上海滩》《上海淘金记》《欢乐年年》等等,也是通过描写上海小市民的生活来达到喜剧效果。

(2)"带有悲剧色彩或哀怨色彩的言情片"[31]

一部分改编自鸳鸯蝴蝶派小说,如张恨水的小说《啼笑因缘》由梅阡改编,《夜深沉》《金粉世家》由程小青改编,《秦淮人家》由范烟桥改编,此外还有《红杏出墙记》(又名《京华烟云》,由李昌鉴根据刘云若同名章回小说改编)、《惜分飞》(顾明道根据自己的同名章回小说改编)等。这些言情影片一般带有悲情色彩,迎合了喜爱"苦情戏"的中国观众。

还有一部分直接取材于上海市民的生活和爱情,如《情天血泪》(卜万苍编导)、《薄命花》(李英编导)、《小妇人》(于由编剧)、《乐园思梦》(方沛霖编导)、《泪洒相思地》(孙敬编导)、《风流冤魂》(张石川编导)等,都具有比较深刻的现实意义和比较高的艺术价值,此类作品还有李萍倩编导的《生死恨》、费穆编导的《世界儿女》等。依托凄美的爱情故事展现出都市女性及其他小人物的生存压力和情感遭遇,并通过主人公的遭遇在一定程度上揭露了社会的混乱和黑暗,从这个角度来讲,此类时装言情电影剧本比改编自鸳鸯蝴蝶派小说的言情电影剧本具有更大的社会价值和现实意义。

在当时全国各地抗战如火如荼的时代背景下,这些时装言情电影都被当作是无病呻吟的电影逆流加以批判。其实,从电影剧作的角度来说,这些时装言情电影所体现出来的创作观念是建立在对观众审美心理透彻了解的基础之上的:中国的观众对于弱小而善良的人物一向具有天然的好感和同情,对于悲苦的爱情传奇一向具有强烈的兴趣,所以苦情戏总是分外受到观众的青睐。从 20 世纪 20 年代的鸳鸯蝴蝶派电影到 20 世纪 30 年代的所谓"软性电影"，再到抗战时期孤岛的时装言情电影，一直到20世纪80年代的"谢晋模式"，电影的历史已经一再地验证了中国观众的这个特点。把握这一特点将会对提高中国电影剧作者的观众号召力起到非常重要的作用。

（3）改编自中外名著或新文艺作品的电影

抗战爆发后，大多数电影工作者离开了上海，其中也包括一些剧作家。这时的上海面临的是"剧本荒"。在原创电影剧本严重匮乏的情况下，很多电影投资商把目光投向了中外文学名著。

中国现代戏剧大师曹禺的《雷雨》《日出》《原野》分别被方沛霖、沈西苓和岳枫改编，巴金的《家》、托尔斯泰的《复活》、王尔德的《少奶奶的扇子》等也都分别被周贻白、阿英、孙敬改编，李萍倩编导的电影《茶花女》和《生离死别》分别改编自小仲马的同名小说《茶花女》和苏联小说家阿尔志跋绥夫的小说《沙宁》，岳枫编导的电影《欲魔》改编自托尔斯泰同名小说《欲魔》，顾仲彝编写的电影剧本《金银世界》改编自巴尼欧尔的《人之初》，桑弧编写的电影剧本《洞房花烛夜》改编自哈代的《苔丝姑娘》等等。

这些电影剧本拥有良好的文学基础，加之改编者的创作态度比较认真，所以在叙事方法、人物塑造和语言运用等方面都体现出比较高的水准，虽然在内容上与抗战没有直接的联系，但是从电影艺术的角度出发还是应该给予肯定的。

在上海沦陷之后，与抗战有关的题材和国内文学作品的改编均受到比较大的限制，电影投资商们更把目光聚焦到了对国外文学名著的改编，如：陶秦编写的电影剧本《蝴蝶夫人》《情潮》分别改编自美国R.费尔纳的歌剧《蝴蝶夫人》和托尔斯泰的小说《安娜·卡列尼娜》，杨小仲编导的电影《结婚交响曲》《莫负少年头》分别改编自日本小说《结婚二重奏》和英国作家艾米莉·勃朗特的小说《呼啸山庄》，李萍倩编导的电影《四姊妹》改编自英国小说家简·奥斯汀的《傲慢与偏见》，谭维翰编写的电影剧本《夜长梦多》改编自莫里哀的小说《吝啬鬼》，屠光启编导的电影《大富之家》改编自英国莎士比亚舞台剧《李尔王》，舒适编导的电影《苦儿天堂》则改编自托尔斯泰的《表》。

(4)其他类型

除了上述几种主要电影类型，孤岛时期的电影剧本创作还包括另外一些类型，如惊险片、侦探片、科幻片、恐怖片等。这些电影大多是美国类型电影的直接翻版，而各种类型之间的界限并不分明，很多电影剧本是把诸种元素杂糅在一起，面目非常混乱。如王次龙编导的《中国泰山历险记》是对美国类型电影"泰山"系列的直接仿制，吴永刚编导的《中国白雪公主》则来自德国著名的童话《白雪公主》，徐欣夫编导的《陈查理大破隐身术》、吴文超导演的《中国罗宾汉》、杨小仲编导的《化身人猿》等都是对美国类型片的模仿。恐怖片的题材是最为中国式的，主要是以僵尸、冤魂为主角，可以说是孤岛前期神怪片的余波，如《古屋行尸记》（马徐维邦编导）、《僵尸复仇记》（杨小仲编导）、《女僵尸》（梅阡编剧）、《摩登地狱》（吴永刚编导）、《黑夜孤魂》（徐卓呆编剧）等，这些作品在恐怖片元素的运用上过于注重表面的恐怖和艳情，忽略了精神层次的探讨，旨趣庸俗，在艺术质量上也乏善可陈。

几位代表性的时装电影剧作者及其作品

(1)李萍倩及其电影剧本创作

李萍倩，原名李椿寿，1902年出生于浙江杭州。20世纪20年代初加入明星公司附设的明星影戏学校学习。1924年主演影片《不堪回首》，1926年开始执导影片《难为了妹妹》，1932年导演了《时代的儿女》和《丰年》。在抗战期间，他创作和导演的数十个电影剧本大都是取材自民间故事或外国名著的典型商业片，作品的艺术水平也参差不齐。虽然受到了"茶花女事件"的负面影响，但他仍然是孤岛时期最有影响的电影编导之一。

《生死恨》：李萍倩为新华公司编导的第一部电影，是以早期新派电影《难为了妹妹》（万籁天编剧）为基础的再创作。他以原片的基本情节和人物关系为基础，在叙事方式方法上加强了电影化的力度，在矛盾冲突的设置和展开方面也做了新的尝试，整个剧本线索单纯、剧情紧凑，人物性格、命运带有更加强烈的悲剧色彩，是孤岛时期不可多得的现实主义佳作。

《四姊妹》：1943年，李萍倩编导了影片《四姊妹》。剧本根据英国小说家奥斯汀的原著改编，描写了四位性格迥异的姐妹：大姐温柔贤淑，二姐热情开朗，三妹活泼好动，四妹天真纯洁。影片最后，李萍倩将性格叛逆的三妹这一人物的结局处理为因不满家庭的约束,与同学一起奔赴前线去了。在当时的环境下,李萍倩能够这么处理人物,可说是难能可贵的。影片中的三妹代表着当时在沦陷区挣扎着准备冲出牢笼的人们,而这个封建的大家庭则代表了在日军占领下的上海,这部影片可说是李萍倩的代表作。

(2)岳枫及其电影剧本创作

岳枫,原名笪子春,江苏丹阳人,生于上海。1929年加入电影圈,先后担任过演员、场记、副导演。1933年入艺华影业公司,导演了影片《中国海的怒潮》《逃亡》《化身姑娘》等。1938年在新华公司任导演,编导了《原野》《儿女英雄传》《春风回梦记》等。

他编写的电影剧本多为商业片,明显受到了《化身姑娘》之类影片的影响,投资少、回报多,里面既没有恢宏的场面,也没有复杂的镜头调度,十分平实。在他的作品中较有影响的要数改编自曹禺舞台剧《原野》的影片《森林复仇记》,基本忠实于原著。影片是在孤岛这个特定的电影市场条件下摄制出来的,在忠于原著的基础上增强了其商业性,因而也减少了原著中的一些进步的内容。

(3)方沛霖及其电影剧本创作

与岳枫创作风格相似的导演方沛霖的剧作也受到了《化身姑娘》之类影片的影响。在他编导的影片中,比较有名的有《雷雨》《蔷薇处处开》《万紫千红》《鸾凤和鸣》《凤凰于飞》等。其中的《雷雨》也是由方沛霖改编自曹禺的同名舞台剧,在当时得到好评,剧本基本忠实于原著,但是强化了周萍与繁漪偷情的情节,并渲染了雷雨之夜繁漪出现在窗外的恐怖氛围,以增强其商业色彩。

到了20世纪40年代,方沛霖主要编导歌舞片,成为中国第一位成功的歌舞片创作者。他编导的歌舞片中比较成功的有《万紫千红》《凌波仙子》《鸾凤和鸣》《凤凰于飞》,这些影片都是以爱情为题材,可以说是早期中国歌舞片的代表作品。

(4)三位通俗小说家及其电影剧本创作:徐卓呆、范烟桥、程小青

这三位都是20世纪20年代有名的"苏派"通俗小说家,他们所创作的

电影剧本均是当时比较流行的社会、家庭、言情小说故事，可以看作从20世纪20年代传承下来的商业电影的延续。这些剧本虽然格调不太高，但却为市民观众所喜闻乐见。

徐卓呆又名徐半梅，著名的"新剧"作家，同时也是著名的滑稽戏演员。他在1925年创办开心影片公司，兼任编、导、演。1934任艺华公司演员，1936年在明星公司编写《母亲的秘密》等剧本，1939年任国华公司编剧，创作电影剧本《七重天》《碧玉簪》《风流天子》及"李阿毛"系列电影。当时的系列电影还不是很多，滑稽喜剧尤其是少之又少，在20世纪30年代，只有"王先生"系列，后来与"王先生"齐名的就是"李阿毛"。在孤岛时徐卓呆自称"李阿毛博士"，在小报上办起信箱，还借"电台广播唐小姐"的名义，在报刊上答复读者提出的问题。后来他又把李阿毛与唐小姐之间的关系写成剧本，从第一部《李阿毛与唐小姐》，到其后的《李阿毛与东方朔》《李阿毛与僵尸》，共拍了三部，内容大致都是以助人为乐、导人向善为基础的喜剧。与"王先生"系列、"化身姑娘"系列一样，剧本的内容格调并不高，但都很合当时小市民的口味，可以说是后来"林亚珍"系列、"追女仔"系列等喜剧影片的开山之作。

范烟桥与程小青在抗战期间的电影剧作可分为两个阶段。前期作品主要取材于民间传奇故事，有范烟桥的《三笑》《西厢记》等，程小青则创作了《董小宛》《孟丽君》《梅妃》等。这些故事都是观众所熟悉的，加上以更新的歌唱片形式来表达，增强了影片的可看性。后期，他们则是将流行于20世纪20年代的通俗小说加以改编，这些影片一般都是"时装片"，如范烟桥的《解语花》《红杏出墙记》《无花果》《秦淮世家》，程小青的《故城风云》《血泪鸳鸯》《奈何天》《红泪影》《夜深沉》《金粉世家》等。这些电影剧作虽然格调不是很高，但都有可圈可点的地方，比如抨击封建制度、揭露社会的阴暗面，虽然都是浅尝辄止，但毕竟有其进步的一面。

较之于战前，孤岛时期上海电影业在电影剧本的创作方面存在着许多不足，却也为之后的香港电影培养了一大批优秀的电影创作者（如陈蝶衣、陶秦等）并为其打下了坚实的基础。1941年12月8日，太平洋战争爆发，日军进入租界，上海完全被日军占领，孤岛时期随之结束。

3.3 香港的抗战电影剧本创作

受内地政治形势的影响,香港电影界早在1936年就开展了"清洁运动",反对充斥香港影坛的"毒素"电影——粗制滥造的民间故事片和腐朽的神怪片,呼吁"拍摄一些为大众所需要的意识正确的影片,为救亡的伟大任务尽点力量"[32]。抗战爆发后,内地大批电影工作者纷纷南下,参加了香港电影的编导工作,使之体现出一些新的特点。从抗战爆发到香港沦陷,多部以抗日救国为主题的电影剧本得以创作并拍摄完成,成为抗战电影流的第三个重要组成部分。

3.3.1 粤语电影剧本的创作

粤语电影是香港电影创作的主流,其影响力波及澳门及内地的广东、福建等地区,海外的马来西亚、新加坡、暹罗(泰国)、爪哇(印度尼西亚)、缅甸、菲律宾以及澳大利亚、南北美洲等地也拥有大量的华侨观众。然而,国民党当局却视粤语电影为异端,曾在1937年春以"统一国语"为由,采取了"严厉禁拍粤语片"的政策,引起了华南电影界的激烈反抗。抗战爆发后,国民党无力禁拍,这个"统一国语"的政策也就不了了之。

在内容方面,粤语电影的制作一向以商业目的为前提,即使在"九一八"事变之后,香港的五十余家粤语片公司仍然以迎合市民观众欣赏口味的格调庸俗的商业电影为主,只有少数公司受上海左翼电影运动的影响,拍摄了《生命线》等关注国家命运的影片。抗战爆发后,这种情况有了改变。

华南电影赈灾会的成立和第一次抗战电影剧本创作小高潮

抗战爆发后,由邝山笑、林坤山等电影工作者发起,在香港成立了华南电影界赈灾会。该会除进行抗日救亡的宣传工作之外,还鼓动大观、南粤、南洋、合众、全球、启明等六家电影公司合作,组织大批香港电影工作者联合创作了描写中国人民抗战的粤语片《最后关头》。

"八一三"之后,尤其是上海沦陷后,香港的粤语片获得巨大的市场空间,甚至取代上海成为"中国电影的中心",呈现出一派欣欣向荣的景象。

当然，其中占据主导地位的依然是从商业目的出发的粤语电影。此时，从沦陷的上海撤退的电影工作者中，一部分去内地加入"中制""中电"和"西北"公司的创作队伍；另外一小部分则南下香港，参加了香港电影界的创作，如蔡楚生、司徒慧敏、谭友六等。在对粤语电影的创作状况做了考察和分析之后，他们协助香港电影界具有进步倾向的电影工作者制定了"消极方面改善粤语片的内容，积极方面设置健全的国防片"的方针，一方面呼吁改善一般粤语商业电影的思想内容、提高其艺术品位，另一方面也开始参与筹划抗战电影剧本的创作，掀起了一个抗战题材电影剧本创作的小高潮。

这个创作高潮包括了以下作品：大观出品的《前进曲》（沈惠慈编剧）、南洋出品的《回祖国去》（申泯编剧）、《女战士》（伊海灵编剧），以及《边防血泪》（山月出品，关文清编剧）、《焦土抗战》（爱国出品，冯苇编剧）、《傀儡美人》（励群出品，苏怡编剧）、《儿女英雄》（新光出品，黄漪磋编剧）、《火中的上海》（艺华出品，申泯编剧）、《血肉长城》（文化出品，侯曜编剧）、《大义灭亲》（长虹出品，苏怡编剧）、《战云情泪》（华声出品，董柱山编剧）、《民族罪人》（又名《最后密令》，志华出品，侣伦编剧）等等。

1938年4月，独立制片的新时代影片公司出品了《血溅宝山城》。这部粤语影片由蔡楚生、司徒慧敏联合编剧，取材于一个真实的抗战故事："八一三"抗战中，中国军队姚子青营誓死守卫宝山城，全营六百多战士，除一名出城求援外，其余全部殉难，没有一个人动摇、犹豫和退缩。这些战士用自己的血肉在中华民族的解放史上写下震撼辉煌的一笔，表现了中国军人崇高的民族气节和大无畏的牺牲精神，同时也通过普通市民对于姚子青营的支持，讴歌了普通中国人的抗战热情和勇气。这部影片被认为是抗战初期最好的两部抗战电影之一（另一部是史东山编导的《保卫我们的土地》），尤其是其中战地服务团团员吴芝英的形象塑造得真实、生动、感人，对于激发观众的抗战热情、坚定"抗战必胜"的信念起到了显著的作用，正如当时的一篇评论所说："……在此更表示了坚毅卓绝的精神，她脱离了家庭的羁绊，拒绝了父亲的要求，献身于神圣光荣的革命事业。当临危弥留的一刹那间，她更以自己的血和姚营长的血，在城墙上留下了'中华民族解放万岁'的一句口号，显示着中华民族抗战的必然胜利。"[33]

在完成《血溅宝山城》之后，蔡楚生和司徒慧敏又为独立制片的启明公司拍摄了粤语影片《游击进行曲》。这部电影仍由他们两人合作编剧，描写在日寇占领下的一个普通中国农村，因为无法忍受日本侵略者的迫害、屠杀和掠夺而奋起反抗，并且从个人反抗、自发斗争，一步步走向有组织、有计划的自觉抗战，阐明了全面抗战的思想。影片完成之后，遭到英国当局的禁映，在经过一番删改之后，直到1941年6月才更名为《正气歌》公映。

这些抗战题材粤语电影剧本的创作和拍摄完成反映出当时全国高涨的抗战热情对香港电影界的影响，也间接表现了香港同胞和南洋侨胞的抗战要求，具有重要的现实意义。当然，由于大部分粤语片公司的老板和创作人员对抗战题材缺乏直观的体验，所以创作的电影剧本在表现深度和力度方面都暴露出一定的局限性。很多粤语电影公司创作抗战题材电影也并非完全出于爱国情感和民族责任感，还有一个商业的目的在里面：在全国抗战这一大形势下，香港普通市民也非常关注战事的发展，抗战题材的电影比较容易引起他们的关注，所以很多公司虽然打着抗日救国的幌子，贩卖的其实还是商业电影的元素，以获取高额的商业利润。比如某粤语电影公司也曾经以"八一三"抗战中八百孤军守卫四行仓库为题材创作了电影《八百壮士》，在内容上就与"中制"出品、阳翰笙编剧的同题材、同名电影截然不同。

抗战电影剧本的创作在斗争中前进

武汉沦陷后，抗战面临更加严峻的形势。为了更好地利用电影向人们宣传抗日救国思想，香港的爱国舆论对那些完全脱离中国的社会现实、格调低俗、制作粗糙的商业电影进行谴责，呼吁观众对这些影片进行抵制，同时呼唤触及现实、立意正确、格调清新的粤语电影的创作。

在爱国舆论的斗争下，1940年香港公映的八十三部粤语片中，出现了一些直接或间接表现抗战题材的电影，如《大地晨钟》(唐涤生编剧)、《小广东》(李枫、罗志雄编剧)、《血海花》(胡春冰、沈默编剧)等。它们虽然在思想内容和艺术形式上都还有这样那样的缺点和不足，但是从总体来看比起抗战初期的抗战粤语电影还是有进步的。尤其是《小广东》，通过广东东江人民游击队坚持抗战的故事，真实而生动地再现了广东人民的爱国热情和抗战决心，歌颂了他们大无畏的斗争精神，同时也预言了侵略者的失败，受到舆论的好评和观众的欢迎。

1941年，第二次反共高潮到来以后，更多的进步电影工作者转移到香港，推动了香港抗战电影运动的进一步发展。他们以《华商报》为主要阵地，针对香港电影的现状与问题，进行了认真的分析和讨论，也反思、总结了早期抗战粤语片的缺点和不足，明确地为香港电影创作指出了"服务抗战"的方向，夏衍、蔡楚生、司徒慧敏等进步的电影工作者都参与了讨论。在这样良好的舆论环境下，1941年的粤语抗战电影又获得了新的发展，其中最具有代表性的是大观公司拍摄完成的三部抗战电影剧本：《小老虎》《民族的吼声》和《流亡之歌》。

　　《小老虎》：李枫编剧，1941年4月完成。剧本描写了一个农民在抗日战争中的遭遇和成长，表达了"中国人不打中国人""枪口一致对外"的主题，对当时甚嚣尘上的国民党反共高潮起到一定的抵制作用。

　　《民族的吼声》：汤晓丹编剧并导演，1941年7月完成。剧本描写香港的劳苦大众和人民抗日游击队联合一致，揭露奸商卖国通敌的阴谋，并与之展开了顽强的斗争。影片揭露和抨击了利欲熏心、卖国通敌的奸商的丑恶面目，并深入挖掘了隐藏在奸商背后的真正卖国贼——国民党反动派；同时，还有力地表现了香港群众力量和人民游击武装力量团结一致、顽强斗争的爱国主义热情。

　　《流亡之歌》：刘芳编剧并导演，1941年完成。剧本通过对一个流落香港的歌舞团的描写，表现出流亡者对祖国的热爱和为抗战贡献力量的热情。非常可贵的是，在当时抗战影片以正剧为主的情况下，《流亡之歌》独树一帜地采用了喜剧的表现方式，以清新、健康的喜剧风格表现重大的主题，受到广大观众的热烈欢迎。

　　除了上面这些拍摄完成的抗战粤语电影剧本，还有一些剧本未能投拍，比如大观公司约请夏衍和蔡楚生分别编写了《中国五十年》和《万世流芳》，前者从鸦片战争一直写到抗战爆发，后者原名《新生》，是以战乱中难民儿童的遭遇为题材的。这两个剧本都由于太平洋战争的爆发而未能投入拍摄。

3.3.2　国语电影剧本的创作

　　1938年底，"中制"迁往重庆后不久，就在香港建立了创作据点——进行国语片创作的"大地影业公司"。吴蔚云、黎莉莉等从重庆前往香港,与已经在香港从事粤语片创作的蔡楚生、司徒慧敏、谭友六、卢敦、黎灼灼等进步的电影工作者会合,推动了香港抗战电影运动的发展。

1939年6月,大地完成了第一部国语电影《孤岛天堂》,由蔡楚生根据赵英才的原著故事改编,通过描写上海沦陷区爱国青年与汉奸之间的生死斗争,热情地歌颂了上海沦为孤岛之后各界爱国人士和广大群众英勇无畏、不屈不挠的斗争精神,同时也揭露了汉奸特务卖国求荣、残害中国人民的罪恶,"……在暴露敌寇汉奸暴行,在刻画剥削者的刁恶,流浪者的愁,洋场恶少的荒淫无耻,以及激发观众爱国情绪这几点上,有了极大的成功"[34]。蔡楚生在创作剧本时,将影片处理得有点像悬念片。影片的不足在于把主人公"神秘青年"刻画成一个"孤胆英雄"加以热烈的歌颂,没有表现出全民抗战的必要性,这就使影片不可避免地带有强烈的"个人英雄主义"色彩,值得警惕。

1939年底大地影业公司被勒令停办,未完成的第二部作品《白云故乡》只好转移到重庆继续拍摄,1940年3月完成上映。1939年,"中制"厂长郑用之在香港亲历了一次侨胞小贩为支持祖国抗战而举行的义卖献金活动,受到巨大触动,萌发了创作一部以广州沦陷为主干、以港贩义卖为穿插的电影剧本,这就是后来由夏衍编写的剧本《白云故乡》,这是夏衍在抗战时期唯一一部拍摄完成的电影剧本,也是"夏衍"这个名字第一次公开地在影片中出现。影片通过从广州逃亡香港的青年学生林怀冰的种种遭遇,有力地揭露了敌人特务的可耻面目,热情地描绘了香港同胞支持抗战的爱国运动图景,同时也批判了小资产阶级在性格上的弱点,具有一定的教育意义。郑用之对于此片的观众对象定位非常明确,同时也对剧本重心做了规定:"……以海外侨胞为主要的宣传对象,第一须顾大批海外各地的现实环境,第二须顾到宣传的效果……剧本的中心所在,是广州陷落前后,人民涂炭,侨胞参战的实况……因为故事的中心地点在香港,都市生活的情调有相当的掺入,但只能算是剧中的一个穿插,而不是本剧的重心所在了。"[35]

"大地"被停办后,1940年6月,留港的进步电影工作者又促成了新生影片公司的成立,蔡楚生、司徒慧敏、谭友六、郑应时等都参加了"新生"的工作,他们拍摄了《前程万里》。

《前程万里》完成于1941年元旦，由蔡楚生编导，讲述的是香港几个普通市民在生活的压力和时代的推动下，从自发反抗的普通老百姓转变为自觉参加抗战的爱国者的过程，真实可信，具有很大的感染力。影片取材于香港混乱的社会现实，在影片中很好地再现和批判了这种现实：不愿为敌人运输军火原料的司机被殴打、关押，投机钻营的"艺术家"借"国防"之名贩卖色情歌舞，穷人为了生计遭受种种屈辱，流亡少女被迫出卖自己……正如蔡楚生自己所说："由于主观的现实生活，同时渗入了客观底见解，《前程万里》的素材孕育起来，我是想把每一个人在这'自由港'上所见到的现实去给它最有效的批判。"[36] 这部作品纠正了《孤岛天堂》"个人英雄主义"的缺点，歌颂了人民群众的抗日斗争，而且把他们的斗争放在全国抗战的大背景下来描写，具有更深刻的社会意义。

　　拍摄《前程万里》之前，蔡楚生曾经在香港的渔区住过一段时间，根据当地的一些故事创作出表现南海渔民与敌人斗争的电影剧本《南海风云》，可惜，新生公司在《前程万里》完成之后即告结束，剧本未能投拍。

　　1941年12月8日，太平洋战争爆发，不久香港就沦陷了，进步电影工作者先后撤回到内地；一部分爱国的粤语电影工作者则转赴南洋或弃影从商，没有一家电影公司愿意跟日本侵略者合作，从而使后者妄图利用香港有利的电影条件制作敌伪电影的阴谋宣告破产。抗战时期香港电影的发展也就此结束。

3.4　沦陷区的电影剧本创作

　　一向重视利用电影这个宣传工具为其侵略战争服务的日本帝国主义在进入上海的租界之后，对电影界实施了软硬兼施的手段，投机商人张善琨等人很快公开投降，电影业完全被日寇掌握，成为他们麻痹和欺骗中国人民的工具。

3.4.1　日寇利用电影为其侵略服务的历史

　　全面抗战爆发之后不久的1937年8月21日，日寇就在东北建立了"满洲映画协会",执行宣传伪满"国策"的制片方针。在随后的八年抗战期间,"满映"共摄制了二百多部直接为侵略战争服务的所谓"启民电影"(如《北方国境线》《伸展的国都》等)、一百二十多部"娱民电影"(如《哈尔滨歌女》《东游记》《地平线上》等)以及三百多部新闻纪录电影(如《新闻周报》《大东亚战争特报》等)。这些影片的出发点是宣扬日本军国主义思想,鼓吹"日满协和"和所谓"大东亚"政策,为日寇侵略我国辩护,其实质是反动和愚民的。

在华北,1938年2月,日寇在北平建立了满映的分支机构——"新民映画协会",制作反动的纪录短片;1939年2月,又成立了由日本"北支军"直接控制的兴亚影片制作所,拍摄所谓"宣抚电影"(如短片《建设东亚新秩序》《东亚进行曲》等);1939年11月,日寇又以新民映画协会为基础,由满映、伪华北临时政府、日本兴亚院和松竹、东宝等影片公司共同投资成立了"华北电影股份有限公司",不仅垄断了华北沦陷区的电影输入和发行放映,还于1940年底在北京新街口北大街修建摄影场,开始制片活动——一方面替各日伪机关拍摄反动宣传短片,另一方面配合所谓"治安强化运动"拍摄极其反动的"治安强化电影"(如《复旦光华》《冀东治安会议》《协力同心》等),并于1941年2月附设专门拍摄戏曲故事片的燕京影片公司。太平洋战争爆发以后,满映和华北也随之更进一步成为日寇用来欺骗、奴化中国人民的工具。

在上海,早在1939年6月,日寇就纠集了当年的"软性电影"论者刘呐鸥、穆时英、黄天始等人成立"中华电影股份有限公司",垄断了华中、华南沦陷区的影片发行,并开始拍摄为日寇服务的所谓"文化电影"。进入租界以后,日寇吸取东北、华北赤裸裸的反动电影不受观众欢迎的教训,实行了不同的电影政策,即利用汉奸主持电影的制作,以蒙蔽中国人民的眼睛。

3.4.2　上海电影事业的状况及日寇的制片方针

"孤岛"消失后,上海的电影事业起了很大的变化:美国和苏联电影都不能公开放映了,取而代之的是日本电影。日寇收买了张善琨等电影投机商，于1942年4月纠集新华、艺华、国华、金星等12家中国电影公司合并成立了"中华联合制片股份有限公司"（简称伪"中联"），这标志着上海电影事业彻底沦陷，成为披着"中国人的事业"的外衣进行反动电影摄制的汉奸机构。一些爱国的电影界人士如柯灵、费穆等只能以退出影坛来表示自己坚决不为敌伪服务的爱国决心。

在制片方针上，日寇和汪伪暂且放弃明目张胆地鼓吹侵略中国的电影，转而拍摄婚恋题材和所谓"大题材"的电影。

婚恋题材：在1942年5月到1943年4月30日，整整一年的时间里，伪"中联"一共拍摄了大约五十部影片，其中三分之二都是以恋爱家庭为题材的，如《香衾春暖》《恨不相逢未嫁时》《牡丹花下》《芳华虚度》《夫妇之间》《梅娘曲》《春闺风云》《并蒂莲》《水性杨花》《红粉知己》《情潮》《断肠风月》等。现在看来，这些电影的题材好像是中国传统的爱情剧和家庭伦理剧的延续，在故事的架构、人物形象的塑造、编剧技巧的运用等方面都相当成熟，但是在当时全国抗战形势如火如荼、国家民族存亡绝续的大背景下，此类题材电影剧本的创作和拍摄只能起到转移观众注意力、麻痹其抗战神经的负面作用。

"大题材"：指的是一些投资多、场面大的影片，如1942年10月由张善琨、徐欣夫等合作拍摄的《博爱》，被鼓吹为"超特"影片，通过十一个故事，大肆宣扬"人类之爱""同情之爱""儿童之爱""父母之爱""兄弟之爱""乡里之爱""互助之爱""朋友之爱""夫妻之爱""团体之爱""天伦之爱"等等，在当时的政治背景下，这种"泛爱论调"本质上是为日本侵略者所谓的"中日提携""中日亲善"等反动口号服务的。

除了婚恋题材和"大题材"电影，还有其他的类型影片，如歌舞片（《凌波仙子》、恐怖片（《寒山夜雨》）、喜剧片（《难兄难弟》）、侦探片（《千里眼》）等。这些作品也同样起到了转移观众注意力、麻痹其抗战神经的负面作用。

1943年5月，日寇又指使汪伪政府颁布了所谓"电影事业统筹办法"，把"中联""中华电影股份有限公司"及上海影院合并起来，成立中华电影联合股份有限公司（"华影"），实施制片、发行、放映三位一体的电影政策。从这时直到1945年8月日本投降，"华影"共拍摄了八十部故事片，题材内容上延续了婚恋题材，以三角恋爱、家庭纠葛为主，如《燕迎春》《两地相思》《鸾凤和鸣》《大富之家》《何日君再来》《恋之火》《冤家喜相逢》《摩登女性》《大饭店》等等。

此外，为了贯彻日寇提出的所谓"担负大东亚战争中文化战思想战之任务"的文化宣传方针，华影又成立了所谓"国际合作制片委员会"，先后与日本合作拍摄了两部影片：《万紫千红》（歌舞片）和《春江遗恨》，其中，后者通过歪曲太平天国的历史，露骨地宣传"大东亚共荣圈""中日提携"等观点，被媚日影评称为"中日电影界合作共存共荣的象征"，可见其目的所在。这部影片的拍摄，标志着日寇和汉奸张善琨等人制作反动电影的高峰，同时也标志着日本殖民化电影走向死亡。

1945年，随着世界反法西斯战争和中国人民抗日战争的胜利，这股反动电影的逆流从此被抛入历史的垃圾堆，彻底结束了。

（燕　俊）

注　释：

1　周晓明：《中国现代电影文学史》（下册），高等教育出版社1987年3月第1版，第5页。
2　程季华主编：《中国电影发展史》（第二卷），第6页。
3　载1938年3月31日汉口出版的《抗战电影》杂志创刊号，转引自程季华主编《中国电影发展史》（第二卷），第17页。
4　周晓明：《中国现代电影文学史》（下册），第16页。
5　《电影小丛书》由徐公美主编，系我国最早的大型电影丛书，20世纪20年代电影理论的集大成者，涉及电影摄制和电影史论等广泛的领域。
6　《论建立警察文学》，转引自程季华主编《中国电影发展史》（第二卷），第132页。
7　周晓明：《中国现代电影文学史》（下册），第29页。
8　余上沅作，转引自重庆文化局电影处编《抗日战争时期的重庆电影》，重庆出版社1991年7月第1版，第1页。
9　施人祥：《抗战电影的题材及其处理格局》，转引自重庆文化局电影处编《抗日战争时期的重庆电影》，第23页。
10　史东山语，转引自程季华主编《中国电影发展史》（第二卷），第20页。
11　史东山：《关于〈保卫我们的土地〉》，载《抗战电影》创刊号，转引自程季华主编《中国电影发展史》（第二卷），第21页。
12　转引自中国电影家协会、电影史研究部编纂《中国电影家列传》（第一册），中国电影出版社 1982 年 1 月第 1 版，第 21 页。
13　何非光：《〈东亚之光〉拍摄前后》，转引自重庆市文化局电影处编《抗日战争时期的重庆电影》，第 545 页。
14　毛泽东：《为动员一切力量争取抗战胜利而斗争》，转引自程季华主编《中国电影发展史》（第二卷），第 54 页。
15　孙瑜：《编导感言——谈影片〈火的洗礼〉》，转引自重庆市文化局电影处编《抗日战争时期的重庆电影》，第 563 页。
16　史东山：《关于〈胜利进行曲〉的摄制》，转引自重庆市文化局电影处编《抗日战争时期的重庆电影》，第 562 页。
17　程季华主编：《中国电影发展史》（第二卷），第 47 页。
18　罗学濂：《抗战四年来的电影》，转引自重庆市文化局电影处编《抗日战争时期的重庆电影》，第 434 页。
19　周晓明：《中国现代电影文学史》（下册），第 49 页。
20　同上书，第 49 页。
21　同上书，第 99 页。
22　见《〈大美晚报〉微微先生之评》，转引自周晓明《中国现代电影文学史》（下册），第 102 页。
23　周晓明：《中国现代电影文学史》（下册），第 103—104 页。
24　转引自周晓明《中国现代电影文学史》（下册），第 104—106 页。
25　程季华主编：《中国电影发展史》（第二卷），第 117 页。
26　周晓明：《中国现代电影文学史》（下册），第 108 页。
27　同上书，第 109 页。
28　柯灵：《关于〈武则天〉》，转引自陈纬编《柯灵电影文存》，中国电影出版社 1992 年 4 月第 1 版，第 34 页。
29　周晓明：《中国现代电影文学史》（下册），第 53 页。
30　同上书，第 54 页。
31　同上书，第 58 页。
32　中国电影艺术研究中心、中国电影资料馆编：《中国电影图志》，珠海出版社 1995 年 10 月第 1 版，第 191 页。
33　英子：《〈血溅宝山城〉漫评》，转引自重庆市文化局电影处编《抗日战争时期的重庆电影》，第 295 页。
34　毕克尚：《〈孤岛天堂〉观后》，转引自重庆市文化局电影处编《抗日战争时期的重庆电影》，第 320 页。
35　郑用之：《我们怎样拍摄〈白云故乡〉》，转引自重庆文化局电影处编《抗日战争时期的重庆电影》，第 529—530 页。
36　蔡楚生等：《我们的自白——〈前程万里〉的作者与演者》，转引自重庆文化局电影处编《抗日战争时期的重庆电影》，第 549 页。

第四章

风云际会现峥嵘

(1945—1949)

1945年8月，经过十四年的艰苦抗战，中国人民终于迎来了抗日战争的伟大胜利。然而战后的时局变化却令人始料不及。在国统区，随处可见以"接收"为名的肆意敛财，所谓的"五子登科"（房子、票子、车子、女子、条子）的现象，乱哄哄热闹非凡，几乎达到了疯狂的境地。在一片哄抢风中，以蒋、宋、孔、陈四大家族为首的国民党官僚资本集团，战后资产骤增至二百余亿美元。其他各路官僚、政客也不甘示弱，群起而效之，不肯错过这大发横财的机会。更有甚者，有人通过权钱交易，从敌伪的汉奸摇身而为"地下工作者"，又堂而皇之地当起了接收大员。当时人戏言为"地上跑的不如天上飞的，天上飞的不如地下钻出来的"。一方面官僚政客、党政要员及地痞流氓大发横财，一方面普通百姓民不聊生。与此同时，国民党政府不顾全国大众要求和平的强烈愿望和呼声，执意挑起了内战，给苦难的中华民族带来了更为深重的灾难。

　　身处时代风云中的电影业，同样在遭遇着动荡时局中的一切磨难，经历着时代风暴的一次次洗礼。战后，原属日伪控制的电影业资产也不例外地遭受到空前的分割与掠夺。国民党"宣传部"的中央电影摄影场（简称"中电"）和国防部辖下的中国电影制片厂（简称"中制"）几乎独占了日本侵略者吞并中国影片公司和搜刮民财建立起来的一切电影机构和电影物资，使战时简陋的"中电""中制"，迅速扩充为国内最具硬件实力的电影机构，并试图垄断整个电影产业。为了达到这一目的，国民党曾明令禁止新办私营电影公司，但迫于社会形势，最终又解除了这一禁令，但在电影发行、审查及电影物资、设备流通诸方面进行了严格的限制。民营公司备受挤压，其发展的规模和速度均被钳制住了。

然而社会现实的复杂多变和民生的困苦却为艺术创作提供了丰富而充盈的题材。电影创作者在这种多元价值观共存的社会体系中汲取素材，对战后中国社会进行了全方位、多视角的扫描，创作出了一大批具有很高艺术水准的影片，使中国电影在战后达到了前所未有的一个创作高峰期。这一时期出品了如《八千里路云和月》《松花江上》《一江春水向东流》《万家灯火》《乌鸦与麻雀》《还乡日记》《乘龙快婿》等反映和批判社会现实的优秀影片，还有《假凤虚凰》《太太万岁》《艳阳天》《小城之春》《哀乐中年》《表》等启示人生、探讨社会的艺术佳作，这些耳熟能详的影片，时至今日依然堪称中国电影史上的经典之作。

这段特殊历史时期的磨难造就了电影艺术精品，同时也考验了作为影片创作基础的电影剧作。1945年到1949年，两种意识形态的对峙和市场的生存压力，使电影剧作遭遇来自多个方面的挑战，获取官方审查、社会意义及商业市场等多方面的兼容成为电影剧作不得不竭力追求的最佳效果。然而由于剧作者的观念、立场、审美倾向的不同，电影创作呈现出明显不同的形态特征，主要有三：以揭露和批判为主旨的进步电影，它是20世纪30年代左翼电影的延续；以"中电"为首的官办电影，主要以反映国民党官方意旨、粉饰太平为主导；还有就是面对生存与发展而费尽心思的商业电影。

4.1 进步电影的创作

进步电影作为战后重要的电影形态之一，不但拥有不断开拓的具体创作实践，还包括有声有色的电影理论探索与电影批评。在具体创作实践上，无论内容还是形式始终走在时代的前沿，对战后电影的发展起到了极大的推动作用，在中国电影史上占有重要一席。在理论与批评方面，战后电影创作虽然不像20世纪30年代那样有诸多理论的引导，也没有新兴电影与软性电影的论争，但也不乏各种自觉或不自觉的电影观念的支撑。

4.1.1 进步电影剧作的创作观念

在 20 世纪 30 年代左翼电影运动中成长起来的一大批进步的电影创作者，这一时期继续发扬进步思想，形成了具有鲜明而自觉的意识形态色彩的创作路线。他们从一剧之本的电影剧本开始，就带着一种历史与时代的责任感与使命意识，挺身去做理性的张扬与倡导。

坚持现实主义传统，为大众而创作，努力反映战后现实生活和民众意愿，具有意识形态的鲜明指向性

毛泽东 1942 年 5 月《在延安文艺座谈会上的讲话》提出的"文艺为人民大众服务"的基本精神，对战后进步电影工作者产生了较大影响。当时作为进步电影创作主阵地的昆仑影业公司的创作方针就明确定为"站在人民的立场上，暴露与控诉国民党统治的罪恶，和在这种统治下广大人民所受的迫害与痛苦，并进一步暗示广大人民一条斗争的道路"[1]。蔡楚生针对当时电影创作中种种消极错误的倾向提出"电影工作者当敢于面对现实，认清人民的痛苦，需要认清是非，严格地克服电影界的不良倾向，大量产生有益人民的作品"[2]。他们主张电影要突破狭小的圈子，更广泛更真实地反映人民大众的意愿，"请把眼光放开，影片不要总在小资产阶级的生活里兜圈子——要想使影片感动群众，激动群众，必须要联系群众，表现群众！要想使影片为人民大众所接受，所喜爱，就必须要表现出人民大众的要求和意志"[3]。马思帆评价《希望在人间》时认为："一部完整的片子，他应该是属于人民的，一部好的艺术品，他应该是属于大众的。"[4]

这一时期，在夏衍、阳翰笙、田汉、蔡楚生、黄佐临等共产党人和进步电影工作者的带动下，在"为人民群众"电影创作观念的影响下，进步电影的创作队伍日渐扩大。进步电影的创作不仅以昆仑、文华等公司的创作群体为主，以生产商业片为主的同泰、大同及国民党官方的"中电"等电影公司出品的影片中也都出现了相当数量的进步电影。一些战后思想一度混乱的电影剧本创作者，及时改正了自己的创作路线，推出了自己的进步电影新作。如沈浮在"中电"三厂编导过以颂扬美国神父帮助中国人民抗日为主题的作品《圣城记》(1946)，这部电影没有充分体现中国人民奋不顾身地投身抗战的伟大精神,引起当时进步舆论界的不满。在进步电影工作者的帮助下,沈浮意识到问题所在,并随后创作了反映知识分子投身抗日斗争的电影剧本《希望在人间》和表现战后民族工业破产的《追》,得到了进步舆论的首肯,认为"《追》是一部好电影,看故事或是看剧中深藏的含义,都能使人感动和奋发"[5]。

力求平易化、人文化,追求艺术观念上的创新

战后进步电影固然注重主题意义的表达,但它绝不仅仅是简单的意识形态宣传。如果说战前左翼电影剧作中的现实主义一般提倡描写社会、民族生活中的重大题材、主题,注重其政治性、社会性而忽略了个体生活的真实性,某种程度上有空洞说教之嫌,那么战后进步电影工作者已意识到这个问题,对这种偏颇开始从观念上加以扭转,在把握政治的同时,内容上人文化,形式上生活化。

1948年6月27日,在香港《电影论坛》举办的"中国电影复员以来"座谈会上,瞿白音在否定低级趣味的同时,就提出不能把"好片子"与"主题的严肃性""板起面孔来说教"的作品混为一谈,"应该把它解释为凡是表现与大多数人民的生活痛痒相关的问题,忠实、生动而典型地表现问题的本质,正确而适当地(意即不唱高调,实事求是地)提出解决问题的意见的,就是严肃的作品,就是好作品……真正'严肃'的定义是忠实于生活"[6]。对《八千里路云和月》《万家灯火》《一江春水向东流》等反映社会和现实的作品,当时有评论称赞"它们尽力描写真实生活,它们不卖弄故事的情节,老老实实以真实的情节挑动观众的爱与憎,它们努力创造有生活感做基础的人物,更把握了人物性格变化因素和发展,使每个角色成为现实的逼真的、动人的人物"[7]。对生活的真实反映,产生了强大的亲和力,它与作品精神内涵的凝聚力一起,紧紧吸引住了观众。"提倡和鼓励电影剧作走向生活化、人文化"成为这一时期进步电影批评的主要内容。评论家们提出电影艺术家可以而且应该写"平凡素材的人与事",平凡真实不仅不会削弱其思想性,反而会"和我们的生活贴得更近,更紧;也让我们感受得更真切,更深刻"[8],还一致推荐描写小人物日常生活的《万家灯火》,认为"这剧本正因为故事平淡,简单而显出真实来,全部过程中的每一点都表现着是生活的一面放大镜"[9]。

逐渐增多对平实生活的描述，渐渐成为战后电影剧本创作的一种美学追求。柯灵看过桑弧的剧本《教师万岁》后问作者"是否有意把《教师万岁》弄成一种风俗素描或《浮世绘》一类的东西"。桑弧虽予否定但承认自己"神往于《浮世绘》那样素朴平凡的意境"，并对埃德门戈亭导演的《人海鬼魂》(*We Are Not Alone*) 极为称赞：虽是"一个平凡的故事，而在这里面所蕴蓄的人世间的苍凉的情味却又是何等幽深精微！"[10]

与此同时，针对中国观众喜欢故事性、传奇性的惯性审美定势，许多剧作者开始反省创作中只关心情节而忽略人物的叙事弊端，并提出了新的创作主张。沈浮在谈到这个问题时说："从前我写剧本，是多从故事出发，是过分地看重情节，现在，则重视人物……如是太偏重了情节，专为故事而故事，那往往就会因为牵强附会，偶然巧合这些东西，显得戏不真实，而人物也会走了样。"[11] 以刻画人物生活细节见长的女作家张爱玲对她编剧的《太太万岁》是这样解释的："《太太万岁》中的太太没有一个曲折离奇可歌可泣的身世。她的事迹平淡得像木头的心里涟漪的花纹……但我觉得冀图用技巧来代替传奇，逐渐冲淡观众对于传奇戏的无厌的欲望，这一点苦心应当可以被谅解的罢？"[12]

审美观念直接影响到剧本的题材和类型，这种变化不仅让我们看到了一批以普通人的生活和命运反映抗战前后中国社会历史变动的史诗性作品，也看到了一些细腻地描写人们日常生活，深入地刻画人物情感与心理特质，把人物的个体生命与宏大的历史命运对照起来的剧作。《小城之春》《不了情》《遥远的爱》《太太万岁》《哀乐中年》《新闺怨》《艳阳天》及《万家灯火》等作品在描摹人物心灵的各个层面、折射黑暗混乱的现实世界的同时，也显现出一种把握历史的冷静与觉醒。

4.1.2 进步电影剧作的创作特色

战后进步电影的创作主要集中于昆仑和文华两个制片公司，由于进步电影工作者的争取，"中电"及国泰、大同、启明、永华、大光明等民营公司也都有一些进步电影出品。由于取材、内容的不同，主创人员艺术风格的不同，创作时间、环境、条件的不同，进步电影的特色并不整齐划一，而是呈现出个性的差异。

进步电影创作的共性主要是以现实主义的创作手法真实地反映现实生活图景。差异在于：有些创作更注重现实与历史批判性（主要以昆仑群体的创作为代表），意识形态指向鲜明，属"社会批判派"；有些创作更接近于社会日常生活，较多涉及人伦道德的范畴，没有强烈的意识形态指向，倚重人生心灵的探索（主要以文华群体的创作为代表），属"人文派"电影。需要说明的是，这里对"社会批判派"和"人文派"的区分是相对的，而不是绝对的，实际上它们之间有许多内容是交叉的。

"社会批判派"的创作

"社会批判派"的创作最有代表性和影响力的作品应该说集中见于昆仑公司，如《八千里路云和月》《一江春水向东流》《万家灯火》《乌鸦与麻雀》等经典之作。

1947年昆仑公司成立后，设立了由阳翰笙、蔡楚生、史东山、陈白尘、沈浮、陈鲤庭、郑君里等人组成的编导委员会，阳翰笙、陈白尘先后担任编导委员会主任，对昆仑影片的创作提出了自己的创作方针（见上文）。

昆仑主创群体鲜明的创作指向，决定其剧作的特点主要是以现实主义的手法揭露与批判社会黑暗现象，歌颂人民的美好品质和心灵，风格上比较注重纪实手法和史诗品格。这些进步的电影家们以饱满的政治激情和深刻的忧患意识积极参与到反映时代的潮流之中，希冀以电影实施其社会批判与改造的意图。

进步电影的创作观念不仅张扬于昆仑，其他进步知识分子在"中电"和一些民营公司如文华等也创作了许多进步电影。如徐昌霖编剧的《天堂春梦》、张骏祥编导的《乘龙快婿》、陈白尘编剧的《幸福狂想曲》、柯灵改编的《夜店》、佐临的《表》、桑弧的《假凤虚凰》、张爱玲的《太太万岁》、田汉的《忆江南》、洪深的《鸡鸣早看天》、陈残云的《珠江泪》、瞿白音的《水上人家》、夏衍的《恋爱之道》、章泯的《冬去春来》等，也都具有相近的社会倾向，以不同的视角或方式丰富、深化了电影的现实批判精神。

（1）现实主义创作：纪实色彩与史诗品格

从战后的众多作品如《八千里路云和月》《一江春水向东流》《万家灯火》《天堂春梦》《关不住的春光》《丽人行》《希望在人间》《三毛流浪记》《乌鸦与麻雀》之中，不难看出这一时期现实主义创作中纪实色彩与史诗品格的彰显。

中国早期电影就有注重故事描述的传统，但自抗战时期始，因时势所需，电影中纪实性的创作观念成为人们关注和思考的重要组成部分。抗战电影中以郑君里、徐苏灵、罗静予为代表的重庆纪录学派和以吴印咸、钱筱章、徐肖冰为代表的延安纪录学派，推动了中国电影创立纪实风格和纪录式的创作方法。战后电影纪实性叙事风格的出现，是对抗战电影的传承与发展，甚而是"将抗战电影所初创的纪实风格升华为一种美学精神，并成为一代影人主要的电影思维方式"[13]。纪实性的逼真效果在战后电影创作中显现出巨大的魅力。这一时期社会批判派剧作的代表人物史东山、蔡楚生、阳翰笙、沈浮、郑君里等人对此均有涉足，在后面的章节里还将具体论述。

纪实风格以真实的细节展示取代人为的戏剧化情节描述，显现出所描绘世界的客观真实性，携有与观众的天然的亲和效果，一时颇受欢迎，《八千里路云和月》就曾打破票房纪录。从反映抗战及战后社会状况的《松花江上》《万家灯火》《乌鸦与麻雀》《万象回春》《街头巷尾》《三毛流浪记》《表》等电影剧作中也都能看出其纪实性的思维方式，即便是戏剧化很强的《一江春水向东流》也同样渗透着纪实化的努力，对张忠良与救护队遇险等情节的编排颇具现场感。而战后电影纪实风格的代表作《八千里路云和月》具有深刻的揭示意义，曾被西方学者称为"一部以抗日战争为前景的半纪录影片"[14]。《松花江上》是一部描写抗日战争期间东北农村青年逐渐觉醒并投身抗战的影片，和《八千里路云和月》相比，它的故事情节可能不为许多城市影院的观众所熟悉，但其清新自然、具有浓郁乡土气息的风格，在众多充满矫情风气的影片中，显出前所未有的质朴。

同一时期，史诗性创作大放异彩。多年的战争带给民族、人民的是无以言说的沉重灾难，但某种意义上苦难确是一种财富，经历过血泪惨劫的艺术家们，把悲哀转成了愤怒和战斗的激情，为史诗创作提供了空前丰富的素材，以致战后艺术创作包括电影创作自觉或不自觉地趋向史诗艺术，不约而同地表现出一种鲜明的史诗品格。

描述中国人民战后悲剧命运的《一江春水向东流》《无名氏》，歌颂对帝国主义侵略进行反抗的《希望在人间》《梨园英烈》，刻画人在战争中蜕变的《忆江南》《野火春风》等，尽管题材各异，但均为既富深刻的历史内涵，又满贮诗意故事的作品。电影创作的主体动作与客观世界互为观照，诗化的外在世界成为电影主体动作密不可分的重要构成因素。

通观《八千里路云和月》《万家灯火》《希望在人间》《一江春水向东流》等影片，不难看出很多战后优秀进步作品是纪实性与史诗性相间其中，浑然一体。逼真的纪实性和宏壮的史诗风格共同赋予了战后进步电影深刻的内涵、宏大的视角和澎湃的历史激情。

（2）现实主义的延伸：讽刺喜剧的繁荣

喜剧在20世纪二三十年代的中国电影中并不少见，较早的《劳工之爱情》及左翼电影中的《马路天使》《十字街头》《都市风光》等都是经典的喜剧作品。这些作品以喜剧笑料或拓展情节，或刻画人物，或增添情趣，但少有讽刺功能，尤其是对社会时弊的讽刺批判。喜剧的这一功用在战后作品中始露锋芒。究其原因有三：一是战后国民党政府违逆民意，大搞"劫收"，不顾民生苦难，使社会腐败现象普遍化，激起民愤；二是历经十四年抗战的电影创作人员在紊乱动荡的时局中切身感受到的各种经历强化了其创作力度；三是战后进步电影创作观念促使现实主义创作进一步深化、细化。

战后最有影响力的几部讽刺喜剧是张骏祥的《还乡日记》《乘龙快婿》，桑弧的《假凤虚凰》，张爱玲的《太太万岁》，陈白尘的《天官赐福》（被国民党当局禁拍）、《幸福狂想曲》及顾而已编剧的《衣锦荣归》，吴仞之改编的《欢天喜地》《哑妻》，潘子农的《街头巷尾》等。《还乡日记》《乘龙快婿》《天官赐福》《衣锦荣归》主要揭露国统区的社会黑暗现象，以辛辣的笔触嘲讽了当局的腐败，把大小官僚们假借"劫收"名义大肆敛财的种种丑态暴露无遗，具有相当的社会批判力。《假凤虚凰》《太太万岁》《欢天喜地》《幸福狂想曲》《三毛流浪记》《哑妻》（改编自法国作家法朗士同名话剧）则以市民生活为背景，或针砭虚荣浮夸、任人唯亲等不良社会风气，或着眼于对下层社会黑暗现状的揭示与批判。

战后讽刺喜剧创作上的成就不仅在于题材上的大胆选取，而且就其描述手法而言，也开始走向成熟喜剧的模式，即不仅仅依靠卖弄噱头和肢体语言的夸张，而是把喜剧的动作、对白与情节较为完整地融合起来，不牵强不生硬，呈现出较为圆熟的喜剧创作技巧。这在上述讽刺喜剧中均有不同程度的体现。

"人文派"的创作

战后中国影坛陆续加入了许多文学素养深厚的知识分子，如佐临、曹禺、张骏祥、张爱玲、于伶、陈白尘、柯灵、吴祖光、陈鲤庭、姚克、吴忾之、洪谟等，他们的直接参与，大大增添了电影作品的人文色彩，提升了其文化内涵。

而以佐临、桑弧、费穆、曹禺、张爱玲、柯灵为主创队伍的文华创作群体，因其精英组合，天然地决定了其作品中浓厚的人文色彩。当时这些颇具影响的文化名流在其作品中呈现出精微而深远的人道主义精神，充满对人生与心灵的探索与追寻，具有不同凡响的影响力。

但值得注意的是，电影的人文性并不限于"文华"群体的作品。如昆仑公司史东山创作的《八千里路云和月》显然为社会批判派，但并不排除它的人文内涵，而他的另一部作品《新闻怨》虽更多地展示出对人物心灵世界的关怀，却也有其社会批判意义。而《丽人行》《忆江南》《关不住的春光》《弱者，你的名字是女人》《珠江泪》等影片，其社会批判性无可置疑，但从中也不难看出作品对女性、对弱势群体的格外关注。应该说人文派与社会批判派并不互斥，把它们归类主要是为了研究时的便利。总的来说，人文派电影创作的特点可以归纳为以下几个方面：

（1）关注个体心灵世界

人文派剧作很重要的一个特点就是对个体心灵的关怀，追求人在社会中的自由、平等与尊严。这种特点在二十世纪二三十年代的中国电影中也有所体现，如洪深编剧的《卫女士的职业》、陆洁的《人心》、侯曜的《弃妇》、吴永刚的《神女》、费穆的《香雪海》等非常重视对人物心理世界的描述。战后电影在人物心理叙述方面，延续了二十世纪二三十年代电影的特色，发展得更为成熟、自如，更多地表现了那些多层次、复杂化的心理、性格因素。

①女性心理的描摹

战后，欧阳予倩、田汉、洪深等继续 20 世纪二三十年代对女性形象的创作，关注女性在这一社会与时代中的种种心态，表现她们的苦闷、挣扎、反抗。欧阳予倩的新剧《关不住的春光》和《弱者，你的名字是女人》，田汉的《丽人行》和《忆江南》，洪深的《几番风雨》等大都是以刻画女性在时代中思想观念的转变为主，把她们描述为从一个社会的弱者逐渐磨炼为一个觉醒的敢于反抗现实黑暗的能够掌握自己命运的强者，这应该说也是作者"女性自我改造"的一种理想。

另一类女性形象是以小资产阶级女性为主，描述她们在社会、家庭生活中的苦闷、孤寂、无奈。史东山编剧的《新闺怨》，张爱玲的《不了情》《太太万岁》，李天济的《小城之春》等都有同质因素。《新闺怨》中的何绿珠、《小城之春》中的周玉纹、《太太万岁》中的陈思珍、《不了情》中的家庭女教师都无例外地承受着一份家庭、婚姻或情感的困扰，并大多陷在这种困境中无力自拔，绿珠的自杀、玉纹及女教师的无望之爱都为作品增添了灰暗的基调。《太太万岁》是部喜剧作品，陈思珍虽极尽其周旋的本事，保住了自己暂时的位置，但那份无可奈何的心态尽现眼前。这些刻画小资产阶级女性的剧作对人物性格的把握、心理的描述格外恰当、精细，贴切地反映出人性的另一层面。

②男性形象的刻画

吴永刚编剧的《舐犊情深》、桑弧的《哀乐中年》等着重从人物性格、心理角度结构全剧，并将中心形象设置为男性，潜心于表现他们的生活，特别是他们精神生活中特有的鲜为人知的一面。

《舐犊情深》中，战后遭到解雇的黄老先生，为了养家糊口，给儿子看病，供女儿上学，瞒下了失业真相，每天装着上班，出门行乞。可是，他老迈之躯含羞忍辱讨来的钱哪里够虚荣的太太和女儿挥霍？最后，他行乞时为躲避女儿及其男友，被汽车撞死。临终时，女儿正在舞场狂欢，而他的太太得知真相后，先是怨恨有失体面，继而追问"有没有钱放在什么人手里"。剧作通过黄老先生的悲剧，把金钱社会中父女、夫妻间的冷漠、隔阂，和黄老先生对子女深挚的父爱鲜明的对比起来，在渲染伟大父爱的同时，把黄老先生不为人理解的那份孤寂感也强烈地传达出来。黄老先生的自我牺牲，他的行乞和父爱换来的只是双倍的悲哀：死时不但不为家人理解，反被像垃圾一样被避之不及。

与《舐犊情深》异曲同工的是桑弧编剧的《哀乐中年》。《哀乐中年》同样描述的是父亲陈绍常与子女、家人的隔膜，只是陈与黄老先生的生存境遇不太相同。儿女有成的陈绍常被迫放弃小学校长的工作——因为这被儿女们视为不体面，在家里当起了"老太爷"，但这种消磨时光、极端无聊的生活方式让陈十分厌倦、苦闷。子女的孝心在那个物欲的社会中转变为一种自私的利己之念——保持体面，而对父亲需要的真正生活——教书育人和重组家庭却百般阻挠。家里没有人理解他的苦闷和孤寂，这一点他和黄老先生是一样的，但结局却不一样，敢于打破这种局面、反抗这种社会习气的陈绍常争取到了自己的幸福。剧本通过表现陈绍常这个衣食无愁的人物精神苦闷和两难境地，反映了当时人与现实、物质生活与精神生活的严重对立。

这类关注个体心灵世界的剧作在叙事方法上也各有特色。其中《小城之春》属典型的主观叙述方式，以女主角的自叙结构全剧，并用周玉纹的画外音真实、直接地反映出人物的内心活动，加强了作品的内视性；《新闺怨》《哀乐中年》则是一种没有第一人称的第一人称写法，广泛采用心理分析方法，通过一连串互为因果、不断发展的冲突、情节及精心选取的细节来揭示人物的精神活动和心理过程，增强对人物内心世界的透视感。它们的共同特点是不再囿于人与环境的社会性冲突，以及由此引发的外部情节，而是以剧中人物情感、心理的发展变化来推动叙事。

（2）关注普通民众

人文派电影对个体的关注，并不囿于自我的小圈子。没有精神主体的支撑，纯粹个体的生存就失去了自身的轨迹，心灵会堕入烦琐而拘守的偏畸之途。这并不是人文精神所推崇的个性自由、平等、尊严，人文创作关注个体的另一层面实质上也是关注众生。

《哀乐中年》中陈绍常对教育的热衷、《艳阳天》（曹禺编剧）中阴兆时对孤儿院的极力维护，其实质体现的都是作品想要表达的对普通民众的关注。《哀乐中年》中陈绍常的重要人生目标是教书育人，这种行为毫无疑问能够传播知识，消除蒙昧，让人获得平等的受教育的权利。为了能够继续教书，他冲破重重阻力，并不惜与子女决裂。作者这种情节设置的意图是，将人物个体融入作品意欲表达的"大"人文关怀之中。这一点它与《艳阳天》中的律师阴兆时顶住种种迫害，反抗社会黑暗势力，去维护最弱势的孤儿院所要表达的精神是一致的，都是通过个体传达出作品对整体（众生）的人文关怀。而另一类如《夜店》（黄佐临编剧）的人文关怀则是通过对群体的塑造传达出来的。妓女、落魄的富家子弟、寡妇、小偷、清道夫、戏子、郎中、报童、皮匠等，这些卑微的生活在下层的小人物，为生存而挣扎，很难逃离自己悲剧的宿命。应该说，作品中对旧时代下层人物悲惨境遇的描述，浸润着作者善恶爱憎的人间情怀。

4.2　官办正统电影的创作

所谓"官办正统电影"是指和进步电影相对的另一种电影形态，它是代表国民党统治阶级利益的影片，这类电影的创作主张主要来自国民党政府的统治需要，影片大多由国民党的"中电"和"中制"完成，另外，受利益驱动，一些小的民营电影公司也制作了一些正统电影的跟风之作。

为维护政权统治，国民党政府对戏剧、电影等文艺创作的内容尤其重视，设置各种明令禁止的条条框框，以达到从思想意识上控制民众、巩固其统治地位的目的。

层层把关，严格审查

为控制电影创作的倾向性，国民党政府不仅制定了"电影片检查暂行标准"，而且成立了"内政部电影检查处"，对电影创作限制很严，而且随时局变化不断发展。国民党中央宣传部部长张道藩对电影剧本创作就有"不写黑暗，专写光明，只准歌颂，不准讽刺"的指令[15]，许多优秀剧作遭到禁拍、删减，严重影响了电影艺术的创造力和感染力的自由表达。

《天官赐福》是陈白尘创作的一部非常出色的讽刺喜剧，它着力刻画了从重庆飞来的"接收"大员"五子登科"的真实状况，对国统区的腐败现实进行了有力的揭露。这显然有悖官方意愿，剧本尽管得到许多艺术家的赞赏，但在审查时被明令禁拍。当时，这种情况司空见惯。沈浮编剧的《希望在人间》（1947）因有进步倾向，被指定修改十八处之多，并要求把剧中描写的汉奸人物全部改为日本人，进行彻底的改头换面，这完全篡改了作者的初衷（后来经过一年多的斗争剧本才取得拍摄权）；沈浮的另一部影片《追》（1947）也遭遇过多处删改。这类不顾艺术规律的随意篡改，严重损害了电影创作的艺术价值，但却是当时屡见不鲜的常事，《遥远的爱》《天堂春梦》《衣锦荣归》《还乡日记》《乘龙快婿》《幸福狂想曲》等众多具有进步意义的影片均遭到不同程度的删减。

配合时局，进行意识形态的正面宣传、直接导入

对国民党官方及其既得利益者进行正面宣传，是官方制作路线的重要政策。《忠义之家》《圣城记》《黑夜到天明》《天字第一号》《粉墨筝琶》等都从国民党统治阶级的利益出发，极力颂扬其"抗战""德政"事迹。

其中，《圣城记》是写一个美国神父帮助中国人抗日的故事，从这个故事中，不难看出在颂扬政府领导抗战的同时，又有一种不加掩饰的亲美倾向。《忠义之家》是写抗战时期的一个家庭牺牲一己利益、忍辱负重，掩护和支持国民党特务"地下工作"，抗战胜利后被政府誉为"忠义之家"的故事。《天字第一号》作为一部间谍片，着重褒扬了"地下工作者"的凛然正气。这类影片都无例外地从国统区的国家意识形态出发，通过正面刻画的人物形象书写了抗战时期国民党人的历尽艰辛、赤胆报国，传达出官方意欲宣传的正统思想，借堂而皇之的人民名义，"把权力意志变为全民的普遍义务与责任"[16]，以遮掩"劫收"、通货膨胀等黑暗现状，消减民众对现实的不满情绪和意识，维护现存统治的合理性。在当时社会现状下，民众通过虚幻的影像看到了"英明德政"的当局，这无疑起到了一定的稳定人心、粉饰现实的作用。正是利用了人们渴望政府改变现状的善良愿望，像《忠义之家》《天字第一号》《圣城记》这样的影片，尽管艺术上没什么特色，但作为"独行生意"，居然也"卖座却十分旺盛"[17]。

"配合时局"是国民党官方电影的宣传主旨。1949年3月，解放战争已近尾声，国民党为了拖延时间，以退为进，玩弄起蒋介石"下野"、李宗仁"上台"的和平阴谋。电影《寻梦记》的出现，及时而恰到好处地鼓吹起反战与和平的论调,竭力描写战争的残酷,与当时官方的政治论调一唱一和,十分默契。

《国魂》也是国民党官方电影适时宣传的一个突出例子。《国魂》的剧本是吴祖光根据他在抗战期间写的舞台剧《正气歌》改编的,描写的是文天祥抗元的历史故事。在抗战时期这样的题材无疑对宣扬民族气节,反抗日寇侵略具有积极的意义,但相隔十年之后的1948年,中国社会已经发生了重大的变化,阶级矛盾已取代民族矛盾成为社会主要矛盾,蒋家王朝正在做最后的挣扎。这时把《正气歌》搬上银幕,其效果自然是强调了文天祥赤胆忠心地维护赵宋皇朝的封建正统观念。正是由于这个原因,蒋介石甚至还"饬属加印拷贝三十份,运至前线及各地,以发挥先贤卫国精神,而振士气"[18]。

另外,国民党政府在对电影创作灌输正面宣传的同时,试图以更为直接、赤裸的方式打击政敌。1947年7月,解放战争取得了很大胜利,内战形势发生逆转,中国人民解放军由战略防御转入战略进攻。在这种形势下,国民党政府发布了"国家总动员提案",随即又颁布了"戡平共匪叛乱总动员令",进一步加紧反共宣传。为了配合这次反共宣传,国民党曾图谋拍摄所谓"戡乱""剿共"影片,先后编纂了《铁》《共匪祸国记》《共匪暴行实录》等反共剧本,但因进步电影工作者的坚决抵制,拍摄计划一再流产,最后只有《共匪祸国记》由一个根本不懂电影的不入流文人蒋星德来导演,结果自然是乌七八糟,连制作当局自己都愧于拿出,只有置于片库,束之高阁。

4.3　商业化电影的创作

在进步电影和正统意识电影兴盛的同时,战后的商业电影也开始了勃兴,而且从数量上看,战后商业电影要远胜于进步电影和正统电影。当然这里所说的商业只是一种狭义的商业,任何作为文化商品的电影,都有其商业的目的,战后电影创作中即便"载道"意识比较浓厚的进步电影和官办正统电影也不乏商业因素,但那些影片中意识形态的指向是第一位的,而这里所说商业电影是以追逐利润为目的的电影,其他方面都处于从属地位。

战后商业电影从剧作方面来看,最突出的特点就是类型化的多样发展。爱情片、间谍片、武侠片、喜剧片、心理片、强盗片、家庭片、伦理片、社会片、历史片等种类繁多，而且在同一类型中还有亚类型，类型与类型之间相互交叉，如喜剧片又有社会喜剧、家庭喜剧、讽刺喜剧、爱情喜剧、武侠喜剧等。虽然从种类上看类型的发展已相当丰富，但这种繁荣主要成因于市场的需要，也就难免品质不一。在市场中发展起来的类型电影创作紧紧依附于市场的动作，投合观众口味，每当受欢迎的新片出现，都会涌出一大批跟风之作。《一江春水向东流》这样的艺术精品没人学得来，但《天字第一号》式的间谍片，其类型元素却一目了然，仿效自然非常容易，《天字第一号》卖座之后，《鬼出神没》《第五号情报员》等间谍片的蜂拥而上很能说明问题，这也是造成这些类型片水平参差不齐的重要原因。

综观战后类型片的总体创作情况，可以看出类型剧作大体分为三种创作路线。

固守旧有的类型模式，创作观众熟悉并喜闻乐见的类型片

20世纪二三十年代的第一次商业片浪潮中类型片就曾风靡一时，对旧有类型的复古显现出类型剧创作的强大生命力。比如曾是二三十年代主要类型的中国传统武侠片，战后依然占据一定市场份额，当年以创作武侠片著称的王元龙、任彭年、朱瘦菊等人如今又重出江湖，推出了《驼龙》《大侠复仇记》《女罗宾汉》《女勇士》《女镖师三战神鞭侠》《吕四娘》《美人血》等武侠剧作。当然，战后商业片中更多的类型还是爱情片，这些影片延续了中国电影中传统的言情元素，然而投合观众心理所好的商业目的又使得这类影片重在一味地表现男女之间的爱和情，对此外所衍生出的社会意义或人生意义却很少进行阐释。徐昌霖、尤纪、包蕾、刘沧浪、洪谟、李萍倩、陶秦、唐绍华、张彻、朱石麟等人推出的《郎才女貌》《青青河边草》《肠断天涯》《卿何命薄》《十步芳草》《青山翠谷》《玫瑰多刺》《鸾凤怨》《湖上春痕》《红楼残梦》《海茫茫》《春残梦断》《花莲港》《假面女郎》《龙凤花烛》《玉人何处》等爱情片剧作，大都属于这一类型。喜剧片亦是战后商业片沿袭以往商业片创作的一个重要类型，其中有很多是闹剧片。喜剧片剧作中有影响的有包蕾的《乱点鸳鸯》，杨小仲的《痴男怨女》和《异想天开》，洪谟的《裙带风》和《花外流莺》，陶秦的《未出嫁的妈妈》和《同心结》，张君勉的《从军梦》，朱曼华的《吉人天相》，叶逸芳的《海上英

雄》和《年年如意》以及杨工良的《桃花依旧笑春风》，胡心灵的《女大当嫁》等。在战后商业片中，还有恐怖凶杀片、伦理片、战争片等类型也是对以往商业类型片的沿袭和继承，其中恐怖凶杀类型有屠光启的《月黑风高》《天魔劫》和《血溅姊妹花》，杨小仲的《古屋魔影》，唐绍华的《天罗地网》，刘沧浪的《凶手》，杨苏的《杀人夜》，汪露的《森林大血案》，张彻的《荒园艳迹》，梅阡的《雾夜血案》以及其他如《十三号凶宅》等剧作；伦理片中有《满庭芳》《母亲》《再生年华》《好夫妻》《欢天喜地》等较为突出的剧作；战争片中有刘沧浪的《子孙万代》、梅阡的《碧血千秋》、刘国权的《白山黑水血溅红》、张天赐的《哈尔滨之夜》、高梁的《小白龙》等剧作。这些类型的成规已得到了观众一定程度的认可，剧作上基本是几个套路搬来套去，没有多少创造性的体现。

改进固有类型，打破类型的单一化

　　类型电影固然离不开无穷的复制和模仿，但作为诉之观众的商品，发展与改进是时代与市场需求的必然选择。没有一成不变的观众，也没有停滞不前的市场，要想得到最大的商业回报，类型创作也须与时俱进，打破旧有类型模式是寻求类型电影创新的重要方面。这一时期的商业片在类型创作上做了大规模的求新求变，努力把社会历史与本土风格的娱乐性"缝合"起来。这种类型创新首先表现在建立了新的类型上，如推出了间谍片、心理片、强盗片、歌舞片等新的类型剧作。其次类型创新还表现在打破原有的类型的束缚，将众多的类型元素重新整合而形成了一种复合的商业类型。

　　在新建立的诸多商业类型中，间谍片是最为突出的一种。然而这些间谍片大都没有突破《天字第一号》所框定的类型要素，以抗战为背景，表现国民党间谍的机智勇敢和献身精神，实际上也是正统电影的商业化表现。在间谍片的创作中，屠光启仍是集大成者，携《天字第一号》成功的余威，他相继推出了《神出鬼没》《黑夜到天明》等间谍片。随后跟进的间谍片剧作有杨小仲的《民族的火花》和《欲海潮》、叶逸芳的《六二六间谍网》、孙敬的《粉红色的炸弹》、顾孟鹤的《谍海雄风》、袁丛美的《第五号情报员》、梅阡的《粉墨筝琶》、王引的《间谍忠魂》和《九死一生》等。侧重人物心理描写特别是某种畸形心理剖析的心理片也是战后商业电影中的新类型，其中引人注目的是一些着重女性心理分析的剧作，如陈放的描写一个少妇报复负心男人后也服毒自尽的《玩火的女人》，叶逸芳的表现女性遇人不淑后自尽的《处处闻啼鸟》等，此外心理片剧作还有吴铁翼的《出卖影子的人》以及屠光启的《芳魂归来》，徐昌霖的《深闺疑云》等。与以往的恐怖片在类型上有很多相似之处的强盗片也在战后商业片中涌现了出来，与恐怖片相比，这类影片侧重描写强盗的生活和心理而并非营造悬疑气氛，如屠光启的《女贼》和《十三号女贼》、王元龙的《儿女英雄》以及包蕾的《珠光宝气》等。另一新的类型片——歌舞片在战后商业浪潮中也掀起了阵阵波澜，这类影片虽也有离奇曲折的故事表现，但更重要的是剧作中插入大量的歌曲，"插曲越多越好"几乎成了其成功与否的美学评判标准。如吴村的《柳浪闻莺》中有15首插曲，秦复基的《莺飞人间》也有12首插曲。歌舞片中较为突出的还有洪谟的《歌女之歌》等剧作。这一时期还出现了在当时被认为是"黄色片"并遭到猛烈批判的影片，其中有易方的《风流宝鉴》、姚克的《蝴蝶梦》和吴铁翼的《人尽可夫》等影片。从今天的角度来看，这些影片在当时虽被视为色情片为人诟病，但当时的批评者难免有时会失之片面而忽略了它们的另一种深刻意义。如《人尽可夫》中女主人公到后来感到生命的可贵，打起精神重新做人，"也比较真切地表达了使人的心灵变得高尚起来和勇敢生活的人生理想"[19]。

商业片中复合类型的出现，也是为争得更多的市场份额而进行的对类型的大胆拆解与重新组合的结果。这样的复合类型使这一时期的剧作突破了类型的单一化创作现象，显示出另一种力图创新的意识。上文提及的一些影片就有较明显的复合类型元素，如伦理片中的《几番风雨》《欢天喜地》《再生年华》等，既表现家庭、伦理，又表现社会、历史等方面，内容繁杂，以单一化的类型模式进行规范较为牵强；而恐怖凶杀片中的《森林大血案》《荒园艳迹》《血溅姊妹花》等作品，充斥着神秘、凶杀、偷窥、推理等剧情，可以说是侦探、恐怖、凶杀、伦理、黑色等类型因素的大杂烩。这类剧作虽然格调不高，情节粗疏，技巧也显得生硬，编排常有不合理之处，但打破禁忌，力图给人以全新的感受，对寻求类型创作的革新仍有一定的积极意义。再如《芳魂归来》《玩火的女人》《深闺疑云》等剧作，也出现爱情片、伦理片和心理片交叉的情况。

粗制滥造，放任自流

由于战后影业竞争激烈，为缩短周期、减少成本，许多公司不顾质量，拍摄了大量粗制滥造的影片，其中不乏众多只拍一片捞够一把的"一片公司"，如此一来，对剧作方面的要求自然是同样粗糙的。为了能在市场上取得先机，制片公司往往十天半月甚至更短的时间内就得拍出一部影片。因此战后商业片虽然在数量上占据了优势，但在剧作方面比起"社会批判派""人文派"以及正统意识的电影都要逊色得多。有些商业片甚至不需要剧本，有个故事梗概就可以往固定的模子里套。所以这一时期商业片的剧作在中国电影的剧作史上似乎并无特别重要的意义。类型题材是最容易批量生产的影片，它自然成为商业投机的首选。以当时为数颇多的喜剧和爱情剧为例，喜剧讽喻的背后本应反映人生、社会的悲剧性实质，但像《花外流莺》《异想天开》之类作品，只追求花哨的噱头，内容低俗；爱情剧同样也只是假借现实或历史故事，一味追求煽情或色情的成分，并不着意于爱的意义。而在叙事和意识形态的相互贯通方面有些剧作或影片颇显生涩，不够圆熟。比如《万象回春》和《子孙万代》在描写时代故事的同时，都试图把与剧情不太相称的"光明化"情绪硬加进去，破坏了剧作的整体结构，大大冲淡了作品的感染力。

这一时期众多品位低劣的类型片的泛滥，引起了社会舆论的批判。蔡楚生曾尖锐地指出，战后影坛上存在着"可耻的麻醉别人"的倾向，这类作品"用抗战作招牌，片断地采用些抗战的故事，实际都尽其无聊与色情的能事，跟这种差不多的还有一种新鸳鸯蝴蝶派。虽然不一定是尽性的出卖，但新才子佳人的气氛，也就使人够受。"[20] "使人够受"的作品，可能会投合某些观众的口味，获得一时的市场，但其无聊、空洞、媚俗，终究会为观众抛弃。

其实进步电影也非常讲究剧本的可看性、市场性。继 20 世纪 30 年代《渔光曲》的票房轰动之后，进步电影《八千里路云和月》《假凤虚凰》《一江春水向东流》等都一再打破票房纪录，获得商业上的辉煌。这些影片当然不乏商业因素，但绝没有因为迁就商业性而削弱其艺术价值与思想深度。比如1946年完成的《一江春水向东流》剧本中，故事的结尾是悲愤的素芬投江自尽。这无疑加重了作品中"苦戏"的分量，而"苦戏好卖钱"是当时电影业人所共知的，是当时观众的审美倾向。这样的剧情设置不仅没有削弱作品的艺术性，反而大大增强了其悲剧色彩和批判力度。这段"苦戏"不是单纯的商业行为，却借助商业元素达到了艺术与商业的双赢。进步电影中的讽刺喜剧《假凤虚凰》《幸福狂想曲》《还乡日记》及被禁拍的《天官赐福》等，更是借助喜剧类型的元素，在观众的捧腹中，对社会现状加以淋漓尽致的批判。进步电影人士并不拒绝商业元素，他们认为："艺术（电影）的题材是可以多方面的，我们可以有严肃的问题剧、社会剧、悲剧、喜剧、闹剧、趣剧。可以有严肃的'文艺片'，'社会哀情片'，'言情片'，'歌舞片'，'打斗片'，'侦探片'……艺术作品的主题的严肃性，不但不排斥艺术上形象化的条件，而且是更苛刻地要求形象的完整性。因为惟有这样，才能使主题发挥更大的力量。"[21] 田汉的《忆江南》也是应约为"以周璇为主角"而写的一个本子。让故事、明星、趣味、类型等商业元素为我所用，而不是为着商业利益而追潮，更能扩大进步电影的社会影响力。

4.4 代表人物及其代表作

史东山及其代表作

史东山，20世纪20年代"唯美派"电影主张的主要代表，经历过20世纪三四十年代的战火考验之后，电影观念逐渐转变，成为战后最重要的电影创作者之一。这一时期他的代表作为《八千里路云和月》和《新闺怨》。

其中创作于1947年的《八千里路云和月》（原名《胜利前后》）是一部纪实性很强的作品，剧作的前半部分大多以当年抗敌演剧四队和九队的真实事件为原型，逼真再现了这一时期救亡演剧队抗战期间的八年经历，影片对这段历史的描写，让许多当年参加过这项工作的人感同身受。当时臧克家看到影片中的救亡演剧队，描述自己是"立刻从'卡尔登'的座位上遗失，跳到银幕上，不，跳到8年前'文化工作团'的队伍里去了"[22]。翻开原演剧队员赵明的回忆录《剧影浮沉录》，我们也会发现其中的许多经历与剧本内容颇为相近,这些来源于生活的故事,真正体现出对原始生活的纪录性。同时,剧作采取高度典型化的手法,以江玲玉、高礼彬两个爱国青年历尽艰辛服务抗战及战后的悲剧性的境遇为主线,概括地反映了战时和战后国统区社会生活的真实状况。

史东山在《八千里路云和月》的剧本中共描写了三个时期:充满热情的战争初期,艰难曲折的战时中期,及黑暗混乱的战后时期。第一、二部分张扬的是投身抗战洪流的热情及抗战中演剧队的种种斗争、际遇,第三部分重点强调的是胜利后时政的混乱、黑暗。从比重上看,剧作将一半篇幅描写战时抗战状况,另一半则着重描述第三个时期黑暗、凋敝的现实。同前半部分一样,剧作的后半部依然以纪实的手法真实再现了"惨胜"后文化战士的不幸境遇。值得关注的是作品立意并没有停留于原始生活的表面,而是直涉社会黑暗。

同剧中文化工作者一样,经历十四年抗战的史东山,以亲历者特有的社会批判意识和战斗激情,通过创作指控现实中的丑恶与黑暗。作者有意利用情节、台词、结构等揭露国民党统治下的种种黑暗和丑行,诸如借用街头话剧《放下你的鞭子》抨击国民党"不抵抗"、让出东北的行径;用流行曲《你这个坏东西》痛骂战后四大家族经济垄断下的奸商们;江玲玉更借斥责周家荣,对国民党法西斯特务进行了悲愤的控诉:"你们这样无法无天,时局怎么会不乱!你们再这样搞下去……许多人抗战的苦是白吃了,千百万人的性命是冤枉牺牲的了。"剧本还运用对比的结构,将剧作前半部演剧队成员们怀抱对抗战胜利后美好的憧憬,千辛万苦、虔诚、坚韧地将战斗进行到底的悲壮,与后半部抗战胜利后他们衣食无着、贫病交加的悲剧性命运形成鲜明的对比,强烈传达出对现实社会的黑暗与腐败的控诉。对此,田汉感慨道:"我实在忍不住我的热泪。真的,难道我们的血汗是白流了吗?"[23]

《八千里路云和月》堪称史东山的代表之作,著名导演蔡楚生也认为这应该是史东山"解放以前的最好诗篇了"[24]。

而创作于次年的《新闺怨》则是一部有关妇女问题的作品,剧本完成后曾颇受争议。故事描写的是廖韵之与何绿音两个儿时的朋友意外地在艺专重逢了,并很快坠入爱河,无力自拔,他们匆匆地结婚,并有了孩子,但婚后琐碎平庸、经济拮据的生活和对丈夫的猜忌让好强的绿音苦闷不堪,为了摆脱这种"活奶瓶""看家狗"的境遇,她去公司应职,但孩子却因女佣照看不当病死了。失子的绿音眼看着丈夫与女同学的亲密关系,心力交瘁,于绝望中自杀了。

虽然从一开始就有论者对《新闺怨》评说:"模糊了妇女问题的本质,没有明确指出妇女问题实质上是社会问题"[25],而且作者史东山自己也想"把剧本的'主题思想'的范围缩到最小,小到可以毫不涉及社会现实,以便通过检查"[26],但无可否认的是,史东山的创作初衷依然有其社会进步性主题:"正主题是妇女在今天社会的地位问题,她怎样处理她自己?副主题是传统社会观念使男子不注重自己的贞操。"[27]至于作品更多地表现两性关系的不平等,以及由此生发出对于男性性道德的谴责,正说明作者有意识地伸张男女平等、关注女性的社会观念,并试图通过作品表现出其教化意义,只是主题的表达不像《八千里路云和月》那样鲜明突出,作为时代与社会良心的展露也不那么直接而已。

从电影史的角度看,《新闺怨》最为可取之处不是其社会意义,而是表现手法的独特。剧作从性格、生理、心理的角度来反映妇女问题,通过情节、细节对人物心理进行了细致入微的刻画,心理描述层次清晰。把何绿音从少女时的春情萌动、热恋中的情爱迷失到婚姻中理想幻灭各个时期的复杂心理过程描述得细腻、贴切、自然,概括地反映出当时都市知识女性的精神心理状态,使人感到"正因为何绿音被这样平凡的苦恼所缠绕,所以更为亲切与感人"[28]。而剧中尤其对廖韵之、何绿音两性所处的特定心理空间进行了大胆的描述,刻意表现了心理甚至是情欲在恋爱婚姻中扼制理性的作用,以及男女心理的差异性。当要强的绿音意识到恋爱和婚姻会过早令她卷入家庭琐碎之后,曾理智地中断了同韵之的交往,然而情爱战胜了理性,有过两次恋爱经验的韵之"静观她内心的矛盾发展",利用女性在恋爱过程中的独特心理,把她更紧地拉到了身边。而婚后,绿音的抱怨、猜忌,韵之的淡漠、疏远,也极有代表性地反映了当时社会、家庭生活中两性关系的一般发展过程。

随着时间的流逝,《新闺怨》独有的心理叙事模式,越来越引起电影史学者的关注。

蔡楚生与《一江春水向东流》

20世纪30年代创作出《都会的早晨》《渔光曲》《新女性》《迷途的羔羊》等大批优秀之作的蔡楚生，战后由于身体原因及其他工作的需要，仅和郑君里联合创作了他唯一的一部战后作品《一江春水向东流》，但正是这部作品将中国电影剧作推向了一个新的艺术高峰。

《一江春水向东流》依然秉持了蔡楚生一贯坚持的平民性品格和社会内容，并赋以大气磅礴的史诗风格，在艺术上取得了突破性的成就。这部史诗巨片分为《八年离乱》和《天亮前后》两集，上集描写女工素芬与夜校教师张忠良的相爱、成家、生子，张忠良的前线抗战，沦陷区张忠良的弟弟张忠民参加游击队抗日，素芬和婆婆、儿子在上海艰辛度日，张忠良逃回重庆后在王丽珍的引诱下日渐堕落等情节；下集描写抗战胜利后张忠良作为"接收大员"回到上海，过着荒淫无耻的生活，在将要迎娶王丽珍的晚宴中，为养家糊口去做女佣的素芬，认出了这个恣意淫乐的男人就是自己苦苦等待的丈夫，悲愤绝望之极，她投江自尽。

作品紧扣时代步伐，以一个家庭为中心，用张忠良、素芬婆媳、张忠民三条情节线索交错发展，勾勒了沦陷区、大后方、根据地三个地区在战时、战后的广阔社会生活，在以史诗般的笔触深刻反思历史的同时，极力渲染了作品的戏剧性，层次分明、步步深入，将两个主人公的命运遭际演绎得扣人心弦、催人泪下，引起观众强烈反响。蔡楚生的作品在注重戏剧性的同时非常擅长人物性格的刻画，剧中张忠良本是一个进步青年，到重庆后则由对现实黑暗的不满、不屑，发展为认同、融合，只通过贸易公司中上班时间、吃喝作风，及人物对自己发型要求的变化等几个不多的情节、细节，就入木三分地表现出来了。另外，经过多年的电影实践，蔡楚生剧作表现出鲜明的形象化思维特点，人物、情景生动细腻，达到过目难忘的程度。如《八年离乱》中的片段：

抗儿仍在啜泣，老母亲垂首呻吟。素芬看到一老一小如此受罪，不禁泪下，但又怕老母亲看见，只得强忍着。

残烛在风雨中摇摇欲灭。

老母亲深深地悲叹着说：

"唉！等到什么时候才能天亮？等到什么时候忠良才能回来啊？"

素芬再也忍不住了，泪如雨下。

风雨更狂了，摇撼着小楼，似乎想把它推倒。窗户格格作响，一阵狂风来时，终于被吹得砰然掉落屋外。冷风冷雨立刻扑进窗来。

素芬急急拾起窗门，安在窗框内，用铁丝绕好。

屋外，暴雨下得像瓢泼一般，瀑布似的檐溜淋得她抬不起头来。风雨雷电以万马奔腾之势扫过大地，好像天地在发怒，要吞噬一切。

耀眼的电光照亮了素芬的脸，这个温婉的女子，此刻显得这样地强毅！

这段场景中环境与人物心境互为映衬，特别是对女主角素芬的描绘更为细致，一举一动、一言一谈，极具动感和叙事性，人物形象栩栩如生，极富感染力。

也许这正是蔡楚生作品的魅力，影片上映后连续放映了三个月，创造了国内中外影片票房的最高纪录。就连当时上海专门放映好莱坞电影的"大光明""美琪"等一流影院，也都撤下美片改映《一江春水向东流》。这在中国电影史上是从未有过的。

阳翰笙与沈浮

阳翰笙原本是一个活跃的作家、戏剧家和电影剧作家，但战后他把主要精力用于昆仑公司的组织和领导方面，担任了昆仑公司的编导委员会主任，在他的主持下，昆仑群体创作出了大批具有进步意义和艺术价值的电影精品。而且中国共产党对昆仑的影响主要也是通过阳翰笙来实现的。

这一时期阳翰笙在创作方面同昆仑公司的制片方针一样，"以少胜多，以质胜量"，先后创作了《万家灯火》和《三毛流浪记》两部很有影响的作品。这两部作品在延续了他一贯关注底层社会的倾向的同时，有意识地从现实生活中探索、挖掘作品的文化意蕴。《万家灯火》是阳翰笙与沈浮合作编写的，并由沈浮导演，表现的是战后国统区城市里的公司职员胡智清及其一家在遭遇失业、物价飞涨的社会现状下艰难度日的故事。作者笔下的胡智清是一个十分典型的小资产阶级形象，他精明能干，对社会不满，又良心未泯；还心存幻想，希望向上爬。他的这种双重性格及最后由一个体面的"薪水阶级"沦为潦倒的失业者的命运,在当时的小职员阶层中具有普遍的代表性,而胡智清由幻想到幻灭并最终觉醒的过程,也真实地反映出广大城市平民由对社会现实不满而倾向革命的历史必然趋势。作者以朴素严谨的素描手法平和含蓄地细细描述出这些市民生活中平凡琐碎的人和事,不着力于情节的渲染,而在乎人物形象的塑造,对人物心理与内在矛盾描绘得自然得当,充满生活的真实质感,然而正是这种不事夸张和雕饰的生活实感,反映出生活的本质和时代的潮流。能够摆脱空洞的政治口号,于司空见惯的凡人小事中揭示真实、复杂而尖锐的社会矛盾并赋予其深刻的意蕴,这正是本剧的高超之处,就此它曾被称作显示了一种"新写实主义的路向"[29]。

《三毛流浪记》是阳翰笙根据张乐平的连载漫画《三毛》改编的剧本。作品选取了漫画提供的一些典型情节,重新组成一个连贯的故事,塑造了一个机敏、倔强、纯洁、可爱的城市流浪儿童形象。作品常以对比的手法讽刺、嘲笑和控诉社会的伪善和罪恶。如儿童节游行一场,一面是嘴上高喊"儿童是国家未来的主人翁","亲爱的小朋友们,今天是你们的节日,你们应该高兴,应该走到团结、繁荣的队伍里去",一面却是警察在对流浪儿童滥施淫威。

沈浮于战后在"中电"三厂拍摄了《圣城记》和《追》,其中《圣城记》曾遭到进步舆论的批评,体现出这一时期沈浮一定程度意识上的迷茫,但作品同情社会下层、反对内战,表达追求和平、自由的心声,却是真诚的。而随后编导创作的《追》和剧作《希望在人间》,其进步意义彰明较著。转入昆仑公司后,与阳翰笙合编的《万家灯火》,独立编导的《希望在人间》,与昆仑集体创作的《乌鸦与麻雀》等在思想上、艺术上的表现都取得了突出的成就。

《希望在人间》和《万家灯火》一样是一部编剧艺术娴熟的作品,保持了沈浮艺术一以贯之的现实主义风格和深入细腻的人物塑造手法。这与他的个人修养是分不开的。沈浮是一位非常有个性的编导,对电影创作一直有着理性的探索,在电影编剧方面他认为要"重视人物","从人物性格上来发展故事是最科学不过的",而"要把人物性格写得好,刻画得深,那就非靠自己有真'功夫'不可。我所说的真'功夫'二字,是对生活而言的"[30]。

张骏祥及其代表作

张骏祥,生于1911年,江苏镇江人,笔名袁俊,1931年毕业于清华大学外国文学系,1939年毕业于美国耶鲁大学戏剧研究院。1940年回国后在重庆从事进步戏剧创作,先后编写了《边城故事》《万世师表》等话剧和《导演术基础》等论著。战后他在"中电"一厂和二厂分别编导了《还乡日记》和《乘龙快婿》两部讽刺喜剧,这是他电影创作的最初作品。《还乡日记》是他"自己在抗战胜利后回到上海找房子的痛苦经验"[31]。影片以战后一对从事戏剧工作的青年夫妇从后方回到上海,为找住房处处碰壁的经历为线索,辛辣地讽刺了国民党当局"劫收"掠夺的丑恶行径:重庆飞来的接收大员假公肥私,不仅接收了汉奸的房子,而且连其老婆一起"劫收",而汉奸则摇身一变,又以"地下工作者"的身份卷土重来,于是在这幢房子内演出了一场狗咬狗的丑剧。面对一座座贴着"接收"封条的空屋子,那些真正对抗战做出贡献的人们却无处安身。《乘龙快婿》对"劫收"丑剧的揭露更为尖锐,其讽刺的对象也更加广泛。它讲述一个从重庆回到上海的穷记者,起先被亲友当作"接收大员"受到欢迎,待明白是场误会后人们大失所望,连未婚妻也同他分手。后来,他在报上揭发了一个接收大员的贪污案,竟被暴徒打伤。影片真实地描摹了当时一般小市民那种认为"重庆人"就是"接收大员"、傍上就会"发财"的心理,并借此勾勒出一幅产生这种社会心理的腐败丑恶的社会现实图景。但是,限于"中电"的制片环境,这两部影片虽然对讽刺喜剧和有关"接收大员"的题材有所涉及,但未能进一步延续、发展。如前所述,这些在陈白尘的《天官赐福》中得到了淋漓尽致的表现。

《还乡日记》《乘龙快婿》两部作品都有节奏明快、形象鲜明的特点,噱头的穿插基本上都能够与剧情互动,但第一部作品《还乡日记》中也有过火之处,比如老洪、老裴们在屋子里打闹的丑剧,这种喧宾夺主式的打闹在张骏祥的第一部作品《乘龙快婿》中得到了较好的控制,喜剧手法与作品内容更为融合。

陈白尘等和《乌鸦与麻雀》

《乌鸦与麻雀》的执笔者陈白尘,1908年生,江苏淮阴人,原名陈征鸿。曾在上海文科专科学校和上海艺术大学学习,1928年转入田汉创办的南国艺术学院文学系学习。陆续出版过长篇小说《漩涡》和短篇小说集《曼陀罗集》《小魏的江山》和《茶叶棒子》及中篇小说《泥腿子》等。抗战期间，先后创作了《魔窟》《乱世男女》《秋收》《大地回春》《结婚进行曲》《大渡河》《岁寒图》等话剧，这些剧作皆为进步剧团经常上演的剧目，给人留下了深刻的印象。陈白尘战后创作的二幕讽刺喜剧《升官图》，对国民党政府的种种黑暗现实作了异常尖锐辛辣的讽刺，在各地公演后受到热烈欢迎。由他编剧的影片《幸福狂想曲》是一部具有讽刺意味的社会悲喜剧，通过底层小市民的生活遭遇揭露了社会的黑暗，作者对几个小人物的性格描绘极为生动。陈白尘很善于运用讽刺喜剧形式，1947年进入昆仑公司后创作了《天官赐福》（原名《天外飞来》），也是一部非常出色的讽刺喜剧，是《升官图》的姊妹篇，与《升官图》具有同样辛辣、尖锐的风格，对国民党的"劫收"现实有相当的批判力度，是一典型的《钦差大臣》式的社会喜剧。可惜的是，该剧像十九世纪沙皇尼古拉二世时的《钦差大臣》一样遭到了当局的禁拍（《钦差大臣》二十年后才公开上演）。

1948年秋冬，目睹蒋家王朝的日渐没落，进步电影工作者欢欣鼓舞，昆仑群体陈白尘、沈浮、郑君里、赵丹、徐韬、王林谷等集体创作了《乌鸦与麻雀》，陈白尘执笔，以期"作为蒋家王朝崩溃的目击者，应该记下它的最后罪恶史，并以之迎接解放"[32]。这部记载国民党统治王朝最后一幕的作品充满隐喻的意味，作为"乌鸦"的官僚侯义伯"劫收"了象征"祖国江山"的房子，而居住其中的作为"麻雀"的小市民们，从最初的敢怒而不敢言到严酷现实教育之后的群起反抗，夺回了"祖国山河"——房子，而"乌鸦"侯义伯在解放战争炮火的震慑下，狼狈地带着情妇逃跑了。剧作构思巧妙，情节流畅，风格活泼，讽刺辛辣，具有陈白尘剧作艺术的一贯特点，既有讽刺喜剧的辛辣特色，又非常注重形形色色人物的刻画，尤其是对不同类型的小市民形象的描述十分生动。"小广播"、肖太太、华太太等小市民阶层所特有的那种势利、自私、精明、软弱、动摇及患得患失的性格特征在作品中得到充分的展示和深入的刻画。"小广播"的善良、热情与他那耽于物质追求、无处不钻营的发财梦想构成了小市民性格的双重性，在他忍耐（实现发财梦）或者反抗（被赶走）的矛盾中，人物的形象得到了异常丰富和完满的体现。另外，剧中许多情节如"轧金子"风潮、学生罢课、宪兵抓人、特务跟踪及官僚们的狼狈逃跑等也都很有典型性，极为真实地再现了新中国成立前夕国统区黑暗、混乱的社会景象。

电影的社会性和艺术性在《乌鸦与麻雀》这部作品中得到了很好的结合，不仅在国内，而且在国外都有其不凡的影响力。它曾被外国评论家誉为一部"值得和世界优秀影片一起展出的影片"，是"极优秀的杰作"[33]。

欧阳予倩及其代表作

欧阳予倩，1889年生，湖南浏阳人。他是最早进入电影界的著名新文学家之一，1926年至抗战前夕，陆续编导了《玉洁冰清》《三年以后》《天涯歌女》《新桃花扇》《清明时节》《小玲子》《海棠红》《如此繁华》等作品，反映了他反对封建压迫、同情不幸人民的民主主义思想。1938年，他创作了"孤岛"时期第一部优秀爱国电影《木兰从军》，借古喻今，轰动一时，并因此带动了一批爱国古装片的拍摄。战后，欧阳予倩先后编写了《关不住的春光》《弱者，你的名字是女人》等电影剧本，这些作品体现了他一向关注女性命运和擅长刻画被压迫被欺辱的善良女性形象的创作特点。《弱者，你的名字是女人》是欧阳予倩的代表作之一，剧作女主角高礼芬的丈夫因公遇难，她得到一笔抚恤金，为使今后生活有靠，她将原打算捐给学校的钱改为给商行投资，并嫁给商人俞子昂。但俞与她结婚只是贪图她的钱财，后又诱奸了高的妹妹。高礼芬在刘校长的帮助下，毅然离开俞家到学校工作，并帮助妹妹也参加了工作。作品虽然局限于表现两个女性的不幸，所涉及的社会面较狭窄，但对女性的遇人不淑未仅仅停留于伦理层面，也指涉社会，在一定程度上批判了社会的黑暗现状，揭示了中下阶层市民的分化和觉醒。

田汉及其代表作

这一时期田汉共创作了三个电影剧本：《忆江南》《丽人行》和《梨园英烈》（又名《二百五小传》）。与二十世纪二三十年代的作品相比，田汉的这三部剧作依然有其浪漫主义激情，但对实际生活的描述明显增多了，而理想主义的成分更多地融入人物形象之中，就创作方法而言，向现实主义更贴近了一步。

《忆江南》成功地刻画了小资产阶级知识分子黎稚云堕落为民族叛徒的过程，揭示了小资产阶级劣根性在特定历史环境中种种演变的可能性和危害性。在与黎稚云的鲜明对比中刻画了刘毅甫、戴宪民、李杰等几个优秀的知识分子形象，由于这些形象都是作者所熟悉的战友和同志（如刘毅甫的原型是革命者刘保罗、朱惺云，李杰的原型是易杰），所以写得生动真实，颇具典型性。剧作中与黎稚云相对的还有对女性的赞美与关注，和黎稚云的软弱、贪婪相比，被黎稚云蒙蔽的谢黛娥、黄玫瑰身份地位虽不相同，但她们柔弱的外表下更多地隐藏着坚韧、正直、执着的品格，这些都得到了很好的表现。

女性一直是田汉作品关注的对象，《丽人行》和他 20 世纪 30 年代创作的《三个摩登女性》很像，也是描写三个不同人生观的女性的不同际遇，区别是，《丽人行》中的三女性最终殊途同归，一起走向了光明。田汉曾说这个剧本是受北平"沈崇案"和上海"摊贩案"刺激而写的，用描写抗日来影射反美。田汉的作品中始终洋溢着爱国主义的情怀，《梨园英烈》描述的也是爱国京剧艺人和日伪反动派斗争并牺牲的故事。田汉早在南国艺术运动时期，就开始从事京剧改革工作，对抗战时期许多爱国戏曲工作者以戏曲为武器参加民族解放斗争，以及拒绝为敌伪演出的爱国主义史实是十分熟悉的，同时又目睹了反动派摧残旧剧艺人的种种，这促使他创作出《梨园英烈》。有关戏曲艺人生活的题材，之前曾被许多电影采用过，但刻画他们的斗争形象，直接描写他们的觉悟与反抗的作品，这还是第一部，而且剧中对袁文光、柳艳云的性格塑造鲜明，人物生动，很有特点。

李天济与费穆的合作

李天济，江苏镇江人，1921 年生。1940 年毕业于四川省立戏剧音乐实验学校。《小城之春》是李天济的电影处女作，稿子完成后，先由吴祖光送国泰，但国泰、大同的导演看了都未采纳，又托曹禺推荐给文华，文华老板吴性栽倒是颇具慧眼，将剧本交由费穆执导。费穆接到剧本后，先是多次和李天济协商修改，然后又亲自动手，对原剧故事内容、情节结构及一些场景作了删改、调整。[34] 但两人相约"关于此一题材，不愿叫喊，不愿指出路"[35]，而是"尽量含蓄，许多话尽量不要说出来"[36]。现在我们能够看到的《小城之春》剧本，是根据影片整理的，从费穆所做的诸多剧本修改工作看，这个完成本的《小城之春》也浸透着费穆的心血，带有鲜明的费穆个人的标记。

费穆是中国电影史上公认的一位艺术家，他的《城市之夜》《人生》《香雪海》《天伦》《孔夫子》等作品透出深厚的文化底蕴和富有韵味的艺术气息，《小城之春》的诞生更是将这种风格发挥到了极致。这种特性源于费穆渊博的学识和他独特的个性，曾有人评说"费穆的气质太沉重忧郁，所关切的问题太博大深远"，也许正因为如此，才有了这些细致丰富、深沉含蓄的艺术精品产生。

《小城之春》讲述了江南小城中一段"发乎情，止乎礼义"的哀婉爱情故事。故事中的人物只有五个：沉郁寡欢的妻子周玉纹，长期患病的颓废的丈夫戴礼言，忽然来访的戴礼言儿时的朋友章志忱（也是周玉纹的初恋情人），偷偷爱上章志忱的活泼小姑戴秀和忠实老仆老黄。剧中恩恩怨怨、欲爱不能的周玉纹与章志忱在戴礼言的企图自杀事件后，还未开始便又理智地分开了。虽然出现了"三角恋"元素，但作品无意于戏剧冲突，人物、情节都很简单，对白十分简练，很少出现大段对话，且通过女主人公的心理旁白、耐人寻味的细节设置、精心营造的叙事氛围和节奏，使作品在充分展示人物性格、心理的同时，给人以平远深致的韵味和意境感，充溢着浓郁的诗化气韵。

经历过岁月的洗礼，《小城之春》历久弥新，一度成为中国电影史学者研究的焦点。

张爱玲与桑弧的合作

张爱玲，1921年生于上海，著名女作家，代表作有《金锁记》《倾城之恋》等，其作品多描写家庭、婚姻、情感，手法细腻，语句精巧而传神，尤以心理描写擅长。1947年张爱玲为文华创作了《不了情》和《太太万岁》两部剧作。前者描写了一个女家庭教师与一个有妇之夫间缠绵的爱情悲剧，保持了她一贯注重女性心理刻画的特征。相比之下，《太太万岁》在艺术的把握上更成熟，含义也更丰富一些。作品刻画了一个势利而克己的市民太太形象，在外她替丈夫、娘家吹嘘、遮丑，到处挣面子，回到家里又处处委屈自己，费尽心机讨好丈夫、婆婆和小姑，却总是出力不讨好，连婆婆和丈夫都嫌弃她，每天以琐碎小事排遣空虚寂寞的日子。作者以嘲讽而又同情的态度，入木三分地描述了市民太太的"注定了要被遗忘的泪与笑"的可悲命运。这部作品充分显示了张爱玲善于"在个人对生活的理解与观众的兴趣之间找平衡"[37]的特色，她抒写"琐碎历史",放大私人生活空间,不以戏剧冲突吸引观众,而以任何人身边都存在的这些琐碎平淡的生活凸显真实,召唤观众,故而深受欢迎。

张爱玲的这两部剧作均由桑弧执导,桑弧将其喜剧意识和人道主义思想充实于其中。

桑弧,原籍浙江宁波,1916年生于上海,原名李培林。在步入电影生涯之前,他是外滩中国银行职员,业余爱好京剧、电影,结识朱石麟以后,在其鼓励下先后编写了《灵与肉》《洞房花烛夜》《人约黄昏后》三个剧本,均由朱石麟搬上银幕,成为孤岛时期较受欢迎的影片。1944至1945年独立编导了《教师万岁》和《人海双珠》,1946年加盟文华后,除导演张爱玲编剧的两个剧本外,创作了《假凤虚凰》剧本,并编导了《哀乐中年》。从为朱石麟首次编写《灵与肉》起,桑弧就初步形成了自己的风格。作家柯灵是桑弧的老朋友,也是最了解他的人之一,在他编导《人海双珠》后,柯灵写道:"桑弧说他要为观众织绘的是一种'浮世的悲哀'……艺术的色相是繁复的,正如人世的色相。壮阔的波澜,飞扬的血泪,冲冠的愤怒,生死的搏斗,固足以使人激动奋发;而从平凡中捕捉隽永,猥碎中摄取深长,正是一切艺术制作的本色。大多数的人生是琐琐的哀乐,细小的爱憎,善恶相磨擦,发着磷磷的光。他们几乎百分之九十九不能超凡入圣。"[38] 柯灵对桑弧作品的论述可谓一语中的,"对于都市'浮世'的盈盈关怀是桑弧电影的核心"[39]。

《假凤虚凰》是一部关于都市小人物的温情喜剧作品,全剧以征婚启事为开端,巧妙地通过一系列阴错阳差的生活细节,展示世俗生活的辛酸苦辣,对以钱权为荣的社会习气和小市民的攀比心理进行了讽刺。这部剧作展示了桑弧的喜剧才能,当年有评论说"《假凤虚凰》是一部地地道道的喜剧……是一部前所未见的极饶风趣的喜剧……假如不是在步伐上显得稍为呆滞,这部片子当可与舶来的最好的喜剧一决雌雄"[40]。它与《一江春水向东流》一起成为战后最卖座的影片,而与《姊妹花》《渔光曲》等其他打破票房纪录的新中国成立前作品不同的是,《假凤虚凰》是其中唯一的喜剧,其他则均为中国观众青睐的"苦戏"。

桑弧的剧作结构精致、脉络清晰,对"浮世"的关注使他的人物均形象生动、自然,有很强的生活感,而他特有的喜剧意识又将这种"浮世"的真实赋予或讽刺或嘲弄的社会倾向性，这在《假凤虚凰》和《哀乐中年》中均可看到。《哀乐中年》中用一系列的情节设置，对不愿退休的陈绍常的"老太爷"式的休闲生活进行了戏谑和嘲讽，用平实幽默的叙事手法反映了陈绍常在儿女们的压力下被迫退休的孤寂无奈及争取幸福生活的义无反顾。全剧虽具轻喜剧效果，但含蓄、淡雅，把对人情世故的感触表现得天衣无缝，显现出作者剧作手法的娴熟和对都市市民文化的熟知。

佐临与柯灵的合作

佐临，1906年生于天津，中学毕业去英国学习商科，但他对艺术有着浓厚的兴趣，归国后虽有一份稳定的工作，但仍不忘情戏剧，于1935年再赴英国，在剑桥大学专攻戏剧。20世纪30年代末回国后，在上海积极参加上海剧艺社等职业剧团的戏剧活动，1943年，他和一批志同道合者成立了苦干剧团，陆续上演了《蜕变》《大马戏团》《钦差大臣》《麦克白》《夜店》等优秀剧目。他学贯中西的渊博学识造就了他戏剧艺术的辉煌。抗战胜利后佐临进入文华公司，着力将自己对现代戏剧的理解带入电影创作之中。他成功地执导了《假凤虚凰》之后即开始考虑如何把话剧搬上银幕，《夜店》成为首选。这个剧曾在苦干剧团上演过，是佐临提议柯灵与师陀改编自高尔基的名著《在底层》。这次电影剧本由柯灵独自改编，和舞台剧相比，电影剧本除了减少了金不换的一些戏外，其他大致相同。该剧人物多而杂，场景单一，在狭小的规定空间里如何把这些互不关联的人物串起来，对柯灵和佐临来说的确是个考验，同时也是舞台风格与电影化手段互融的契机。柯灵巧妙地将叙述主线放到小偷杨七郎和单纯的小妹及心狠手毒的老板娘赛观音的情爱纠葛上，这样虽然更世俗化，但作品并未落入言情剧的俗套，而是因此带出社会底层芸芸众生的世态百相，或同情或批判，颇具意味。

《表》是佐临根据苏联作品改编的一部写实性的社会剧。"佐临处理这部新作最大的特点就是对电影特性：纪实性的探索。（20世纪）40年代中国电影对剧本内涵、表演和导演处理的真实感的追求还是不少，但对电影的造型、环境的真实的探索，《表》不能不说是个探索者。"[41] 从剧作开始，这部作品就在人物与环境的设置上向写实性靠拢，三个无家可归、流落街头的流浪儿，街边修表的万老头及其孙女，这些足够平实的人物形象和足够开放的社会空间可以表现更多、更丰富的真实生活情景，为影片开拍后纪实性手法的运用打牢了基础。

曹禺与《艳阳天》

曹禺，著名作家，崛起于20世纪30年代，他的话剧名著《雷雨》《日出》《原野》等曾分别被搬上银幕。1947年底，刚从美国回来的曹禺应佐临邀请为文华编写《艳阳天》，这是他的电影处女作，也是他唯一的电影作品，但影响不凡。

作品描写的是律师阴兆时（外号"阴魂不散"）与曾当过汉奸的巨商金焕吾，围绕孤儿院的房产权展开的一番正义与邪恶的较量。阴兆时正直不阿，嫉恶如仇，好打抱不平却屡遭暗算、恐吓，但伤势一好他又去打抱不平了。这是一个敢于同黑暗势力坚决抗争的艺术形象，在他身上既显现了中国自古以来仁人侠士那种济困扶贫、威武不屈的风骨，反映了战后普通民众的反抗意识正在逐步增强，又传达出作者心目中理想人物的化身。和曹禺的其他作品相比，《艳阳天》主题比较单纯，情节内容比较简单，但剧本构思巧妙细密，戏剧冲突恰到好处，对白精练而幽默，人物性格鲜明而生动。全剧情节紧凑、内容充实，颇具喜剧色彩。巴金对本剧的评价是："不用男女的爱情，不用曲折的情节，不用恐怖或侦探的故事，不用所谓噱头，作者单靠那强烈的正义感和朴素干净的手法，抓住了我们的心，使我们跟'阴魂不散'一道生活，一道愁、愤、欢、笑。"[42]

《清宫秘史》

《清宫秘史》是姚克1948年根据自己的话剧剧本《清宫怨》改编而成的，讲述的是光绪、珍妃与慈禧间宫廷内外的斗争故事。它体现了"家与国、婆与媳、母与子、保守与维新之间的矛盾，同时具备历史政治及家庭伦理的层面"。这部影片被认为"可能是中国电影史上最重要的影片之一"[43]。电影史学家杜云之也把《清宫秘史》列为中国百部名片之一。

当年《清宫秘史》上映时，"各界观众热烈拥护，连日满座，盛况突破中外各片收入最高纪录"。[44]影评界有人认为它"全部兴趣集中在皇宫，汇聚于秘史"[45]，有格调不高之嫌。也有人认为"《清宫秘史》虽然是一套以历史为背景的影片，可是在意识上，它却有反映时代的作用"[46]。

客观地说，《清宫秘史》对家庭伦理的表现远胜于对历史和政治的诠释，剧作的中心便是围绕婆婆慈禧、媳妇珍妃和左右为难的光绪展开，看起来更像一部传统的家庭伦理悲剧，而且这方面的情节设置环环相扣、步步为营，人物刻画丝丝入扣，可谓恰到好处，极富感染力。但是作品对政治方面的描写则被认为是"肤浅表面"[47]。剧作者姚克的创作初衷原也是无关乎意识，他在《〈清宫秘史〉剧作者的自白》一文中说："这部片子的主题，无非是'骨肉的相互残杀，新旧的拼命搏斗，结果必然造成两败俱伤的悲剧'，至于别人掺入的意识，应由别人负责。"[48]

这个"别人"，无疑主要是指《清宫秘史》的导演朱石麟。因为剧本在后来的拍摄中做了些改动。比如从影片的对白本中可以看出他改掉了原剧的上述主题，而成为"得人心者得天下，失人心者失天下"：在《清宫秘史》第五场戏中，光绪与翁同龢的对白就是在解释"天下为公"的"得人心者得天下，失人心者失天下"含义；影片结尾是光绪的独白——"唉，真是好百姓，恐怕我就要失去他们了，得人心者得天下，失人心者失天下。"[49]

就主题而言，类似改动无疑提升了作品的深度，强化了其载道意识，但即便如此，依然没有改变《清宫秘史》之后的命运。该片在20世纪60年代的政治斗争中掀起了轩然大波。这部影片因其对改良主义（维新变法）的同情和对八国联军的妥协，被认为是反动的卖国主义影片，屡遭批判。1976年"四人帮"被打倒后，《清宫秘史》得到了平反，朱石麟和姚克亦恢复名誉，但朱石麟却在那场变故中撒手人寰。

《忠义之家》与《圣城记》

《忠义之家》的编导吴永刚以《神女》《浪淘沙》《壮志凌云》等作品成为中国20世纪三四十年代著名的电影创作者，抗战胜利后他为"中电"二厂、一厂编导了《忠义之家》《终身大事》和《舐犊情深》等作品。其中《忠义之家》因正面描写国民党抗战功绩，而成为当局为自己歌功颂德等主流意识宣传的代表作。另外，由于战后国民党政府更为倚重美国政府的支持，所以对《圣城记》这类亲美题材的作品也格外青睐。

《忠义之家》故事描写的是上海一个家庭在十四年抗战中的经历：儿子在空战中战死后，老人和儿媳不顾汉奸陷害，依然参加地下爱国活动，帮助特工安置电台，获取情报，最终一举歼敌。抗战胜利后，重庆政府发来电报，追认儿子为空军中校，褒奖他一家为"一门忠义"，而汉奸则被政府逮捕法办。

《圣城记》是沈浮战后的第一部作品，它描述的是一位来华四十多年的美国传教士在抗战前如何为老百姓看病送医、办乡村学校，在抗战中又如何掩护中国百姓，后终因保护一位中国军官及妇女、儿童被日寇暗杀的故事。

沈浮和吴永刚都是20世纪三四十年代颇具才华的电影编导，两部作品在形式上都显示出作者严谨的创作态度，作者从主观上想把它创作为艺术上的精品，但因其在艺术精神上有意无意地站在官方"正统"的立场上，背离了时代生活的根本性真实，所以都遭到了进步舆论的批评。这种情况下，作为正直的知识分子和艺术上的现实主义者，沈浮和吴永刚很快看清现实，改变了创作观念。沈浮随后创作了具有一定进步意义的《追》，并谢绝"中制"约他拍摄"戡乱"故事片《铁》的邀请，离开"中电"到昆仑公司编导了非常优秀的进步电影《万家灯火》和《希望在人间》。吴永刚在编导了两部商业片《终身大事》《舐犊情深》后也离开"中电"，与人合办大业公司，并创作出具有一定社会意义的作品《迎春曲》。

屠光启与《天字第一号》等

屠光启，1914年生于浙江绍兴。南京国立戏剧专科学校毕业。1939年从影，在《葛嫩娘》《香妃》等片中饰演角色，后编导过《梅娘曲》《新渔光曲》等片。战后不久，屠光启在"中电"编导了《黑夜到天明》和《天字第一号》两部体现官方正统思想的作品。

与沈浮、吴永刚编导正统电影的无意识相比，屠光启的创作则带有更为自觉的成分。描述国民党德政题材的影片《黑夜到天明》，以国民党特工和大学生两条叙事线编织了对战时、战后国民党政府的赞歌。影片完成后，受到了国民党政府的赞赏，屠光启大受鼓舞，并以此为敲门砖，成为"中电"的当红导演，并随后编导了《天字第一号》。《天字第一号》的故事情节取自抗战时陈铨编剧的鼓吹"权力意志"的"战国策派"的代表作《野玫瑰》。作品描述的是三个国民党特务同时潜伏在大汉奸身边窃取情报的故事。它设置了间谍片常用的悬念——谁是"天字第一号"；建构了太太、内侄、汉奸女儿的三角恋爱关系；为成全另二人的爱情，太太盗取情报后，殉情殉国，而她就是神秘的"天字第一号"。作品结构是商业电影中常见的间谍片模式，以悬念、三角恋等商业因素包装出一个英勇抗战，舍情、舍生而取义的国民党特务形象。当时这部作品除有粉饰国民党特务的作用之外，因其商业元素的突出，观众票房比较看好，使其成为既讨好当局又有一定市场的类型，并因此带动了大批间谍片的跟风而上，如《粉墨筝琶》《粉红色的炸弹》《第五号情报员》等十几部之多。屠光启也为其他小公司制作了又一部间谍片《神出鬼没》。但这些跟风之作"对于国民党特务的粉饰歌颂，与其说是出于意识的自觉，不如说是作为商业电影制作的一个元素装置更显确切"[50]。

尽管《天字第一号》有其意识形态的偏差，一直被看作"最为反动"[51]的作品之一，但它毕竟为屠光启和随后的这批跟风之作提供了一种政治与商业相融合的范式。尽管这种模式的普及带来的依然是主流意识形态的灌输，但对电影类型的多样化发展有一定的借鉴意义。

《黑夜到天明》《天字第一号》之后，一直注重市场因素的屠光启以创作商业片为主，编导的作品有以"情节离奇""恐怖刺激"为号召的《月黑风高》，有描写一农村妇女的堕落以至杀人的《天魔劫》，另外还有《血溅姊妹花》《芳魂归来》《女贼》《十三号女盗》等，大多充满血腥、凶杀、盗窃等情节。这些作品无论题材或手法，多流于平庸浅薄，只有《芳魂归来》中心理描写的部分较有特色。《芳魂归来》讲的是一个心地狭隘的丈夫，深爱妻子，但总担心年轻漂亮的妻子被人诱走，于是疑神疑鬼，最终酿成了《奥赛罗》式的悲剧。这部作品中吸引人的并不是那种劝善警恶的伦理性主题，而是对人物心理过程的真实再现，一种灵魂展示的艺术感染力。在这方面，屠光启和同时期的电影创作者徐昌霖（《深闺疑云》）、章泯（《怨偶情深》）、林朴晔（《相思债》，曾以"中国第一部心理变态疯狂谋杀片"为号召）一样，开始关注到商业类型片中心理过程的描摹，对商业片的发展无疑有着促进的意义。

（张文燕）

注　释：

1　程季华主编：《中国电影发展史》（第二卷），第 209 页。
2　蔡楚生：《胜利后的中国电影》，载《新闻报·艺月》1947 年 1 月 16 日。
3　北鸥：《指向电影圈，载《剧影春秋》1948 年 9 月第 1 卷第 2 期。
4　马思帆：《〈希望在人间〉观后随感》，转引自周晓明《中国现代电影文学史》（下册），高等教育出版社 1987 年第 1 版，第 162 页。
5　管玉：《〈追〉的主题》，载《大公报》1947 年 7 月 29 日。
6　瞿白音：《中国电影复员以来》，载《电影论坛》1948 年 7 月第 2 卷 5、6 合期。
7　北鸥：《指向电影圈》，《剧影春秋》1948 年 9 月第 1 卷第 2 期。
8　唐挚：《我看〈万家灯火〉》，载《大公报·戏剧与电影》1948 年 8 月 11 日。
9　草萍：《〈万家灯火〉观后感》，载《大公报·戏剧与电影》1948 年 8 月 11 日。
10　桑弧：《关于〈教师万岁〉》，转引自周晓明《中国现代电影文学史》（下册），第 168 页。
11　沈浮：《"开麦拉是一支笔"——访问记·谈导演经验》，载《影剧丛刊》1948 年第 2 期，转引自罗艺军主编《20 世纪中国电影理论文选》（上），中国电影出版社 2003 年第 1 版，第 295 页。
12　张爱玲：《〈太太万岁〉题记》，载《大公报》1947 年 12 月 3 日。
13　陈山：《人文电影的新景观》，转引自陆弘石主编《中国电影：描述与阐释》，第 221 页。
14　[意] 乌果·卡西拉奇：《再看中国电影》，转引自中国电影资料馆编《海外评论家眼中的中国电影》，第 82 页。
15　此为 1947 年 2 月 19 日《新华日报》发表的默涵文章中转述的内容。
16　丁亚平：《中国电影艺术：影像中国 1945—1949》，文化艺术出版社 1998 年 7 月第 1 版，第 101 页。
17　陆凤：《国产影片竞摄新片白热化》，《电影》1946 年 10 月第 6 期。
18　见 1948 年 12 月 21 日《益世报》的消息报道。
19　丁亚平：《影像中国：中国电影艺术 1945—1949》，文化艺术出版社 1998 年第 1 版，第 123 页。
20　蔡楚生：《胜利后的中国》，载《新闻报·艺月》1947 年 1 月 6 日。
21　瞿白音：《中国电影复员以来》，载《电影论坛》1948 年 7 月第 2 卷 5、6 合期。
22　《文汇报》1947 年 2 月 10 日。
23　田汉：《八千里路云和月》，载《新闻报·艺月》1947 年 1 月 6 日。
24　蔡楚生：《悼念史东山同志》，《大众电影》1955 年第 6 期。
25　小明：《〈新闺怨〉中的妇女问题》，《时代日报》1948 年 5 月 7 日。
26　史东山：《一个电影艺术工作者的道谢与自白》，载《大公报·戏剧与电影》1948 年 10 月 27 日。
27　《〈新闺怨〉决定重拍》，《大公报》1948 年 6 月 10 日。
28　晓苓：《关于改拍〈新闺怨〉》，《大公报》1948 年 7 月 7 日。
29　王洋：《精神的火炬》，《剧影春秋》1948 年 8 月第 1 卷第 1 期。
30　沈浮：《"开麦拉是一支笔"——访问记·谈导演经验》，载《影剧丛刊》1948 年第 2 期，

转引自罗艺军主编《20世纪中国电影理论文选》(上)，第295页，

31　张骏祥：《克服个人主义思想，彻底改造自己》，载《大公报》1952年7月22日。
32　陈白尘：《从〈乌鸦与麻雀〉重映说起》，载《人民日报》1958年1月11日。
33　托洛普采夫：《中国电影史概论》，第32页。转引自朱剑、汪朝光《民国影坛纪实》，第493页。
34　参见李天济《为了饭碗干上电影》，《电影艺术》1992年第4期。
35　费穆：《导演·剧作者——写给杨纪》，《大公报》1948年10月9日。
36　李天济：《浮光掠影回首间》，《上海电影史料》第4辑，第82页。
37　金铁木：《文华影业公司：1946—1949》，转引自陆弘石主编《中国电影：描述与阐释》，第250页。
38　柯灵：《浮世的悲哀》，转引自丁亚平：《中国电影艺术：影像中国1945—1949》，第229页。
39　金铁木：《文华影业公司：1946—1949》，转引自陆弘石主编《中国电影：描述与阐释》，第248页。
40　《为〈假凤虚凰〉营业预计》，载《青春电影》1947年第15卷第4期。
41　叶明：《文华影片公司的回忆（1947—1951）》，《上海电影史料》第1辑，第42页。
42　《文化界推荐〈艳阳天〉》，载《大公报》1948年5月26日。
43　《第7届香港国际电影节特刊》中有关《清宫秘史》的评价，转引自余慕云《香港电影史话》第3卷，次文化有限公司1998年版，第153页。
44　见香港《华侨日报》1948年11月20日。
45　廖鹤：《〈清宫秘史〉底编剧》，载香港《大公报》1948年11月21日。
46　古肃：《清宫秘史》，载香港《华侨日报》1948年11月12日。
47　刘成汉：《电影赋比兴集》(上册)，第199页。
48　转引自余慕云：《香港电影史话》第3卷，次文化有限公司1998年版，第157页。
49　朱石麟：《清宫秘史》对白本，转引自余慕云《香港电影史话》第3卷，第158页。
50　李少白：《影史榷略——电影历史及理论续集》，第193页。
51　程季华主编：《中国电影发展史》(第二卷)，第174页。

附录：1949年之前电影歌曲的创作

早期的电影歌曲创作
（萌芽时期——从《良心复活》到《野草闲花》）

电影歌曲是从哪一年、哪一部电影歌曲开始的呢？现在的说法不一，正统的史料认为1930年的电影《野草闲花》中的《寻兄词》是第一首电影歌曲，但这种说法未必十分可靠。据有关资料证实，明星公司于1926年摄制的影片《良心复活》中有一首插曲《乳娘曲》，歌词如下：

（第一段）秋雨滴梧桐，秋花满地红，瞧那呢喃燕子掠长空，鸡雏随母走，犊牛引村童。吾此身惘惘，好似在虚空。曾记得一年前，菱花照吾容，眼如秋水眉似远山峰。腰如杨柳两颊似芙蓉，到如今情怀懊恼，憔悴秋风。

（第二段）眼似秋水眉似远山峰。腰如杨柳两颊似芙蓉，到如今情怀懊恼，憔悴秋风。爱和恨，是重重恩和仇，是种种，偏偏这根芽，生长在我的腹中。十月怀胎娘必痛，哇哇一声，儿的啼声雄。

（第三段）金钱呀，拆散了人家母子不相逢，阶级呀，你把我的姣儿送了终。吾心好比上了刀山剑峰。儿呀你贴着娘的胸怀，你偎着娘的乳峰，我的心肝呀，我要见一见儿的笑容，我要瞧一瞧儿的睡容，我要见姣儿，除非在梦中。人生本来同一梦，只是我的梦呀，太悲酸凄痛。

此歌是由该片女主角杨耐梅现场登台演唱,由于此歌没有五线谱,是以工尺谱的形式记载,只有在早年的歌本中才能找到。到现在为止,还没有发现更早的电影歌曲。

第二年,也就是 1927 年,中华第一影片公司拍摄的影片《花国大总统》也有一首电影插曲,但这首歌曲也是只有工尺谱的记载。据说这首歌也是由杨耐梅登台演唱,这是电影歌曲最早的演出方法。

到了 1930 年,联华公司拍摄了电影《野草闲花》,剧中人黄云自己创作的歌剧《万里寻兄》有一个唱段《寻兄词》,歌词如下:

(兄)从军伍,少小离家乡,
　　 念双亲,重返空凄凉,
　　 家成灰,亲墓生青草,
　　 我的妹,流落何方。
(妹)兄嘉利,妹名丽芳,
　　 十年前,同住玉藕塘,
　　 妹孤零,家又破散,
　　 寻我兄,流落他乡。

歌词是导演孙瑜所作,通俗易懂,朴实无华,作曲者是其弟孙成璧。这首歌是由男女主角金焰、阮玲玉亲自演唱,并灌成唱片,由大中华唱片公司发行。演员恰到好处地把握了歌曲的抒情风格和略带忧伤的情感,给人留下了深刻印象。

孙瑜(1900—1990),1923 年毕业于清华大学,后赴美国留学。1926 年回国,在长城画片公司和民新影片公司编导影片《风流剑客》和《渔叉怪侠》。1930 年入联华影业公司任编导。先后编导了《故都春梦》《野草闲花》等影片,他的影片具有反封建的思想内容和清新的艺术风格,引起了广大观众的注意。《寻兄词》与影片《大路》的主题曲《大路歌》均出自他之手。有"诗人导演"之称的孙瑜,他的歌词犹如一篇诗歌一样,以浓烈的诗情来打动观众。

《寻兄词》的问世,正说明了电影歌曲的创作已走向正规化、普及化,也开了由电影明星自唱自演电影歌曲之先河。

有声电影初期的电影歌曲创作
（发展时期——左翼电影及其他电影的电影歌曲创作）

随着电影技术的发展，无声电影渐渐走出了历史的舞台，继而登台的是代表当时最先进技术的有声电影。1931年，明星公司拍摄了第一部蜡盘配音片《歌女红牡丹》；同年，天一公司大胆创新，拍摄了中国第一部有声电影《歌场春色》。有声电影的发明，为一些专业的词曲作者搭建了新的舞台。

随着"九一八""一·二八"事变的发生，广大群众对于之前的一些鸳鸯蝴蝶派的作品和一些武侠神怪影片开始厌倦了。由于群众反日本帝国主义侵略的情绪高涨，电影公司老板开始起用左翼电影工作者进行电影创作，如明星公司的夏衍、郑伯奇，联华公司的蔡楚生、孙师毅，艺华公司的田汉、阳翰笙，新华公司的史东山等等。这些电影工作者充分利用了电影歌曲这一有力的武器，电影歌曲在这时也得到了发展。

在这个时期，大量的音乐工作者也加入了左翼电影这个阵营，有聂耳、任光、安娥、冼星海、贺绿汀等等。

联华

联华公司在这个时期的贡献较为突出，许多音乐工作者在联华公司所创作的电影歌曲都脍炙人口，普遍流行。

1934年，蔡楚生导演了《渔光曲》和《新女性》两部电影。影片《渔光曲》描写的是一个渔民家庭的不幸遭遇，主题曲《渔光曲》的词很简单，通俗易懂，歌词如下：

云儿飘在海空，鱼儿藏在水中。
早晨太阳里晒鱼网，迎面吹过来大海风。
潮水升，浪花涌，鱼船儿飘飘各西东；
轻撒网，紧拉绳，烟雾里辛苦等鱼踪。

鱼儿难捕租税重，捕鱼人儿世世穷。
爷爷留下的破鱼网，小心再靠它过一冬。
…………

似乎就是一篇描写渔民生活的写实散文，加之任光所作的曲子哀婉动人，确会令人流泪。任光为作此曲，特赴渔民区观察渔民生活与劳动。质朴真实的歌词和委婉惆怅的旋律鲜明地描绘了20世纪30年代渔村一贫如洗的凄凉景象。音乐中饱含了渔民的血泪，感情真挚，展示了旧中国渔民的苦难生活和悲惨境遇，抒发了劳动人民心中不可遏制的怨恨情绪。歌曲是单一形象的三段结构，各段音调虽有变化，但由于统一的节奏型，相同的引子和间奏，使音乐成为一个整体。它虽然采用了宫词式，但调性色彩并不明朗，似乎是在旷远之中表露出一丝哀愁和压抑。它还通过贯穿全曲的舒缓节奏，刻画出渔船在海上颠簸起伏的形象。这些都增添了作品的艺术魅力。当年《渔光曲》的唱片三十万张销售一空，电影有那么高的票房与主题曲的流行也有很大关系。

孙师毅编剧的《新女性》的主题曲《新女性之歌》是由孙师毅作词，聂耳作曲，黎莉莉、陈燕燕幕后代唱。

新的女性，是生产的女性大众，
新的女性，是社会的劳工，
新的女性，是建设新社会的前锋。
新的女性要和男子们一同，翻卷起时代的暴风！
…………
不做奴隶，天下为公，
无分男女，世界大同。
新的女性，勇敢向前冲！
新的女性，勇敢向前冲！

全歌虽为六段，但不显冗长，具有震撼人心的艺术力量。剧中人韦明饱尝被人抛弃的痛苦、失业的艰难、女儿病危的忧愁、富人阔少的污辱，抑郁中愤而自杀的悲惨遭遇，控诉了那个人吃人的社会。这首歌充分表现了具有先进觉悟、与旧势力斗争的女性的形象。

同年，孙瑜编导了一部描写筑路工人的影片《大路》。由孙瑜作词，聂耳作曲，金焰、张翼、罗朋、章志直、韩兰根、郑君里六人合唱的主题曲《大路歌》高亢激昂，它总是伴随着青年工人们开山筑路、迎着朝阳前进的壮丽画面出现。它是团结和意志的象征，它是战斗和胜利的呼喊。它表现了工人们无比的英雄气概和永远立足于不败之地的大无畏精神，表达了中国工人阶级为争取民族自由解放而抗日的决心。

电通

电通公司是一家、也是唯一一家由中国共产党直接领导的电影公司，虽然所拍摄的影片不多，但这些影片在电影史上都有着举足轻重的地位，每一首主题曲都被列为经典，如《毕业歌》《义勇军进行曲》《自由神之歌》《西洋镜歌》。

《桃李劫》讲述的是一对男女学生毕业之后的种种遭遇，男生由于为人正直，得罪了上司而被解雇，只好去做苦力；女生因不堪忍受老板的污辱而辞职。最后，女的因病死去，男的因无钱医治爱人而去抢劫，被判处死刑，全剧以悲剧告终。插曲《毕业歌》由田汉作词，聂耳作曲，这首歌两次在影片中出现，一次是两位男女学生在毕业时与同学们慷慨激昂地高唱此歌，再一次是在老校长目送学生走向刑场时，耳边响起了这首歌曲，前后两次形成了呼应。歌词是自由体的新诗，采用核心音调贯穿发展的分段体结构，将全曲分为四段：

同学们！大家起来！担负起天下的兴亡。
听吧！满耳是大众的嗟伤；
看吧！一年年国土的沦丧。
…………
我们今天是桃李芬芳，明天是社会的栋梁，
我们今天是弦歌在一堂，
明天要掀起民族自救的巨浪！

>巨浪！巨浪！不断地增涨，
>同学们！同学们！快拿出力量，
>担负起天下的兴亡。

《毕业歌》有力而富于号召性的音乐语言，激励人们在民族存亡之秋，掀起民族自救的巨浪。这首歌曾一度在社会上广为传唱。

电通公司的第二部电影《风云儿女》，可以说是当时的一部时代代表电影。在这部影片中，导演许幸之创作了一首插曲《铁蹄下的歌女》，这首歌由聂耳作曲，曲调凄婉悲凉，哀怨动人，仿佛是发自心底的呼唤，是在敌人铁蹄践踏下的歌女对现实的血泪的控诉。主题曲《义勇军进行曲》成为后来的国歌。这首歌在影片的最后出现，将情节推向高潮。觉醒了的人们，高举火把，迈着坚定的步伐，高唱这首雄壮的进行曲，表达了时代的要求和人民的愿望。这首歌不知鼓舞了多少中华儿女走向抗日的前线。后来这首插曲的作用渐渐大于影片本身，新中国成立后将此歌选为代国歌，这也是中国电影对新中国做出的最大贡献之一。

《自由神》是电通公司的第三部作品，主题曲《自由神之歌》没有前两部的歌曲那么突出。歌曲表达了妇女要求独立自由以及中国人民反对帝国主义，争取民族解放的意愿。

新华公司虽然是一家成立较晚的电影公司，但所拍摄的电影中，也有许多经典之作。如1937年拍摄的《夜半歌声》和《青年进行曲》等。

《夜半歌声》这部影片有三首歌曲，除主题曲《夜半歌声》之外，还有两首插曲《热血》和《黄河之恋》，三首歌曲均由田汉作词，冼星海作曲。按歌词内容，作曲家将主题曲分为四个不同情绪、不同气势的段落。悲壮之处有怒发冲冠、豪情万丈之气概，委婉处则有回肠荡气之韵味。既有抒情叙事，更有悲情控诉，交错跌宕，动人心魄，闻之无不动容。影片的情节就顺着这首歌铺开，表达主人公宋丹萍对封建势力积极反抗的情绪。插曲《热血》和《黄河之恋》在影片中分别为两首歌剧歌曲，《热血》描述的是古罗马英雄与旧势力斗争的故事，《黄河之恋》则描述了南宋末年，黄河流域的农民反抗元兵侵犯的故事，两首歌曲慷慨激昂，表达了中华儿女争取自由的坚强意志。

影片《青年进行曲》讲述的是资本家子弟王伯麟，在革命青年沈元中与女工金弟的帮助下，阻止其父勾结日本帝国主义走私粮食，最后离家参加抗日义勇军，走向民族解放的战场。影片中有两首歌曲，即田汉作词、冼星海作曲的主题曲《青年进行曲》和插曲《战士哀歌》。

明星公司在这个时期最具代表性的影片则有《脂粉市场》《狂流》《船家女》《生死同心》等，但在电影歌曲创作方面有较大贡献的是《十字街头》和《马路天使》两部影片。《十字街头》讲述了一群失业青年的苦闷和彷徨。在影片中有一首脍炙人口的歌曲《春天里》，这首歌曲由女诗人关露作词，贺绿汀作曲。整首歌表达了一种轻快、活泼的情调，并以快板书式的词语节律作为全曲的基本节奏，使得曲调和歌词配合恰当，易唱易上口。作者还在歌中加入了一句"朗里格朗"，多处点缀，使歌曲表现得更轻松、洒脱，同时也表现出主人公老赵乐观向上的性格。另一首是刘雪庵词、曲的《思乡曲》，由于在该片审查时被勒令剪去，因此观众未能欣赏到此歌。

《马路天使》的成功，很大部分归功于影片中的两首插曲《四季歌》和《天涯歌女》，这两首歌曲均由田汉作词，贺绿汀作曲。尤其是《天涯歌女》歌词中的"家山呀北望，泪呀泪沾襟"等句，表现了主人公背井离乡、颠沛流离、患难相处和恩爱情深。"人生呀谁不，惜呀惜青春"唱出了对爱情的宣誓。这首歌在影片中三次出现时不同的节奏和情愫，加强了动人心弦的效果。另一首《四季歌》通过对春、夏、秋、冬四季的描写，表达了小歌女对家乡的思念。

1935 年，费穆在联华公司导演了电影《天伦》，编剧钟石根为该片写了主题曲《天伦歌》，并请了黄自谱曲。歌词如下：

人皆有父，翳我独无？人皆有母，翳我独无？
白云悠悠，江水东流。
小鸟归去已无巢；儿欲归去已无舟。
…………
老吾老以及人之老，幼吾幼以及人之幼，
收拾起痛苦的呻吟，献出你赤子的心情。
…………
浩浩江水，霭霭白云，庄严宇宙亘古存。

大同博爱，共享天伦。

歌词中用了十分古雅的文字，就是为了告诉我们一个简单的道理：老吾老以及人之老，幼吾幼以及人之幼。影片通过一个四世同堂家庭中，人与人之间关系的描写，暴露了旧社会封建家族主义的狭隘性。

艺华公司电影《满园春色》的主题曲是由刘雪庵词、曲，歌词优美，而曲调是采用圆舞曲的形式，表达了作者对青春年华的爱惜之情。

1937年，贺绿汀为影片《古塔奇案》作了两首歌曲，一首是《秋水伊人》，一首是《思母》。《秋水伊人》在剧中为女主人公独唱，表达了主人公对心上人的思念。《思母》则是女主人公遇害后，她的女儿因思念母亲所唱。歌词中大量采用了"更残漏尽""难耐锦衾寒""泪阑干"等词句，词与曲都充满了哀怨凄婉的情感。

战时与战后的电影歌曲创作

1937年"七七事变"后抗战全面爆发，当时在上海的大部分电影公司毁于炮火之中，只有在英法租界地区的电影公司幸存下来。这时又纷纷成立了不少新的电影公司，电影界也呈现一种错综复杂的局面。虽然时局是动荡不安的，但电影却不断地走向成熟，而电影歌曲也随着电影的发展而不断地完善。抗战开始时，一部分电影工作者转赴内地，一些音乐工作者如贺绿汀、冼星海等也都离开了上海。就在中国电影音乐走向低谷时，一些流行音乐创作人员加入了电影音乐的创作，使得电影歌曲再一次走向辉煌。这些人分别是：李隽青、吴村、黎锦光、严华、陈歌辛、姚敏、李厚襄等等。他们的创作影响了以后的电影歌曲创作，尤其是之后香港、台湾电影的电影歌曲的创作，无不是他们创作风格的继承和发扬（当然，也有一些像严工上、吴村这样的电影歌曲的先驱者留在了上海）。中国电影的歌曲创作呈现出了空前的繁荣。

这个时期的电影可分为两种，一种是时装片，一种是古装片。自欧阳予倩创作的《木兰从军》获得成功之后，影片公司纷纷投入拍摄古装片的热潮。1937年至1939年，由于很多演员离开上海，使得上海的电影界出现了小生、花旦奇缺的局面，电影公司的老板就开始培养新人，而这些演员大都是来自一些已经解散的歌舞团，比如来自明月歌舞团的周璇、白虹，来自梅花歌舞团的龚秋霞。为了能让她们各尽其才，一些电影创作者就专门为她们编剧本，写歌曲。1939年，国华影片公司拍摄的《孟姜女》被视为一种全新的电影形式——"古装歌唱片"，也可以说从这一部影片开始，流行音乐与电影完全融合在了一起。

欧阳予倩的《木兰从军》

欧阳予倩于1926年编写了第一个电影剧本《玉洁冰清》。他为电影所写的第一首电影歌曲，就是在1935年他所创作的电影剧本《新桃花扇》中的插曲《定情歌》；1939年，欧阳予倩在为华成影业公司编写的剧本《木兰从军》中也刻意写了三首插曲；1948年，他又为昆仑影业公司写了《关不住的春光》，这部电影的同名主题曲也是由欧阳予倩创作的。但《木兰从军》的歌曲的影响力超过了其他几部影片。

《木兰从军》不止影片本身在电影史上占据举足轻重的地位，影片中的三首插曲也是各有千秋。三首插曲均是欧阳予倩作词，严工上作曲，分别是《童谣》《三人同走一条道》《月亮在哪里》。《童谣》是一首暗喻抗日的歌曲，其中有一段歌词如下："晴天白日满天下，快把功夫练好吧。强盗贼来都不怕！一齐送他们回老家。"这首歌寓抗日宣传于民谣之中，由于当时"孤岛"的抗日热情高涨，此歌很快流行开来。另一首插曲《月亮在哪里》是一首男女对唱的情歌。

> 月亮在哪里？！月亮在哪厢？！
> 她照进我的房，她照上我的床，
> 照着那破碎的沙场，
> 照着我甜蜜的家乡，
> 几时能入我的怀抱，
> 也好诉一诉我的衷肠。
> 月亮在哪里？！月亮在哪厢？！
> 她照进她的房，她照上她的床，
> 照着我破碎的心肠，

照着我终夜在彷徨，
她几时入我的怀抱，
也好诉一诉我的衷肠。
…………

欧阳予倩在歌词之中，使用了一种比兴的艺术手法，用月亮比喻意中人，月光则是表示情意。

魏如晦的《红线盗盒》

影片《红线盗盒》讲述的是唐朝末年，一个名叫红线的姑娘身怀绝技，协助节度使薛嵩深入敌营盗得机密文件盒，使得薛嵩大破敌军的故事。影片中有两首歌曲——《宝剑谣》和《将离行》。《宝剑谣》一曲通过对宝剑的咏唱表达了主人公誓死保国的雄心壮志，歌词写道："你是大唐人，应尽唐人责；你是大唐人，应保大唐国。有人危我国，拔剑挺身出。"此歌借古喻今，足见爱国健儿的誓言和决心。曲调充满了坚定豪迈、一往无前的气势。

《苏武牧羊》和《尽忠报国》

1940年，新华公司拍摄了《苏武牧羊》和《尽忠报国》两部影片。这两部影片的主题曲《苏武牧羊》和《满江红》虽然都是创作于20世纪20年代，但这两首歌在这个非常的时代背景中起了非常重要的作用。

《苏武牧羊》是剧作家周贻白根据苏武牧羊的故事改编的，由卜万苍导演。导演在影片中加入此歌，是为了鼓励国人像苏武一样，要有"威武不能屈，富贵不能淫，贫贱不能移"的爱国气节。

《尽忠报国》由著名导演吴永刚编导，在影片中，导演使用了这首《满江红》作为主题曲，歌中"莫等闲，白了少年头，空悲切"，"壮志饥餐胡虏肉，笑谈渴饮匈奴血，待从头，收拾旧山河，朝天阙"极大地鼓舞了国人反抗外敌的坚强斗志。

吴村的《孟姜女》《苏三艳史》《天涯歌女》

作为一个优秀的商业片导演，吴村的音乐创作才能在此时表露无遗。吴村所导演的影片都是自己编导，影片中的歌曲大部分也都是由他自己作词作曲的，这样的导演在当时实在是少见。1939 年，吴村在国华影片公司编导了影片《孟姜女》，影片讲述的是孟姜女千里寻夫哭倒长城的民间传奇故事，吴村为影片写了《百花歌》和《春花如锦》两首歌曲。《百花歌》歌词如下：

春季里来百花开，百花园里独徘徊，
狂风一阵落金扇，从此相思挂满怀。
…………
冬季里来百花飞，冰天雪地送寒衣，
郎君一去无消息，不见郎君死不归。

这首歌是以对百花四季不同景致的歌咏开头，触景生情，唱出了孟姜女与范喜良从相识到相爱再到分离的故事，生动概括了影片所表现的中心内容。这部电影将观众喜闻乐见的民间故事题材和流行歌曲结合在了一起，是当时流行的古装歌唱片的开山之作。

《苏三艳史》也是一部古装歌唱片，是根据京剧《玉堂春》改编的。其中有两首插曲，分别是《长相思》和《心头恨》，这两首歌可以说是古装片歌曲创作的一次大胆尝试。他们并没有用传统的小调来为其谱曲，而是用西洋的探戈舞曲来表现中国古代人物的心声。这也是吴村为中国早期电影的电影歌曲所做的贡献之一。

以拍摄歌唱片而闻名的导演吴村，在 1941 年拍摄了一部反映当时社会底层穷苦百姓生活的影片《天涯歌女》。影片中有一首歌曲《街头月》，最能体现影片的中心思想。

街头月，月如霜，冷冷地照在屋檐上；
街头月，月如霜，冷冷地照在屋檐上。
母女沦落走街坊，饥寒交迫只得把歌唱。
唱呀唱！唱呀唱！
唱不尽悲欢离合空惆怅！
唱不尽白山黑水徒心伤！

此歌的意境与田汉的《天涯歌女》有异曲同工之妙，都唱出了歌女对自己前途渺茫、不知飘向何方的极度的悲伤。

1948年，吴村在大同影业公司编导了一部大型的歌舞片《柳浪闻莺》，这部影片中的十五首歌曲都是由吴村自己作词、作曲，可以说是吴村在电影音乐中的巅峰之作。

程小青的《董小宛》

程小青（1893—1976），原名程青心，江苏吴县人，1914年因在《小说月报》发表侦探小说《鬼妒》而知名，1916年与严独鹤、周瘦鹃等十人以文言文翻译《福尔摩斯侦探案全集》，所作小说《母之心》于1926年由陈趾青改编成电影剧本、国光影片公司摄制成电影，1932年为明星影片公司编写剧本《慈母》等，1939年任国华影片公司编剧，编写电影剧本《夜明珠》、《董小宛》、《梅妃》、《金粉世家》等。

影片《董小宛》描写了秦淮名妓董小宛与明朝名士冒辟疆及清帝顺治的爱情悲剧。影片共有两首插曲，分别是《董小宛》和《缥缈歌》。《缥缈歌》倾吐了主人公"尘缘都抛乐意融"的超脱的心绪。歌词如下：

斩了荆棘，割了蒿蓬，
断尽魔障见素衷，一片光明遍地清风，
笑指缥缈十二峰，笑指缥缈十二峰。
心波从此不摇动，
尘缘都抛乐意融，跨青鸾驾彩虹，
灵山会上再相逢，灵山会上再相逢。

然而"笑指缥缈十二峰"，这"笑指"也透出一丝苦涩。此歌旋律简洁而又委婉，殷殷之情浸透其间。

范烟桥的《长相思》

范烟桥（1894—1967），小说家，编剧，原名范镛，江苏吴江人。1939年为上海国华、金星等影片公司编写电影剧本《三笑》《西厢记》《秦淮世家》等,并为《李三娘》《解语花》等影片作词。抗战胜利后为香港大中华影业公司编写电影剧本《长相思》。他作词的歌曲有:《月圆花好》《钟山春》《点秋香》《拷红》《天长地久》《农人忙》《夜上海》《花样的年华》。

1946年,范烟桥编写电影剧本《长相思》。此剧讲述的是抗战期间一位歌女与丈夫的悲欢离合。范烟桥为该片写了六首歌曲,分别是:《燕燕于飞》《凯旋歌》《夜上海》《心心相印》《黄叶舞秋风》《花样的年华》。其中流传最广的要数《夜上海》了,其歌词为:

夜上海,夜上海,你是个不夜城,
华灯起,车声响,歌舞升平。
只见她,笑脸迎,谁知她内心苦闷,
夜生活,都为了,衣食住行。
酒不醉人人自醉,
胡天胡地蹉跎了青春,
晓色朦胧,转眼醒,大家归去,
心灵儿随着转动的车轮。
换一换,新天地,别有一个新环境,
回味着夜生活,如梦初醒。

他将旧上海那歌舞升平的景象描写得淋漓尽致,也十分细微地刻画了当时舞女的悲惨生活,这与主人公的形象极为贴切,可以说这首歌代表了当时上海滩的风貌。另一首《花样的年华》也是广为传唱,歌词如下:

花样的年华
月样的精神
冰雪样的聪明
美丽的生活
多情的眷属
圆满的家庭
蓦地里这孤岛笼罩着惨雾愁云

惨雾愁云

啊，可爱的祖国

几时我能够投进你的怀抱

能见那雾消云散

重见你放出光明

花样的年华

月样的精神

歌词前后对比明显，由"美丽的生活，多情的眷属，圆满的家庭"转变为"惨雾愁云"，表达了盼望祖国抗日成功的愿望。

（林　畅）

第五章

激情燃烧的岁月

(1949—1965)

1949年10月1日，毛泽东主席在北京天安门城楼上宣布：中华人民共和国中央人民政府今天成立了！

解放了的中国人民在欢庆胜利的同时，迅速投身到火热的社会主义革命和社会主义建设的运动中来。神州大地，激情燃烧。中国的电影事业也在新的时代机遇下获得新的发展机会，呈现出崭新的创作面貌。

新中国电影事业从创作队伍上来讲，主要是由两部分组成：一部分是在解放区坚持斗争和创作的电影工作者，另一部分是原国统区留下的进步电影工作者（主要集中在上海）。1949年7月2日至19日，在北平举行的中华全国文学艺术工作者代表大会（即第一次全国文代会），标志着两部分革命文艺工作者的胜利会师。与会的电影界代表于7月25日举行了中华全国电影艺术工作者协会成立大会，26日该协会正式成立。从此，他们共同致力于建立和发展具有中国特色的社会主义电影事业，迅速为新中国电影开辟出一片崭新的天地。

从新中国成立到1966年"文化大革命"全面爆发之前，新中国电影总体上呈现出"在曲折中前进，在艰难中发展"的态势，并且逐渐形成了完全不同于旧中国电影和其他外国电影面貌的、独特的创作风貌和艺术风格。其中，电影编剧事业的发展状况在总体上呈现以下三个显著的特点。

意识形态主导

"十七年"时期（1949—1966）中国电影创作的最大特点，就是它始终受到意识形态的主导。

由于电影具有任何艺术都无法比拟的广泛的群众性，所以苏联领导人列宁早在 1922 年就指出："在一切艺术中，对我们最重要的，乃是电影。"[1] 斯大林在第十三次布尔什维克党代表大会上也说过："电影是群众宣传底最伟大的工具。我们底任务就是把这个事业掌握在自己的手里。"[2] 1935 年在为苏联电影十五周年而作的贺词中，斯大林"把电影同时看成为：（一）教育工具（帮助工人阶级及其政党用社会主义精神去教育劳动者）；（二）组织群众的工具（组织群众为社会主义而斗争）；（三）提高文化水平的手段；（四）提高政治斗争的手段"[3]。

新中国领导人对电影事业给予了特别的关注。这种"特别关注"造成了正、反两面的影响：一方面，正是出于对电影作为传播媒介、宣传工具和斗争武器之地位的重视，促使新政权投入大量人力、物力、财力，积极发展电影事业，这是新中国电影事业在短时间内获得长足发展的主要原因；另一方面，同样出于对电影的重视，几乎每次政治运动都会在电影界引起巨大波澜，有一些运动甚至是从电影领域开始的。

题材规划

由于"十七年"特定的历史政治条件，文艺创作是由意识形态主导的。意识形态介入文艺最直接、最广泛、也最有效的角度不是艺术形式，而是艺术内容。对于电影而言，就是题材、主题、情节、人物等剧作内容。

剧本是"一剧之本"，是电影的思想和艺术基础，历来重视电影意识形态功能的国家都会首先重视电影编剧。如 1948 年在美国发生的"好莱坞十人案"，十个被迫害的对象中有八个都是电影编剧。对于新中国电影来说，编剧也一直处在首要的位置。无论是政府的电影领导机构、审查机构，还是电影的创作者、评论者和研究者，抑或电影的受众——普通老百姓，他们最关注的不是场面调度、摄影技巧或者剪辑方式，而是题材选择、主题思想、人物形象、情节结构、台词等剧作元素。所以，"十七年"期间电影作品的命运由编剧承担主要责任。从这个意义上来讲，"十七年"期间中国电影的发展历史就是电影编剧的发展历史。

意识形态对"十七年"中国电影的主导作用主要是通过题材规划实现的。"在新中国电影史上，题材规划基本上以两种形式出现。1956 年以前，题材规划由电影局根据政府政策及各上级部门的旨意一手经办……以完成了的电影剧本的形式分配给各制片厂摄制，制片厂是名副其实的加工厂。1956年，电影局撤销了电影剧本创作所，将编剧权下放各厂，由各厂自行创作剧本，但题材规划仍然是存在着的，只不过是换了一种形式而已，即由电影局制定历年的题材规划的总方针，各厂根据总方针分别制定本厂的题材规划，然后再报送电影局，电影局对各厂的题材规划进行平衡调整，由上级部门认可以后再将其交各厂进行创作。题材规划的两种方式之间最大的区别就在于前者由电影局组织剧本，后者由制片厂组织剧本，但题材规划本身则始终由电影局掌握。"[4]

电影剧作发展成为一种独立的、新型的文学形式

袁文殊于1960年7月在中国电影工作者联谊会第二次会员代表大会上做了题为"沿着毛泽东的道路大步前进的电影文学"的发言，回顾了我国电影编剧事业的发展历史，其中对新中国电影编剧事业的发展状况做了这样的描述：

"解放前出版的电影剧本不过寥寥可数的几种，而且发行的数量也很小。解放前从来也没有一个经常刊载电影剧本的文艺刊物，更不用说专门刊载电影剧本的刊物了。电影剧本作为一种文学形式，只是在解放以后才迅速发展成长起来，并在群众中产生了愈来愈广泛的影响的。据不精确的统计，解放十年来，共出版了电影剧本二百多种，其中我们国家创作的达一百二十六种，这还不包括在刊物上发表而没有印成单行本的电影剧本。不少电影剧本的印数达到数万册甚至十数万册。目前我们拥有两个专门刊载电影剧本的刊物《电影文学》和《电影创作》，每月发行量各达五六万份。此外，还有许多全国性和地方性的文学刊物，经常刊登电影剧本。与此同时，我们已经初步建立了一支年轻的电影文学队伍，它包括了一批专业的电影剧作家和经常写作电影剧本的文学家，以及许多业余电影剧作家。"[5]可见，从创作队伍、出版规模、发行状况以及社会影响力等方面来看，电影编剧在新中国已经发展成为一种与诗歌、散文、小说、戏剧等平等的、独立的文学类型。

5.1 气势恢宏的开场篇章（1949—1952）

从东北电影制片厂拍摄完成第一部故事片《桥》，到 1952 年私营电影公司完成公有化进程，新中国电影在相当艰苦的创作条件下，在短短的三年多时间里拍摄完成百余部故事片，并且确立了与旧中国电影和所有外国电影截然不同的、鲜明的风格特点，为"十七年"中国电影事业的发展奠定了相当坚实的基础。

这一时期电影编剧的发展态势又以 1951 年 5 月起对《武训传》的批判为界，划分为前后两个阶段：前期因为电影领导政策的宽松而呈现出表现领域宽阔、人物形象丰富的特点，后期则因为电影政策的"左倾"而陷入凋敝甚至荒芜的境地。

5.1.1 宽松的电影创作指导政策

新中国成立之初，文化事业领导人尚未制定出一套完整的电影事业发展计划，对电影事业仅做了一些宏观的、笼统的规定，在客观上营造了相当宽松自由的创作环境。在制片机构上是三家国营电影制片厂（东北电影制片厂、北京电影制片厂、上海电影制片厂）与十几家私营电影公司（主要集中在上海，如昆仑、文华、长江等）并存，在创作方面是以"无害于人民"为基本标准的。

对国营电影制片厂创作的指导政策

早在 1948 年 11 月，中共中央就对人民电影的创作工作做了全面的、原则性的指示："现在我们的电影事业还在初创时期，如果严格的程度超过我们事业所允许的水平，是有害的。其结果将是窒息新的电影事业的生长，因而反倒帮助了旧的有害的影片可得市场。"在电影编剧方面指出："电影剧本的标准，在政治上只要是反帝、反封建、反官僚资本的，而不是反苏、反共、反人民民主的就可以。还有一些对政治无大关系的影片，只要在宣传上无害处，有艺术上的价值，就可以。至于艺术的标准，亦应从大处着眼，不应流于细节的苛求。细节上的完美只能逐步达到，不能一蹴而就，这是要在实践、批评与学习的过程中逐渐做到的。""电影剧本故事的范畴，主要的应是解放区的，现代的，中国的，但同时亦可采取国民党统治区的，外国的，古代的。外国的进步名著，须加以适当的改造，古代的历史故事亦可以选择。"当然，创作自由的前提是以马克思列宁主义观点和党的政策为指导，因为："……阶级社会中的电影宣传，是一种阶级斗争的工具，而不是什么别的东西，如果没有马列主义观点和政策观点……就不能做党的好的宣传工作者。"[6]

这个指示所规定的内容无论对于当时的电影编剧事业，还是对于新中国成立后的电影编剧事业，都具有很强的指导意义、现实意义和可操作性，它直接促成了新中国成立初期"东影"一批优秀电影作品的出现：从1948年8月到1949年6月，"东影"共完成了《桥》《回到自己的队伍来》《光芒万丈》《中华女儿》《无形的战线》《内蒙春光》《赵一曼》《白衣战士》等八个剧本，为新中国第一批人民电影的诞生做好了充分的准备。

对私营电影公司创作的指导政策

1949年10月22日至11月8日，中央电影局在举行艺术委员会会议期间召开扩大会议，讨论私营电影的创作问题。会议传达了中央领导关于私营电影业的两个指示：一个是周恩来总理关于私营电影公司应该在工作中边学习、边进步的指示，另一个是周扬关于"私营厂可以写都市中的小市民和各种人物在人民政权中的改造、新生"的指示，比较明确地规定了私营电影公司的创作方向。

11月9日，上海市军管会召开私营电影厂厂方座谈会，时任上海市军管会文管会副主任暨上海市委宣传部副部长的夏衍对人民政府关于私营电影的方针政策进行了阐述和说明："提出对私营电影的'最低的要求是无害于人民'，希望拍摄对人民和新中国有益处的电影。"[7]为了解决新中国成立初期全国性的"剧本荒"问题，夏衍甚至大胆提出"白开水"理论。"他打了一个比方，大米、面粉、奶蛋、蔬菜，都有营养，必不可少；茶、咖啡，没有营养，但并没有害处，还可以提神，我们也不反对。中国人过去吃鸦片，那是有害处的，我们便坚决反对。因此，电影题材只要不反共，不提倡封建迷信，有娱乐性的当然可以，连不起好作用，但也不起坏作用的'白开水'也可以的。"[8]

这种宽松的电影领导政策为集中在上海的私营电影公司在新中国成立之初创作出《我这一辈子》《腐蚀》等一大批优秀电影作品确定了基调。

5.1.2 大力培养编剧队伍

剧本是电影艺术的基础，新中国成立初期人民电影事业面临的最严重的问题就是"剧本荒"，各个电影制片厂常常陷入无米下锅的窘境。针对这种严峻的状况，新中国电影事业的领导人采取了多种方法促进电影编剧工作的发展，比如：鼓励有创作经验的专业电影剧作家观察新社会、深入新生活，积极进行适应新时代要求的剧本创作；鼓励其他门类的文学创作者（主要是话剧作者和小说作者）了解电影艺术的特性，尝试电影剧本的写作；更重要的是从长远的目光出发，积极培养一支年轻的、专业的电影编剧队伍。

1950年春，在夏衍的倡议下，上海成立了"电影文学研究所"，这是一个专门为私营电影公司提供剧本的民间组织，骨干人物是二十世纪三四十年代国统区的进步电影工作者：夏衍、章靳以、周而复任理事会主席，陈鲤庭、田鲁任总干事，冯雪峰、柯灵、陈白尘、叶以群等作为成员参加。"该所成立的初衷是为了解决私营电影企业剧本来源少的困难，但更重要的还是想从创作上为私营厂树立一个进步的榜样，以影响其今后的创作。"该所共为私营电影公司编写了十多部电影剧本，代表作有《我们夫妇之间》《关连长》《人民的巨掌》《夫妇进行曲》等。

1951年4月，"文化部电影局电影剧本创作所"成立，由王震之任所长，袁文殊任副所长。这个创作所的主要任务是为国营电影制片厂提供剧本、培养新生的电影编剧力量。

这一南一北遥相呼应的两个编剧机构不但为新中国电影事业提供了大量的优秀剧本，缓解了剧本荒的危机，更为新中国电影的长远发展培养和准备了专业的编剧人才，具有非常重要的意义。

1950年7月，陈波儿主持筹办了北京电影学院的前身——"电影表演艺术研究所"，培养了三个班次的电影表演、电影编剧人才，这些人后来大都为中国电影事业做出了贡献。1956年6月1日，经国务院批准正式成立了北京电影学院，并从1961年起增设文学系，为新中国电影事业培养专门的电影编剧人才。

5.1.3 电影编剧成绩斐然

国营电影制片厂："一鸣惊人"

从1938年组织"延安电影团"到1948年成立东北电影制片厂，党的电影事业在艰苦卓绝的战争形势中一直进行着顽强的斗争，并且还在不断地发展着。虽然由于客观战争条件的种种限制，直到新中国成立，党的电影队伍也未曾完成过一部常规标准的故事片，但如前文所述，中共各级机构和领导是非常重视故事片的拍摄工作的，早在新中国成立之前就开始部署摄制故事片的准备工作，其中主要就是剧本的组织准备工作。

新中国成立之后，三个国营电影大厂迅速完成了一批故事片。从1951年3月8日开始，全国二十六个大城市同时举行了"国营电影厂出品新片展览月"，展映的二十部故事片呈现出与旧中国电影截然不同的崭新风格，标志着新中国人民电影的迅速崛起。

国营电影制片厂第一批电影作品在编剧方面有如下特点：

（1）改编为主

除了少数几部电影的剧本属于原创（如《桥》《中华女儿》《赵一曼》）之外，新中国第一批电影作品大都改编自别的艺术门类中已经获得成功的原著作品，比如《钢铁战士》改编自武兆堤、苏里和吴茵的话剧原著；《新儿女英雄传》改编自袁静、孔厥的小说原著；《白毛女》改编自延安鲁艺工作团集体创作的歌剧原著；《吕梁英雄》改编自马烽的小说原著《吕梁英雄传》。这样做的原因有二：一方面，来自解放区的电影工作者缺乏故事片创作经验，进行原创的电影编剧工作比较困难；另一方面，原著已经得到以工农兵为主体的普通观众的认可和喜爱，可以保证改编后的电影也为他们所接受和喜爱。

（2）革命战争题材为主

国营厂第一批电影作品中，革命战争题材占了主流。这是由于中国人民刚刚取得新民主主义革命的伟大胜利，迫切要求在大银幕上抒发胜利的喜悦，赞颂伟大的中国共产党及其所领导的武装斗争，以激发中国人民继续以革命战争的豪情壮志和宏伟气魄投身到建设新中国的热潮中。

同样的革命战争题材又有不同的表现方法，大致分为两种：一种是正面描写战争场面和英雄人物，歌颂他们伟大的斗争精神和自我牺牲精神，如《钢铁战士》《赵一曼》《中华女儿》《新儿女英雄传》等；另一种是通过表现支援战争的英雄人物及其事迹，从侧面烘托革命战争的伟大、正义和胜利的必然，如《桥》《白衣战士》等。

（3）工农兵成为银幕主角

新中国的成立，标志着以工农兵为主体的劳动人民摆脱千百年来受压迫、受剥削的地位，翻身做了主人。在大银幕上，工农兵也不再是受压迫、受迫害的软弱形象，而是以顶天立地的形象成为主角。国营厂的第一批电影作品塑造了为推翻帝国主义、封建主义和国民党反动统治而英勇斗争的革命者的光辉形象，如《钢铁战士》中的张志坚、《中华女儿》中的胡秀芝、《赵一曼》中的赵一曼、《翠岗红旗》中的江春旺等等；塑造了受尽旧社会的压迫、充满反抗精神的农民形象，如《白毛女》中的喜儿和大春、《陕北牧歌》中的宝娃等；还塑造了勇于迎接挑战、具有忘我工作精神的工人形象，如《桥》中的梁日升、老侯头。他们是旧中国电影中从来没有出现过的崭新形象，是新中国电影艺术工作者遵循毛泽东同志《在延安文艺座谈会上的讲话》所指引的文艺方向而取得的重大成果。

（4）人物语言

在人物语言方面，国营厂第一批电影作品常常出现口号化、标语化、缺乏生活气息等问题，这与新中国电影的意识形态性有着莫大的关系。这里仅举一例，由于敏编剧的《赵一曼》中赵一曼有这样一段台词：

"敌人就是这样毒辣，想把东北人民烧光、杀光，想一下子叫咱们亡国灭种，把咱吓倒，再也不敢反抗啦。他想错啦。中国人从来也没有叫帝国主义吓倒过！……他想把老百姓归到一起监视起来，再也不能帮助抗日军了；他想抽干了水捉鱼，拆散我们军民的血肉关系，把抗日军消灭干净。他想错了！抗日军是老百姓自己的军队，老百姓和抗日军的关系，火也烧不断！刀也砍不断！老百姓象大海一样，水是抽不干的。同胞们！我们要擦干眼泪，咬紧牙关，去报仇，报仇！"[9]

这是一段很有代表性的台词，口号化、书面化，但较缺乏生动的个性特征。

（5）对其他民间艺术形式表现手法的吸收

为了让工农兵观众看得懂、喜欢看，国营厂第一批电影作品广泛地吸取了其他艺术形式的表现手法，比如民间评书艺术和戏曲艺术中惯用的背景交代手法：在开篇就把故事的背景、矛盾冲突的双方及其力量对比等交代得清清楚楚，然后在这个背景下展开故事情节。而电影中的这种交代一般采用字幕的形式。如颜一烟编剧的《中华女儿》，在片头通过字幕介绍了故事背景："自一九三一年九月十八日，日本帝国主义者进军东北，人民公敌蒋介石，命令驻军撤进关内，东北全部沦陷，三千万东北同胞坠入水深火热之中！中国人民领导者中国共产党和毛主席立即提出驱逐日寇恢复失地的主张，发动东北人民优秀的儿女组织抗日军队，与敌伪展开了顽强的斗争。"[10]

另外就是大量使用电影插曲，比如《赵一曼》中女战士们合唱的《晚会之歌》："明月如银镜，大雪满山林，齐鼓掌，如雷鸣。最生动活泼，慷慨高歌；舞蹈狂欢，热血沸腾；野火辉煌下，同祝革命青春……"男战士们合唱的《从军行》："白山下松江之滨，卖牛买枪从军，赴国难共伸义愤。碧血染战袍，百战铁将军。奋力抗日寇，看！杀敌不顾身……"[11]《白毛女》《翠岗红旗》也都是以富有地方特色的民歌开场；而孙谦编剧的《陕北牧歌》更是以陕北民歌作为贯穿全片的重要线索。

私营电影公司："老树新花"

在周扬关于私营电影公司的创作指示和夏衍的直接领导下，公有化之前的私营电影公司在新中国成立初期出品了多部优秀的电影作品，如《我这一辈子》（石挥改编）、《腐蚀》（柯灵改编）、《太平春》（桑弧编剧）、《人民的巨掌》（夏衍编剧）、《武训传》（孙瑜编剧）、《姊姊妹妹站起来》（陈西禾编剧）、《方珍珠》（徐昌霖编剧）、《我们夫妇之间》（郑君里编剧）、《关连长》（石挥编剧）等等。

私营电影公司新中国成立后的第一批电影作品在编剧艺术方面具有以下特点：

（1）在题材和主题方面，私营公司的作品要比国营厂的作品更加丰富、多样。题材方面，主要集中在两类题材：普通市民阶层在新中国成立前的悲惨遭遇和带有旧社会某些思想痼疾的人如何在新社会接受教育和改造、实现转变。前一类题材以《我这一辈子》《腐蚀》为代表，后一类题材如《姊姊妹妹站起来》《我们夫妇之间》等。此外还有历史题材的《武训传》，表现人民战士风貌的《关连长》等。无论何种题材，都背负着同样的主题使命：批判旧社会、歌颂新社会。

（2）人物形象方面，为了实现"批判旧社会、歌颂新社会"的目的，私营厂的电影编剧把表现的笔触对准城市里形形色色的人：旧社会的一个穷巡警（《我这一辈子》）、带有小资产阶级倾向的丈夫（《我们夫妇之间》）、旧社会受尽凌辱的妇女（《姊姊妹妹站起来》），还有敌人阵营里被逼成为特务的女教员（《腐蚀》）……这些面貌迥异的人物形象交织在一起，描绘出一幅幅生动的社会风情画，在鞭挞腐蚀一切、毁灭一切的旧社会的同时，更歌颂了荡涤一切、刷新一切的新社会。

由于私营电影公司的电影工作者拥有比较丰富的电影创作经验，所以比较善于运用各种编剧技巧，达到表达主题、感染观众的目的。《我这一辈子》代表了这一时期私营电影公司编剧艺术的最高水平。电影取材自老舍的小说，改编后的电影剧本依然保留了原著独特的视角——一个在旧社会艰难求生的小巡警的视角，通过他一生的遭际，串联起从清朝末年到新中国成立前夕北京城的社会变迁，并通过他的种种遭遇和困惑来批判黑暗的旧社会，从侧面颂扬新社会。从剧作结构上来说，剧本采用了"横断面"的结构方式，大取大舍：在"纵"的方面，以老巡警"我"的人生遭际为主线；在"横"的方面，抓住"我"的一生中几个最重要的阶段，浓墨重彩地加以铺陈，来表现中国社会的变迁，形成了纵横交错、疏密有致的情节格局。

5.1.4 发展中的不和谐音符：政治批判运动初露端倪

文化部电影指导委员会的成立

1950 年，周恩来总理批评国营厂出品的影片《内蒙春光》违反了"共同纲领"中民族统一战线政策，并建议成立电影指导委员会以加强对电影创作的领导。同年 7 月 11 日，"文化部电影指导委员会"在北京成立，委员有沈雁冰、周扬、沙可夫、袁牧之、蔡楚生、史东山、陈波儿、陆定一、廖承志、丁玲、艾青、老舍等三十二人（9 月 7 日又加聘陈沂、刘白羽、宋之的为委员），由沈雁冰任主任委员。它的任务是"对有关推进电影事业及国营厂的电影剧本、故事梗概、制片和发行计划及私营电影企业的影片提出意见，并会同文化部共同审查和评议"[12]。1951 年 4 月该指导委员会决定成立上海分会，以加强对上海电影界创作的领导，分会由夏衍负责。

然而由于对剧本思想政治倾向的过于敏感和严格，电影指导委员会的成立非但没有促进新中国电影健康、迅速地成长，反而导致了严重的下滑。从 1950 年 7 月成立到 1952 年上半年停止活动约一年的时间里，指导委员会先后召开十几次创作会议，否定剧本四十多个，其中除少部分是由于艺术形式不成熟而被否定之外，绝大部分都是由于在主题思想上所谓的"政治性错误"而被否定，沉重打击了成长中的编剧队伍的创作积极性。1952 年，受苏联电影创作倾向的影响，指导委员会不切实际地提出了"重大题材论"，要求电影编剧创作出反映重大战争历史事件的影片，令广大编剧人员望而生畏、无所适从，剧本创作几乎陷于停滞状态。

指导委员会的"错误指导"使新中国电影事业的"剧本荒"困境雪上加霜，直接导致了 1951 年全年和 1952 年上半年新中国电影的凋敝状况。

《武训传》风波

与国营厂的电影创作相比，私营电影公司的电影创作在思想政治方面承受了更大的压力，其中影响比较大的是围绕电影《武训传》展开的一场全国性大批判。

1950 年，由孙瑜编导、昆仑摄制完成的历史题材电影《武训传》在上海公映，获得良好的反响；1951 年 2 月该片进京公映，宣传媒体亦是好评如潮。

然而，令主创人员始料未及的是，政治风向竟在顷刻之间风云突变。5月23日，中央电影局向全国电影从业人员发出《关于电影从业人员积极参加〈武训传〉讨论的通知》，要求"均须在各单位负责同志有计划的领导下，进行并展开对《武训传》的讨论，借以提高思想认识；同时并有责任向观众进行教育，以肃清不良影响。并须将讨论结果及经过情况随时汇报来局。"[13]一场声势浩大的批判运动随之在全国范围内展开。至此，对《武训传》的批判已经完全脱离了文艺批评的范畴，走入思想政治批判的歧路。

5月26日，《解放日报》发表孙瑜的检讨文章《我对〈武训传〉所犯错误的初步认识》；7月23日至28日，《人民日报》连载《武训历史调查记》，给武训戴上"大地主、大债主、大流氓"三顶帽子；8月8日《人民日报》又发表周扬的批判文章《反人民、反历史的思想和反现实主义的艺术》。

《武训传》问题的核心在于如何看待武训的"行乞兴学"。其实孙瑜本来是想通过这部影片实验一种"批判结合歌颂"的艺术手法，他在剧本阶段给影片定下的主题思想是："评述和刻画武训幻想'念书能救穷人'并为之奋斗一生的'悲剧'，歌颂他坚持到底的精神，描写武训发现他兴学失败的悲痛，把希望寄托在周大武装斗争的胜利上。"[14]然而，在当时敏感的历史政治条件下，影片的批判性被完全忽略，持批判意见的评论家和文化领导认为武训这个人根本不应该成为影片的主角，更不应该成为被正面表现的对象。

8月26日，在周扬等文化部领导的授意下，与《武训传》几乎没有任何瓜葛的夏衍在《人民日报》发表文章《从〈武训传〉的批判检讨我在上海文化艺术界的工作》，以上海市文艺事业领导的身份承担了《武训传》的主要责任，为"《武训传》风波"画上了休止符。

1985年9月召开的"陶行知研究会和基金会"成立大会上，中共中央政治局委员胡乔木对这场批判做出否定的评价。他说："解放初期，也就是一九五一年曾经发生过对电影《武训传》的批判。这个批判涉及的范围相当广泛。我们现在不对武训本人和这个电影进行全面的评价，但我可以负责任地说明，当时这种批判是非常片面、极端和粗暴的。因此，这个批判不但不能认为完全正确，甚至也不能说它基本正确。"[15]

所幸的是，围绕《武训传》展开的批判还仅仅限制在思想领域，是为了澄清中国文化界的所谓"思想混乱"，并没有过分追究个人责任，所以对创作人员所造成的损害还是比较小的。

文艺界第一次整风运动

除了《武训传》，相继受到批判的还有另外几部私营电影公司的影片，如《荣誉属于谁》《关连长》和《我们夫妇之间》等。

私营电影公司的影片在政治上频频犯下"重大错误"，使得电影事业的领导人意识到私营电影公司在创作方面存在着巨大隐患。文化部在北京召开全国私营电影公司负责人会议，决定逐步将私营电影业转为公有制。1949年底到1950年初，首先成立了公私合营的长江电影制片厂；1951年9月间，昆仑影业公司与长江厂合并成立公私合营性质的"长江昆仑联合电影制片厂"；1952年2月1日，以"长昆厂"为基础，联合文华影业公司、国泰影业公司、大同电影企业公司、大中华影业公司、大光明影业公司和华光影业公司，成立了国营性质的"上海联合电影制片厂"，由于伶担任厂长，这标志着私营电影公司公有化进程的完成。

同时，中宣部决定在文艺界开展一次文艺整风学习。1951年11月26日毛泽东同志对中共中央转发的中宣部关于文艺干部整风学习的报告做了批示，标志着第一次整风运动的正式开始。这场整风运动的主要战场是上海文艺界，以夏衍为首的上海文艺界领导因为在电影事业上秉持的宽松政策而遭到了种种非议和质疑。1952年1月27日，《文汇报》发表姚芳藻的文章《是从头做起的时候了——结算私营电影业两年来所犯的错误》，对一大批私营电影进行了否定和批判，如《关连长》《我们夫妇之间》《球场风波》《夫妇进行曲》等片；3月15日《文汇报》发表严子铮的文章《资产阶级创作方法的失败——关于上海电影文学研究所》，矛头直指夏衍等上海文艺界领导，为了保护这个编剧培训组织，夏衍将其改组为上海电影剧本创作所，挂在文化局名下，成为隶属于文化局的业务单位。

轰轰烈烈的整风运动使本来激情洋溢的新中国电影界出现了一片讨伐喊杀之声，创作者们战战兢兢，完全失去了创作的热情和勇气，导致电影创作一片凋零。

5.1.5 具有代表性的编剧及作品

新中国成立后短短的三年时间里，就涌现了一批新生的编剧力量。他们大都接受了马克思列宁主义文艺理论的信条，并且系统地学习了毛泽东同志《在延安文艺座谈会上的讲话》，树立了无产阶级文艺观和创作观。虽然电影编剧领域对于他们是新鲜而陌生的，但是同时也是充满吸引力的，他们以个人的极大努力和毅力，创作出一大批带有鲜明时代特色和民族特点的电影剧本，为新中国电影事业的奠基做出了卓越的贡献。

于敏及其《桥》《赵一曼》

于敏，原名于民，1914年出生于山东省潍县，电影剧作家。他在青少年时期就接触了大量的外国进步文学作品，不但增强了文学修养，而且逐渐接受了进步的民主思想。此后曾在上海代替同学王滨到联华影业公司做过一段场记工作，这对他以后从事电影剧本创作和电影评论工作有很大影响。"八一三"之后，他走上了革命的道路。参加过游击队，讲过政治课，在延安担任过党中央第一个机关报《新华日报》的记者和编辑，还翻译了一些介绍斯坦尼斯拉夫斯基的文章，初步钻研了马列主义的文艺理论。高尔基在第一次全苏作家代表大会上的报告——《苏联的文学》中关于"应当选取劳动者作为我们书中主要的英雄"，"我们应当学会理解劳动是一种创作"的思想，对他的创作起了极大的启发作用。而1942年毛泽东同志《在延安文艺座谈会上的讲话》进一步使他确立了马列主义的文艺观，明确了实践对于文艺工作者的重要意义，为他以后的电影文学创作活动打下了坚实的基础。在毛泽东文艺思想的指导下，他越发认识到要去表现中国革命战争的主人——工人和农民，这一思想成为他以后创作所遵循的信念。1947年冬，他调到东北电影制片厂任编剧，从此开始了电影文学的创作活动。

于敏编剧的《桥》是新中国第一部长故事片。由东影于1949年4月拍摄完成。影片表现的是1947年初春，解放战争正在如火如荼地进行，担负着运输战争物资重任的铁桥被敌人破坏，影响了战事的进行。为了支援解放战争，东北铁路工厂的工人们克服观念上、技术上的重重阻碍和困难，及时修复了铁桥，保证了我军战争物资的顺利运输。影片通过塑造炼钢组长梁日升、铆工组长老侯头、青年工人吴一竹等工人阶级的群体形象，热情歌颂了他们知难而上、艰苦奋斗的优秀品质和为了革命牺牲自我的伟大精神。从编剧艺术的角度来看，剧本略显稚嫩，线索单一，矛盾冲突的设置比较模糊，情节结构的推进缺乏内在的驱动力，人物语言在个性化方面还有不足。但这毕竟是"……中国工人阶级第一次不再以被压迫、被剥削、被同情的形象，而是以解放了的主人公姿态出现在银幕上。这是一个良好的开端，揭开了新中国电影有历史意义的崭新的一页"[16]。当它于1949年五一国际劳动节上映的时候，得到了观众的普遍赞扬，有的评论说它"为人民影剧开拓了新的园地和新的道路"，"是新中国影坛上的一声春雷"。

东影1950年5月拍摄完成的《赵一曼》是于敏的另一代表作品，影片表现的是东北抗日战争时期抗联女英雄赵一曼团结群众坚持地下斗争的事迹：她深入群众、依靠群众，同群众有着血肉联系；被捕后坚贞不屈、坚持斗争，最终慷慨就义。在她身上，集中体现了东北抗联战士们的优秀品质。在编剧艺术上，《赵一曼》要比《桥》成熟很多，它的结构更加完整，节奏更加鲜明，手法也更为多样（尤其明显的是大量使用了电影插曲，营造出革命战争年代特有的氛围）。最重要的，剧本以表现"人"为创作的中心任务，为观众塑造出一个"红装白马、驰骋哈东"，性格鲜明、有血有肉的女英雄形象，至今令人难忘。

从1951年到1961年，于敏又创作了《高歌猛进》《无穷的潜力》《我们是一家》《工地一青年》《一个平常女人的故事》《炉火正红》《天外有青天》等多部电影文学剧本，全面地反映了工人、工程技术人员和工人家属等各种人物形象及其生活形态、精神面貌，在工业题材电影的编剧方面做出了刻苦、大胆而有效的探索。

他还曾发表大量探讨编剧理论与技巧的文章。如《本末》一文精辟地论述了电影编剧的创作规律：生活是创作的唯一源泉，作家对生活要有真知灼见；提倡运用革命现实主义的创作方法；提倡电影文学创作形式、风格的多样化等等。《求真》《树人》等文则针对电影剧本的创作问题，进一步阐述了他的反映论和实践论观点，强调了革命现实主义的创作精神与方法。这些论文观点鲜明、文风独特，对促进我国电影编剧事业起到了积极的作用。

颜一烟及其《中华女儿》《一贯害人道》

颜一烟，女，1913年出生于北京，电影剧作家。她早年从事进步的小说和戏剧创作。在文艺创作上深受黄庐隐、冰心、鲁迅、高尔基等作家的影响，1948年调到东北电影制片厂任编剧。

《中华女儿》是颜一烟创作的第一个电影文学剧本，根据抗日联军中"八女投江"的素材创作，再现了八位英勇的抗联女战士与敌人战斗到最后一刻、英勇牺牲的英雄事迹。剧本在群像塑造方面比较成功，刻画了经历、性格、认识水平各不相同的八位女战士的形象，突出表现了她们热爱祖国、献身革命的崇高思想和坚贞性格。尤其是普通农村妇女胡秀芝一步步成长为英勇的抗联女战士的过程，被作者表现得真实可信，作者为她设计了很多细节（比如她的旧式发髻——"封建疙瘩"，她第一次行军礼手心向外等），使这个人物形象具体、丰满、生动。虽然故事表现的是我弱敌强的斗争形势，最后的结局也是八位女战士的牺牲，但是全片的基调并不是消极和低沉的，而是始终洋溢着革命英雄主义和革命乐观主义的精神，尤其是八位女战士高唱《国际歌》、相挽着奔向江水的壮烈场景，激动人心、催人泪下，已经成为新中国早期电影中的经典场景之一。影片于1950年获得第五届卡罗维发利国际电影节"争取自由斗争奖"，是新中国第一部获国际奖的影片。

1950年，颜一烟调到中央电影局剧本创作所任编剧。1951年创作了电影文学剧本《一贯害人道》，通过倒叙的方法，让一个曾经深受反动道派侵害、后来在人民政府的教育和帮助下改过自新的教徒徐凤生讲述自己的亲身经历，控诉"一贯道"反动头目利用封建迷信欺骗群众，骗取道众金钱财产以供自己享乐挥霍，骗奸强暴妇女，暗中勾结日本特务机关和国民党反动派进行反革命活动的滔天罪行。剧本通过形象的描写，成功地配合了当时人民政府取缔反动会道门、镇压反革命分子的运动。

王震之及其《内蒙人民的胜利》

王震之，电影剧作家，1916年出生于湖南长沙，后迁居北平。1935年考入同济大学，在校期间开始"文艺抗日"的活动。1938年4月到达延安，先后担任过鲁艺实验话剧团主任、鲁艺戏剧系副主任、部队艺术学校副校长、文工团团长等职务，同时还创作了许多话剧、京剧、活报剧剧本，如《顺民》、《咆哮的河北》、《八百壮士》（与崔嵬合写）、《矿山》、《大丹河》、《流寇队长》、《一心堂》、《松林恨》、《打虎沟》、《冀东起义》、《平江惨案》、《保卫边区》等。这些作品分别从不同侧面宣传了党的团结抗日主张，反映了解放区军民的战斗和生活，揭露了国民党假抗日真反共的面目，发挥了革命文艺的战斗作用。

1946年10月，王震之被调到东北电影制片厂担任编剧、编译组长、剧团团长；1949年7月，调到中央电影局；1951年4月被任命为中央电影局剧本创作所所长；1953年再次调回东影任专业编剧。他的电影编剧作品主要有《白衣战士》（表现我军野战医院医务人员忘我工作的精神）、《卫国保家》（描写东北解放战争时期翻身农民踊跃参加人民军队）、《内蒙人民的胜利》等。

其中于1950年拍摄完成的《内蒙人民的胜利》（原名《内蒙春光》）是新中国第一部少数民族题材电影作品，表现的是解放战争的反攻阶段，内蒙古的蒙汉两族人民在党的领导下与国民党特务进行英勇斗争的真实历史，以及当时的内蒙古少数民族上层分子之间的斗争。影片比较成功地反映了党的民族政策的正确性、灵活性，及其在少数民族地区的深刻影响和重大胜利，也比较广泛而深入地揭示出阶级斗争的尖锐性、复杂性。民族政策问题是一个十分重大的、敏感的课题，新中国的电影工作者在如何运用电影的形式反映党的民族政策方面还缺乏经验，所以周恩来总理非常重视和关心该片的创作。他在看了样片之后，对其中有关政策性的重要问题提出了原则意见，并启发创作者从党的民族政策的高度去修改影片。编剧王震之和其他创作人员一起认真听取总理的指示，对剧本进行了再创作，最终完成了一部基本上能够正确地体现、贯彻、宣传党的民族政策的影片，为其后的少数民族题材电影创作积累了宝贵的经验。1952年，该片荣获第七届卡罗维发利国际电影节编剧奖，这是新中国电影获得的第一个电影编剧的国际奖项。

《白毛女》

《白毛女》改编自延安鲁迅艺术文学院集体创作的同名歌剧，是新中国最早一部反映农村生活、塑造农民形象的电影。编剧以喜儿的悲惨遭遇和命运为贯穿线索，以"旧社会把人变成鬼，新社会把鬼变成人"为主题，典型而深刻地反映了旧时代里地主阶级对农民的沉重压迫。

在结构方式上，出于对工农兵观众欣赏习惯的考虑，创作者借鉴了中国古典白话小说的结构方法，紧紧围绕主人公喜儿悲欢离合的人生遭遇讲述故事，虽然情节复杂，却脉络清晰、通俗顺畅，使观众的情绪随着喜儿的命运而起伏跌宕、或喜或悲。

在人物塑造上，创作者非常注意揭示中国农村各种人物的不同性格特点的丰富性。以主人公喜儿为例，在塑造这个形象时，创作者多侧面、多角度地表现了她的丰富个性：对生活充满热爱、对爱情忠贞不渝、对地主彻骨痛恨、对压迫勇于反抗，成功地塑造出一个受尽折磨而又顽强不屈地反抗封建势力的艺术典型。对次要人物则抓住其性格中最鲜明的特点加以突出、渲染，使其在有限的篇幅内也能给观众留下鲜明而深刻的印象，如杨白劳的忠厚怯懦、王大春的耿直实诚、张二婶的善良软弱等。

在编剧技巧方面，作者大量采用了为普通观众所喜闻乐见的歌唱形式，不但保留了原歌剧中的经典唱段，如喜儿的"北风那个吹，雪花那个飘，风天雪地两只鸟……"、杨白劳的"喜儿喜儿你睡了……你爹有罪不能饶"，还大量使用了具有地方特色的民歌，如开头赵大叔所唱："清清的流水蓝蓝的天，山下一片米粮川……"，大春和喜儿的对唱："连根的树儿风刮断，连心的人儿活拆散；一幅蓝布两下里裁，一家人儿两分开……"。此外还有起到介绍和评论剧情作用的伴唱段落，如表现喜儿在山中艰难求生场面的伴唱："老天杀人不眨眼，大风大雪变了天……深山野洞难活命。喜儿啊，血海深仇还没有报，难道石沉大海再也不能把冤伸。喜儿啊，你要活！海水干了也要活，石头烂了也要活，苦难的日子总能熬出头，留着性命报冤仇。"[17]

该片在文化部1949—1955年举办的优秀影片评选活动中获得一等奖，还曾被日本著名导演山本萨夫称赞为"中国传统的现实主义手法运用得最好的一部影片"。

5.1.6 编剧理论的探讨

如何理解"为工农兵服务"

毛泽东同志《在延安文艺座谈会上的讲话》中提出了"二为"方针："文艺为无产阶级服务，为工农兵服务"，1949年的第一次文代会将其确定为新中国文艺的大政方针，其核心内容是确定了新中国文艺的政治化原则和工农兵方向，新中国成立后的前三十年，新中国的文艺就是在这个文艺方针的指导下运作的。本时期电影编剧理论的一个焦点问题就是如何理解"为工农兵服务"的问题。

早在新中国成立之前，1949年8—10月，在刚刚解放的上海，以《文汇报》为基地，连续发表了十多篇讨论文章，就"小资产阶级能否成为电影主角"的问题展开论战。这个问题追根溯源就是对于毛泽东同志《在延安文艺座谈会上的讲话》中"为工农兵服务"如何理解和阐释的问题。以陈白尘为代表的一方认为："文艺为工农兵服务，而且应以工农兵为主角，所谓也可以写小资产阶级，是指以工农兵为主角的作品中，可以有小资产阶级、资产阶级的人物出现。"[18] 冼群则反驳说，小资产阶级成为作品的主角当然是可以的，关键在于"我们（写的人）不是站在小资产阶级的立场上，而是站在无产阶级的立场上去研究、去描写的问题"[19]。关于这个问题展开的讨论日渐激烈、相持不下，人们便去请示时任上海市文艺事业领导的夏衍，夏衍说：当然可以写。他还引用毛泽东同志《在延安文艺座谈会上的讲话》内容作为佐证，《讲话》中明确指出：文艺是为四种人服务的，其中第四种就是"城市的小资产阶级劳动群众和知识分子"。

这次创作理论之争在何其芳同志以文字的形式"作了完全的分析，提供了全面的见解以后而告平息了"[20]，这里所谓的"文字的形式"就是在《文艺报》一卷四期上刊载的《一个文艺创作的问题的争论》，文章对两种对立的观点各打五十大板："只看到为人民大众里面包括有为小资产阶级这一内容，而不认识或不强调今天的文艺家必须与工农兵相结合、改造自己，那就等于实际上没有接受过这个新方向。认识了强调了为人民大众里面应该首先为工农兵这一根本精神，但因此就简单地过火地以为一切具体文艺作品绝对只能以工农兵为主角，那也是一种不适当的应用。"[21] 当时负责电影领导工作的黄钢在 1951 年的一篇题为《对在电影工作中贯彻毛主席文艺方向必须有正确的理解》的文章里，表示了对何其芳所做分析综述的认同。

其实关于"电影为工农兵服务"的具体含义，"……历来就不很明确，大概的含义就是要求电影作品表现工农兵生活，反映工农兵观点，满足工农兵政治上、文化上的需要，同时也要以社会主义、共产主义思想教育工农兵，向他们宣传党和政府的各项方针、政策，最终鼓舞起他们参加社会主义革命和建设的热情"[22]。的确，"为工农兵服务"是一个抽象的、宽泛的概念，但我们可以肯定的是，条条大路通罗马，在如何"为工农兵服务"方面可以有多种形式。以小资产阶级、民族资产阶级、甚至资产阶级为主角的电影，如果角度选得好，也一样可以实现"为工农兵服务""为社会主义服务"的目标。如果仅仅把它理解为"只有工农兵才能作为银幕的主角"，那么银幕上的色彩恐怕就过于单一和单调了。

革命现实主义的创作方法

新中国成立初期的电影编剧在创作方法上继承了二十世纪三四十年代进步电影的"革命现实主义"传统，具体来说，这种创作方法是把"镜头对准严酷的现实生活，脉搏应和强烈的时代节拍……以真实、感人的银幕形象，帮助人民群众看清自己所处的被剥削、被压迫的可悲地位，认清民族敌人、阶级敌人的可憎面目，唤起他们团结战斗，去埋葬可诅咒的旧社会，有力地配合了中国革命"[23]。这种创作方法在 20 世纪 30 年代的左翼电影如《春蚕》《渔光曲》《神女》《马路天使》和 20 世纪 40 年代的进步电影《一江春水向东流》《八千里路云和月》《万家灯火》《乌鸦与麻雀》中有很好的体现。与此同时，解放区以延安电影团为代表的电影工作者，记录了大量战斗的真实场景，给新中国电影事业提供了珍贵的革命斗争文献史料。

新中国成立之后，劳动人民翻身做了主人，表现革命战争的影片也由侧面的暗示转为正面描写，国统区进步的电影工作者和解放区的电影工作者融汇在一起，使革命现实主义创作方法更加丰富和完善，很快创作出了《白毛女》《钢铁战士》《中华女儿》《赵一曼》《翠岗红旗》《我这一辈子》等优秀电影作品，新的生活、新的场景、新的人物形象占领了新中国的银幕，开创了社会主义电影的新局面。

革命现实主义创作方法的具体内容包括：用现实主义的手法真实地再现革命战争历史，歌颂中国共产党领导的伟大的民族独立战争和解放战争，激励新生的中国人民努力建设社会主义新中国。这种创作目的是通过塑造一系列革命英雄人物形象实现的，这批作品"以其高亢激越的战斗豪情和恢宏壮阔的史诗气魄，奏响了新中国电影的最强音"[24]。

5.2 鼓舞人心的进行曲（1953—1956）

经过了新中国成立初期制片机构上的过渡阶段和电影创作的摸索阶段，从1953年开始，新中国电影进入稳步发展时期。这一阶段，在过渡时期批判《武训传》等私营电影导致电影创作严重凋敝的教训下，电影领导政策总体上比较宽松，电影创作水平呈现逐步恢复、回升、发展的态势。到1956年前后，达到一个发展高潮。

5.2.1 相对宽松的创作环境

正确的电影事业领导政策

1951年全年和1952年上半年电影创作领域的凋敝状况引起了文化界领导的注意，也促使他们对于当时的文艺政策进行反思。1952年7月15日，电影局召开厂长联席会议，文化部副部长周扬到会讲话，希望改观当前的电影创作问题。讲话中指出："我们的题材的要求应该是广泛的，因为电影观众的要求应该是广泛的，因为电影观众的要求应该是多方面的，而作家所熟悉的方面也各不相同，所以题材应该广泛，都要写纪念碑式的作品，作品一定出不来，过去似乎是有些趋向于写大主题的毛病。"[25]

1953年，电影局在《关于电影加强艺术创作工作的意见》中要求改变过去以行政命令的方式组织创作"出题作文，限期交卷"等违反艺术创作规律的一些做法，指出应慎重地依据作家能力、知识以及生活经验等来确定题材、主题。12月24日，政务院第199次政务会议通过了《中央人民政府政务院关于加强电影制片工作的决定》，要求题材规划必须根据广大观众的需要与编剧力量的实际情况来制定，在题材选择上应扩大范围，同时注意体裁和形式的多样性。与此同时，电影局还公布了一个《1954—1957年电影故事片主题、题材提示草案》，虽然涉及的基本方面仍然没有变化，但毕竟比以前的题材规划略微宽泛一些，可见电影事业领导者已经注意到题材狭窄的严重问题。

1953年2月20日，陈荒煤就任电影局副局长；1954年11月，中央人民政府宣布任命夏衍为文化部副部长，后由于"潘扬事件"受到牵连而推迟就任，直到1955年4月才进京赴任，主管电影工作。夏、陈的合作开创了"十七年"中国电影领导政策最宽松的局面，广大电影工作者获得了相对自由的创作环境，因此在1956年前后涌现了一大批优秀的电影作品，使新中国电影事业的发展达到一个小高潮。

"双百"方针的提出和中共八大对国内形势的正确阐述

1956年5月2日，毛泽东主席在最高国务会议上提出：在文学艺术和学术研究中实行"百花齐放、百家争鸣"的方针。5月26日，中宣部部长陆定一向北京科技界和文艺界做题为"百花齐放百家争鸣"的报告，系统阐述中共对文艺工作和科学工作的方针政策。

同年9月15日—27日召开的中共八大指出：国内矛盾已经转化，今后主要的任务是集中力量发展社会生产力，实现国家工业化，满足人民日益增长的经济文化需要。会议还强调要坚持民主集中制和集体领导，反对个人崇拜。这个会议使国内的政治气候获得了暂时的宽松，为文艺工作者解放思想、拓展思路、推进创作起到了积极的促进作用。

电影体制改革："拿来主义"

1953年1月7日，文化部邀请苏联专家来华协助制订电影事业第一个五年计划。1954年6月4日—9月3日，电影局局长王阑西率领电影考察团赴苏联考察，回国后提出全面学习苏联电影事业的计划和措施，同时也指出苏联电影模式存在的明显缺陷，比如审查过多、手续太繁等，试图在建立中国的电影事业模式时加以避免。

1956年4月23日—10月8日，由蔡楚生、司徒慧敏等组成了五人电影代表团赴法国、意大利、英国以及南斯拉夫、瑞士、捷克等欧洲国家进行考察访问，考察其电影事业的组织模式。1956年10月26日—11月24日，电影局召开制片厂厂长会议（即"舍饭寺会议"），讨论如何贯彻"双百"方针和中共八大精神，并听取了蔡楚生等人访欧考察报告。会议决定对仿效苏联模式建立起来的故事片厂的组织模式和领导方式进行重大改造，并提出以"三自一中心"为主要内容的改革方案："自选题材，自由组合，自负盈亏和导演中心"，即创作人员有根据自己生活和爱好选择题材的自由；主要创作人员为了形成风格与流派，在创作上可以自由结合；制片厂和创作集体在经济上要自负盈亏；在电影的综合创作中要以导演为中心。12月22日，电影局发布了《关于改进艺术片生产管理的暂行规定》，决定将剧本的审查权限下放给制片厂。

1957年初，文化部根据蔡楚生等人的考察报告草拟的《关于改进电影制片工作若干问题》和附件《国外电影事业中可供参考改进的一些做法以及对我国电影事业的一些建议》得到中共中央宣传部批准，这是新中国成立以来在电影创作领导方面最大胆的一个举措，势必给各电影制片厂和电影创作者提供巨大的创作空间。

体制改革的消息传到上海，上影厂领导也同意导演自由结合创作集体，自己组稿拍摄电影。这个决定大大鼓舞了电影工作者的创作热情，他们纷纷拿出了自己的创作计划。如在当时的上影厂，石挥、谢晋、白沉、徐昌霖、沈寂组成了一个五人创作小组（被时任副厂长的瞿白音命名为"五花社"），准备了剧本《情长谊深》（徐昌霖自编自导）、《女篮5号》（谢晋与白沉联合编剧）、《雾海夜航》（石挥根据一篇报道改编，后更名为《夜航》）等。

如果按照这样的发展势头，中国电影将在新中国成立初期的基础上实现飞速的发展和艺术水平的迅速提高。然而，1957年春开始的第二次整风运动却残暴地扼杀了这个刚刚萌发的发展苗头，使中国电影再次陷入万马齐喑的低谷。

5.2.2 推进电影编剧工作的具体措施

举办剧作讲习活动

1954年10月25日—12月11日，中国作协和电影局联合举办"电影剧作讲习会"，组织青年作家学习电影知识和编剧技巧。讲习会由陈荒煤主持，周扬、老舍、丁玲、洪深、蔡楚生等人做专题报告,白桦、鲁彦周、李准等青年作家共六十八人参加学习。讲习会的举办成效显著,参加学习的青年作家后来都创作出了优秀的电影剧本,如白桦的《山间铃响马帮来》(1954),鲁彦周的《凤凰之歌》(1956),李准的《老兵新传》(1959)、《李双双》(1962)等等。陈荒煤在讲习会上做了《论正面人物形象的创造》的报告,他的观点代表了当时电影创作的主导思想:"创造作为效仿对象的英雄人物,是社会主义文艺创作最主要的任务。"[26] 由此可见,"十七年"电影也是主张要写"人"的,然而这个"人"不是普通的生理意义和情感意义上的"人",而是肩负重大的政治意义和社会意义、供观众学习和效仿的"英雄"。如果说这时的"英雄"或多或少还带有"人"的气息的话,那么发展到"文革"时期的样板戏影片中,"人"的气息已经丧失殆尽,"英雄"变成了毫无瑕疵的、"高大全"的符号性代表。

除了这样的大型讲习活动,全国各地还频繁开展了规模不一的电影剧作讲习活动,形成了一股了解电影特性、学习电影编剧技巧、尝试电影剧本创作的热潮。

喜剧研究室的建立

从新中国建立到1955年,中国的电影创作一直以"革命正剧"为主导样式,喜剧处于被忽略的地位。1955年4月,电影局成立了喜剧研究室,由长影导演吕班负责,这是电影事业领导者对电影样式多样化的重视和尝试,新中国的喜剧电影创作获得了一个良好的发展机遇,在短短两年时间里创作出《新局长到来之前》《如此多情》《不拘小节的人》《落水记》《未完成的喜剧》《寻爱记》《球场风波》等一批喜剧片。

开展电影剧本征集活动

1956年3月13日,中国作协主席团通过《关于加强电影文学剧本创作》的决议,并与文化部发布《联合征求电影文学剧本启事》,宣布于1956年3月—1957年3月在全国范围内开展剧本征集及评奖活动,促进了电影文学剧本的创作。

由于年底开始的"反右"斗争,评选结果一直延迟到1958年10月才揭晓:一、二等奖空缺,七个剧本荣获三等奖:《林则徐》(叶元编剧)、《海魂》（沈默君与黄宗江联合编剧）、《最后一个冬天》（毛烽等编剧）、《郑成功》（郭沫若编剧）、《徐秋影案件》（丛深、李赤联合编剧）、《五更寒》（史超编剧）、《凤凰之歌》（鲁彦周编剧）。

电影剧本的出版工作

新中国成立之初，文化部电影艺术委员会下属的"编译组"（中国电影出版社的前身）由程季华负责，编译出版了一套电影剧本丛书，一方面译介了大量的外国进步电影剧本（以苏联电影剧本为主，如《夏伯阳》《乡村女教师》等），另一方面也编辑出版了一批优秀的新中国电影剧本，比如《白毛女》《钢铁战士》《南征北战》《赵一曼》《宋景诗》等。

1956年中国电影出版社成立，继续在译介外国电影剧本和编辑出版本国优秀电影剧本方面努力。除了陆续选择、出版优秀影片的剧本单行本之外，还从中再加筛选，搜集成册，以《中国电影剧本选集》的名义出版。此外，还出版了《五四以来电影剧本选集》和多位优秀剧作家的个人电影剧本选集，以及其他片种的电影剧本选集（科教片、美术片、喜剧片、惊险片等）。这些电影剧本的出版，不但为促进新中国电影编剧们的创作交流、繁荣电影剧本创作起到了重要的参考、辅助作用，而且还作为一种独立的、崭新的文学样式，为我国的文学创作增添异彩。

5.2.3 具有代表性的编剧及作品

由于党对电影事业的重视和夏、陈电影领导政策的正确性，1955年的中国电影终于扭转了长期停滞不前的状态，被称为是"一个伟大的转折"，面临一个崭新的发展机遇。1956年前后涌现出一大批优秀的电影作品，形成了一个发展小高潮。

就编剧艺术来讲，来自原国统区的电影工作者们已经熟悉了社会主义新生活，加上他们原有的扎实的电影技术和艺术基础，创作出多部优秀的电影剧本；而来自解放区的电影工作者们逐渐熟悉了电影艺术的特殊表现方式，结合他们高昂的革命斗争和创作热情，也创作出了大量优秀的电影剧本。

老编剧的新成就

（1）张骏祥及其《鸡毛信》

张骏祥，曾用笔名袁俊，1910年出生于江苏镇江市，电影剧作家。在参加了第一次全国文代会后，随中国人民解放军第四野战军南下，深入到火热的战斗生活中去，从此开始新的艺术创作时期，先后改编了《胜利重逢》（1950）、《鸡毛信》（1952）、《新安江上》（1958），创作了《六十年代第一春》（1960，集体创作）、《白求恩大夫》（1962，与赵拓合作）等电影文学剧本。

张骏祥的电影剧作题材多样、饱含激情，从不同角度表现了工农兵群众的斗争生活：既有反映战争生活的革命史诗，也有表现工农兵群众大搞社会主义建设的现代题材杰作。他坚持现实主义的方法，每创作一部作品都要充分体验生活、广泛积累素材，力求把真实性、生动性和思想性统一于银幕典型形象的塑造之中。在情节结构上，他不拘一格，根据内容的需要采取相应的结构方式，或者戏剧式的结构，或者散文式的结构。无论采用何种形式，他都保持着严肃认真、一丝不苟的创作作风，追求严谨、明快、质朴的艺术风格。

《鸡毛信》由上影1954年6月拍摄完成。剧本改编自华山的原著，讲述抗日小英雄海娃为给游击队送鸡毛信，用各种巧妙的办法与敌人周旋斗争，终于胜利完成任务的故事。剧本按照儿童特有的思维方式和行为逻辑组织情节，成功地刻画了机智勇敢、开朗乐观、粗中有细的小海娃形象：被敌人发现后，把鸡毛信巧妙地藏在老羊尾巴里；当敌人要宰杀老羊时，他为了保护鸡毛信故意引诱他们去宰杀自己心爱的小羊羔；逃脱敌人后由于过分紧张和高兴而丢失了鸡毛信……这些情节都是人物性格自然发展的结果，所以真实可信、引人入胜，是"十七年"期间难得的儿童题材电影佳作。

20世纪50年代，张骏祥在上海从事电影创作的领导工作。针对一些剧作者要求学习、掌握电影特殊表现手法的呼声，他曾多次发表文章介绍电影的特殊艺术规律。这些文章结合国内外电影创作实例，通俗地阐述了电影与其他艺术形式不同的特殊表现手法；指出场次多、人物多、对话多是造成我国电影剧本篇幅长的重要原因；对电影的戏剧冲突、悬念、对话、结构、主题等问题也进行了理论上的探讨。1959年，这些文章由中国电影出版社结集为《关于电影的特殊表现手段》出版，成为一部具有较强指导性和实用性的论文集。

（2）陈白尘及其《宋景诗》

1949年上海解放后，陈白尘参与了上海市军管会文艺处工作，不久就继任处长。上海电影制片厂成立后，担任电影厂艺术委员会主任，同时担任上海戏剧电影工作者协会主席。1951年9月，参加电影《宋景诗》创作组，与贾霁合作完成了电影文学剧本的初稿。剧本在关于农民运动领袖宋景诗的纷繁复杂的相关材料中选取了他领导的黑旗军从小刘贯庄撤退以后，吸取教训、选择投奔太平军这一重要的转折性事件作为全剧表现的重心。太平军是当时农民运动的主力，孤军奋战的黑旗军融入这支力量才得以发挥它的威力，歼灭清军数万人马，杀死清军骁将僧格林沁，取得曹州大战的伟大胜利，书写了黑旗军历史上最光辉的一页。

这部农民运动的史诗体现了陈白尘历史剧创作的独特艺术风格：雄健刚劲、深沉内敛。他把从周恩来总理那里听到的有关历史剧的深刻教诲——"没有历史的真实，也就没有艺术的真实；失去艺术真实的历史剧，也就无从起到以古鉴今的作用"——作为自己创作历史剧的原则，并始终坚定不移地加以遵循。他创作的历史剧不搞影射（他认为搞影射是破坏历史真实，是将作者的主观意图强加给历史），不搞庸俗的类比和异想天开的虚构，总是立足于真，在真的基础上鲜明地表现真善美与假恶丑的对立，力求按照历史生活本来的样子去反映历史。在他的历史剧中，没有直白的议论和说教，只有对史实的精心选择和组织，把一些具有客观真理意义的真实材料展现在观众面前，让事实本身去说服人、感动人；他的历史剧爱憎分明、情感充沛，但不搞浅薄的煽情，而是把感情熔铸到历史生活的真实描写中，从情节、场面和人物的行动中自然地流露出来。

（3）夏衍及其《祝福》

解放初期，夏衍在上海领导文化事业，1954年被任命为文化部副部长，主管电影工作。为了推进人民电影事业的发展，他亲自审阅、修改剧本，深入摄影棚抢拍镜头，亲自到电影学院讲授编剧课程；还亲自编写了《祝福》等电影剧本。

鲁迅先生的《祝福》是中国现代文学史上的经典名著。1956年，为了纪念鲁迅逝世二十周年及向广大群众宣传"五四"以来的文学名著，夏衍承担了改编电影的任务。在改编过程中，他一方面努力保持原著的深刻思想及独特风格，另一方面又针对原作篇幅简练的特点和时代的变迁差异，十分审慎地做了必要的增减和改动。比如去掉了原著中的第一人称"我"的部分；增加了祥林嫂再婚后与贺老六和解的戏，为了"让祥林嫂一生中也体会到一点点穷人与穷人之间的同情和理解，并在这之后的一段短短的时间内真有一点'交了好运'的感觉，借此来反衬出紧接在后面的突如其来的悲剧"[27]；还增加了祥林嫂砍门槛的戏，渲染祥林嫂性格中的反抗因素，以增强她性格的鲜明性；此外，还在开头增加了祥林母亲摘乌桕的动作，体现出江浙农家生活的特征，具有鲜明的地方特色。

1958年，应北京电影学院的邀请，夏衍为该校学生开设了编剧课程，讲稿于1959年以《写电影剧本的几个问题》为名出版，成为当时电影编剧方面最畅销的专著。在书中，夏衍着重介绍了电影编剧的创作技巧，包括八方面内容：电影的"第一本"、政治气氛和时代脉搏，人物出场，结构，脉络和"针线"，蒙太奇，对话，艺术性、技巧和重要问题在于学习。这些技巧对专业的和业余的文艺创作者及电影工作者都起到了很大的指导作用。

（4）柯灵及其《不夜城》

新中国成立后，柯灵以极大的热情投身到社会主义新文化的建设中，连续写下了《腐蚀》《为了和平》《不夜城》《春满人间》《秋瑾传》等电影剧本，题材范围更加广阔、思想更加深刻、技巧也更加成熟。

1956年，民族工商业的社会主义改造事业圆满完成。为了纪念这一具有历史意义的伟大胜利，柯灵创作了其新中国成立后的代表作品——电影剧本《不夜城》。影片由江南厂1957年拍摄完成。剧本描写了民族资本家张伯韩二十多年的经历和命运：早年雄心勃勃，希望发展民族纺织业，但受到帝国主义和官僚资产阶级的压迫和排挤，几乎到了破产的边缘，到全国解放时，已气息奄奄、濒临倒闭；接受了社会主义改造之后，他才真正获得了新生。剧本通过张伯韩的遭遇深刻地揭示了一个主题——接受社会主义改造是民族资产阶级的唯一出路，而且民族资产阶级完全能够通过改造成为自食其力的劳动者，尽管这是一个艰难曲折的过程，甚至可能伴随着暂时的倒退。

剧本时间跨度很长、结构宏大，从1935年写起，经过了抗日战争、解放战争、"三反五反"、社会主义改造等复杂漫长的历史阶段。柯灵以高超的概括力化繁为简、巧妙剪裁，把广阔的历史背景、复杂的历史事件、众多的人物形象井然有序、严丝合缝地衔接起来，环环相扣、一气呵成，组成了一部气象万千却又十分流畅的乐章。

在电影编剧理论方面，柯灵也成绩斐然。1958年夏，在上海举办的华东各省作者参加的电影讲习会上，柯灵做了有关电影剧本创作问题的报告《电影文学三讲》，第一讲《电影剧本的特性》、第二讲《视觉形象的表现》、第三讲《电影剧本的情节结构》。20世纪60年代初期，他又发表了《真实、想象与虚构》《给人物以生命》等理论文章，前者针对把文艺创作等同于记录真人真事的情况而作，生动地论证了想象和虚构在文学创作中不容动摇的重要地位；后者则大胆提出文学艺术创作要重视"人"，"人在生活里是中心，在艺术里也是中心，艺术创作最完美的形式，是典型人物的创造"[28]。这两篇论文是作者以散文笔调写论文的一种尝试，在电影理论界颇有影响。

新生力量成果辉煌

（1）《董存瑞》

1955年长影拍摄完成了由丁洪、赵寰编剧的《董存瑞》，成功地刻画了革命队伍中的优秀战士——董存瑞的形象，表现了他从一个不够资格参军的少年民兵一步步成长为战斗英雄的过程。剧本运用多种手段，把董存瑞的形象塑造得栩栩如生，富有迷人的性格魅力，是"十七年"中国电影人物画廊中最优秀的人物形象之一。纵观全剧，董存瑞的性格魅力主要是通过以下几方面来表现的。

首先是富有个性的语言。要求参军时被连长说白吃饭，董存瑞"……象受到莫大羞辱似的登时红了脸，激怒地向连长吼道：'干什么！要不要拉倒！用不着寒碜人！''嘿！'连长为之愕然。通讯员、事务长、战士们、郅振标全部吓怔了神。'告诉你！'董存瑞委屈得快要哭出来，愤然说，'咱抗日也不是一年半年啦！八路军有的是！你们这个连哪，就是拿八抬大轿请我，我都不来啦！'说罢，董存瑞气哼哼地扬长而去"[29]。他第二次要求参军，又被指出是虚报年龄时："'谁撒谎！'董存瑞火又来了，'我为人民服务，用不着跟你撒谎，就是毛主席在这，我也是这么说……十七！'说着他委屈的两只大眼睛里又闪出了泪花，他本想站起脚走了，可是参军的渴望、郅振标的摆手，使他又坐了下来。'是十七，本来是十七嘛！'"[30]这些语言都符合他作为一个十六岁小伙子的性格特点：热情、冲动、缺乏耐性。

其次是合理的性格发展。剧本成功地表现了董存瑞由一个稚气未脱的小伙子到想尽办法参军的新战士，又到"无组织无纪律的新兵"，逐渐发展为一个合格的革命战士，最后成为一名战斗英雄的成长过程。情节发展都是由他的性格发展来推动的，因此非常合理、自然。在剧本中，董存瑞的出场是这样的："他是一个长得虎生生的，带有十足的稚气的少年民兵，宽大的皮带和穿在皮带上的日本子弹盒，同他矮小的身材极不相称地扎在腰间。他的厚敦敦的双唇和玲珑的大眼，流露着顽皮和执拗的神色。"[31]然后，作者通过一系列的情节鲜明地刻画了他的性格特征：用"蘑菇法"参军、遭到郅振标拒绝，和牛玉合摔跤，自封"见习八路"等，都表现出他性格中活泼、要强、稚气、执拗的特点。王平同志指出他的参军思想有问题——"人活着不是为了自己光荣体面"，董存瑞受到了触动。在随后的反扫荡战斗中，王平同志不幸牺牲，董存瑞迈出了成长第一步："在残酷的、急遽前进的生活中，随着王平同志的牺牲，也带走了他孩童的稚气，这个大孩子丰满的面颊消瘦了，整个眉宇间现出早熟了的、成年人的严峻，苦闷的心情和奋发的渴望紧紧地交织在一起，沉重地压住他的心灵。"[32]他再次要求参军，被批准。但马上又因子弹问题闹情绪，这都是他性格特点导致的自然结果，所以非常真实可信。在第一次战役中，缺乏战斗经验的他提前打完了子弹又一无所获，感到羞愧万分，这可以说是他成长的第二步："董存瑞凝神沉思，郁闷的心情消失了，眼睛里重新流露出童真的充沛的生命力量。"[33]在后来的政治学习和战争锻炼中，董存瑞逐渐成长、成熟，从火中救出了两个孩子，成为战斗英雄，实现了成长的第三步。董存瑞郑重地提出了入党申请，他在申请书中这样写道："我要真正做一个革命战士，就要参加党，在党的领导下，我要全心全意地为人民、为共产主义事业奋斗到底！"成为党员之后，他更加全心全意地投入到解放战争的洪流中去。在1948年攻打隆化的战役中，他被选为爆破队长，在最危急的时刻，用自己的生命保证了战斗的胜利。董存瑞用自己的牺牲实践了他在入党申请书中所说的："我要全心全意地为人民、为共产主义事业奋斗到底！"至此，剧本完成了对董存瑞形象的刻画。

再次是生动的细节描写。细节是剧本的生命，作者给董存瑞设计了很多精彩的细节动作，以小见大，很好地体现了人物的性格特征。如董存瑞参军后第一次参加战斗："山上寂静无声。董存瑞兴奋地、全神贯注地望着山下，'卡达'一声顶上了子弹。战士们立刻不满地向董存瑞望去，几十双眼睛瞪着董存瑞。"[34]这个细节很好地表现了董存瑞急于打击敌人、获得胜利的迫切心情和斗争经验的缺乏。

（2）王玉胡及其《哈森与加米拉》

王玉胡，原名王玉瑚，1924年出生于河北省安国县，电影剧作家。

他早在少年时期就参加了党领导的抗日救亡工作，创作了一些诗歌、故事、活报剧、宣传剧之类的文艺作品。1952年，北京电影剧本创作所邀请他把他本人创作的短篇小说《阿合置提与巴格牙》改编为电影剧本，从此他开始了电影编剧工作。

由于这是新中国成立以后较早反映少数民族生活的电影剧本，因而得到了各方面的重视和支持。当时的中宣部副部长周扬特地写信给中共中央新疆分局书记王震，要求给予作者支持。新疆分局宣传部部长邓力群亲自与王玉胡讨论了改编的设想和提纲，并支持他再次到阿尔泰山哈萨克牧区深入生活。1952年底，王玉胡写出电影剧本初稿，改名为《哈森与加米拉》。在文化部1949—1955年优秀影片的评选中，该片获得二等奖，王玉胡获得银质奖章。

《哈森与加米拉》的剧本以新疆的和平解放进程为背景，以哈萨克青年牧工哈森与中等牧户之女加米拉的爱情为主线，表现了解放战争时期普通牧民与牧主、国民党匪兵之间尖锐的矛盾冲突和激烈斗争。哈森和加米拉为了追求婚姻自由和幸福生活，与牧主居奴斯及其子帕的夏伯克、国民党匪兵展开奋勇斗争，故事情节充满传奇色彩，具有较强的观赏性。作者还使用了大量当地的民歌（如民间歌唱家阿肯为哈森和加米拉演唱的"快板"：……找到心灵的钥匙／才有幸福的青春／心灵的钥匙在河边／心灵的钥匙在树林……），表现了传统的仪式（如游艺会上的赛马、"姑娘追"、叼羊比赛等活动，以及帕的夏伯克迎娶加米拉的婚礼），使剧本表现出鲜明的地方特色和民族特色。

（3）林杉及其《上甘岭》

林杉，原名李文德，1914年出生于浙江省慈溪县，电影剧作家。

少年时就走上革命道路，1932年8月被捕，在杭州的原国民党浙江陆军监狱被关押了五年，难友刘保罗成为他走上戏剧创作道路的引路人。1939年，他到达延安，被派往晋西北解放区从事戏剧创作活动。1942年毛泽东同志的《在延安文艺座谈会上的讲话》使他明确了为工农兵服务的创作方向。1949年，被调到中央电影局剧本创作所，开始电影编剧工作。

1950年，林杉将小说《吕梁英雄传》改编成电影文学剧本《吕梁英雄》，接着又写出剧本《刘胡兰》。1953年，林杉到晋东南农村深入生活后，和孙谦合作写出反映我国农村新面貌的电影文学剧本《丰收》。虽然这三部作品仍然有很多配合政治宣传的因素，但这些创作经历使他进一步熟悉和掌握了电影艺术创作的规律，为后来的电影剧本创作奠定了坚实的基础。1956年，他与曹欣、沙蒙、肖茅合作创作了电影剧本《上甘岭》，在表现战争题材方面有新的突破，这也是他个人创作的一个转折。

《上甘岭》的剧本取材于朝鲜战争中举世闻名的上甘岭战役。作者在大量生动材料的基础上精心选择、剪裁、集中和概括，摒弃了同类题材惯用的正面描写战争进程和场面的窠臼，选取了整个战役中最艰苦、最残酷的阶段——坑道战争为表现对象，以张忠发为中心人物，以严重缺水作为贯穿全片的矛盾焦点，通过一个连队的活动来反映整个战役，从而概括出中国人民志愿军在朝鲜战场上所表现出的大无畏的英雄气概和"为了人类，视死如归"的国际主义精神，创造了新中国银幕上"最可爱的人"的生动形象。整个艺术构思完整、缜密，表现的虽是一个连队，然而反映的历史画面是广阔的，时代精神是强烈的，人物形象是丰满的，称得上是一首革命英雄主义的赞歌。

革命战争题材的电影作品中人物形象往往淹没于战火的硝烟，《上甘岭》在这一点上有所突破。作者通过实地采访、考察，收集了大量史料，然后对上甘岭战役中各方面的人物进行了大胆的塑造，成功地刻画了以张忠发为中心的艺术群像。张忠发是一个立体的、丰富的人物形象：一方面，他是一个骁勇善战的连队指挥员；另一方面，他又是一个具有喜怒哀乐的普通人。在斗争的激烈矛盾冲突中，他丰富的性格层次逐步展现——高度的革命责任感、强烈的荣誉心、严格的纪律性、坦荡的胸怀、一点就着的暴躁脾气、对敌人的刻骨仇恨、坚强的毅力、对革命同志的友谊和顽强的乐观主义精神……总之，作者对张忠发性格的刻画，不是肤浅地表现他的某种脾气，而是从其性格与情节发展的逻辑关系出发，运用生动的生活细节（比如和战士们一起捉松鼠、擅自离开指挥岗位上阵炸敌堡，训人，对卫生员发脾气以及水的运用等等），逐渐开掘出人物深邃的内心世界和丰富的性格特征。对主要人物浓墨重彩地描绘，对次要人物也精心勾勒，使之各有特色。在张忠发的周围，还设置了忠厚的七连指导员孟德贵、纯真的女卫生员王兰、诙谐的排长陈德厚、沉默寡言的通讯员杨德才等人物形象，不但从侧面衬托了张忠发，同时也组成了一个色彩斑斓的志愿军英雄画廊。剧本充分体现了林杉所追求的革命现实主义精神，昂扬的斗争精神和乐观主义的情绪构成了全剧革命英雄主义的基调。

在编剧创作理论方面，林杉一贯主张电影要富有民族色彩，要有中国老百姓喜闻乐见的中国作风和中国气派，他认为我国电影需要从中国古典文学、戏曲以及其他传统艺术中汲取营养，所以他的作品在以真实、质朴、严谨取胜的同时，又注重故事情节的跌宕起伏，有些剧本（如《党的女儿》）还颇有传奇色彩，深得观众的喜爱。他尤其注重人物性格的刻画，将人物思想感情的真切视为作品的生命所在。这些观点在他发表的《谈主题以及电影描写方法上的虚与实》《关于典型形象问题》《从电影的结构形式谈电影创作的借鉴与创新》等几篇文章中都有充分的阐释。

（4）海默及其《母亲》

海默，原名张泽藩，1923年出生于山东省黄县，电影剧作家。

他于1951年底调北京电影剧本创作所任编剧，1956年后一直在北京电影制片厂任编剧。"文革"时期被迫害致死。冯牧在《一本没有写完的书——序海默作品选》[35]中写道：海默"具有炽热的革命热情、旺盛的创作潜力、敏捷的艺术才思"，"他那种或者可以说是独有的性格特殊，粗犷到近于不拘细节，严格到嫉恶如仇……"，"对于革命的坚定信念，对于人民生活的广泛而丰富的兴趣和知识，对于各种社会生活和人物的广阔而深入的观摩和容受能力，对于各种艺术形式和表现方法的孜孜不倦的永不休止的探索和实践","他在文艺界获得了一个完全是不含贬义的称号：'多产和快产的作家'","他的作品大都是明朗健康的，鼓舞人心的，发人深思的，有益于提高人们的社会主义和爱国主义的精神和情操的"。

《母亲》剧本发表于 1955 年《人民文学》第 11 期，通过一位革命母亲王淑静和她的全家从 1922 年到 1949 年二十余年间的生活命运，从一个小的侧面反映了党领导的革命斗争所走过的艰难历程，讴歌了共产党和她领导的革命战士们为了人民的解放付出一切的牺牲精神。

剧本成功刻画了母亲王淑静的形象，尤其是把她从一位普通劳动妇女逐渐成长为一名共产党员、一名光荣的共产主义战士的过程表现得脉络清晰、真实可信。1922 年，冀东平原发了洪灾，王淑静和丈夫梁遇厚在逃难途中捡到一个被抛弃的女婴——喜鹊。这时，城市工人正在举行罢工，王淑静出于单纯的好心救了工人代表邓非，邓非后来成为她走上革命道路的引路人。"四一二"反革命政变之后，革命形势陷入低潮，梁遇厚在生日那天被烧死在工厂，工人们用罢工进行抗议，母亲走在了队伍的前列。作者这样描写她当时的心情："她的心情是凄苦的，可是又感到了周围人们给予她的力量。她走着，每穿过一条大街，她的神色也跟着变得更坚定了一些。"[36] 回到家中，在老邓面前，"母亲再也掩藏不住了，立刻泪水象喷泉一样涌出来。"[37] 这个细节表现出母亲作为一名女性在失去家庭支柱（丈夫）之后的哀伤和对未来生活的担忧，是非常合理的。但接下来和老邓的一番对话使母亲变得坚强起来。这件事把母亲向着革命的道路又推进了一步，她开始帮助老邓、王老德等人进行革命活动。当警察局朝着领工资的工人们开枪，母亲愤怒了，她向儿子承文说："这一回我看透了，跟帝国主义低头算不行……这往后不管有什么事，你们不能再把我撇在一边了。"[38] 这一段话明确表示了她参加革命工作的决心。母亲从白居易的诗句"离离原上草，一岁一枯荣。野火烧不尽，春风吹又生"中感受到共产党强大的生命力，老邓代表市委接受母亲入党，从此，母亲的革命意识从自发到自觉，在革命斗争生涯中接受锻炼，逐渐成长为一名真正的共产主义战士。母亲的角色由张瑞芳饰演，是我国社会主义电影形象画廊中极富光彩的角色。

《母亲》是我国社会主义电影初创时期在电影编剧上的一个引人注目的收获，也是海默在电影编剧艺术上走向成熟的一个重要标志。

（5）史超及其《五更寒》

史超，1921年出生于福建省福州市，电影剧作家。

他早年曾接触过苏联的进步文艺作品。先是在中央军委政治部创作室工作，后转到八一电影制片厂，任编辑室主任。他的作品多为军事题材，如1954年的第一个电影文学剧本《猛河的黎明》，后来的《五更寒》（1957）、《云雾山》（1960）等。

《五更寒》由八一厂1957年拍摄完成。剧本表现的是解放战争初期，我新四军五师突破敌人重围，暂时撤离中原，大别山地区的斗争陷于极端艰难之中：敌人军事力量占据优势、党的基层组织被破坏、县委组织部部长叛变、群众情绪波动……刘书记带领共产党员与蒋匪展开了一场反"叛变"和保存革命力量的严酷斗争。故事情节根据作者本人在大别山经历的游击战争生活提炼而成，情节曲折、引人入胜，以"越是到五更，天就愈冷，只要熬过五更，天一亮，太阳出来就暖和了"作为贯穿全剧的思想灵魂。

剧本在人物塑造上尤其成功。首先，编剧通过尖锐的戏剧冲突和生动的细节成功地刻画了党的基层干部刘书记的光辉形象：经历过土地革命和抗日战争的他，始终和人民群众保持着密切的联系，对同志他是个质朴和善的长者，在艰苦的斗争环境里，他又是个坚强的英雄，用自己对革命战争的必胜信念鼓舞着群众的斗志；在斗争处于低潮的形势下，他也有苦恼，但仍能临危不惧、镇定自若，勇敢机智地扭转斗争形势；在对待莫大新的叛变等戏剧冲突中，更显示出他善于思考、注重调查研究的工作作风和高度的政策观念……这个斗争经验丰富、可亲可敬的老共产党员的精神风貌，给观众留下了深刻的印象。其次，剧本还成功地描写了一个"中间人物"巧凤的形象，她出身贫农，由于生活所迫嫁给地主，后来成了寡妇，群众对她疑心重重、另眼相看，但她始终同情革命，甚至在关键时刻帮助了党的地下斗争。作者试图通过巧凤的遭遇写出人类心理世界的丰富层次和人性的复杂，这在"十七年"中国电影的创作中是十分少见的。

5.2.4　电影编剧理论探讨

大力提倡"社会主义现实主义"创作方法

1953年3月，全国文协（第二次全国文代会改组为"中国作协"）和文化部电影局在北京联合召开第一届电影剧本创作会议，结合反官僚主义的精神，对三年来剧本创作的领导工作中存在的违反艺术规律的问题和观点进行了检查和批评，并提出了以后的改进方针和措施，大力提倡学习社会主义现实主义的创作方法。

同年9月23日—10月6日在北京举行的第二次全国文代会上，周恩来总理作《为总路线而奋斗的文艺工作者》的报告；9月24日，周扬作《为创造更多的优秀的文学艺术作品而奋斗》的报告，正式提出将从苏联借鉴来的"社会主义现实主义"作为中国文学创作和文学批评的基本方法。

所谓"现实主义"，是文学史上最基本的创作原则之一，有以下基本特征：创作精神上——要求正视现实、忠实于现实；艺术形象的构思上——要求忠实于客观世界固有的面貌，按照生活本身的逻辑真实、逼真地反映现实，并运用典型化的手法对生活进行提炼、加工；艺术表现上——提倡采用写实的方法，追求细节真实、强烈的生活气息和高度的逼真感。

20世纪30年代苏联提出的社会主义现实主义创作方法，是以马列主义理论体系的建立和无产阶级革命事业的发展作为基础，又以批判继承现实主义的优秀传统和经验为前提，是社会主义的政治思想标准和现实主义的创作原则的有机统一。以马列主义世界观为指导是其最本质的特征，由此产生了它区别于传统现实主义的新的特点：要求作家在现实的革命发展中真实地、历史地、具体地表现现实，强调革命浪漫主义是社会主义现实主义的有机组成部分，同时要求用社会主义思想去改造和教育劳动人民等等。该创作方法在第一次全苏作家代表大会得到正式确定，写入大会章程，对苏联文学的繁荣和发展做出了较大的贡献，也对全世界其他国家的无产阶级文学产生了巨大影响。

1954年3月24日—30日，文化部在北京召开第四次全国文化工作会议，确定今后文化工作的任务是："各级文化主管部门切实改进对文艺创作的领导，在为工农兵服务的政治方向和社会主义现实主义创作原则的指导下，鼓励多种文学艺术的自由竞赛，正确地开展文艺工作中的批评和自我批评，并采取积极适当的措施，改善文艺创作实践活动的条件，加强艺术工作的劳动纪律，以促进文学艺术事业的繁荣。"[39] 会议还特别强调了组织电影和戏剧创作的重要性。

其实，在1954年12月举行的第二次全苏作家代表大会上，西蒙诺夫就提出了修改"社会主义现实主义"定义的建议，这是苏联文艺工作者二十年来对于该创作方法怀疑情绪的第一次表现，得到了与会者的普遍赞同，并最终删去了其定义中的一些条文。虽然在1959年召开的第三次全苏作家代表大会上又将这些内容恢复过来，但是修改建议得到普遍赞同这一事实本身已经标志着该创作方法的权威性的动摇。[40]

媒体关于电影创作的讨论

在"双百"方针和"中共八大"精神的激励下，文艺界越来越呈现出自由活泼的局面。热情洋溢、抱负满怀的文艺家们对当前中国文艺界存在的一些问题也提出了大胆的质疑，并展开了热烈的讨论，希望通过这些讨论解决问题、弥补不足。

1956年11月14日，上海的《文汇报》发起《为什么好的国产片这么少？》的短评，随后以该报为基地展开了大规模的讨论。近三个月的时间里，发表文章约五十篇，老舍、孙瑜、吴永刚等著名作家和艺术家都参与了讨论。12月15日北京的《文艺报》发表钟惦棐的总结性文章《电影的锣鼓》，后来他又在《文汇报》以朱煮竹为笔名发表了《为了前进》，两篇文章对中国电影创作中存在的种种弊端做出了深刻的揭示和尖锐的批评，主要观点有：电影为工农兵服务，不应变为工农兵电影；"绝不可以把文艺为工农兵服务的方针和影片的观众对立起来"；不应以行政的方式领导创作；应该尊重中国电影的传统。[41]

讽刺喜剧的兴起

这一时期，先后出现了《新局长到来之前》《如此多情》《落水记》《未完成的喜剧》《寻爱记》《球场风波》等几部具有相当水准的讽刺性喜剧。讽刺性喜剧的兴起与当时的一些社会现象、外部影响和思想战线等具体形势都有密切的关系。

社会背景：在新中国成立最初几年，广大工农群众充满战争胜利的豪情和翻身做主人的自豪，国家干部也大都比较好地保持了战争年代培养起来的艰苦朴素和艰苦奋斗的传统作风。但不容忽视的是，也有一些干部滋生了官僚主义思想和贪图享乐的作风，社会上也有一些不良的思想倾向和不道德的行为，如吹牛拍马、好逸恶劳、弄虚作假等，逐渐引起群众的不满。"三反五反"运动中揭露出的一些典型案例引起了举国上下的关注，要求作为有力斗争武器的电影也对其进行揭露和批判。

苏联电影的影响：1952年苏联《真理报》发表了《克服戏剧创作的落后现象》的专论，反对"无冲突论"和"粉饰现实"。然后，在苏共第十九次代表大会上提出了一个口号："我们需要苏维埃的果戈理和谢德林，让他们用讽刺的烈火烧尽生活中一切反面的、腐朽的、垂死的东西，一切阻碍前进的东西。"在这个口号的激励下，1954—1956年间的苏联影坛出现了一批讽刺性喜剧片，如《忠实的朋友》《我们好像见过面》《蜻蜓姑娘》等，这种创作喜剧的倡议和实践对中国电影有直接的影响。

国内的思想战线和文艺批评战线：1953年以来，反对教条主义和文艺作品公式化、概念化的舆论呼声越来越高，强调真实性和"干预生活"的声音也越来越多，这也为讽刺性喜剧片的兴起准备了思想环境。

《新局长到来之前》触及了反官僚主义主题，讽刺了牛科长的官僚主义作风：对生产和群众生活漠不关心，对上级则阿谀奉承、逢迎拍马，抓住机会以权谋私。在表现手法上，创作者抓住了讽刺对象的一些典型特征加以突出、渲染、夸张，其中很多具有喜剧性的场景给观众留下了深刻的印象，比如牛科长给新局长粉刷办公室时为了达到"冷色"的效果在墙上画了很多西瓜的情节。

通过几部喜剧影片的探索和实验，1956年的《未完成的喜剧》在创作上实现了很大的进步，它通过三个相对独立的故事单元——"朱经理之死""大杂烩""古瓶记"，分别讽刺了官僚主义者、吹牛大王和在利益面前六亲不认的极端利己主义者。其中又以"朱经理之死"较为成功，它把主人公置于一个虚拟的"极端情境"中加以表现：疗养归来的朱经理发现自己已经"死"了，秘书正在为自己写悼词，而朱经理的反应大大出乎观众的期待：他更在意的不是自己的生或死，而是对自己的悼词、花圈、棺材等横挑鼻子竖挑眼，这种期待的落空与错位产生了比较强烈的喜剧效果。

5.3 辉煌的华彩乐章（1957—1959）

从 1957 年开始，电影政策时紧时松。而意识形态和电影政策的每一次变动，都在电影领域引起巨大的反响，使得这一时期的电影创作呈现出不规则的发展曲线。1959 年 9—10 月间，文化部在全国各大城市举办了"庆祝建国十周年国产新片展览月"活动，这是新中国规模最大的一次新片展映活动，显示了新中国成立以来中国电影发展的最新成就和最高水准。它向全国人民证明：在变幻莫测的政治风云笼罩之下，中国电影人依然在执着地奋斗着，中国电影依然在艰难地前进着。

5.3.1 艰难中跋涉

1958 年电影创作的惨淡局面引起了文艺部门领导的关注。1959 年 1 月，电影局指出跃进中缺乏科学精神、发展比例失调、影片粗制滥造、管理制度混乱等问题，开始了扭转局面的第一步；2 月，中宣部召开宣传工作会议，批评"大跃进"中文艺工作存在过热和浮夸的问题和偏向；4 月 2 日—5 日，中共八届七中全会纠正"高指标、共产风"等错误；5 月 3 日，周恩来总理在部分文艺工作者座谈会上发表《关于文化艺术工作两条腿走路的问题》的讲话。

7 月 11 日—28 日，文化部召开全国故事片厂厂长会议，重点讨论新中国成立十周年献礼片的生产以及如何提高影片质量和加强艺术领导的问题。夏衍在讲话中提出：要突破老一套的"革命经""战争道"，思想要解放，题材要宽广，要有意识地增加新品种（夏老的这一正确观点在"文化大革命"期间被斥为"离经叛道论"大加批判）。陈荒煤则批评了"强调政治、忽视艺术"等"左"的错误，呼吁要"出大师，出流派"。

7 月 19 日，文化部党组向中共中央呈报《关于提高艺术质量的报告》，指出1958年艺术片生产中违反艺术创作规律、追求数量忽视质量等现象十分严重，并提出了将艺术片产量降到十部左右，鼓励题材、风格、样式多样化等改进措施；9月，中国电影工作者联谊会特地邀请北京、上海、长春的部分电影剧作家召开座谈会，讨论如何提高电影剧作质量的问题。

一系列的努力使电影创作出现了明显的恢复和提高。9月25日—10月24日，文化部在全国各大城市举办"庆祝建国十周年国产新片展览月"活动。这是新中国成立以来规模最大的一次新片展映活动，共展出影片三十五部，其中故事片十七部。在11月2日中国影联举行的招待会上，周总理称赞中国电影已经开始创造一种能够反映我们伟大时代的"革命的现实主义与革命的浪漫主义相结合的崭新风格"。

然而，庐山会议（8月2日—16日召开，做出《关于以彭德怀同志为首的反党集团的错误的决议》和中共中央《关于反对右倾思想的指示》）后开展的全国规模的"反右倾"运动使得中国电影在高峰之后迅速陷入低谷，电影界领导人夏衍、陈荒煤、袁文殊等相继对自己的右倾思想进行检讨。

5.3.2 具有代表性的编剧及作品

海默及其《洞箫横吹》

《洞箫横吹》由海燕厂1958年拍摄完成。剧本表现的是从朝鲜战场复员归来的军人刘杰，在自己家乡——辽中平原的一个落后村尝试办农业合作社、带领农民向社会主义大踏步前进的故事。刘杰在办社过程中遭遇了种种阻力，他与这些势力展开坚持不懈的斗争，在广大群众的支持和上级领导的关怀下，刘杰终于战胜了阻碍势力，实现了办社的愿望。通过上述情节，影片揭露了官僚主义作风在农村社会主义建设道路上的阻碍和破坏作用，歌颂了刘杰在退伍之后积极参加社会主义建设的继续革命精神。

这部作品的成就主要集中在两个方面。首先是尖锐而又深刻地揭示了社会主义建设时期客观存在的人民内部矛盾。剧本开始就向观众呈现了"中心村"和"落后村"截然不同的生活景象，中心村是繁荣而热闹的，而落后村却恰恰相反——"走在街上的人都没精打采，面黄肌瘦。远处，还有一些衣衫护不住身体的孩子在泥塘里滚来滚去地打着群架。这儿，没有一座像样的房子，东歪西斜的小马架子，稀稀拉拉的像一盘象棋的残局一样摆在那儿。这些可怜的房子，有的草顶塌下来半间，有的倾颓的后墙勉强用大木杆支撑着，一根挨着一根的撑墙木棍倒是很别致地排满在街道上。肮脏的街道成了猫的行宫，到处有它在草棵和粪土中偎成的窝。野狗和小鸭争抢着从秽土里找食物，污水从门里泼出来，形成一道小溪。刘杰看到这景象有些忿怒了，他想找谁说说，可是周围找不见一个合适的人。"[42]这样的描写在缺乏理性的"大跃进"浪潮下被歪曲为对社会主义的诬蔑和攻击，遭到猛烈的批判。

其次是提供了两个崭新的人物形象：复员军人刘杰和县委书记安振邦。刘杰形象的新意主要表现在：作家没有把他塑造成一个"完美的英雄"，而是把他作为一个活生生的人来写，既写他站在时代潮流的前头、率领群众前进的先进思想，又写他与群众的血肉联系、从群众中获得智慧和力量；既写他奋发有为，又写他的苦恼和难处。安振邦则是一个有缺点错误的党员干部形象：他过于注重个人名誉，为了得到迅速提拔才在农村工作，在具体工作中存在严重的官僚主义作风。这两个人物在新中国的电影创作中都是从没有出现过的新的艺术形象，如果电影创作者和研究者们能够认真地总结经验，一定能在如何生动地刻画有血有肉的英雄人物或先进人物形象方面有所收获。但是，在当时极左思想的指导下，安振邦的形象被认为是对党的干部的歪曲和诬蔑，遭到强烈的批判，新鲜的、有益的创作经验也就无法得到讨论、总结和推广。

1962 年全国话剧、新歌剧座谈会上，陈毅同志认为这部作品反映了人民群众社会主义建设的热情和要求变革的愿望，同时也传达出作家的革命责任感和爱憎感情。作品的生活气息很浓，尽管触及的生活矛盾是严肃的，但整个剧本洋溢着向上的豪情，调子是欢快的。正式为这部作品平反，为作者恢复了名誉。

丛深及其《徐秋影案件》

丛深，原名丛凤轩，1928 年出生于黑龙江省延寿县，电影剧作家。

他幼年生活贫寒，以写影评涉足电影领域。从 1948 年到 1957 年，他先后在哈尔滨市委宣传部、市文联、市工人文工团等单位任职。他深深扎根于工人生活之中，辅导、推动工人的业余创作和演出活动的写作，从实践中增长创作才干，取得了可喜的成绩。1958年，哈尔滨电影制片厂成立，他调往该厂担任编剧，开始了电影文学剧本的创作。代表作品为《徐秋影案件》。

该剧本以1955年哈尔滨市公布的一桩真实案件为素材，又经编剧深入生活，搜集了大量反特的实际案情材料，重新构思，进行艺术上的提炼、概括、集中以后写成的。影片以徐秋影遭谋杀引出强烈悬念，随即通过人物之间的复杂关系将剧情层层推进，步步深入，产生情节曲折多变、波澜跌宕、引人入胜的效果。为了加强影片的思想分量，编剧从生活出发，精心设计了公安部门内部依靠群众办案和主观主义办案的思想矛盾冲突，与主线交织糅合，塑造了侦查科长汪亮善于思索、勤于调查，在办案中"不冤枉一个好人，不放过一个坏人"的艺术形象，使影片摆脱了一般惊险样式的窠臼而具有新意，有着较为广泛的社会影响和普遍的教育意义，给观众留下了深刻的印象。剧本获得文化部1958年颁发的电影剧作奖。

李准及其《老兵新传》

李准，1928年出生于河南省洛阳县，蒙古族，电影剧作家。

李准以编写戏曲剧本、写散文和编写历史故事开始文艺创作，成名之作是1953年发表的短篇小说《不能走那条路》，这篇小说体现出了其创作的一个突出特点：目光敏锐、角度独特，善于站在生活的前沿，发现富有时代气息的新的人物和新的主题。他的作品总能给人一种清新、独特的感觉，具有浓烈的生活气息和强烈的现实意义。1954年，李准参加了当时由文化部电影局举办的"电影剧本讲习班"，开始学习电影创作。他的电影剧作继承了小说创作的特点，一般不写什么重大事件，写的多是家庭矛盾、邻里纠葛，以小见大，充满激情地表现时代的风貌和劳动群众建设社会主义的热情。他善于通过细节刻画人物，人物性格鲜明，情节、语言生动，富有明快的喜剧色彩和鲜明的民族特色。

《老兵新传》是李准创作的第一个电影剧本，描写的是第一批开发北大荒并在那里建立第一个机械化农场的英雄们的故事。主人公战长河是一个久经沙场的革命军人，在解放战争胜利前夕，他响应党的号召，主动要求到荒凉、寒冷的东北边境大草原上开垦荒地，支援全国的粮食供应。从最初的三个人、几把镐头、几杆枪，到逐渐建立起一支完整的建设队伍，最后建立起一个大规模的机械化农场，老战与各种各样的困难进行了不屈不挠的斗争。在斗争的过程中，他身上体现出来的革命乐观主义精神和必胜信念，感染了他身边所有的拓荒者，也感染了银幕前的观众。

剧本最成功的地方就是生动地刻画了老战这个为了革命利益、国家利益、人民利益而奋不顾身、勇往直前的英雄人物形象，他的开朗、乐观、直爽、粗中有细，都给观众留下了深刻的印象。他的出场是这样的："这个人有四十多岁年纪，红脸膛，高鼻梁，眼角上总是带笑的鱼尾纹，脸上洋溢着健康而乐观的神采。他穿着一身褪色的草黄军服，披着一件老羊皮短大衣。戴着个皮帽子，遮耳耸立着，这就是老战同志。"[43]紧接着"寻找财委李主任"一场戏突出了老战性格中的主要因素：乐观、坚持、豪爽、粗中带细、灵活机动、富有冒险精神。然后，作者通过一系列的情节和细节使这个形象更加完善：给小冬子讲战争故事突出了他的革命英雄主义精神；和小百灵鸟对话的细节表现出他性格中乐观、富有情趣的一面；带领几位司机回农场的途中遇到土匪，打退土匪后教大家卧倒的细节颇有喜剧色彩，让观众看到了老战性格中机智幽默的一面；儿子云生的到来唤起了他对妻子的回忆，表现了他情感丰富的一面；反对机械学校的学生搞娱乐活动、谈恋爱等情节又表现了他作为一个"老革命"观念中现实及保守的成分……

围绕老战的形象，编剧还塑造了一批具有不同个性特征、富有典型意义的人物形象，如天真活泼、稚气单纯、忠心耿耿的小冬子，好逸恶劳、爱占集体便宜的周清和，忠厚耿直、学识丰富但又矜持守旧的赵松筠教授，老实羞怯的云生，泼辣能干的舜英……通过这些活生生的人物形象，编剧为我们描绘出一幅广阔、壮丽、雄伟的社会主义建设图景，热情讴歌了集体的力量和劳动的伟大。

马烽及其《我们村里的年轻人》

马烽，原名马书铭，1922年出生于山西省孝义县，电影剧作家。

1938年春，马烽参加了八路军，1940年冬被派到"鲁艺"附设的部队艺术干部训练班学习，半年后编入部队艺术学校美术队，但对美术并无兴趣的他开始偷偷进行文学创作。1943年开始的报纸通讯员生活对他从事文学创作起到很大的促进作用。在学习了毛泽东同志《在延安文艺座谈会上的讲话》之后，他对文艺的方向、作家该向什么学习、写什么和为谁写这些问题上有了明确的认识，当时就下定决心向文艺的通俗化、大众化奋斗，努力写作群众喜闻乐见的作品。

他非常注重深入生活，熟悉农民的思想、语言和风俗习惯，我国农村发生的翻天覆地的变化使他感到激动，并产生了创作的冲动。继创作出优秀的小说作品（如《吕梁英雄传》《结婚》《三年早知道》等）的同时，他以与西戎共同创作的电影文学剧本《扑不灭的火焰》为起点开始了电影文学创作活动。

《我们村里的年轻人》是马烽最著名的编剧作品，由长影于1959年拍摄完成。剧本描写了以高占武、孔淑贞、曹茂林为首的一群农村青年，以高度的革命热情和踏实的科学态度投入到劈山引水、建设社会主义新农村的事业中去，生动地表现出处于社会主义建设热潮中的农村新貌和农民新貌，歌颂了他们热爱生活、勇于开创新生活的美好精神境界。在创作上剧本比较完整地保留了马烽文学作品特有的一些亮点：较强的故事性，浓郁的生活气息，幽默欢快的格调，生动活泼的人物语言等等，受到广大观众尤其是农村青年观众的热烈欢迎，很多地方甚至出现了以"高占武""孔淑贞"命名的建设社会主义青年突击队。

5.3.3 关于电影编剧的理论探讨

革命的现实主义与革命的浪漫主义相结合

"两结合"的创作方法，"是毛泽东以马克思主义的哲学原理为指导，根据我国文学发展的历史及特点于1958年提出的，原则上与社会主义现实主义的基本精神相一致，都是在继承发扬文学史上两大基本创作原则的传统基础上形成的新的创作方法。其区别在于社会主义现实主义把革命浪漫主义作为自己的有机组成部分而在名称中没有显示出来，而'两结合'创作方法则在提法上把革命浪漫主义与革命现实主义置于同等地位，这不仅同我国文学发展的特点相适应，而且也与历史上的现实主义和浪漫主义有了本质的区别。它的基本要求是：从世界观来说，它要求作家自觉地用马克思主义世界观指导创作；从创作精神上看，它是现实主义精神和浪漫主义精神的结合，要求以革命现实主义为基础，以革命浪漫主义为主导；在创作手法上，它是一个开放系统，要求容纳现实主义和浪漫主义传统的表现方式，并广泛借鉴其他创作方法的一切有益的表现手段和艺术方法，形成丰富多样的艺术流派和艺术风格。"[44]

"两结合"的创作方法在"大跃进"期间渗透到文艺创作的各个领域。就电影编剧来讲，主要体现在：加重对革命精神的渲染和对美好未来的憧憬。这个特点在纪录性艺术片的创作中体现得最为直接和明显。

很多纪录性艺术片着力渲染新时代的建设者们为了大家舍小家、为了集体利益牺牲个人利益的"社会主义精神""共产主义精神"，如《水库上的歌声》表现的是一对青年男女因为忙于建设而一再地推迟婚期，最终在工地上完婚的故事，影片中个人的概念和小家庭的观念完全被拒绝，人们全身心地投入到社会主义建设的热潮之中。

另外一些纪录性艺术片则强调了对未来的憧憬：1958年长影摄制的《春水长流》表现的是一个农业社提出了"一年跨黄河，三年过江南"的口号，后来社员们战胜保守思想，将"三年过江南"的口号改为"一年过江南"，这个口号其实是整个国家"超英赶美"口号的一个具体体现；田汉编剧的《十三陵水库畅想曲》畅想十年之后社会上已经消灭了三大差别，人们甚至可以随意地去月球旅行……这些故事都带有强烈的"乌托邦"色彩，被称为是"浪漫主义"的作品。

关于"两结合"创作方法的优劣问题，夏衍在粉碎"四人帮"之后的一次讲话中颇为直接地说出了自己的看法：两种创作方法的结合是很难有一个具体的模式的，还是应该由编剧根据自己的专长和特点自由选择创作方法。可以说，这种创作方式也是"大跃进"年代特殊的政治与社会环境造成的一种特殊产物。

特殊的样式：纪录性艺术片

纪录性艺术片是"大跃进"的产物，是畸形的电影类型，是革命的现实主义和革命的浪漫主义相结合创作手法的直观体现。1959年4月中国电影出版社出版了《论纪录性艺术片》的集子，一方面是就这种新的电影样式做了阐述，另一方面还具体分析了几部影片。

在这个集子的"出版说明"中这样定义纪录性艺术片："电影艺术在大跃进中的新样式，特点是把纪录片和艺术片两种体裁很好地结合起来，迅速地反映现实生活中的新人新事。这种新的样式是电影为政治服务的一个有力武器，也便于在艺术片领域内贯彻多、快、好、省的方针。"[45] 可以说，这种特殊的电影样式是适应当时全国上下如火如荼的"大跃进"形势而诞生的，目的是希望通过电影这一宣传工具，把"大跃进"运动中产生的新人新事以最快同时非常艺术的形式传播给普通的观众。电影在这里主要起到了新闻报道和政治动员的作用。

论文集中收录的陈荒煤所作《向革命的现实主义和革命的浪漫主义前进的开始》一文，是对纪录性艺术片相当完整的论述。他总结纪录性艺术片的特点是："以真人真事件为基础，有很强的纪录性，但进行适当的艺术加工就体现于银幕，迅速地来反映当前大跃进中的新人新事和英雄事迹。这是一种新的样式。这将在理论上和创作上打开一条新的道路。"他认为这种新样式与解放区搞的"秧歌剧""活报剧"有些相似，"它可以迅速及时地反映现实，它短小精悍，有一定的报导性，但是有故事情节，有鲜明的人物形象；是真人真事，但是有虚构，它好像是电影的报告文学，应该和纪录片不同，它不应该、也不可能来代替纪录片，纪录片也不能代替这种纪录性的艺术片"。"应该说，这就是我们探索和创造革命现实主义和革命浪漫主义相结合的创作方法的开始"。[46]

具体到创作方法，陈荒煤写道："强调革命现实主义与革命浪漫主义的创作方法，首先应从内容出发，要求影片反映我们今天人民的大跃进，这是对的，但不能因此得出结论，好象只要内容是反映了大跃进，作品自然就有了革命浪漫主义，不写大跃进的题材就没有革命的浪漫主义；这就无所谓创作方法的问题了。既然是一种创作方法，就有一个如何去反映内容的问题，也就是说，作家应该有责任以自己的智慧、才能、风格力求更生动、更真实、更深刻、也更富于想象来反映内容；既渗透了共产主义的思想，又要有民族的工人阶级的风格。""作品的革命的浪漫主义，最重要的，还是描写人的共产主义思想、情感、道德品质，那种崇高的共产主义风格。"[47]

5.4 回旋与无可奈何的低调（1960—1965）

5.4.1 艰难中的新成就

20 世纪 60 年代初，新中国陷入空前的内忧外患之中。

内外交困的严酷局面迫使国家领导人反思当时的领导方针和国家政策。1961 年 1 月 14 日—18 日，中共八届九中全会决定对国民经济实行"调整、巩固、充实、提高"的方针。国民经济和整个国家的形势开始逐渐好转。

电影环境的调整

（1）党和国家领导人对电影事业的关怀

即使在严酷的形势下，党和国家领导人也依然非常重视和关注电影事业的发展。1960 年 7 月 22 日—8 月 13 日，全国第三次文代会在北京举行。周恩来、朱德、宋庆龄、邓小平等党和国家领导人出席开幕式。23 日，毛泽东、刘少奇、周恩来接见了全体代表。在文代会期间，中国影联第二次会议代表大会也于 7 月 30 日—8 月 4 日举行，决定将影联改名为"中国电影工作者协会"，由蔡楚生任主席，于伶、田方、白杨、亚马为副主席。

（2）电影政策的调整

1961 年 1 月 16 日—28 日，文化部电影局在上海召开部分故事片厂（老厂）厂长座谈会，讨论如何贯彻中共八届九中全会提出的八字方针和缩短战线、整顿队伍、提高质量、改进领导等问题。

4 月，陈荒煤出任电影局局长，司徒慧敏、季洪为副局长。

6 月 1 日—28 日，由中宣部召集的全国文艺工作者座谈会在北京新侨饭店举行，文化部召集的全国故事片创作会议也于 6 月 8 日—7 月 2 日在新侨饭店举行，两会并称"新侨会议"。周恩来总理在会上做了重要讲话，强调要坚定不移地贯彻"双百"方针，发扬艺术民主，按艺术规律办事，还明确指出"政治标准不等于一切""文艺的教育作用和娱乐作用……是辩证的统一""教育寓于其中，寓于娱乐之中"。这篇讲话精辟地阐述了艺术创作的规律问题，是毛泽东文艺思想的重大发展。根据讲话精神，两个会议分别通过了《关于当前文学艺术工作的意见》（即"文艺十条"，1962年4月30日修订为"文艺八条"）和《关于加强艺术片创作和生产领导的意见》（即"电影三十二条"，总结"大跃进"以来电影工作的经验教训，贯彻"双百"方针，"再度提出要按照电影生产特点组织电影创作与计划生产，减少审查层次，丰富影片的题材、风格样式，建立以编导或总导演为中心的创作组"[48]，该意见于11月13日向各电影制片厂下达）。

（3）具体措施："放"与"收"

"放"：1962年1月，中宣部、文化部发出恢复上演话剧和电影《洞箫横吹》的通知；3月6日，陈毅副总理在广州举行的"全国话剧、歌剧、儿童剧创作会议"（即"广州会议"）上讲话，认为"应该取消'资产阶级知识分子'的帽子"，并对停映电影《洞箫横吹》以及施加于剧作者海默的错误处理提出批评，至此，海默和《洞箫横吹》得到平反；7月12日，文化部发出《关于各地不得自动禁映影片的通知》，要求对1957—1958年间拍摄的、因受到当时报刊的批评而被各地自动停映的《上海姑娘》等二十部影片全部恢复发行；1963年10月2日—12月25日，中国电影资料馆在北京、长春举办30年代优秀电影观摩，放映了《春蚕》《姊妹花》《神女》等十三部影片，这是"十七年"期间唯一一次重新审视和高度评价20世纪30年代中国电影的传统及成果。

"收"：1962年3月17日，文化部向国务院呈报《关于调整电影制片厂的报告》，提出撤销各省办制片厂，调整与充实各故事片老厂和新影厂等调整意见，国务院于5月28日批示同意。这是在制片机构上扭转"大跃进"的畸形状况，以集中物质基础和创作力量。9月8日，文化部发出《关于对违反当前政策精神的影片停止发行的通知》，决定将几年来拍摄的与当前政策不符或存在宣传浮夸风、共产风错误倾向的四十六部影片（纪录性艺术片三十八部，美术片八部）停止发行。

这一"放"一"收"两大举措，体现了新中国电影事业领导人的正确思路和整改魄力。

（4）电影工作者自身的反思和思考

1961年7月，《文艺报》发表冯牧的文章《"达吉和她的父亲"——从小说到电影》，分析原著与影片各自的特长和得失，并对一些人指责小说宣扬个人主义、人性论的说法提出了批评。随后，《文艺报》就此展开了历时一年的讨论，许多问题在讨论中得到反思和厘清。

萌动的发展高潮

在1960年和1961年两年的调整下，整个国家的经济、社会状况都呈现好转的势头，电影领域也出现良性回旋并孕育着一次新的高潮。虽然1961、1962两年的电影产量由于自然灾害的原因有所下降，但其艺术水准有所提高。如果良好的创作环境继续下去，中国电影完全可以在1959年的基础上再攀高峰。

（1）具有代表性的编剧及作品

①陆柱国及其《战火中的青春》《独立大队》

陆柱国，1928年出生于河南省宜阳县，电影剧作家。

1958年之前，他主要致力于长篇小说的创作。1956年写出电影文学剧本《最后一个冬天》（影片改名为《黑山阻击战》）。1958年之后主要从事电影文学剧本的创作，陆续写出《海鹰》（1958，与王军、闻达合作）、《战火中的青春》（1958，与王炎合作）、《英雄岛》（1959，与王军合作）、《独立大队》（1962，与王炎合作）、《雷锋》（1963，与丁洪、崔家骏、冯一夫合作）、《分水岭》（1963，与黎阳合作）、《闪闪的红星》（1973，与王愿坚合作）、《飞翔吧，海燕》（影片改名为《南海风云》，写于1974）等作品。他的电影剧本用一句话来形容，就是"平中有奇、奇不失正"，文笔质朴真实，但内容并不平淡、枯燥，他也追求情节的跌宕起伏和人物的传奇色彩，具有很强的故事性和观赏性。

《战火中的青春》取材自陆柱国本人的长篇小说《踏平东海万顷浪》。原著以我军一个团队的活动为主线，描写了我军从练兵到侦察，再到陆、海、空诸军种联合作战，最终取得解放一江山岛胜利的全过程，真实而生动地表现了我军在20世纪50年代中期进行现代化建设所取得的伟大成就。

雷振林在原著中是师侦察科长，他在作战前夕回忆了八年前的一段往事，电影剧本截取的正是小说中的这一段回忆：解放战争的时候，雷振林是一个野战部队"尖刀英雄排"（即原著中的"青年排"）的排长，在一次浴血战斗中幸存下来的地方部队区小队长高山被派来担任副排长。由于性格的差异，两人在合作过程中多次发生矛盾冲突。剧本正是以两人富有张力的性格冲突为中心线索（如高山刚上任时雷振林对他的瘦弱不满，两人就发生言语的冲突；后来在处理一班战士拿群众苞米芯子烧火的问题上两人又发生矛盾；高山还批评了雷振林的盲动情绪），展开了一系列波澜起伏而又引人入胜的情节。后来，高山从磨盘下救出了由于鲁莽而陷入敌人包围的雷振林，自己却负伤了。在医院里，雷振林才知道高山原来是一个女扮男装的"现代花木兰"。

女英雄高山的形象具有浓重的传奇色彩，但是作者并没有单纯从趣味出发、一味渲染"女扮男装"的奇特身份所带来的种种矛盾冲突，而是严肃认真地从战争环境的实际出发、从人物的性格特点出发，通过复杂跌宕而又生动有趣的故事情节去揭示英雄人物的内心世界。剧本成功地展现了雷振林的性格特征——他既有英勇善战、痛快爽直的一面，又有个人英雄主义、草莽习气的另一面。这些特点都是通过故事情节和细节的安排自然流露出来的。比如在故事开始的战斗中他进攻敌人时不注意隐蔽，向山上高喊："我们来了——山上的同志们"；团长质问他时，他"连头都没有回，只粗鲁地把腰后的指挥刀往前提了一下。刀鞘差一点碰到团长身上"，当得知对方是新来的团长时，他"'啪'的一声立正、敬礼，满脸堆下笑来"[49]，立刻就给观众留下了鲜明而深刻的印象。后来，还有初见高山时恶作剧的握手，连长要求他照顾高山时故意避免正面回答，高山要求战士们整理军容时他既认同又怕失了面子等等一系列的细节安排，立体、全面地塑造了一个既勇敢又可爱、既让人们尊敬有时又让人生气的英雄排长形象，血肉丰满、栩栩如生。他们已经成为我国电影人物画廊里光彩夺目的典型形象。

《独立大队》讲述了解放战争时期，粤北一支国民党残余部队的士兵不甘被上级处决镇压，在上士班长马龙和他的两个把兄弟的带领下被迫哗变的故事。为了生存，他们冒充"共产党的别动队"，截击国民党的物资运输车，扰乱了我游击队的军事行动。我粤北支队司令员为团结他们共同对敌，派联络员叶永茂去做争取、改造的工作。

在这个颇具传奇色彩的故事中,马龙的形象栩栩如生:他的出场是带领士兵们哗变,他面对匪军上司镇定自若,对待自己的弟兄从不亏待。后来又通过他对叶永茂的复杂态度(既不信任、有抵触,又钦佩其直率、真诚),向观众展现了一个活生生的人物形象。编剧既把握了马龙身上固有的劳动人民的正直、善良、勇敢的优良品质,也毫不隐晦地点出了旧社会那些陈旧腐朽的东西在马龙身上的烙印,比如讲究哥们儿义气、缺乏分辨大是大非的眼光和头脑等,可以说比较全面地塑造了马龙的形象,是现实主义创作方法的优秀成果。

在改造过程中,叶永茂的共产党员作风、马龙的江湖习气、刁飞虎的流氓做派形成互相牵制、富有张力的关系,故事情节就在三人的矛盾冲突之中逐渐展开:第一次去争取时,叶永茂被迫喝下一壶烧酒,吐了一地;经过协商,马龙接受了"粤北支队独立大队"的番号,也答应叶永茂留下做联络员;叶永茂教队员们唱共产党的歌曲《三大纪律八项注意》,带领队员们帮老百姓收割庄稼,得到老百姓的拥戴,刁飞虎却挑拨离间说叶永茂是要"赤化"队伍。作为一个联络员,叶永茂的政治工作经验并不丰富,但是他代表着党的威信、体现着党的力量,始终用革命的真理去影响马龙;而刁飞虎的身上则残存着极其严重的江湖习气和流氓做派,一直在用私人关系拉拢马龙。在两人之间,马龙面临抉择:要么接受革命真理,要么向兄弟之情妥协。在剧情发展中,编剧抓住了马龙内心的这个矛盾,把马龙如何在兄弟之情的困扰中不断地栽跟头,如何在叶永茂的感染下一步步倾向革命、相信革命、走向革命的心理过程和必然性揭示得非常充分,令人信服。

②梁信及其《红色娘子军》

梁信,原名郭良信,1926年出生于吉林省扶余县,电影剧作家。

他早年从事部队宣传工作。新中国成立后,开始进行专业文艺创作,连续创作了多部话剧作品。1957年"反右"运动中,不幸被定为"中右",被部队动员转业。在申请留在部队、等待领导决定的过程中,他去了海南岛。一次无意中翻看琼崖纵队的战史,那里面娘子军的事迹深深打动了他,促使他行动起来,采访、构思,写出初稿《琼岛英雄花》。该剧本后被上海电影制片厂导演谢晋看中,经过修改,改名为《红色娘子军》。1959年他创作了

第一部长篇小说《碧海丹心》，第二年改编成电影，以解放战争时期我人民解放军解放海南岛为背景，着重描写了渡海战役过程中木船打军舰的故事，塑造了一群可爱的年轻战士、民兵和部队指挥员的形象。从这时开始，梁信就立志在今后的文学创作中把重点放在"写枪""写兵"上。

他从事电影剧本创作多年，已经形成了自己的独特风格：善于写人的性格，并通过人物独特的命运和遭际，概括出时代和阶级的风貌。如吴琼花、洪常青（《红色娘子军》），肖汀、苏成（《碧海丹心》），罗霄、索玛（《从奴隶到将军》）等角色的艺术力量就在于他们的典型性。他还写出了各个人物不同的成长和发展，表现出他们丰富的内心世界和多方面的感情色彩，因此具有扣人心弦的艺术力量。

他把自己的创作方法归纳为四句话——"猎熟悉之人，演悲欢之事，抒一己之情，辨兴亡之理"，追求"奇""趣""真""美""情"，并把着重点放在一个"情"字上。

《红色娘子军》的故事虽然带有比较浓厚的传奇色彩，但编剧并没有把焦点放在"猎奇"上，而是集中笔墨描写人物性格。琼花出场、遇救、参军、路见仇人而违犯纪律，一直到火线入党这一系列情节，都是由她的性格特点所决定和推动的，所以显得生动真实、引人入胜。影片里的某些细节（比如木头人、蛇宴等）固然很奇特，但都是当地客观存在的风俗，而且在剧作中也是为了表现主人公的命运和性格而使用的。另外一些情节，如南霸天错把洪常青认为贵客、绝境中的琼花突遇洪常青并被他救出火坑等，也是严格遵循现实主义的创作方法，虽属偶然却不失其真。

③胡苏及其《红旗谱》

胡苏，原名谢相箴，1915年出生于浙江省镇海县，电影剧作家。

1951年，胡苏被调到中央电影局剧本创作所任编剧，开始系统学习、探索电影剧本创作理论与技巧。1956年调至长春电影制片厂任编剧，主要作品有：《女社长》(1958，与方荧合作，反映农村生活)，《红旗谱》(1958，与人合作，根据梁斌同名小说改编)，《换了人间》(1959，与王滨、吴天合作，根据契诃夫话剧《双婚记》改编)，《万木春》(1959，与潘青合作，塑造林业战线一个为祖国森林持续更新而斗争的创业者)。

他的剧作善于运用曲折的情节编织故事，力求剧本结构完整、层次清晰、情节跌宕,带有浓郁的生活气息和强烈的抒情色彩;他很擅长人物性格刻画,注重通过人物命运去形象地揭示作品的主题。在改编问题上,他提出"取精用宏"的原则,即撷取原著中之精华部分,用自己所熟悉的生活去丰富原作,舒展发挥,精心构思,深化主题;对长篇名著的改编,为不损其精华,可以改编为两集或三集。

在《红旗谱》的改编过程中,胡苏与合作者们(凌子风、海默、吴坚)遵循了"取精用宏"的原则。他们原计划把原著中的农村斗争部分改编为两集,发表于1958年《电影创作》创刊号的稿本其实是原拟的第一集。这一集以原著中朱老巩在千里大堤上大闹柳树林开始,写到朱老忠仗义为严志和去济南探监、乡亲们在千里堤上送别为止,以"千里堤"前后呼应,不仅在全剧结构上自成起讫,而且保留了原著中的精华,对某些情节还可以从容展开、渲染。比如,剧本围绕"红点颏鸟"铺张了故事情节:通过孩子们捕鸟展现出一幅冀中乡土风俗画;通过卖鸟反映出地主与农民之间的压迫和反抗;以鸟笼罩为贯穿道具,生动地写出春兰获得爱情的喜悦及运涛被捕后痛苦的内心波澜;还通过鸟自然地引出冯兰池抓大贵去当军阀的兵,达到双方矛盾的激化。这样,"红点颏鸟"在表现地方特色、推动情节发展、刻画人物性格等多方面都起到了作用,达到了"一石数鸟"的艺术效果。

④王炼及其《枯木逢春》

王炼,原名王树鑫,1925年出生于山东济南,电影剧作家。

他于北平辅仁大学中文系古典文学专业毕业,长期从事话剧创作。1958年和陈恭敏合作创作了反映工人生活的话剧《黄浦江的黎明》,并根据治疗钢铁工人邱财康大面积烧伤的动人事迹创作了《共产主义凯歌》,这两个剧本的上演,奠定了他成为专业编剧的基础。之后,他经常到工厂、农村、学校和公安战线深入生活,创作上也更加刻苦勤奋,先后创作了《枯木逢春》(1959,与郑君里合作)、《燕归来》(1963)、《焦裕禄》(1966)、《三姐妹》(1978,与人合作)、《故事从死亡写起》(1979)等话剧剧本。

《枯木逢春》是王炼的代表作品,成功地塑造了女主人公苦妹子的形象,通过这个形象集中地反映了在党的亲切关怀下,千百万血吸虫病患者命运发生的巨大变化。在塑造苦妹子形象时,王炼着力表现她身患晚期血吸虫病后,对劳动、对爱情、对社会主义的强烈向往,揭示其善良美好的心灵。他还通过表现苦妹子与方冬哥一家富有戏剧性的命运纠葛，细腻动人地展现了她丰富的内心世界，使这个形象产生感人肺腑的艺术魅力。苦妹子与别离十年的方冬哥邂逅，方妈妈得知她的病情后劝她不要和冬哥来往以及她强抑感情、含泪拒绝冬哥等情节，不仅戏剧性强，而且对她复杂的内心情感进行了细致入微的描写。苦妹子形象来源于王炼对生活的深切感受。他本人于1949年南下途中感染了血吸虫病，对它有着切身的体验。1958年，在创作酝酿中，毛泽东同志的著名诗篇《送瘟神》发表了，他被领袖对人民健康的深切关怀所感动，又从诗的深远意境中获得启发。而在上海、江苏和洞庭湖、黄盖湖、鄱阳湖一带血吸虫病流行地区深入生活时，许多血吸虫病患者命运的变化和血吸虫病防治工作者救死扶伤的精神，也使他深为激动。他正是从生活中获得了创作激情，从众多的有类似命运的农村妇女中概括、提炼出了苦妹子这个有典型意义的艺术形象。剧本具有清丽、细腻、抒情的风格和浓烈的江南地方色彩。

1961年，王炼受导演郑君里之邀，一起把话剧《枯木逢春》改编为电影剧本，并就此涉足电影剧本创作。在改编过程中，他们尽量削弱和剔除原剧中某些概念化、图解生活的部分，力求以情动人。为此，他们进一步突出了苦妹子的命运线，紧紧地围绕着苦妹子与方冬哥一家人之间的戏剧性纠葛来展开情节、刻画人物，使苦妹子的形象更为丰满动人，主题也得到了深化。他们还学习《拜月记》《梁山伯与祝英台》等传统戏曲表现手法，进行创造性地运用。如冬哥与苦妹子在血吸虫病防治站邂逅后拉着她去见方妈妈这一场戏，采用了《梁祝》中"十八相送"的手法，通过这对青年充满爱情和喜悦的眼睛，一路上经过柳堤、鱼塘、小桥、麦田……看到合作化后的社会主义新农村的美丽景色，委婉有致地传达出两个人的微妙心情。苦妹子在方家受到刺激，急于奔回血吸虫病防治站，又重新经过这些地方，具有《梁祝》"回十八"的情趣。这种处理方法不仅符合我国群众的观赏习惯，而且能跳出舞台的框框，把场景拉开，使剧本更趋于电影化，有力地渲染了苦妹子跌宕的感情和她要求治好病的强烈愿望。影片由海燕厂于1961年11月拍摄完成，1962年公映，以生动的艺术形象、鲜明的民族风格和浓郁的乡土气息得到观众的好评。

⑤李准及其《李双双》

《李双双》由海燕厂于1962年7月拍摄完成。剧本改编自李准原著短篇小说《李双双小传》(发表于《人民文学》1960年第3期),叙述1958年农村搞起了"大跃进",农村妇女李双双不顾丈夫孙喜旺的阻拦,带头办食堂、搞技术革新,并大胆揭发个别社员损公肥私的行为,受到群众的赞扬。剧本塑造了李双双这个大胆泼辣、公正无私的农村妇女形象,同时还描写了能干、憨厚而又有着浓厚旧意识的孙喜旺在李双双影响下的思想变化。李双双的形象集中体现了20世纪50年代中国妇女要求改变自己的生活命运、摆脱陈旧势力的束缚、走向社会、努力贡献力量的愿望与实践,但由于受到当时"左"的思潮的影响,思想与行动中也不免带有某些脱离实际的狂热与盲动色彩,体现出一定的时代特征。

(2)喜剧的新发展——歌颂性喜剧

《新局长到来之前》《未完成的喜剧》等在"拔白旗"运动中被定为"银幕上的白旗",吕班的讽刺性喜剧寿终正寝。为了向国庆十周年献礼,也为了适应新的时代和新的要求,诞生了新的喜剧影片样式:歌颂性喜剧。

1959年,在夏衍的亲自扶植下,诞生了新的喜剧样式《五朵金花》,根据编剧之一的季康(另一位是公浦)介绍,夏衍在下达任务时有五个要求:一,要喜剧;二,要有大理山水;三,要载歌载舞;四,要轻松愉快;五,不要政治口号。影片以两位到大理体验生活的影片编创人员帮助剑川小伙子阿鹏寻找心中的恋人、公社副社长金花姑娘为线索,着意刻画了阿鹏勤劳、质朴、助人为乐的品德和对爱情的忠贞;刻画了心灵手巧的副社长金花热爱集体、以集体利益为重的高尚品质。影片中穿插着大理苍山洱海的秀丽风光,白族少数民族的风情,以及数首旋律优美的具有民族韵味的插曲,令人感到美不胜收,是一部具有抒情色彩和民族特色的生活喜剧。正如导演王家乙所说:"以前,一提到喜剧,往往意味着用笑声去讽刺和暴露社会。今天,在我们社会主义国家里,何尝不可以喜剧形式来歌颂那些新的人物、新的思想,通过那些美好的事物给人以鼓舞、力量和希望呢?"[50]

编剧李天济和导演鲁韧合作的《今天我休息》则把这种新型喜剧样式的探索又向前推进了一步:《五朵金花》继承传统喜剧的创作手法,设计了两个人物的适当而不流于庸俗的帮倒忙、闹误会等场景，以增加喜剧效果；《今天我休息》则向观众展示了一个完全的、彻底的正面环境，出现的人物全部都是正面人物，竭尽全力地歌颂了以警官马天民为代表的社会主义新人。影片在完全没有反面人物、没有对立矛盾冲突的情况下，通过一个"太"字（影片中的人物都"好"得超出常情、超出观众的预料，这其实也是传统喜剧中"夸张"技巧的延伸）达到了喜剧效果，在当时被认为是对喜剧理论的一个突破和创新。

《今天我休息》和《五朵金花》为代表的歌颂性喜剧（也有人称之为"社会主义新喜剧"）得到了普通观众的普遍认可和喜爱，也引起了喜剧研究者的高度关注，《文汇报》就此展开了近半年的讨论。1963年，中国电影出版社将讨论文章集结成《喜剧电影讨论集》一书，是围绕歌颂性喜剧所做的种种讨论的理论总结。

讨论的核心问题集中在以下两个方面[51]：

①歌颂性喜剧的界定和主要特点

首先，关于基调的定位，"其性质是歌颂光明。要求写正面环境，写肯定的积极的事物，而不是写否定的消极的事物；其态度是歌颂而不是暴露。通过笑肯定生活，证明生活是美好的，使观众热爱生活。笑，应当是'建设性'的，积极、健康而又起促进作用的笑"。

其次，关于人物形象的塑造，"认定社会主义新喜剧，主要应当塑造正面人物形象。这是由它的性质所决定的。只有创造出光辉的体现时代精神的正面形象，才能达到歌颂新时代、歌颂社会主义制度之目的"。

最后，关于矛盾冲突的设置，"关于两部影片是否反映了社会矛盾和有无戏剧冲突，使评论者也陷入了矛盾的境地。第一种意见认为歌颂性喜剧'突破了'喜剧的传统的讽刺的框框，它可以不反映敌我矛盾，也可以不反映人民内部矛盾。持这种观点的理论依据是：社会主义现实生活中充满了种种欢乐，这就是歌颂性喜剧的客观基础。因此，《五朵金花》《今天我休息》的戏剧冲突是建筑在巧合和误会的基础上的。第二种见解则坚持认为应当反映社会矛盾，但对二部影片所反映的矛盾又其说不一，有的说是个人与集体的冲突，有的说冲突的实质是两种阶级思想的斗争。而所阐述的理由则并不足以服人。第三种见解亦坚持'没有冲突就没有戏剧'的原则，但是面对着的两部影片却居然没有冲突也有了戏剧；于是，他无可奈何地说：这是个别例外的情况"。

②歌颂性喜剧的创作方法问题

"既然肯定了要歌颂不要暴露，则讽刺被认为是'旧'的手法，已经不适用了，再搞讽刺是'要犯错误的'。于是肯定了诙谐、幽默、风趣以及误会、巧合等等为'歌颂性'喜剧的基本手法。"

5.4.2 文艺界第二次整风

在电影界一派生机萌动之际，中国电影的发展再次被人为摧残。1963年开始的第二次文艺界整风运动，无情地扼杀了这个萌芽中的高潮。到了1965年，文艺界已经出现无人敢写剧本、节目贫乏、作品稀少、题材单一的萧条景象。中国电影事业再度倒退，并且一退就是十年。等到1976年噩梦醒来，中国电影人睁眼看世界，却悲愤地发现我们的电影事业已经被世界影坛远远抛在了身后。

（燕　俊）

注　释：

1　伯奋编述：《苏联电影500个问答》，潮锋出版社（上海）1952年12月初版，第5页。
2　同上书，第5页。
3　同上书，第8页。
4　胡菊彬：《新中国电影意识形态史（1949—1976）》，中国广播电视出版社1995年12月第1版，第32页。
5　袁文殊：《电影求索录》，中国电影出版社1980年6月第2版，第1—2页。
6　均引自程季华主编：《中国电影发展史》（第二卷），第393—394页。
7　中国电影艺术研究中心、中国电影资料馆：《中国电影图志》，第214页。
8　陈坚、陈抗：《夏衍传》，北京十月文艺出版社1998年8月第1版，第492页。
9　中国电影出版社编：《中国电影剧本选集》（第1册），中国电影出版社1959年9月第1版，第171页。
10　中国电影出版社编：《中国电影剧本选集》（第1册），第47页。
11　同上书，第180—181页。
12　胡菊彬：《新中国电影意识形态史（1949—1976）》，第5页。

13 孙瑜：《银海泛舟——回忆我的一生》，上海文艺出版社1987年5月第1版，第197页。
14 同上书，第191页。
15 同上书，第203页。
16 中国电影家协会电影史研究部编：《中华人民共和国电影事业三十五年（1949—1984）》，中国电影出版社1985年9月第1版，第2页。
17 歌词参见电影《白毛女》。
18 陈坚、陈抗：《夏衍传》，491页。
19 同上书，第491页。
20 黄钢：《在电影工作岗位上》，新文艺出版社（上海）1952年8月第1版，第45页。
21 黄钢：《在电影工作岗位上》，第45—46页。
22 胡菊彬：《新中国电影意识形态史（1949—1976）》，第24页。
23 中国电影家协会电影史研究部编：《中华人民共和国电影事业三十五年（1949—1984）》，第14页。
24 中国电影家协会电影史研究部编：《中华人民共和国电影事业三十五年（1949—1984）》，第14页。
25 胡菊彬：《新中国电影意识形态史（1949—1976）》，第37页。
26 陈荒煤：《论正面人物形象的创造》，转引自罗艺军主编《中国电影理论文选》（上册），文化艺术出版社1992年7月第1版，第360页。
27 夏衍：《写电影剧本的几个问题》，中国电影出版社1980年12月第1版，第102页。
28 中国电影出版社：《中国电影家列传》（第1册），中国电影出版社1982年4月第1版，第285页。
29 中国电影出版社编：《中国电影剧本选集》（第2册），中国电影出版社1979年9月第2版，第356页。
30 同上书，第372页。
31 同上书，第351页。
32 中国电影出版社编：《中国电影剧本选集》（第2册），第369—370页。
33 同上书，第384页。
34 同上书，第378页。
35 《海默电影剧本选集》，中国电影出版社1979年11月第1版，序言。
36 《海默电影剧本选集》，第77页。
37 同上书，第80页。
38 同上书，第87页。
39 刘景荣、袁喜生：《毛泽东文艺年谱》，吉林人民出版社2002年5月第1版，第152页。
40 王芸主编：《文学知识手册》，河南大学出版社1999年12月第2版，第17—18页。
41 舒晓鸣：《中国电影艺术史教程》，中国电影出版社2000年9月第2版，第42页。
42 《海默电影剧本选集》，中国电影出版社1979年11月第1版，第147页。
43 李准：《老兵新传》，中国电影出版社1958年8月第1版，第1页。
44 王芸主编：《文学知识手册》，第18页。

45 《论纪录性艺术片》，中国电影出版社1959年4月第1版，"出版说明"。
46 同上书，第2—5页。
47 同上书，第6—8页。
48 胡菊彬：《新中国电影意识形态史（1949—1976）》，第21页。
49 中国电影出版社编：《中国电影剧本选集》（第6册），中国电影出版社1979年12月第2版，第447页。
50 中国电影出版社编：《中国电影家列传》（第3册），中国电影出版社1984年6月第1版，第76页。
51 马德波：《电影喜剧的命运——悲剧》，转引自罗艺军主编《中国电影理论文选》（下册），第422页。

第六章

风雨十年

（1966—1976）

"文化大革命"这场史无前例的浩劫把新中国成立十七年以来奠定的文艺事业的基础几乎破坏殆尽,电影因其在诸项宣传工具中的重要地位而成为重灾区。正如袁文殊所说:"到一九六六年林彪、'四人帮'实行法西斯文化专制主义,电影领域遭受了严重的摧残,使我们的电影艺术至少倒退了二十年,使我们的电影队伍整整地耽误了一代人。"[1]

6.1 文化专制主义者的"破旧"和"立新"

6.1.1 "破旧"

"文化大革命"中,林彪、江青集团为了实现其对文化事业的全面掌握和操纵,并进而篡夺党和国家的领导权,对新中国成立十七年以来文艺事业的成就给予了全面的否定和疯狂的批判。

1966年6月,全国开展"文化大革命"。自此,除少量反映"文化大革命"和外事活动的新闻纪录片之外,全国各制片厂均停机停产,全国的知名电影演员、编剧、导演无一不遭到残酷的迫害,整个新中国的电影事业陷入严重的瘫痪停滞状态。

6.1.2 "立新"

1964年6月5日—7月31日,全国京剧现代戏观摩演出大会在北京隆重举行，来自全国各地的三十多台大小节目与首都观众见面。在 6 月 23 日的座谈会上，江青发表了《谈京剧革命》的长篇讲话，从此以"艺术革命者"的形象登上政治舞台，借所谓"京剧革命"的名义，大肆宣传极"左"的文化路线，建立了"革命样板戏"这一畸形的艺术样式，以此作为自己的文化成就和掌握文化事业领导权的资本。

这八个样板戏分别是：京剧现代戏剧目五个——《智取威虎山》（上海）、《红灯记》（北京）、《沙家浜》（北京）、《奇袭白虎团》（山东）、《海港》（上海）；芭蕾舞剧剧目两个——《红色娘子军》（北京）、《白毛女》（上海）；以及交响乐——《沙家浜》（北京）。

1964 年 10 月 29 日，全国京剧现代戏观摩演出小组决定，选出《智取威虎山》《节振国》《红管家》等剧目，拍摄成彩色影片，这正是"文革"期间大行其道的"样板戏电影"的肇始。从 1970 年开始，样板戏被陆续搬上银幕，当时被盛赞为"无产阶级新型电影"。

6.2 样板戏电影的拍摄

6.2.1 样板戏电影的拍摄

一个值得注意的现象是：这八个样板戏中，除了《沙家浜》（包括京剧版和交响乐版，改编自沪剧《芦荡火种》）和《海港》（改编自京剧）之外，其他五部样板戏的故事在"十七年"期间都曾被拍摄为电影，为广大观众所熟悉和喜爱。现在，在经历了"革命样板戏"这个崭新的包装之后，它们将以"无产阶级新型电影"的面目重新出现在大银幕上。这两次拍摄的不同，正体现了中国文艺界的风云变化。

失败的尝试：《奇袭白虎团》与《南海长城》

《奇袭白虎团》：当样板戏在中国文艺界占据至高无上的地位之时，八一厂提出把山东京剧团的现代京剧《奇袭白虎团》搬上银幕，江青欣然应允。《奇袭白虎团》是根据八一厂 1960 年拍摄的故事片《奇袭》改编而成的，时任八一厂厂长的陈播对影片的拍摄成功比较有把握。可是，就在电影剧本初步改定，准备开拍之际，却因影片定位不明而中途夭折。

《南海长城》：由原广州军区话剧团剧作家赵寰创作的多幕话剧《南海长城》，讲述了在1962年国庆前夕，大南港民兵连长区英才率领甜女等民兵战士，与登陆敌特进行英勇斗争，最终消灭敌人的故事。八一厂厂长陈播选定由著名导演严寄洲将该剧搬上银幕。1966年，"文化大革命"开始，严寄洲遭到猛烈的批斗，他在"文革"前拍摄的十部影片，被江青逐一批判，而批判的核心集中于两点：写了人情人性，写了中间人物。《南海长城》的拍摄就此中断。

第一批"样板戏影片"的出炉：《智取威虎山》《红色娘子军》《红灯记》

《智取威虎山》（京剧）：1958年春，上海京剧院黄正勤、李桐森、曹寿春、申阳生等合作，根据长篇小说《林海雪原》中活捉土匪座山雕那一段故事，并参考同名话剧改编成京剧剧本《智取威虎山》，这是首次表现中国人民解放军形象的京剧剧本，1958年9月在中国大戏院正式公演。后又经两次修改，尤其是江青的"悉心指导"，使该剧目一跃成为八大样板戏的首位。1970年10月1日，同名样板戏电影在全国上映。

《红色娘子军》（芭蕾舞剧）：改编自同名电影，故事表现的是地主南霸天家的丫头琼花（芭蕾舞剧中改为"吴清华"），不甘做奴隶，逃出南府，遭追击被殴打昏死过去，后遇海南岛女红军连队"红色娘子军"党代表洪常青帮助指引，参加了红色娘子军。在娘子军趁南霸天做寿，洪常青装扮成华侨巨商打入南府，准备全歼敌人时，化装成丫头的琼花按捺不住深仇大恨，擅自掏枪打伤了南霸天，致使战斗计划暴露，南霸天逃脱。经过洪常青的谆谆教诲，琼花明白了"只有解放全人类才能最后解放无产阶级自己"的革命道理。在南霸天率地主武装伙同国民党军队进犯根据地的战斗中，为了掩护娘子军主力撤退，洪常青不幸负伤被俘。在与敌人进行了不屈不挠的斗争后英勇就义。奔袭而来的娘子军以排山倒海之势消灭了敌人，南霸天也被琼花亲手击毙。沉痛悼念了牺牲的战友之后，在战斗中不断壮大的娘子军开始了新的历程。1963年，周总理对文艺工作提出"三化"（革命化、民族化、群众化）要求，北京舞蹈学校实验芭蕾舞团决定把《红色娘子军》改编为芭蕾舞剧。

在舞剧中，编导不仅塑造了琼花、洪常青等性格鲜明的人物，表现了中国现实的革命斗争生活，而且在舞蹈设计中根据内容需要，广泛而巧妙地吸收了中国民间舞蹈、京剧的表演技巧，还从部队生活和军事动作中提炼出了舞蹈语汇加以运用，从而使这出芭蕾舞剧体现出浓郁的中国特色，也鲜明地塑造了娘子军英姿飒爽的群体形象。1971年元旦，同名样板戏电影在全国上映。

《红灯记》（京剧）：1962年，长春电影制片厂摄制了描写东北人民抗日斗争的《革命自有后来人》（沈默君编剧），影响甚广，很多地方纷纷将其改编成戏曲搬上舞台。上海爱华沪剧团的凌大可、夏剑青执笔，将它改名为《红灯记》，于1963年初在上海公演。故事发生在抗日战争时期日本帝国主义统治下的东北。铁路工人、共产党员李玉和执行传送密电码的任务，由于叛徒王连举的出卖，与母亲（师娘）、女儿（非亲生）李铁梅先后被捕。他们同日本宪兵队长鸠山展开了不屈不挠的斗争，李玉和、李奶奶英勇牺牲，李铁梅在群众的帮助下，终将密电码送交北山游击队，取得了战斗的胜利。江青把沪剧剧本"介绍"给中国京剧院，由阿甲、翁偶虹等人负责改编。1964年6月，京剧《红灯记》参加了京剧现代戏观摩大会。江青对京剧剧本提了很多具体的意见，并勒令修改，阿甲等人顶住巨大压力，保持了正确的艺术处理方式，后来，京剧《红灯记》红遍大江南北。1971年春节前夕，同名样板戏电影在全国上映。

样板戏影片的大量拍摄

第一批三部样板戏影片试验成功之后，其他的样板戏影片陆续上马。

《沙家浜》（京剧）：改编自沪剧剧本《芦荡火种》，原剧本取材于崔左夫撰写的一篇革命回忆录《血染着的姓名——三十六个伤病员的斗争纪实》。20世纪50年代末，上海市人民沪剧团由文牧执笔，集体将它改编成沪剧剧本《碧水红旗》，在1960年正式公演时才改名为《芦荡火种》。剧本描写1939年秋，新四军某部转移，在阳澄湖畔的沙家浜留下郭建光等十八名伤病员，中共江苏常熟县委委员陈天民将掩护伤病员的任务交给地下联络员——春来茶馆老板娘阿庆嫂，阿庆嫂把伤病员藏在芦苇荡里。"忠义救国军"司令胡传魁和参谋长刁德一暗中与日本侵略军勾结，进驻沙家浜，搜捕新四军伤病员。阿庆嫂按照地下党的指示，在沙老太、沙七龙的协助下，利用胡传魁与刁德一之间的矛盾，同敌人展开机智的斗争，保护了伤病员。郭建光等十八人伤愈后，发展抗日武装力量，利用胡传魁结婚的机会，乔装打扮，在阿庆嫂的接应下一举歼灭敌人。江青把沪剧剧本"介绍"给北京京剧团，由汪曾祺、杨毓珉、萧甲、薛恩厚改编剧本，取名《地下联络员》，在公演时改用原名《芦荡火种》。1971年国庆前，同名样板戏电影公映。

《白毛女》（芭蕾舞剧）：1964年，在周恩来总理"三化"指示下，上海舞蹈学校决定把歌剧《白毛女》改编为芭蕾舞剧。这部歌剧讲述恶霸地主黄世仁逼死佃户杨白劳，奸污其女儿喜儿，后又企图把她卖掉。喜儿逃进深山，变成"白毛仙姑"，艰难求生。后来八路军解放了她的家乡，喜儿重获新生，从"鬼"变成人。在改编过程中，主创人员决定突破歌剧原作的局限，进一步强化阶级斗争主题思想，突出农民的反抗性，所以专门设计了杨白劳拿起扁担三次奋起反抗、最后被黄世仁打死的情节。公演之后，获得一片赞誉。1972年春节期间，同名样板戏电影公映。

《沙家浜》（交响音乐）：1964年，同样在"三化"指示下，中央乐团决定给京剧《沙家浜》加上交响乐的伴奏，做一个"中西结合"的试验。在定义这种新形式的名称时，江青和各位专家发生了分歧，各位专家认为这是一部"清唱剧"，但在当时的政治氛围下，不可能把这种西洋化的名字用在这出革命样板戏上。后来，定下了一个新名词"交响合唱"。但是在江青的坚持下，这部由京剧音乐与合唱、交响乐和表演相结合的"四不像"作品终于以"交响音乐"的名义列入"八大样板戏"。1972年春节期间，同名样板戏电影公映。

《海港》（京剧）：1963年初，上海淮剧团的编剧李晓明深入到苏北籍工人比较集中的上海港装卸区体验生活，九个月后创作了反映码头工人生活的淮剧剧本《海港的早晨》，描写高中毕业的青年装卸工人余宝昌因"腐朽的资产阶级思想"作怪，瞧不起装装卸卸、搬搬运运的码头工作，认为自己是大材小用，不安心本职工作，以至于发生了质量事故。后经党支部书记金树英和队长刘大江分析事故原因，为国家挽回了损失。同时，通过金树英耐心细致的思想教育，以及母亲、舅舅的忆苦思甜，余宝昌认识到了自己的错误，决心在平凡的工作岗位上做出不平凡的贡献。这是首次反映中国工人当代生活的戏曲，公演后受到了观众和戏剧界的好评。江青布置上海京剧院将其改编为京剧，京剧剧本命运多舛，先后数易其稿，经历了"童（芷苓）

本""蔡（瑶铣）本""李（丽芳）本"三个阶段，直到 1965 年 5 月才通过审查，基本定稿。定稿的剧本已经与淮剧剧本相去甚远，主要人物的名字全部改换：金树英改为方海珍，刘大江改为高志扬，王德贵改为马洪亮，余宝昌改为韩小强；原有的家庭关系全部被砍掉，突出阶级关系；主题是"通过对接班人进行革命传统教育，反映思想领域的阶级斗争，并以英雄人物形象，体现出中国工人阶级胸怀祖国、放眼世界的国际主义精神和豪情壮志"[2]。在改编为电影的过程中，又经历了一波三折的修改，1973 年重拍的同名样板戏电影拍摄完成。

《奇袭白虎团》（京剧）：原剧本由中国人民志愿军京剧团根据一份朝鲜战争中"杨育才带侦察班捣毁白虎团"的材料改编而成，材料介绍了 1953 年 7 月，李承晚纠集了十万兵力，以其王牌军"首都师白虎团"为金城一线主力，为在不久后举行的板门店谈判中捞取资本，企图强力北进。志愿军某部决定予以迎头痛击，出奇制胜，打乱敌军部署。某团派排长杨育才带领侦察班化装成敌军，插入敌人心脏，直捣"白虎团"指挥部，使敌军指挥失控，保证了金城反击战的全线胜利。演员们自己创作出初稿，以"活报京剧"（完全按真人真事来演，故事简单，主人公的名字就叫杨育才）的形式为志愿军演出。在演出中，他们又不断听取观众的意见加以修改完善。但回国后，该团转业并入山东省京剧团，逐渐退出京剧舞台。1963 年秋，为迎接全国京剧现代戏观摩演出，山东省京剧团决定加工重排《奇袭白虎团》。由严永洁、孙秋潮等负责修改的剧本突破了真人真事的局限，把主人公的名字改为严伟才，由阿妈妮和崔大嫂贯穿始末。在参加全国京剧现代戏观摩演出时，江青进行了反复无常的"指示"使《奇袭白虎团》剧组无所适从，后因"文化大革命"开始，江青注意力转移，剧组才得以解脱。1972 年 10 月，同名样板戏电影公映。

1972 年 10 月国务院文化组举行"拍摄革命样板戏影片座谈会"时，《智取威虎山》（京剧）、《红灯记》（京剧）、《红色娘子军》（京剧和芭蕾舞剧）、《白毛女》（芭蕾舞剧）、《龙江颂》（京剧）、《奇袭白虎团》（京剧）、《沙家浜》（京剧）、钢琴伴唱《红灯记》、钢琴协奏曲《黄河》、交响音乐《沙家浜》以及《海港》（首拍失败的和正在拍摄的）等十个样板戏影片摄制组济济一堂，探讨、总结样板戏影片的拍摄经验，主要从导演和摄影技巧方面总结出一整套的实践方法，比如怎样体现"还原舞台，高于舞台"的指导方针，在造型上"英雄人物近大亮、反面人物远小黑"等。这些经验为即将开始的故事片拍摄实践"三突出"创作原则打下了基础。

6.2.2 "重要任务论"与"三突出"原则

于会泳在1968年5月23日的《文汇报》上发表的《让文艺舞台永远成为宣传毛泽东思想的阵地》中首次提出了"重要任务论"和"三突出"理论："要在我们戏曲舞台上塑造出当代的革命英雄形象来，这是重要的任务。""在所有人物中突出正面人物；在正面人物中突出英雄人物；在主要英雄人物中突出最主要的即中心人物。"[3]

根据"三突出"创作原则，样板戏电影掀起一场浩浩荡荡的"造神"运动。电影的主人公不再是有血有肉、有优点也有缺点、有七情六欲的"人"，而是对敌人充满阶级仇恨、对亲人只有阶级感情的革命战争之"神"、阶级斗争之"神"，他们在品德上没有瑕疵，性格上没有弱点，满心满脑都是革命和斗争。

"三突出"原则只是文艺创作典型化方法的一种，无法替代和囊括其他反映人类生活情感、思想体验的创作方法，将其作为文艺创作遵循的唯一原则，必然导致文艺创作脱离生活、脱离真实以及概念化、模式化的后果。

6.3 故事片的创作（1972—1976）

按照样板戏影片创作经验重拍故事片

1971年5月20日，北影创作人员谢铁骊、钱江联名向中共中央呈送报告，反映群众对出新故事片的迫切要求，并就如何抓好故事片创作提出建议。1972年3月29日—4月14日，国务院文化部、科教组和中国科学院联合召开科教电影座谈会，不久从"五七干校"调回部分创作人员，首先恢复了科教片的生产。

1972年10月的"拍摄革命样板戏影片座谈会"之后，各制片厂即开始按照样板戏电影拍摄经验拍摄故事片：长影重拍《青松岭》《战洪图》，并根据浩然同名小说改编了新片《艳阳天》；北影重拍《南征北战》；上影重拍

《年轻的一代》，改编了《火红的年代》。

1973年1月1日，周恩来、叶剑英、李先念接见部分电影、戏剧、音乐工作者。周恩来指出：七年来电影太少，这是我们的一大缺陷，要求经过三年努力，把这空白填上。1973年9月17日—24日，国务院文化组召开电影制片厂负责人会议，强调拍摄故事片要贯彻"三突出"原则，并决定1974年计划生产故事片二十四部。

1974年1月16日—20日，国务院文化组在上海召开"文革"开始以来第一次全国电影制片厂会议，检查1973年影片生产情况，安排1974年故事片生产计划。春节期间，全国上映《火红的年代》《艳阳天》《青松岭》等影片，这是"文化大革命"以来首次上映新故事片。7月23日—8月1日，国务院文化组在北京召开全国故事片创作生产会议，会议认为故事片创作中存在着简单化、雷同化的现象，但仍然强调要坚持"三突出"原则。

1975年1月，全国人大四届一次会议后，国务院恢复文化部建制，成立电影局筹备小组，由司徒慧敏、张骏祥、钱筱璋等任负责人，电影事业终于又回到了专业人员的管理之下。

回首"文化大革命"的十年历程，作为被革命的对象，中国的电影剧作者们经受了比战争更加严酷的考验，很多人不堪忍受、愤懑地离去；更多的人在乱世中挣扎求生，艺术生命却已在无奈中凋谢；还有少数人绷紧了脚尖，战战兢兢地行走在命运的琴弦上，希望用迎合的微笑为自己换取创作的空间……在艰难的创作环境下，这十年的电影编剧史呈现出扭曲的轨迹。

（燕　俊）

注　释：

1　袁文殊：《电影求索录》，中国电影出版社1980年6月第2版，"再版序"，第3页。
2　戴嘉枋：《样板戏的风风雨雨》，，第78—79页。
3　同上书，第126—127页。

第七章

从新时期迈向新时代的不断求索

（1977—2017）

劫后余生，百废待兴。从1976年10月粉碎"四人帮"到1978年底中国共产党十一届三中全会召开前，电影界总的来说还是复苏期的特征，期待、观望、惰性、急切，电影的产量在恢复[1]，但思想的凝滞却还没解冻。"1977年拍摄的影片，不少是在'四人帮'粉碎之前就投入拍摄的，'四人帮'倒台后，临时修改剧本，未彻底摆脱以阶级斗争、路线斗争为纲的模式，也未能摆脱'三突出'的影响，因此这批影片无论从政治上或艺术上看，都存在着不少问题。"[2]

但是，在这表面的凝滞下却酝酿、涌动着一股蓄积已久的力量，一股被压抑了十年以求一展身手的渴求，一种对文化繁荣和发展的渴望，它期待着一个机会。1978年，伴随着"实践是检验真理的唯一标准"的大讨论，思想文化的冰冻解除，春潮澎湃。"思想解放运动"的锣鼓甫一敲响，1979年的中国电影立刻涌现出一批激情之作，每一个亮相都引发人们的热切关注。电影创作和理论迈入一个天高云阔的新时期，在此之前的两年多可以看作中国电影沉寂后再度发轫的一个准备期或酝酿期。可以想见，在那些不平静的日子里，有多少电影编剧在劫后新生的月光下夜不能寐，在脑海中甚或是在笔下憧憬着、描绘着一张张中国新电影的蓝图。

从1978年底十一届三中全会，到1992年确立发展社会主义市场经济体制，到2001年中国成为世界贸易组织成员国，再到奥运后、世博后国力全面崛起成为世界第二大经济体，新时期中国电影和新世纪中国电影置身于改革开放四十年的宏伟背景中，置身于社会转型、文化更迭、产业扩张的大潮汐中，面临剧烈的动荡、急骤的转折和持续不断的变化；从电影主体性建设到电影市场规范建设，市场和资本的力量、艺术和人文的力量、国家意志与管理的力量在博弈中妥协，在妥协下合作，共同为电影立法。电影叙事是有规则的游戏。剧作者的创作才华和自由意志必是在跟各方规则的博弈中才会凝聚成最终的电影剧本。

从1977年秋到2017年底，新时期电影剧作的发展大致经历了新时期前期、新时期后期、新世纪三个阶段。在1990年前的新时期前期，肃清"文革"遗毒、呼唤人的苏醒、检讨传统、追逐现代是时代主调，社会文化受知识分子主导，精英意识强烈，理性氛围浓厚，电影剧作亦受社会思潮影响，积极关照现实、参与启蒙，剧作者在很大程度上自居为大众的代言人或导师，电影剧作的思想深度、艺术形式受重视。新时期后期，社会主流意识转向经济发展，大众文化和消费文化快速兴起，精英话语退出主导。为了平衡和引导日益强势的世俗话语，国家主流意识形态再度加强。电影体制改革迈出实质性一步，放弃统购统销，电影资本打破国营垄断，国营制片厂普遍陷入生存困境，国内电影市场也在急遽萎缩。电影剧作兵分三路：商业电影创作受生存形势所迫，以模仿为主，动力不足；主旋律电影创作受政府支持，吸引制片厂专业编剧，自成一格；艺术电影创作受国际电影节市场与海外投资引导，也有套路。进入新世纪以来，大众文化和消费文化在互联网为基础的新媒体形态和新消费方式中全面崛起，精英意识退场，精英转身融入世俗，回应大众，大学教授上电视，第五代电影运动旗手来领导国产大片生产，带国内单片票房冲亿；自2010年国内电影业整体产值过百亿，至2017年底中国电影业已是毋庸置疑的全球第二大。电影剧作上主旋律、商业片、艺术片三分格局没有变，但权重比例有调整、有起伏。商业片全面占据优势，类型化创作在对美剧、港片的模仿中从不熟练到熟练，但急功近利、粗制滥造、泥沙俱下的乱象也已引发担忧；主旋律电影在艺术形式和运营技巧上与商业片趋同，时尚化和大片化趋势明确；艺术电影的市场开拓最为艰难，艺术形式和风格以现代派的纪实主义最为多见，关注现实、关注个体，表现出多民族、多地域、多视角的话语多样性。

7.1 百花争艳 艺术为重（1977—1990）

1979 年为中国电影真正肇始的新时期的开头。历经了十年浩劫，面对着拨乱反正的重大历史任务，中国社会从封闭到开放，从传统走向现代。用当时的话语来形容，是中国又开始了一次新的"长征"。社会语境已经变化，文学艺术的语言急切地要求摆脱"文革"话语的"假大空"，还原社会生活的本来面目，宣泄人情人性的善恶美丑。社会的现代化转型也呼唤新的民族精神，呼吁自立自信的现代人。在这种情况下，知识分子主导的精英文化以其强大的启蒙意识和批判意识顺应民族觉醒和振兴的要求，成为这一时期的主导性话语。电影剧作也是启蒙话语的一种表达方式。

这是一个渴望改革和新生的时代，社会舞台上处处响起知识分子的声音。20 世纪 80 年代，中国文化思潮和文艺运动空前活跃。电影在"思想解放"和"寻根反思"的时代大旗的引领下，又受着周围文学、美术、戏剧、音乐等各个艺术创作领域新生运动的影响，势必要掀起自己的语言革命和理论建设。剧作是电影语言的一种方式，是电影开口表达的第一步。新时期电影观念的每一次争鸣，电影理论的每一点推进和制作拍摄手法的每一步变化都对剧作的形态构成影响。

从中国美学的自觉建设到西方理论的全面引进，从"形式美学""纪实美学"到"影像美学"[3]层层推进。电影在这段历程中一再升腾的内在渴望是回归本体，实现独立的艺术价值。用电影的方式来思维，来表达，找到电影自己的语言和形式，摆脱对戏剧性的依赖是电影剧作在这一阶段很突出的一个追求。于是出现了不仅是突破，有一些甚至是刻意回避戏剧式结构、连贯曲折的情节等旧日法宝的倾向。"小说式结构""散文式结构""时空交错式结构""蒙太奇段落"等名称的强调不仅是作为一种技法更迭，更是一种语言自觉的探索。而在故事、人物、主题的采撷和挖掘上，这十年的电影剧作又明显受到当代文学潮流的影响。文学提出的社会热点问题往往在电影这方面得到共鸣，进而依靠电影的传播能力引起更大的社会反响——其本质是让文学和电影成为精英话语对社会现实的一种干预手段。这种内在的价值追求体现为在电影之内要寻求"本体化的语言方式"，在电影之外坚持"精英化的启蒙姿态"。这两点构成新时期前十年电影剧作的两大倾向。

这一阶段，电影剧作理论建设初见成效，学院派的专业电影编剧培养模式也建立并成熟起来。在剧作者方面，专业电影编剧、电影导演和作家齐上阵，第三代、第四代、第五代老中青三代人蕴积多年的创作需求在环境激励下的集体爆发和连续喷涌，为剧作面貌带来难得的丰富、热烈和驳杂。

基于不同创作惯性、趣味、手法而产生的革命浪漫、文人情怀、哲理沉思、伦理激情、娱乐刺激的作品都有呈现。观众和市场的主动选择权对剧作的影响也已开始显现。

7.1.1 奔放的序曲（1979—1980）

人的解放和觉醒

1978年12月中国共产党十一届三中全会提出"解放思想，开动脑筋，实事求是，团结一致向前看"的方针，结束了延续多年的"以阶级斗争为纲"的路线。这一决策以及相应的一系列决议对中国人多年来思想禁锢的破除好似拦河大坝开闸放水。思想解放运动的大潮滚滚而来，势不可当。

从此，全国范围内已经在进行的拨乱反正工作更推向深入，从"文革"时期延伸到"文革"以前的"反右"时期，更多的冤假错案得到纠正，更多的人从监禁和牢狱中解放出来，平反昭雪，恢复名誉，更多的人从田间地头回到工作岗位上。电影界从1977年10月开始的这项工作也在推向深入。1979年初《电影艺术》《文艺报》都将周恩来总理在1961年文艺工作座谈会和故事片创作座谈会上的讲话全文重新发表，也即重申党在文艺上坚持"百花齐放，百家争鸣"的方针，重申党对知识分子社会地位的肯定。中国电影的噩梦终于完结，那些在"文革"中被迫害致死的电影艺术家和电影工作者的亡魂可以得到安息。大批从干校回到创作岗位的电影人面对令人鼓舞和期待的大好形势激情澎湃，摩拳擦掌。老一辈人看到了实现自己未竟之艺术梦想的机会，"文革"前从电影学院毕业，被耽误青春创作年华的一代人完全成熟起来，期待实现自己的理想。北京电影学院恢复招生，怀揣电影梦的年轻人一批又一批涌入课堂。更有一部分人在思想解放的禁令打开以后，大胆思考，冲破藩篱，在以前的思想禁区和电影禁区里唱出先声。大批被"四人帮"打成"毒草"的电影经过复审，在电影院复映，暂时满足着人们复苏的精神文化渴求。

新春的阳光洒满大地，人们呼吸着这和着新泥馨香的自由空气，恢复身份和名誉的人们抬头仰望蓝天，他们挺直的或者已经不再能挺直的脊背上重又感觉到人的尊严，喜悦和悲哀的情感交织成苦乐酸甜的杂味儿，胸中的块垒不吐不快，多年的积郁急需宣泄。总之，经历多年的禁锢后，人的思想、人的情感、人的性情、人的尊严，乃至人的欲望、人的需求仿佛在一夜间获得解放，"人"重新被放在至高无上的中心位置，人的表达而不是某种宣传意志的表达成为电影的至高任务。对人的重新发现和人的本质的深入探讨，进而对知识分子社会地位和历史使命的"思考"是20世纪80年代前期社会文化思潮的突出命题，它必将成为电影写作的重要命题。剧作者艺术家的独立气质加上知识分子的社会责任感和使命意识，使他们的创作很明显地带上干预社会、解释现实的诉求而让作品变得沉重。事实上，一部独立的电影作品往往承担不了那么多的负荷，而对新时期的电影剧作来说，人物表现的不断推进始终是它的一个中心话题。

触动电影改革的理论先声

"思想解放"的号令甫一发出，转年的初春，北方冬天的雪还没有消融，一篇短短的论文激荡的热浪就让中国电影界的空气变得春意盎然。电影评论家、北京电影学院白景晟副教授在内刊《电影艺术参考资料》1979年第1期上发表题为《丢掉戏剧的拐杖》的文章，向中国电影一向奉之如圭臬的戏剧性传统提出声讨。顿时，一石激起千层浪。

白文的中心意思是：长期以来，人们总是习惯于从戏剧的角度，沿用戏剧的概念来谈论电影，电影事实上一直在依靠着戏剧这根拐杖走路，这在电影已经发展成熟并具有独立性的今天是不正常的，中国电影创作和思维上对戏剧的习惯性依赖事实上阻碍了电影的独立存在。"电影在综合了各种艺术之后（包括戏剧、文学、绘画、音乐、照相等）已经成为一种不同于任何艺术的新艺术了。电影艺术的特点远远地超出了戏剧的范围，也超出了任何其他艺术的范围。"白文接着从"时间、空间形式""对话与声画结合的蒙太奇"两点初步概括电影的自身特性，进而指出中国电影是该到了扔开拐杖、自己行走的时候了。白文中对中国电影剧作此前的叙事形态概括为"运用戏剧构思来编写",并明确表达了否定意见。

紧接白文,由电影学院导演系青年教师张暖忻和电影评论家李陀合写,发表在《电影艺术》1979年第3期的长篇论文《谈电影语言的现代化》更是从回顾世界电影史几次重大的电影语言变革出发,系统地论述了电影语言走向独立,现代电影回归电影本体的发展趋势。该文指出中国电影落后于时代的症结就是"还都基本上遵循所谓戏剧式电影这一种程式"。该文追述了默片电影、有声片的诞生和彩色片的出现对电影语言的冲击和革新后,指出"电影语言的变革和更新是一种经常的现象,而且电影语言的这种新陈代谢过程比任何其他一种艺术都更激烈"。而中国电影"仅从电影语言方面讲,仍然因袭着五十年代、四十年代,甚至是三十年代的老一套",使得一些反映当代生活的新电影在"表现手法上总是显得陈旧、过时",远远不能适应现代人对电影的美学要求。进而该文在第三节"现代电影艺术对电影语言的新探索"中详尽列举了从20世纪50年代到20世纪70年代世界各电影流派的表现手法,及其在结构方式、色彩、声音、运动、主观心理空间、蒙太奇方式等方面的探索,指出"世界电影艺术在当代的发展趋势之一,是在电影语言的叙述方式(或者说是电影的结构方式)上,越来越摆脱戏剧化的影响,而从各种途径走向更加电影化"。最后该文在呼吁加快中国电影现代化步伐的最后一节明确行文立意:本文"有意着重从戏剧对电影的影响以及电影怎样摆脱戏剧的影响成为独立的艺术这个角度着眼",正是针对电影界言必称"戏","一谈到电影就离不开'戏''戏剧矛盾''戏剧冲突''戏剧情节'这些东西","似乎一旦没有了戏剧这根拐棍,电影就寸步难行"的现状。他们进一步阐释说:"当然不能搞绝对化,也不能说戏剧式的电影就根本不是电影。作为电影的一个品种、一种风格,拍摄戏剧式的电影是可以的,而且还应该不断探索和向前发展。但是现在存在的问题是另一种绝对化,即除了这种看惯了的戏剧式电影之外,其他似乎都是旁门左道,一概不写、不拍、不演。这样,我国电影艺术的发展就受到严重阻碍。"最后,该文指出我们电影的语言必须变革,必须现代化。

张暖忻和李陀合著的这篇论文"系多年以来首次较全面地对中国传统电影形态提出的挑战"[4],被人称为"探索片的纲领","第四代导演的艺术宣言"。该文继白文后更系统也更明确地提出了电影本体的问题,让"皈依本体"成为新时期电影人长期追随的一个灵魂之音。该文对电影语言现代化和电影本体化的强调进一步提出电影剧作要脱离戏剧方式,要有"电影化"的表达方式。

1979年的这两篇文章要求电影摆脱戏剧影响的呼声激活了电影的理论思辨活动,在热烈的反响中有共鸣回应的声音,比如老一辈电影理论家钟惦棐的著名说法"让电影和戏剧离婚";也有表示反对和质疑的,比如理论家邵牧君认为张、李的文章"把电影语言的现代化同反对电影剧作结构的戏剧化联系在一起",给人电影语言的现代化标准,就是要电影非戏剧化,要摆脱戏剧冲突律的印象,而在他看来"电影越来越摆脱戏剧化的影响"并不是世界电影艺术在现代发展的一个趋势。接连不断的讨论构成新时期电影争鸣第一潮,中心议题是"电影与戏剧的关系"。

紧接着,对"电影的文学性问题""电影本性问题",以及后来关于"长镜头理论与纪实美学"的研究和批判一浪接一浪。虽然参与研讨的观念和视角是驳杂交错的,但是问题的核心被引向一个共同的方向:"电影究竟是什么?""怎样还原电影的本性?"本体论的提出把以前就有的"电影化"这个概念从实用技巧层面提升到美学和形态学高度,它从此成为新时期剧本创作和理论教学贯彻的基本观念。

电影语言革命的中心问题就是要在实际的创作表达中回答什么是电影的本性,什么是出自本性的一种电影式表达。剧本是它的第一环。而在理论界廓清概念之前,创作界已经用他们的电影作品宣告了他们对这个问题的最初认识。

觉醒的三部先声之作

1979年是思想解放运动第一年,又逢新中国成立三十周年,电影生产真正表现出从荒芜中走出,迈向新里程的姿态。当年出产故事片65部,新的人物和新的题材为银幕带来一片清新的空气,其中以《小花》《生活的颤音》《苦恼人的笑》为代表的中青年导演第一次亮相的作品最为引人瞩目。

这几部影片引发兴奋首先因为它们在电影形式上的新颖。视听语言上出现黑白片和彩色片混用、主观色彩渲染、升格、定格、无技巧剪辑、声画对位、主观声效。剧作结构上，它们都在尝试摆脱传统的顺叙线性叙事和经典的戏剧式结构，用大量闪回探究人物心理，触及对幻觉、梦境等无意识领域的表现。这仿佛是对同期理论先声的实践呼应。

《小花》剧本的小说原作《桐柏英雄》是通过人民解放军一个连队开辟桐柏新区的战斗生活热情地歌颂毛泽东军事路线的伟大胜利。按照它的话语体系很可能就是做出一部仍然在"十七年"的惯性上重复的电影，电影文学本的原稿也大致接近这个形态。然而在导演的创作意识中，《小花》"不是某一辉煌战役的记录，也不负有表现某一战略战术思想的任务"，"只有大胆地触及战争中人的命运和情感，才有可能使这部影片出现新的突破"。"写英雄人物的英雄事迹和写英雄人物的命运表现的侧重面有很大的不同。表现英雄人物在战争中的英雄事迹，势必要把战争推到前景，有较大量的篇幅描写战争的进程，通过人物的命运表现战争则可以把战争推到后景，直截了当表现人与这场战争的关系"[5]。导演参与的剧本修改紧紧抓住原作中人情味最浓的地方，围绕何翠姑、赵永生、赵小花离散与认亲的情节模式，在写情、抒情上挥洒笔墨。新剧本舍弃了小说和电影文学本中关于1947年我军由战略防御到战略反攻这个重要历史转折的全部描写，把战争推到背景而强烈地渲染人物的主观情绪和主观世界。于是在叙事结构上一改顺叙方式，大量插入回忆段落；过去与现在形成的对比不仅出于表现人物心理世界的需要，也突显了叙事对于所述内容的主观评价。这就突破了多年来对"现实主义"原则的单一理解。《小花》剧本结构和形态的变化基于以人为本、写人为中心的创作理念和对电影视听语言表现的新认识。

《苦恼人的笑》比《小花》更进一步，它的表现主体不是在一个外部事件的起落发展中寻找出一个情节模式来完成叙事，而是完全指向一个人物的内心，试图要描绘出人的意识和无意识活动在某种外在刺激和影响下会做出的反应。作品从这个角度控诉"四人帮"对人的精神世界的破坏。"描写的既不是神，也不是鬼，而是一个普普通通的人"，"人，有丰富的精神生活。除了借助语言进行有意识的逻辑思维外，还存在着大量的下意识的精神活动，其中包括感觉、感情、臆想、幻觉等等"，"电影，由于它的多种表现力的综合，在表现人的精神生活方面，将它形象化和具体化，是大有可为的"[6]。创作的出发点更像是一次社会学或心理学实验，尽管最终的作品并不能完全实现设想，但它充满锐气地开拓着电影叙事的疆域。

《生活的颤音》大胆探索音乐结构与人物心理结构、音乐语言与电影语言的同构关系。影片把音乐提升到剧作结构的功能上，用音乐的旋律、节奏、结构来描写人物、突现主观情绪情感，创作出大量声画蒙太奇的探索。该片的实践提出了叙事电影对声音元素有意识运用的观念。

这些新异的电影语言和表现形式尽管有明显的模仿、生涩和幼稚，"近三十年东西方银幕上发生的种种变异，被他们一股脑儿地拿来试用"[7]，也因此招致一些批评的意见，但是它们突出反映了新一代影人急切赶上世界电影步伐，改造中国电影语言的热望。在表面的模仿下，是对生活和艺术认识的观念变化带来的深刻动因，是新人在"思想解放历程中值得珍视的最初的自觉"[8]。这三部影片叙事的关注点都是落在对人的表现。这正是电影创作者对社会思潮中人之呼唤的回应。黄健中在拍摄中对剧本的大量文字表现和台词表现段落做了视听化的转化，对台词的大段删节体现出来的是剧作叙事戏剧化观念和电影化观念的差异。

序曲奏响的主题

多年的抑郁和劫后的重生所激起的澎湃情感，在新时期伊始是那么强烈地刺激着观众对电影的需要和创作者的表达欲。最初的释放是奔放而热烈的，创作激情和潜能在个人和行业内集中释放。几代人交织，剧作力量充沛，出自不同的观念、惯性、趣味、水平，面貌和形态迥异的剧作并存一时，显示出充沛的表达欲望。除了以上三部由电影新人（第四代导演）为创作核心的电影，由老导演掌舵，徐庆东、叶楠、鲁彦周、白桦等编剧的《啊！摇篮》《巴山夜雨》《天云山传奇》《今夜星光灿烂》也都着力于对人情人性的发掘、尊重和讴歌。个别作品在人性之幽微复杂上做了相当有深度的探索。

对电影本体的热切回归要求剧作本着电影的直观性、记录性、视听性展现新的电影时空，发挥声音、色彩、光影等各个元素的叙事功能，剧本呈现更符合电影需求。这只是新时期电影创作的"序曲"阶段，"序曲"阶段的革新手段集中表现出对"时空交错方式"的偏爱。奔放的序曲显现的主题在以后的主体乐章中得到延续，发展为新时期前半期的几大回旋。

在新时期序曲奏响的各组主题中人道主义的回归、现代意识的呼吁以及艺术独立的追求是强音，是反复回旋的主题，而类型意识尚不分明的娱乐片就是很弱的主题了。它们或许在题材主题上还没跟上时代的新方向，或者是类型意识模糊，表现手法也稍显陈旧，直至世纪末电影发展进入市场经济的语境、类型片意识崛起后才有真正发展。"十七年"时期观众娱乐要求和政治话语诉求的结合产生了一些中国特色的类型片，比如惊险样式的反特片等。新时期伊始，这种创作惯性依然得到延续，《保密局的枪声》《蓝色档案》《与魔鬼打交道的人》是其中制作较好的代表作品。此外，《蓝光闪过以后》写唐山大地震给人的重创，不自觉地显露出灾难片的一点形态。《一双绣花鞋》取材于"文革"中的手抄本，以惊悚故事构筑恐怖元素。《小字辈》《她俩和他俩》用喜剧片形式反映当代生活。《神秘的大佛》做了新时期第一部武侠片的尝试。这些不同取向的创作在20世纪80年代上半期并不罕见，只是它们中有些显得粗陋陈旧，有的在美学上甚至很长一段时间代表了落后倾向，艺术形式和电影观念与新时期蓬蓬勃勃的创新气氛格格不入，从而被忽视甚至是贬斥。以陈佩斯和张刚为代表的喜剧电影取材于当下，迅疾反映新时代的观念变迁和人们生活最新变化和矛盾，在观众中引起强烈共鸣，但它的市民趣味和当时占据舆论主导地位的精英意识不符，而这些创作本身也没有形成类型的自觉意识，未受业界和理论重视。市民喜剧这一脉的发展直至90年代末冯小刚喜剧出现才接续上。类型概念的提出，以及类型模式与艺术独创性之间的矛盾等到80年代末《疯狂的代价》等影片的出现才变成一个显性话题。

尽管如此，1979到1980年的剧作形态还是显现出总体趋向上大致的分化和共性。一类是传统革命战争题材和革命历史题材以新的时代观念表现，这一路一直通到"第五代"，通到新时期后半阶段的"主旋律"影片。一类是着意探索，强调艺术家意志和知识分子思考的电影，也即后来的"探索片""艺术片"，是受到业内和学界舆论赞赏的主流。再一类是初萌商业电影趣味的（准）类型片，这一类一直存在，却是声势微弱，直到20世纪80年代后期才以"娱乐片"名目受到重视，一直到新世纪类型片观念明晰以后才得以发展。

7.1.2 激越的主体乐章（1980—1987）

电影本体论兴起

"80年代艺术理论探讨的一个主导话语就是不同学科门类对自主性和独立性的诉求，对文艺创作超功利的强调，对工具论艺术思想的激烈批判。电影研究回归本体正是这一理论话语的行业体现。"[9]

《丢掉戏剧的拐杖》和《论电影语言的现代化》都强调要关注电影本身的规律，它们引发的对电影与戏剧关系的讨论尚未有个结果，电影与文学的关系又被提出。争鸣的肇始来自老导演张骏祥在1980年导演总结学习会上的发言，他出人意料地公然宣称"电影就是文学——用电影表现手段完成的文学"，"导演的任务就是：用自己掌握的电影艺术手段把作品的文学价值充分体现出来"[10]。他概括电影的文学价值涉及这样几个方面，即作品的思想内容、关于典型形象的塑造、关于文学表现手段问题以及节奏、气氛、风格、样式。虽然他的话赢得一些业内人士尤其是剧作者的强烈共鸣，例如电影理论家陈荒煤，电影剧作家陆柱国、王愿坚等纷纷撰文表示响应。但是"当界内同仁正在致力于电影主体性建设的时候，这样一种弦外之音自然会招致强烈反应"[11]。张卫在1982年第6期《电影文学》上发表了《电影的"文学价值"质疑》一文："我们不禁要问，电影艺术本身所反映的思想内容就是思想内容，典型形象就是典型形象，表现手段就是表现手段，何故要用'文学价值'来表示呢？何故要用这个提法来替代早已约定俗成的概念术语呢？是否电影这门独立艺术的灵魂只能托附在文学的躯体上才能生存？"老电影理论家郑雪来在1982年第5期《电影新作》上以《电影文学与电影特性问题》发出的反驳因他的威望而更为引人注目："如果一定要用'价值'这字眼的话，那么各种艺术所要体现的可说是'美学价值'，而未必是'文学价值'。将文学高踞于其他一切艺术之上，是既不符合艺术的客观规律，也不符合艺术的发展历史的。""电影剧本是一种文学（或'第四种文学'），但电影并不就是文学。"[12]钟惦棐也指出，因为文学比之电影深厚，由电影要向文学学习的要求而提出加强电影的文学性"恐易引起误解"，"诸种艺术均须发展其自身，不然就不足以说明自己"，"电影文学之要改弦更张，从一般文学和戏剧模式中解放出来"，其原因便在于此。

另一方面，这场新时期直接关系到剧本创作原则和方法的论战并没有进一步深入到对剧作技法的研讨，或者剧作理论的建设上。"不论是反戏剧性或文学性，其主旨都在于突出电影本身的规律性，酿造'电影就是电影'的话语环境。"[13]讨论的兴趣还是回到了电影本性的问题。究竟什么是"电影性"，理论家们也都纷纷撰文阐释，但以现在的眼光来看都未能引入新的理解概念和研究视点，直到巴赞和克拉考尔理论被引进才又达到新的理论深度。

1981年中国电影出版社出版了邵牧君翻译的克拉考尔的《电影的本性——物质现实的复原》，此后又陆续发表了一系列相关的理论译著和文章。克拉考尔用自己的书名回答了"电影是什么"，在他看来，电影的功能主要就是记录和揭示"具体的物质现实"，电影和周围世界有着显而易见的亲近性，只有具备这种特质的电影才是真正的电影。这样的电影对于急于推翻旧有创作思想、寻求新的理论支持的中国电影创作者是极具诱惑力的。

与此同时，《世界电影》连续发表了崔君衍翻译的巴赞的《电影语言的演进》、《巴赞的电影美学论文》（三篇）以及乔忿翻译的安德鲁斯的《巴赞的电影美学》。此外周传基和李陀发表在1980年第1辑《电影文化》上的《一个值得重视的电影美学学派——关于长镜头理论》一文较早将巴赞理论从美学的高度、电影本性的高度来加以阐释，提出了研究巴赞长镜头理论对我们当前创作的借鉴意义，对传播巴赞有极强的推进作用。此后理论界和创作界纷纷撰文论述对巴赞的"照相性"——对强调时间的连续性和深焦距造成的空间的完整性，强调不依赖于上下镜头的剪辑而是在一个镜头中独立完成意义的传达，强调多义性，观众的自由观看和选择权等论点的理解。"80年代初弥漫于整个电影界的现代化和本体化的声音和巴赞、克拉考尔的照相论与现实说毫无区分地纠葛在一起"，"使电影创作和研究进入一个聚集在纪实旗下的新趋同阶段"[14]。

至此，从语言形态上对电影本性的认识在20世纪80年代的头两年形成了一个大体上的共识，在创作上它被简化地归纳为"纪实美学"和"纪实派"。在1981和1982年的创作中集中出现了一批以《沙鸥》《邻居》《见习律师》《逆光》等为代表的"纪实派"作品。所谓"纪实派"，是把电影的本体性体现在视听元素与物质现实的还原贴近上，那么剧作不仅是写普通人的日常经验和真实体验，而且要注重对日常景象和自然生息的还原。和注重戏剧冲突的剧作不同，这一阶段强调"电影化"或者说回归"电影性"的剧作在人物对话、动作之外，逐渐全面意识到声音、光线、色彩、运动、蒙太奇等语言要素对电影语言表达的重要性，而且正是在对"纪录本性"理解的基础上，电影对话、电影动作开始与话剧对话、话剧动作区别开。也是在理解纪录性的基础上，后来第五代发轫的探索片的创作，比如《黄土地》，发展了电影视听语言的象征性表意。那些剧本更倾向于是将来电影的一份文字草图，而不把文字上的可读性看得很重。剧本的可拍性与可读性分开了。一个好的电影剧本也许是可读性强的，满足一般读者或文学爱好者的要求，但也许读起来是索然无味的。

剧作队伍建设和理论建设

新时期电影理论的建设，一方面以笔战热论的方式，以对中国电影传统的历史研究展开自身理论体系的搭建，另一方面以翻译、集体补课、解构本土电影方式来对西方电影理论尤其是 20 世纪 60 年代以来的现代理论进行全面引进。从 20 世纪 80 年代中期开始，大量文章被翻译过来，符号学、精神分析、意识形态批评、女权主义、叙事学、类型分析、新史学，西方二十年的新理论一股脑儿补进来，对电影批评话语带来强大生机。这些新的理论范式或多或少都在影响着创作者的意识。但是比较而言，实践性理论的建设一直比较薄弱，剧作理论正是这样。不过新时期剧作理论在原有基础上开辟了以北京电影学院文学系为中心的学院派的新阵地，理论水平也有所提高。

作为文学系剧作专业的专业课主要教材，由北京电影学院文学系编辑的《电影剧作概论》于 1985 年 5 月由中国电影出版社出版。它是中国第一部大学电影剧作专业教科书，补足了电影剧作理论的不足。它的电影剧作观念基本上还是以戏剧剧作观为核心。另外一本《电影剧作新论》则表现出电影剧作理论家们尝试总结和发现新的剧作规律以适应当代创作现实的勇气，尽管局部观点存在争议，但从中可看出作者创新的动机。其他电影剧作方面的理论专著和普及读物还有汪流的《电影剧作的结构形式》《中国的电影改编》《为银幕写作》，王迪的《电影剧作探索》《现代电影剧作艺术论》，丁牧的《电影剧作创作入门》，刘一兵的《你了解这门艺术吗？》等。

总的来说，剧作理论没有引入新的话语体系，表述基本以传统的人物、情节、结构、性格、冲突等概念为主。现代叙事学提出故事形态、叙事者、叙事时间和空间、视点、语态、角色、功能等概念,以及对之做出的研究对电影剧作的观念大为冲击,尚未整合这一阶段的剧作理论。一些曾经出版过的经典剧作理论,比如夏衍的《电影剧本写作的几个问题》(此书2004年再次出版)、劳逊的《戏剧与电影的剧作理论与技巧》获得再版发行。当20世纪80年代后期娱乐片和类型片研究日渐受到重视,商业片叙事技巧重受瞩目的时候,这些经典理论的指导虽存在一定时代隔阂但还是相当实用的。另外好莱坞电影剧作的叙事技巧更以其实战力度受到业内推崇,美国人悉德·菲尔德的《电影剧本写作基础》在20世纪80年代和2002年两度翻译出版。2002年以后中国电影市场化进程的推进,类型片创作的繁荣带来电影编剧理论创作和讨论的大发展。这是后话。

这一阶段关于电影剧作的性质归属问题一直悬而未决。"电影文学"虽然是个约定俗成的叫法,但是它的可靠性一直受到质疑。电影是否具有文学性?电影的文学性是否体现为电影剧本?电影剧本是否属于一种文学形式,它的创作要否遵从文学的一些价值?电影剧本有没有存在的独立性?剧作行为是否一定要以剧本的形式呈现?对这些问题的看法站在不同的立场有不同的观点。但是"十七年"确立的对"电影剧本是一种文学形式"的认定确实一再受到质疑。

不过,在实践领域里,"电影文学"却是组织相关机构、汇聚电影编剧的基本概念。上海的《戏剧·电影·文学》和长春电影制片厂出版的《电影文学》一度是最重要的两本电影文学杂志,为剧作者提供研讨和剧本发表的阵地。中国电影文学学会于1983年1月16日由夏衍先生倡导建立,吸收会员八百来人,目前最新一届的会长是编剧王兴东先生。学会常年致力于编剧和剧本作品的权益保护、行业自律,每年举行一届年会。为鼓励剧本创作,进入20世纪90年代后原国家电影局还专门设立了"夏衍电影文学奖",从奖项的名称就可以看出设立者对剧本文学性存在的肯定和推崇。而中国电影家协会创办于1981年的代表专业评定的中国电影金鸡奖评选中,获奖的作品[15]大都具有文学性和电影性一样完善的特点。在对《被爱情遗忘的角落》的评委会评语上明确写着:"张弦同志的电影文学剧本从一个侧面比较真实地反映了我国农村的历史性变化,具有较高的文学价值,特授予最佳编剧奖。"

中国电影进入新时期的发展后，另外一个与对电影文学性的质疑有关的现象是随着"电影文学是一种特殊的文学样式"这一论断的不可靠，电影剧作家的称呼也变得语意不明而不便授予。新时期再也没有什么新的"电影剧作家"诞生，有的只是"电影编剧"这样的称谓。新时期的电影编剧不再享有"十七年"那样高的社会敬仰，但编剧队伍的建设进入学院体系，专业化的电影剧作创作和理论教学渐成体系。

1978年9月，当年5月成立的北京电影学院编导系分解为文学系和导演系，"文革"后新的文学系在1979—1984年间连续办了几期一到两年制的电影编剧（或理论）进修班，以在职的青年文学工作者为对象进行专业理论教学[16]。1985年文学系筹备本科班，在北京新侨饭店召开了"培养专业电影工作者座谈会"，夏衍等电影界前辈参加并给予热情支持。文学系招收了十四名继1961年第一届电影文学本科班之后的第二届本科学生。不仅如此，文学系还与中国电影艺术研究中心、中国电影家协会等单位合作，联合招收"电影剧作理论"研究方向的研究生。1986年文学系设立电影剧作和电影理论两个专业分别招生。1989年"文革"后的第一届本科学生毕业，每个人创作长故事片文学剧本作为毕业作业，唐大年的《日常生活》被青影厂摄制成影片，改名为《北京，你早》。当年又招收新一届的剧作专业的学生，之后1991年、1992年、1995年、1997年均招收剧作本科的学生，并增加了专升本教学和独立的研究生培养，建立起一套多层次的体系完整的专业教学模式。在学历教学以外也不定期地举行一些面向行业和社会的短期进修，1989年的暑假就开办了一次"高级编剧进修班"，请苏联剧作家列·尼·涅哈罗雪夫来讲授"电影剧作"课。从20世纪80年代开始，北京电影学院文学系成为电影剧作人才的专业培养基地。它的毕业生活跃在电影、电视编剧领域，剧作专业师生相当数量的作品在国内外获奖[17]。

与文学并行不悖的剧作历程

电影的本体回归和主体性建设无论对理论、对创作实践都产生了极大的震动。但是这一阶段电影剧作上表现得更为突出的一个特点倒是与当代文学潮流并行不悖。文学作品改编为电影本是一个历来有之的普通做法，但是像20世纪80年代新时期电影那样表现出思想上与文学潮流的完全同步以及选材上对当代文学作品的依赖还是比较注目的。此外文学的影响还来自作家对剧作的参与或主导。这一时期出现了一批作家兼职的电影编剧，且佳作频出，包括梁信、霍达、叶楠、白桦、阿城、张弦、鲁彦周、李准、王朔等。从剧作形态上来看，按题材类别进行划分依旧是一种可行的操作规则，而"现实主义正剧"依旧占据了创作数量的大多数。当代作家作品的改编中，张贤亮的小说屡受青睐，其他如陆文夫、蒋子龙、阿城的小说也有多部被选中。

和新时期文学的"伤痕文学""改革文学""反思文学""寻根文学""先锋文学"几乎同步，电影也经历了"伤痕电影""改革电影""反思电影""寻根电影""探索电影"的题材和形式更迭。首先要说明的是，这是一组界定并不严格的概念，尤其对电影。之所以在这里还是沿用了当年约定俗成的说法，也是期望从一个方面如实地还原和保留一定的历史氛围。就其本质而言，1987年之前的新时期电影普遍弥漫着强烈的知识分子情思，思考色彩浓烈，警世、醒世、喻世的欲求明显，"反思"是它的基调。不管是划分在以上哪个类别里的题材，提问并探求答案、寻找出路都是剧作的基本框架。所不同的是"反思电影"比之"伤痕电影"更理性深入，比之"改革电影"更脱离现实的经验性追究，更放眼于对民族文化深层结构的考问。"探索电影"这个名称也不具有特指性，它只是针对1984年《黄土地》以后创作界争先恐后的探索热潮，强调了创作倾向上一个突出的气氛特点，并且期望以此与前一阶段追求"纪实美学"的电影做一个区分。

（1）"伤痕电影"的剧作特点

打倒"四人帮"，"文革"结束，人们仿佛从一场噩梦中惊醒，精神上肉体上留下的创伤一时难以愈合，"伤痕"情结成了刚刚重获自由的人们表达的最大内驱力。"对'四人帮'倒行逆施、毁灭文化、对人的尊严和价值的野蛮践踏所引起的愤怒控诉和无情批判，在一个时期里几乎成为了电影创作的基调。"[18]

"伤痕电影"始于1977年，当年10月1日与观众见面的《十月的风云》（雁翼编剧），虽然在艺术成就上无多少可说之处，但这是第一部正面描写人民与"四人帮"的斗争，以其勇气和时代的敏感性给了人们大快人心的第一剂疗伤药。此后三年"伤痕电影"一直是创作的主流，代表作有《春雨潇潇》（1979，苏叔阳编剧）、《樱》（1980，詹相持编剧）、《苦恼人的笑》（1979，杨延晋、薛靖编剧）、《泪痕》（1978，孙谦、马烽编剧）、《苦难的心》（1979，张弦编剧）、《神圣的使命》（1979，王亚平、李才雍编剧）、《巴山夜雨》（1980，叶楠编剧）、《第十个弹孔》（1980，从维熙、艾水编剧）、《枫》（1980，郑义编剧）、《戴手铐的旅客》（1980，纪明、马林编剧）等等。

"伤痕电影"多数采用强冲突驱动的戏剧式结构组织人物关系和情节。剧中的正面主人公都是受迫害者，他们以及他们的同志亲友与"四人帮"及其走卒之间你死我活的斗争是核心与基础，人物和情节在此基础上展开，叙事一般是单层单向的。这批电影不乏用一场惊心动魄的战斗来结构故事，最后以人民打倒迫害者，或者失足者幡然醒悟、脱离"四人帮"的精神控制作结。《枫》把敌我矛盾设置在一对热恋的情人身上，以他们之间鲜血淋漓的战斗强烈控诉政治迷思对青年的迫害。《苦恼人的笑》在这组外部冲突的基础上试图追究"受迫害心理"形成的过程，在人性探讨和心理挖掘上先行一步。《巴山夜雨》在"迫害和逃逸"的框架上追求散文化的笔调。

"伤痕电影"的主人公处在被迫害、被追踪、被拘押的社会边缘位置，他们的境遇飘零无依，影片的故事不管结局如何都渗透着浓重的悲情。这类剧作的基调都是阴沉灰色的。虽然集中控诉"四人帮"、描写人民与"四人帮"斗争的"伤痕电影"在1981年以后被更深入反思的作品和其他题材替代，但是阴沉灰色的"伤痕情结"却一直延续到20世纪80年代中后期方才散去。像《大桥下面》《被爱情遗忘的角落》等此类之外的电影也普遍弥漫着这一情结。

痛定思痛之后，人的思索总要从急躁宣泄、注重表象的感性层面向理性的精神深度挺进。"伤痕电影"之后剧作选材顺着两个方向发展：一个是从对过去历史的深度反思一直追踪到民族文化精神构成的深度结构，即由"反思电影"发展到"寻根电影"，其中思想深度和艺术构成上有突出追求的多在"探索电影"作品群中；另一个是对现实尤其是改革背景下出现的新问题、新疑惑的关注，即以"改革电影"引起人们关注的现实题材创作。

（2）"反思电影"的剧作特点

对"文化大革命"的深入反思必然要向历史的纵深推进，将时间追溯到"文革"前的历史，以期深入揭示这场大浩劫中极左政治思想以及封建文化氛围产生的历史根源。这类创作中《天云山传奇》（1980，鲁彦周编剧）是出现得最早的一部，其他代表作还有《被爱情遗忘的角落》（1981，张弦根据自己同名小说改编）、《牧马人》（1982，李准根据张贤亮小说《灵与肉》改编）、《燕归来》（1980，石勇、孟森辉、斯民三编剧）、《许茂和他的女儿们》（1981，王炎根据周克芹同名小说改编）、《如意》（1982，刘心武、戴宗安根据刘心武同名小说改编）、《小巷名流》（1985，梁沪生、罗华俊编剧）、《芙蓉镇》（1986，谢晋、阿城根据古华同名小说改编）等。"它们从政治的、经济的、社会的角度以独特的审美方式对那段历史进行了重新思考，牵动了全民族的反思神经，产生强烈的社会反响。"[19]然而就其对人的剖析、对历史的解释，以今天的角度看，思考的深度和力度还是有待开拓。这些影片的剧作"主要还是单一地止于从历史环境及其文化氛围对人的尊严和价值的损害角度进行反思，而较少有对人自身主体的精神格局和文化心态进行严格的解剖并做出正确的审美评价"[20]。这些剧作中不少是根据当代小说改编的，而且由小说创作者直接参与剧作，所以剧作的思想深度很大程度上与小说原著息息相关。总的来说，"新时期电影对'文化大革命'的反思大都还停留在历史的外观描述上，镜头穿透到民族文化心态的深层进行解剖的力作似还未见"[21]。

与"反思"的主旨相符，这类电影中有不少采用的情节模式也是"追溯""反思""探究""询问"式样的。往往是从一个现实问题出发，追问到它的思想根源，最后以主人公思想上的获释和解放为结。荒妹、宋薇、胡玉音无不是经历这样一条内心动作线。所以叙事的时间方式是倒叙和插叙的，开始于现在的一个点，回溯到过去的某些时段，每个主要人物都有丰富的前史，这前史是构成他们现在行为和态度的深层动因。叙事开始的时候人物的基调是抑郁的、沉默的，到结局时若不是走向毁灭，那必定是精神获得自由后的昂扬。为突出对主观精神世界的表现，频繁闪回和时空交错的插叙在这类剧作中也是必要的常用手段。这些特点不仅在"反思电影"中，在新时期类似强调思索和追问气质的电影中都有体现。

"反思电影"与"伤痕电影"的明显不同是以写人为重,其主旨是反思历史环境、文化氛围对人的尊严和价值的损害、对人性的扭曲。剧作的主体是人物和人物的内心世界,而不是情节推进。在结构上,它们突出发展一种被称为"小说式"或"时空交错式"的结构。其主要的贡献是在人物塑造上。荒妹、许灵均、罗群、宋薇、冯晴岚、许茂老汉、四姑娘秀云、司马二哥、卓春娟、胡玉音、秦书田……在这批电影留下来的众多深入人心的人物形象中,最突出的是女性形象和知识分子形象。

"反思电影"所处的社会思想文化背景是中国社会正意欲全面走向现代化,社会急切地呼唤适应进步和发展的现代化人格。但是人们刚刚从一场旧有专制文化的残酷高压中解放,精神的苏醒尚待时日,旧有势力的惯性还相当强大。"国民性"的彻底改造和现代化,如没有知识分子的率先觉醒,无异于一句空话。而中国的知识分子在新中国成立后的历次运动中广受冲击,他们的精神在传统儒教文化和长期政治压迫的双重作用下已经萎靡成"皮袍下一个小小的我"。另一方面以伦理为本的中国传统文化体系中妇女所背负的重压最为突出,剖析女性心理和历史地位问题可以触及传统文化的多项命题。所以,"反思电影"所着力抓住的正是知识分子命运和女性命运这两大主题。

对知识分子形象的集中塑造开始于1979年,早的有《李四光》(1979,北影,张暖忻、姚蜀平、李陀编剧)、《绿海天涯》(1979,上影,叶楠编剧)、《生活的颤音》(1979,西影,滕文骥编剧)、《玉色蝴蝶》(1980,峨影,赵大年、范季华编剧)、《第二次握手》(1980,北影,曹硕龙、董克娜根据张扬的同名小说改编),都注重于塑造知识分子恪尽职守,无论个人还是社会出现怎样的命运阻挠都忠于事业、忠于理想的情怀操守,从耽误事业生命的角度对"文革"做了批判。直到《天云山传奇》(1980)开始对知识分子在新中国成立后几十年中的历史命运做总体的思考。这一主题一直延续到《牧马人》(1982)。终于经若干年的语境铺垫后,立足于现实困境表现的《人到中年》(1982,谌容根据自己同名小说改编)从小说到电影一经推出就引起巨大震动。陆文婷,这个生活在现实变革中的知识分子形象"触动了当时整个社会和全民族的敏感带和兴奋点"[22]。观众在陆文婷身上看到了历史的重负和现实的困境,看到了知识分子身上渴求独立的新人格和妥协与忍让的旧人格同时并存的困境。比《人到中年》更进一步,《黑炮事件》(1985，西影，李唯根据张贤亮小说《浪漫的黑炮》改编)把中国知识分子身上这种新旧交织的矛盾以一个荒诞的故事极致地表现出来,"赵书信性格"高于"陆文婷性格"之处，是它对知识分子自身的文化心理进行了深刻的反思[23]。而《人生》(1984，路遥根据自己的小说改编)则从青年选择人生道路的角度表达了知识分子在自身和社会内外两重传统体制的束缚下追求个人主体意识之艰难，深思了知识分子文化分裂的痛苦。《人到中年》以后，对于知识分子在现实变革中的处境和作用的思考很快与改革题材中的改革者形象相联系。知识分子题材的创作一直延续到20世纪90年代的《蒋筑英》《超导》等，但由于社会语境的变化未再引起较大的震动。

女性的社会存在首先是一种性别存在，女性的社会地位确立必然依赖于性别伦理上的一定的婚姻家庭关系。因此，新时期关注女性命运的题材多是围绕着女性在婚姻家庭中的遭遇展开。同理，那些注重于追问爱情伦理和家庭伦理的作品中也都有鲜明生动的女性形象。属于前一类的女性题材代表作有《被爱情遗忘的角落》(1981，张弦编剧)、《良家妇女》(1985，李宽定编剧)、《湘女萧萧》(1986，张弦根据沈从文小说《萧萧》改编)、《女儿楼》(1985，康丽雯、丁小琦编剧)、《贞女》(1987，古华编剧)、《人·鬼·情》(1987，黄蜀芹、李子羽、宋国勋编剧)、《末代皇后》(1986，张笑天编剧)、《杜十娘》(1981，周予、赵梦辉编剧)。这些作品各有特色，大多抛弃激烈冲突的戏剧式叙事策略，在形式追求和结构设置上突出思考意识。

《被爱情遗忘的角落》最早旗帜鲜明地提出了爱情自由与妇女解放的问题，其后追随者甚众，女性争取爱情自由、性爱权利和婚姻自主的主题一直延续到20世纪90年代以张艺谋电影为代表的一系列"新民俗电影"，成为备受几代人关注的一个贯穿性主题。《良家妇女》和《湘女萧萧》在立意和叙事上都着意避开激烈冲突——当媳妇杏仙决意逃婚，作为利益对立面的婆婆五娘没有阻拦，反而给予一些帮助；当萧萧私情败露，面临族规惩罚时，善良的婆婆并没有置她于死地。——相反剧作突出的是伦理社会中的脉脉温情和宁静生活的安详韵味，主人公正是在这样的温情中难以抗拒，成为一代代臣服于这文化秩序下的牺牲品。这样的立意取舍显示出创造者是从中国传统文化的深远背景来反思妇女命运的自觉意识的。《贞女》在两片基础上，进一步在形式上强调冷静的抽象思索。它运用了跨越时空古今对比的手法，叙事在两个互不相干的时空故事中平行推进，反思历史惯性在当代的痼疾。《末代皇后》也是站在思索女性命运的角度上实现对历史人物婉容的重新演绎。《人·鬼·情》在新时期电影中可谓完全意义上的女性电影。导演和编剧第一次站在对女性性别追问的角度上去考察女性的命运问题。秋芸女扮男装演钟馗，她对女性角色的想象性逃离并不能让她摆脱现实中存在的困扰，反而在对男性理想的完美塑造中让自己陷于无法逃遁的双重痛苦。此外，引起激烈舆论笔战的伦理片《谁是第三者》（1987，姚云编剧）以其挑战传统婚姻道德观的勇敢姿态第一次将女性放在第三者的位置上正面讴歌。

（3）"改革电影"和现实题材

回溯历史进行反思的同时，这一时期的剧作也积极地将眼光放置于现实。追随"改革文学"在新时期的兴起，新时期电影也掀起一股关注改革的热潮。此外社会文化变革引起的价值观混乱，在城乡两地生活中都有震荡，历史遗留下来的旧问题夹杂着改革带来的新矛盾，人们急切需要找到新的秩序和稳定。怀着知识分子的社会责任立场，这时期的现实题材作品普遍表现出积极干预生活的态度，提出问题并尝试找出答案。正是怀着这样一种热切的心情，对现实的描述不免流于表象、探究不深而做简单化处理，主要人物带着浓重的理想主义色彩，精神气质上一反"伤痕"和"反思"气质，推出了一批代表新时期精神的新人形象。剧作上最直接的反应是把许多出名的当代小说改编过来。在现实题材的取材上，电影剧作明显地表现出对文学作品的依赖，或者说广泛的吸纳能力。

知名的"改革小说"被改编的有《赤橙黄绿青蓝紫》（1982，李玲修根据蒋子龙的同名小说改编）、《祸起萧墙》（1982，叶丹、祝鸿生根据水运宪同名小说改编）、《锅碗瓢盆交响曲》（1983，滕文骥根据蒋子龙同名小说改编）。此外同样描述改革艰难，反映改革带来的复杂利益矛盾，树立改革英雄形象的还有《血，总是热的》（1983，宗福先、贺国甫编剧）、《代理市长》（1985，欧伟雄、杨苗青、钱石昌、姚桂林编剧）、《花园街五号》（1984，李玲修编剧）、《女人的力量》（1985，雪珂编剧）等。一直到1988年的《共和国不会忘记》（田军利、翟俊杰编剧）将这支为改革英雄们谱写的赞歌发展到最具气势的高潮。

除了改革问题,描述现实的题材还关注这样几大主题:

第一,农村和农民的新气象以及城乡差异矛盾。代表作有《陈奂生上城》(1982,王心语、高晓声根据高晓声多部小说改编)、《迷人的乐队》(1985,房纯如、杨舒慧编剧)、《咱们的牛百岁》(1983,袁学强编剧)、《咱们的退伍兵》(1985,马烽、孙谦编剧)、《野山》(1985,颜学恕、竹子根据贾平凹小说《鸡窝洼的人家》改编)、《荒雪》(1988,徐亚力编剧)等。城乡文化的差异反映出人和人之间的不平等造成的强烈冲突。城乡差异也被创作者用来象征现代和传统两种文化的撞击,比如《海滩》,使城市/现代－乡村/传统这组二元对立的主题演化出众多变奏。往往以城乡为象征的现代传统比较成为新时期创作中另一个贯穿性的主题。《野山》的卓尔不群之处在于它塑造了秋绒这样一个文化人格正在从传统向现代裂变的新人形象,而且剧作上淡化道德批判,着意于细节白描。该剧作对农村变革的描写具有超越具体现实的深度。

第二,青年的价值选择和人生迷惑。代表作有《苗苗》(1980,严婷婷、康丽雯编剧)、《沙鸥》(1981,张暖忻编剧)、《陌生的朋友》(1982,李宝元、许雷、徐天侠编剧)、《逆光》(1982,秦培春编剧)、《快乐的单身汉》(1983,梁星明、杨时文编剧)、《大桥下面》(1983,白沉等编剧)、《女大学生宿舍》(1983,喻杉、梁延靖根据喻杉同名小说改编)、《今夜有暴风雪》(1984,肖力军、戴志祺根据梁晓声同名小说改编)、《街上流行红裙子》(1984,马中骏、贾鸿源编剧)、《人生》(1984,路遥根据自己同名小说改编)、《雅马哈鱼档》(1984,章以武、黄锦宏编剧)、《城市假面舞会》(1986,秦培春、崔京生编剧)、《珍珍的发屋》(1986,夏兰编剧)、《买买提外传》(1987,广春兰、段宝珊编剧)、《给咖啡加点糖》(1987,郑华编剧)、《太阳雨》(1987,刘西鸿、张泽鸣编剧)、《摇滚青年》(1988,刘毅然编剧)、《热恋》(1989,陆小雅编剧)等。随着创作年代的推移,情节逐渐从疗治"文革"中的青春创伤向追索新时代的价值迷茫转移,明显可以看出受着"伤痕文学""知青文学""改革文学"依次影响,又敏感地回应商品社会到来的发展轨迹。这组青年形象的序列中也包括改革题材,比如《赤橙黄绿青蓝紫》等提炼出的新的时代形象。

虽然不乏沉重往昔带来的忧伤和沉郁，这类题材普遍宣扬一种积极进取奋斗拼搏的人生观，以快乐昂扬或者是奉献升华的结局给人以希望，以期给现实中的青年观众以人生价值观的引导。1983年编剧张弦根据王蒙同名小说改编的《青春万岁》，以一群20世纪50年代中学生的纯情生活而高呼青春的理想万岁，该片在改革开放初期的出现更是很好地说明了这一题材的社会功能定位，它和《沙鸥》一起发出时代的呼声。也有一些剧作更侧重描写青年在现代化转型中的价值失落和迷惘。《人生》涉及了青年知识分子面临的道德分裂和文化人格分裂，《太阳雨》《给咖啡加点糖》也都真实地去追问青年在社会文化分裂时面临的迷茫而不给以简单的回答，尤其不做道德评价。这些作品都透出思考的深度。

第三，婚姻和爱情中的伦理冲突。代表作有《她俩和他俩》（1979，王炼、桑弧、傅敬恭编剧）、《他们在相爱》（1980，杨令燕、王琦编剧）、《爱情啊，你姓什么？》（1980，李天济编剧）、《爱情与遗产》（1980，李云良编剧）、《庐山恋》（1980，毕必成编剧）、《人生没有单行道》（1984，史超、李平分、芦苇编剧）、《相思女子客店》（1985，叶丹编剧）、《残酷的情人》（1986，钱道远编剧）、《谁是第三者》（1987，姚云编剧）、《金色的指甲》（1989，张重光、蓝之光编剧）等。在这一主题序列里，早期的创作也是期望在一轮简单的伦理批判中给予人们价值观的指导，或者在一个峰回路转的结局中将现实的矛盾消解，在《谁是第三者》为代表的后期创作中展开了对问题较为深入的讨论。但总的来说这一题材的创作纠缠于表面的悲喜人情，没有深入到人的本质来探究人的情感，在爱情片的类型探索上做了很不成型的尝试。

第四，儿童和青少年的健康成长。代表作有《飞来的仙鹤》（1980，王兴东、王浙滨、刘子成编剧）、《四个小伙伴》（1981，姚云、唐俊华编剧）、《应声阿哥》（1982，严婷婷、王君正编剧）、《泉水叮咚》（1982，吴建新编剧）、《红衣少女》（1984，陆小雅根据铁凝小说《没有钮扣的红衬衫》改编）、《我和我的同学们》（1986，谢友纯编剧）、《失踪的女中学生》（1986，史蜀君编剧）、《多梦时节》（1988，史铁生、林洪桐编剧）、《豆蔻年华》（1989，徐耿、程玮编剧）、《哦，香雪》（1989，铁凝、汪流、谢小晶根据铁凝同名小说改编）、《童年在瑞金》（1989，黄军编剧）等。儿童片题材作品数量不多，但剧作水平普遍比较高，不乏在人的探究和塑造上给人留下深刻印象的创作，比如《红衣少女》《泉水叮咚》《哦，香雪》，很好地结合了写实与浪漫。

第五，以对越自卫反击战为现实背景对战争伦理的新一轮解释。代表作有《高山下的花环》（1984，李准、李存葆根据李存葆同名小说改编）、《雷场相思树》（1986，江奇涛、韦廉编剧）、《战争让女人走开》（1987，韩静霆编剧）等。它们承接1979年《小花》和《归心似箭》等片确立下来的主题风格，着力点都落在战争中的人以及人和战争的关系，而战争本身则被放置于背景。以上三部作品在战争片的题材范围中都以丰厚的人物塑造见长。

相对于"反思"题材，在关切现实的这一边，剧作更多表现出急切和好奇，对现实生活纷至沓来的问题能及时给予反映，这激起了一定的社会关注，回应了一定的社会需求。但是同时对表面的现象缺少思考的深度，往往使这一批作品成为过眼烟云。对青年、农民、女性、改革家、少年儿童的关注，太多的作品落笔于指导和教育的姿态，肤泛却不亲切。作品超出了电影的承载力，期望对某种社会问题提出解决方法，却忽略了文艺作品最最应该关注的人的主体性及其丰富的呈现方式。

(4)"寻根文学"与第五代电影剧作

几乎同时，"反思电影"这边也已在向民族文化自省的深度和广度上追溯，引入哲学、人文地理学、民族学、文化人类学等宏观视角，力求超越具体的历史时期，或者具体的时代命运，对中华民族的文明之根和人格之源做一个全局性的把握。与文学上出现阿城、李杭育、韩少功等人的"寻根文学"和莫言等人的"新历史小说"同步，电影也陆续展开了一场余脉袅袅持续到20世纪90年代的"寻根运动"。除了由寻根文学直接改编过来的《孩子王》（1987，陈凯歌、万之根据阿城同名小说改编）、《棋王》（1988，滕文骥、张辛欣根据阿城同名小说改编）等，也有像《黄土地》（1984，张子良根据柯蓝的散文《深谷回声》改编）那样在导演对文学本的二稿修改中，通过弱化情节和情感，增强理性与写意概括而将剧作的内核置换掉的。《黄土地》具有超前文化意识地第一个把人们的眼光带到那片贫瘠却又宽广深厚的黄土地上，带到黄河边，带到中原文化的发祥之所。在这里，自然、历史和人已经融为一体。《猎场札撒》（1985，江浩编剧）和《盗马贼》（1986，张锐编剧）则是汉族作者第一次站在少数民族的文化本位上，真正用少数民族的眼光去对他们的生活做审美观照，真实再现他们活生生的文化形态。总的来说，对"寻根"以后带有探索性的各文学流派创作敏感的是"第五代"这一批的电影剧作。

多元的剧作形态

新时期的电影剧作，无论以什么样的姿态和面目呈现，总是被包容在民族电影复兴和改革的大潮流里，是电影创新运动的一个组成部分。但是它的形态和发展又受着来自内外各方因素的影响：一、"十七年"电影的惯性，同时也是传统的经验和传统的延续；二、电影的主体性觉醒和电影语言变革对剧作的要求；三、创作者艺术家本位的探索诉求和实验诉求；四、创作者知识分子本位的启蒙大众和干预社会的诉求；五、追求电影娱乐性，从大众接受角度出发的初步的市场诉求；六、国家意识形态话语对电影剧作的要求。这些影响最直接的方式是通过参与剧作的创作者来实施的。

在影响剧作的各股力量中导演的地位是举足轻重的。与这种影响力相伴而行的一个特征性现象是导演大量兼任编剧，编导合一的做法使导演中心制更添上作者化的倾向。不分老少，很多导演都为自己的电影任过编剧[24]。对于第四代、第五代新时期电影革新的主要导演们来说，对剧作的控制正是阐释他们的电影观念，实现探索创想的第一步。

导演对剧作形态的影响体现在对原著文学作品的选择上。现代文学大家的经典作品在这阶段被改编过来的不少，主要有鲁迅的《药》《阿Q正传》《伤逝》，老舍的《骆驼祥子》《月牙儿》，曹禺的《原野》《雷雨》《日出》，巴金的《寒夜》，茅盾的《子夜》，沈从文的《萧萧》《边城》，许地山的《春桃》，张天翼的《包氏父子》等[25]。很明显，对这批作品感兴趣的主要是第三代导演，中年导演偶有选择也可能不选现实主义流派的现代文学作品，当时最年轻的第五代则完全没有涉足。反过来，对当代文学的关注则是以第四、第五代导演为主的，所以老导演的创作与"伤痕电影"到"寻根电影""探索电影"一路的文化思潮没有太大牵涉。只有谢晋是个例外，这或许也是他成为20世纪80年代最具社会敏感和影响力的导演的一方面表现。

而在中青年导演对当代小说的选择中,也是能看出一个相对的分野,第四代比较关注当下的现实以及其中的人和社会的状态,比如吴天明和路遥合作的《人生》;而第五代则总体上(黄建新除外)趋向于远远地躲开现实背景,躲开具体问题,一头扎进历史符号或文化符号中去,他们着意于电影影像的象征意味,也在剧作中着力挖掘这方面的可能性。他们对文学作品的选择和改编也基本是按着这样的趣味依据。这也难怪和他们同时代的西影厂编剧芦苇会在后来爆料直指第五代不会讲故事。

导演对剧作形态的影响体现在对文学作品改编的方法和改编原则上。老一辈的创作总体上是遵循"忠实于原著"的精神,基本上是在"十七年"改编《家》《祝福》等的经验上稍有推进。其中一直有一条隐而不露的创作出发点,就是把现代经典文献影视化,以期推广它们在大众中的影响。于是乎,这批作品的改编就先验地被制约在一个文学本质高于电影本质的框架里,剧作在此期望和压力下不免缩手缩脚,有时候就显得拘泥,或者缺乏活力。尽管都是厚重老到的作品,给创作形态带来的刺激却是有限。其中只有凌子风怀着个人化的审美情趣每每以对女性生命力的强调来进行改编,但他的做法也受到了众多"误读原著""削弱原著"的非议。"忠实原著"长期以来都是电影界和文学界在改编问题上墨守的一条律法。但是在第四代、第五代乃至以后的电影创作者中,这条律法悄悄地就被破除了。最早在1979年的小说《桐柏英雄》到《小花》的改编中,采用的方法已经是对原小说进行"取材"而不是"改编"。为了让这一做法得以立足,导演黄健中不得不搬出资深电影理论家巴拉兹的说法作为自己的理论支点:"一个真正的艺术家在改编小说为电影时,'就会把原著仅仅当成是未经加工的素材,从自己的艺术形式的特殊角度来对这段未经加工的现实生活进行观察,而根本不注意素材原已具有的形式'。"[26] 而在张艺谋回答记者关于《红高粱》小说原著中人物、情节、主线的更动的提问时,更是流露出改编的自由度是理所当然的事,不需要特别斟酌,或者找什么理论依据了。

导演的观念和设想直接影响剧作在人物塑造、情节发展和结构安排上的处理。新时期剧作实践的创新主要集中在第四代、第五代的"探索电影"中。在此我们通过《天云山传奇》《高山下的花环》《人·鬼·情》和《红高粱》的人物塑造比较来略做说明。按照传统的现实主义创作原则,"情节是人物的性格发展史",所以《天》的剧本中大段的闪回处理更多是出于对情节的一种叙事时间安排,它的时空交错是立足于情节的结构选择,它的人物塑造也依然是立足于情节的,只是经过导演的处理,在最后的成片中才加强了闪回直接塑造人物的效果。而在《高》片中就有所不同了,主要角色梁三喜、靳开来、赵蒙生对后方和平家庭生活的几段回忆固然也有解释前史、交代情节的作用,但他们在出场的时候不是跟着情节的一个悬念或疑点而来,而是依循了人物的情绪逻辑和心理逻辑出现,并且在内容上更加片段化,选取一些日常生活小景,意象上更加抒情化,时间上也不太遵照清晰和连贯的逻辑。但是《高》剧的整体结构还是按照一根主线贯穿的起承转合顺叙情节逻辑发展的。它的外部形态上依然铺展着赵蒙生的一条性格发展史。对于《人》片来说,性格塑造、命运描述已都不是它对人物的关注点。童年秋芸、青年秋芸、中年秋芸的分段式历史叙述突出了女性主体与社会历史空间的矛盾和反差。在这些历史片段之间作连接,与女演员的人生故事并行展开的是秋芸出演的《钟馗嫁妹》的戏曲故事。电影叙述在写意化影像呈现的钟馗时空和写实化影像呈现的秋芸时空之间穿行,前者是女演员秋芸创造的艺术世界,也承担起秋芸的心理时空。随着影片叙述的推进,秋芸作为女性感受到与男性的两性冲突,作为演员感受到艺术与生活的矛盾,作为人体验到理想与现实的冲撞。影片从女性的视角描述了人在社会的、历史的、文化的生存中面对的层层困境。这里具体的个体形象的塑造更多是为了给抽象的理性深思提供一个依托。而到了《红》剧,人物和情节都没有一条连绵光滑的线,而是块状出现了。"这两个人物('我爷爷'和'我奶奶')的生存环境就是一块高粱地和一个坐落在渺无人烟的地带的烧酒作坊。对于这种传奇环境中的传奇人物,我们不想很现实主义地去分析人物心理和动作的因果关系,就是用大块的动作,表现'天生一个伟丈夫,天生一个奇女子'","我们注重通过一些戏剧性很强的事件刻画人物,但又不想丝丝入扣地描写人物关系的发展……也没有着意安排人物间的情绪交流","所着力展示的是人物的一种生活状态,以及人物为自身生存和发展表现出来的强悍的精神气质"[27]。起承转合的戏剧式结构所依赖的线性时间基础已经被空间的块状构成所替代,发展到这一步,前些年勉力以时空交错结构试图打破的传统剧作形态可以说真正从内核上被攻破了。

此外，在电影创新运动的大潮裹挟下，很多作品都在剧作实践上各有探索。叶楠的《巴山夜雨》、伊明改编林海音小说的《城南旧事》、王一民的《乡音》、陆小雅的《红衣少女》等在散文化叙事上开拓出初步经验。颜学恕与竹子的《野山》将戏剧性情境与纪实性描绘完美结合。郑义根据自己小说改编的《老井》，在故事外壳下的整体象征和寓言手法明显超出了现实主义的审美原则而具有现代性。《日出》、《雷雨》、《原野》、《陈毅市长》（1982，沙叶新编剧）等对话剧的改编则在两种剧作的转换中有效探索了它们的本性差异。贺梦凡与张磊的《孙中山》（1985）以人物心理发展的线索为驱动和牵引结构全片，在重要历史人物传记片上迈出相当大的一步。而在它之前，1981年就开始动笔、1984年完稿的田军利和费林军的战争片剧本《血战台儿庄》，在评价历史和描述战争方面都有了一个更为大气的视野。而更早些郑重与成荫的《西安事变》显示出对历史影像深邃的洞察力和高度的概括力，它对国共交战历史和高层人物刻画的经验一直传承到1989年的史诗性巨作《开国大典》、1991年的《开天辟地》和2009年的《建国大业》。革命历史题材"十七年"传承下来的主要题材范畴之一，到1989年的《开国大典》确实呈现出这一题材创作上的成熟大气。在历史描述上繁而不乱，举重若轻，人物刻画上细致鲜活，生动有力，整体显出概括写意的宏观视野和磅礴大度的气势。

　　导演之外对剧作形成直接影响的当然是电影编剧这一剧作的直接责任人。这一阶段编剧力量方面的一些特征性现象是，除了导演做编剧外，专业作家、小说家也大量参与到这支队伍中来，有名的比如谌容、郑义、史铁生、刘恒、阿城、路遥、从维熙、张弦等人，他们主要是改编自己的小说原作，而有的人比如张弦，甚至编剧作品比小说的成就大，从而成为这一时期的编剧的代表人物。老一代剧作家在20世纪80年代也都有一些宝刀不老的激情创作。如陈白尘的《阿Q正传》，沈寂的《开枪，为他送行》《夜半歌声》，白桦的《曙光》《孔雀公主》，叶楠的《巴山夜雨》《傲蕾·一兰》《姐姐》《绿海天涯》等，还有如苏叔阳的《春雨潇潇》《夕照街》《苏禄国王与中国皇帝》，梁信的《从奴隶到将军》《风雨下钟山》，鲁彦周的《天云山传奇》《廖仲恺》，李准的《牧马人》《高山下的花环》，均涉足了不同形态。综观社会影响、创新力度、文学价值等方面，这两批编剧中李准和张弦的成就最高。尤其张弦从《苦难的心》（1979）到《被爱情遗忘的角落》（1982，自著小说改编）、《青春万岁》（1983，改编自王蒙小说）、《秋天里的春天》（1985）、《湘女萧萧》（1986，改编自沈从文小说）、《井》（1987，改编自陆文夫小说），在十年的时间里不断有引起社会关注和强烈反响的作品问世。他的特点是细腻的人物情感刻画，情景交融的抒发，婉约忧郁的风格。李准也是功在人物。个性鲜明的人物之间形成有张力的冲突关系，准确到位的戏剧动作和典型化的台词突显他创作的风格。

这一时期编剧的主力队伍是各电影制片厂文学部的一批中青年专业编剧。新时期电影中绝大多数是他们的创作，但是他们受到的社会关注却很少。这批作者的代表有陈立德、崔京生、康丽雯、李宽定、李玲修、梁星明、芦苇、马中骏、秦培春、宋国勋、唐俊华、王培公、王兴东、王浙滨、肖尹宪、严婷婷、杨时文、姚云、张笑天[28]等许多人。20世纪80年代在计划经济体制下，各电影制片厂的文学部都是保证剧本资源和质量、保证创作队伍的要塞重镇，也是这个部门，通过对剧本生杀大权的掌控实施着对剧作的影响。20世纪80年代末开始，随着电影市场滑坡对各制片厂经营能力的冲击，这一部门逐渐呈衰落趋势，电影编剧队伍一方面有比较大的流失，另一方面也向多种社会力量中去吸收。

除了来自导演的影响和来自文学的影响外，这一阶段电影剧作的驱动力中也有一股是完全着眼于纯粹的剧作内部问题，比如情节和场面处理的。想方设法让情节跌宕起伏，以悬念贯穿全剧的立场必然要考虑到观众的接受心理和欣赏习惯，考虑观众的期待和电影的感官效果，这就涉及了电影剧作的类型模式以及电影与观众的欲望关系问题。但是它们却在当时的社会氛围和电影界内的理论空气下处于不利的地位，尤其是1987年之前。这批创作中的代表作，比如《保密局的枪声》（1979，郑荃、金德顺根据吕铮小说改编）、《与魔鬼打交道的人》（1980，刘师征编剧）、《神秘的大佛》（1980，谢洪、张华勋、祝鸿生、陆寿钧编剧）、《庐山恋》（1980，毕必成编剧）、《武林志》（1983，张华勋、谢洪编剧）、《木棉袈裟》（1984，与香港合拍片，张华、叶楠、徐小明编剧）、《南拳王》（1984，张均、海红等编剧）、《东陵大盗》与《平津夺宝》（1986，苏金星编剧）、《神鞭》（1986，张子恩根据冯骥才小说改编）、《湘西剿匪记》（1987，周康渝、萧琦、邵国明编剧）等即使取得良好的票房收益，排名居前，能够在一定程度上赢得观众喜欢，也还是遭到质疑和否定的负面舆论冲击。这些都影响了创作人员的积极性。反特片、武打片、爱情片等类型模式不能得到稳定发展，类型片的剧作形态一直处在不成熟的简单幼稚阶段。1987 年之前的电影价值取向几乎可以说是完全排斥电影的娱乐本性的，所以多元创作思路博弈的结果是将剧作的价值追求引向现实批判、人文关怀、文化反思，引向艺术探索和社会文化认识，而排斥电影的欲望满足和幻想满足。直到 1987 年《红高粱》出现，以"第五代电影"为标志的探索运动落下帷幕，这一力量对比才出现转折。1987 年以后的娱乐片创作受到业界格外热切的关注。

7.1.3 尾声的变奏（1987—1990）

经历 1979 年的电影语言实验前奏和 1981、1982 年的"纪实美学"风潮，再接 1984 年"第五代"出世掀起"探索片"热潮，继而引发"第四代"导演急起直追的"第二次革命"。从 1984 年到 1987 年的电影界始终以艺术探索为主调，现代派气息浓厚。与此同时，不由精英意识浓厚的电影界主观意愿左右的现实是，一个由观众的自由选择和观看趣味决定的电影市场也正在悄然形成中。"从 1983 年开始上座率的前四名全是武打片"[29]，从 1982 年《少林寺》取得全国票房丰收后，以武侠片为首的香港类型片借有限合拍的机会进军内地电影市场的步伐越走越稳。

这些现象所反映的电影商品属性和娱乐属性，电影界在五六年以后的 1987、1988 年才开始觉察。虽然在此之前的 1984 年已经有个别敏感的导演提出了电影的商品性问题，但是当时社会文化大气候还没有受到商品经济的冲击，囿于电影界的小气候，那种声音只能是空谷足音。也只有在 20 世纪 80 年代中后期电影市场滑坡的态势业已形成，娱乐片承载了救市的历史重任，娱乐片生产才会被关注，才会在理性层面上探究娱乐片的创作规律。1987、1988 年间围绕电影"娱乐性"和"商品性"展开的理论争鸣其实是 80 年代前半期从电影艺术语言更新问题开始的电影主体性建设的延伸和继续。只是推进到这个阶段，电影主体性建设的命题从艺术家中心转向市场中心，"理论界以前所未有的热情多次讨论类型片，探讨娱乐片的功能及其美学特征",电影观众学、电影市场学的理论建构也在摸索中展开。

几种主要的类型趋势

梳理新时期前半期零散杂芜还不成型的类型趋势,初步显现出以下几类。

首先是顺着"十七年"经验做下来的"反特片"和"惊险片",影片故事多取材于1921年以后各阶段的民族革命史,故事模式都是以某一次反特行动为推进线索展开敌我双方层层设陷、步步升级的争斗,一直到最后我方行动取得胜利。这一类型的剧作有《保密局的枪声》(1979,郑荃、金德顺编剧)、《祭红》(1979,鄂华编剧)、《与魔鬼打交道的人》(1980,刘师征编剧)、《蓝色档案》(1980,华永正、孟森辉、石勇编剧)、《特高课在行动》(1981,肖尹宪、周新德编剧)、《诱捕之后》(1982,峻骧、华克编剧)、《智斗美女蛇》(1984,许金焰、彭兆平、彭江流编剧)等。创作主要集中在1982年之前,随后因为它在取材和表现手法上与时代气氛越来越大的差距而被替代。20世纪80年代后期的娱乐片热潮中像《湘西剿匪记》这样重拾这一类型的是个别现象。反特片在新时代背景下的发展品种是侦破片(或称公安片),比如《神女峰的迷雾》(1980,胡冰编剧)等。总的来说这种类型片的剧作形态和视听表现形态都显得落后于时代,及至1987年《最后的疯狂》(史晨原、史晨风编剧)和次年它的续集《疯狂的代价》(周晓文、芦苇编剧)的出现才为公安片注入时代内涵和人性内涵。可惜"疯狂"系列的创作者在当时的语境下主要也是借着娱乐片完成厂里生产指标的同时用娱乐片的框架做自己的艺术探索。一旦创作自主性更强就转而做艺术片了。

第二类是国内影人先有自成体系的尝试,后来在与香港合拍片《少林寺》的成功的启发下大有作为的武侠/武打片。武侠片最早的尝试是1980年的《神秘的大佛》。这一类型主要兴起于1982年之后,代表作有《武林志》(1983,张华勋、谢洪编剧)、《木棉袈裟》(1984,张华、叶楠、徐小明编剧)、《关东大侠》(1987,王宗汉、白德彰编剧)等,一路发展到20世纪90年代。

此外还有一些不太成型的动作类型片,比如以《东陵大盗》与《平津夺宝》(1986,苏金星编剧)为代表的"夺宝片"。喜剧因素加武打因素的《京都球侠》（1987，曹鸿翔、李新编剧）等。

第四类是爱情片。新时期涉及爱情题材的影片不少，但很多是伦理剧或社会问题剧，其实没有真正深入情感和欲望问题。早期爱情片较多以轻喜剧的形式出现，引导青年人生方向或宣扬新的道德观，比如《她俩和他俩》《爱情啊，你姓什么？》《瞧这一家子》《邮缘》《女局长的男朋友》等，包括后来的《买买提外传》。1980年的《庐山恋》算是比较纯粹的爱情片，之后《庭院深深》（1989，史蜀君、严明邦根据琼瑶小说改编）等改编自言情小说的作品才真正触及人的感情体验和选择。

第五类是喜剧片。喜剧片从"十七年"开始就是一个始终有创作者孜孜以求但发展一直不是很完善的类型。新时期前半阶段出现过上影厂导演赵焕章推出的"农村喜剧片"，以当时的农村经济体制改革为背景，带有浓郁的时代性和浓重的道德批判与价值引导诉求，以《喜盈门》（1981，辛显令编剧）、《咱们的牛百岁》（1983，袁学强编剧）、《咱们的退伍兵》（1985，马烽、孙谦编剧）等为代表，讽刺手法使用较多。同时期，创作稳定且成系列的是张刚的"阿满喜剧"和陈佩斯父子主演的"二子"系列。这两个系列分别有一组贯穿的喜剧人物"阿满"和"二子父子"。"二子"系列以人物的父子冲突隐喻时代文化的新旧冲突，具有比较浓郁的生活气息。而80年代末创作的《京都球侠》《少爷的磨难》就摆脱了对社会现实的观照，完全以喜剧内在之戏剧规律来驱动故事，是纯喜剧类型的尝试。

总的来说，类型片的剧作跟一定的演员、导演的偏好有关，或者受一定创作习惯的指引。新时期上半期中国电影的类型意识模糊，创作比较零散，尚未形成类型片的美学。

美术片（动画片）剧作幼弱

除了类型电影的剧作受忽视之外，新时期的中国美术电影虽成绩斐然，然而它的剧作创作更是一个被人们遗忘的角落。中国的美术片（动画片）长期以来被定位在富有教育意义的少年儿童产品上，故事简单，很多作品的剧作一般由导演或美术设计兼任，专业的电影编剧几乎没有涉足这一领域的。只有少量的儿童文学作家从事这一行业，如包蕾即是重要的美术电影编剧之一。对美术电影剧作的长期忽视，导致了相关的电影产品不仅数量少，而且质量提高速度也缓慢，动画长片匮乏。这一问题的明显扭转要到 2010 年以后。

"王朔电影年"和"主旋律"概念的提出

在 1988 年还有两个引人注目的剧作现象，这就是"王朔电影年"和"主旋律"影片的出现。随着经济发展、市场打开，经济观念和商业文化日益渗透进人们的日常生活和思维方式，以消费性、实用性为特点的大众文化也日渐兴盛。大众文化对知识分子主导的精英文化和官方主流文化的冲击、瓦解是中国社会转型带来的一个必然结果。80 年代末期的一个突出现象是王朔小说创造的痞子语言和痞子姿态对所有官方、正统、严肃、精英的话语发出嘲讽和不屑。新精英意识假借大众文化形式或自居的平民姿态对传统的权威意识和官方正统（主要是对死而不僵的"文革"语言和"文革"意识形态）进行颠覆。

这一年前后出现了四部根据王朔小说改编的作品：《一半是火焰，一半是海水》（王朔、叶大鹰根据同名小说改编）、《顽主》（王朔、米家山根据同名小说改编）、《轮回》（根据《浮出海面》改编）、《大喘气》（根据《橡皮人》改编）。影片《顽主》被公认为是"电影化后的王朔"。影片根据小说中很多指斥性很强的情节和人物，设计出众多象征意味极强的视觉影像，王朔那反传统、反精英文化的情绪四处流溢，对知识分子及其所代表的精英文化、对精英文化以启蒙为己任的姿态的反讽几乎是无处不在，无时不有[30]。这其中《轮回》有对王朔小说的误读，把小说的主人公看作迷茫的社会边缘人，以启蒙者的姿态期望给他们找到一条精神的出路。这批电影总体来说在文化气质上带有较多的现代派气息，在精神内涵上是以对个人价值、个性张扬的肯定来反对由来已久的权威崇拜，荡涤反人道的"文革"意识形态。但王朔小说及其小说改编的电影提供的"王朔式"人物在客观上推动了"反智"风潮，为大众文化推进开辟道路，其影响一直延续到后来的冯小刚喜剧。

王朔小说和电影、娱乐片创作热，使市民话语在瓦解和排挤知识分子精英话语的同时，也在浸染和改变着承载国家意识形态的主流文化。电影主管部门或许已感到主流意识形态在银幕上会有"缺失"的危险，"1987 年 2 月，全国故事片厂长会议特别强调电影作为国家上层建筑的一个重要部分，应有负载主流意识形态的职责。会议指出，体现时代精神的现实题材和表现党和军队光辉业绩的革命历史题材是弘扬民族精神的'主旋律'作品，必须采取有效措施繁荣这两大题材影片的创作"。[31] 这便是自 1988 年始，在 20 世纪 90 年代形成洋洋之大观的"主旋律"创作的由来。

出于紧迫性和必要性，1987 年 7 月 4 日，经中央批准在北京成立了革命历史题材影视创作领导小组，由丁峤任组长。与此同时亦在经济上采取了配套措施：从 1988 年 1 月 1 日起，由广电部、财政部提供摄制重大题材故事片资助基金。正是在这种政治和经济的双重保证下，在短短的几年之内便推出了近二十余部"献礼片"，形成了当代中国电影史上的一大独特景观[32]。1988 年的《巍巍昆仑》（东生编剧）、《共和国不会忘记》和 1989 年的《开国大典》《百色起义》是"主旋律"创作的最早一批成果。这也是在经历过市场滑坡后，电影编剧们又一次回到有充分经济保障和政治支持的创作条件之中。比较"主旋律"影片的创作，此时也很需要扶持的娱乐片（类型片）创作虽然在舆论上得到了肯定，但却得不到政府相关部门的经济支持和社会相关措施的保证。

自此，在市场经济压力和主流话语规范的双重约束下，新时期前十年自由自在、任性飞扬的艺术大探索时代结束了，影响剧作形态的各股势力在博弈中的力量对比又一次发生了变化。以后的电影剧作将在已学会自主性表达的基础上，学习适应各种规则的规范性创作，也就是更具职业性的创作。

7.2 三分格局 市场主导（1990—2017）

20 世纪 80 年代后期，中国电影面临的文化环境是启蒙时代结束，精英文化边缘化；面临的经济环境是票房滑坡，市场萎缩，经营日益惨淡。在 80 年代前期创作中一向引以为傲的个人化、探索性、先锋意识、精英意识现在如果不与市场化、主流意识化、西方视域下的国际化相融合将很可能处境尴尬。

"九十年代的中国影坛第一次成了纵横交错的权力目光的穿透物，成了多重中心、主流的指称与命名对象，成了世界范围内的众声喧哗之地。"[33] 一方面，对人的终极关怀，对精神家园的祈望，对人和人生的本质追问，这些出自艺术本能的追求在面临市场生存困境的时候会被忽视；另一方面，电影剧作的面貌无时无刻不受到以下因素的制约和影响：

一、随着发展社会主义市场经济的国策确立，中国社会的又一轮商业化大潮奔涌而来。从1993年"三号文件"开始，电影业传出一声又一声巨响，体制改革切实地在推动着中国电影的市场化和国际化。民营资本等非国营资本逐步被允许参与电影的生产发行，经营主体日渐呈现多元现象，一个自由流通的大市场开始酝酿。从1995年引进国外大片到2001年中国加入世界贸易组织，中国的电影市场不可避免地逐步嵌入到一个全球化的体系中。市场和观众成了中国电影制作和创作必须直面的既迫切又严酷的最大现实。"由销定产"的观念不仅日渐确立稳固，而且演化为不同诉求的叙事策略和经营策略。"剧作从何处开始"的问题有了新的解答，不再是从作者开始，而是从投资方开始，从观众开始。

二、出于国家政权的文化塑造和意识传导需要，相关部门强化了对电影业的调控力度。强化主流意识形态传导要求的升温辅以资金倾斜、加强审查等外部手段，使"主旋律"电影创作以及寻找"主旋律"的商业化策略成为这一时期电影剧作的重要现象。

三、由"第四代""第五代"导演拍摄的电影连续不断地在世界A级电影节上获奖的飓风带动起西方世界的"中国电影热"，这种关注成为一种持续的眼光，一直延续到后辈影人身上。这种关注吸引了国际资金，使中国部分导演的电影创作不仅没有生存之忧，而且相比国内同行的艰难处境更是提前体验了一把"国际化大制作"，而这种关注也在西方对东方"他者化"的误读中规定了剧作的书写视角和书写方法。

在以上三股主要力量的持续和交叉作用下，新时期后半段先后出现了摸索类型规律的国产娱乐片、西部电影、民俗电影、主旋律电影、市民电影、内地"贺岁片"等一些相对集中的剧作现象。中国电影的剧作者们在各种权力话语的交织中摸索着通往市场的"康庄大道"。而国内电影市场的情况是1992年票房跌入谷底，市场萎缩，电影院停业转产，经1995年引入进口大片后才慢慢复苏，而国人和业内对国产片市场潜力的信心重拾可能要等到冯小刚贺岁片连续三年的票房稳定表现以后。

　　进入新世纪以后，就国家经济层面对电影影响最大的变化是中国加入世贸，就电影领域重要的改革政策莫过于 2003 年的"准入开放"及其后酝酿十多年，于 2016 年正式推出的《中华人民共和国电影产业促进法》。它们放开了电影经营的资格准入，广泛吸收国内的民间资本投入电影制片、发行、放映和技术改造各环节；简化了行政审批程序，改前期的剧本审查为备案，下放大部分行政审批权到省、自治区、直辖市的相应管理部门；"促进法"更要求各级政府将电影产业发展纳入本级国民经济和社会发展总体规划中，将电影产业的地位提升到拉动内需、促进就业、推动国民经济增长和转型的重要位置。在电影实践层面，"贺岁片"稳固人心、撬动市场潜力以后，第五代导演集体转型以个人声誉吸引投资推出一股"国产大片"风潮，将市场带入单片票房冲亿的初级爆发，至 2012 年以后随着银幕数量的膨胀，电影市场快速扩张。于是，题材荒、剧本荒、编剧荒成为这个急躁的市场上突出的问题。剧本生产及其培训等相关行业繁荣发展，剧作理论和编剧技巧类书籍登上热销排行榜，大量美国编剧教材被翻译引进。编剧无论作为一门艺术还是作为一门手艺在新中国电影史上从来没有如今日般被强烈地渴望过。编剧队伍也经历了更新换代，"网生代"逐渐进入主力。但主旋律、商业片、艺术片三分天下的电影文化及市场格局没有根本性改变，编剧者在被热切呼唤的同时，受到的约束更多了。

7.2.1　从被动到主动的市场选择

在历史潮流的裹挟下

　　新中国成立后的中国电影长期以来被人为地限定在市场轨道之外，商品性和娱乐性欠缺的电影创作和电影观赏观念长期滞后，使国人的电影认识中，欲望释放而达成的娱乐效应不但是电影不应该有的，甚至是可耻的、堕落的。直到 20 世纪 80 年代中后期，随着商品经济和商业文化的发展，观众娱乐消费的需要又被唤醒、被激发起来了。但是能够满足这种需求的创作思路和创作方法在长期的缺失下尚不能很快建立健全。20 世纪 80 年代中期在内地与香港合拍武打片的带动下，内地电影兴起"娱乐片"创作热潮，但这一现象与其说是中国电影创作开始了市场化的转型，不如说是从业人员面对不可遏止的票房滑坡，为赢回观众、抢回市场，在慌不择路间仓促上马的"救市"措施。

到20世纪80年代末为止，娱乐片创作的总体情况还是"一时之间，主创人员几乎涉猎了娱乐片的所有题材：凶杀、警匪、情爱、武打、劫机、行窃等等。但观众依然不爱看"[34]。1990—1994年间虽说在警匪、动作、喜剧、黑帮传奇等题材上有趋向类型化的创作，但那种"题材论"的总体情况也没有很大的改进。胡编乱造、粗糙幼稚的剧作还是普遍存在的。国产电影的市场萎缩到了让人心痛的地步。观众为什么不爱看？"因为我们的创作还没有真正进入娱乐片的形态范畴，还没有找到完整娴熟的娱乐片的叙述方式。而只是一味地靠改变影片所涉及的表现题材来招揽观众。"[35]叙事用的还是老形态、老观念，叙述方式层面的凝滞和沉寂与表现题材层面的喧闹和浮泛形成强烈的对比，这就是1995年以前国内的娱乐片创作情况，也是本土类型片的总体现状。

一定的剧作现状是由一定的剧作观念决定的。"关于娱乐性的讨论共有过三次值得记录在案的活动：第一次是1987年《当代电影》连载的相关对话；第二次是1988年《当代电影》编辑部召开的'中国当代娱乐片研究会'；第三次是1992年北京电影学院主持的'把娱乐片拍得更艺术'的讨论"[36]，对娱乐片的价值和意义、娱乐片的社会文化功能、娱乐片的创作规则与方法做了层层递进的论述。这三次讨论跨度虽然历经了五年，但直到1992年为止，其主旨还在于完整创作人员对电影的认识观念。电影的娱乐功能本是与生俱来，在中国却需要反复验明正身，这说明对电影本性的认识许多年来在理论和创作上一直存在着一块盲区。这一盲区使得那些即使是置身于娱乐片创作之中的人在内心上也还是不认同娱乐性，或者不认同对其作品的娱乐片、类型片的定位。比如周晓文对《最后的疯狂》（1987）的反应，再比如何平对《双旗镇刀客》（1990）的反应，他们只是在强调"艺术也可以玩得好看一点"，也可以不丢掉观众，还是站在艺术本位的立场和出发点上。这样的心态也反应在滕文骥拍出市场反应良好的《飓风行动》（1985）后却浅尝辄止，没有对城市动作片做进一步的研究，反身去做了《海滩》（1986）、《棋王》（1988）；反应在对《黄河谣》（1989）这样很接近西部类型模式的故事片上，他看中的还是其中对黄土文化的迷恋。

娱乐片，按照学者贾磊磊的定义，"实质上就是指以商业价值为终极目的、以情节化的叙述模式为本体形态、以愉悦为主要功能的常规电影"。如果认同这样的定义，那么"在娱乐片的创作过程中如果遇到与娱乐原则相抵触、相对立、相冲突的其他原则时，娱乐片的创作者就应当自觉地服从娱乐片自身的创作规律。不管这种服从对那些视艺术为生命、为灵魂的艺术家是多么痛楚，它都是不能违抗的铁律，否则，拍娱乐片就是一句空话！因此，娱乐片的创作从一开始就应该勇敢地树起一面旗帜，上面永远鲜明地写着：'娱乐至上！'"，"这种单一的价值取向是娱乐片从功能形态上走向完美之境的基本前提"。[37]

然而事实却是，很多积极参与到娱乐片创作中来的人，或者是被市场生存所逼，出于无奈而毫无准备地误打误撞；或者是凭着对电影的责任、凭着对自己的信心，来给总体水平低下，为国人所不齿的娱乐片救"艺术之险"[38]，向世人昭示娱乐片也能做出好作品；或者是在自己的探索片连遭市场白眼后来验证自己的市场能力和价值；或者是根本就不愿意认同自己的出发点是站在"娱乐"的价值观上的。总之没有人能够且愿意扛起"娱乐至上"的大旗。价值取向与创作行为上的分裂更加显示出，这场发起于1985、1986年间，于20世纪80年代后期构成创作和理论上的一时热点，继而推动它在20世纪90年代初期大规模创作但终无太大成就，在1995年引进国外大片后终趋没落的娱乐片（国产类型片）运动实在是在无可选择的情况下，"一种被迫的、非自觉的历史活动"，"它是电影在整个国家向工业化、商业化社会转型时期寻求自我生存的一种特定方式"，"坦率地说许多人是被历史推入娱乐片创作大潮中的"[39]。

娱乐片一方面在创作行为上受到重视，另一方面在价值观和美学上却是被轻视的。它的目的和功能被简化为赤裸裸的"一切向钱看"，它的观众被贬斥到社会道德的底部而被潜意识地认作是可以随意应付的。它的美学被贬斥到最低的位置时，它的内在规律被视为不存在。在与它的对峙中，创作者的心态是"不是我不能，而是我不愿"。所以拍娱乐片在一段时间内被看作容易的事，却也是没有多大价值的事。观众心理的深层结构和剧作叙事之间的缝合关系乏人研究，而所谓"爱欲暴力""拳头加枕头"的外部娱乐元素却得到广泛传播，被看作赢得市场的制胜秘籍。一时间充斥胡编乱造、内容随意任性的娱乐元素、视觉刺激把叙事搞得支离破碎的现象在剧本创作中普遍出现。反过来在认真创作的作品中，娱乐片所需要的单一的价值取向却在又要思想性、又要艺术性的种种干扰下无法达到。"在我们的娱乐片创作中痛感与快感，美与崇高，游戏与严肃时常处于相互中和的状态。"[40]没有与娱乐片自身艺术规律并行不悖的价值取向，娱乐片也就很难实现它的娱乐功能。

娱乐片的叙事是有很强的技巧规范的。对娱乐片叙事规范的疏于研究反映出新中国电影剧作相当长一段时间以来重思想轻技巧的偏颇。那么如何才算是真正进入到娱乐片的形态？娱乐片的叙述方式又究竟有什么特殊规则？首先对以上问题做出回答的是理论界。理论界一部分较敏感的青年研究者借他山之石，对中国娱乐片的美学理论和创作技巧提出了自己的建议。贾磊磊就为娱乐片创作指出了"五大禁忌"：一、英雄主人公不能受嘲弄，因为娱乐片中主人公的个人利益已经通过文本的特定编码方式变成了观众自身的普遍利益，主人公的命运受嘲弄就是与他情感合一的观众受了嘲弄，而观众的娱乐目的正是通过英雄主人公的主宰一切而得到替代性满足的；二、人物性格不能分裂，善恶、美丑、真假、忠奸在银幕世界里构成一目了然、阵营分明的二元世界，观众才好做明确的价值选择；三、叙事不能割断因果关联，由于娱乐片在功能上不负载认识生活、反映历史的使命，而为了让观众尽可能地参与剧情，它必须采用具有明确因果关系的情节模式，就像是从观众席铺向银幕的阶梯，以便顺利地把观众从现实世界里拉出来，一步步引向银幕世界；四、矛盾冲突不能自行消解，有对立有冲突必然要有胜负结局，英雄形象正是在赢得一次次程度叠加的对抗后树立起来的；五、表现形式不能超越规范美学，影片要求有高度的透明性，不能让观众因为有阅读上的陌生感而受挫。可惜，当年论者针对"娱乐片"所指出的问题，在三十年后的今天，在中国电影产业化如火如荼、类型片概念已经里巷尽知的今天，依然不同程度地存在着。反类型片价值指向、反类型片语言规范的"创新"冲动和"作者"情结从20世纪延续到当下。

清晰的学理思辨固然提供了舆论和精神的支持，也为创作指引了思路和技巧上的方向，但毕竟"冰冻三尺非一日之寒"，不仅扭转对娱乐片的美学价值观需要时日，对于缺少经验的创作者来说，把理论化的创作规律内化为自己的剧作技巧亦须"十年磨一剑"。所以尽管在1988年到1994年间,在市场、理论、行业需要的几重鼓励下,中国娱乐片创作有了一段放开手脚的发展,在与港片的竞争、对港片的学习中获得一个相对稳定的国内市场,但是成就却并不高。另一方面市场化的娱乐片创作绝不仅仅是创作者的单方面努力能完成的,事实上20世纪80年代末官方舆论对娱乐片发展的支持,其用意就是借此推动电影的市场化程度。但这些都不能构成根本性的改观,直到1992年以后推出实质性的改革举措才使中国电影体制有了根本性转变。

在自立生存的逼迫下

1992年邓小平南方谈话的发表对全国深化改革和经济发展产生了深远的影响。同年,党的十四大明确提出"建立社会主义市场经济体制"的总体目标。那么,建立与社会主义市场经济体制相适应的电影生产和发行体制,无疑应当是电影体制改革的目标和选择。1992年底,全国电影业上下各管理部门共召开三百二十多次电影改革会议,广电部在征求汇集各方意见的基础上,拟定了改革的总体方案和实施细则,于1993年1月以"广电字3号文件"的形式正式下发,即《关于当前深化电影行业机制改革的若干意见及其实施细则(征求意见稿)》,引起了电影界的巨大震动和强烈反响。其主要内容是:电影制片、发行放映等企业必须适应党的十四大确立的社会主义市场经济体制;电影作为精神产品,市场就在观众;检验电影市场发育如何,要看社会、经济两个效应。文件还指出,电影事业适应社会主义市场经济的发展要分步实施、分类指导。1993年的任务一是将国产故事片由中影公司统一发行改为各制片单位直接与地方发行单位(首先依靠省级公司)见面;二是电影票价原则上要放开,其幅度与具体价格由各地政府掌握[41]。

多年来由中影公司统购包销的国家垄断式的发行体制被打破,各电影制片厂自负盈亏,自己向国内外推销。这次触及旧体制核心的初次重大改革举措迅速使一些矛盾尖锐起来。矛盾的激化敦促着进一步减少发行中间环节的改革。1994年8月,广电部电影事业管理局发布《关于进一步深化电影行业机制改革的通知》,影片发行的省级中介被取消,制片厂获权向省市各级发行放映单位直接发行。这个文件开启了电影流通市场的最后一扇大门,从理论上说一个广阔而迷人的市场展现在制片企业面前[42]。

与发行公司的兴奋反应不同，全国各大制片厂最先表现出来的却是"断奶"后的不适应。1993年个别季度，内地影片投产之少创十年来同期最低纪录。制片业获得发行权的同时，也失掉了中影公司每部影片100万元的预付款，因而一些大厂每年就失去了2000万元左右的流动资金，制片厂无力投资再生产，合拍片（与香港合拍为主）和社会集资片兴盛一时。香港电影通过与内地合拍进而在内地市场上占据绝对优势就是在这一时期。1993年制片厂自行投资的影片不到20%，1994年制片厂自行投资的上升为43%，到1995年制片厂自行投资的影片就骤降为仅占六分之一，中国电影的主要投资者不知不觉间已由国家转变为民间资本[43]。

1995年1月广电部颁发《关于改革故事影片摄制管理工作的规定》，凡是投资额达百分之七十以上并遵守有关规定的民间企业或民营公司可以与制片厂署名"联合摄制"，这个政策提升了民营公司的地位，鼓励了社会资金的投入。但背负巨额贷款的制片业依旧困难重重。制片厂通过出租器材、收取劳务费获得部分或全部国内发行收入，或是只坐收管理费，这种不承担风险，依靠垄断的制片制度下国家分配的影片生产指标获利的行为导致了"变相卖厂标"行为的出现，因此也导致了一系列不良后果[44]。

制片厂生产急剧萎缩，资金固然是一个很大的问题，但生产能力不能及时跟随市场化的需要进行转轨同样是一个严重的问题。以前创作人员是高高在上的，占据生产的绝对主动权，拍什么就发行什么。发行体制的改革将几十年"由产定销"，或者毋宁准确地说是"先产后销"的管理体制翻转为"由销定产"的经营机制。在通过国家意识形态审查的前提下，制片厂现在得听发行商的——他们需要什么，或者他们认为什么有市场；得听其他电影投资者的——他们愿意为怎样的剧本投资，希望回报多少。从剧作开始的电影创作现在首要的、无时无刻不牵挂着的问题是，它一定是一次市场行为，一定是跟某种市场需要相适应的。这样的创作氛围与新时期前半期追求创作自由、张扬艺术个性的气氛是大相径庭的，而两者时间上相距并不久远。作为创作者身受的观念冲突之苦是可想而知的。在茫然无措，难以掉头，找不到自己市场方向的情况下，出现了剧作的跟风抄袭，出现模仿的"香港味道"，出现娱乐片的剧本粗制滥造，出现拍片与资金捆绑，只要能拉来投资，不管多差的剧本都会投拍等现象实在是在所难免。

新中国电影剧作的盲点不仅仅是遗落了娱乐性，就其本质而言其实是遗落了市场性。1993—1994年间的这一系列体制改革的举措让矛盾暴露出来，从外力上迫使剧作往市场化的思路上扭转。市场是什么？市场就是观众。市场化的思路就是以接受者即电影观众为中心而不是以创作者为中心的剧本创作思路。剧作者与观众的关系不再是前者为后者的教导者、启蒙者，剧作不再是一个高高在上的精神训导台。剧作者和观众处于平等的位置，剧作者必须考虑观众，必须研究剧作构成与接众心理之间的关系。电影剧本不再是仅依靠剧作者个人情思构筑起来的一个封闭系统，社会语境和观众心理这些因素作为剧作的泛文本随时可以介入剧作内部。如《天生胆小》（1994）、《小芳的故事》（1994）、《狂吻俄罗斯》（1994）、《梁山伯与祝英台新传》（1994）、《天涯歌女》（1995）、《太后吉祥》（1996）这些20世纪90年代中期的剧作都已经明确显示出市场化运作的思路。到这个时候，剧作的性质与新时期前半期比起来已经发生了巨变，剧作的参与者也不仅仅是编剧一个部门或一个人，它的工作包括了从选题策划到现场修改的所有步骤，具体的创作只是其中的一个环节。而随着市场化程度的日益推进，初期的那种混乱现象都会逐步改观。

在半开放市场竞争的压力下

继由观众自由选择而造成的电影市场滑坡、管理体制改革而促发的生产萎缩后，在中国电影的市场化进程中，对国产片市场造成最严重的冲击、甚至是致命性打击的第三股浪潮是自1995年开始的"引进大片"。这几乎可以说是中国加入世界贸易组织后国产片将要面临的市场命运的预演。1995年到2000年的预演给国内电影生产者制造了一次又一次的震惊和悲壮的体会。

1994年，国家电影局正式下文要求从1995年开始，中影公司每年进口十部左右"基本反映世界优秀文明成果""基本反映当代电影艺术技术成就"的影片。大片上映后第一年的票房成绩就引起反响剧烈的"奇迹效应"。在连年的市场萎靡后，谁也没有想到国内潜藏着这样一个前所未有的不可估量的电影市场，这让放电影的人、卖电影的人高兴，做电影的人却是喜忧参半——不是电影没人看，而是符合一定要求的电影才受人欢迎。这信息给人信心，却又让人迷茫。事实情况是国外大片几乎占据了所有影院的黄金档排片，大片刺激起的市场需求的福音不是能降临到每一部影片头上的。"1995年的大部分国产电影非但未获辉煌，而且在大片的持续攻势与营销方式面前，不仅无力承受类似的宣传负担，而且根本无法获得上映的契机""各省市电影公司均积压国产影片几十、上百部。《红樱桃》（票房4000多万）等极少数'抗衡'大片的国产片，提供了可供借鉴的成功经验"[45]，但市场上国产影片普遍回报率低，一些电影制片厂的"经济"行家甚至定出了当时国产影片保证不亏本的一条"死亡线"。无论是社会集资片还是制片厂自行投资的影片，都处在"低投入、低回报"的恶性循环中。此后的几年情况基本趋同，"1996年美国分账影片的全国总票房4亿元人民币，1997年为3亿，1998年接近6亿，一部《泰坦尼克号》就占一半还多"。在不到五年的时间里形成的市场份额分配是"大约100部国片能占据国内市场的三成，而10部美国大片就占据掉七成的市场，放映1部美国大片的收益国片要放映23部才能达到"。[46]

市场的数据是冰冷无情的，但市场化的过程是必须经历的。剧作市场化的过程中经历了向中国香港电影学习和向美国大片学习的阶段。

20世纪80年代初期，国门初开，借着流行歌曲、电视连续剧、明星照片、盗版录像带和少量电影的传播，香港的流行文化渐次由南往北向内地渗透，给内地带来了最初级的商业文化印象。内地也是由此慢慢学会了娱乐消费。以后这种影响穿越整个20世纪80年代，越来越扩大。在电影行业，1986—1991年间引进的香港电影略微增多，但尚未形成气候，而合作制片稳步发展，"合拍片"渐成一种新片种，开始打开内地市场。合拍片中武打片是最主要的类型，然而与此同步的是，香港流行文化的传播为香港电影和港味十足的内地与香港合拍片扩大市场推波助澜。1992年邓小平南方谈话后，中央重新确立了深化改革开放的政策，更为扩大输入香港电影提供了政策依据。[47]1992—1994年间香港影片的影响力达到最高点。由香港投资的艺术片在国际电影节上纷纷获奖，进而打开了艺术片的国际商业市场，为艺术片的生存和市场化经营带来转机。内地与香港合拍的娱乐片在全国各制片厂普遍地、大幅度地展开[48]，制作规模越来越大而且市场收效甚佳。《新龙门客栈》《黄飞鸿之狮王争霸》《唐伯虎点秋香》等都是这一时期的叫好叫座之作[49]。这还不算全国各地遍布的录像厅或各种合法、非法途径传播的大量香港电影和电视连续剧，这在电影院之外又吸引、培养了一批极为欣赏港味影片和电视连续剧的观众群体。"港味"成为这一时期娱乐片市场打得最响的招牌，"港片"也是这一时期大众所最亲近最熟悉的一种商业模式。而在合拍片的过程中，内地的创作人员也增加了与香港创作方法的接触，甚或是直接参与到其剧作创作中去。于是，这一时期内地的娱乐片创作自然就趋向了一种"追逐港味"的形式。

这类剧作大致集中于"警匪片"和"黑帮片"两种类型里。前者大都充满了与当时国内社会现实脱节的国际化背景，诸如国际贩毒、走私、国际金融犯罪、高科技犯罪等，比如《冰上情火》（1990）、《出生入死》（1990）、《绝密行动》（1991）、《血战天狮号》（1992）、《金元大劫案》（1990）、《紧急追捕》（1990）、《中国勇士》（1990）、《劫杀雅典娜》（1992）、《情谍》（1991）等。后者几乎都是以旧上海的十里洋场为背景，构筑了一场想象中的民国时代正邪斗争的传奇剧，比如《大上海1937》（1986）、《生死赌门》（1992）、《夺命惊魂上海滩》（1993）、《滴血钻石》（1990）、《迷途英雄》（1992）等。《上海舞女》（1989，叶丹根据阿章、黄志远小说《货腰女郎》改编）、《舞潮》（1996）等同样以旧上海为背景，用抗战胜利后的地下斗争代替了黑帮的争斗。

这一类模仿之作本身成就不大，其生产者和创作者更大程度上把它当作挣钱的工具。"学习香港电影娱乐性的目的，基本上是为了保证制片厂在总体上不亏损，并不打算完全模仿。其结果是专门形成一种按照香港模式拍摄的小制作娱乐片。这种影片基本是比较边缘化的，与主旋律影片不同，与艺术探索片也有区别，不重点宣传，不能引起新闻界重视，基本不参加评奖。但必须卖钱：要钱不要脸。当然也没有要求赚大钱，能赚多少是多少，以此保证制片厂的正常运转并且为主旋律影片适当贴补一些费用。"[50]大量制片厂的娱乐片生产，在这样的思想引导下，非但剧作上不肯做娱乐片内在规律的研究，而且以贬斥的态度吸收港片表面的和负面的东西。不过，对港片的学习提升了国内剧作的想象力，减少了伦理意识和说教倾向，也改变了一味肃穆严谨的历史态度，积累了初步的商业片创作经验。可以说长远来看，为二三十年后《疯狂的石头》《泰囧》《港囧》《唐人街探案》等影片的出现埋下了伏笔。

香港电影的影响在1995年以后渐渐趋弱，大城市观众的欣赏口味渐趋好莱坞化，内地厂家那种小投小赚的港味娱乐片生产也终于趋向式微。20世纪90年代中期，内地影院几乎被好莱坞大片夺走了三分之二以上的江山。很可惜，在这六七年的时间里，内地电影业界终因观念上的痼疾积重难返，娱乐片的创作尚未出现实质上的进步，类型模式不成熟，难以形成规模化生产。

事实上，本土类型片要能与外来的类型片在本土市场上抗衡，唯一优势也就是在"文化"上。从文化的情感共鸣入手，实现类型片对社会人群的精神抚慰功能，这才是本土类型片能真正发展起来的精神支撑点，而找到这样一个支撑点，就是在中国电影市场化的转变中找到了一个变被动为主动的契机。

无往不胜的市民化

美国大片蚕食国片市场引起的一片唏嘘中偶尔也会传来这样的告慰之声：1999年的冬日，北京市场以前所未有的密集度两个月连续抛出五部好莱坞新片后累计票房2290万元，不仅远低于影院经理们的预期，而且单片效益更是无法与随后国产贺岁片《没完没了》创造的1100万元相提并论[51]。这样的结果是出人意料的，同时也一时有点让人喜出望外。虽然这组数据只能反映出一个局部胜利，但已足以让中国电影人士气大涨，看到希望。虽然这还很难说明将来国产片/国产商业片会面临的局面，但是它确实对与该片关联的某一种经营方式、某一种制作经验、某一个类型给予了一份阶段性的肯定。这是冯小刚挂帅制作这样的贺岁喜剧第三年，此前有《甲方乙方》（1997）和《不见不散》（1998）。而这样市民情趣浓厚又带轻喜剧风格的剧作行销国内市场则可以追溯到1992年的《站直啰，别趴下》、1993年的《大撒把》、1994年的《无人喝彩》与《背靠背，脸对脸》，甚至早年的《顽主》和一系列以调侃见长的电视剧。延续到它同期的有《没事偷着乐》《爱情麻辣烫》等。市民趣味在影视文化中走俏，从20世纪90年代初开始，已持续了若干时间。

20世纪80年代后期大众文化和它对应的市民话语逐渐成为社会主导性话语。整个90年代的社会文化主流就是在"世俗精神"的大旗引领下滚滚向前。价值观和叙事视点一变，美和丑的标准也变了，主角和配角的位置也换了，在自嘲调侃中化解现实矛盾，回避精神痛苦的市民小人物形象代替思索、追问、批判、苦恼的知识分子或改革者形象，成为新的时代标志。"丑星"走俏成了一时之风尚。其貌不扬之"丑"只是最早对小人物外在形象的特征性描述。充满民间智慧才是小人物的精神实质，才能使他们成为大众欲望和愿望的代言人。葛优的形象就是在这样许多次验证后被认同的一个突出代表。演员本身的气质加强了剧作的市民气息，冯巩、牛振华之于《站直啰，别趴下》，冯巩之于《没事偷着乐》都是这样。而反过来这些形象的市场认可度又促使剧作在形成人物的时候自觉以他们为原型，照着演员写人物。此外，小人物居于时代前列的另一个表现是知识分子形象从英雄人物变成世俗小人物，他们的世俗欲念被强调，他们在现实中遭遇的窘迫不再是为了突出他们高贵的灵魂，恰恰是用来显现他们的软弱和卑微。

比知识分子形象的世俗化更进一步的是知识分子话语的世俗化。外部表现是从"批判"到"调侃"的转变。对于这个转变，以小说和影视剧为载体的王朔式叙事起了重要作用。王朔的叙事在20世纪80年代以边缘人的姿态向知识分子话语和官方主流话语发出戏谑的破坏性笑声后，于90年代迅疾转变自己的边缘人姿态，与占据主流的市民话语相结合。伴随电视连续剧《编辑部的故事》的热映、海马创作室的《爱你没商量》的推出，王朔式语言不仅在市民青年和青年知识分子中广为流行，而且成为市民话语的一种标志性方式。相当一段时间内，青年人的普通话表达都很难摆脱它的影响，直至2008年后，即手机互联网兴起以及90后日渐成年进入社会以后。

市民小人物的智慧向来有很大一个方面就是表现在语言的调侃上。调侃不仅成为这类剧作的语言特征，而且已经成为支撑叙事的重要特征。以《大撒把》为例，一些场景比如看地图、过年包饺子，情节本身没有很多动作推进，主要依靠人物的语言，是假定性和描述性很强的语言游戏形成了情节的实体内容和小高潮。在这类剧作中推动情节发展的不再是矛盾冲突，而是语言本身，形成结构的也不是冲突，而是一些外部性事件的串联，或者偶发事件，比如《不见不散》。这样的特点在冯小刚编剧或参与编剧的剧作中表现明显。

冯小刚是20世纪90年代有代表性的电影编剧之一，他早年是王朔海马工作室的主要作者。他的创作中最突出的就是这类市民喜剧。1990年的《遭遇激情》是他与郑晓龙联合编剧的第一部电影，影片获中国电影金鸡奖最佳编剧等四项提名。他与王朔联合编剧的电视系列剧《编辑部的故事》使他成为家喻户晓的人物。1992年，他再次与郑晓龙合作写了电影剧本《大撒把》，搬上银幕后，又获第十三届中国电影金鸡奖最佳故事片、最佳编剧等五项提名，这使得他成为影视界风头大盛的红人。评论界普遍认为，《大撒把》展示出现代都市人的那种无奈、苦涩，还有相互之间的理解和温情，讲述的是凡人的琐事，但却很吸引人。市场和业界的双重肯定事实上反映了对这种市民性的一种渴望，而渴望和褒扬又鼓励着市民性继续扩张自己的领地。后来轰动一时的《北京人在纽约》依然是这类剧作在电视剧领域的延续。待冯小刚转入电影导演行后，他对市民性拿捏适度的把握能力充分施展在1997年开始的贺岁片创作中，正是这使他获得了更大的成功。

20世纪90年代后期电影剧作的市民化转向和市民喜剧的走俏受到大众传媒普遍世俗化转向的激励。电影与电视剧、小品、小说等各种形式的市民审美形成多声部合唱。赵本山、黄宏为代表的喜剧小品的盛行，从《戏说乾隆》《宰相刘罗锅》到《康熙微服私访记》系列的电视剧风靡不倒，池莉等人"新写实主义"小说对市民趣味的大力推崇和对市民人物的生动描摹，符合中产阶级市民趣味的小剧场话剧的盛行，音乐和美术领域大幅度商业化的趋势，以上诸种推波助澜地烘托起一个以宣泄市民欲望为主导的文化消费时代。90年代每一部市民喜剧电影获得好票房都是这种愿望的一次表达。但是与电视剧市场的规模化生产不同，在电影领域，这样的剧作一直是零零散散的，直到《甲方乙方》《不见不散》《没完没了》以贺岁片形态连续三年有规律地推出，这样的剧作才现出一种类型模式的雏形。

文化和审美的市民化转向与中国社会的都市化过程相伴而生，市民化又表现为都市化、时尚化。因此市民戏剧的背景不仅是都市的，而且常常是一个时尚的、充满消费和欲望的现代化都市；市民小人物也绝不仅指收入微薄的低层市民，恰恰相反，在更多的市民戏剧中出现的是城市中新兴的、代表着更强消费能力的"中产阶级"。冯小刚的剧作中主要的是这一类人物。而陈佩斯从20世纪80年代延续下来的小人物喜剧系列，主人公也从早年比较低层的二子逐渐向中产阶层转化，在《父子老爷车》（1990）、《爷俩开歌厅》（1992）中还不是很明显，到《临时爸爸》（1992）、《编外丈夫》（1993）中就已经很明确了。市民戏剧表达着一切和市民相关的都市主题，诉说着欲望的苦恼，它囊括了原来以题材划分的婚姻爱情、家庭伦理、青年题材、城市题材，在城市或繁华或简朴的舞台上上演着一幕幕世俗风情剧。众"望"所归，涉及爱情主题的故事比较多。《遭遇激情》(1990，郑晓龙、冯小刚编剧)、《青春无悔》(1991，王朔编剧)、《青春冲动》(1992，周晓文编剧)、《大撒把》(1992，郑晓龙、冯小刚编剧)、《无人喝彩》(1994，孟朱、王朔编剧)是90年代前期爱情片代表作。此后集中出现了《离婚了，别再来找我》(1997，费明编剧)、《说好不分手》(1997，费明编剧)、《网络时代的爱情》(1998，郭小橹编剧)、《非常爱情》(1998，程彤编剧)、《爱情麻辣烫》(1997，张杨、刘奋斗编剧)、《美丽新世界》(1999，刘奋斗、王要编剧)、《菊花茶》(2000，陈建斌编剧)等。此阶段的爱情片还是难免伦理意味偏重，或者侧重社会认识，纯爱片比较少。此外，反映社会变迁的现实主义作品比如《站直啰，别趴下》《没事偷着乐》《说出你的秘密》《谁说我不在乎》等也同样具有浓郁的市民生活气息和世俗化审美。

7.2.2 从筑墙到搭桥的策略变化

电影业疾风骤雨的市场化进程把生存问题推到了第一线，中国电影在1990年以后的创作格局首先取决于它的资金格局。资金的来源决定着影片的语言、制作方式、意识形态策略，决定着电影的生存方式，决定着剧作的方向。那么计划拨款取消以后的国家资金就是有着明确的投资目标的一个重要来源。这部分资金分量不轻，它鼓励着创作的价值倾斜，表现出来的现象就是1988年开始的"主旋律"剧作不断升温，乃至形成了一种伦理化的"主旋律"叙事策略，出现了"主旋律"商业片，并专门从理论上探索这一类影片的市场化方式。它也表现在国家广电部重点国产影片的成批推出上，题材上主要集中于重大革命历史和各种英雄模范人物。

随着中国社会的现代化转型，多元意识形态和社会话语的交织，对支撑现行政治的主流道德构成冲击。1989年十四届三中全会以后，电影有必要对国家意识形态做明确表达重新成为一种急迫的要求。1994年1月，江泽民在全国宣传工作会议上对包括电影在内的宣传思想工作的总方针是这样阐释的："必须以科学的理论武装人，以正确的舆论引导人，以高尚的精神塑造人，以优秀的作品鼓舞人，不断培养和造就一代又一代有理想、有道德、有文化、有纪律的社会主义新人，在建设有中国特色社会主义的伟大事业中发挥有力的思想保证和舆论支持作用。"1995年初，党中央提出了抓好电影、长篇小说、少儿文艺三大件的要求。1995年12月，江泽民勉励电影界要"多出精品，促进繁荣，再上新台阶，迎接新世纪"。1996年3月的长沙会议把这一要求具体为实施国家电影精品战略的"9550工程"。这次长沙会议是新中国成立以来规模最大、规格最高的全国电影工作会议。为贯彻会议的精神，政府主管部门采取了包括经济和行政的各种手段来促进主旋律电影的繁荣和有序健康的发展。

作为中国电影精品工程的重要方面，中宣部做出"要下大气力抓好剧本的创作"的指示。1996年推出的两项最主要的措施就是建立国家电影局的电影剧本规划策划中心，以及设立"夏衍电影文学奖"。这是继"华表奖""童牛奖"之后，由电影的政府主管机关（国家广播电影电视总局）颁发的又一个专业性奖项。它面向全国的专业和业余电影编剧，延续以往全国优秀电影剧本征集评选活动的形式，每年展开一次征评，评出十部优秀电影剧本和十部比较优秀的电影剧本。获奖剧本将由广电部颁发证书，给予奖励，并推荐给各电影制片厂尽早投入拍摄，电影局将对获奖剧本的电影制作给予支持，并出版获奖剧本专辑。2002年为加强奖项的专业性，又对该项奖实行改革，撤销了"华表奖""童牛奖"中关于电影文学剧本的奖项，将它们全部归入"夏衍电影文学奖"评选。并且在原来的基础上，又新设置"青年优秀剧本奖"和"少年儿童题材剧本奖"，旨在培养编剧新人，并引导一定的创作方向。

正是在这众多举措的引导下，在国家资金的扶持下，从1988年开始，贯穿整个90年代，"主旋律"剧作方兴未艾。受国家资金"输血"，这类剧作在免除生存之忧的前提下，首先保证对政府意识形态教化功能和导向作用的完成，然后再在一定范围内考虑市场因素，并追求一定的人文情怀。

"主旋律"的一个主要样式是"历史文献故事片"[52]。以中国革命历史事件为主的有《开国大典》（刘星、郭晨编剧）、《百色起义》（侯育中、朱旭明编剧）、《大决战》（史超、王军、李平分编剧）、《大转折》（1997，姚远、王玉彬、王苏红、韦廉、李宝林编剧）、《大进军》（8部16集，其中《席卷大西南》编剧陆柱国[53]）、《金沙水拍》（甘昭沛编剧）、《开天辟地》（黄亚洲、汪天云编剧）[54]、《重庆谈判》（张笑天编剧）、《长征》（王朝柱、翟俊杰编剧)、《浴血驼城》(过华、曾明了编剧)等。以重大领袖人物为主的有《毛泽东的故事》(韩三平、茅毛、罗星编剧)、《周恩来》(宋家玲、刘斯民编剧)、《青年刘伯承》(刘蒙、毕必成编剧)等。这类剧作延续20世纪80年代末《开国大典》等片的经验,以全景式的视点俯瞰风云,全方位、立体式地展示历史过程和人物风貌。创作者隐藏了那种包含明显政治评价和道德评价的主观性。在这种全景式的俯瞰中,历史仿佛是"客观"地呈现在观众面前,观众可以将自我体验为历史的"见证人",将影像化的历史读解为实在的历史,这样,这些作品就具有了一种历史文献感。另外,在人物的处理上不仅注意对他们的个体性描述,加强人情味,而且"开始重视表达对历史和历史人物的诗意体验,不仅以人来写历史,而且也以历史写人,使作品中的人物形象获得个性感和生命感"。"在对待历史的态度上,一些作品不仅站在无情的历史视点上,而且也站在有情的生命视点上来叙述历史,一方面从历史视点上展示历史的辉煌、壮丽,同时又从生命视点上写出历史的残酷、冷漠。于是,在意识形态的价值衡量中也嵌入了一种人道主义的视野。历史视点与生命视点一起创造了一种对于历史的生命体验。对文献性与故事性、纪实性与戏剧性、历史观与生命观、历史事件与人物个性、史与诗的辩证关系的理解和处理,形成了一种具有中国特色的特殊的电影类型。"[55]

此外还有一些历史题材的创作是更加注重演义性和故事性的,如《东归英雄传》(1993,塞夫、赵玉衡、辛加坡、于承惠编剧)、《鸦片战争》(1997,朱苏进、宗福先等编剧)、《一代天骄——成吉思汗》(1998,冉平编剧)、《我的1919》(1999,黄丹、唐娄彝编剧)、《国歌》(1999,范正明、苏叔阳、张冀平编剧)、《国旗》(1999)、《上海纪事》(1999,边震遐、蒋晓勤、彭小莲、张建亚编剧)、《横空出世》(1999,陈怀国、彭继超编剧)、《春天的狂想》(1999)、《詹天佑》(1999,岳野、于力编剧)等。它们也同样注重对大场面的描写和对史诗气势的营造。

在反映新中国成立后现当代生活的题材中有大量描写中共优秀干部和各行各业模范人物的,如《焦裕禄》(1990,方义华编剧)、《龙年警官》(1990,魏人编剧)、《蒋筑英》(1992,王兴东编剧)[56]、《孔繁森》(1995,王兴东编剧)、《炮兵少校》(中夙、杜守林编剧)、《警官崔大庆》(林黎胜编剧)、《军嫂》(方义华、许雁编剧)、《离开雷锋的日子》(1996,王兴东编剧)、《超导》(1998，王冀邢编剧)等。有反映城乡新事物新气象或社会现状的《过年》(1991，姜一编剧)、《凤凰琴》(1993，桔生、刘醒龙、卜炎贵编剧)、《被告山杠爷》(1994，范元编剧)、《留村查看》(1995，王兴东编剧)、《九香》(1995，杜丽鹃编剧)、《喜莲》(1996，郭中束、郝国忱编剧)、《一棵树》(1997)、《桃源镇》(1997，熊郁、先子良编剧)、《我也有爸爸》(1997，郭玲玲编剧)、《男婚女嫁》(1997)、《红棉袄，红棉裤》(1997)、《花季雨季》(1998)、《背起爸爸上学》(1998，王浙滨编剧)、《灯塔世家》(1998)、《黑眼睛》(1999，万方编剧)。这一系列作品集中的特点是"伦理化""泛情化"的叙事策略，这也是"主旋律"电影将国家意识形态要求与大众娱乐需要相结合，从而进入市场化的主要策略。成功的先锋作品是1990年的《焦裕禄》。这是一部旗帜鲜明地宣扬信念和精神的影片，却受到了出乎意料的市场追捧，被国家电影局管理者评价为"1990年电影的标志性作品"。"它避开了传统的冲突式叙事框架……将焦裕禄的政绩推入'暗区'，而把焦裕禄塑造成近乎神的完美的道德楷模，这种策略取得了极大的成功，它通过伦理化的道德煽情使国家意识形态与大众化娱乐奇妙地'组装'在一起，从而大大地赚了一把观众的眼泪，收到了上佳的意识形态效果和观赏效果。"[57]《龙年警官》中傅冬这个人物形象在当代英雄的造型基调上又加上浓郁的市民化气息，他工作出色，能力强，又被三个女人所围绕，同时他又有极强的道德感和自我约束力，生活的梦想和个人的完善构筑成"世俗英雄"的形象。剧作的方法符合电影与观众关系的本性——"传统美德与市民梦想，宣教意识与娱乐享受奇迹般地缝合了起来。"[58]

通过伦理化和泛情化的策略，主旋律作品顺利地踏上了一座通往市场的直通桥梁。不仅如此，主旋律作品也开始有完善的市场化运作，而它的运作是在剧本策划时充分考虑到了对国内一个特殊的"主旋律"市场的利用。20世纪80年代开始创作，以《蒋筑英》《孔繁森》闻名的最主要的主旋律编剧王兴东1996年底与紫禁城影业公司合作《离开雷锋的日子》就是一例。这个剧本的诞生用的是先论证市场后创作剧本的方法。当时专业人员论证剧本具有"很强市场操作性"的理由有三："一是中央十四届六中全会加强社会主义精神文明建设的精神和部署是非常好的大背景，这部电影会引起领导和群众的关注；二是学习雷锋纪念日，看电影是主要的一项活动；三是3月份大中小学校开学要搞活动；四是该电影是第一次出现青年志愿者，引导准确会引起团中央的重视。"[59] 这些都是绝对中国本土化的市场需求。经过市场分析和论证，专业人员对剧作提出五点要求："1. 雷锋的死对中国观众是个谜，他们会有兴趣，所以必须在第一本就完成，把观众抓住；2. 拍一部纪实风格的电影，就是用电影'讲述老百姓自己的故事'，一定让观众相信这是一个真实的故事；3. 节奏一定要快，减少过场戏，组织好重场戏；4. 最后的高潮一定落在小红帽上，给观众一个希望，因为中国观众愿意看到满意的结局；5. 影片的长度控制在 100 分钟以内，以便影院可以一天放映 6 场。"然后，剧本在一个以第二年 3 月份影片必须上映的计划表安排下被规定了完成的时间。这是一次非常典型的中国特色的"主旋律市场"运作，而剧作过程只是这其中的一环罢了。

  主旋律电影除了伦理化的普遍倾向外，还普遍有做"大片"的倾向。历史题材和人物传记既是希望以"大"表现出气魄，也是希望以大场面、大特技的奇观效应吸引观众，比如《孔繁森》中的西藏地域和民族风情，比如《横空出世》的特技。此外更有一类创作是在迎合国家意识形态需求、获得资金和行政支持与保护的前提下，抱着做商业大片的志向，于是便出现了一批有"大片"姿态的"主旋律商业片"：《红樱桃》（1995，江奇涛、芦苇、叶大鹰、张黎编剧）、《红色恋人》（1998）、《红河谷》（1997，冯小宁编剧）、《黄河绝恋》（1998，冯小宁编剧）、《燃烧的港湾》（1998，周毅如编剧）、《东归英雄传》（1993，赵玉衡、塞夫、辛加坡、于承惠编剧）、《悲情布鲁克》（1995，柳城编剧）、《一代天骄——成吉思汗》（1998，冉平编剧）、《紧急迫降》（1997，郝建编剧）等。大片策略可算是主旋律的国家意识形态与大众娱乐需要相沟通的第二座桥梁，或者说搭上"主旋律"的便车也使得指向市场的娱乐片、类型片创作轻松很多。一些"主旋律"作品套用了类型片的剧作模式，比如《紧急迫降》对灾难片的尝试，《东归英雄传》和《悲情布鲁克》及它们之前的《骑士风云》，这一路下来初步构成了一个"马背动作片"的系列。《红河谷》和《黄河绝恋》对爱情片模式的套用在大场面的衬托下还是得到了不错的市场认可。还有一些影片比如《烈火金刚》（1990，江浩编剧）、《上海舞女》（1989）是在"十七年"经典叙事的模式上增加了更多娱乐化因素。

"主旋律"与商业化在实践的摸索中搭起了一座彼此沟通的桥。这也是历史的必然，电影作为一种文化产业，它必须遵循投入、产出的基本规律，以获取最大值的利润来实现并扩大自身的再生产。社会主义市场经济体制要求一种以市场为主导的电影观念与之相适应。在"高扬主旋律"的框架下写类型故事，中国革命、民族独立的浩瀚背景都被抽象为具有独特的中国标志的类型符号。"主旋律商业片"所具有的中国特色，却也正是类型片一般规律的产物，使社会主流的意识形态在宣泄的、娱乐的、想象的满足中潜移默化地被普遍接受并传播开来，这正是国家的主旋律要求与观众的娱乐要求同时被满足的便捷之路。

7.2.3 从陷落到突围的国际化

新时期电影的市场化之路包括通向国内市场的一面和通向国际市场的另一面。而进入20世纪90年代以后，无论是经济上还是文化上，"全球化"都已经是开放的中国随时随处都需要面对的一个不争的事实。国际资本一方面以高质量的电影产品影响着国内的市场需求，另一方面以他们的评奖、市场等左右着国内的一部分创作。在电影的市场化面前，中国电影人表现出"八仙过海，各显神通"的才能。20世纪90年代的突出现象是中国电影包括海峡两岸在世界各大电影节和艺术片市场上的大显神威，随之而生的是一种被称为"新民俗片"的创作集中出现，还有一个就是"第六代"及以后的新人创作的崛起。

"中国电影对于世界、西方的进军之旅，是以第五代、准确地说，是以张艺谋、陈凯歌的名字所命名的艺术电影为先导的。90年代，中国电影似乎在世界范围内经历着一次历史的奇遇，享有着一个个首尾相衔的盛筵。"[60]这场盛筵之始是1987年张艺谋凭《红高粱》从柏林电影节捧回了金熊奖，之后他在吴天明的《老井》中的演出又获得东京电影节的最佳男主角桂冠。1990年他的新作《菊豆》（刘恒改编自自著小说《伏羲伏羲》）入围威尼斯，虽未获奖，但影片同时入围奥斯卡奖评选，开中国电影角逐奥斯卡最佳外语片之先河。1991年他的《大红灯笼高高挂》（倪震根据苏童的小说《妻妾成群》改编）再度入围威尼斯电影节，获银狮奖，并再度入围奥斯卡。盛典之上一身黑色西装的张艺谋与一身银白色旗袍的巩俐展现了不同于张艺谋电影故事的"中国形象"。1992年，张的《秋菊打官司》（刘恒改编自陈源斌小说《万家诉讼》）又一次入围威尼斯，荣获金狮奖，主演巩俐继香港女演员张曼玉之后荣登影后之位。中国电影扬威欧洲电影节，当时张艺谋被戏称"拯救了威尼斯"。接着，谢飞的《香魂女》与台湾李安的《喜宴》并列得金熊奖。作为这一华彩乐章的高潮，是陈凯歌为香港汤臣公司制作的《霸王别姬》凯旋戛纳，获金棕榈奖。这一次，不仅是陈凯歌的"戛纳苦恋"终有善报，而且是陈凯歌"唤醒了戛纳"。继而，《霸王别姬》与《喜宴》同时入围奥斯卡。1994年张艺谋的《活着》在戛纳电影节的翘首期盼中入围，获评委会大奖，主演葛优登上影帝宝座。此间，女导演李少红的《血色清晨》和《四十不惑》、宁瀛的《找乐》、刘苗苗的《杂嘴子》相继在欧洲、亚洲电影节上参赛、获奖[61]。中国电影在世界电影之林呈现出一派前途无量、令人遐想的局面，它吸引了世界、西方对中国的热烈瞩目。张艺谋、陈凯歌的电影广告张贴在欧洲、美国各大名城的影院门口，甚至偏执、保守的好莱坞电影观众也因他们的名字而进入影院，以期一睹"浪漫的中国故事"。"张艺谋、陈凯歌成了'中国电影'、中国电影'主流'的指称，他们甚至在西方B级电影节上创造了一种'中国饥渴'。"[62]

在世界电影节上的凯旋为这些导演的创作带来了充足的资金和一定的国际市场。但是他们的创作在西方认可的视阈范围内被规定为一种"胜利模式"的再生产。再生产的叙事模式主要有两种：一种是在"铁屋子"的古老中国意象下展开的，关于人（主要是女人）的欲望、青春和生命遭摧残、被压抑，毁灭或是抗争的民族历史寓言；还有一种是在现当代中国政治文化史的斑斓布景前徐徐展开、娓娓道来的感人的情节剧。这两种模式之所以会被确定下来，是因为它们正符合西方视野所要求的将东方、中国"他者化"的原则。在这里中国的形象和中国的历史不是写实地描摹，而是被抽象化、被寓言化、被仪式化成一个迥异于西方的东方奇观，以其浓郁的异域情调为西方观众所接受。中国影片走向世界舞台，走进西方文化视野却必须以中国形象的"他者化""故事化"和与中国现实图景的隔绝为前提。而急于获得西方认可从而得到必要的资金和话语权的中国影人顺应这一视阈要求的再生产反过来又巩固了西方评委和西方观众的这种期待。张艺谋再生产了《活着》

（1994，芦苇根据余华的同名小说改编）、《摇啊摇，摇到外婆桥》（1996，毕飞宇编剧），陈凯歌再生产了《风月》（1996，陈凯歌、王安忆编剧）。他们的楷模作用又使得这种"再生产"成为一种普遍的追求。于是《黄河谣》（1989，芦苇、朱晓平编剧）、《心香》（1992，苗月、孙周编剧）、《五魁》（1993，杨争光编剧）、《杏花三月天》（1993，石零编剧）、《炮打双灯》（1994，大鹰编剧）、《二嫫》（1994，郎云编剧）、《红粉》（1995，李少红、倪震编剧）、《桃花满天红》（1996，张锐、芦苇编剧）、《砚床》（1996，程鹰、邓烨、林黎胜编剧）、《秦颂》（1996，芦苇编剧）等对西方关注敞开期待之心的剧作一时涌现，形成了一种被称之为"新民俗片"的类型化创作，并且一直影响到以后乡土题材和历史题材的创作。

漫漫黄沙地、幽幽大宅院、小桥流水、江南人家、古老的四合院……形成了这类剧作的场景系列；京剧、皮影、美食玩意、婚丧嫁娶、风俗礼仪……假民俗，真民俗，各种经过浪漫加工或者夸张强调的民俗展示成为重要的铺陈段落；乱伦、偷情、窥视、复仇、红卫兵造反等罪与罚的故事是主要的情节模式；执拗不驯的女性、忍辱负重的男人以及专横残酷的家长构成它们的人物群像。这些构成了这类剧作可以被辨认出来的一个类型化的能指系统。它们总的特点是叠影出一个"乡土中国""封闭的古老中国"的意象，回避城市，回避当代的现实背景。这与娱乐片的剧作努力要展示出一个时尚的现代化都市，甚至是国际化景象的取向刚好是相反的。这种差异也正对应了两类剧作所针对市场的不同。

"新民俗片"和另外一些在国际电影节获奖的影片在国际上声誉日隆的同时，在国内市场上收获的却是冷淡。"除却1992年底《秋菊打官司》赢得了官方、民间的一阵齐声喝彩；《霸王别姬》因张国荣的明星效应，因放映又停影唤起的城市青年的'禁片'热情之外，大部分得奖影片，除了片刻间成为圈内话题，在国内所收获的只是别具意味的缄默，甚或质疑。"[63] 这也促使它们更加迎合那个市场的需要，而在无意识中把这种创作格式化。另一方面这类影片在世界影坛上的成功也确实使得它们的经验成为一种权威模式，在国内的创作中造成广泛的影响力。首先，这类剧作对民俗、对乡土生活气息、对执拗农民形象的生动描摹，在几乎所有事关"乡土中国"的剧作中都有所沿袭。一部《秋菊打官司》之后，出现了《二嫫》《九香》《喜莲》，甚至《被告山杠爷》在故事模式和人物设置上都可见其亲近性。而《红河谷》《东归英雄传》等明显突出了民俗风情的娱乐性。事实上这些在西方视野中被"他者化"的中国民俗展示，除了负载一种文化意义外，对西方市场的观众而言更多的也正是一种娱乐元素。所以这些因张艺谋和陈凯歌的片子被指认下来的艺术片的叙事策略不仅与乡村题材的"主旋律"有天然的亲近关系，也为娱乐片提炼出一种类型符号，使它的叙事策略自然地与娱乐挂上了钩。事实的发展也显示，到20世纪90年代末以后，这类剧作在国际市场的逐渐衰落使它回过头来针对国内市场时，很自然地就与"主旋律"或市民戏剧的娱乐片结合，而出现了《有话好好说》（1997，述平编剧）、《一个都不能少》（1999，施祥生编剧）、《我的父亲母亲》（1999，鲍十编剧）、《红西服》（1998）、《漂亮妈妈》（1999，刘恒编剧）、《说出你的秘密》（1998，思芜编剧）、《谁说我不在乎》（1999，黄欣、李唯编剧）、《和你在一起》（2002，陈凯歌、薛晓路编剧）等在国内影坛也出现过一片叫好声的影片。

在"第五代"国际化艺术片类型的剧作中，电影剧作与当代小说创作的关系比较密切。不仅很多当代小说家的作品被改编成张艺谋的电影，小说家参与他的电影的编剧工作，而且他们也因与电影结缘而大大提高了知名度。1993年的一个文学奇观是影视剧写作或改编将中国文坛重要作家一网打尽。这里面作家做专职的电影编剧，比较突出的是刘恒。他从1989年改编自己的小说《黑的雪》为电影《本命年》开始，曾为90年代许多重要影片执笔：1990年的《菊豆》、1992年的《秋菊打官司》、1993年的《四十不惑》、1995年的《西楚霸王》、1998年的《没事偷着乐》、1999年的《漂亮妈妈》等。

另外一类走国际艺术市场，受到西方视阈影响和一定资金支持的剧作是以张元、王小帅为代表的"第六代"及其周边或以后的新人创作。这一类剧作大多数是编导合一，导演就是编剧。这一批剧作主要有1990年秦燕编剧的《妈妈》、1993年唐大年编剧的《北京杂种》、1993年王小帅的《冬春的日子》、王小波编剧的《东宫西宫》、何建军的《悬恋》和《邮差》、1997年顾峥与贾樟柯编剧的《小武》等自筹资金、独立制作的影片创作。这类剧作虽然在西方的视阈中也受到一种"他者化"的误读，但相比前一阶段"民俗化"的策略，创作者本身却是力图从一个个体化的视野，就某一些局部来反映个体或国家真实的状态和真实的体验。

"第六代"的创作还包括1994年管虎的《头发乱了》（管虎编剧），胡雪杨1992年的《留守女士》（张献、余云编剧）、1994年的《湮没的青春》和1995年的《牵牛花》（胡雪杨编剧），1994年娄烨的《周末情人》（徐勤编剧）、《危情少女》（陶玲芬、武珍年、宋继高编剧），路学长1996年的《长大成人》（路学长编剧）和1999年的《非常夏日》（路学长编剧），1996年李欣的《城市爱情》等由国家制片厂投资制作的影片。"第六代"编剧的剧作总体上显出与前辈截然不同的观念、思路和情调。他们普遍都是在城市的背景上开始叙事，带着很强的自传色彩，关注个体生命体验和生命状况，关注社会现状，叙事视点是个人化的，主人公往往就是一个人或两个人，情节简单，注重人物内心思绪，他们的叙事是一种倾诉性很强的自我表达。这也是新人剧作的共同倾向。新人创作还包括《阳光灿烂的日子》（1995，姜文根据王朔小说《动物凶猛》改编）、《网络时代的爱情》、《爱情麻辣烫》、《昨天》（张杨编剧）等。

最后还要提到一些无法按照市场划分到以上的主要类别，但值得关注的剧作：《西行囚车》（1990）、《赌命汉》（1990）、《北京，你早》（1990，唐大年编剧）、《假女真情》（1990，房友良编剧）、《特区打工妹》（1990）、《月随人归》（1990，吴贻弓编剧）、《阙里人家》（1992，周梅森编剧）、《清凉寺钟声》（1994，李澈、李准编剧）、《我的九月》（1990，杜小鸥、罗辰生编剧）、《过年》（1991，姜一编剧）、《独身女人》、《在那遥远的地方》（1992，王石、李桦、余仲蔚、梁宗柱编剧）、《民警故事》（1994，宁瀛编剧）、《找乐》（1992，宁岱、宁瀛编剧）、《香香闹油坊》（1994）、《红尘》（1995，霍达编剧）、《巫山云雨》（1996，朱文编剧）、《赢家》（1996，思芜编剧）、《埋伏》（1997，孙毅安编剧）、《变脸》（1997，魏明伦编剧）、《太阳火》（1997）、《伴你到黎明》（1997，孟朱、张欣编剧）、《安居》（1998，马卫军编剧）、《朗朗的星空》（1998，刘一兵编剧）、《那山那人那狗》（1999，思芜编剧）等。新时期后半段在"八仙过海，各显神通"的市场化局势下，剧本创作呈现多元分化的态势，每一种力量都在寻找与自己对应的市场定位。新兴的编剧力量以个体化视点、敏锐的都市感觉给中国电影剧作带来一股清新的气息，并影响到将来。

7.2.4 从做大到做强的向往

中国成功加入世界贸易组织刺激中国社会走上全面市场化阶段，中国电影的改革力度也在步步加强。2003年9月广电总局通过《电影制片、发行、放映经营资格准入暂行规定》，广泛鼓励境内的非电影界资金、非国有资金在符合规定的情况下积极投资制片、发行、电影技术改造等电影产业各领域，允许外资公司参股经营电影技术公司。"民营影业公司的准入、院线制的形成和发展以及逐渐成熟的电影市场环境，使部分创作者的创作心态摆脱了焦虑浮躁之气，并对类型片本身拥有了比较明确的自觉意识"。类型片意识同样越来越多运用到主旋律电影的写作中，使主旋律电影的类型框架突破了"伦理剧""史诗历史剧"的传统依靠，结合军事题材做更多的动作和视效结合。艺术片这个阶段"墙外开花，墙内飘香"的局面要等到以中国电影资料馆牵头的全国艺术电影放映联盟建立以及民间点映活动蔚然成风的2017年才有所好转。

21世纪以来市场影响大、票房高的主要电影类型有武侠片、喜剧片、警匪片、奇幻动作片、神怪动作片和主旋律大片。新世纪武侠片的再度崛起受两件事情的激励：一是李安导演的《卧虎藏龙》获得73届奥斯卡最佳外语片奖等四项奖并得到北美票房的认可；二是3D技术兴起将武侠电影带入商业新视界，在2008年之前几乎主导市场。

追随《卧虎藏龙》的成功，由银都机构、香港精英娱乐有限公司和北京新画面影业公司联合出品的《英雄》（编剧李冯、王斌、张艺谋）采用分段式多视角叙事，把传统线性推进的武侠叙事一变而为块状的空间组合。无名（李连杰扮演）追索亲王性命、追问"侠义"精神本质的过程转变为他与长空、残剑、秦王交战或交谈的空间呈现。剧作结构全面适应了视觉时代的奇观电影需求。在电影主题探讨方面也有反武侠片惯例的追求，主张超越道德、支持秦王统治，跟观众的观影期待产生一定的落差。张艺谋、王斌、李冯三人在《英雄》之后又创作了《十面埋伏》，市场反响和观影争议同样强烈。新世纪武侠电影还包括《天地英雄》《大兵小将》《神话》《七剑》《新少林寺》《四大名捕》《满城尽带黄金甲》《无极》《夜宴》《锦衣卫》《血滴子》《蜀山剑》《剑雨》《道士下山》《一代宗师》《刺客聂隐娘》《危城》《师父》

《箭士柳白猿》《刀见笑》《绣春刀》等，以及运用3D技术拍摄的《龙门飞甲》《神都龙王》《狄仁杰之通天帝国》《四大名捕2》《卧虎藏龙2：青冥宝剑》《魔侠传之唐吉可德》《白发魔女传之明月天国》《太极》等。武侠电影出品众多，剧作为人诟病的也不在少数。有论者指出其"对历史价值深度追求的放逐和对侠义精神深层叩问的放弃"，并分析认为全球化资本投入以及对全球电影市场的向往正是武侠片远离民族文化记忆和历史想象、失去中国味和侠义味的一个原因，"对武侠电影来说，全球化的深入、跨国资本的注入、普世价值观的强行渗透，不仅在上游改变着武侠电影的资本构成，为电影创作提供新的创作方向和审美原则，同时也将会取消武侠作为中国传统文化的某些类型性和民族性特征，甚至为了顺利进军国际市场，消减西方视野对中国历史的隔膜感，武侠文化中积淀最深的历史感也势必会随之消减乃至改写"。

喜剧片也是新世纪商业电影的支柱类型。它的风靡由20世纪90年代末以贺岁片形态出现的冯小刚市民喜剧延续而来。后依次出现《疯狂的石头》开拓的黑色喜剧、由《泰囧》开启的动作喜剧"囧系列"、由《夏洛特烦恼》开启的充满"开心麻花"嬉闹精神的喜剧以及《唐人街探案》系列的探案悬疑喜剧和大鹏的小人物励志成长喜剧。冯式喜剧的文化精神与王朔小说一脉相承，以90年代《编辑部的故事》《爱你没商量》等情景剧创作为基础，突显"京派文化"的语言优势。从《甲方乙方》到《没完没了》的三部曲情感表达均较为温和，戏谑中留有温情。至《大腕》显现出浓烈的黑色幽默元素。到2003年《手机》时则从惯常的小人物视角转向中产阶级视角，增加丰富的时尚元素和都市化、国际化生活体验与展示，这种基调一直延续至2008年底上映的《非诚勿扰》及其续集。至《我不是潘金莲》要重拾小人物视角和口吻，试图从无力小人物的角度展开对现实政治文化的反诘，却受人质疑其真诚。总的来说，冯氏喜剧都是语言见长的。而比冯小刚和刘震云年轻一代的创作者奉献出来的喜剧，无论基调偏向黑色还是偏向嬉闹，无论类型模式上整合了公路片还是夺宝片或悬疑破案片、歌舞片，其表现形态上都把动作元素大大加强，喜剧段落往往与追杀、逃亡、盗宝、表演等动作段落结合起来，满足快速变化的视觉节奏，产生陡然跌落的爆笑效果，从《疯狂的石头》、《疯狂的赛车》、《泰囧》、《港囧》到《唐人街探案》系列、《夏洛特烦恼》、《羞羞的铁拳》、《情圣》，再到董成鹏创作的《煎饼侠》和《缝纫机乐队》，概莫如此。区别于冯氏喜剧的一个葛优挑大梁，这些年轻一辈的喜剧作品往往设置对偶或成组的喜剧人物，在人物性格或体态举止的强烈对比中产生喜剧效果。这批喜剧电影也推出了束焕、于淼、李潇等新一辈编剧。

这一时期的警匪片，成绩突出的是内地与香港合拍，多由香港电影人主创，从《无间道》系列到《毒战》《铁三角》《导火线》《门徒》《天堂口》等。内地创作中第一个引人瞩目的警察形象来自2002年陆川编剧的《寻枪》。西部山区小镇的警察马山喝醉酒、被人偷了配枪。他像一头焦虑的野兽被围困在个人的欲望、生活的烦恼和失衡社会的重重矛盾与杀机中。为找回配枪，也是为了维持在传统社会秩序中摇摇欲坠岌岌可危的身份和自尊，他疲惫地四处奔突，最后以献身的方式找到了解脱。这是一部反类型的警匪片。2008年，号称内地首部喜剧警匪片的《硬汉》应运而出，良好的市场反响让它后来又推出续集。将喜剧元素融入警匪片在内地创作中是少数。突出硬汉元素的还有《五颗子弹》、西部警匪片《西风烈》。还有许多电影如曹保平的创作《李米的猜想》、《烈日灼心》和《追凶者也》一样不属于警匪片，而是在悬疑片中融入一定量的警匪元素。同样侧重悬疑和犯罪的还有刁亦男编剧的《白日焰火》。《天下无贼》则改警匪斗争为义贼与恶贼的斗争，警察居于次要位置。他们不仅在悬疑性和动作性的设置上力求饱满、风格化，也都在人性表达上尝试推进。"相比此前的内地警匪片，新世纪以来的内地警匪片开始更加注重人物塑造，在核心价值的表述上从集体神话叙事转变为个人神话叙事，叙事角度由宏大叙事发展到平民视角，在电影形式上完成了由写实到风格化的转变。"论者的这些总结在2016年具有主旋律色彩的警匪片《湄公河行动》上同样适用。

与警匪片的审美特性有相当接近性，主题同样指向犯罪的是黑帮片和悬疑片。国内几乎没有黑帮片，但在悬疑片的框架下必然会涉及人心之罪和现实的违法犯罪。这方面，宁浩的创作《疯狂的石头》《无人区》都具有开拓性。悬疑片也是年轻观众尤为关注的一个类型，近年受到瞩目的有忻钰坤编剧的《心迷宫》《暴裂无声》、徐伟编剧的《冰河追凶》、董越编剧的《暴雪将至》等。另外《催眠大师》和《记忆大师》还尝试引入心理学原理作为戏剧驱动。

在商业片明确类型意识，强调视觉化和动作化的同时，主旋律电影也在积极吸纳商业片的这些经验。如果说八九十年代的主旋律电影主要以"伦理故事"感染人，以史诗风格震撼人，那么新世纪的主旋律电影则将伦理化的人物转为个性化、英雄化，与此同时极力突出明星化、动作化、景观化、制作高科技化的特性。具有标志性意义的有这样几部创作，2002年的《冲出亚马逊》、2006年的《云水谣》、2009年的《建国大业》和2017年的《战狼2》。《冲出亚马逊》第一次表现中国军人的海外受训，在国际化的社会生活场景中凸显中国形象，给国人一片新鲜的银幕世界。题材创新的同时，剧情相对简单，中国军人形象的塑造突出个性化表现。这部影片为十几年后《战狼2》的爆红，《空天猎》《红海行动》等军事动作片的横空出世，可以说做了开山辟路的贡献。不过由于承担着国家、民族符号和爱国强国、和平崛起的价值观传达，这类电影在战争观、国家意识等方面的表达是受限定的。目前看来，虽然剧情往往触及国际背景，但剧作上不便涉及太多国际政治，相关话题也就不能深入探讨，剧作上的模式化已显出疲态。

"2006年上映的影片《云水谣》作为一部主旋律题材影片，取景考究、画面唯美，并将陈坤、徐若瑄等当红明星作为影片主演，用商业化形态包装政治话语的讲述，将台海两岸复杂的政治情愫交织在跨越时空的动人旷世爱情之中，让观众欣然沉浸其中，赢得了观众良好口碑的同时收获了不错的票房收益，使主流意识形态获得了商业价值和观众认同。"由张克辉、刘恒编剧的《云水谣》是主旋律电影中难得一见的爱情史诗片，它既遥遥呼应自《一江春水向东流》以来的政治伦理剧传统，又吸纳了新世纪电视剧创作领域中年代剧和爱情剧的经验，还结合了时代电影要求的时尚化、唯美化和奇观化。

作为庆祝中华人民共和国成立六十周年的献礼作品，《建国大业》既延续了主旋律电影向来的名门正派气质，采用重大历史题材、创作人物众多调度复杂的大场面、表现俯瞰历史的大气魄和凝重感，作为1989年《开国大典》的升级版，更是动用了172人的全明星阵容和多媒体全方位的营销。影片的剧作类型是内地电影的一个强项，既是对历史做出高度概括的政治史诗片，也有学者将其概括为"文献历史片"，这一路的发展可上溯到1980年代的《西安事变》《周恩来》《开天辟地》《开国大典》等。但从《建国大业》到《建军大业》的一路操作确实又突显出与以往不同的明星化和消费化，因此有学者把它概括为"贺节片"（也可称群星贺节片），是一种故事内容与重要节庆活动相契合并一般在此节庆活动期间上映的影片，《建国大业》和《建党伟业》先后作为这类贺节片的开拓之作和突出代表。

在艺术片创作方面，压抑封闭的古中国故事转而为青春记忆、个人挣扎、工业反思、都市体验等新故事所替代。由第六代开创的个人化历史视角和叙事视角延续至从70后到90后的每一辈创作者中，不过那些与主流历史观差异太大的个人历史表述也会引发集体焦虑和争议，比如《鬼子来了》《南京！南京！》。大量艺术片创作题材是对当下中国现实的观察，关注社会转型带来的人性迷失和裂变，记录环境和文化的变迁，检视过去，警示当下，难能可贵地补上被商业片所压抑的现实观照。

第六代创作中以王小帅为最有持续性，在新世纪创作了《十七岁的单车》《二弟》《青红》《左右》《日照重庆》《我11》《闯入者》。这批电影以青年遭遇和心灵成长为重点关注对象，随着王小帅自身的年龄增长，视角也触及疲惫的中年人（《日照重庆》）和负罪的老年人（《闯入者》）。在他的历史视野中，个人似乎是难以逃脱历史牢笼的。70后对现实观照的创作中，贾樟柯电影是成就突出的，故事片方面主要有《三峡好人》《二十四城记》《天注定》《山河故人》。继早期个人青春史记和小城传奇后，这批电影把目光投向更广大的中国人群，艺术形式上尝试了分段式、纪录片与故事片形式的混用、侠客精神的现代演绎。

生活纪实、以小见大、淡化戏剧、描摹心灵差不多是艺术片剧作的基本形态。这种总体风格体现在男性创作中，也体现在女性创作中，体现在汉族创作中，也体现在藏族创作中。李睿珺编剧的《老驴头》《告诉他们我乘白鹤去了》《家在水草丰茂的地方》《路过未来》、万玛才旦编剧的《静静的嘛呢石》《寻找智美更登》《老马》《塔洛》和马俪文编剧的《我们俩》、李玉编剧的《红颜》《观音山》、陈建斌编剧的《一个勺子》、鹏飞和英泽编剧的《米花之味》、周子阳编剧的《老兽》概莫如此。但以上创作的表现手法也不仅限于纪实，也会根据地域文化或作者个性加入一定的主观化表现手法，以梦境、幻觉、宗教或神话情境增加一定的诗意和主观性。相比以上主流风格，无论是交织性与权力纠缠的《春风沉醉的夜晚》(编剧梅峰)、《浮城谜事》(编剧梅峰)，或充斥先锋精神的《让子弹飞》(编剧朱苏进、述平、姜文、郭俊立、危笑、李不空)、《太阳照样升起》、《路边野餐》(编剧毕赣)，以及意味独特的《村戏》《不成问题的问题》倒是别有风格的少数。

（唐佳琳）

注　释：

1　"1977年生产故事片18部，1978年生产故事片40多部，产量很快赶上'文革'前60年代初的水平"。数据见舒晓鸣：《中国电影艺术史教程》，中国电影出版社1996年6月第1版，第159页。

2　同上。

3　参见舒晓鸣：《中国电影艺术史教程》，第259—260页。

4　罗艺军主编：《中国电影理论文选（1920—1989）》（下册），文化艺术出版社1992年第1版，第9页。

5　黄健中：《〈小花〉：美就是性格与表现》，转引自丁亚平主编《1897—2001百年中国电影理论文选》（下册），2003年8月版，第50页。

6　杨延晋：《学习与探索》，《电影导演的探索》第1集，转引自罗艺军主编《中国电影理论文选（1920—1989）》（下册），第457页。

7　郑洞天：《仅仅七年——1979到1986中青年导演探索回顾》，转引自罗艺军主编《中国电影理论文选（1920—1989）》（下册），第458页。

8　郑洞天：《仅仅七年——1979到1986中青年导演探索回顾》，转引自罗艺军主编《中国电影理论文选（1920—1989）》（下册），第457页。

9　远婴：《现代性、文化批评和中国电影理论——八九十年代电影理论发展主潮》，《电影艺术》1999年第1期，第18页。

10　张骏祥：《用电影表现手段完成的文学——在一次导演总结会议上的发言》，转引自罗艺军主编《中国电影理论文选（1920—1989）》（下册），第37页。

11　远婴：《现代性、文化批评和中国电影理论——八九十年代电影理论发展主潮》，《电影艺术》1999年第1期，第18页。

12　郑雪来：《电影文学与电影特性问题——兼与张骏祥同志商榷》，转引自罗艺军主编《中国电影理论文选（1920—1989）》（下册），第56页、59页。

13　远婴：《现代性、文化批评和中国电影理论——八九十年代电影理论发展主潮》，《电影艺术》1999年第1期，第18页。

14　同上。

15　80年代金鸡奖最佳编剧：1981年叶楠《巴山夜雨》，1982年张弦《被爱情遗忘的角落》，1985年李准、李存葆《高山下的花环》，1986年曹禺、万方《日出》，1987年田军利、费林军《血战台儿庄》，1988年黄蜀芹、李子羽、宋国勋《人·鬼·情》，1989年张天民、张笑天、刘星、郭晨《开国大典》。

16 资料详见北京电影学院院志编辑委员会编：《北京电影学院志（1950—1995）》，2000年9月第1版，第281—282页。1976年编导进修班（1978年毕业），1978年编剧进修班（1979年毕业），1980年编剧进修班（1981年毕业），1982年编剧进修班（1983年毕业）。

17 同上书，第284—286页。

18 仲呈祥、饶曙光：《文化反思中的新时期电影创作》，转引自罗艺军主编《中国电影理论文选（1920—1989）》（下册），第432页。

19 同上书，第435页。

20 同上书，第435页。

21 同上书，第434页。

22 同上书，第437页。

23 同上书，第438页。

24 主要有张暖忻编剧的《李四光》（1979）、张暖忻编导的《沙鸥》（1981）和《青春祭》（1985）、韩小磊的《见习律师》（1982），颜学恕的《野山》（1985，与竹子合作改编自贾平凹《鸡窝洼的人家》），张泽鸣的《绝响》（1985），滕文骥的《生活的颤音》（1979），《锅碗瓢盆交响曲》（1983，根据蒋子龙同名小说改编）和《棋王》（1988，根据阿城同名小说改编，与人合作），史蜀君的《失踪的女中学生》（1985），《夏日的期待》（1988，与人合作），黄蜀芹的《人·鬼·情》，陆小雅的《红衣少女》，成荫的《西安事变》（1981，与郑重合作），翟俊杰的《共和国不会忘记》（1988，与田军利合作），陈凯歌的《孩子王》（1987，与阿城合作），谢晋的《芙蓉镇》（1986，与古华合作改编古华同名小说），凌子风和王炎的《许茂和他的女儿们》（1981），谢铁骊的《包氏父子》（1983）、《清水湾，淡水湾》，桑弧的《子夜》，孙道临的《雷雨》，米家山的《顽主》（1988，与王朔合作改编王朔同名小说），张子恩的《神鞭》，徐耿的《豆蔻年华》，黄军的《童年在瑞金》等等。

25 被改编的作品主要有鲁迅的《药》（1981，肖尹宪、吕绍连改编）、《阿Q正传》（1981，陈白尘改编，岑范导演）、《伤逝》（1981，水华导演），老舍的《骆驼祥子》（1982，凌子风改编并导演）、《月牙儿》（1986，霍庄、张帆、王志安改编，刑丹、徐晓星、霍庄导演），曹禺的《原野》（1981，凌子、吉思改编）、《雷雨》（1984，孙道临改编并导演）、《日出》（1985，曹禺、万方改编，于本正导演），巴金的《寒夜》（1981，林洪桐、阙文改编），茅盾的《子夜》（1981，桑弧改编并导演），沈从文的《萧萧》（1986，张弦改编为《湘女萧萧》，谢飞导演）、《边城》（1984，姚云、李隽培改编，凌子风导演），许地山的《春桃》（1988，凌子风导演），张天翼的《包氏父子》（1983，谢铁骊改编并导演）。

26 黄健中：《〈小花〉：美就是性格与表现》，转引自丁亚平主编《1897—2001百年中国电影理论文选》（下册），2003年8月版，第52页。

27 张艺谋、罗雪莹：《赞颂生命崇尚创造——〈红高粱〉的创作体会》，转引自丁亚平主编《百年中国电影理论文学》（下册），第268页。

28 陈立德写有《吉鸿昌》《飞行交响乐》等，李宽定写有《山雀儿》《良家妇女》等，李玲修写有《心灵深处》《赤橙黄绿青蓝紫》《花园街五号》等，梁星明写有《都市里的村庄》（与秦培春合作）、《快乐的单身汉》（与杨时文合作）等，芦苇写有《黄河谣》等，马中骏写有《海滩》（与秦培春合作）、《街上流行红裙子》等，秦培春写有《海滩》（合作）、《都市里的村庄》（合作）、《城市假面舞会》（与崔京生合作）等，宋国勋写有《法庭内外》等，王培公写有《鸳鸯楼》《傻冒经理》等，王兴东、王浙滨合作了《飞来的仙鹤》《鸽子迷的奇遇》等，严婷婷写有《苗苗》（与康丽雯合作）、《应声阿哥》（与王君正合作）等，姚云写有《潜网》（与武珍年合作）、《为什么生我》、《小刺猬奏鸣曲》、《四个小伙伴》（与唐俊华合作）、《谁是第三者》等，张笑天写有《末代皇后》、《开国大典》（与人合作）等。

29 舒晓鸣：《中国电影艺术史教程》，第251页。

30 观点参见饶曙光：《论新时期后10年电影思潮的演进》，转引自郦苏元、胡克、杨远婴主编《新中国电影50年》，北京广播学院出版社2000年12月第1版，第305页。

31 同上书，第310页。

32 资料参见饶曙光：《论新时期后10年电影思潮的演进》，转引自郦苏元、胡克、杨远婴主编《新中国电影50年》，第310页。

33 戴锦华：《梅雨时节——1993—1994年的中国电影与文化》，2001年8月31日，发布于"银海"网。

34 贾磊磊：《皈依与禁忌：娱乐片的双重选择》，转引自罗艺军主编《中国电影理论文选（1920—1989）》（下册），第135页。

35 同上。

36 远婴：《现代性、文化批评和中国电影理论——八九十年代电影理论发展主潮》，《电影艺术》1999年第1期，第18页。

37 贾磊磊：《皈依与禁忌：娱乐片的双重选择》，转引自罗艺军主编《中国电影理论文选（1920—1989）》（下册），第139页。

38 在理论界的积极推动下，更多因艺术片而驰名的导演也都纷纷涉足娱乐片领域，如吴贻弓的《少爷的磨难》（1987）、黄蜀芹的《超国界行动》（1988）、张艺谋的《代号美洲豹》等等，但是作品的水平和效果与他们其他熟稔的创作无法同日而语。

39 贾磊磊：《皈依与禁忌：娱乐片的双重选择》，转引自罗艺军主编《中国电影理论文选（1920—1989）》（下册），第134页。

40 同上。

41 资料出自饶曙光：《论新时期后10年电影思潮的演进》，转引自郦苏元、胡克、杨远婴主编《新中国电影50年》，第320页。

42 资料和观点参见唐科：《1993—1997年：中国电影商业化阶段分析》，转引自蒲震元、杜寒风主编《电影理论：迈向21世纪》，北京广播学院2001年7月第1版，第507—511页。

43 同上。

44 同上。

45 同上。

46 资料出自郑洞天：《进入 WTO 以后的中国电影生存背景分析》，《电影艺术》2000 年第 2 期，第 5—6 页。

47 观点和资料参考胡克：《香港电影对大陆的影响（1976—1996）》，《电影艺术》1997 年第 4 期，第 5 页。

48 "在 90 年代初，大陆一些厂家如北京电影制片厂等不得不走上大规模合资拍片之路，开始是作为摆脱经济困难的权宜之计。因效益好而引起大陆许多厂家效仿，一发而不可收拾。政府部门只好制定指标，限定规模，合拍片被大陆厂家视为摆脱经济困难的法宝，而合拍伙伴主要是香港的电影公司。"

观点引自胡克：《香港电影对大陆的影响（1976—1996）》，《电影艺术》1997 年第 4 期，第 6 页。

49 同上。

50 同上。

51 数据见郑洞天：《进入 WTO 以后的中国电影生存背景分析》，《电影艺术》2000 年第 2 期，第 8 页。

52 尹鸿：《论 90 年代中国电影格局》，转引自郦苏元、胡克、杨远婴主编《新中国电影 50 年》，第 323—339 页。

53 获得 1997 年金鸡奖最佳编剧奖。

54 获得 1992 年金鸡奖最佳编剧奖。

55 尹鸿：《论 90 年代中国电影格局》，转引自郦苏元、胡克、杨远婴主编《新中国电影 50 年》，第 323—339 页。

56 获得 1993 年金鸡奖最佳编剧奖。

57 饶曙光：《论新时期后 10 年电影思潮的演进》，转引自郦苏元、胡克、杨远婴主编《新中国电影 50 年》，第 311 页。

58 同上。

59 王兴东：《用剧本向市场问路 让影片敲开市场之门》，《当代电影》1997 年第 4 期。

60 戴锦华：《梅雨时节——1993—1994 年的中国电影与文化》，2001 年 8 月 31 日，发布于"银海"网。

61 同上。

62 同上。

63 同上。

第八章

别样芬芳：香港、台湾、海外华人电影编剧史
（1913—2017）

港台电影作为中国电影必不可少的一部分,有着非常独特的风格和鲜明的地域特色。港台电影编剧因为当地政治制度、经济条件、生存空间、教育背景、成长环境和内地的不同而具有一些区别于内地电影编剧的剧作特色。

1913年,根据香港电影编剧黎北海创作的剧本《庄子试妻》拍摄的故事片,使香港电影得以发轫。到今天,香港地区共拍摄了电影万余部,几乎是内地和台湾电影产量的总和,按照人口比例计算,香港电影产量甚至居于世界首位。如果说好莱坞是世界电影之都的话,那么香港无疑是东方电影之都,这种辉煌与香港电影编剧的成就密不可分,香港电影编剧的创作特色因其殖民文化和商业金融贸易之都的背景而表现出很强的娱乐性和商业倾向。

在台湾,电影起步于1925年刘喜阳编导的剧情片《谁之过》,虽然起步比香港电影晚,但台湾电影文化更多是植根于中华传统文化基础上的,相对香港电影中的殖民文化而言,台湾电影吸引力更大,曾经在亚洲占据着很大的市场份额,而其特有的文化品位更成了不少台湾电影的标签,体现在剧作特色上,则是一种坚定的人文主义精神。

海外华人继承了中华民族博大的文化传统,国外的华人电影工作者,其镜头下绵延的依然是华人血脉中的精神世界,电影除作为艺术手段外,更成为中华思维方式情感交织的最好媒介。海外华人中涌现的电影编剧在其剧作特色上,一方面流露出其文化的漂泊性,另一方面更散发出了浓郁的异域风情。

毕竟中国电影诞生在内地,最初的辉煌也是在内地,内地电影相对于前面所述的三方电影是一种母与子的关系,三方面的电影剧作特征与内地电影，既有联系传承，又有交流互补，其精神气脉是相通的，同时三方电影创作也都有各自的独特性。

港台电影除了和内地电影具有同根性外，关键的电影变革时期所发生的时间段也有着很强的相似性。比如所谓的"新电影"时期，也就是香港学者林年同谈到的"第三个时期的中国电影"。林年同指出这个阶段是"1979年以后中国大陆、台湾、香港的电影"。他在文章中描述，"四人帮"虽然在1976年倒台，但是中国大陆的电影分期不应该定在那一年。1978年的《大河奔流》虽然是一部有影响的影片，但是它还未能摆脱"三突出"的创作理论，"文革"的影响仍然很明显；1979年沈浮编导的《曙光》，打破了银幕上习惯表现的手法，才具体解决了这个问题。香港和台湾的"新电影"可以远溯到1969年唐书璇编剧的《董夫人》，但是这种用现代电影概念创作的方法，要分别等到1979年和1982年才在这两个地区集中地表现出来。众所周知，内地第五代的开山之作《一个和八个》也是在1982年左右产生的。这也标志着内地迎来了电影的新浪潮[1]。

港台电影编剧创作不仅是中国电影不可或缺的一部分，而且也是颇为瑰丽的一部分，甚至散发着相当浓郁的奇诡色彩，这与内地电影是截然不同的。海外华人中的电影编剧以游子身份实际上也参与了中华电影文化的建设，对于中国电影史的建构做出了应有的贡献，这段历史理当包容在中国电影史当中。

8.1 独树一帜：香港电影编剧史（1913—2017）

香港电影最辉煌的年代如今已经过去，但世界各方影评人对香港电影所创造神话的研究热情并未减退。香港电影的神奇不仅在于仅800万人的城市拥有全球数一数二规模的电影王国，制作电影数量几乎超越所有西方国家，输出电影数量仅次于美国，还在于它能在现代娱乐工业的框架内创造出充满艺术性和独特匠心的优秀作品。

香港特殊的历史背景，注定了香港电影从诞生之日起就是多元体系，其价值取向也是多触角发展的，香港自由港的地理位置更是让大量香港电影早早就打上了商业文明的印记。电影在香港很早就被纳入了商业化流程的生产体系，相比内地电影"载道"的责任和台湾电影"艺术"的宣传，香港电影最大特点在于大众化与娱乐性。香港影人不断开发想象力、不断破格创新、不断提升大众电影的独特魅力，最终为全球电影文化贡献出最出色的创意和最大胆的艺术技巧。

20世纪八九十年代更多片方都遵循商业第一的原则，以致很多香港电影剧本是比较随意的。不少影片开拍时只有简略故事大纲。这些影片大都制作工期短、速度快，另外香港导演宁可把时间花在动作场面的设计上，也不愿花更多时间打磨剧本。相比之下，新浪潮中很多海归导演由于受过正统的电影教育，所以他们对剧本的认真度大大提高了。

在香港电影兴盛时期，电影剧本鲜有出自一人之手，大都是集体创作，开放式讨论，数名编剧各抒己见，再由一两名写手综合所有意见而成。这其实是编剧想象力的比拼，无怪乎这些影片中有一浪高过一浪的奇思、搞怪和机智。这种集体创作法也造成香港剧作的另一特点，紧密精妙、吸引人的重心在于一个个可以相对独立存在的惊人的场面与噱头上。编剧们为使高潮与高潮之间保持生动精彩，不管离题与否，一心制造层出不穷的笑料、追逐及打斗场面；叙事和情节往往只起到"晾衣绳"的作用，五彩缤纷的"奇观"晾挂上面，而晾挂方式可能是平铺直叙、草率马虎、甚至即兴凌乱的。

从早期影片《偷烧鸭》（1909）等片中就可以看出香港电影明显的商业质素，虽然同时期在香港也拍摄过大批诸如《胭脂》《铁骨兰心》等"劝善惩恶"的良心电影，但大众、商业电影创作一直是市场的绝对主流。香港电影剧作大致可归纳出如下三大特点：

类　型

广义地说，类型就是常规、公式、俗套，就是试过而成功的东西。这些为市场开了一道方便之门，令观众觉得亲切、熟悉，而编剧们又时刻不忘在其中加入新鲜奇异的创意，这就抵达了"类型"的核心与灵魂：熟悉与新鲜、常规与创意的结合。

香港的喜剧片、功夫片、警匪片、武侠片、神怪灵幻片、恐怖片、文艺言情片等皆是非常成熟、佳作不断的类型，香港还有亦很成熟、极具地域特色的次类型，如僵尸片、赌片等。港片编剧在明确的类型规范内运用想象力，默默改良传统方法，磨炼自己作为艺匠的纯熟技艺，这样却得到了想象力的极大发展和艺术形式的极大丰富。

20世纪80年代后，编剧们的类型意识不断增强。新浪潮编剧大都以更新既有类型作品起家，他们把传统形式重新做严谨及风格化的处理，达到类型中更深入的层次；为了满足更广泛的观众需求，香港影片越来越呈现"混合类型"态势，电影中开始夹杂进多种多样的商业元素，某一单纯的类型作品越来越少；各影片各类型间不断相互翻炒、模仿，意念循环再用，对同类型旧作致敬或颠覆、批判、嘲弄、谐仿。这些看似对类型电影的超越和颠覆，实质却是对类型更深刻的依赖和利用，是把类型潜能开掘到最大，是令观众最感亲切和新意的方式。可以说"类型"是香港电影编剧们屡试不爽的剧作方法。王晶在1989年创作了电影《赌神》，让赌片在影坛重放光辉。1990年暑期，刘镇伟立刻推出跟风之作《赌圣》，其中很多桥段和人物设定完全是《赌神》的番外篇，主演周星驰也凭借该片开始大红大紫。王晶没有埋怨刘镇伟沿袭自己的创意，而是在1990年底以同样班底和更快的速度推出了《赌侠》，其故事完全是《赌圣》的续集，这种"反致敬"体现了香港影坛赚钱第一的终极追求，虽然略显实用主义，但也可以看出香港剧作人的高效与务实。

地　域

香港电影剧作的地域特色分三个层次，即地域文化、地域现实和地域口味。

地域文化。20世纪80年代以前的电影创作较多利用传统文学和戏剧资源：早期的粤语电影大都来源于粤语戏曲，李翰祥的风月宫闱片也大都取材自文学及民间故事，而此后大量的侦探、武侠、鬼怪电影，有不少也来源于中国戏曲、传说神话等等；金庸、古龙、梁羽生这些港产武侠作家的作品在所有华人地区深入人心，以此催生出张彻、楚原为代表的武侠片风潮，成龙的功夫喜剧片，以及吴宇森的英雄电影等等。香港编剧们的地域立场使香港电影能够始终站在大众一方，对本土电影文化的利用开掘、重装怀旧也是有目共睹的。

例如刘镇伟的《92黑玫瑰对黑玫瑰》是对60年代楚原"黑玫瑰"电影的戏仿和再创造。2004年韦家辉的《鬼马狂想曲》亦是对许冠文1974年《鬼马双星》时代的致敬。

地域现实。编剧们尽可能把本土现实搬上银幕，以期与观众产生共鸣。大到经济起飞、中英谈判、移民浪潮、亚洲金融风暴，小到各种体现时代特色的时兴事物，百姓关心的民生实事，内地香港两地各种差别。在剧作上用最娱乐最贴近观众的方式来展现。

比如许冠文70年代到80年代的《半斤八两》《鸡同鸭讲》《合家欢》；90年代张坚庭的"表姐系列"；新世纪前后，王晶编剧的一系列赌片等为代表作品。

地域口味。阳春白雪让道市民文化，本地中低层观众的审美影响着创作的主流。各种笑料俚语、八卦丑闻以及畅销连环画大量被运用。比如80年代僵尸片的流行，90年代周星驰"无厘头"电影的大行其道，古惑仔电影的兴起以及情色电影亚文化的现象。

官能快感

香港电影追求直接过瘾的感官刺激和身体反应的电影感；追求清晰动感，直接震撼的画面快感；沉迷于人体的极端状态，对情感多采取强烈的贩卖式表达，力求让观众又哭又笑，而不求精致含蓄；癫狂暴力、不讲分寸、至情至性、大胆无忌。

从张彻的残肢独臂，盘肠大战，五马分尸到成龙的飞车特技，一夫当关；从王晶的屎尿屁笑料到周星驰的无厘头癫狂；从邱刚健《爱奴》的出位大胆、方令正《唐朝豪放女》的惊艳世俗乃至王晶《玉蒲团》的香艳肉欲。无不强调着快感的重要和不可或缺。直接诉诸官能的快感效应在香港电影中被无尽放大，更直接催生出邪典电影这一亚文化类型。在华语电影圈中，邪典电影更是香港影坛所独有的。从邵氏导演桂治洪的《香港奇案》系列、《邪》系列；牟敦芾的《碟仙》《打蛇》、蓝乃才的《力王》到90年代邱礼涛的《人肉叉烧包》《伊波拉病毒》以至2014年麦浚龙的《僵尸》等，都有着清晰可辨的脉络线索。

香港电影编剧史的时间线索

香港影评人李焯桃曾将香港电影分为几个阶段：1946—1970年是古典阶段；1971—1978年是过渡阶段；1979年是现代阶段的开端，至20世纪80年代末为第三阶段；80年代末以后为第四阶段。笔者趋向认同这种分类方法。但2003年香港签署CEPA(内地与香港关于建立更紧密经贸关系的安排)之后，香港电影与内地合作更加紧密，大批香港本土编导开始北上发展。香港电影在融合与坚守中，又经历了种种困境与迷思。这应该是香港电影的第五个阶段。

8.1.1 萌芽（1946—1970）

这一时期被称为"古典"阶段，主要是模仿好莱坞与日本模式的片场制作。香港在"二战"后由于资金、人力、政策、地理位置及与西方关系等方面的优势而取代上海成为发展区域性电影的有力阵地，占尽得天独厚的商机，影片畅销亚太各地区。这时期香港的主流电影主要有粤语戏曲片，20世纪50年代的社会写实片，60年代的歌舞、喜剧与文艺片及60年代后才开始的国语武侠片等。

早期的香港电影创作与内地一直有着紧密的关系，从1931年大罢工后摄制的首部电影《左慈戏曹》开始。1933年中华声默影片公司摄制了第一部局部有声片《良心》，同年香港也完成了首部完全有声片《傻仔洞房》。1935年抗日怒潮涌起，抗日电影《生命线》却被禁映。战后大批内地电影工作者南下，在香港设立"大中华""永华""长城"等公司，与本地人合作，加速了香港电影业的发展。

1949年，陈残云创作了经典影片《珠江泪》，并以剧本形式发表，这是香港电影史上第一部真正意义上的电影文学作品，开创了港片编剧历史新的篇章。这个时期，香港电影界的主力都是从上海南迁的电影人，他们当中有些人在内地时已经开始从事电影编剧工作，比如朱石麟、张爱玲等人，有些编剧是从作家的身份转行过来的。由粤剧改编成电影的数量比较多，师从广州南海十三郎的唐涤生，日后成了香港著名的粤语片编剧。除了唐涤生、陶秦、周然、易方、黄域等人以外，一般作家担任编剧只是偶尔为之。像编写过《应召女郎》《广岛二十八》《佩诗》等名剧本的女作家孟君，以及苏怡、侣伦、司马文森、倪匡、张爱玲这样亲自编剧的作家并不多见。这个现象与当时香港电影编剧地位低下不无关系。这一时期其他著名编剧还有宋淇、秦亦孚、姚克、汪榴照等。

该时期的剧作特征有：1."大中国题材"，由于影人多是上海南来，香港地域意识还未形成，因此，还是在大中国的背景下创作；2."儒家传统"，许多南来的编剧，如朱石麟、张爱玲等人，在创作上继承了二十世纪三四十年代家庭伦理电影的传统，对儒家思想的贯彻和坚持很是明显；3."不自觉的类型意识"，虽说二十世纪二三十年代即有类型传统，但那只是根据市场需求跟风打造题材、内容相似的影片，谈不上类型意识，到了五六十年代的香港，已经有了一些自己的有别于好莱坞的类型、成规与公式，形成了粤语戏曲片、喜剧片、通俗剧等有香港特色的类型片种，编导者初步具备了类型意识，但还没达到把类型潜能尽力开掘，对类型进行混合、颠覆、谐仿的自觉高度。

粤剧影片的兴盛期

香港的20世纪50年代首先是粤剧影片的盛产期，粤剧电影分为几类，包括把粤剧艺术和电影艺术结合起来的"粤剧戏曲片"；把舞台上的粤剧直接记录下来的"粤剧纪录片"；把粤剧改为时装演出，依然唱粤曲，而做工是生活化演出的"粤剧故事片"等等。这类影片充满了地域特色，深受大众欢迎。1952年吴楚帆、白燕等二十一位电影工作者组成中联公司，专注制作娱乐性与教育性并重的电影。1955年著名导演秦剑创办光艺公司，以制作文艺爱情片为主。胡鹏于1949年编导了《黄飞鸿传》，该系列续拍了六十多部，是世界上最长寿的系列电影。任剑辉、白雪仙主演的粤语戏曲片《帝女花》《紫钗记》等则传唱数十年不衰。这个时期的剧本创作取材多是中国传统文学、戏曲及民间故事，而创作人更以熟悉粤港本地生活的作家为主。

（1）粤剧大师唐涤生的电影创作

唐涤生，原名唐康年，出生于黑龙江省，1937年开始在港为"觉先声剧团"担任抄曲工作，其间得到该剧团主持薛觉先提携、名编剧家冯志芬及南海十三郎的熏陶和帮助，开始他的编剧生涯，凭剧本《落霞孤鹜》初露锋芒。《打破玉笼飞彩凤》（1948）、《董小宛》（1950）、《红菱血》（1951）以及任剑辉、白雪仙主演的时装名剧《花都绮梦》（1955）均由唐涤生自编自导，他也把粤剧的艺术层次带上另一高峰。唐涤生从1938年编写了首部剧本《江城解语花》，该剧也是目前已知的首部粤剧作品。

1939年他开始编写电影剧本，首作为《大地晨钟》，此后不断创作电影和舞台剧本。1941年到1944年之间，是他的创作高峰期。一共创作了124个粤剧剧本。1944年一年就创作了58个剧本，可谓高产大师。他改编的剧本有来源京剧和民间故事的，有改编中外名著的。亦古亦今，悲喜交加，题材多样而不落俗套。1948年他首次自编自导了电影《打破玉笼飞彩凤》。唐涤生400多个剧本中，有80个拍成电影，其中11部曾拍了两次。他本人1959年在观看《再世红梅记》一剧首映时，突患急病去世，年仅43岁。

唐涤生在剧本创作中能糅合文学、粤剧曲词文化与电影艺术，融会贯通，创作为人传唱的名剧，堪称梨园才子。根据他的剧本改编的电影《洛神》《香罗冢》《蝶影红梨记》《白兔会》都是戏曲电影的极品之作。

（2）李我与天空小说

从粤语片创作题材上看，其中有很多是离奇曲折的爱情或是社会奇情故事，凡此种种，大都来源于"天空小说"。所谓"天空小说"，主要是指故事通过电流由空中传播至每家每户的收音机里，其实就是广播剧。

李我是香港播音界的先驱，也是天空小说的始祖，战后出道时凭《黄金偿薄幸》一剧在广州一炮而红。《李我讲古》一书中写道，1949年当《欲焰》还在播放时，李我便把故事印制，分五集按月出版，市民为了追赶剧情，便疯狂抢购。后来《欲焰》被改编成电影《萧月白》，由任护花编导，这也是首部被改编成电影的天空小说。

李我于1949年应邀来丽的呼声电台开始广播生涯，直至1975年退出播音界，他的作品超过100部。与李我同期的"天空小说作家"还有邓寄尘、蒋声、飘扬女士、擅长讲通俗小说的方荣、萧湘及艾雯等。在他们之后，丽的呼声电台又起用了吕启文、冷魂、钟伟明等年轻一辈的新人，并把原来由一人单独讲述的形式，变成不同播音人演绎不同角色的戏剧化场景，而且把更多社会问题融进文艺爱情的故事里。当经济环境改善后，电影事业蓬勃起来，很多天空小说都被改编搬上银幕。由于广播业的流行，很多上映的电影也会被改编成广播剧以收宣传之效。天空小说版权费很高，由数千至万元不等，但片商由于对票房有把握，也都乐意购买。天空小说的火爆，一直到20世纪70年代中期电视剧兴起后才渐渐结束。

左派制片路线与"长凤新"剧作

20世纪50年代，由于冷战的开始，香港影坛在创作阵营上也分为左右两派。在港英当局的统治下，显然左派影人是游离在社会边缘的。但左派电影并非是激进的。当时左派电影的制片方针绝对不是给观众灌输某种思想或是政治意识，而是利用正常的商业手段，在香港保留一个平衡的立足点。1948年9月夏衍在香港《文汇报》组织的"国产影片的道路"座谈会上表示："针对香港的现实，应该制作一些对世道人心无害有益的东西，与其调子放高不能畅所欲言，不如做一些教育启蒙工作，这之间可写的题材很多，运用之妙，在乎一心。"[2] 他的提倡与后来左派电影公司提出的"导人向善、向上"的制片方向是有着思想渊源的。

1948年张善琨离开永华，自组长城公司，1950年由吕建康改组为新长城公司。旗下名编剧有林欢（金庸）、胡小峰、苏诚寿等等。1952年朱石麟成立了凤凰影业公司。同年专拍粤语片的新联影业在廖一原的带领下成立。这三家公司虽然资本组成方式不一，但全都认同中华人民共和国为祖国，直属中国外事部门，由周恩来总理直接过问。史上对这三家左派电影公司简称为"长凤新"。

"长凤新"从成立到1966年6月"文革"前，16年间拍摄了262部电影。这些影片在道德层面上对资本主义生活方式进行批判，不宣扬声色犬马、怪力乱神等不良的生活场景，主题往往是正义战胜邪恶，以大团圆结局给人以希望和美好。

虽然左派创作在香港影坛被边缘化，并非主流，但三家公司也创作了一大批优秀的作品。如卢钰的《误佳期》，李晨风的《寒夜》，胡小峰、苏诚寿的《日出》，徐迟、姚克的《阿Q正传》，魏博的《鸣凤》（曹禺《家》），夏衍的《故园春梦》等。

（1）朱石麟崇尚集体创作

"长凤新"中艺术成就最高，影响力最大的人物，莫过于朱石麟。他在上海时期就是著名的导演，也编过剧本。在南下香港之前，朱石麟剧作的叙事主题就已涉及家庭的伦理关系、人情和亲情以及新旧家庭的冲突、下一代的教育问题及女性的地位问题，在他早期的剧本中所表现的往往是"孔制崩溃后在微观社会结构上、家庭结构上、心理结构上所引起的种种分离流动的状态，以及各种状态间聚散离合的关系与联系"[3]。在提出家庭问题时，他经常把家庭秩序的危机或是克服危机的方式作为影片的首要主题，而这种理念贯穿了朱石麟一生的创作，在影片《新旧时代》《故园春梦》《新寡》《雷雨》《新婚第一夜》《同命鸳鸯》中都有明显的体现。

南下后，朱石麟在创作上最大的成就算是他的喜剧创作。从1950年开始，朱石麟开始创作笑中带泪的轻喜剧。《误佳期》是战后第一部反映香港现实生活的社会影片，被认为是"协助了中国电影喜剧学派的形成"，此片"扭转了香港电影战后脱离本土社会生活的弊病，关注香港的社会现实，发展了中国电影的喜剧传统，风格纯真而幽默，喜剧节奏把握准确，是一部值得称道的优秀影片"[4]。1952年朱石麟编导的《一板之隔》更奠定了他喜剧大师的地位。在《一板之隔》故事中，他不断注入令人惊喜的细节和幽默的语言，精心描摹出人物间那种难分是非的纠纷，并于平凡人的普通生活中发掘人性的美和魅力。

1954年，由朱石麟主持改组龙马公司和凤凰公司，成立了新的凤凰影业公司，该公司日后成为二十世纪五六十年代唯一以喜剧为主要创作路线的香港制片公司。这期间，朱石麟陆续编写了大量喜剧剧本，包括《抢新郎》《金屋梦》《三凤求凰》《一年之计》等等。朱石麟表示过，很多剧本是在集体讨论中产生的，即某位编导提出一个故事梗概，大家确定后便各自发表意见，丰富剧情，为了保持个人风格，朱石麟往往最后会拿出一个故事大纲，然后去整理故事。

（2）成为武侠名家前的金庸

长城电影公司著名的编剧林欢就是此后武侠名家金庸。金庸原名查良镛，1923年2月生于浙江海宁，1948年3月，金庸到香港《大公报》任职，

1952年他从《大公报》转到《新晚报》做副刊编辑。1955年金庸的第一部武侠小说《书剑恩仇录》开始在《新晚报》上连载，从当年开始一直到1972年他创作完《鹿鼎记》后宣布封笔，这17年间金庸创作了包括《射雕英雄传》在内的15部武侠名篇。

金庸本人刚加入《新晚报》期间，就以"林欢"为笔名，发表影评，从1953年开始，他开始剧本创作。在一年间，他就创作过《绝代佳人》《不要离开我》《兰花花》《欢喜冤家》等剧本。其中《绝代佳人》是金庸根据郭沫若历史剧《虎符》改编的，该片在内地公映过，1957年获得了中国文化部优秀影片荣誉奖，金庸还获得了编剧金质奖。1957年他正式进入长城电影公司担当编剧，依然用"林欢"的名字创作剧本。他的剧本和小说完全不同，题材以喜剧居多，格调也是快乐轻松、充满了生活情趣的。在1957年到1959年间，他编写了《小鸽子姑娘》《有女怀春》《午夜琴声》《三恋》等剧本，1957年与程步高联合执导了自己编剧的《有女怀春》。同时他还给《长城画报》写过《文学作品改编电影》等大量影论特稿。直到1959年，金庸离开了长城公司，才与电影圈进行了最后的告别。

金庸本人的电影之路并不长，他的电影理念也和他的小说大有不同。金庸笔下诸多侠客或多或少有着社会批判的意识。而他剧本的创作原则就很简单，那就是追求快乐写意，没有过多的人生内涵，这也和金庸本人对待生活恬淡洒脱的态度有关。

电懋的中产阶级创作路线的形成

1956年，电影懋业公司在香港成立，该公司为新加坡国泰机构的分支，实力相当雄厚，最高领导陆运涛是星马首富陆佑之子。陆氏家族比较洋化，与祖家联系较疏，而且家族网络规模亦较小，这些特色正好造成了电懋的兴衰历史。电懋成立后，确立了由张爱玲、姚克、宋淇及孙晋三组成的剧本编审委员会，提供和选择剧本，并邀请易文、陶秦和岳枫为导演，制作国语片。由于电懋的管理班底主要来自欧美（如总经理钟启文），便把欧美的制作路线和管理模式带进电懋。编导基本也都接受过西式的高等教育，创作上抱有既倾慕好莱坞又以传统文化自豪的复杂心态，因此一开始电懋的格调就设定在中西合璧的主题上，贴切点说就是把传统中国故事用现代化来进行包装。

电懋从1957年到1965年这八年的影片，颇能体现这一主题。其主流是套取西方通俗剧式，讲求戏剧结构的爱情伦理片、轻喜剧片以及好莱坞的歌舞片。尽管剧式、风格受好莱坞的强烈影响，但其感情却是颇具中国传统精神的，只不过尽量回避与摆脱战后创伤与贫困的缠绕，而转向中产阶级化的感情消遣。这时期的作品，像《曼波女郎》《青春儿女》《空中小姐》《温柔乡》《野玫瑰之恋》《南北和》《爱的教育》《香港之星》《南北一家亲》等片，虽然题材处理上仍与香港现实生活有距离，但至少已给予关注，也让观众逃避入梦与现实糅合的幻境。也正因此，电懋出品的影片特别讲究中产阶级美学的温馨、柔美、哀而不伤的一面，在题材与风格上都自成一家。特别值得一提的是《南北和》系列，该系列影片正面描写香港人与内地人的生活习惯与思想上的矛盾与统一，即使流于风情的描绘，亦颇新鲜、有趣。

1963年以后，电懋为了迎战邵氏的攻击，策略上陷于被动，片种既未能多元发展，创作上亦纠缠于古装民间故事与黄梅调的类型中无法超脱。加上主将如宋淇、陶秦、岳枫、汪榴照逐一被邵氏挖去，而张爱玲等亦于1964年后引退，编导人才后继乏人，以致路越走越窄，无法打开新局面。而内地"文革"的开始，亦让香港社会矛盾激化，但电懋进展迟滞，仍然在重复以前的轻柔、伤感、温馨、美梦团圆的老调子，无法迎合新一代备受压抑而要求发泄的需要，再加上1962年钟启文的离职，1964年陆运涛的空难死亡，致使管理阶层行政紊乱，资源不足，导致电懋在1965年改组为国泰，开始越来越趋于没落。

（1）张爱玲和都市喜剧

1952年，张爱玲移居香港。从此，她开始了与电懋公司多年的合作，从1958年至1964年，她一共为电懋创作了八个电影剧本：《情场如战场》（1957）、《人财两得》（1958）、《桃花运》（1959）、《六月新娘》（1960）、《南北一家亲》（1962）、《小儿女》（1963）、《一曲难忘》（1964）、《南北喜相逢》（1964）。另外，根据《呼啸山庄》改编的剧本《魂归离恨天》没有拍摄成影片。从20世纪40年代她为上海文华公司编剧的影片《不了情》《太太万岁》《哀乐中年》到20世纪60年代为香港电懋公司编写的一系列剧本，张爱玲的编剧才华一再被证明。

张爱玲的编剧作品受好莱坞通俗剧影响颇大，开创了中国早期白领喜剧的先河。与左派创作截然不同的是，张爱玲的笔触大都集中在现代都市中产阶级的群体，她所关注的也是知识分子对待爱情与婚姻的态度。她编剧的电影作品选择的基本也是喜剧包装，往往大都是团圆或光明的结尾，这和同期的好莱坞商业片是一致的。张爱玲戏谑白领知识分子的编剧手法，对此后香港20世纪80年代德宝公司、二友公司的喜剧电影创作有着很深的影响。比如陈友的《一屋两妻》、张坚庭《表错七日情》等显然受着张爱玲的影响，而进入90年代后，阮世生在《金枝玉叶》中描述的性别错位，更是对张爱玲都市喜剧的变异升华。

张爱玲小说里情爱散发出的悲凉凄冷，无奈任性的气质与宿命沧桑的内核，成为后世电影改编的大热门。相对成功的有陈建忠的《半生缘》，林奕华的《红玫瑰白玫瑰》，王蕙玲的《色·戒》。很多香港编导受张爱玲小说影响颇深，使他们的作品继承了张爱玲作品的气质和风骨。严浩在谈到电影《滚滚红尘》时，发表了编剧"血型论"，他对张爱玲的"血型"尤为看重，严浩表示："我血管之内注射了许多不同的血型，或许在这出戏之内张爱玲的血型重些罢。"[5] 王家卫的《花样年华》也深得张爱玲作品的意蕴。

（2）电懋其他的编剧代表

陶秦是电懋的重要编导，回顾其创作历程，他的主要编剧作品均为时装文艺片，古装片则只拍过改编自《聊斋》的《人鬼恋》（1954）以及遗作武侠片《阴阳刀》（1969）。陶秦读西方文学出身，创作以文字为起点，在多部作品中兼任编剧，风格现代化。张彻曾说："陶秦的剧本风格最接近欧洲风格，他几乎也是香港最爱翻西片的编剧。"[6] 而香港电影资料馆研究主任黄爱玲进一步解释："陶秦剧本中的欧洲电影风格是指其电影的表现方式有别于好莱坞式典型的起、承、转、合，而呈现散文化的倾向，感觉细腻、轻巧、灵活。"[7] 陶秦编写的《欲网》《春潮》《兰闺风云》等剧本讨论了复杂的男女关系，《千娇百媚》《龙翔凤舞》等片中更有歌舞大场面。其早期的编剧作品文艺气息较浓，后期则转向商业化，而且较为花巧。

秦亦孚又名秦羽，是香港20世纪50年代著名的女编剧，其大量作品以描述男女爱情的喜剧为主。在当时国语片的剧本作者中，她和张爱玲属于同一类型，都受到很深的西方文化影响，而且身处现代都市，"所以她们的剧本的特点是流畅俏丽，幽默机智，但同样地有华彩，而欠深度"[8]。比如她的作品《三星伴月》，剧本围绕着一个少妇展开，描写了三个男人与她周旋的故事。而《二八佳人》也是在男欢女爱的喜剧中展开的，故事生动有趣，但情节依然是"误会喜剧"的路数。她另外的代表作还有《星星、月亮、太阳》《玉女私情》《红娃》《啼笑因缘》等等。

另外，在这个时期的著名编剧和作品还有汪榴照的《家有喜事》《快乐天使》，易文的《空中小姐》，萧铜的《天伦泪》等。

黄梅调创作风潮兴起

1958年，50岁的邵逸夫在香港成立了邵氏兄弟香港有限公司，掀开了邵氏电影帝国的重要篇章。在邵氏制片时代的28年里，邵氏拍摄过大约1200余部电影，其数量和影响力都是香港影史的翘楚。其中大量经典影片和风华绝代的明星更是香港影史的瑰宝。

邵氏在成立之初，投入大量资金拍片以及发行，在香港建立浅水湾影城。邵氏创作庞杂而多元，但却是近代香港电影创作风潮的引领者。如果简单划分。从1958年的《貂蝉》开始，邵氏开创了黄梅调电影热潮，这股风潮一直延续到1966年。

黄梅调电影基本取材于中国古典文学、古代神话、民间传奇等等。这些传统故事在中国观众中有着相当深厚的群众基础。1958年黄梅调电影诞生时，海外华人与中国内地的联系已经基本断绝。黄梅调电影在这一时期的出现恰好满足了海外华人对祖国家乡的思念之情。

有人疑惑，为何戏曲电影唯独选取了黄梅调，而并非影响力更大的京戏。对此邵逸夫表示过："京戏不是自然发音，不懂戏曲的一般人很难接受，而黄梅调是自然发音。"[9]由此可见，邵氏制片方向在市场认知上是非常贴合大众的。

邵氏先后出品了三十多部黄梅调电影。第一部大获成功的是1959年的《江山美人》，而巅峰作品则是1962年的《梁山伯与祝英台》。这两部作品都是李翰祥导演的。对李翰祥导演帮助最大的就是他的助手，著名编剧王月汀。

王月汀与李翰祥的合作于1957年就开始了，当时他为李翰祥编写过《安琪儿》和《妙手回春》两个剧本。1960年他改编自徐訏小说的《后门》则在风格上趋向成熟。剧本强调母爱的伟大，在平凡的亲情中引出婚姻破裂为家庭带来的伤害。该片取得了巨大的成功，获得了当年亚洲影展最佳编剧奖。同时期王月汀又为李翰祥编写了《江山美人》，1960年影片上映后，大受欢迎，直接导致了黄梅调电影成为香港电影的主流。该剧剧本再次获得亚洲影展最佳剧本奖。在黄梅调电影创作中，王月汀特别注重趣味性，保留大量的民间黄梅调歌曲，剧本只求写意，不求写实，充满了浪漫主义色彩。此后王月汀成了李翰祥最得力的助手，相继为他编写了《儿女英雄传》《倩女幽魂》《武则天》等作品。这个时期和李翰祥合作较多的编剧还有高立、王植波、宋存寿。

高立的《貂蝉》、王植波的《杨贵妃》《王昭君》都是这个时期重要的作品。宋存寿生于1920年，1949年到香港，在香港文化专科学校上学，1955年经胡金铨介绍，认识李翰祥，加入了四维影片公司，在此他编写了剧本《多情河》。第二年进入邵氏担任编剧，编写了《一夜风流》《歌迷小姐》《桃花扇》《卓文君》以及名片《梁山伯与祝英台》。《梁山伯与祝英台》剧本采用了浪漫的叙事手法。与传统戏曲片不同，该片在每场戏前几乎都有幕后女声合唱，不仅起到叙述剧情的作用，还直接解析了剧中人的心理状态。宋存寿本人擅长抒情叙事，题材也以情感题材为主。

张彻开创新武侠时代

黄梅调电影到了20世纪60年代渐渐式微，邵氏采用了邹文怀和张彻的建议，在1965年的《南国电影》上打出了"彩色武侠新世纪"的宣传语，意图开创武侠新电影之路。1967年，胡金铨导演的《大醉侠》和张彻导演的《独臂刀》两片横空出世，产生了划时代的意义。

编剧出身的张彻也真正迎来了自己的武侠时代。张彻生于1923年，24岁时就编写了《假面女郎》，这也是首部到台湾拍外景的国语片。这部作品受到观众欢迎，使他深受鼓舞。1949年，他赴台湾编导了《阿里山风云》，这也是台湾本地摄制的首部国语片。影片是以传奇人物吴凤的经历为蓝本，已呈现武侠电影的雏形，张彻创作的电影主题曲《高山青》也随之流行起来。1957年张彻应邀到香港编导首部作品《野火》，票房虽不理想，但张彻从此留在香港发展。1961加入电懋公司当月薪编剧，作品有《无语问苍天》《桃李争春》等。作为职业编剧，张彻不但会原创，更擅长改编，他很推崇黑泽明将莎翁的《麦克白》改编成的《蛛网宫堡》。他认为："改编不可怕，关键是自己还能算做到彻底中国化，写中国事中国人，尚不致像是翻译电影。"[10] 他改编过《桃花泪》《脂粉间谍网》《杀机重重》《黑蝴蝶》等剧本。

1962年，张彻转投邵氏担任首席编剧，并担任了编剧部主任一职。1964年，张彻独立编导了《虎侠歼仇》，该片是新武侠电影的试验性作品。同时张彻还是以编剧为主业，编写了徐增宏执导的《江湖奇侠》《鸳鸯剑侠》《琴剑恩仇》等武侠作品，他本人也开始定位在武侠题材的创作上。

在编剧方面，张彻完全贯彻着男性阳刚的色彩，无论是历史背景还是当代背景，几乎都是阳刚的男性题材，影片大都围绕着"复仇"这一不变的主题展开。"他笔下的人物往往狂傲奔放，而且血腥暴力，打破了中国传统儒道佛崇尚和平、谦厚的主流戒律。"[11] 他的代表剧作有《文素臣》《边城三侠》《断肠剑》《大刺客》《独臂刀王》等。剧本中的主角常为自己、为朋友、为国家民族牺牲生命，豪气干云。

这一时期，与张彻合作最紧密的当属编剧倪匡。倪匡1935年生于上海，1957年到香港。他曾用的笔名有卫斯理、沙翁、岳川等。20世纪60年代初，在金庸的鼓励下，开始以卫斯理为名写科幻小说《钻石花》，并在《明报》副刊连载。60年代末，倪匡开始了编剧生涯，十多年间写了上百个电影剧本，是当时最高产的编剧之一，代表作就是张彻的《独臂刀》。

20世纪70年代到80年代的十余年间，倪匡几乎参与了张彻所有重要影片的编剧。包括《水浒传》《无名英雄》《拳击》《报仇》《马永贞》《方世玉与洪熙官》等影片，也和张彻联合编写了《五毒》《唐人街小子》《残缺》《荡寇志》等电影。在剧本上，两人的认识达到了高度统一。首先打破了以往主角不死的定势，主角不但会死，而且还经常会和爱人、亲人一起死。另外，故事情节与场面营造得十分惨烈，诸如《独臂刀》中的断臂、《十三太保》中主角的五马分尸、《马永贞》的盘肠大战、《无名英雄》中三个主角被击毙街头、《残缺》中的盲眼、聋哑、缺腿等角色，残酷暴虐场面随处可见，将视觉暴力变成了独有的美学理念。

与此前黄梅调电影自说自话不同的是，新武侠电影明显能看到现实社会里的影子。悲情暴戾的江湖世界与香港20世纪60年代大时代的背景相吻合，更多英雄主义的悲剧让观众直接感受到创作者内心的动荡与波澜。

8.1.2 过渡（1971—1978）

进入到20世纪70年代，香港经济开始腾飞，创作有了明显的转型需求，娱乐意识逐渐战胜载道意识，娱乐性成为创作的主流。香港电影格局也发生了翻天覆地的变化。1970年，邵氏重臣邹文怀与何冠昌离开邵氏，创立嘉禾电影公司，1971年推出了李小龙主演的《唐山大兄》，票房大卖。随后又相继推出《精武门》《猛龙过江》等李小龙系列电影，李小龙声名震动海内外，成为70年代重要的文化现象，嘉禾公司名利双收。随后几年，嘉禾又支持许冠文开创了以本土路线为主的粤语喜剧片，大受普通市民欢迎。这彻底动摇了此前邵氏一家独大的局面。危机感增强后，邵氏也在积极寻求多样化的创作之路。另外70年代国际局势风云变幻，冷战不断升级。香港本土创作喜欢跟风变得越来越多元。间谍、科幻等类型影片都开始涌现。爱情、风月、犯罪、悬疑等各类型电影也如雨后春笋一样冒出来。

李翰祥集锦剧作的成功

20世纪60年代末以黄梅调电影攀上事业高峰的大导演李翰祥，在台湾自组国联公司，经营失败后，于1971年返港，1972年就以《大军阀》重回一线导演宝座。自此李翰祥也迎来了自己事业的第二春。

李翰祥于1926年出生于辽宁锦州，1947年11月到达香港，在大中华影业公司当演员。1948年李翰祥加入永华演员训练班，此后导演任彭年鼓励他写电影剧本。据他回忆，业余时间，学员帮剧组抄写剧本也是一门功课，当时吴祖光《虾球传》剧本就是李翰祥抄写的，所以好学的他对剧作方式很熟悉，对剧本也有一番心得。他一连写了《雪里红》《小白龙》《白山黑水血溅红》《女侠驼龙》等四个剧本。1953年，李翰祥把沈从文小说《边城》改编为《翠翠》。1954年他编导了首部作品《雪里红》，自此加入了邵氏公司。此后李翰祥又连续编写了《水仙》《黄花闺女》《窈窕淑女》等剧本，这个时期李翰祥的创作重点是在剧本上，虽然以改编为主，但可以看出其剧作最大特点就是生活气息浓厚。

李翰祥在台湾创业失败后，回港后拍了一部低成本影片《骗术奇谭》。该片用十个市井骗术为主题串联成一部电影，市场反响很不错。他就继续把这个片种发扬光大，又编写了《骗术大观》和《骗术奇中奇》。随着他回归邵氏《大军阀》的成功，他的创作方针调整到普通中低层观众身上。剧作借鉴骗术电影集锦分段的模式，一部剧本分为三到四个小故事。内容以风月笑话、民间传说、宫闱秘闻、戏曲相声为主，包括《风流韵事》《声色犬马》《金瓶双艳》《捉奸趣事》《洞房艳史》《港澳传奇》《北地胭脂》《骗财骗色》《拈花惹草》《风花雪月》《子曰：食色性也》《皇帝保重》等等。

这些影片几乎都是集锦段落式的，由一条故事线或是几个主要人物贯穿始终，他们的所见所闻衍生出其他的小故事，在这点上与西方名著《一千零一夜》很是近似。剧中冲突和噱头基本为迎合市民而做，由于内容大量涉及艳情故事，形式上又如同茶馆说书一样简单明快，所以很受中低层市民观众的欢迎。

风月影片票房的成功，勾起了李翰祥对历史逸事、闲章野史的兴趣。此后他又创作了"乾隆微服私访"系列，包括《乾隆下江南》《乾隆下扬州》《乾隆皇与三姑娘》《乾隆皇君臣斗智》等等。同样在这个时期，他也编写了《倾国倾城》和《瀛台泣血》两部严肃认真的作品。剧本将晚清风云描绘得波澜壮诡，剧作厚重沉稳，格局宏大，颇有史诗之风。这两部戏被内地电影界所推崇，这也直接影响了他能在几年后来到内地顺利地拍摄《火烧圆明园》和《垂帘听政》。

楚原看重古龙式人性

邵氏著名的导演如张彻、李翰祥等，最初都是以编剧身份进入到电影业，楚原也不例外。楚原曾在中山大学化学系读了三年，1956年在父亲张活游的影响下对电影发生兴趣，投身粤语电影编剧工作，笔名秦雨。1959年他正式写了第一部作品《湖畔草》。楚原透露，剧本的文学性不是首要考虑的，拍出来才是重要的，所以在创作时，他已经把机位镜头全标注了出来。

楚原非常喜欢意大利新现实主义。他认为好电影一定能够有记录时代的作用。1960年他编导了《可怜天下父母心》。该片许多素材来自当时报纸新闻。在这种理念的指导下，1968年他改编了舞台剧《七十二家房客》而大获成功。影片中警察、房东、平民、消防员让观众印象深刻，而"要水放水，无水散水"更成为当年的流行语。该片票房超过了同期李小龙的《猛龙过江》。随后他又编导了电影《香港73》，影片讲述了当时香港经济大萧条、市民炒股票等基本风貌，一样获得了成功。

奇怪的是，真正影响楚原一生创作的，并不是他所推崇的新现实主义，反而是台湾作家古龙的武侠奇情小说。据楚原回忆，他对古龙小说的认识缘起倪匡。有一次，倪匡说古龙的《流星蝴蝶剑》非常有意思，楚原找来一看果然不错。就由倪匡编剧，拍摄了《流星蝴蝶剑》，该片在台湾地区破了票房纪录。此后倪匡为楚原又编写了《天涯明月刀》《楚留香》两部武侠电影。1977年，楚原首次自己改编古龙小说《白玉老虎》。他说，之所以喜欢古龙的小说，主要还是他笔下角色的人性："他是最会写人性的，这些电影卖座功劳应该归功于古龙的原著，是原著启发了我的一切思潮和灵感，其实古龙的电影是文艺片，不过主角都懂武功罢了。"[12]

这一时期，楚原大约改编了《三少爷的剑》《多情剑客无情剑》《明月刀雪夜歼仇》《绣花大盗》《蝙蝠传奇》《萧十一郎》《圆月弯刀》《孔雀王朝》《绝代双骄》《幽灵山庄》《决战前后》《英雄无泪》等十余部古龙的作品。

在古龙作品的改编中，楚原运用了倒叙、闪回、交叉蒙太奇等大量现代电影语言，用以贴合古龙小说中那奇诡落寞的气质，这在当时也很少见。香港影评人史文鸿指出："楚原笔下人物的心理非常复杂，前后转变极大，他懂得在同一部作品的剧本中混合不同的类型元素，例如悬疑、诡秘、情欲等以吸引不同层次的观众。"[13]

许氏电影催生市民喜剧

1976年底圣诞节，嘉禾电影公司推出了许冠文编导的喜剧片《半斤八两》。1976年自然就成为香港影史划时代的年份，正是这部电影，标志着现代港产喜剧诞生了。

20世纪70至90年代，许冠文与其弟许冠杰及许冠英编导主演一系列深受欢迎的市民喜剧电影。许氏兄弟虽然并非香港出生，但他们创作的港产喜剧，却以香港为根，从本土出发，用嬉笑怒骂的手法呼唤出普通市民的心声。

许氏喜剧的核心人物许冠文祖籍广东番禺，出生于广州市，于20世纪50年代移居香港，毕业于香港中文大学。他接受英式教育，这是他跟之前粤剧喜剧演员的最大区别；而早期供职电视台喜剧栏目，也让他积累了大量的实践经验，他紧贴时事民生，撰写过大量针砭时弊的笑话。他的笑话模式，影响了大量后辈喜剧的创作，"算是现代香港喜剧名副其实的开创者"。

从1974年到1981年，许氏兄弟的喜剧电影《鬼马双星》《天才与白痴》《半斤八两》《卖身契》《摩登保镖》连续五次成为年度票房冠军，并三度刷新香港开埠票房最高纪录，成为当时的票房保证。这11年当中9年的票房冠军皆是由许氏兄弟（组合或个人）夺得，取得了巨大的商业成功。许氏喜剧的核心创作集体是以许冠文为中心，并集结了刘天赐、薛志雄、黎彼得、高志森等大批电视台出身的精英写手。

在剧作上，许氏喜剧最讲究两点：第一是内容，第二是节奏。许氏喜剧题材基本都是围绕社会问题展开，比如《半斤八两》中的劳资关系，《摩登保镖》里的小民思维，公司政治等等。另外在剧作上强调节奏感。许冠文定下了喜剧剧作的最高原则，"必须三分钟一小笑，五分钟一大笑，否则剧本不能通过"[14]，这种高密度的喜剧节奏，也让市民喜剧上了一个台阶。许氏喜剧一切以效率为大，不谈理想，只谈实用，也奠基了香港普通市民的"揾食"心态。

8.1.3 鼎盛（1979—1989）

随着香港经济的腾飞，香港电影多元化的创作态势越发明显。除了武侠片仍有很大的市场以外，文艺片、警匪片、喜剧片等类型电影也都有了长足的进步，呈现出百花齐放的局面。这一时期的编剧，不论是从海外留学归来的，还是扎根在当地的，都将各类型电影发展得越来越完备。

1979年是香港电影现代阶段的开始之年，混合类型的特点开始呈现并渐趋强势，香港本地特色的市民喜剧也开始兴起。进入到20世纪80年代，香港电影开始了它的黄金年代。新时代更发轫于"新"字。体现在香港电影新浪潮的兴起以及新艺城电影公司的建立。

新浪潮运动激发创作活力

20世纪70年代后期，多种思潮进一步的融合、观众中知识分子比例的骤增为影片创作提供了肥沃的土壤。而大批作家、诗人、艺术家跨行进入电影界，也让职业编剧队伍的整体水平有了很大的提高。1979年香港影评杂志用"新浪潮"的字眼形容了当时香港影坛出现的新现象。

20世纪70年代中期，随着电视台竞争的加剧，各个电视台纷纷开设了创作组，以自拍剧集取代外购剧。当时最流行的方法就是集体创作剧本，故事情节以及重点场次和台词对白大都是集体讨论的结果，然后具体执笔人负责编辑整理。但由于电视台的局限以及创作八股，让大量年轻编剧产生了压抑感受。

随着加入电视台海外学子的增多，渴望独立、渴望风格化的呼声也越来越强，不少人开始试水电影。他们将在电视台里养成的资料搜集整理的习惯带入电影界中。许鞍华为了《胡越的故事》《投奔怒海》就走访了不少越南难民，这让影片带有强烈的真实感。

关于新浪潮的发轫之作，有人认为应追溯到1976年萧芳芳、陈欣健编剧的《跳灰》。也有说是1978年严浩、陈欣健、于仁泰编剧的《茄哩啡》。但普遍认为，1979年徐克执导，林志明、林凡编剧的《蝶变》才真正将新浪潮发扬光大。

武侠片一直是香港电影的主流，而新浪潮早期的两部作品——谭家明、刘天赐编剧的《名剑》和徐克主导的《蝶变》，都是颠覆主流武侠片的剧作。这两部影片不重武功展现，侧写江湖虚妄，迷失名利的人心，点出万事皆空的宿命感。这种反主流倾向更体现在之后两部重要的现实题材影片中。司徒卓汉编剧的《第一类型危险》极端狂情，尽皆过火。剧作透过三个年轻人的反社会行为和极端偏激的无政府活动，将家庭、教育和社会三者关系纳入其中，展现了社会上恃强凌弱的嗜血本性。同期方令正、邱刚健编剧的《杀出西营盘》则是杀手挽歌式的影片。以老香港西环的西营盘为地标，营造出封闭孤僻的牢笼感，复仇和死亡贯穿全片。焦虑的都市空间，传达出荒凉末路的心态，对此后的经典影片《喋血双雄》与《枪火》的影响不可谓不深。

新浪潮最大的特点是打破旧传统，早期香港电影很少表现情欲妒恨等细微的心理状态,但 1981 年许鞍华执导、陈韵文编剧的《疯劫》首先打破了这个禁忌。影片改编自"龙虎山双尸案",在剧作上却独辟蹊径,女编剧陈韵文用敏感细腻的女性触觉描写了两个女人的命运:一个开放一个压抑,两人如镜像般一样踏上不归路。时空虚实的叙事结构,大量的倒叙和闪回,慢慢拼凑出局中人的失落与无助,占有和毁灭都在一念之间。同样是许鞍华执导,陈韵文编剧的《撞到正》有别于《疯劫》中人吓人的悬疑惊悚,而是大玩鬼打鬼的谐趣。片中群鬼大闹戏班,将民间鬼魅传说发挥得淋漓尽致。戏中戏《武松杀嫂》更将粤剧里的鬼魅元素融入了喜剧模式,可谓创新。

刘成汉的《欲火焚琴》则更加大胆,影片用大量性爱镜头,展现人内心欲望和权力的纠结。老夫少妻的大宅生活被外来的工人打破,刘成汉在剧本中反复使用古琴、假牙、发钗等物像,实践电影赋比兴的理论,在情色电影框架中探讨了罪与罚的命题。

另外需要重点提及的还有余允抗执导,金炳兴、李登、张锦满编剧的《凶榜》。该片在剧作上受到了《驱魔人》《闪灵》等西方经典恐怖片影响。电梯间、封闭大厦、水滴等意象在影片中屡屡展现,更突显出孤单空寂的恐怖。剧作里又糅进了不少茅山法术、黄符摄鬼等中式民间传说。显得意味盎然。

犯罪类型也是新浪潮编导青睐的题材。陈欣健、陈韵文、何家驹编剧的《墙内墙外》以一正一反两个警察帮办的分歧撑起了整个买凶杀人的复仇故事。剧作上首次使用两个场景的快速对切,蒙太奇的速度感让影片富有超紧张的节奏。与《墙内墙外》类似的是章国明编导的《点指兵兵》,该片情节与《墙内墙外》类似,个人英雄主义色彩却大减。在人性挣扎上做了很多努力,但没有偏离邪不能胜正的类型公式。同期翁维铨编导的《行规》在突破性上做得更为直白。该片模仿纪录片风格,规避了戏剧化的窠臼。描写扫毒警察与毒贩师爷的世界,扬弃了邪不胜正的老路,细腻地再现了两者的恶性循环与共生共亡的微妙关系。

除此之外,陈韵文编剧的《爱杀》,方令正的《山狗》,邱刚健的《烈火青春》《投奔怒海》《女人心》,舒琪的《夜车》,司徒卓汉的《地狱无门》,陈冠中的《等待黎明》《花街时代》,文隽的《靓妹仔》,高志森的《柠檬可乐》,李碧华、张坚庭的《父子情》,蓬草的《花城》,陈方的《忌廉沟鲜奶》

都是这一时期的重要作品，剧作上是异彩纷呈。

（1）电影语言的创新

新浪潮的剧作选材一改此前流行的秘闻逸事、民间传奇或是功夫奇趣，更多着眼于社会现实，专注当代人的内心世界，强调作者地位。电影普遍注重时空关系，尝试多线叙事，引入大量画外音、声画错位、闪回、闪前手法的运用，不少剧作更带有明显的先锋和实验色彩。新浪潮电影一方面带动了编剧采用多样的叙述方式和故事结构来打造情节；而另一方面，新浪潮的作者又几乎都以更新既有类型起家，他们把既有传统及形式重新进行严谨及风格化的处理。

其中陈韵文编剧的《疯劫》和《撞到正》都采用蒙太奇方式进行了多视点交叉叙事，打破了以往习惯的单一视点的模式，这也成为电影语言革新的探索者。多视点叙事的特点是将几个时空平行排列，通过相关镜头的联系，将几个时空有效"压缩"串联在一起，让观众在有效时间内看到不同时空的场景，深刻体味到其中的共通之处。多视点叙事在现代电影创作中被广泛使用，而在当时的香港影坛并不多见。

导演许鞍华在影片中还喜欢用画外音参与叙事，比如《胡越的故事》，编剧张坚庭用了影片前后三封信的形式，带出画外音。画外音参与叙事同样为更好转换视点、变更和调整时间和空间、改变叙事结构的功能发挥了说话与声音在影片中最大的作用。这在她20世纪90年代的作品《半生缘》中得以发扬光大。

（2）邱刚健的探索实验

邱刚健1940年出生于厦门鼓浪屿。1961年毕业于台湾艺术专科学校影剧科。1966年抵香港，在邵氏公司从事编剧工作，编写的剧本有《夺魂铃》《阴阳刀》《大决斗》《爱奴》《血证》《毒女》等。1975年转往台湾影视界发展。1980年重返香港工作，经常使用"邱戴安平"这个笔名。代表作有《唐朝豪放女》《女人心》《梦中人》《胭脂扣》《人在纽约》《阿婴》《阮玲玉》《唐朝绮丽男》等。1981年起任世纪电影公司创作经理，与许鞍华、关锦鹏、唐基明导演均合作过。他本人凭借《投奔怒海》《地下情》《人在纽约》获得过三次金像奖最佳编剧奖。

邱刚健作品最大特点就是意识大胆，以表现人性的变异与残缺的爱欲而闻名。在邵氏期间，他编写的《爱奴》首次触及同性恋题材，将复仇与爱欲相裹挟，人物关系发展到最后已经是爱恨混淆，角色神智进入到迷离错乱的地步，这在当时的影坛引起轰动。

1984年他编写了轰动一时的《唐朝豪放女》，奇女子鱼玄机17岁弃俗从道，在道观见尽伪善，为追求真性情结识游侠共浴爱河。游侠不辞而别，鱼玄机身受情伤，与下女绿翘互相慰藉，道观不容，鱼玄机选择投身花街柳巷，为自己身体做主。影片铺排了大量的禅道玄机、同性之爱、女性独立意识觉醒的桥段。剧本中从性自由到身心自由的作者意识形态，今天看来都相当前卫，这也为新浪潮创作添下了浓墨重彩的一笔。

邱刚健的探索精神，还体现在1986年的《地下情》中。这部作品接近生活流的散漫特征，剧本缺乏传统戏剧性的凝练和张力，但影片中的人物塑造非常富有意味，片中探长蓝振强的不把破案当重点，而是借查案窥视张、廖、阮等年轻人游戏感情的生存状态，这种叙事的角度相当新奇，颇具现代感。

探索精神一直贯穿着邱刚健的创作之路，1990年他编写了《阮玲玉》。影片探讨了被男权社会所压抑的女性的生存危机问题。据悉，剧本先由焦雄屏写第一稿，单写了20世纪30年代阮玲玉的真实故事，只具传统传记片雏形，后来由邱刚健改写第二稿，他运用"戏中戏""戏外戏"的套层结构，加入了90年代来自香港的电影创作集体采访、探讨、构思并拍摄影片《阮玲玉》的内容，则形成了历史时空与现实时空的交错并置与对话交流，剧本间离效果很强，具有很强的实验性。

（3）陈欣健的形式外衣

强烈的形式感一直是新浪潮电影最明显的印记。1983年《省港旗兵》上映，该片模仿纪录片风格，给人印象深刻。该片编剧陈欣健是警察出身，他1965年加入香港警队任督察，更亲身经历过1974年宝生银行挟持人质事件，可谓对警界了解颇深，对办案手法、香港治安状况都十分了解，这也让他的作品带有强烈的真实感。

1975年他与萧芳芳合编了新浪潮的首部作品《跳灰》，1976年辞职投身影视工作。他的作品《跳灰》《墙内墙外》《省港旗兵》都贯穿着一种冷冽的残酷感。现实中的警匪之争远没有旧港片中那样套路与戏剧化。影片中多是没有黑白分明的正邪双方，左右人物命运的是无奈现实造成的际遇，结局真实惨烈。

《省港旗兵》讲述的就是内地"大圈仔"来香港抢劫的故事，他们曾经参加过内地"文革"的武斗，敢于拼命搏杀，只为险中求富贵。但在影片结尾，"大圈仔"被警察包围，发财梦破灭时，他们在个人命运与团体规矩之间难以抉择，不打算视死如归只能困兽犹斗，精神接近疯狂，导致全军覆没。影片冷峻的色调，真实的香港街景，黑色荒诞的内核，都影响到后期杜琪峰银河映像的创作理念。

陈欣健的《省港旗兵》《省港旗兵2：兵分两路》《黑道福星》《狐蝠》等也同样聚焦此类题材。而所谓的"大圈仔"亚类型也就应运而生，乃至20世纪90年代《乌鼠之机密档案》等都是这个题材的延续。

新艺城带动商业创作空前繁荣

随着香港新浪潮运动的展开，在文化领域内已经呈现出香港文化本地化的倾向，这时期电影创作为满足更广泛的观众，呈现出"混合类型"的显著特点。

20世纪70年代末，新兴起的金公主院线公司，因为缺少片源，希望找一家规模不大但能力很强的小电影公司进行投资，以提供片源供应自己的院线。金公主负责人雷觉坤在众多电影公司中发现了麦嘉牵头组织的奋斗公司，虽然这家公司成立时间不长，创业者也是年轻人，但他们制作的几部小成本电影都很卖座。见面后，雷觉坤与麦嘉一拍即合。1980年8月，由金公主院线公司投资，麦嘉、黄百鸣、石天创办的新艺城影片公司成立。整个80年代，新艺城可谓所向披靡，与嘉禾、邵氏鼎立三足。香港电影的黄金年代也正式拉开了帷幕。

新艺城成立之初，就将公司的主要创作方向定位在喜剧加动作的路线上。1981年，麦嘉等人又把好友徐克、施南生、泰迪·罗宾和曾志伟邀来加盟，形成了著名的新艺城"七人组"。

所谓"七人组"主要是强调集体创作的一种方法。麦嘉在采访中表示，当时公司推出的所有影片都要经过七人组开会讨论。每次开会小组所有人都会拿出各自意见，越多越好，经常一开就是一整天。所有内容经记录和录音后，黄百鸣再从中找出有用的素材，写出最终的剧本。这种创作显然就是20世纪70年代电视台集体创作的流变模式。

（1）黄百鸣的借鉴改编

黄百鸣1948年出生在广东，1967年开始参加戏剧演出活动，兼任编剧和导演，特别钟情莫里哀的喜剧。1970年加入无线电视台，1976年编写《黄飞鸿》《逼上梁山》等剧本，其中《黄飞鸿》创下收视纪录。1978年转入电影界任编剧。在编写过《漩涡》后，被麦嘉挖到身边，成立奋斗公司。新艺城成立后，他包办了大部分影片的编剧工作。他在编剧方面的优点是题材创新、娱乐性强，在香港享有"桥王"的美誉。1981年到1986年新艺城80%的作品都是由他编剧的。新艺城四次打破香港票房纪录的影片分别是1981年的《最佳拍档》、1984年的《最佳拍档女皇密令》、1986年的《英雄本色》以及1988年的《八星报喜》。除了《英雄本色》外，其他三部影片的编剧都是黄百鸣。

他透露，"新艺城的剧本是集体智慧的结晶，每部电影奉行的是'集体监制'，导演没有地位，编剧的地位非常强势。任何导演不能擅自改动剧本"[15]。为此在《英伦琵琶》拍摄中，导演梁普智要改剧本，差点让监制泰迪·罗宾炒掉。黄百鸣的《追女仔》在1981年上映后虽然大卖，但却败给了西片《007之最高机密》。新艺城便决心开拍一部中国版007的故事。黄百鸣巧妙地在剧本中把时装追女仔与007动作元素相结合，更加注了反讽的意味。相比麦嘉扮演的秃头国际刑警，许冠杰扮演的大贼颇有邦德般的潇洒，这是对经典007的借鉴。电影中贼和警探，既是矛盾的两方面又是最佳拍档，再加入女性警察的角色，笑料频生，此片成为很多后来作品的模仿对象，更让《最佳拍档》连拍四部，成为新艺城的第一品牌。

黄百鸣超出同行的地方，就在于他能借鉴吸收，并迅速将之转化为本土色彩作品。能极力唤起港人的认同感，其关注对象也面向最普通的市民阶层。除喜剧外，当时台湾新艺城出品的悲剧《搭错车》也是出自他手。黄百鸣表示，编写这个剧本只用了48小时，创造了他最快的写作纪录。他的规律是用套用喜剧的方式反过来写悲剧："小哭和大哭间距绝对不要超过三分钟，连片中小狗都不要放过催泪的机会。"[16]虽然这种方式不是很高级，但可以看出黄百鸣的节奏意识和对观众心理的熟悉。

（2）高志森的兼容并蓄

同时期与黄百鸣合作最多的是编剧高志森。高志森1958年生于香港。中学毕业后进丽的电视台担任编剧。1979年开始编写电影剧本，第一个剧本是《不准掉头》，其后有《阴阳错》《小生怕怕》《柠檬可乐》《为你钟情》等。高志森最大的特点就是能够将几种商业类型巧妙地进行结合。

1984年他与黄百鸣合编了剧本《开心鬼》，由于反响热烈，后来成为系列影片。高志森首次将僵尸片融入到校园喜剧类型中，他选取了鬼怪利用法术帮助主角行善助人的新颖角度，虽然有嫁接的痕迹，但又不显得突兀，以致此类青春鬼喜剧大行其道。也让业界看到了类型融合的大好前景。

此后他创作的《富贵逼人》系列也受到许氏喜剧的许多启发，把家庭喜剧和社会民生问题相融合，从政府屋村建设到街坊邻里关系，抓住了普通香港大众心态。故事中的中彩票、求职、移民、找工作等大众话题让观众备感亲切。

黄金期群雄逐鹿百家争鸣

新浪潮的兴起与新艺城电影公司的成立让香港电影进入到一个新阶段。香港电影也迎来了真正的黄金时期。在此期间，除了嘉禾与新艺城白热化的竞争外，老牌公司邵氏虽然落伍，但也还在出品电影。1984年潘迪生创立了德宝影业，以温情喜剧挂帅。张坚庭、陈友创办的二友电影公司更是白领喜剧当家。而洪金宝和成龙的功夫喜剧也开启了新篇章。李修贤的万能影业关注的是犯罪警匪题材，徐克的电影工作室打出古装奇幻英雄热血的大旗。向华胜主导的永盛电影主打的则是各种时装类型片。这时期电影编剧如过江之鲫，影片生产也是良莠不齐。无论从哪方面去概括这时期的香港电影，都难免会挂一漏万，所以只能简单罗列对业内产生重大影响的重要人物。

（1）成龙最佳拍档邓景生

如果只挑出一个人代表香港电影，相信各方都会认可成龙为最佳人选。成龙对香港电影最大的贡献是将杂耍加入中国功夫中，从早期的功夫喜剧到最后招牌的成龙动作片，俨然成为了香港电影的标志。

成龙原名陈港生，1954年出生，1962年在《大小黄天霸》中首登银幕，后又参加《梁山伯与祝英台》《秦香莲》等影片的拍摄，后一度离港赴澳发展。1976年，罗维游说他重返影坛，并改名成龙，主演《新精武门》《少林木人巷》《剑花烟雨江南》《蛇鹤八步》等。1978年思远公司邀他主演《蛇形刁手》和《醉拳》，开创谐趣功夫戏路，一举成名。1979年编导《笑拳怪招》。1980年转入嘉禾公司，编导了《师弟出马》，该片是成龙与编剧邓景生首次合作的影片，也开启了两人长达三十多年的合作关系。电影继续走功夫小子路线，但不再是《醉拳》式的报仇、练武、升级打架的一条路作业，剧情上更加丰富完整。嘉禾培养成龙，本是希望他能接李小龙的班，为嘉禾公司打开国际市场。此后成龙往好莱坞拍摄《杀手壕》《炮弹飞车》两片。返港后他继续编导了《龙少爷》，该片虽然再掀热潮，但在票房上却被新艺城徐克的《最佳拍档》打败。

　　成龙没有任何停歇就进入了《A计划》的筹备之中，这部电影是成龙的转型之作。在吸取了《龙少爷》的失败经验后，成龙与编剧邓景生认真打磨剧本，把时代背景放到了20世纪初，主角亦不再是纨绔子弟或山野小子，转而变成了一位有责任心，年轻好胜的水警队长，这个设定无疑是后来的《警察故事》中的陈家驹、《飞鹰计划》中的亚洲飞鹰等角色的先驱。在剧情上，邓景生借鉴了内地革命样板戏《智取威虎山》的桥段，让剧情悬念迭生，整体无比紧凑，可看性极佳。《A计划》也是成龙第一次演警察，为他日后的警察电影之路打下基础。还没等《A计划》下画，成龙带着大队跑到了西班牙，为新片《快餐车》拍外景。《快餐车》是成龙第一部担任男主角的现代时装动作片，整部影片都非常欢脱轻松。由邓景生和李炯佳打造的剧本，其独到的喜剧风格贯穿全片，市井和生活化的气息尤为浓重，可看性丝毫不输前作《A计划》。

　　1984年底，成龙和邓景生开始创作《警察故事》，故事本身很简单，但各种事件的结构和逻辑性却非常严谨。从事件的交代到台词的设计，都让故事有可信性。例如闻警官和陈家驹的矛盾。陈家驹的很多台词都具有警醒意味，在讲述的时候还要自然流畅。邓景生能领会和达到成龙的要求和意图，电影中有很多幽默的元素来自台词本身。

　　其实成龙电影故事并不复杂，甚至有一定的公式化，角色忠奸分明，离不开小人物卷入犯罪集团大案中，最后以一场大战肉搏戏收尾，定律是邪不压正。但成龙的勤奋在不断寻求突破和创新，比如在《龙的心》中，他尝试加入弱智兄长的温情桥段，就大赚观众热泪。在《奇迹》中更将1933年的经典西片《一日贵妇》进行了本土化改编，也获得了巨大成功。

（2）王晶将通俗进行到底

王晶是香港电影史不能不提的人物，其作品数量，票房都曾创下过不少纪录，而更让他出名的则是其作品的通俗性，甚至是低俗性，甚至冠以"屎尿屁"的名号。但这并不妨碍王晶在香港编剧史上的地位。他1955年出生，原名王日祥，父亲是著名导演王天林。王晶从香港中文大学毕业后最初在无线电视台任编导。他在《欢乐今宵》节目组拜刘天赐为师，做了两年节目编剧。高强度的工作让他的编剧功力大增。

1981年，他首次自编自导了《千王斗千霸》，一夜成名后，成为邵氏一线导演。1984年编导的《青蛙王子》再度票房大卖。正因为这部电影中的低俗笑料，王晶被某些评论称为是"屎尿屁导演"。王晶对此很不屑，他认为拍电影最重要的是让投资人赚钱："许冠文的喜剧会被大家认可，是因为许冠文用一个知识分子的身份捕捉到了小市民的价值观，必须跟老百姓结合在一起的喜剧才是好的喜剧。"[17]

此后他编写了《我爱罗兰度》《鬼马飞人》《摩登仙履奇缘》等影片。1987年他在永盛公司推出了《精装追女仔》，这部借鉴了新艺城《追女仔》创意的电影，上映大卖，一下把永盛公司挂上金字招牌。王晶喜欢乘胜追击，尽力把成功的创意开发干净。所以又立刻编写了《精装追女仔》二、三集，《最佳损友》系列，《求爱敢死队》系列。

真正让王晶的名字载入史册的还是1989年编写的《赌神》，该片取得了3800万的票房，打破了香港票房的历史纪录。王晶透露自己偷学了粤语老片《非梦奇缘》的桥段，然后加以改编，在人物塑造上把《上海滩》和《亲情》周润发的形象进行夸张，将几个元素融合在一起。王晶的喜剧片之所以受草根阶层的喜爱，全在于他对观众心理把握得特别准确。王晶也承认剧本里低级噱头繁多，但效果很明显。他的影片几乎每隔一分钟就会让观众爆笑，算是香港喜剧片里效果最好的。

王晶认为自己是个创造力极强的编剧："我平均每三年转一次方法，除了一些基本功不会改变，如果遇到不大顺手时，就会检讨自己，我是经常换零件的。"[18] 他非常懂得"借势发力"的功用，也就是对经典电影的颠覆和嘲讽。比如在《珠光宝气》中大量的片段就是对王家卫《重庆森林》《东邪西毒》的解构和嘲笑。其实这是非常省劲讨巧的办法，因为影片中许多段落和非常多的噱头，都是因为经典电影而起，王晶依靠的正是用经典影片的知名度来提升自己影片的卖座率。

在以赚钱为目的创作路线上，王晶能很快地吸收改编社会热点，并且迅速转化为赚钱的剧本。但由于时间紧、任务多，粗制滥造也随处可见。在不少剧本中，他从根本上就摒弃了可信性，极度夸张过火的搞笑噱头往往会游离于情节主线之外，甚至完全脱节。这肯定为精英阶层所诟病，但草根市民却非常欢迎。王晶制造其实是20世纪80年代香港电影的代表，也代表着香港电影金钱至上、超级务实的一面。

（3）张坚庭、罗启锐的中产思维

随着经济腾飞，香港中产阶层数量在迅速扩大。他们大都受过良好的教育，事业发展顺利，组建了家庭。与王晶喜剧的草根受众不同，中产阶层更倾向于品味喜剧。张坚庭、陈庆嘉、陈友、陈嘉上，叶广俭等编剧很巧妙地用喜剧形式包装影片，引发了白领品味喜剧的流行。某种程度上，这也是五六十年代电懋中产阶级创作路线的一种延续。

张坚庭1955年出生在广州，毕业于香港浸会大学文学系，又获中文大学电影文凭，随后进入丽的电视台工作。他是新浪潮的著名编剧，1981编剧的《胡越的故事》就获得了第一届香港金像奖最佳编剧奖。1983年他的《表错七日情》再获金像获最佳编剧奖。

张坚庭的创作从比利·怀尔德、伍迪·艾伦的作品中得到过很多启发，他很擅长创作处境喜剧，让不同身份境遇的人因为偶然事件共处一隅，或同病相怜，或水火不容，笑料也就出现了。其剧本对白幽默趣致，主角情感上的微妙变化让作品往往伴有淡淡的忧伤。20世纪80年代中，张坚庭和陈友组成二友公司。张坚庭、陈友、罗启锐是创作的中坚力量。他们的作品，对白讲究深度，剧本结构严谨，人物形象突出，完全遵守西方经典喜剧的创作模式，虽然嘲讽人性但又限于温情批判。如罗启锐的《一屋两妻》《一妻两夫》《杀妻2人组》，张坚庭的《再见七日情》《标错参》都是表现夫妻或是男女朋友间微妙关系的轻喜剧。

中产思维并不局限在喜剧上，"城市爱情"逐渐形成类型。其中代表者为罗启锐。他1953年生于香港，是纽约大学电影系硕士。1985年回港后创作了《非法移民》和《秋天的童话》剧本，并凭借《秋天的童话》获得第七届香港电影金像奖最佳编剧奖。同年，他和张婉婷合作编剧的《七小福》获得了台湾电影金马奖最佳编剧奖、第62届奥斯卡最佳外语片提名。罗启锐的剧本风格清新恬淡，往往带出感伤，而剧本戏核常常在男女爱人身份的变化、差距和始终不能忘情的内心。从《秋天的童话》到《我爱扭纹柴》甚至到2009年的《岁月神偷》，他的风格一直是沉浸在怀旧温馨的调性中的。

中产创作起初只关注男欢女爱和家庭情感方面，并不多涉及政治时事。但1984年中英谈判后，"九七大限"的危机意识开始进入其创作当中。20世纪80年代末，张坚庭编写了《表姐，你好嘢》。影片表现了香港社会对当时内地制度、人际关系的看法，极尽讽刺挖苦之能事。在揭示不同制度下，人们不同生存状态和文化差异后，却表现出了一种无奈。影片结尾时，郑裕玲和梁家辉微妙的爱情关系被无情的边界阻隔在两边，不能逾越。唏嘘感怀已无声地掠过观众心头。而罗启锐在90年代末创作的《宋家皇朝》与《玻璃之城》更力图用史诗的格局来诠释时代风云对个人命运的影响，其气魄之大，又非小情小性的白领爱情故事所能比拟的。

（4）小男人心理与大男人热血

1988年陈嘉上、陈庆嘉编写了《三人世界》和《小男人周记》，两部电影上映后都获得了很大的反响。1960年生于香港的陈嘉上，其电影生涯是从电影特技开始的，1983年他开始编写电影剧本。处女作就是和陈庆嘉、郑丹瑞合编的《缘份》。其后又编写了《靓妹正传》《双肥临门》《城市特警》《飞龙猛将》等。

陈嘉上创立了仝人制作社，核心力量除自己之外，还有陈庆嘉、郑丹瑞、叶广俭等。他们的剧作方向一般聚焦在中产家庭婚姻中所遇到的种种问题，包括三角恋、同居问题、单亲困境、子女早恋以及离异后重组婚姻等等。这类题材迎合了大批中产阶级的心态，桥段又不似市民喜剧那样无聊搞笑，其中很有深意以及反思精神，所以很受白领们欢迎。《三人世界》讲述的就是离婚女人带着成年女儿迎接新一段感情的故事。

在港产喜剧中，小男人形象随处可见。市民喜剧小男人一般心地善良，但却又无钱无用，猥琐好色。中产阶级小男人出身优秀，面貌端正，但性格却犹豫软弱，爱情方面更是裹足不前，死要面子。陈嘉上《小男人周记》里的郑丹瑞精神空虚，充满侥幸心理，满脑子性幻想，他陷入中年危机，经历着婚外情，内心狼狈焦灼。这个形象具体传神，深受大批中产人士共鸣。陈嘉上、陈庆嘉凭借《三人世界》获得第八届金像奖最佳编剧奖。此后他们的《小男人周记2错在新宿》，陈嘉上、郑丹瑞的《吴三桂与陈圆圆》依然走小男人路线。

有趣的是，陈嘉上、陈庆嘉擅长的另一题材与小男人喜剧正好相反，主题是阳刚热血的英雄题材。1981年，陈庆嘉从香港中文大学毕业。1986年他和吴宇森合作编写了《英雄本色》。《英雄本色》是香港英雄电影的巅峰之作。影片突破了警匪片的固有写法，将强盗分为两类：一类是十恶不赦的坏人，另一类则是以正面形象出现的英雄。周润发扮演的"小马哥"就是这类英雄的化身。他们的处境都非常危险，因为他们不能与民众为敌，也不能与好警察为敌，他们的身份注定了就是孤独，这种人物形象和武侠小说中的侠士倒有几分相似。小马哥的忠肝义胆、豪哥的义气干云与小男人形象风马牛不相及。

陈嘉上与陈庆嘉在20世纪90年代基本上放弃了小男人喜剧类型，全身心投入到英雄电影的创作中。他们编剧的作品包括《风尘三侠》《飞虎》《浪漫风暴》《G4特工》《热血最强》《野兽刑警》《杀手之王》《江湖告急》《野兽之瞳》等。1999年，陈庆嘉、陈嘉上联合编剧的《野兽刑警》还获得第十八届香港电影金像奖最佳编剧奖。

（5）鞠躬尽瘁的黄炳耀

香港电影界向来盛产一人多能型人才，最普遍的就是编剧、导演常常集于一身。集演员、编剧于一身的黄炳耀就是其中一例。他1946年出生于广西梧州，是香港著名编剧，也演过很多配角。黄炳耀所涉猎的题材非常广泛。他的最大特点是思路开阔，20世纪80年代香港几乎每家公司重要的代表作系列都有黄炳耀参与。比如嘉禾公司的《夏日福星》《福星高照》《奇谋妙计五福星》等；德宝公司的《神勇双响炮》《霹雳大喇叭》《皇家师姐》系列；而他所涉猎的类型更是广泛，他创作了《爱的逃兵》《猛鬼学堂》《非洲和尚》《豪门夜宴》《逃学威龙》《辣手神探》《富贵兵团》《双城故事》等各种类型作品。

黄炳耀作品数量很大，剧本中各种商业因素纷杂，胡闹搞笑的情节也不在少数。香港影坛正是拥有许多黄炳耀这样的创作者，才奠定了香港商业电影空前的繁荣。由于工作劳累，积劳成疾，1992年秋他在德国病逝。第二年的香港金像奖颁奖礼上特别为他颁发了专业精神奖。

8.1.4 兴衰（1990—2003）

进入20世纪90年代初，电影多元化发展的态势更加明显，各类型电影不断涌现，市场兼容并蓄。虽然商业片仍然占主导地位，但是低成本独立制作也能赢得很好的卖座成绩。香港影市再一次被证明有着极强的包容性，电影创作者的心态和创作力也趋向成熟。香港电影依然保持着空前繁荣。但这种回光返照的现象也只是持续了短短几年的时间。

1994年是香港电影产业的转折点，这一年香港电影开始由盛转衰。到了1997年，在东南亚金融危机的冲击下，香港超千万票房的影片在当年只剩下了14部。这与黄金时期完全不可同日而语。香港电影也经历着从辉煌慢慢走向衰落的过程。

自我身份的寻根之旅

特殊的身份让香港一直处在"国与城"的夹缝之中，不少电影创作者的内心一直有着"我们是谁"的诘问。1984年中英谈判后，1997年在香港人心中一直是个期限。何去何从，是大部分香港人都关心过的议题。1990年王家卫编导的《阿飞正传》上映，"我听别人说这世界上有一种鸟是没有脚的，它只能够一直地飞呀飞呀，飞累了就在风里面睡觉，这种鸟一辈子只能下地一次，那一次就是它死的时候"。一时间，无脚鸟的宿命和隐喻让人窥到香港的痛点。1991年徐克编导的《黄飞鸿》上映："金山，到底世界上有金山么？"黄飞鸿："如果这世界真有金山的话，这些洋船为什么要来我们的港口呢？也许我们已经站在金山上了。"徐克强烈的家国认同感又让人热血沸腾。正是创作者对自我身份的不同解读，对"我们是谁"的探索和踯躅，才让香港电影呈现出异彩斑斓的景致。

（1）王家卫的诗性对白

王家卫1959年出生在上海，1963年随父母移居香港。1981年进无线电视台编导训练班学习，他受法国新浪潮派的影响比较大，一直致力于新电影的探索。在任导演之前做过多年的专职编剧，作品有《彩云曲》《空心大少爷》《义盖云天》《江湖龙虎斗》《猛鬼差馆》《旺角卡门》等。虽然商业片居多，但他还是在剧本里加入了不少探索性。比如1984年他和黄炳耀合编的《伊人再见》，采用了戏中戏的双线叙事手法。聋哑漫画家追求一个女孩，现实中遇挫，但在漫画中他是个救美的英雄，一路挫败敌人的阴谋。电影将现实和幻想进行不停切换，并巧妙地用字幕进行了解释。当时这一切都充满了创新的先锋意识。

1990年是王家卫创作的分水岭，此后他的作品开始更加作者化、风格化。从人物对白到角色塑造都具备超高的辨识度。当年他的《阿飞正传》无疑是里程碑式的作品。片中对感情似乎无所谓的旭仔，却一直执着地找寻着自己的根源，无脚鸟的故事让香港观众若有所思，怅然不止。王家卫那富有诗性的对白也开始风靡，比如《阿飞正传》中张国荣的这段开场："一九六〇年四月十六号下午三点之前的一分钟你和我在一起。因为你，我会记住这一分钟。从现在开始我们就是一分钟的朋友，这是事实你改变不了，因为已经过去了。"

台湾影片人焦雄屏认为，王家卫和张爱玲在创作上是气韵相通的："两人都居住过上海、香港两地，都深受国际化大都会的文化影响，都深谙都会男女对情感表露的世故和精于算计，都擅长以景象/意象喻情的细节描述，都显现相当的恋物癖，也都将庸俗和言情当成品味和艺术而沉溺其中。"[19]

随后王家卫相继编导了《重庆森林》《堕落天使》《东邪西毒》《春光乍泄》《花样年华》《2046》《一代宗师》等经典作品。很多传言都说王家卫拍戏没有剧本。其实编剧出身的王家卫还是很看重剧本的，只不过他认为剧本的形式并不重要。作为导演，剧本的框架和对白全在他的脑中，从中也可看出作者化编导的自信与执拗。

在剧作结构上，王家卫的创新也显而易见，比如《东邪西毒》中人物关系的环状结构。拼接剧情也是他所擅长的方式，通过时间、空间或是相同的母题将本来毫不相干的故事连接在一起，《重庆森林》就是典型。王家卫还习惯用叠化的形式，把周而复始的场面累加在一起，以突出时间的重复。让剧情在形式以及题旨上更显得紧密。

（2）徐克的家国情怀

徐克原名徐文光，1951年出生于越南，1966年移居香港。1969年赴美国攻读电影电视专业课程。1977年返港，在电视台担任编导，1978年转向影坛发展。1979年徐克因导演《蝶变》而一鸣惊人，成为新浪潮的主将。随后他加入新艺城影业，导演过《鬼马智多星》《最佳拍档》等影片。1984年成立电影工作室，出品过《英雄本色》系列、《倩女幽魂》系列、《笑傲江湖》系列、《新龙门客栈》等。徐克此前的专注点并不在编剧，身边有张炭、司徒卓汉等一批编剧与他长期合作。

但从1990年开始，徐克却一连编写了五部有关黄飞鸿的剧本。虽然这些剧本大都是徐克和其他编剧合作的结晶，但影片在徐克的主导下，显示出浓郁的徐克特点。此前黄飞鸿故事在香港电影界曾被拍摄过近百次，在徐克的改编下，新版黄飞鸿故事不局限在简单的除暴安良，而是和家国情联系得更为紧密。徐克用黄飞鸿串联起清末不少历史事件，将人物放置在民族危亡的大时代背景下。比如《黄飞鸿之男儿当自强》中以虚构的孙中山逸事来强调时间的重要，强调中西文化彼此取长补短的理想，又以改写了的白莲教事迹来对狂热民族主义者提出批评，以一群华裔小学生的遭遇寄寓了对国民弱点的沉痛反思。

影评人许乐表示："《黄飞鸿》系列为我们制造了一个相当真实的美梦，这里既有对中国传统文化反思和继承的一面，又有对西方外来文化批判和借鉴的一面。徐克创造的黄飞鸿可以超越这一切矛盾冲突，是个具有真实感又有如神话般的人物，以此来调动起中国人自信自强的精神信念，这种处理方法应和了改革开放数年来中国社会产生的巨大变化,又为身处回归焦虑症的香港人缔造了一个可以归属的美好的家国世界,徐克版的《黄飞鸿》才是中国电影史上最成功的主旋律的电影系列。"[20]

正是该系列让徐克开创了所谓的"新历史电影"的局面,"新历史电影往往产生于一个社会急切地需要历史联系的时刻,剧本中除了与史实不符的部分以外,观众更多的可以看到编者如何的借古喻今,对中西文化的冲突提出看法"[21]。

在《黄飞鸿》系列之后,徐克继续他的"新历史电影"创作态度,积极投入到对中国古典名著的改编上,他先后创作了《青蛇》和《梁祝》两个剧本。在这两部作品中,他大胆地颠覆了民间故事的原始文本,而将关注点放在了人性本身,强调欲望的挣扎。从徐克早期的作品比如《第一类型危险》中,可以看出他的无政府主义倾向。至于过渡到20世纪90年代,徐克写成家国典范的黄飞鸿,这其中的转变也颇耐人寻味。

影坛的江湖传奇

黑帮片最早出现在20世纪70年代的邵氏电影中,当时司徒安编剧的两部作品《成记茶楼》和《大哥成》影响很大。黑社会被描述成隐蔽在当代社会中的秘密组织,有着严密的等级制度和规矩道义。主角们游走在社会的边缘,杀人越货快意恩仇,却又遵守着侠士般义薄云天的美德。到了80年代,黑帮片开始和犯罪电影相融合,比如轰动一时的《省港旗兵》系列,《我在黑社会的日子》,《龙虎风云》和《喋血双雄》。在此期间,创作者融入了更多英雄情结元素在影片中。到了90年代,创作者又将黑帮片与传奇类型相融合,衍生出《跛豪》《五亿探长雷洛传》等黑帮传记电影。到了90年代末,文隽和刘伟强从漫画中找到灵感,做出了古惑仔电影系列,这时的黑帮片是打破了英雄主义的桎梏,真实和残酷是影片的基本风格。片中的混混流氓,更多游荡在街头巷尾,与传统英雄大相径庭,不是泡妞就是收保护费,更多呈现出是迷惘垮掉的一代和残酷青春的感受。

(1) 麦当雄的江湖描述

1984年陈欣健编剧的《省港旗兵》在香港上映引起轰动,该片首次描述了内地来港的"大圈仔"犯罪。该片导演麦当雄此前就很擅长纪录片和犯罪调查。在电视台期间,他编导过《十大奇案》《十大刺客》等剧集。1981年他进入电影圈,与弟弟麦当杰以及编剧萧若元组成搭档。这类影片的核心人物大都是社会地位低下的小人物,但又野心勃勃,企图以犯罪而发迹,最终落得悲惨的下场,有很强的宿命色彩。代表作有《江湖情》《英雄好汉》。

1991年,麦当雄、萧若元创作了《跛豪》,也开创了枭雄电影的先河,该片于1992年获得了金像奖最佳编剧奖。麦当雄在创作中遵循了好莱坞的经典叙事追求。枭雄片的主要人物大都来自现实社会中真实的历史人物,在情节铺排上嵌入当时著名的历史事件,采用半纪录式的形式来表现,有着极强的写实感。其中主角的发家史、火拼实录、权力斗争都描写得极为真实细腻。《跛豪》的出现迅速带动了香港枭雄片数量的激增。一时间,《岁月风云之上海皇帝》系列、《四大探长》、《李洛夫奇案》、《五亿探长雷洛传》等全都涌现出来。这些作品良莠不齐,但在剧作上大都遵循着对新闻事件的穿插引用,以及半纪录的影像风格。在结构框架上努力营造史诗风格,角色大都搬用历史真实人物。加入不少字幕、旁白、呆照的运用,也是这类枭雄电影最擅长的手段。

在20世纪90年代中后期,麦当雄的黑帮片也在逐渐升级,他把政治黑幕融入黑帮片中,1997年他创作了《黑金》,影片描写了台湾电玩业老大周朝先因为要选举"立法委员",向国民党要员行贿,却遭到调查局的调查,最终走向覆灭的故事。周朝先有极高的政治觉悟,他在选上"立委"时表示:"我们为什么不把全国弟兄都团结起来,解散所有的帮会,重新成立一个新党?我周朝先可以保证,三年之内我们会成为台湾第一大党,到时候我们就是执政党,我们可以堂堂正正地在总统府开会,哪像现在偷偷摸摸,像龟蛋一样,冒个头出来讲话!"从中不难看出麦当雄的指涉,黑社会原本就是政府豢养的。当黑社会要寻求更大的自由度时,它就必然会遭到政府无情的打击。结局周朝先的失败也表明,孙大圣再强也翻不出如来佛的手掌心。麦当雄的黑帮思维和见解,直接影响到此后杜琪峰的《黑社会》系列。

(2)文隽的古惑仔世界

文隽原名王文俊,广东人,1957年出生,香港浸会学院未毕业就去电视台发展，最早是以演员的身份登上大银幕的，于20世纪80年代初开始编剧创作。他早在新浪潮时期的1982年就编写剧本《靓妹仔》，该片是社会性青春问题电影，"继承了男贼女娼的通俗戏味"[22]。剧本首次触及了社会上"鱼蛋妹"这个软色情行业的题材。这个题材在当年李碧华的《猎头》中也有体现，以致1982年"鱼蛋妹"一词成为社会广泛关注的话题。

新浪潮中后期，文隽和萧若元联合编写过《江湖情》《英雄好汉》。对于这个社会底层的了解，让他们的作品显得极为真实震撼。文隽本人是个极为成功的商业电影人，对商业剧本嗅觉灵敏。他在1995年联同王晶、刘伟强合组最佳拍档公司。该公司创业初作便瞄准了漫画《古惑仔》作品，古惑仔的奇装异服、肆意妄谈、不守规矩，很受年轻人的喜欢。文隽发现其中反社会的青春气息，与自己新浪潮《靓妹仔》的风格是一脉相承的。不过他表示在20世纪90年代编写这样的江湖戏，必须学会变通。首先他把"古惑仔"电影定位为青春片，是江湖片加漫画加青春的成长故事，除了以往黑帮电影的江湖义气和兄弟情谊外，他试图通过古惑仔故事讲述当下青年人的成长史。

由于古惑仔电影的大获成功，文隽也成了首位成功将漫画改编成电影而获得佳绩的电影人，此后他又连续改编了《百分百感觉》《中华英雄》《风云雄霸天下》等等。由于漫画文本的原因，剧本中时常出现漫画呆照的插入，这种间离效果，倒也顺利推进了情节的进展。

（3）黑帮英雄主义及解构

南燕原名林岭南，是导演林岭东的哥哥，20世纪80年代进入电影圈后从事编剧工作，担任林岭东和周润发银奖公司的固定编剧。南燕擅长犯罪题材。代表作有《监狱风云》《学校风云》《圣战风云》《女子监狱》《边缘岁月》《狱中龙》《五虎将之决裂》《我在黑社会的日子》以及《阴阳路》系列等等。

南燕创作信奉通俗商业的传统样式，在《监狱风云》系列中，他设立正反两派的对抗。随着对抗的不断升级，观众被悬念吸引。创作者继续煽情，结局一般癫狂过火，观众压抑的情绪得以完全宣泄。南燕曾撰文表示："监狱就是香港，逃狱就是移民，大圈帮就是新移民，管理监狱的就是政府。"[23]

他剧本中充满了对社会的不信任："法律只适宜被坏人利用来陷害忠良，而无法将坏人绳之以法，唯一的对策就是以暴易暴的原始森林法则。"[24]。所以江湖规矩和兄弟情谊是南燕创作中所尊崇的。比如《狱中龙》所歌颂的兄弟义气和男性情谊。但凡有谁想打破这种规矩的，一定会付出惨痛的代价，比如《我在黑社会的日子》中张耀扬扮演的杨港。

但1995年古惑仔电影火爆后，黑帮片出现了微妙的变化。随着"97"临近，港人心中潜伏的危机意识终于在黑帮电影中爆发。大批新黑帮电影的主题，都是对原有黑帮片的嘲讽和颠覆。比如南燕《金榜题名》就解构了原有黑帮片主角近乎神话的能力，局面是无人能把控住的，最终主角的惨死街头显得更有力量。这其中钟继昌的两部《旺角揸fit人》和《去吧！揸fit人兵团》最为显著，影片用黑色幽默的分段叙事法，彻底解构颠覆了外界对黑帮人物的认识，颇具后现代之风。

中产阶级的都市品味

沿袭着20世纪80年代中产爱情喜剧的创作路线，进入90年代后，开始出现更多为本地中产阶层打造的影片，其中爱情片既有传统喜剧的插科打诨，又加入了强烈的时代感与地域特色。另外怀旧和致敬经典也开始在中产电影中大量出现。1991年，曾志伟和钟珍出资，陈可辛以日后导演费记账参股，三人创立电影人制作公司。英文名United Filmmakers Organization缩写即为"UFO"。公司走的是"兄弟班"路线，采用集资的形式，以意念先行为创作形式，很快吸引了一批幕后高手。除与陈可辛并称"UFO三剑客"的张之亮、李志毅外，尚有陈德森、阮世生、黄炳耀、奚仲文等人陆续加盟，甚至吸引了"仝人电影"的高层郑丹瑞、陈嘉上和陈庆嘉等过档帮忙。

阮世生是UFO的重要编剧之一，他1986年香港大学中文系毕业后，进入了威禾公司做电影编剧。工作初期替许冠文和高志森写过一些喜剧，并和曾志伟合作过。所以UFO创立后，阮世生立刻成为最中坚的创作力量。他先后编写了《风尘三侠》《抢钱夫妻》《晚九朝五》《金枝玉叶》《烈火青春》《仙乐飘飘》《完全结婚手册》等等。

1994年阮世生创作了《金枝玉叶》，故事讲述了音乐人顾家明精心栽培了最受欢迎女歌星玫瑰。两人男才女貌，是十分相配的一对。他们的忠实

"粉丝"林子颖误打误撞成为唱片公司的男新人,众人都没有发现林子颖是女扮男装的。子颖生活在偶像的圈子中才发现这对金童玉女正面临感情的考验,子颖的纯真同时吸引住了家明与玫瑰的眼球,两人分别对子颖产生了爱意。一段复杂的三角关系,引出不少笑料。该剧本在人物塑造上依托心理性别的前后变化,展现了一条鲜明的人物心理变化弧线。片中家明对子颖的天真,由厌烦转为友善,最后演变成苦恋。子颖由开始向男朋友学习男人走路的姿态,到影片高潮时再由人教导子颖模仿少女跑步的姿态。性别错位的幽默跃然而出,人物内心对情感选择的细微变化也昭然若揭。剧本中的节奏和呼应,伏笔与转折,以及相得益彰的对应场面,都给人留下了很深的印象。影片里顾家明和子颖坐在钢琴前弹奏着《追》。他对她说:"男也好,女也好,我只知道我喜欢你。"让无数男女观众热泪盈眶。阮世生对都市男女的爱情刻画的亲近感,还在于他作品的时代性。《仙乐飘飘》讲述的是合唱团中的爱情故事,《每天爱您8小时》展现的是广告界的三角恋爱。

李志毅早年曾在英国学习电影,他同阮世生一样,是 UFO 的著名编剧,他最初以美术指导身份入行,随后为张之亮编写剧本。1991 年李志毅编写的苦情戏《双城故事》大获成功后,创作进入了旺盛期,此后他创作了《新难兄难弟》《风尘三侠》《婚姻勿语》《流氓医生》《天涯海角》等等。李志毅的剧本以都市爱情题材为主,喜欢利用一个个爱情游戏来表达对感情的看法。他在创作上打破时空束缚,比如《新难兄难弟》他采用了土洋结合法,首先题材与内容是向秦剑 1960 年的《难兄难弟》和楚原 1969 年的《72 家房客》致敬,在形式上却采用了美国电影《回到未来》的手法,大玩时光倒流。与《秦俑》《急冻奇侠》一样,成为 20 世纪 90 年代初穿越时空的代表作。两种手法结合,非但没有水土不服,反而让观众觉得极为有趣,说白了李志毅肯动脑筋,在创意上却更胜一筹。浓浓的市井味,父子关系僵化之际,一枚硬币将故事带回旧时香港,穿越时光经历父辈的感情波折与时代变迁,父子亲情以童话的方式达成谅解。该片本来的特点就是致敬一系列经典影片,在 2016 年还被韩寒反过来以《乘风破浪》致敬,可谓一段佳话。

岸西是 UFO 的女编剧之一。她 1958 年出生于澳门。1986 年创作了《听不到的说话》。进入 UFO 后,1995 年创作了《嫲嫲帆帆》,1997 年创作了

《甜蜜蜜》，凭借该片她获得第16届香港电影金像奖最佳编剧奖。

她的作品婉约细腻，恬淡间常会流露出角色细微的忧伤。《甜蜜蜜》的故事借用邓丽君的名曲贯穿全片主线，以李翘和黎小军的浪漫爱情为文本结构，展示了香港十多年的社会风貌，展现了华人迁徙的流动身份与时代命运下的离合悲欢。《甜蜜蜜》不仅仅是两个人爱情的故事，说它是一代华人的生活缩影也不夸张。小人物活得卑微，却有光彩。每一对情深眷侣，最后分隔两地，强悍不过命运，脆弱不过感情。但生活还是要继续。快乐结局需要勇气，遗憾才是本片的主题。这部电影出现在"97"之前，其中悲酸喜乐，却更让香港人有多重解读和联想。此后岸西再次创作了《男人四十》，故事的主线讲述中学国文教师林耀国的学生胡彩蓝不知不觉地爱上了他，耀国也从彩蓝身上重拾了当年妻子文靖学生时代的风采，但这段暧昧的情缘又让为人父、为人师的耀国非常痛苦迷惘；而另一方面，文靖的旧情人、身患癌症的盛老师回来了，他又是耀国长子安然的生父，这两段错综复杂的师生恋，让林耀国不知如何抉择。岸西巧妙地运用两代互涉的师生恋，做不断的重叠式结构再现，从中呈现了生命的循环往复和宿命的感怀。以女性的敏锐来描摹建构家庭、爱情、命运这三个主题之间的关系，让这部电影余味十足。《男人四十》让岸西再次获得香港电影金像奖最佳编剧奖。

张之亮是著名导演，在20世纪80年代他曾专注传奇类型片，编导过处女作《中国最后一个太监》。虽然香港社会是商业挂帅，但多元与包容，让张之亮这样的编导如鱼得水。进入90年代后，他的兴趣点转向了反映香港社会现实的题材。而且摒弃噱头和戏剧化，完全深入到普通百姓的生活中。在强片如林的1990年，他编导的《飞越黄昏》获得了金像奖最佳影片、最佳编剧等几项大奖。影片讲述海归女儿带着外孙回国探母的故事，母女间好面子的争吵和深切的互相关心，细节真挚感人。每个人物代表不同视角，十分鲜活可爱。1992年他编导的《笼民》再次斩获金像奖最佳影片、最佳编剧、最佳导演三项大奖。影片长达三个小时，没有笑点，没有泪点。导演的愤怒隐藏在沙丁鱼罐头一样的笼屋里，小市民的冷漠无处不在，每个人都把自己关在狭小的床上，畏惧外界、畏惧改变，对明天充满恐慌。无论是《飞越黄昏》还是《笼民》，影片渗透出的冷静客观与批判反思精神，都是对60年代朱石麟社会写实片的传承。他加入UFO后，编导过《抢钱夫妻》《仙乐飘飘》

等,同样都是中产视点,但却无法超越他此前的两部写实作品。

无厘头的时空渐变

1990年夏天,香港上映了刘镇伟编导的《赌圣》,这部影片以4100万票房创下了当时的纪录,随后年底王晶的《赌侠》再次收获了4000万的票房。两部影片的主演周星驰终于守得云开见月明,成为香港影坛最当红的喜剧之王。他专属的无厘头搞笑方式也开始风靡起来,这标志着以许冠文为首的许氏喜剧渐渐走向末路。周星驰喜剧最大的魅力就是"消解",所谓"崇高伟大喊口号都是骗人的,搵钱吃饭泡妞才是人生基本法"。与此前许冠文精明算计的中年人形象不同,周星驰草根小民、吊儿郎当无所谓的形象则更加极致。虽然周星驰在20世纪80年代末已经以谐星出道,但《赌圣》《赌侠》的成功,才真正让他找到定位。无厘头喜剧在消费四五年后,聪明的星爷在寻求喜剧的新创意点,几部足以写进历史的作品《大话西游》系列和《喜剧之王》出现了。围绕着周星驰的成功,几位创作高手也开始被观众熟知。

(1) 刘镇伟造就时代狂欢

刘镇伟编导的《赌圣》让周星驰大红大紫。实际上刘镇伟在新浪潮时期就参与了电影创作,曾参与监制《凶榜》《杀出西营盘》《烈火青春》等香港新浪潮电影。1985年他成为专业编剧。1987年与王家卫一同加入影之杰制作公司,执导处女作《猛鬼差馆》。其后他拍摄了一系列风格不同的商业影片。一专多能的刘镇伟自己经常身兼演员,所以在编剧署名上时常采用"技安"的笔名。

1990年他因编导了周星驰主演的《赌圣》而成名。20世纪90年代初香港电影已经开始流行拼贴、戏仿、时空交错等后现代元素。刘镇伟1992年编导的《92黑玫瑰对黑玫瑰》讲述了一个荒诞不经的故事:电影编剧蝴蝶意外卷入黑社会毒品交易中,警察吕奇在暗中保护她。蝴蝶和吕奇渐生情愫。本片致敬揶揄的正是楚原的60年代的黑玫瑰系列,无论是角色名字还是歌曲《旧欢如梦》的运用,该片都大量地戏讽、拼贴黑玫瑰电影。刘镇伟借着剧中蝴蝶、飘红等角色的失忆,刻意制造混乱的时空背景。飘红失忆带来的错乱景象,形成了本片独特的美学特色和跨文本性。

1995年他接连推出了两部周星驰主演的"大话西游"系列，分别是《大话西游之月光宝盒》和《大话西游之仙履奇缘》。为此刘镇伟获香港电影评论学会最佳编剧奖，虽然当时票房失败，但在几年后这两部作品却在神州上下造就了一个时代的狂欢。这系列也成为周星驰和刘镇伟两人都再难以逾越的高峰。影片中，刘镇伟虽然还是铺设了时空穿越的桥段，但剧情却将界限尽量模糊掉，让记忆与现实，前世与今生，昨日与明天有意地混淆，观者如至尊宝一样在他脑海的时光长廊里游荡。至尊宝的心灵前史，被遮蔽的真情变成了五百年后的隐痛烙印，接受拒绝与欲说还休的关系，影片上映后就让影评界进行了外科手术一样细致的多样剖析。有人理解本片为男人的成长史，有人解读这是最震撼的爱情故事，有人感叹时空中生命渺茫的意义，更有人看出满天神佛的禅意。

"曾经有一份真诚的爱情放在我面前，我没有珍惜。等我失去的时候，我才后悔莫及，人世间最痛苦的事莫过于此……如果上天能够给我一个再来一次的机会，我会对那个女孩子说三个字：我爱你。如果非要在这份爱上加个期限，我希望是一万年！"就在这部电影上映的前一年，王家卫《重庆森林》里的台词是："如果记忆是一个罐头，我希望它永远都不会过期；如果一定要加上一个期限的话，我希望是一万年。"离开了王家卫的都市丛林，从西行大圣口中听到这相似的对白，不难看出刘镇伟和王家卫思想的近亲性以及刘镇伟的戏谑精神。

（2）《喜剧之王》泪水之后

20世纪90年代后与周星驰合作最多的编导除了刘镇伟之外就是李力持。李力持，广东省东莞人，1984年加入了亚洲电视任助理编导，其后他转投无线电视任编导。他在无线时的代表作有《盖世豪侠》《他来自江湖》，都是由周星驰主演。因而与周星驰有良好的合作关系。1991年底，他编导了周星驰主演的《情圣》，使无厘头精神更加地深入人心。随后又相继编导了周星驰主演的《破坏之王》《唐伯虎点秋香》《国产凌凌漆》《食神》等，这些影片不停地消费着"无厘头"这个屡试不爽的法宝。不停地解构经典，比如将耳熟能详的民间爱情故事《唐伯虎点秋香》进行重构，将西片经典007进行本土化恶搞改编成《国产凌凌漆》。其实周星驰的成功，并不在于重复自己，而是与他勇于求变的想法和不懈努力分不开。

1997年，周星驰本人尝试编剧。他将自己的入行经历、十多年来经历过演艺圈的人情冷暖进行包装改编，与编剧李敏等人合作了《喜剧之王》。影片讲述了酷爱戏剧表演的社工尹天仇与夜总会小姐柳飘飘的爱情故事。故事中小人物努力向上的拼搏精神、底层草民对爱情的渴望，被刻画得淋漓尽致，笑中带泪，与周星驰以前恶搞无厘头的风格完全不同。因而这部电影也被评论界视为周星驰喜剧的转折点。故事虽然鸡汤，却充满着情怀的力量。尹天仇的经历被观众执拗地认为就是周星驰本人的经历，与其说这是一部喜剧爱情片，不如说这是一部星爷心灵鸡汤史与成长自传的结合体。《喜剧之王》的剧作在情绪和节奏上把握得非常成功，那句经典台词"我养你啊"每次说起，都让人猝不及防，热泪奔涌。整部电影笑泪齐飞，是最高档类型的喜剧。唯一不足的是，剧作上有些前后脱节，到了影片后半段爱情故事又成了狗血的警察卧底，实在有些遗憾。《喜剧之王》后，周星驰逐渐成为自己电影全权的控制者，进入新世纪后，他编导的《少林足球》《功夫》甚至《长江七号》讲述的都是一个主题，就是小人物辛酸的成长史。褪去无厘头外衣的周星驰，用喜剧的形式讲述生活中的悲酸和失意，表达着创作者永不圆满的内心，这也正是周星驰喜剧历久弥新的诀窍。

文艺电影的生存空间

20世纪90年代对于影坛来讲，虽然危机已现，但传统商业片之外的文艺电影依然可以茁壮成长。这就是香港最大的魅力——多元与包容。相比商业电影而言，文艺片更强调作者表达，强调创作者个人意识，不过分在乎市场反应。不过文艺电影在高知阶层中享有盛誉，为香港也获取过很多国际奖项。

（1）杜国威的舞台人生

杜国威毕业于香港大学，舞台剧编剧出身的他于20世纪80年代初参与电影编剧。杜国威剧中角色多来自戏班和梨园。感时伤旧而又渴望真情的艺人，是他诸多电影的主角。比如《刀马旦》《上海之夜》《虎度门》《我和春天有个约会》《南海十三郎》（后三部均是由舞台剧改编成电影）。杜国威两次荣获金像奖最佳编剧奖，他也担任过香港电影编剧协会会长。

黄百鸣曾这样评价他："他人生阅历丰富，本身也是个观察力、洞察力、感染力强的人，在他笔下，人物刻画细致，笑中有泪，泪中含情。"[25]

杜国威对中国传统戏曲以及舞台天地的熟悉，让他的剧本富有别致的艺术魅力。比如《刀马旦》中的舞台最后成为个人与政治命运的交叉点，片中大量的京剧段落，乃至片末戏班众人合演的那出《八仙过海》都成了有力推动该片叙事的手段之一。在片中京剧桥段的挪用也造就了不少噱头，比如"大闹闺房"以及"下毒"的两场戏，就是搬用的京剧手法。

杜国威作品常在大气魄处见真情义，比如《我和春天有个约会》。越战期间，姚小蝶为家计所迫，历尽曲折步入歌坛，并在丽花皇宫夜总会登台，结识了莲茜、凤萍、露露众姐妹，还有令她刻骨铭心的家豪。凤萍与Donny相爱，同往越南，却因越南危机身陷战场，家豪往越南找寻凤萍，却一去无返，杳无音讯，令姚小蝶苦等二十年。杜国威通过主角与不同性格女友的遭遇，展示了香港二十年的变迁，浓郁的怀旧气息，传达出震撼人心的力量。

而1998年的《南海十三郎》算是香港电影中首部以编剧为主角的电影。电影的片头有一行字幕："献给全港编剧共勉"。这是对那些在商业夹缝中默默向上的艺术家的致敬。南海十三郎的故事由一个落魄的说书人道来，在喧闹的夜市，他把故事讲给路人们听，被冠以阻碍交通的无端罪名。在警局里他把故事讲给看守们听，引人入胜的情节令人欲罢不能。当他被保释出来，人们追问他与南海十三郎的关系，他说："这只是一个穷困潦倒的编剧，在讲述另一个穷困潦倒编剧的故事。"南海十三郎自小锦衣玉食，天资聪颖，成年后求学香港，后堕入爱河，追随恋人远赴沪上，恋情未果返港。他自幼痴迷戏曲，20岁时为粤剧名伶薛觉先撰写《寒江钓雪》，从此一举成名天下知，所编粤剧场场爆满，演遍粤港澳。他可以同时写好几个剧本，少年成名意气风发。但他一生却尝遍悲欢离合，34岁就已经疯了，颠颠倒倒地又活了40年。"心声泪影女儿香，燕归何处觅残塘。红绡夜盗寒江雪，痴人正是十三郎。"街头艺人的这首七言正是南海十三郎一生的剧作主题，说的是文人的傲骨与志向，饱含着杜国威对于香港电影速食时代的不满和与之抗衡的决心。

（2）陈果的"香港制造"

1997陈果编导了小成本电影《香港制造》。电影中弥漫的绝望在那个敏感年份中，更显出创作者的野心。该片获得金马奖最佳剧本以及金像奖最佳影片。陈果1959年生于广东，10岁随父母移居香港。1984年加入嘉禾电影公司，在片场锻炼了多年。1992年编导过传奇片《大闹广昌隆》。1996年，陈果用剩余胶片拍摄了《香港制造》。家境惨淡的街头小混混中秋虽对未来迷茫，为人却讲义气。他的朋友无论是运毒的阿龙，还是女中学生阿珊、患上绝症的濒死少女阿屏，等待他们全是死亡和绝路。中秋自己的路，也只有听天由命。影片中强烈的迷茫和宿命感已经超越了中秋的命运，而是"香港制造"的下场。那种昭然若揭的指涉，让人进退失据。

随后，陈果又编导了《去年烟花特别多》《细路祥》《榴梿飘飘》《香港有个好莱坞》等影片。2001年他凭借《榴梿飘飘》获得第二十届香港电影金像奖最佳编剧奖。虽然陈果的故事背景都是现实社会，但这丝毫不妨碍他对暗喻的爱好，暗喻在这些影片中处处可见。他在人物方面很强调荒谬感和无力感。在他的作品中，既可以看出他对自我身份认同的怀疑，又可看出他写实主义般对环境残酷的刻画。内地与香港两地青年同样前路茫茫的心态，让人悲凉不已。

（3）尔冬升的色情想象

尔冬升1957年出生。中学毕业后进入邵氏当演员，《三少爷的剑》是其成名作。1981年他编写了第一个颇具后现代性的剧本《猫头鹰》。1986年编导的《癫佬正传》，反映了社会底层精神智障者的世界，受到金像奖的鼓励。而后编导的《人民英雄》更借鉴了经典西片《热天午后》的桥段，可见尔冬升的心力。进入90年代，尔冬升开始偏向传统商业片的创作，1993年他自编自导了《新不了情》，剧本直接用了邵氏1970年《新不了情》相同的名字，故情节事实际上也大同小异，是标准的商业片类型，但尔冬升的版本除了很好地体现了剧本的怀旧主题，还添加了大量粤剧南音，表达了情人间为了爱而生死不渝的情怀——"如果人生最坏只是死亡，生活中怎会有面对不了的困难"——这句台词精彩之极，感人至深。这也许是尔冬升想对惶惶不可终日的港人所说的话。

《新不了情》后，尔冬升大胆地编导了一部三级片《色情男女》，其主题与《新不了情》其实是一脉相承的，就是坚持自己。影片讲述了一位导演为了完成梦想，被迫要从三级片中寻找艺术新天地的故事。显然影片探讨的是对梦想的坚持与努力，是标准励志型主流电影，但尔冬升巧妙地用"色情"噱头进行了包装，拒绝说教，无论编导还是色情演员更像是人生追梦途中的符号，取材角度十分新颖。随着片尾主角张国荣脱掉了衣服，也脱掉了长久以来背负在身上关于世俗定义成功的舆论重担，赤裸裸迎来人生真正的成长。

银河映像的无常宿命

1996年，由于吴宇森、周润发等人出走好莱坞寻求发展，导致香港电影人才流失，再加上东南亚金融危机浮现，台湾对港电影政策的改变，日韩电影的崛起，都让香港影业光辉渐淡，疲态尽显。就在这个时期，导演杜琪峰与游达志、韦家辉成立了银河映像电影制作公司。银河映像的主创皆出身于电视台编导，有大量商业情节剧的创作经历。但创办银河后，他们的作品追求极端独特性和作者化。黑色宿命常常是他们的创作主题。尤其是在银河映像初期，这种创作意图十分明显。

银河映像成立之初，风格并没有完全固定，创业作是商业片《十万火急》和《天若有情3》。但在1997年到1998年公司连续推出了四部风格独特、影像犀利的电影，分别是《暗花》（司徒锦源、游乃海编剧）、《两个只能活一个》（韦家辉编剧）、《一个字头的诞生》（韦家辉、邹凯光、司徒锦源编剧）与《非常突然》（司徒锦源、游乃海编剧）。这些影片彻底改变了外界对银河的印象，也让该公司在众多香港制造中显得特立独行。

银河映像创作组基本成员是韦家辉、游乃海、司徒锦源、邹凯光等人，他们基本都是在电视台浸淫十数年的编剧，对剧本创作非常熟悉，在银河创作形成了高度统一。剧本的特点是对白不多，主角性格静态内敛，情节时常峰回路转，变化是生命中永恒的特征。人物关系更多是冥冥中的安排，很难操控。一般都是黑色宿命的悲情故事。

比如司徒锦源、韦家辉、邹凯光联合编剧的《一个字头的诞生》。剧作突破常规，同时展示了命运的两种可能，并分别展示了两种命运的结果。剧本结构很有创造力,二段式加回环体,人物处境和心态大起大伏,戏剧性极强。显然该片借鉴了基耶斯洛夫斯基的《盲打误撞》以及阿仑·雷乃的《吸烟不吸烟》,但对于港片来说,这样的叙事模式却是首次使用,颇具试验性。剧本为人物提供的选择性以及开放式结构,对比当时的创作都是少见的。

游乃海是银河专职编剧,他于1989年加入无线电视。1992年受杜琪峰邀请加入大都会电影制作公司。银河影像于1996年成立以来,他一直都是公司的中坚分子,也是杜琪峰及韦家辉的得力助手,他与司徒锦源、欧健儿、叶天成等人合作,创作了不少电影作品。

游乃海是杜琪峰的得力助手,《非常突然》《暗花》《枪火》《暗战》《真心英雄》等都是他的作品。他的剧作常常让人想起古龙小说中的情景,诡异苍凉、无奈宿命弥漫其中,悲剧命运也是他偏爱的主题。主角经历过风风雨雨却毫发无损,但在结局准备庆功时却因为偶然事件而全军覆没(《非常突然》);明明是必死之人,却又可以在枪下逃生(《枪火》);任凭主角机警精明,却还是陷进了命运的圈套,每一步都不情愿,但又无从反抗(《暗花》)。

新世纪的尴尬实录

在2000年前后,受盗版肆虐、经济衰退等大环境的影响,香港电影到了最黑暗的几年。嘉禾等大公司曾经想搬用大资金,重走国际化道路,为此拍摄了《紫雨风暴》《幻影特工》《神偷次世代》等特工间谍片,但并未成其气候。进入2000年后,电影业一再衰落,票房一落千丈。包括银河映像这样特立独行的公司都并入了中国星公司,改拍《孤男寡女》《钟无艳》《辣手回春》等爱情小品等主流商业片,力求生存。

就在这最黑暗的几年,香港电影制作的精品越来越少,但在2002年却出现了两部作品,特别值得一提。

(1)《金鸡》的史诗野心

2002年,邹凯光编写了《金鸡》。此前邹凯光编剧的《爆裂刑警》以刑警、劫匪、平民构成的三角关系就充满了不少意味。邹凯光出生于1968年,1989年得马伟豪提携加入TVB(香港电视广播有限公司)开始编剧工作。

邹凯光的剧本有一个显著特点，就是独辟蹊径的切入角度。比如《金鸡》就以妓女接客史讲述香港历史浮沉，这种错位很好地突显出作品中的黑色幽默感。

一次偶然机会，妓女阿金向小偷说起了她与香港一起成长的故事。从16岁当鱼蛋妹一直讲述到香港回归。其中涉及中英谈判、移民大潮、金融危机等事件，阿金却用招嫖接客的时间线索和自己的情感经历将这些历史掌故穿插在一起，时代风云与市井小民、妓女嫖客的命运都是息息相关的。一部《金鸡》俨然讲述成了一部香港现代史。

而编剧阮世生牵头创作的《金鸡2》又从2046年倒叙回2003年，讲述香港经历"非典"最艰苦的黑暗时刻的这一年里，阿金体会到了人生极致的悲欢离合，看到了出卖、懦弱，更看到了无私无畏，勇于牺牲自己的普通香港人。整部电影笑中含泪，充满了香港人守望相助的狮子山精神。两部《金鸡》让香港电影在最艰苦的时刻，通过妓女阿金一句话就轻松化解了：珍惜今天，因为，那可能成为明日的美好回忆。

（2）《无间道》系列的回光返照

2002年，由麦兆辉、庄文强编剧，麦兆辉与刘伟强联合执导的《无间道》上映。这部电影上映一周收入就达到2000万，被称为是当年的救市之作。影片更获得了最佳影片、最佳导演、最佳编剧等七项金像奖。三位主创此后又接连推出该系列第二部和第三部，同样大受好评，一时香港电影再次崛起的呼声不断。

麦兆辉1990年于香港演艺学院毕业，1991年开始担任副导演，执导过两部电影，都反响平平，他下决心自己创作剧本，以便更好地把控全局。

庄文强则毕业于香港浸会大学传理学院，毕业后曾于无线电视台宣传部担任撰稿和编审工作。他之前写过很多剧本，只是没机会开拍。直到1999年他和马伟豪合编了《失业皇帝》。这部电影上映后，虽然反响一般，但让他坚定了做电影的信心。此后他编写过《东京攻略》《爱君如梦》《河东狮吼》《老鼠爱上猫》等作品。

麦兆辉认为，好的电影是用电影讲故事，而不是用故事讲故事的电影。对于编剧技巧，庄文强认为："刚入行的编剧招式不多，就像是家小便利店，所以要努力扩展，譬如经常做一些资料搜集，这样日积月累，小店终有一日会成为大型超市。那时候写剧本，便可以从货架上拿取各种招式，没有技穷之忧。又如同在超市购物，付款前应仔细检查，会发现有些东西并不需要，此时便懂得节制取舍，精选最适合这个故事的方法来用。"[26]

《无间道》系列打破了以往警匪片中善与恶的二元对立，重点突显真和假的对抗。卧底不是一个新鲜的题材，早在《英雄本色》《喋血双雄》等港片中就曾多次涉及。但《无间道》中的双卧底让两个主角变成了双重身份，正是因为这样的设计，超越了以往警匪题材中警匪对抗的单线模式。两个卧底与警督、黑帮头目，形成四人互相牵制的立体空间结构。"斗智游戏"贯穿影片始终。表面身份与隐藏身份的辨识，内心认同与现实身份的矛盾，都让《无间道》进入人性更为复杂的空间内。

《无间道》对香港后来的警匪片创作产生了巨大影响，真与假的叙事模式与卧底人设又被不断炒作翻新，但鲜有成功。而美国更买走该系列版权，由马丁·斯科塞斯拍成《无间道风云》，获得了2006年度奥斯卡最佳影片、最佳改编剧本等大奖。其实麦兆辉和庄文强两人最大的贡献就是从固有的类型题材中挖掘出了原创的新意。

但香港电影并未因为《无间道》系列的产生，重现辉煌。《无间道》更像是一颗流星，在暗黑的天幕上飞快划过。

8.1.5　新生（2003—2017）

CEPA 协议后的转变之路

由于香港地域范围的限制，香港电影的外埠市场历来是港产电影一大重要的收入来源。但受到台湾市场的大幅萎缩，东南亚金融危机等客观原因的影响，外埠市场收入每年大幅锐减，这也让香港电影业一直在寻求新的发展方向。随着内地改革开放的深入，香港与内地贸易联系更加紧密。2003年6月29日，商务部与香港特别行政区财政司共同签署了《内地与香港关于建立更紧密经贸关系的安排》，简称 CEPA。总体目标是：逐步减少或取消双方之间实质上所有货物贸易的关税和非关税壁垒，逐步实现服务贸易的自由化。其中关于电影方面的重要条款是：2004年后港产片将不再受到20部引进大片的配额限制；而香港和内地的合拍电影则可以作为内地电影进行宣传和放映；香港与内地合拍电影，内地主要演员比例不得少于影片主要演员比例的1/3；故事不限于发生在内地，但情节和主要人物必须和内地有关。2008年又签署了相关补充协议，包括允许合拍电影在香港制作，香港商人可以在内地投资电影院，等等。对于香港电影人来说，CEPA开启了香港和内地合拍电影的热潮，也让香港制造重新找到了市场。

香港味道渐成创作共识

越来越多的香港影人开始坚持本土化创作。银河映像作为创作型为主导的本土公司，在同行大批北上淘金之时依然继续坚持本土创作。2005年到2006年，编剧游乃海与叶天成编导了《黑社会》《黑社会2以和为贵》。两部电影将历史隐喻与帮会类型片进行了巧妙的结合。展现了帮会血腥残忍的杀戮与钩心斗角。影片反映的竟然还是港人纠缠多年"身份认同"的问题以及身不由己的孤独末世感。《黑社会》也获得了2006年金像奖最佳编剧奖。

不同编剧心中的香港味道的表现方式是不同的，除了宿命论和有味笑话外，打怀旧牌永远不过时。2009年，罗启锐、张婉婷夫妇编导了《岁月神偷》，再次将互相守望、永不服输的香港精神大书特书。影片讲述了20世纪60年代香港一个普通家庭的境遇以及孩子的成长，其中钵仔糕、喇叭裤、月饼会等大量元素勾起了很多观众的回忆，笑中带泪的故事让人体味到老香港人情的温暖可贵与一去不返的怅然。《岁月神偷》的歌曲也流行一时，影片获得了2010年金像奖最佳编剧奖。

生于岭南佛山的咏春拳一代宗师叶问恐怕不会想到，自己会再次掀起香港功夫片的热潮。2008年黄子桓编剧的《叶问》让这位咏春宗师再次被人关注。黄子桓是香港著名编导黄百鸣的儿子，2002年入行，担任编剧的作品有《龙虎门》等，显然他继承了父亲的编剧才华。《叶问》实际上是《霍元甲》《马永贞》等英雄动作片的延续。在民族危亡的乱世里，一代宗师是如何涉身处世，通过几场大战展现了民族的浩然正气与个人的高尚节操。对于处在特殊转型期的中国来说，《叶问》的产生唤起了观者的民族自豪感和家国情怀。此后《叶问2》《叶问3》甚至是吴京的《战狼》系列、林超贤的《湄公河行动》《红海行动》等等，如果要寻根溯源的话，都与《叶问》系列有着精神上的联系。

本土化最直接的还是讲当下香港普通人的生活。2009年吕筱华编剧的《天水围的日与夜》获得当年金像奖最佳编剧奖。2012年陈淑贤编剧的《桃姐》也获得了当年金像奖最佳编剧奖。两部电影都是许鞍华导演执导，剧作朴实无华，用近乎白描和半记录的形式描摹了香港底层普通人的日常生活。无论是超市售货员还是老人院的老人，她们善良的内心，暖暖的温情，让冰冷的世界多了暖意和温度。

极端的趣味回归

2014年到2017年香港电影开始呈现极端化发展。在香港本土方面，首先是回归传统，致敬经典。从香港独有的创作精神中找灵感。麦浚龙、翁子光合编的《僵尸》奇诡怪异，讲述梦境与现实，致敬的是香港20世纪80年代的僵尸电影。2015年黄修平编导了《哪一天我们会飞》，黄修平中学时已参与剧场创作，之后远赴美国艾奥瓦州修读电影制作。影片用陷入中年危机的中年人视角，回望中学时的一段青葱岁月。影片处处流露出对往昔的不舍与眷恋，对旧梦的刻画，当下社会人与人之间强烈的疏离与空虚。怀念的不只是爱情，更是旧年岁月。

2014年到2017年，香港女编剧李敏推出了三部风格化的作品《雏妓》《选老顶》《失眠》。李敏是香港经典乐队"梦剧院"的前成员，更是小说家和剧作家，1990年梦剧院乐队解散后，她赴加拿大修读电影，后回港参与电影编剧工作。曾参与创作剧本包括《喜剧之王》《呆佬拜寿》《爱情敏感地带》《嫁个有钱人》《师奶唔易做》等。她早期作品还是以中产阶层为主，但这几年李敏的风格开始转变，社会问题开始成为她关心的主题，注重风格化是她创作的标签。《雏妓》中的女权思维，《选老顶》中的制度化疑问，以及《失眠》的血肉翻飞向邪典的致敬等。

2016年编剧翁子光编导了《踏血寻梅》，获得了当年金像奖最佳编剧奖。翁子光是香港影评人和编剧，香港影评人协会及香港电影评论学会正式会员。此前编导过《明媚时光》《微交少女》等影片。《踏血寻梅》通过一桩剥皮惨案，讲述了两个年轻人不幸而短暂的一生。影片绝望黑色，充满了幻灭感。香港底层人和新移民鲜为人知、充满血泪孤独的人生，让人不忍目睹。第二年龙文康、伍奇伟、麦天枢编剧的《树大招风》获得了2017年的金像最佳编剧奖。该片以香港三大贼王新闻事件进行改编，营造出一片冰冷环伺、互不信任的野兽世界，主题指涉不言自明。

香港电影是否注入内地资本后，就可能丧失自我，抑或坚持本土文化就等同于玩弄低俗恶趣？这也许是今时今日香港影人亟待反思的。

8.2 坚守人文精神的家园：台湾电影编剧史（1925—2017）

1894年，日本发动甲午战争，战败的清政府于次年与日本签订了不平等的《马关条约》，日本开始对台湾实行殖民式统治，从1895年到1945年日本战败，长达半个世纪之久。1949年国民党败退台湾，部分影人赴台，对台湾电影事业的建构产生了深远的影响。正是由于多种历史和政治的原因，台湾电影的发展脉络也体现出其特有的多元化和多变性，各个时期的影片都能够折射出时空背景的特点，日据烙印和大陆人移居台湾以及本地风情都在影片中进行过有机的融合，以至不少台湾电影在中华传统精神的笼罩中更多了些异域特色。

台湾面积不过三万六千多平方公里，人口也只有两千三百多万，但在生产影片的总体数量上基本与大陆持平。1968年的台湾电影年产量曾排在世界第二，不难看出台湾电影经历过的辉煌。相较于大陆和香港的电影，台湾电影一贯以强烈的人文气息区别于两者。不过，较于非常倚重娱乐性来讨好观众的香港电影来说，一贯坚持人文精神的台湾电影，倒是在形态上和注重"载道"的大陆电影有着天然的近亲关系。

电影业的每次革新变迁都是和时代的变化紧密相连的，台湾电影也不例外。如果以时间为轴，台湾电影大抵分为五个时期。第一时期：日据时期（1895年至1945年）、第二时期：起步时期（1945年至1960年）、第三时期：繁荣时期（1960年至1980年）、第四时期：新时期（1980年至2000年）、第五时期：复苏时期（2000—2011）。而台湾电影编剧史和这些时期是息息相关的。

8.2.1 日据时期电影业的时代背景（1895—1945）

1905年中国第一部电影《定军山》诞生于北京，标志着中国电影史的开篇，但20世纪初日本的电影并不发达，台湾日据时期更是电影生产的禁区，其本地的电影产业从1905年到1925年这二十年间几乎等于零，在此期间只是放映日本制作的新闻短片以及宣传片。直到1920年10月17日，台湾创立了台湾文化协会（简称"文协"），该协会章程上明确表示："以谋台湾文化向上为宗旨，唤起汉民族自觉，反对日本的民族压迫。"[27]协会进行多种形式的宣传活动，而电影首次被作为宣传手段引进，"文协"人员积极从事电影在台岛的巡回放映宣传，也开始计划尝试拍摄电影。

当时"文协"中积极参与电影运动的有张秀光、蔡培火、林秋悟等人。他们更多的业绩是引进大量大陆以及国外的优秀电影在本岛放映，用这种形式来抵抗日本的文化侵略。台湾真正独立自主的电影摄制还是在20世纪20年代中期。

台湾第一部故事片

1925年5月23日，台湾人刘喜阳、李松峰、郑超人等发起并成立了台湾映画研究会，开始从事电影拍摄创作，这也是台湾同胞最早的制片团体。由刘喜阳任编导的第一部影片《谁之过》在当年8月完成，虽然上映后票房一般，但是通过这部影片很多参与者都获得了拍摄影片的宝贵经验。此后，一些民间的小电影公司纷纷成立，诸如百达影片公司、良玉影片公司、台湾映画制作所等等。

电影剧本创作的状况

日本从来不想放弃它对台湾的文化侵略和统治，在台湾的民营资本流入电影制作业后，在政治强权的压迫下，这时期的大部分电影，都是合拍片。比如当时有影响的《望春风》《怪绅士》等，虽然都是台湾人投资编剧，但导演却是日本人。而所谓电影剧本的创作，在当时很不成熟。

首先是缺乏原创，大量抄袭和模仿大陆电影内容。比如1928年张云鹤编剧的《血痕》，故事仿效当时大陆盛行的武侠复仇片，除了影片背景搬到了台湾山地，其余情节几乎是全盘照抄。

另外就是受日本殖民式统治的影响，很多影片的主题思想依然是日本的奴化教育，1936年拍摄的《呜呼芝山岩》就是一部歪曲历史、推行奴化教育的影片，而该片编剧居然是台湾文教局，可见强权政治对影片的影响。

难怪1932年台湾《新民报》分析台湾电影不振的原因，着重强调了"没有好的剧本，在台湾找一个有成就的剧作家和有价值的电影剧本非常困难"[28]。

有成就的剧作家

虽然光复前的台湾电影创作普遍平庸，但一样也涌现了不少优秀的剧作家。其中较著名的就是郑德福。郑德福本人是台北第一电影制作所的常务理事，是一名电影事业家。1937年，他和李临秋根据台湾民歌《望春风》的歌词改编了同名电影剧本。故事描写了农村少女秋月为救父亲，卖身为妓，在台北却与当年情人意外相逢，最后秋月卧轨自杀的爱情悲剧。影片揭露了社会的黑暗与命运的捉弄，无论现实意义还是艺术价值都比较出众。

当时在上海的著名电影人刘呐鸥也是台湾人，他原名刘灿波，台南新营人。早年留学日本，后来迁往上海，创办《现代电影》杂志，鼓吹软性电影，他于1937年编写的电影剧本《初恋》，虽然情节老套，但却是很优秀的一部煽情电影，是商业片的佳作。

8.2.2 光复后反共浪潮的兴起（1945—1960）

1945年日本政府宣布无条件投降，根据《开罗宣言》，台湾以及澎湖列岛归还中国。1945年9月20日国民党"行政院"发布《管理收复区报纸通讯社杂志电影广播事业暂行办法》。11月1日，台湾的行政长官公署根据这个文件，将台湾的日方电影制作机构台湾映画协会和台湾报道写真协会交由宣传委员会接管。1946年2月，宣传委员会接手了台北市日本人经营的影院。

自此，全台湾日产电影院全由国民党接管。

台湾电影摄影场被接收后，一直以制作新闻片为主，1950年前，台湾制片厂没有生产过一部故事片。台湾光复后，第一部到台湾拍外景的故事片是上海国泰公司的《假面女郎》。这部由张彻编剧、方沛霖执导的电影讲述的是美国檀香山一个华侨的女儿和一个空军少校的短暂的恋情。这个故事是导演张彻的处女作剧本，但并非原创，而是改编自巴尔扎克小说《伪装的爱情》，但由于影片在台湾实地取景，在上映时倒也轰动一时。

1950年，蒋介石在文艺界开始了"自我检讨改进"运动，同时成立"中华奖金委员会"，鼓励文艺工作者从事"反共抗俄"的文艺创作。1950年4月张道藩主持的中华文艺奖金委员会成立，该委员会以奖金和稿费补助两种方式，鼓励各类反共创作，包括舞台剧本和电影剧本。在这股强劲风潮的带动下，该时期台湾拍摄了《噩梦初醒》《永不分离》《烽火佳人》《罂粟花》等反共电影。这些剧本大都极尽反共之能事，大量地歪曲历史、捏造情节，其政治宣传性之明显，让电影看起来更像是刻意而为的反共教材。当时活跃在影坛的偏好此术的剧作家有邓禹平、钟雷、周旭江、熊光等人。

在反共浪潮的大背景下，1950年至1960年台湾故事片的创作都笼罩着比较浓厚的政治色彩。在这些剧本中，也有个别人的作品，或多或少地流露出鲜明的个性或是宝贵的艺术特质。

王方曙原是台湾农业教育电影公司台中制片厂的专业编剧，1954年他担任了台湾中央电影事业股份公司（以下简称"中影"）成立后的第一部故事片《梅岗春回》的编剧工作。故事讲述了梅岗青年大龙面对匪徒、朋友、爱人时的表现以及各种误会中的种种纠缠，虽然故事依然在影射国共之争，但故事情节缜密，悬念冲突不断，该片参加了第二届东南亚影展。而"中影"的第二部影片《歧路》依然由王方曙编剧，但影片内容极其反共沦为了国民党的宣传工具。此后王方曙还编写了《锦绣前程》等片。

在反共创作浪潮中，台湾某些编剧也勇于开拓非政治题材的创作。"中影"编剧赵之诚根据舞台剧《花好月圆》改编了喜剧电影《永结同心》，该片强调外省人和台湾人同心建设台湾的理想，剧本轻松幽默，具备喜剧类型片的雏形。而他此后根据小说《穷巷》改编的剧本《悬崖》，更讲述了民初的爱情故事。在1955年后"台语"片大行其道的时候，赵之诚创作了儿童片剧本《小情人逃亡》，影片充满人情味和童心，在台湾当时肃杀的政治环境中，格外突显其艺术品位。

8.2.3 台湾电影进入黄金时代（1960—1980）

健康写实主义成为主流路线

经过十几年的建设，台湾电影也逐渐走向成熟期，迎来了台湾电影史上的黄金时代。1963年龚弘接任中影公司总经理，他提出了"健康写实主义路线"的制片方针。这股风潮同时影响了台制[29]、中制[30]以及大批的民营影视公司，但当时也有不同意见，认为"健康"与"写实"不能融合，"极有可能演成影片结局是健康的，而剧中情节却是不真实的"[31]。其实"健康写实主义路线"在某种程度上担负了台湾政宣电影的功能。1962年，台湾经济已经恢复到战前的水平，1953年到1963年推行三期四年的"经建计划"，接受了美国14亿美元的援助[32]。台湾当局此时希望通过电影反映台湾社会经济的好转和人民的精神面貌。

虽然"健康写实主义路线"不久后被修正为"健康综艺路线"，但其对当时台湾电影编剧界的影响还是深远的。该时期产生的电影《养鸭人家》《蚵女》《盐女》《高山青》《梨山春晓》等影片都是遵循着"健康写实路线"创作的。

"健康写实主义"的代表作家张永祥1929年出生于山东烟台。作为编剧，他是科班出身，而且曾当过军人、编导、教师，更因编写话剧《陋巷之春》获得过国民党军中文艺奖。20世纪60年代，他成为中影公司的固定编剧。张永祥在台湾编剧家中的地位很特殊，在1960年至1980年阶段，他是台湾电影编剧界公认的"霸主"。他的年产量最多时超过了十部，而且该阶段每年比较出色的电影几乎都出自他的手笔。张永祥本人更三度获亚洲影展最佳编剧奖，又以《吾土吾民》《汪洋中的一条船》《小城故事》等获金马奖最佳编剧奖，是名副其实的获奖专业户。

张永祥的编剧生涯发轫于"健康写实主义"的口号中，此后与李行导演开始了长期合作，取得的成就也是有目共睹的，他的编剧处女作《养鸭人家》成为台湾写实主义的经典作品。剧本"通过平易俗浅的情节和对话，抒发朴实而浓郁的感情，作品清新稳练，洋溢着乡土气息，风格崇尚写实"[33]。该作品是张永祥个人整体创作风格的突出代表，虽然他之后的创作题材和范围十分广泛，无论古装历史片（《扬子江风云》《古镜幽魂》）、爱情文艺片（《一帘幽梦》《秋歌》《碧云天》《我是一片云》）以及政治挂帅的"伤痕文学"（《假如我是真的》）都有涉猎，但是对他思想影响最大的还是台湾色彩浓郁的乡土生活、人文关怀的感召和对精神世界的自我追寻。从早期的《养鸭人家》《路》《吾土吾民》到《家在台北》《原乡人》《汪洋中的一条船》乃至晚期的《小城故事》，在张永祥的剧本创作中都可以很清楚地看到这一思想脉络的传承。

张永祥虽然创作题材多样，但他发轫于"健康写实主义"，从他的很多剧作中可以看出乡土文化对他的影响。比如《汪洋中的一条船》里，三次闪回都是有关的乡村情景；而《小城故事》更是描述了在台湾雕刻之乡三义发生的故事，熟悉传统工艺的老艺人、自幼失聪的哑女，似乎都是张永祥的乡村记忆。

在《养鸭人家》等电影掀起的写实主义风潮中，台制拍摄了不少写实主义作品，其中最值得关注的是鲁稚子编剧的《歌声魅影》和吴桓编剧的《小镇春回》。尤其是后者，剧作家大胆采用两条戏剧主线来结构故事，让招赘门婿和建设家园这两件事情平行推进，最后大团圆收场，虽然整部故事做戏痕迹较重，但其鲜活的叙事方式和健康向上的情节设置，还是让观众有耳目一新的感受。该片获得了第七届金马奖最佳编剧奖。

古装片和爱情类型片的流行

进入 20 世纪 60 年代，商业类型片的风潮愈演愈盛，虽然几个大制片厂在坚持写实主义的创作方向，但民营电影公司为了更加迎合观众的口味，开始不遗余力地展开各种类型片的创作。在此期间，台湾电影界相继产生了拍摄大型历史宫闱片、武侠片、爱情片等几次创作浪潮。1963 年夏，香港邵氏公司的黄梅戏电影《梁山伯与祝英台》在台湾上演，达到了 840 万新台币的空前卖座纪录。正是这部电影的大热，带动了台湾古装电影拍摄的潮流。

（1）李翰祥台湾制造

1963年冬天，李翰祥在电懋与联邦公司的支持下，来到台北，在泉州街创办了国联影片公司。为了替公司储备人才，也为发掘新晋编导。李翰祥用一元钱一个字的代价征求电影故事与剧本。另外在台北板桥也开始建设片厂，建造一条中原古街，包含亭台水榭，并有两座大摄影棚。在台湾的几年间，李翰祥策划编剧了多部作品，并培养了大批影视人才，但由于其经营不善，国联公司在1969年基本上就名存实亡了。在李翰祥的带动下，20世纪60年代中后期台湾制片业如雨后春笋般成长起来。等李翰祥离开台湾后，国联公司所培养的人才也全部投入到台湾电影界，大大刺激了台湾电影的发展。李翰祥对台湾电影的贡献是有目共睹的。

1965年，国联出品了由唐绍华编剧、李翰祥导演的《西施》及其下集《勾践复国》。编剧唐绍华曾任香港新华影业公司制片主任，后去台湾，历任政工干校、辅仁大学、中国文化学院教授。他擅长戏剧创作，兼涉戏剧理论与评论。作品题材广泛。编著有舞台剧《碧血黄花》等50余种、电影剧本《小凤仙》等70余种，并执导《皆大欢喜》等电影50多部，著有《电影艺术入门》等20余种书。《西施》场面宏大，人物众多。在台湾上映后，票房打破了台湾的票房纪录，不过由于投资过于庞大，也为国联后来的经营不善埋下了炸弹。

1969年国联出品了李翰祥导演、宋项如编剧的《冬暖》。这也是李翰祥最满意的作品之一。宋项如生于1930年，毕业于政工干校影剧系第三期。1949年，宋项如脱离海军部队，考取了台大中文系，毕业后做过演员、编剧、导演和制片人。不过他最喜爱、最擅长的还是编剧。1958年他创作了第一个电影剧本《冬暖》，这是根据作家罗兰的小说改编而成的，剧本讲述了一个小人物的生存故事，从大陆来台的老吴以卖馒头为生，虽然不识字，却热心待人，他暗恋着隔壁邻家的少女阿金，但阿金的出嫁让他备受打击，最后阿金也因为丈夫去世，回到了老吴的身边。剧本真情感人，尤其是对小人物的孤独落寞的生活与心态刻画得非常细腻。

此后宋项如还编写了《狼牙口》《猎人》《欢颜》《候鸟之爱》《天狼星》《寻梦的孩子》《我歌我泣》等，他本人曾以《候鸟之爱》获第17届金马奖最佳剧本奖。宋项如的爱情题材作品，比同期作者显出一份大气和自然，

《候鸟之爱》将台湾社会中建筑业收买地皮的现象作为切入点，十分贴近生活。而《我歌我泣》里他笔触深沉地描述了一个作曲家的爱情悲剧故事，其中现实和梦想之间的差距，失落和追挽间的无奈，被宋项如刻画得入木三分。宋项如的爱情作品，总体来说常常带有些许的批判色彩和悲剧因素，其中不乏自己的体验和影子。

同年，李翰祥为中制拍摄了《扬子江风云》，由著名编剧张永祥改编自邹郎的谍战小说《死桥》。影片充分展示了编剧对多种类型题材的掌控能力。剧本里更加插了社会纪实文字，强调故事背景和真实性，全剧在布置悬疑和斗争的描写上，具有紧张效果。

李翰祥本人在台湾期间，更专注导演策划以及国联的运营，亲自编剧的作品并不多。他1970年编导的《缇萦》却是名副其实的经典。影片根据台湾作家高阳的小说改编。缇萦是医师淳于意的女儿，淳于意为了专心从事医术，辞去了官职，但由于他拒绝了对权贵出诊行医，因而得罪了权贵，被控告到朝廷，朝廷判定将淳于意处以肉刑。淳于意共有五个女儿，缇萦是最小的一个，身陷囹圄的淳于意失望地表示，生女儿有什么用，只会哭。于是缇萦想办法为父亲上书朝廷，汉文帝看到她的诉状，悲悯她的心意，赦免了她的父亲，并废除了肉刑。缇萦救父是中国传统的孝道故事，钟情于中国文化的李翰祥，把这个故事改编得更具戏剧性，尤其是敌视淳于意的群体是炼丹术士。另外他还塑造了阿文一角，通过他和缇萦之间的爱情、他和淳于意师徒反目到言归于好的转变，丰富了影片的结构层次。剧本把"报师恩""伸父冤""守正不阿"的精神表现得铿锵有力，把中华民族固有的优良文化用大篇幅来表现，这与他20世纪50年代在邵氏的创作是一脉相承的。

李翰祥对后辈的提携不遗余力。他组建国联影片公司后，长期与编剧姚凤磐合作。姚凤磐出生于1932年，20世纪60年代初开始编剧生涯，创作过剧本《白云故乡》《街头巷尾》等。进入国联公司后，他擅长改编作品，从琼瑶、朱西宁、杨念慈的小说到蒲松龄的《聊斋志异》，以至戏曲越剧皆得心应手。他前后编写了《北极风情画》《辛十四娘》《破晓时分》《几度夕阳红》《塔里的女人》《天之娇女》《黑牛白蛇》等大量作品，是国联的重要编剧。

其中姚凤磐编剧、宋存寿导演的《破晓时分》影响很大，影片以菜鸟衙役陆小三的主观视角讲述故事，尖锐地批判了旧时衙门泯灭人性的黑暗面。全片接近"三一律"，发生于黎明前夕，短小精悍，拒绝过度煽情，心理状态刻画深刻，很有现代电影的风范。国联解散后，姚凤磐转向了恐怖片创作，他在恐怖片剧本中也加入了许多人性的元素，比如《索命三娘》《秋灯夜雨》等等。

（2）琼瑶热掀起爱情风潮

1965年，台湾电影文艺风潮受到爱情小说的影响，台湾中影制定的"健康写实"路线被调整为"健康综艺"路线，在这一背景下，健康写实派导演李行首先转型，他把琼瑶的小说《六个梦》中的一篇改编为电影《婉君表妹》，影片上映后大获成功。李行在同年继续改编了《六个梦》中的《哑妻》，拍摄成电影《哑女情深》。影片获得了亚洲影展最佳编剧等多项大奖。一时间琼瑶小说成为电影界的新宠。爱情风潮的兴起，也让更多当时流行的爱情小说成了编剧们争先改编的对象。

琼瑶原名陈喆，1938年生，湖南衡阳人。16岁便发表了第一篇小说《云影》，大专联考落榜后，她便专心致力于写作。24岁前已发表了《幸运草》等短篇小说一百多篇，24岁出版首部长篇小说《窗外》。从1965年到1983年这18年间，台湾和香港两地制作的琼瑶电影就达到49部，平均一年近三部。以1968年为例，台湾就摄制了《六个梦》《月满西楼》《寒烟翠》《女萝草》《晨雾》《陌生人》《深情比酒浓》等七部电影，对于任何作家来说，这样的规模都是空前的。

文艺爱情片其固定的几种故事模式，在琼瑶的电影中是很常见的，琼瑶影片不外乎涉及畸恋、多角恋爱、绝症恋爱以及家庭伦理的感情纠葛等几种类型，琼瑶将这些类型放入不同的历史背景或是特定的时空环境里，加以丰富变化，虽然看似花样繁多，但是万变不离其宗。1973年由郁正春、陆建业编剧的《窗外》，就被称为是琼瑶电影的最佳代表作。这是一个标准的师生恋故事，不同寻常的恋情在琼瑶小说电影的早期很普遍。同年李行执导的《彩云飞》表现的是一对孪生姐妹被分开养大，其中一个富家女和大学生相恋，但富家女却得绝症身亡，大学生不久后又遇到了与逝去女子长得一模一样的女孩，大学生又燃起了爱火。这部电影的故事构架，为后世许多电影提供了类似的"孪生桥段"。

1977年,琼瑶自组巨星影业公司,此时琼瑶作品除了恋爱的主题外,也开始注重扑朔迷离的情节。1979年由琼瑶亲自编剧的作品《雁儿在林梢》的情节线索就比较复杂,女留学生对姐姐的死因展开调查,她认定姐姐的情人是杀害姐姐的凶手,结果事实并不是她想象的那样,姐姐原来是因车祸丧生。

琼瑶辉煌的18年电影生涯中,虽然有近50部的电影产量,但由琼瑶亲自编剧的作品只有《月满西楼》《剪剪风》《女朋友》《在水一方》和《雁儿在林梢》5部作品,是其总电影产量的十分之一。真正很有成就的改编者还是张永祥,《六个梦》《一帘幽梦》《秋歌》《碧云天》《我是一片云》《人在天涯》《心有千千结》等作品都是张永祥改编的。他笔下改编的琼瑶故事,非常注重情节铺陈和心理描摹,其煽情手段也很高超,张永祥永远把故事性放在第一位,很少有不必要的赘述或是形式上的修饰。

李翰祥的国联公司在琼瑶电影盛行的时候也出产了大量的琼瑶电影,其中刘维斌改编了琼瑶的小说《深山里》,写成剧本《远山含笑》,姚凤磬编写了《窗里窗外》《几度夕阳红》,赵之诚改编了《陌生人》,刘昌博编写了《深情比酒浓》,徐天荣根据琼瑶的《归人记》编写了《明月几时圆》,等等。

除了琼瑶外,女作家玄小佛和严沁的爱情小说也频频被改编为电影。玄小佛作品最大的特色是:"塑造一个反抗现行制度,不羁放荡的女主角,对现实表示出极度的不满。"[34] 比如《白屋之恋》《沙滩上的月亮》《谁敢惹我》等等。但这样的作品常常脱离现实,虚幻色彩浓重。严沁作品也存在西化色彩偏浓,故事巧合过多的弊病,比如《留下一片相思》中女主角的父亲、丈夫和哥哥都爱上了她的闺密。但由于爱情风潮正劲,在此期间两人被搬上银幕的小说都有十来部。

琼瑶等作家的爱情小说之所以能成为当时热门的影视改编题材,这主要应归结于台湾的社会状况。20世纪60年代中期,武侠电影还没有在台兴起,香港大量的浪漫爱情影片输入台湾,对市场造成了不小的冲击。加上台湾中制的路线在此时调整为"健康综艺路线",在这种风潮下,制片公司势必要寻找更多的本地创作,爱情小说恰好为电影提供了这样一片园地。这个时期著名的编剧还有郁正春、朱向政、潘榕民、刘家昌等等,他们的作品基本集中在爱情题材的创作上。

武侠与战争风起云涌

在"健康综艺路线"的带动下，除了爱情文艺片外，古装武侠片和战争片等类型片种也开始逐年递增。追溯起来还要从50年代末说起，当时通俗文艺兴起，武侠小说开始畅销。1959年台湾拍摄了《关东女侠》《七剑十三侠》等五部台语武侠片。1966年张彻的《独臂刀》突破百万票房，带动了古装武侠电影的热潮。1968年台湾创下了128部武侠电影的制作纪录，占全年生产影片总数的37%，自此武侠片成为台湾重要的类型片种。和其他类型片相比，因为战争题材耗资巨大，所以台湾拍摄的战争片并不多，但由于当时台湾当局开展所谓的"爱国教育"，1973年台湾更实行胶片进口减低税率13%的鼓励政策，[35]这也催生了战争影片的生产，其中尤以抗日题材的战争片为主。

（1）胡金铨崇尚儒释精神

胡金铨1931年生在北平，1949年到香港发展。1951年，他经蒋光超介绍在费穆的龙马电影公司担任美工。后在李翰祥的引荐下，进入邵氏公司。担任剧本创作工作。根据戏曲改编的《花田错》是他的首部剧本，1964年，他编剧的《大地儿女》获得当年金马奖最佳编剧奖。胡金铨开始崭露头角。1965年，胡金铨编写了他在邵氏的最后一个剧本《大醉侠》。此后，他离开了邵氏公司，赴台湾加入联邦公司。

在台湾，胡金铨的创作方向调整为古装武侠电影，作者电影意识渐显。他的剧作大都以历史空间作为故事背景，影片里更是杂糅了不少著名的历史事件。比如《龙门客栈》中讲述的是明朝"夺门之变"后，东厂迫害于谦后代的故事；《侠女》是取自《聊斋志异》，但胡金铨却把背景换成了明朝东厂宦官与东林党之争；《忠烈图》的故事是发生在明末将领俞大猷抗倭的时代；《怒》则改编自京剧《三岔口》；《迎春阁风波》与《龙门客栈》很相似，讲述了元、明两朝高手在迎春阁争夺布兵图的故事。另外两部在韩国取外景的影片《空山灵雨》和《山中传奇》的背景亦放在了宋代。胡金铨在20世纪90年代依然参与编导了《笑傲江湖》《画皮之阴阳法王》。虽然《笑傲江湖》的主导权被监制徐克控制，但从这两部作品中依然能看出胡金铨对历史题材的偏爱。

胡金铨作品剧作模式是很中国化的，他吸取了唐朝的话本、明清章回体小说的营养。观众可以清晰感受到，中国传统文化的影响无所不在。尤其是儒家、释家的思想对他影响最深。《龙门客栈》《忠烈图》中主角甘于淡泊、舍生取义的儒家正统精神与士人风骨是胡金铨所仰慕的；《侠女》中的禅机易理与《空山灵雨》的出世无为，更是胡金铨喜欢的玄机哲学。

不过他的作品也有一个重要问题，就是对时空的掌控度。在长达3个小时的《侠女》中，影片上半部节奏紧凑，情节交代清楚，叙事明了。下半部却拖沓冗长，很多段落甚至已经游离于戏外。"胡金铨的电影，当故事发生在统一的时间范围，或特定空间范围的时候，结构会比较平衡，剧力比较贯彻，否则就可能会失去节制，控制不了篇幅的长短与快慢。"[36] 另外，男女情感的处理方式也是胡金铨的短板。他对情爱、情欲的描写常常显得力不从心。如果说邵氏《大醉侠》中范大悲和金燕子的交往还有些精彩朦胧的情感描摹，那么《侠女》中顾省斋和侠女的情爱交锋就显得生硬和尴尬了。

（2）战争题材的编剧们

丁善玺生于1936年，原籍江苏，生于青岛，台湾艺专影视剧编导科毕业，曾经担任"中影"、邵氏的编导，他也是当时最擅长驾驭战争题材的编导。早期他的编剧作品类型比较庞杂，比如《明日之歌》《云且留住》等。进入20世纪70年代，他转而描写时代风云和历史画卷的战争题材，《英烈千秋》《八百壮士》《秋瑾》《碧血黄花》都是他这个时期的作品。他对剧本细腻的处理手法更为政策电影赋予了难得的艺术高度。

1975年他编导的描写抗日名将张自忠的《英烈千秋》获21届亚洲影展最佳编剧奖。1976年编导的《八百壮士》，获第22届亚洲影展最佳作品奖。1976年参与编剧的《梅花》获哥伦比亚第16届卡塔赫纳国际影展凯瑟琳奖。1981年编导了描写武昌起义的《辛亥双十》，获第19届台湾金马奖最佳剧情片奖。

创作上，丁善玺比较忠实地还原历史，擅长融情于境，尤其是战争背景和人物生命中的情感纠葛，比如《英烈千秋》中谣言下忍辱负重的张自忠，《碧血黄花》中林觉民夫妻之情映衬下的革命者的浩然之气，《辛亥双十》里的英雄群像的刻画与革命的艰难。这些无不反映出丁善玺的独有特色。

另外何晓钟的《笕桥英烈传》,邓育昆的《黄埔军魂》,张永祥的《女兵日记》,倪匡的《海军突击队》都是这个时期的战争题材作品。

8.2.4　新电影运动的作者意识（1981—1990）

进入 20 世纪 80 年代,台湾初步实现了资本主义工业化,跃身为"亚洲四小龙"之一。随着经济增长,电影界在经历了爱情、武侠等类型片的风潮后,开始呈现出多元的变化,同香港一样,大批受过科班教育的电影新人以及海归派的涌现,为电影创作领域注入了新鲜的活力。1980 年,"中影"任命编剧小野为制片部企划组组长。1982 年夏,在小野等人的大力推荐下,陶德辰、张毅、杨德昌、柯一正等四人编导了影片《光阴的故事》,自此台湾新电影运动掀开了帷幕。

1983 年 4 月,"中影"开拍《儿子的大玩偶》。该片卖座超出预期,同时更吸引了文化界的一致注目。人文关怀开始明显体现在这一时期电影剧本创作中。在这一时期,大量以城市为背景的作品开始出现。新电影改编现代文学（例如《杀夫》《玉卿嫂》等 20 部）的比例远远高于乡土文学（如《看海的日子》《儿子的大玩偶》等 8 部）。新电影的创作多在观察与反映个人成长经验上,由于其成长经验与台湾发展经验是同步的,因此从中呈现了城市中心化的倾向,所以新电影的地域意识并非刻意呈现。

新电影运动对台湾电影的改变在于电影美学、媒体与创作观念的创立。新电影运动中,很多编剧作品中都有自己的影子。新电影的叙事方式在传统顺时空关系基础上朝多样化发展。比如《童年往事》的心理结构,《光阴的故事》等影片的集锦式结构等。

1987 年,53 位电影工作者和文化人所发表的《台湾电影宣言》,可视作新电影运动的结束和制作"另一种电影"时代的开始。在新电影运动蓬勃的这五六年中,不少优秀的编剧家脱颖而出。

新电影促使作家编剧融合

1983 年,《儿子的大玩偶》获得成功后,"文学电影"时代似乎真的到来了，据了解，当时新电影改编自文学的比例约占全部新电影影片的一半。乡土文学和校园文学直接启发了新电影工作者的灵感，大批当代作家，例如吴祥辉、朱天文、陈映真、李昂、廖辉英、白先勇、王祯和等人的小说纷纷被改编为剧本。这一时期的剧作家中，很多人的身份本来就是作家，这种双重身份在当时电影界成为时尚，大量作家纷纷创作剧本或者把自己小说改编为电影剧本。

（1）小野多产之王

"中影"剧本负责人小野，本名李远，1951年出生在台湾。台湾师大生物系毕业，学生时代就开始发表小说，出版过《蛹之生》《封杀》等四部小说集。大学毕业后曾任军医、大学助教。1979年赴美国攻读生物学，1980年辍学回台湾，正式进入"中影"。他编写的剧本有《成功岭上》《海上蛟龙》《望子成龙》《我爱玛莉》《我们都是这样长大的》《白色酢浆草》《老师，斯卡也答》等等。他曾创作话剧《早安，台北》，后由侯孝贤改编成同名电影剧本。1981年他与丁善玺合编的剧本《辛亥双十》获第19届台湾金马奖最佳作品奖，1986年的《我们都是这样长大的》获第23届台湾金马奖最佳原作剧本奖，1990年的《刀瘟》获第27届台湾金马奖最佳改编剧本奖。1986年创作《恐怖分子》获第23届亚太影展最佳编剧奖。小野的作品往往以家庭与学校体制为主题，这与他曾经当过老师的经历很有关系。此外，他改编黄春明的小说《我爱玛莉》，也给人深刻印象。影片反映并尖刻地讽刺了部分台湾人崇洋媚外的心理。

（2）黄春明与王祯和——小人物专家

黄春明1939年出生于宜兰县，就学于屏东师范学校。20世纪60年代开始创作和发表小说，《儿子的大玩偶》《莎哟娜啦，再见》和《我爱玛莉》等作品被搬上银幕。其中，根据黄春明的三部短篇小说改编的电影《儿子的大玩偶》成为台湾新电影的扛鼎之作。黄春明之所以能受到如此的重视，主要是因为他的小说极尽讽刺批判之能事，将台湾社会的丑恶面暴露无遗。

黄春明的小说改编成电影的不在少数，由他本人担任编剧的影片只有寥寥数部。其中他编剧的《看海的日子》，鲜明地反映了黄春明笔下的个人风格，即小人物"在生活的压力下表现出一种极为韧性的生命力，有一股很强的要求平等和自由的情绪"[37]。黄春明笔下的小人物地位卑微，经济上窘困，但都有顽强的心性，自强不息仿佛是他们的特性，他们不甘心随苦难生活而沉沦。《看海的日子》呈现出很强的文学性。影片开始，白玫在火车上抱着女友的孩子，告诉他这就是海，影片结尾白玫抱着自己的儿子，要他看海，既是两次点题，又是前后呼应。白玫属于黄春明非常拿手的底层小人物，性格非常倔强，很有主见，影片运用旁白的形式让白玫说出了她的心声。并多次运用闪回的手法，呈现时空交错，与小说中的意识流手法非常相似。

和黄春明一样，王祯和也是台湾乡土作家。他于1940年出生于台湾花莲县，1959年考入台湾大学外文系，毕业后服兵役，后由中学教师转为航空公司职员，1967年到台湾电视台工作。从20世纪60年代开始发表小说。他也很擅长描写小人物。其中《嫁妆一牛车》《美人图》等被改编拍成电影。《嫁妆一牛车》承载着一个"典妻"的故事，影片以喜剧的手法描述一个农民因为贫穷而对妻子偷情装聋作哑的故事。悲观无奈、残酷无情的主题让略有喜剧色彩的影片更多地带出笑中有泪的效果。同样是写底层小人物，王祯和与黄春明还是有区别的，王祯和更悲观一些。

（3）朱天文诗性人文

1956年出生的朱天文是著名女作家、编剧。她几乎参与了侯孝贤所有影片的编剧工作。朱天文父亲和妹妹都是作家。她就读于淡江大学期间创作的小说《乔太守新记》荣获1976年《联合报》小说征文奖，1978年大学毕业后创办《三三杂志》。20世纪80年代以来，先后参与创作了《风柜来的人》《小毕的故事》《小爸爸的天空》《冬冬的假期》《青梅竹马》《结婚》《最想念的季节》《童年往事》《恋恋风尘》《尼罗河的女儿》《悲情城市》《戏梦人生》《好男好女》《南国，再见南国》《海上花》《千禧曼波》等，曾两次获金马奖最佳编剧奖。

朱天文女性的身份让她的剧作有种独特的母性感觉，她把女性特有的细腻赋予了影片，在《小毕的故事》和《最想念的季节》等早期作品中反映得最为强烈。《冬冬的假期》《童年往事》还融入了导演侯孝贤的亲身经历。

《悲情城市》是朱天文最重要的作品，该片以"二二八"为时代背景，讲述的是1945年日本投降至1949年国民党政府逃台之前一系列政治历史事件中，林氏家族所遭遇的风风雨雨。它对于政治历史事件的表现没有从正面切入，不像大多数历史片以波澜壮阔的历史画卷取胜，而追求以情动人：文清与宽美含蓄美丽、生死相许的爱情，文清与宽荣的友情，文清兄弟之间的手足情，宽荣兄妹与日本姑娘静子的深情厚意等种种情感以诗化的方式被编剧加以渲染和传达。这与20世纪30年代的悲剧史诗《一江春水向东流》明显不同，同样是悲剧，但朱天文不刻意营造戏剧性的激烈冲突，也不用顺时性平铺直叙，而多使用画外音来回溯往事。朱天文认为中国文学具有抒情传统，其精髓和最高境界在诗性。"诗的方式，不是以冲突，而是以反映与参差对照，既不能用戏剧性的冲突来表现痛苦，结果也不能用悲剧最后的'救赎'来化解。诗是以反映时空的无限流变，不以救赎化解，而是终生无止的绵绵咏叹、沉思与默念。"[38]

她对人的兴趣远大于对政治和历史的兴趣。《悲情城市》《戏梦人生》《好男好女》都是对"二二八"这一历史事件的反思。《悲情城市》与《戏梦人生》的核心主题是历史如何侵犯了不涉政治的普通人的生活，《好男好女》则把20世纪40年代与90年代，两个时代的年轻人的人生观、价值观进行对比，延续其对都市颓废文化的批判和忧思的主题。人文观照贯穿在她的一系列剧本中，"人"永远是她所关注的焦点，对人的观照总是先于政治历史被置于首要地位。

新电影编导合一的主将

新电影运动虽然受到文学的启发，但在剧作上也并非倾向于改编文学。从新电影的生产过程来看，"编导合一"的现象正在逐步形成，并且出现了由电影剧本改写为小说，或电影与小说同步产生的现象。新电影运动开始于改编文学（如《小毕的故事》《儿子的大玩偶》），但旋即以编导合一成为运动的主要趋势。文学的内涵与叙事特质确实使新电影有别于以前的特殊风格，但编导合一电影作者的出现才是新电影运动最重要的现象。在这个时期，导演与编剧的关系不再是游离的，导演更多地参与到编剧的工作中，或是在剧本中投入自己很多的个人经验。其中侯孝贤、杨德昌、蔡明亮等都是编导合一的著名人物。

（1）侯孝贤时代蜕变

侯孝贤1947年出生于广东，1948年全家迁居台湾，1972年毕业于台湾艺专影剧科。1974年从影，先后做过场记、副导演、编剧、演员。1978年至1981年以编剧的身份参与过多部爱情文艺片的拍摄。

20世纪70年代中后期，侯孝贤编写了大量剧本，基本上是以文艺爱情片为主，包括《翠湖寒》《早安台北》《我踏浪而来》《天凉好个秋》《蹦蹦一串心》《俏如彩蝶飞飞飞》《在那河畔青草青》等等。1983年，他和朱天文合编了《小毕的故事》，剧本是由朱天文的获奖短篇小说改编而来的。剧本并不花哨，平静舒缓地叙述着简简单单的成长故事。一反他此前文艺爱情片的苍白和做作，故事中透露出的迷茫苦闷与岁月流逝的淡淡忧伤也成了侯孝贤20世纪80年代创作的主题。1983年对于侯孝贤来说，是一个转折点。同样朱天文编剧，他拍摄的《风柜来的人》获得法国南特影展最佳影片奖。正如他所说，对电影重新认识，感觉那是另一种语言。自此侯孝贤摆脱了商业电影的路数，成为艺术电影作者。

侯孝贤在新电影运动前期，在追述个人成长经历的同时，特别表现了台湾由农业社会向工业社会的转变过程。比如《童年往事》《冬冬的假期》《青梅竹马》《油麻菜籽》大都讲述了社会转型期中个人与社会的冲突，从中透露出对生命成长的认识，亦属于一个时代的特殊记忆，自传性色彩强烈。这期间，他所改编的《小毕的故事》和《油麻菜籽》都获得了金马奖最佳改编剧本奖。到了新电影后期，侯孝贤更着重探讨历史背景下的社会、家庭、个人命运的变化，史诗情结逐渐凸现，从《悲情城市》开始，侯孝贤把个人与时代的主题推进了一个层次，体现出强烈的人文力量。

画外音及字幕的大量使用，成为其剧本的一大特点。《冬冬的假期》有冬冬写信的画外音，《童年往事》由阿孝咕的画外音贯穿全片（侯孝贤亲自旁述），《恋恋风尘》有阿远、阿云同弟弟的信笺往来的画外音，《悲情城市》中宽美日记的画外音分散于影片的各个段落，同时还有阿雪与宽美的信笺往来的画外音，《戏梦人生》以李天禄的第一人称旁述展开全片，《好男好女》由梁静的独白贯穿全片。画外音会使时空得到巧妙缝合，让时空转换游刃有余。除了画外音之外，字幕亦是侯孝贤电影叙事常用手段，在《悲情城市》与《海上花》中，字幕成为叙事的线索。

另外，侯孝贤编剧时特别手段就是择取事件片段。朱天文对此曾表示："事件来龙去脉像一条长河不能件件从头说起，则抽刀断水，取一瓢饮。事件被择取的片段，主要是因为它本身存在的魅力，而非为了环扣或起承转合。他取片段时，像自始以来就在事件的核心之中，核心到已经完全被浸染透了，以至理直气壮认为根本无需向谁解释。他的兴趣常常就放在酣畅呈现这种浸染透了的片段，忘其所以。"[39] 正是这种创作方式决定了其电影的叙事结构是对台湾主流商业电影的必然反叛。

侯孝贤电影由他的"取其片段"的编剧方式决定，基本无固定的故事框架，多数只是一个生活片段的横截面，没有核心的戏剧冲突，无所谓开始和结局，以写实性取代梦幻性，将普通人的真实生活做近似自然主义的呈现。更尊重生活本身的偶然性，采用开放性结构，人物的命运和事件的结局不可预知。

（2）杨德昌悲悯人生

杨德昌祖籍广东梅县，1947年出生于上海，1949年随家人搬到台北，1969年毕业于台湾交通大学控制工程学系，后赴美学电脑，获得硕士学位后又去南加州大学电影系学电影，1981年回台，为导演余为政编写了反映弘一法师在日本留学经历的电影剧本《1905年的冬天》。随后，杨德昌参与编导了台湾新电影发轫之作《光阴的故事》中的《指望》，杨德昌在创作上大量引入西方现代剧作手法。比如《海滩的一天》中用闪回与叠加闪回辅助叙事，把每个人封锁在单独的困境，激发出不同个体在空间中的情感变化；同时注重对过去的重塑，对不同视角的回忆进行回音式处理，与现实共同编织出畸形的都市传说。

他和小野编剧的《恐怖分子》更获亚洲影展最佳编剧奖和金马奖最佳剧本奖。这是一个黑色而又发人深省的影片，故事到结尾突然出现了一个转折，眼前发生的这一切都只是主角得奖小说里的情节而已，并不是真实的事件。可以看出杨德昌对现实主义的颠覆与悲观的心境。大都会五光十色的环境，只会加剧个人的绝望与无助。

杨德昌在作品中偏爱善恶二元对立的叙事主题，也喜欢采取以儒家道德观为本位的道德化叙事立场。但在情节编排上，他却大力颠覆了健康写实主义时代"善有善报，恶有恶报"的情节模式，以更客观的写实主义去展现

"正不压邪"的怪诞社会以及悲观结局。此后他《青梅竹马》中青少年的苦闷困境，青春抑郁，直接影响到《牯岭街少年杀人事件》。杨德昌和阎鸿亚1991年编写的《牯岭街少年杀人事件》，让观众看到台湾的过去、现在和未来，构筑了一个成长史诗式的电影框架。

在牯岭街的旧书市主角小四与小明相遇后，小四再次向小明表白心迹，可遭到了小明的断然拒绝。"原来你跟他们一样，对我好就是想改变我。你好可笑啊，你以为你是谁啊？我和这个世界一样是不可改变的"，小四拔出短刀，狠狠地刺向小明的身体，更像是刺向这个残酷的现实世界。小四对着尸体徒然呼唤："小明你站起来啊，你站起来啊。"那种无力感与压抑感，是杨德昌这一代人成长中必经的暗黑时刻，小四选择了对抗，结局却是无尽的悲伤。影片写实写意相结合。事件真实性和具体细微的夸张想象相互融合渗透，无论是纵剖还是横切，都表现出凝重、沉郁的作者风格。据悉，杨德昌用数年时间酝酿了剧本腹稿。其中眷村文化和美国记忆，为电影打上了时代烙印。当年青少年的口语和猫王歌曲又使剧本字里行间弥漫浓浓的怀旧气息。

杨德昌表示过自己对历史课中学到的东西一直存疑，"原因是它与我个人所目睹的状况不相同。几百年来人们就在这种真相不明的状态下过活。所幸的是，许多有智慧的人在他们的艺术中留下足够的线索，让后代能重建事实，以及恢复对人性的信心。电影也应对后代有相同作用。"[40]进入20世纪90年代后，他又自编自导了《独立时代》《麻将》《一一》等影片。

2007年6月杨德昌去世，当年金马奖为他颁发了终身成就奖。

（3）蔡明亮的灰色世界

新电影运动的两大叙事主题是反思台湾历史和记录个体成长，但由于新电影创作中有意放大这种个人化体验与其极端性，所以不少影片在大众中并没有取得广泛认同。

蔡明亮1957年出生在马来西亚。1977年来到台湾，在文化大学攻读戏剧电影。在校期间开始写舞台剧剧本，并亲自执导三部作品。他擅长用幽默手法来处理关于现代社会、都会生活形态的寂寞狂乱等主题。此时，他遇到了两位恩师：王小棣和徐立功。王小棣启发了他的创作心态，始终从小市民的生活素材中选取角度和题材;徐立功当时任电影图书馆馆长,他让蔡明亮担任金马影展工读生,使他有机会观摩到大量国外的优秀电影。

20世纪80年代,蔡明亮置身于电视台工作以及电影剧本写作,也从事一些戏剧课程的教学。在此期间他完成了剧本《风车与火车》《策马如林》《小逃犯》《阳春老爸》等。《小逃犯》这部作品矛盾冲突多,戏剧性很强,严守戏剧"三一律"的创作手法,但这引起了蔡明亮的反思,他认为剧本太过刻意,所以他以后的作品中很难发现遵循传统戏剧结构的故事。

1991年,蔡明亮编导了《青少年哪吒》。这一双线叙事的影片选择了青少年题材。影片真实再现了青少年压抑、反叛的样貌,阿泽和阿彬在片中无父无母、无家庭关系的出现,年轻人对爱情、未来的虚无和没有把握,形成了他未来创作的雏形。此后《爱情万岁》中对内心孤寂世界的探索,《河流》里传统家庭伦理的断裂,《洞》以及《你那边几点》中的疏离和无奈,都深深地烙印上蔡明亮本人的生命体验。他的剧本中,都市边缘人和市民阶层的小人物永远是电影中的主角,他对人与人之间的隔阂、孤寂、绝望、无法沟通精神世界的关注,几乎是他剧本中永恒的主题和偏爱,也形成了他作品强烈的个人风格。

业内对另一种电影的渴望

1987年初,一群电影工作者,评论人和文化学者共同签署,由詹宏志起草的《台湾电影宣言》发表,宣言一方面对政策单位,大众传播和评论体系提出质疑,另外还争取表达了制造"另一种电影"的决心。所谓"另一种电影"就是有"创作意图、艺术倾向、文化自觉的电影"[41]。虽然这次宣言没能掀起另一波电影风潮,但依然涌现出不少有力量的作品和代表人物。这些人物有些依然是新电影运动的干将,有些更是寻求突破的传统影人。

(1)王小棣的现实嘲讽

王小棣1953年生于台北市,文化大学戏剧系影剧组毕业后赴美留学,进入旧金山大学学习电影,回台后首先担任电影《血战大二胆》的编剧,并在大学担任讲师。她领导的民心影视公司自1983年开始制作戏剧节目,作品数度获得金钟奖最佳制作、最佳导演及最佳编剧等奖项。王小棣更积极培养新一代的电影工作者，如蔡明亮、陈玉勋等。在电影编剧方面，1987 年王小棣以《稻草人》获得金马奖最佳剧本奖。剧本以荒诞的手法展现了日军非法占领期间台湾人民的困苦生活，幽默又心酸的战争往事。两兄弟有如神助，一枚未爆的炸弹几经波折，从期待的奖赏，到欢喜的落空，再到满锅香喷喷的鱼。通篇辛辣讽刺，妙趣横生却又心酸不已。

1989 年，王小棣编写了《香蕉天堂》，该片与《感恩岁月》《悲情城市》恰好构成了以外省人、旅日华人、本省人为对象的三部曲，成为以描述动乱时代里中国人情感为主的三部力作。《香蕉天堂》最突出的就是"阴差阳错"四个字。乡下人门栓和国民党军队伙夫得胜在 1949 年阴差阳错去了台湾，三十年中奔波离乱，盲打误撞。一生纠缠于身份认同的门栓，到了晚年才发现，原来连老婆月华也是假的，儿子也是假的。王小棣试图展现中国近代史的荒诞迷乱，中国人人格长期遭受的压抑和扭曲，以致不知这一生到底在扮演谁的悲剧。

王小棣的编剧作品传承了古典戏剧的美学与结构，将角色回归到大时代下的平民角色，她赋予了主角们旺盛的生命力与乐观的生活态度，却又展现出生活无奈悲凉的本质。这也让作品在呈现出强韧庶民精神的同时，又带有强烈的批判现实主义风格。

（2）万仁的直面黑暗

万仁生于 1950 年，曾就读于美国哥伦比亚影艺学院电影系。从 1978 年开始，台湾电影图书馆每年颁发"实验电影金穗奖"，鼓励年轻人拍摄实验电影，这让从国外学电影回来的青年有了拍片的机会，万仁就是在"金穗奖"的鼓舞下步入影坛的。1983 年万仁参与执导了新电影《儿子的大玩偶》，该片是根据作家黄春明的三个短篇小说改编的三段集锦式故事片，万仁执导了其中的《苹果的滋味》，该片段深刻细腻地批评了当时台湾人的崇美心理，也暴露了底层人民生活的真实环境。《儿子的大玩偶》卖座超出预期，同时吸引了文化界的一致注目。

1985 年他和廖庆松合编了《超级市民》，该片讲述了台湾南部青年李士祥到台北寻找失散的妹妹，认识了妹妹从前的邻居落雷和退伍军人老胡。落雷带李士祥到台北的街道和角落去寻找妹妹，目睹了赌博、卖淫、仇杀、吸毒、偷盗等形形色色的社会现象。在影片里，每个人物都在寻求出路，却无法逃脱内心的苦闷和压抑，浮躁的物质主义使得弱势群体越发缺乏关怀，具有强烈的社会批判感。

1988年他和萧飒编写了《惜别海岸》，这部电影延续了《超级市民》的黑暗绝望，表现了乡下青年阿程涉足繁华台北后的失措与挣扎，呈现出经济发展过程中社会的变化与现实的荒谬。1995年万仁再次和廖庆松编导了《超级大国民》，如果说《超级市民》反讽的是当下社会，《超级大国民》则反讽的是历史对当下的影响。许毅生在20世纪50年代参加政治读书会，被判无期徒刑，却出卖好友陈政一，以致陈被枪决下落不明。当许关满16年出狱后，因愧疚而自囚于养老院十多年。后他搬回女儿秀琴家中后，开始探访难友。回想起了许多当年事，感慨万千。这些年来，他出卖朋友而使朋友致死，自己被抓而使得妻子自杀，女儿孤苦伶仃无人管。这个新社会对他来说没有任何意义，他生活在历史的愧疚里。影片排除了有关白色恐怖时代影片简单的悲情控诉，最终表达出一种赎罪立场的人道关怀。该片获得了金马最佳原创剧本奖。

1999年万仁和诗人陈芳明合作编导《超级公民》，借由一个出租车司机来诉说死亡与再生的哲理。值得一提的是，此片近乎优美散文的中文字幕。这得益于诗人陈芳明参与了该片编剧。主演蔡振南以他特别富感情的沧桑声音和地道的闽南语发音，将优美的散文念成了深沉的内心独白，几段天籁般的歌谣吟唱，更为这部电影添增了无限神韵。在台湾电影史上，这部电影的语言运用是值得记上一笔的。

万仁的剧本喜欢围绕着台湾的现实和历史展开，深刻剖析表现现代人的迷茫和异化。历史的迷思纠缠着个人的命运。其电影虽然黑暗绝望，但却充满了反思精神。

（3）张毅与萧飒的离合

萧飒原名萧庆余，1953年3月4日生于台北。台北女师专时期就跻身文坛，17岁便以文学天才少女的姿态成名，她的作品三次入选台湾《年度小说选》，受到不少佳评。先后出版了长篇小说和中、短篇小说集子共12本。如长篇小说有《少年阿辛》《如梦生》《爱情的季节》《小镇医生的爱情》《我儿汉生》《死了一个国中女生之后》《霞飞之家》等。

张毅 1974 年毕业于世界新闻专科，1976 年与萧飒结婚。1980 年和张永祥联合改编自己的小说《源》，获得第 26 届亚洲影展最佳编剧奖。此后曾参与编导了新电影运动发轫之作《光阴的故事》。1984 年他改编白先勇的小说《玉卿嫂》。1985 年他和妻子萧飒共同改编《霞飞之家》为剧本《我这样过了一生》，再次获得金马奖最佳编剧奖。

1986 年张毅和萧飒编写了《我的爱》。观众凝视着一位失欢的妻子是如何一步步走向失魂丧志的。然而一语成谶，这部讲述第三者的故事，也是影片主演杨惠珊与编导张毅、编剧萧飒所面临的问题。此后张毅和萧飒还共同编写了《我儿汉生》，两人的婚姻也终于走到尽头，最后黯然离婚。张毅与杨惠珊在事业巅峰时双双退出电影界。

张毅的剧作遵循传统叙事模式，节奏拿捏得当。擅长描述个人命运的颠沛流离和无常的变化，人物塑造不流俗，风格特点很明显，这在《玉卿嫂》和《我这样过了一生》中都有很好的体现。萧飒则善于捕捉现代都市男女爱情中的人性变迁，精于刻画现代都市男女爱情中的表现，语言质朴，富于情趣。

8.2.5　商业题材依然占据主流市场

在新电影运动时期，台湾主流电影市场和香港一样，商业片依然是市场主流，新电影在市场上的票房份额并不大。20 世纪 80 年代初，首先是社会问题电影风行，该类影片主要以反映社会问题为主，内容涉及青少年犯罪、社会黑帮、妇女沉沦等事件，题材主要来源于台湾现实生活和新闻报道。由于制作者为了追求利益的最大化，这类影片极力卖弄的却是尔虞我诈的情节、残酷黑暗的帮派斗争和暴露的色情镜头，所谓"社会写实片"变种为新兴的"揭秘"性质的商业影片。

朱延平的商业追求

朱延平生于安徽，毕业于东吴大学英语系。大学时代协助摄制纪录片，当过助理导演。朱延平于 1968 年进入电影圈。他于 1979 年编写了剧本《错误的第一步》，这是根据当时台湾新闻人物杀人犯马沙的罪恶史改编的，剧本质感真实，给人震撼很大，朱延平本人也获得当年亚太影展最佳编剧奖。1980年他执导了第一部电影《小丑》，获得票房巨大成功，从而奠定了在影坛的地位。但此后他的作品一味追求趣味性，剧本格调越来越低，其故事情节完全是为了迎合更多的市民阶层。朱延平是台湾20世纪80年代最重要的商业编导，他凭一人之力垄断了半个台湾影坛的票房十多年，作品多达百余部，并捧红许不了这个迎合台湾乡土厘俗趣味的谐星。后来又陆续拍摄《异域》《七匹狼》等重要作品。90年代挖掘到郝劭文与释小龙两位童星，并以《新乌龙院》再度缔造台湾电影票房奇迹。但他的作品通常都有严重的重复与自我抄袭的问题，过于老套、不求创新也是他的作品近年来逐渐失去观众的原因之一。

8.2.6 艺术和商业的自觉融合（1990—2000）

1987年，台湾解除了近四十年的戒严。台湾社会言论气氛开始宽松，电影创作有了更大的尺度。除了老一辈编剧仍然保持良好的创作态势以外，蔡明亮、陈国富、赖声川、何平等人是在新电影干将活跃的气息沉淀以后崛起的新一拨。由于20世纪80年代末期台湾影片持续在世界各大国际影展上勇夺重要奖项，曾经有一段时间，台湾电影人将参与国际影展视为对个人实力的肯定，间接影响到政府部门制定相关政策，协助电影人拍摄获国际影展肯定的影片；另外台湾电影工作者以新电影作为创作典范加以克隆，一再重复的故事题材与手法让台湾观众失去了观赏的乐趣，导致台产影片不再受观众垂青。

此时，台湾新电影之后的电影工作者急欲摆脱新电影的美学形式与主题关注，尝试不同美学形式，并将主题摆放在当代台湾社会与生活的焦点上，企图脱离新电影的影响。此时作者电影主要依靠台湾当局提供的辅导金生存，虽然这类电影无法抵御香港娱乐电影的进攻，但是"这种电影不再只是导演在影像叙事上留下或现或晦的记号，而是个人心中图像的完全翻版"[42]。复杂的教育背景、大量的观片经验，也让这时期的电影人在创作上不会完全沉迷于新电影那种怀旧沉闷的气息。这一时期的电影创作者们，在展示自我经验的同时，不再无视商业的影响，他们已经进入到自觉将商业与艺术相融合的时期。1992年徐小明的《少年吔，安啦》这部描述两个少年恣意燃烧青春的电影，延伸出了青少年吸毒的问题。1993年何平的《十八》讲述的也是中产阶级城市青年与现代文明决裂的过程。赖声川的《飞侠阿达》更以超现实的手法传达出年轻人对台北这个迷惘城市的探究过程。苏照彬的《台北朝九晚五》，王文华、易智言的《寂寞芳心俱乐部》，张作骥的《黑暗之光》和《美丽时光》等，都用更直白的叙事语言把台北年轻一代的心理成长与社会的复杂现实相结合，观众在感受到作者个人诉求的同时，又能欣赏到特色鲜明的故事，这是个人经验电影不同于新电影的最大区别。

轻松幽默——陈玉勋

陈玉勋1962年生于台北，1989年毕业于淡江大学教育资料科学系，后到王小棣导演的民心工作室开始学习电影和电视制作。在编导了一系列电视剧之后，1992年他编写了第一个电影剧本《热带鱼》，获台湾新闻局优良电影剧本奖和四百万电影辅导金，并获得金马奖最佳原著剧本奖。影片以罕见的讽刺喜剧面目出现。影片轻松诙谐，令人捧腹。在台湾电影普遍沉重写实的调子中，《热带鱼》提供给活在功利社会的人们以一个可供做梦的理想世界。《热带鱼》中，每一个角色都是单纯而且执着，一种久违的清新让人感动不已。1996年，陈玉勋编写了第二个电影剧本《爱情来了》，获得台湾新闻局一千万电影辅导金，并于第二年荣获新闻局优良电影剧本奖。电影分为三个短片串联而成，调性十分轻松，讲述了卑微的人也可以有漂亮希望的故事。陈玉勋的作品十分幽默，可看性很强，是台湾电影中少有的轻松派。但时隔二十年后，2017年他编导的《健忘村》虽然延续了其一贯幽默的调性，剧本却并不轻松了，对台湾社会的隐喻与两岸关系的指涉非常明显，让人在笑过之后有着一丝难言的压抑。

禁忌之旅——林正盛

林正盛1959年出生于台湾东部偏远山区山地部落，家中务农。他前后共做了13年面包师。1984年，26岁的他被当时的台湾新电影运动感动，报名参加了电影编导班学习。学成后，他担任电视广告导演、编剧，并任职于"中影"制片企划部及文化大学戏剧系。他还是著名的影评人，文章散见于各大报纸和杂志。1996年他与妻子柯淑卿根据《传家宝》改编成《春花梦露》，该片一举拿下第 49 届戛纳电影节天主教人道精神奖、第 9 届东京国际电影节青年电影樱花奖。在该片中，他将生活情感深深植注于故事之中，有着浓厚传统台湾电影的味道，更有侯孝贤的痕迹。电影讲述了台湾农村三代女性生活的变迁和宿命。婆媳、父女、母子、同居男女，构建起了一个阴郁而不和谐的家庭网络，阐述了家庭是人性悲观的永恒压力。

1997 年，林正盛和柯淑卿再次合作编写了《美丽在唱歌》，这依然是一部女性为主角的电影。两个叫美丽的女孩，在电影院狭小的售票间里相遇，成了好朋友。她们在工作间里聊着自己的暗恋、偶遇的帅哥、不靠谱的幻想，然后拉上停止售票的窗帘，一起躲在里面唱歌，抒发着年轻的苦闷，歌声穿过四壁，飞到了街上。少女暗藏春情的涌动，虽然从头到尾没有过激烈的画面，连哭泣也是小心翼翼，然而青春的能量却无法压抑，它暗暗滋长、蔓延。影片上映后，被立刻归入了女同性恋题材影片的范畴。林正盛擅长描写女性，他前期作品具有很浓的乡土色彩。从《放浪》开始，他的作品的背景转向都市。2000 年，他编导的《爱你爱我》获得了柏林电影节银熊奖。2004 年编导的《月光下，我记得》这部作品改编自李昂的小说《西莲》，讲中年孤独的母亲，因为阴差阳错的机缘与女儿男友发生关系，一次奋不顾身的情欲宣泄，最终造成尴尬的三角局面。该片获得金马最佳改编剧本奖。其实从《美丽在唱歌》开始，林正盛作品更多关注禁忌关系和社会的边缘个体。这虽然显示了他颠覆传统道德价值观的勇气，但也不免被戴上"赶时髦"的帽子。然而在世纪之交，这迎合了国际评奖委员们的审美趣味。

百变商业——陈国富

陈国富 1958 年出生于台湾台中。1986 年，陈国富为杨德昌改写《恐怖分子》剧本，正式参与电影制作。1990 年执导了处女作《国中女生》。1993 年编导了青春片《只要为你活一天》。1995 年编导了《我的美丽与哀愁》，影片借用了昆曲《牡丹亭》中《游园惊梦》一折作为连接，也是故事内容的因缘，影片在线索上做成一个戏中戏的样式，结构则分成两部分，高中女生杜莉莉联考前梦断坠楼，多年后杜的房间住进一个半红不黑的女歌手柳玉梅，两个人通过分享同样一个梦境而联系在一起，前者是《游园惊梦》中的杜丽娘，后者就是柳梦梅。影片野心不小，可惜风格难融，清新爱情与恐怖类型无法自圆其说。

1998年他编导《征婚启事》，影片以女性视角描绘了台湾男性的众生百态图。这部电影幽默平和，讲述的依然是成长的艰难，女人直面人生婚姻的勇气和忘却过去的力量。2008年冯小刚推出的《非诚勿扰》，其中葛优征婚一段完全就是《征婚启事》女主角的男版再现，而影片中舒淇对过去爱恋的难以忘记的人设，也和《征婚启事》中刘若英的人设非常相似。《非诚勿扰》的监制就是陈国富，可以说是他对自己当年作品的致敬。

2002年，陈国富编导了《双瞳》，该片采用探案的样式，营造了悬疑、恐怖、神秘的氛围。在台湾票房近4000万新台币，成为当年台湾电影的年度票房冠军，创下台湾惊悚类型的开画票房纪录。陈国富的创作一直紧跟市场潮流，却并不流于媚俗。他求变求新，力图在商业电影道路中做出清流和自我品牌。陈国富在2004年后，转战大陆。

文化碰撞——苏照彬

世纪之交的台湾，很多作者电影还是把参加国际影展当成首要的任务，影展成了创作者急功近利的试金石。这些影片中充满了符号化的概念、本地风情的展现或者是东方神秘色彩的窥视。虽然这些作品的目的性很明确，但考虑到行业发展的必然阶段，也是无可厚非的。但作品中真正能勾勒出东西方文化碰撞过程，或是巧妙地将两者进行改装组合的精品剧作还是很少。这方面表现比较出色的人物是编剧苏照彬。

苏照彬1969年出生。在台湾交通大学念完电脑专业，于2000年凭首个剧本《运转手之恋》赢得金马奖最佳编剧提名。2002年与陈国富共同编写了惊悚片《双瞳》。《双瞳》巧妙地将中国传统风俗和美国恐怖悬疑两种完全不同的思维故事进行嫁接，为观众提供了一古一今两个灵异故事的奇妙映照。在结构上采用了明显的复线叙事方式。在家庭危机、案件进展、文化冲突等多线条中，较明显的是案件本身线索下所突显出的中西两种文化的相互对比。其中一条线索是美国警察凯文以西方人特有的客观精确的调查分析将案情上扑朔迷离的神秘面纱揭开，直捣灵异现象的真面目。影片的另一条线索是警官黄火土通过求证道文化学者，在对道家派生文化的探询中，找出凶手作案的动机。苏照彬将俗套的故事通过双重隐线，在多线索的叙述中，放置在现代与传统、东方与西方两者彼此对照、冲突的文化氛围里，开启了一条通向人类心灵深层恐慌的通道。2017年内地导演陈思诚的《唐人街探案2》显然也受到该片影响。在内容上能明显看到《双瞳》的影子。

同年，苏照彬编导了《爱情灵药》。影片更是爱情性喜剧，以众多设计独特的人物穿插出场，分别展示出各有辛酸的恋爱感悟。从结构来看，受西方剧作的影响颇深。《爱情灵药》还成为台湾史上第四大卖座电影。另外，他的作品《三更之回家》也获金马奖和香港电影金像奖的最佳编剧奖提名。此后他还编写了电影《台北朝九晚五》的故事部分。苏照彬最擅长在剧本中加入许多新奇的想法和构思。

8.2.7 新世纪的衰落与复苏（2000—2017）

进入新世纪后，由于受到金融危机、盗版泛滥、市场萎缩等种种影响，台湾电影业进入了衰退期。但同时更多有着高学历背景的电影人、更多年轻电影人进入到电影界。与此前台湾电影一贯的"载道"精神有所区别的是，有不少年轻的编剧开始宣扬简单轻松的编剧理念，消解崇高与传统，让电影更加简单好看，去掉沉重的"负担"，走所谓更年轻化的商业之路。而另外一批深受人文精神滋养的中生代编导，依然坚守着台湾电影的传统之路。由此台湾电影开始呈现出更加多元并存的状态。

暴力宿命——张作骥

张作骥1961年出生在嘉义。1982年毕业于淡水新埔工专电子科。因热爱电影，进入文化大学戏剧系影视组。毕业后八年跟随过许多不同的导演，如虞戡平、徐克、侯孝贤、严浩，不断积累基础经验。1993年他编剧了首部作品《暗夜枪声》，1996年编导了《忠仔》。这两部作品描写的都是底层人的悲惨命运。1999年他编导的《黑暗之光》大获成功，影片获得东京电影节金麒麟大奖，以及金马奖最佳原著剧本等各类奖项。

康宜是个生活在基隆的漂亮女孩，底层生活的艰辛使她早熟。父亲和继母都是盲人，弟弟是个智障患者。在康宜的协助下，父亲和其他盲友经营着一家盲人按摩院。偶然的机会，康宜结识了来自台南的小伙子阿平。康宜主动坦诚地向阿平表达了对他的好感,阿平开始还有些勉强,但后来两个人还是走到了一起。生活的灰暗并没有就此消散,阿平卷入黑帮的争斗中。影片的结尾,当康宜重新走过走廊时,死去的人又重新出现了。影片虽然悲伤宿命,但运用了魔幻现实主义,将人生的微光提炼出来,这在他的另一部作品《美丽时光》中被再次运用。《美丽时光》也获得了第39届金马奖最佳剧情片、年度最佳台湾电影、观众票选最佳影片三项大奖。

2007年他编导了《蝴蝶》。南方澳是台湾日据时期由日本筹建的渔港,一哲的阿公作为建设摄影师来到这后,就此扎根,但他的儿子一心要回日本。一哲父亲结识了母亲后,带着她积攒的血汗钱回了日本。留下了一哲、阿仁母子三人。母亲是台湾本地人,沉浸在悲伤中,自杀身亡了。不久,一哲与阿仁被黑社会老大带回南方澳,加入黑社会。父亲因躲避仇家阿顺,连累了一哲与阿仁,冲动的阿仁惹下祸端,一哲代他入狱三年。出狱后,一哲想与女友阿佩过风平浪静的日子。有心学傀儡戏的阿仁也计划与跛脚女友小龟过平稳的生活。但麻烦还是不请自来。父亲为了利益与阿顺做生意,阿顺狠狠将他及阿仁羞辱,手下更是误杀了小龟。全片以女性视角来诉说这个暴力宿命的故事。小龟被杀,弟弟被抓,各种屈辱呼啸而至。那个拒绝承认和接纳台湾之子的日本父亲,却始终以"年轻人不理解"的借口回避了历史难题与现实困境,一哲最终开枪打死了父亲,却再也没有魔幻现实的结尾。

张作骥的作品悲伤宿命,暴力往往是剧本的主题,随着暴力升级,不可预见的连锁反应让处于社会底层、不见天日的主角们更增添了无望。张作骥至今依然是台湾最活跃的中生代编导,不过在2009年后,张作骥宿命暴力的创作风格略有改变,他相继编导的《爸……你好吗?》以及《当爱来的时候》,探讨的都是催泪的亲情。

突围之路——魏德圣

魏德圣,1968年生,台南县永康市人。远东工专电机科毕业,服完兵役后即进入一家传播公司担任电视节目助理,接触到电视剧制作,因而开始提笔写剧本,其中剧本《卖冰的儿子》曾获得1994年度台湾新闻局优良电影剧本奖。2008年他编导了《海角七号》,影片创下了5.3亿新台币的票房成绩,更引燃了台湾电影的复兴之火。魏德圣表示,制作《海角七号》的初衷实际上只是想做一部音乐电影。影片的故事来源于报上的新闻事件,邮递员送一封日据时代地址的信件,结果找了两年才送到,魏德圣想到信件如果是封情书,那这段尘封的爱情将跨越多久呢。自然他想到了遣返日侨的时代。影片正是将现实与日侨遣返两个时代相映照,双线交叉,讲述了一个感人的爱情故事。客观地说,影片情节简单,是较单纯的商业制作。魏德圣对剧本有自己的看法,他表示:"人是喜欢听故事的,我们是活在一个故事的环境里面,哲学、文学和艺术是融合在精彩的情节和对白里的,而不应该是被单独地讲述出来。"[43]

2011年,他编导的史诗电影《赛德克·巴莱》正式上映,与《海角七号》的商业格局截然不同,该片一方面以磅礴气势主推抗日主线,却又不断以各种浓重笔墨在消解这个行动的正义性,观众不愿看到英雄有杀戮未成年人的动机,也不愿看到女人们为了男人的尊严不得不选择自尽,更不愿意看到还在啼哭的孩子被扔进山崖,但魏德圣却没有选择回避。显然他想做一部真正的史诗,他选择了残酷地直面现实,他写下了英雄或神灵身上种种不可思议的残暴与邪恶,这也让这部电影没有落入一般抗日故事的窠臼。魏德圣如果把雾社事件简单视为抗日义举,或许本片还能少去许多争议。可《赛德克·巴莱》赞美了赛德克族的光芒闪耀,也留下了野蛮与文明的纠缠和阴影。整部影片让人感受的更多的是文明的创伤,个体的悲剧,赛德克人以当时的文明方式,表达了自己的愤怒和抗争,付出了沉重的代价。

该片虽然获得了金马奖最佳影片奖,但票房却并不能让投资方满意。魏德圣在2017年又编导了一部音乐歌舞小品电影《52赫兹,我爱你》,可惜再没有什么反响。

东西融合——王蕙玲

王蕙玲,1964年出生,毕业于台北师范专科学校音乐科。王蕙玲在20世纪80年代初开始入行,做电视台编剧。她首部作品是1983年的单元剧《伴你窗前共此生》。1984年她编剧的电视剧《四千金》入围金钟奖,1991年,王蕙玲编剧的电视剧《京城四少》首播,在两岸掀起了收视热潮。1994年,王蕙玲与李安、詹姆士·沙姆斯合编了电影《饮食男女》。影片讲述了90年代大都会台北一位每周末等待三个女儿回家吃饭的退休厨师面临的家庭问题与两代冲突。借由彼此的生活与冲突，建构出不同年龄层、不同职业的价值观描述的两代关系。电影获台北电影节优秀作品奖、亚太电影展最佳作品、大卫格里菲斯奖最佳外语片奖、金马奖最佳原著剧本及最佳影片提名。2000年，王蕙玲再次与李安合作，由她编剧的电影《卧虎藏龙》上映，合作编剧詹姆士·沙姆斯、蔡国荣。影片获奥斯卡金像奖最佳外语片奖项，以及最佳影片与最佳导演、最佳改编剧本提名。这是华语电影历史上第一部荣获奥斯卡金像奖最佳外语片的影片。电影讲述了大侠李慕白有心隐退，托付红颜知己俞秀莲将青冥剑带到京城，作为礼物送给贝勒爷。但李慕白的举动却惹来了一段江湖恩怨。同年王蕙玲编剧的电影《夜奔》上映，合作编剧王明霞。该片讲述了三个人暧昧、温暖而又悲伤的故事。

2001年，她创作了家庭伦理片《候鸟》剧本。2005年，王蕙玲与唐季礼、李海蜀合作编剧的电影《神话》上映，影片以秦朝为背景，讲述了一段刻骨铭心的旷世爱情。2007年，王蕙玲编剧的电影《色·戒》上映，合作编剧詹姆士·沙姆斯，改编自张爱玲同名短篇小说。影片以20世纪40年代抗日战争时期的上海为背景，讲述女大学生王佳芝利用美色接近汉奸易先生意图行刺的故事；佳芝成功勾引易先生并准备下手时，却发现自己已动真情，于是通风报信让易先生逃过一劫，易先生却决定将他们赶尽杀绝。该片获得第44届台湾电影金马奖最佳影片奖、威尼斯影展金狮奖。在创作这部作品时，王蕙玲从张爱玲和胡兰成的著作中挪用了不少素材。比如易先生和王佳芝在日本居酒屋幽会，提到日本歌太悲，意谓日本将亡的一段，就出自胡兰成所著《今生今世·民国女子》一文中张爱玲的谈话。2008年，王蕙玲与吴宇森合作，共同编写了《赤壁（上）》。2014年，王蕙玲编剧了电影《太平轮（上）》，合作编剧苏照彬、陈静慧。影片以太平轮为线索，讲述了从抗日战争到国内战争时期，国民党将军雷义方、护士于真及台湾医生颜泽坤三人在战争年代的爱情故事。2015年，王蕙玲继续创作了《太平轮》电影的下部，剧情承接上部，重点讲述众人上船之后的生离死别，描绘一幅大灾难中乱世求生的史诗浮世绘。2017年，王蕙玲编写了新作《妖猫传》。影片改编自日本魔幻系列小说《沙门空海之大唐鬼宴》，讲述了一只口吐人语的妖猫搅动长安城，诗人白乐天与僧人空海联手探查，令一段被人刻意掩埋的真相浮出水面的故事。

王蕙玲的作品，除了早期的《饮食男女》外，基本都是历史题材。商业性和观赏性很强，注重戏剧冲突。作品内容多触及东西方不同文化阶层的冲突与融合。她非常熟悉好莱坞商业类型片的剧作方式，并且运用自如，无论是节奏还是情节点，都拿捏准确。这让她的作品基本上都能做到商业与艺术巧妙的融合。

情怀至上——杨雅喆

杨雅喆 1971 年出生，毕业于淡江大学大众传播系。1998 年，担任爱情短片《野麻雀》的编剧，从而开启了他的编剧生涯。2001 年，担任都市情感剧《逆女》的编剧。2004 年，凭借电视剧《过了天桥，看见海》获得电视金钟奖戏剧类编剧奖提名。2008 年编导了电影《囧男孩》，这是一个关于梦想与成长的感人故事，杨雅喆以幽默诙谐的方式通过描绘两个调皮捣蛋、异想天开的小男孩之间的友谊与亲情，让观众在欢笑与泪水之中唤醒了曾经天真浪漫、属于各自的童年回忆。2012 年，他编导了《女朋友·男朋友》，影片野心颇大，讲述了林美宝与陈忠良从高中一直相恋到四十多岁，长达三十年命运多舛的苦恋故事。男孩气十足的林美宝和温顺没主见的陈忠良，两人青梅竹马。校刊社帅气逼人的王心仁游走在两人之间，三个友情深厚的年轻人，怀着对懵懂爱情以及自由民主的渴望，紧密相连，试图用青春去反抗陈腐，实现明媚的理想。同性和异性之爱同时产生在这个三角之中。影片时间跨度长，涉及几个重大的历史事件，剧情感人至深。但也有影评人表示，此类影片有似曾相识之感，关于校园友谊、纠结恋情、性取向等题材的台湾青春电影已经陷入不断自我复制的阶段。2017 年，杨雅喆编导了《血观音》，该片完全与青春无关，从女性的心机互动，以棠家三人的情感纠结为主轴，巧妙连接出政商勾结的戏份，利用宗教符号直击人性的丑陋，算是一部奇情惊悚片。

青春群像盛行不衰

2000 年后，台湾电影创作最大的特点同世界其他地区一样，主题也是多元与融合。但与香港影坛对内地的紧密依存不同，台湾电影一直在坚持着自我路线。相对大陆的集体主义精神的教育、香港的商业挂帅心态，台湾电影更专注青春隐秘的个人成长之路。从新电影时期侯孝贤的《童年往事》《恋恋风尘》一样。这种传承根本没有间断，而是生根发芽。在这近20年里，台湾出产了大批此类电影，当然这其中也杂糅了怀旧、灵异、黑帮、同性等多种类型元素，不过主题依然是关于主角的青春成长以及其中隐藏的悲欢伤痛。比如易智言的《蓝色大门》，钮承泽、曾莉婷的《艋舺》，杜致朗、周杰伦的《不能说的秘密》，林书宇的《九降风》，郑宜农的《夏天的尾巴》，林育贤的《翻滚吧，阿信》，许正平的《盛夏光年》，林靖杰的《最遥远的距离》，郑芬芬的《听说》，程孝泽《渺渺》等等。

8.3 漂泊的灵魂，诗意地栖居：海外华人电影编剧史

早在19世纪，中国大陆居民已开始移居澳洲、欧洲和北美。目前仅在东南亚，就已聚集了数万计的中国侨民。到了20世纪80年代，仅在美国就有超过一百万的中国移民。这些分布在海外的中国人，他们接受的电影文化首先来自好莱坞和当地电影，"寻根"和"思乡"文化的兴起又使他们从引进到当地的港台电影及音像制品中获取营养。慢慢地，他们中的一部分学习了专业电影制作技能的人以及本来在国内已经是电影人身份的海外游子，开始了自觉的电影创作。

海外华人中的电影人，作为中华电影文化中的"游牧民族"，一直在进行着创作实践，记录着华人在海外的生活、情感经历。其中，罗燕、张旗等是海外华人电影编剧的杰出代表。华人电影在海内外其实一直都有它的影响力，其形式也相当国际化，遗憾的是，以往讨论的焦点都把它们归为港台电影，没有特别以海外华人为议题。海外华人的电影编剧有两个特点：一是由作家转型为编剧的占其中很大比重，另外是自编自导甚至独立制片的也占相当的比例。

"回归"是近年来剧本创作的主题。文学界的小说作品回归国内翻译出版带动了这股风潮，直至华裔影人纷纷回国拍摄电影。东西文化的交融和碰撞是这些电影探讨的主要命题。

在海外闯荡二十多年的多伦多电影学院的华人院长奇光曾表示："他们

制作的电影要让中国观众了解，远在大洋彼岸的加拿大有着一群充满活力的华人青年，他们不是幼稚的宝贝，他们是逐渐成熟起来的精英，代表着东西方文化复合型人才的未来。"[44]

8.3.1 知青情结与青春记忆

目前在海外卓有成就的华人电影编剧中，有相当一部分是内地20世纪80年代的留学一族，特殊的成长背景和深远凝重的"大陆经验"往往混杂在他们个人的人生体验中，在他们的作品中自然或是不自然地流露出来。其中对于"文革"的叙述是一个母题，个人命运常常会圈限在这个母题之中而不能自拔。凄凉中带有悲悯的宽容是这类剧作的基调，人性的惨烈又使剧作带有某种宿命的悲壮，而远去的青春和欢颜，又是这类作品温情的记忆和伤感的追挽。

戴思杰

戴思杰，1954年生，四川成都人。1971年至1974年，作为知青在四川雅安地区荥经县山区插队落户。1977年考入四川大学历史系。1982年考取国家第一批公派出国研究生，于1983年年底赴法，在法国先后考入巴黎第一大学艺术学院和卢浮宫学校学习艺术史，一年后改考法国国立高等电影学院，学习了三年电影。毕业后先后执导三部法国电影：《牛棚》《吞月亮的人》及《第十一子》。2000年，他以知青生活为背景、用法文创作的小说《巴尔扎克与中国小裁缝》在法国出版，迅速销至五十万册，并很快有了二十几个国家的不同版本。2003年，英文平装本持续十周登上《纽约时报》书评周刊"畅销榜。戴思杰根据自己小说改编的电影最终获准在中国境内拍摄。2002年在第55届戛纳电影节上作为"一种注目"单元的开幕电影首映，并获得2003年美国金球奖最佳外语片提名。

《巴尔扎克与小裁缝》讲述了"文革"期间三名十七八岁的知青被分配到湘西一个小山村，与村子里活泼美丽的小裁缝之间的故事。剧本洋溢着作者的青春记忆，充满了对远去时代的眷恋。

8.3.2 海外华人经历和东西文化碰撞

与回望缅怀自己的青春岁月和设计故事奇观不同的是，海外华人剧作中更多的是讲述当下海外华人生活与情感经历的作品。作者华人的身份与异乡的疏离，东方传统的思想道德观念和西方价值标准的冲突，常常令他们的作品中充满了激烈的矛盾冲突，而这种冲突的根源也往往在于两种道德文化体系的差异。

李　安

李安于1954年出生于台湾。联考失利让他失去了上大学的机会，后来李安考入台湾艺专戏剧系，又做过几年舞台剧演员。1978年，李安赴美国留学，在伊利诺伊大学主修戏剧，并获得学士学位，后又到纽约大学电影制作系攻读硕士学位。

李安作为华语电影界的导演大师，其编剧工作与很多导演一样，是在其初执导筒之时。他的重要编剧作品分别是1991年的《推手》，1993年的《喜宴》以及1994年的《饮食男女》。他以全新的方式，用东西方道德伦理的矛盾焦点和冲突来重构好莱坞式的家庭通俗剧，如《推手》中的东方太极拳和西方的洋儿媳，《喜宴》中的西方同性恋和东方父权家庭，《饮食男女》中东方饮食文化和西方的婚恋观念。李安虽然在美国生活了很长时间，但骨子里依然充满了中国传统文化精神。自然，在作这些剧本时，他也遇到了不少问题，剧作家冯光远和王蕙玲对他的帮助很大。

李安虽然在美国学习电影，但是他受中国电影美学的影响还是很大的，在《饮食男女》中，无论主角老朱的人物设置，还是老朱最终的婚姻，都可以看到桑弧《哀乐中年》的影子。

李安的剧本有两个显著的特点："一是其影片具有浓重的商业性，以极强的票房号召力获得投资人的信赖和器重；二是其影片在商业包装下谋求较高的文化品位，以探讨人情伦理和文化冲突的趣味取向来赢得影评家称道。"[45]

张　旗

张旗，旅居加拿大的华人，曾任杂志记者，并曾周游世界四十多国，拍过上万张照片,举办过摄影展,是集电影导演、作家和摄影家于一身的创作者。张旗20世纪80年代在《当代》发表了第一部短篇小说。1986年出国学习电影摄影,毕业后自己编导的第一部影片《落鸟》获得第46届柏林国际电影节"世界电影艺术联合会奖",之后他开始了低成本、小制作但理念性极强的独立制片路线,随后又拍摄了自己编剧的影片《天上人间》。

不献媚于好莱坞是张旗在艺术上的坚持,他不同于吴宇森和李安,后者是在拍美国主流电影,讲美国人爱看的故事,而张旗是在讲中国人在海外的故事。但同时,他又认为,艺术是无疆界的,他给自己的艺术理念命名为"彼岸浪潮派",他认为,未来的世界既不是东方的也不是西方的,人类必将在多种文化的互补中进化。张旗创作的英语电影极力突出华人在当今社会的地位,大胆表现了中国人对当今世界的理解,尤其是对男权社会婚姻道德有独特的认识,揭示了其不合理性。

李　岗

旅美华人李岗,生于1957年,是著名导演李安的弟弟。20世纪80年代末,李岗开始在业余时间练习写小说和剧本,直到1996年,李岗创作的剧本《今天不回家》(又名《上岗》)才被张艾嘉拍成电影并获得成功,本片还让李岗获得了亚太影展最佳编剧奖。1999年,李岗编写的《条子阿不拉》既获得了优良剧本奖金,又获得了台湾电影辅导金。

李岗的剧本喜欢杂糅东西方的道德和价值观念,在《今天不回家》中纷纷出轨的老年夫妇和忙碌的对婚姻态度暧昧的儿女,都寓意着东方传统家庭中心的裂缝正越来越明显。这部电影从某种程度上和李安的《饮食男女》有着相似的表述和传承,而出位的婚恋观和善于变化的思维模式,是李岗本人最热衷表现的。

8.3.3　旧中国文化奇观的展示和对西方主流的进入

对于中国文化和影像,西方影视界一直有着窥探的心理。而且在百年的电影史中也有不少明证,证明西方电影人希望知道这个古国神秘面纱后的真面目。在西方不少有关中国的电影中,西方电影人热衷的是影像的奇观、畸形的心态和不切实际的情节营造。在这种风潮下，也有不少华裔影人参与到这类影片的创作中。虽然他们的角度相较于西方人明朗真实，也更有本土的质感，但内核却是对好莱坞标准的认同。而另外的一批电影人，索性就完全融入好莱坞主流商业剧本的创作中，与中国身份已经没有什么必然的联系了。

罗 燕

罗燕，上海人，当过工人，"文革"结束后第一批大学生，上海戏剧学院表演系毕业，当年凭借《女大学生宿舍》《红衣少女》等影片在国内走红，获中国电影百花奖提名。1986年到美国波士顿大学学习，1990年获得戏剧硕士学位，业余还到加州大学洛杉矶分校学习电影制片课程，多年工作于好莱坞。1997年初，她花三周时间把赛珍珠的小说《庭院中的女人》（中文译作《群芳庭》）改编成英文电影剧本。影片交由环球公司在美国及全球发行，她成为第一位在好莱坞八大公司中做主制片的中国人。《庭院中的女人》是第一部由中国人担任独立制片人的好莱坞主流电影。

罗燕在剧作上的贡献是，一改过去有关中国的影片中底层妇女的悲苦形象，塑造了知书达理的旧中国妇女形象。影片中的故事虽然发生在六十年前，但是对现今的中国社会仍然有现实意义。中年危机如何解决，爱情怎样才能保持新鲜，婚姻中的忠诚和背叛，妇女婚后的真正追求是什么，都是影片所探讨的话题。但罗燕和张旗等编剧不同，剧本上明显的漏洞和对好莱坞价值标准的认同也比比皆是。"作为编剧的罗燕，很难说是出于功利目的还是文学功底欠佳，总是游走于故意制造痛苦状和人为地拼凑混乱之间"[46]，原著中安德鲁与吴家少奶奶充满情趣的因文化碰撞而闪现的情感火花亦被描述成庸俗的男女私情。能明显看出改编者津津乐道地摆弄着"强制婚姻和性虐待""红杏出墙与乱伦"之类的陈腐噱头。

尹 祺、黄毅瑜

尹祺和黄毅瑜没有再继续拘泥于对中国身份的自我认同，而是试图融入西方主流创作领域。

尹祺，原为台湾导演，曾执导《夜奔》，改编过小说《白蛇》，获得过台湾新闻局主办的优良剧本奖。他因为《白蛇》的剧本被法国 CQUINOXE 编剧研习会邀请，参加由欧洲资深编剧、导演和制片参与的研讨。《白蛇》是在全球五百多部剧本中选出来的十部剧本之一，尹祺因此成为 CQUINOXE 研习会成立八年来，首位入选的亚洲华裔编剧。

黄毅瑜是美国卖座电影《X 档案》的编剧之一，也是李连杰主演的《宇宙追缉令》的编剧。他的作品充满了科幻奇观，从剧本中完全看不出他的华人身份。

海外华人电影编剧的创作在气质上始终游离于当地电影文化氛围而呈现出其电影文化的来源地，即中华大地的剧作特色，但又因其人员的特殊海外生活经历而具有某种漂泊的气质。电影编剧的才华使其作品包裹在诗情中而吸引着全球华人，特别是与他们有相似经历的那部分观众。

香港、台湾地区乃至海外的华语电影创作，在今天已经成为华人电影范畴中不可缺少的重要组成部分。长时间以来，中国内地各种相关的学术著作，对中国内地以外的华语电影创作的论述本来就不是很多，至于编剧史方面就更是少之又少了。但毕竟我国港台地区和海外的华人剧作家与我们同宗同族，血脉里有着同源的审美趋向和价值观念，可由于地域和成长背景的差异，势必与我们存在着差异和变化。

本章试图让读者了解港台与海外编剧界大致的情况，但是由于掌握资料不足，只对港台与海外华语编剧部分做了粗浅的介绍，其中还遗漏了闽南语片、厦语片等许多类别，只是希望能够起到抛砖引玉的作用。

（吴　菁）

注　释：

1　林年1同：《中国电影美学》，台湾允晨文化公司1991年10月第1版，第186—187页。
2　周承人：《冷战背景下的香港左派电影》，《冷战与香港电影》香港电影资料馆2009年，第30页。
3　吕剑虹：《亦新亦旧论世界，或悲或喜看人生——朱石麟电影研究》，蔡洪声、宋家玲、刘桂清主编《香港电影80年》，北京广播学院出版社2000年11月第1版，第118页。

4 同上书，第121页。
5 劳敏声：《红尘尽处，历史滚滚的过去了——〈滚滚红尘〉严浩访问记》，载《电影双周刊》1990年总304期，第28页。
6 黄爱玲：《张彻回忆录·影评集》香港电影资料馆2002年10月初版，第168页。
7 黄爱玲：《邵氏话当年》，香港电影资料馆通讯2003年8月号。
8 黄爱玲：《张彻回忆录·影评集》，第164页。
9 张彻：《回顾香港电影30年》三联书店（香港）有限公司，1989年7月第一版，第16页。
10 黄爱玲：《张彻回忆录·影评集》，第175页。
11 石琪：《张彻电影的阳刚武力革命》，香港电影资料馆2002年10月初版，第4页。
12 楚原：《香港影人口述历史丛书3楚原》，香港电影资料馆2006年初版，第41页。
13 史文鸿：《秦剑、楚原、龙刚座谈会》，香港电影资料馆通讯，2003年5月号。
14 林超荣：《港式喜剧的八十年代——从许冠文到中产喜剧的大盛》，《溜走的激情80年代香港电影》，香港电影评论协会2009年9月，第157页。
15 黄百鸣：《希望大制作另辟新路向》，载《电影双周刊》1994年总386期，第50页。
16 黄百鸣：《娱乐本色新艺城奋斗岁月》，香港电影资料馆2016年，第214页。
17 王晶：《少年王晶闯江湖》，《明周丛书系列》2001年7月初版，第67页。
18 萧文慧：《王晶风流未被雨打风吹去》，载《电影双周刊》1994年总387期，第57页。
19 焦雄屏：《张爱玲式的〈花样年华〉》，载台湾《世界电影》2000年11月总383期，第34页。
20 许乐：《香港电影的文化历程1958—2007》，中国电影出版社2009年1月第1版，第134页。
21 李焯桃：《淋漓影像馆·引玉篇》，香港电影资料馆1996年版，第76页。
22 石琪：《石琪影话集·新浪潮逼人来》，次文化堂1999年4月版，第71页。
23 李焯桃：《观逆集·香港电影篇》，次文化堂1993年11月1日第1版，第99页。
24 同上书，第103页。
25 黄百鸣：《希望大制作另辟新路向》，载《电影双周刊》1994年总386期，第48页。
26 刘钦：《无间道》，现代出版社2003年9月第1版，第36页。
27 蔡培火、陈逢源、林柏寿、吴三连、叶荣钟：《台湾民族运动史》，台湾学海出版社1979年版，第317页。
28 GY生：《台湾映画界的回顾》，载台湾《新民报》1932年2月6日。
29 1945年，台湾接收日本电影机构并改组，成立"台湾省电影摄影场"，这是台湾第一家官办电影机构。
30 1948年8月，由南京迁往台湾的中国电影制片厂，是继台制之后的第二家官办电影机构。
31 蔡国荣：《六十年代国片名导名作选》，台湾电影事业发展基金会1982年9月版，第35页。
32 刘半坡：《政府迁台大事记》（1949—1985年），载《四〇〇击》电影杂志1986年3月第8期，第167页。

33　丛静文：《当代中国剧作家论》，台湾商务印书馆 1973 年 9 月版，第 176 页。
34　蔡国荣：《春花秋月何时了——浪漫爱情片与文艺片的分野》，载台湾《文艺月刊》1983 年 4 月号，第 47 页。
35　《台湾年鉴》第七节"电影篇"，1975 年 12 月出版，第 687 页。
36　石琪：《行者的轨迹》，载《香港功夫电影研究》（香港市政局主办第四届香港国际电影节专刊），第 28 页。
37　王晋民、邝白曼编著：《台湾与海外华人作家小传》，福建人民出版社 1983 年版，第 50 页。
38　詹姆斯·乌登编著，黄文杰译：《无人是孤岛侯孝贤电影世界》，复旦大学出版社 2014 年 7 月第 1 版，第 107 页。
39　同上书，第 198 页。
40　孙慰川：《1949—2007 当代台湾电影》中国广播电视出版 2008 年 1 月第一版，第 234 页。
41　胡延凯：《从新电影到新新电影》，转引自王海洲主编《镜像与文化港台电影研究》，中国电影出版社 2002 年第 1 版。
42　吴其谚：《台湾迈入作者电影时代》，载台湾《电影欣赏》1994 年总第 68 期。
43　黄怡玫、曾芷筠：《不曾遗落的梦〈海角七号〉导演魏德圣》，林文淇、王玉燕主编：《台湾电影的声音》，复旦大学出版社 2014 年 1 月第 1 版，第 104 页。
44　摘译自《洛杉矶时报》1999 年 4 月 8 日第 3 版。
45　梅峰：《李安及其电影现象透视》，载《电影艺术》1997 年第 2 期，第 52 页。
46　《洛杉矶时报》语。

后 记

2006年1月，我为这本书写了第一篇后记。当时因为历经了三年才盼来，所以特意在后记里说："一方面，写作的难度对我们这些平均年龄30岁的年轻作者确实是个挑战；另一方面，三年的时间里，我们自己所经历的人生的沟壑变迁，也使得我们对这本书的态度，一而再地发生变化。如果说，三年前的我们只是拿这本书的写作当作教学科研的一项任务的话，三年之后，这本也许依然存在很多问题，因为第一手资料的匮乏，错误之处也势所难免的书里，已经填满了我们对中国电影，对我们的前辈和同辈的尊敬与感情。"

万万没想到，能再次拿起这个书稿，重新面对自己和其他的作者当年的文字，竟然已经是整整十四年以后。十四年里，我们几个当初的年轻作者都纷纷经历了各自人生的变化，在步入中年的今天，回头再看从前这本书的时候，至少我本人会有巨大的感喟——我们这批人当初的学养肯定是不那么高深的，但对中国电影的热忱，想要为电影编剧们寻找在中国电影史中位置的真切，今天好像也很难再有了。

这十四年里，我一直在电影学院，却转行搞了电视剧的教学和写作。我的硕士师兄兼电影学院的同事洪帆，虽然一直肩负电影史课程的教学任务，但也在前些年成为我们电视剧教研室的成员。燕俊执教于河南大学文学院，唐佳琳执教于浙传文学院。张文燕在《当代电影》杂志社，吴菁和林畅依然是自由编剧和民间电影史研究者。看似四平八稳的人生中，我们各有各的百川入海、万箭穿心，也各有各的春花秋月、莺飞草长。希望中年的我们能从前辈的身上汲取营养，越来越从容。

感谢后浪出版公司各位编辑辛苦的工作。过去的这些跟编辑们共同修订书稿的日子里，我们每个作者几乎都被这家出版公司工作人员呈现出的专业精神和专业素养所震惊。把书稿交给她们是我们这些作者们做过的最愉快和安心的决定。

最后，感谢读者们的包容。愿中国电影和我的母校北京电影学院都能越来越好。

张 巍

2020 年 4 月

出版后记

毫无疑问，编剧是一门手艺活。既然是门手艺便离不了传承、流变与创新的发展过程。十四年前，作为纪念中国电影诞辰一百周年的系列丛书之一，《中国电影专业史研究·电影编剧卷》在张巍等七位作者的三年辛苦耕耘下终成书。他们满怀着对中国电影的热爱，想要从百年历史的维度为电影编剧们正名，为他们寻找在中国电影史中的位置。

十四年后的如今，放眼望去，中国影视行业的编剧从业者们已接近十五万人。琳琅满目的编剧工具书热销不已，编剧热潮空前高涨。在这个当口，出版重新修订、添补新内容的《中国电影编剧史》有了不一样的新价值。

《中国电影编剧史》不仅仅是一份科研成果、高校教材，而且具备了为编剧行业从业者们提供以历史眼光了解中国电影编剧群体的维度，还为他们了解何为中国故事、百年来什么样的中国故事最打动观众乃至长盛不衰提供了机会，这极可能为他们的创作带去新的灵感。就面向大众而言，想必了解中国电影编剧的发展演变史，自有一份阅读从历史中打捞"被遗忘时光"的乐趣。

这本书以线性的时间为轴，将1913至2017年间的中国电影编剧发展史分为七个阶段，从每个阶段的编剧从业者个人角度以及电影文本入手进行分析，并总结他们的创作特色，从而关照整个历史时期电影编剧创作的共性，以及不同时期间承上启下的发展脉络。另外，本书还别出心裁地附录了一份《1949年之前电影歌曲的创作》增加了编剧史的维度；且另单开一章，简约且不简单地梳理了中国香港、中国台湾、海外华人电影编剧史的历程，使得百年编剧史历程更加完整。

七位作者在成书过程中收集了海量的资料，不遗余力地将掩埋于历史尘埃中的各个时期中国电影编剧的名字——囊括于笔下，基于史料的写作既严谨又观点明晰。同时虽是学术写作，作者们的文笔读来却并不艰涩，而是通俗、流畅，有利于向更广泛的受众传播。

面对这样一份多人齐心编著、内容厚重、以史料为基础的书稿，我们在编辑本书的过程中，自是小心检查、修正，力图避免错误纰漏的出现。若出现力有不逮之处，请读者谅解并给予指正。

为了开拓一个与读者朋友们进行更多交流的空间，分享相关"衍生内容""番外故事"，我们推出了"后浪剧场"播客节目，邀请业内嘉宾畅聊与书本有关的话题，以及他们的创作与生活。可通过微信搜索"houlangjuchang"来获取收听途径，敬请关注。

服务热线：133-6631-2326　188-1142-1266

服务信箱：reader@hinabook.com

后浪电影学院

2021 年 1 月

图书在版编目（CIP）数据

中国电影编剧史 / 张巍等编著. -- 北京：北京联合出版公司, 2021.6
ISBN 978-7-5596-5114-3

Ⅰ.①中… Ⅱ.①张… Ⅲ.①电影编剧—历史—中国 Ⅳ.①I053.5

中国版本图书馆CIP数据核字(2021)第036695号

Copyright © 2021 Ginkgo (Beijing) Book Co., Ltd.
All rights reserved.

本书版权归属于银杏树下（北京）图书有限责任公司。

中国电影编剧史

编　著　者：张巍 等
出　品　人：赵红仕
选题策划：后浪出版公司
出版统筹：吴兴元
编辑统筹：陈草心
责任编辑：牛炜征
特约编辑：刘　威　吴潇枫　徐小棠
装帧制造：墨白空间·黄怡祯
营销推广：ONEBOOK

北京联合出版公司出版
（北京市西城区德外大街83号楼9层　100088）
北京天宇万达印刷有限公司　新华书店经销
字数467千字　720毫米×1000毫米　1/16　29.5印张
2021年6月第1版　2021年6月第1次印刷
ISBN 978-7-5596-5114-3
定价：88.00元

后浪出版咨询(北京)有限责任公司 常年法律顾问：北京大成律师事务所　周天晖　copyright@hinabook.com
未经许可，不得以任何方式复制或抄袭本书部分或全部内容
版权所有，侵权必究
本书若有质量问题，请与本公司图书销售中心联系调换。电话：010-64010019

《电视剧编剧教程》（暂定）

- ▶ 超贴合本土电视剧编剧核心需求，摆脱剧作书水土不服！
- ▶ 最详细电视剧剧作流程全揭秘，故事创意——故事梗概——故事大纲——人物小传与人物关系——分集大纲——分场大纲——初稿写作——初稿修改，写作步骤一次学通透！
- ▶ 悬疑、爱情、青春、古装……多类型原创原版剧本细解读，丰富写作样本头脑大风暴！
- ▶ 找工作、签合同、做原创、做改编，资深业内制片、编剧经验大分享，手把手带领编剧新人闯出出厂训练营！

《电视剧编剧教程》

洪帆、张巍 著

著者：洪帆、张巍
预计出版时间：2021.7

内容简介 | 这是一部讲授电视剧/网络剧剧本创作的全面指南，从对剧作核心内容诸如结构、类型、人物、台词的梳理，到剧本创作全流程包括故事创意、梗概、大纲、人物小传、人物关系图、分集大纲、分场大纲、初稿写作、剧本修改等写作方式的步步指导，再到当代国产电视剧与网络剧行业背景下对编剧生存能力与技巧的培养，同时结合当下热门剧集的原版剧本，如《无证之罪》《最好的我们》《独孤天下》《女医·明妃传》等，以及与业界资深制片、编剧人士的精彩访问与对谈，为读者提供广泛且深入的实用建议。

作者简介 | 洪帆，北京电影学院文学系副教授、博士，硕士生导师。意大利罗马大学访问学者，美国佛罗里达州立大学高级访问学者。编著有《法国新浪潮》《马与歌剧——意大利通心粉西部片史学研究》等。

张巍，北京电影学院文学系副教授、研究生导师，著名编剧。主要影视作品：电视剧《杜拉拉升职记》《女医明妃传》《长大》《班淑传奇》《陆贞传奇》《独孤天下》《买定离手我爱你》

等二十余部；电影《101次求婚》；担任电视剧《翻译官》《择天记》《小别离》《小欢喜》《生活家》等数部影视作品剧本总监。同时著有《当代中国电视剧叙事策略研究丛书：电视剧改编教程》《中国电影编剧史》《外国电影史》等多部学术作品。

目 录

第一部分 写作前应知道的
  第1章 什么是电视剧
  第2章 电视剧剧本格式
  第3章 剧作核心（一）结构与类型
  第4章 剧作核心（二）人物与台词

第二部分 创作全流程指南
  第5章 故事创意从哪里来
  第6章 如何写故事梗概和故事大纲
  第7章 人物小传与人物关系图
  第8章 怎样发展成分集大纲
  第9章 分场与场景选择
  第10章 初稿剧本写作与修改

第三部分 编剧生存技能
  第11章 如何训练成为一名电视剧编剧
  第12章 制片方需要怎样的编剧新人和新作
  第13章 如何以编剧工作室的方式集体创作
  第14章 如何签订编剧创作合同
  第15章 如何改编IP
  第16章 写网剧和写电视剧有什么不同

《电影史：理论与实践（最新修订版）》

▶ 历史就是阐释，新的观点来自新的视角与方法
▶ 少数探讨电影史研究方法的学术著作
▶ 特别增加"史学与争鸣：重构中国电影史学"部分

内容简介 | 本书从实在论的哲学高度，全面考察以往的电影史研究方法，清晰梳理美学、经济、技术、社会诸种生成机制，彻底更新了电影史学的问题框架和研究范式。同时，作者例举多种视野独特的个案研究，作为理论的实践，使读者能够以全新的视点认识电影的历史。

新版本特别增加了五十余幅插图以及国内重要学者对"重构中国电影史学"的最新思考，这些探讨的前沿性、指导性以及对未来中国电影史学研究的影响都是毋庸置疑的。

电影学院005
著者：[美]罗伯特·C.艾伦
　　　[美]道格拉斯·戈梅里
译者：李迅
书号：978-7-5502-8069-4
出版时间：2016.8
定价：49.80元

作者简介 | 罗伯特·C.艾伦（Robert C. Allen），北卡罗来纳大学历史系教授，主要研究美国大众娱乐与流行文化史，著有关于美国广播电视史的《话说肥皂剧》，关于美国19世纪与20世纪早期大众戏院的《令人不快的愉悦：杂耍表演与美国文化》。他开设有美国影视媒体史、全球化与民族身份、美国家庭社会变迁、社会与文化历史比较等课程。

道格拉斯·戈梅里（Douglas Gomery），马里兰大学美国广播与电影图书馆（世界五大广播图书馆之一）资深学者、荣休教授，曾在马里兰大学教授传播学，为《村声》杂志撰稿，出版了十余本关于美国媒体经济学与历史学的著作，如《好莱坞制片厂制度史》《声音的到来》等，大量著作已被翻译为八种语言。

译者简介 | 李迅，中国电影艺术研究中心研究员，从事外国电影和电影理论研究，著有《当代美国独立电影的类型化转向》、《当代欧美名片评析》（合著）和 Lights! Camera! Kai Shi!——In Depth Interviews with China's New Generation of Movie Directors（合著）等。